U0723129

玉兔图

上

蔡顺安 著

长江出版传媒
长江文艺出版社

图书在版编目（CIP）数据

玉兔图：全二册 / 蔡顺安著. -- 武汉 ：长江文艺出版社，
2019.12
　ISBN 978-7-5702-0801-2

Ⅰ．①玉… Ⅱ．①蔡… Ⅲ．①长篇小说－中国－当代
Ⅳ．①I247.5

中国版本图书馆 CIP 数据核字(2019)第 018896 号

责任编辑：杜东辉　　　　　　　　责任校对：毛　娟
封面设计：水墨方　　　　　　　　责任印制：邱　莉　　胡丽平

出版：长江出版传媒　长江文艺出版社
地址：武汉市雄楚大街 268 号　　　邮编：430070
发行：长江文艺出版社
http://www.cjlap.com
印刷：武汉市首壹印务有限公司

开本：700 毫米×980 毫米　　　1/16　　印张：47.5　　插页：4 页
版次：2019 年 12 月第 1 版　　　2019 年 12 月第 1 次印刷
字数：551 千字

定价：86.00 元（全二册）

版权所有，盗版必究（举报电话：027—87679308　　87679310）
（图书出现印装问题，本社负责调换）

目 录

卷一 烈火芳草

卷二　江山复识

卷三　玉兔当归

卷一　烈火芳草

1. 忧天下红烛别妻　患劳苦相约从戎

闵东镇前清举人孙老太爷府前悬起一对大红灯笼，门庭上方那幅百年匾额用朱漆重新透过，四个墨迹酣畅、工整灵秀的颜体大字在檐下熠熠生辉：耕读传家。

今天是孙举人在湖北省立第一师范学校念书的长子孙韶光娶亲的日子，时值腊月，贺喜的亲朋络绎不绝，院前小街站满了等候花轿的街邻。

孙母一身见客衣饰，与孙老太爷端坐堂前含笑等待。昨夜她梦见一对凤凰飞进院来，落在屋檐上嬉戏和鸣，不一会那凤鸟点头腾空而去，凰鸟也飞升相随，又在空中盘旋良久，复落回屋檐，院中屋宇顿时披金挂彩，霞光四射。

传说孙家将过门的儿媳，是邻乡十几里外竺家铺的名门闺秀，名叫竺宜君，年方十七，貌若天仙，知书达礼，还会绣一手好花。她父亲与孙老太爷是同榜举人，虽已民国十二年（1923）了，她却不喜出门露面，有人在竹帘半卷的闺楼偶然望见，叹为天人。

迎亲的鼓乐声悠扬传来，人们拥向街口，只见迎亲的队伍蜿蜒一里多路，八抬大花轿后，长龙般的嫁妆在冬日的熙阳下闪耀着富丽华贵的光泽，人群中发出一阵阵赞叹唏嘘。大花轿随着唢呐的欢声弹跳颠簸，人们的目光想要穿透那遮盖严实的大红绒帘，一睹新娘的花容。

新郎孙韶光骑在枣红色大马上，约二十来岁，眉清目秀，器宇不凡，他不时抬起澄澈湛亮的双眼瞻望远处，神情间似未见大婚的激动与喜悦。

枣红马前后牵缰和执鞭的两位伴郎，也都仪表出众，卓尔不群，都没穿长衫马褂，却是一身藏蓝色新式企领文装，只在浅灰色礼帽上斜插一枝月季红花，安步默然，并无言笑。

花轿在众人的簇拥下缓缓落稳，牵娘撩开轿帘向内伸手，头遮金丝绒红盖头的新娘慢慢探出身来，伸出纤手搭在牵娘手上，又小心翼翼伸出一只着绣花龙珠鞋的小脚来，轻轻踏在地毯上，只见那小脚笋芽般不过三寸，人群中发出一阵惊叹。新娘微低盖头，在牵娘搀扶下款款前行，仪态从容，绣裙下一双金莲时隐时现，腰肢纤细而柔韧，步履平稳而轻盈。小街两旁的人们都伸颈张望，顿时安静无声。

正屋客堂中礼毕，新娘就被扶入设在前院东厢房的洞房了。午宴罢，孙韶光送两位伴郎到西厢房歇息。

伴郎是韶光在湖北省立一师的同学，一个名叫万瑞麟，本县系马岗人，生得挺拔英武，面廓疏朗，剪短的黑发浓密直立，双眼中时见精光四射；另一个人是本县东山乡人，名叫钟培炎，生得清秀俊逸，浅西装头发柔润修整，虽文静优雅，却是目内藏锐，颇见意气。

万瑞麟不等落座就说："京汉铁路总工会在郑州的成立大会受阻，党和工会正酝酿大罢工，我们今天就返省城。"

孙韶光说："既已同来，就休息两天吧，等我一同回去。"

万瑞麟说："我等刚加入共产党组织，时下正当用人之机，不能等你了。"

钟培炎坐下说："《劳动周刊》也不能误期，湖北学生联合会代表大会正在筹备，韶光兄是总干事，也不能久留的。但佳人尚未谋面，恐失礼数，我二人明晨吃过嫂子礼茶再走也好。"

万瑞麟笑道："培炎兄必欲一睹芳容，也在情理之中。"孙韶光说："你俩当回伴郎，连面都没见过，叫我怎么想。"万瑞麟说："那好吧。韶光兄今天是洞房花烛夜，良辰美景小登科，却不知人家沈立群小姐今夜怎么过。"

孙韶光与竺宜君的婚事，因是通家世好，早年约定，婚姻六礼已行托媒、准盅、谢媒、过彩、请期五礼，只剩今天迎亲一礼了，二人却从未会过面。虽传言宜君美貌，韶光因志存高远，并未在意，只是遵从父命，尽其为人子基本的孝道。这时他引诗自圆道："之子于归，宜其室家。"两位同窗相视一笑。

晚上依俗是"闹洞房"，街邻们早早领着孩童，将新房内外挤满。万瑞麟和钟培炎因不谙习俗，又怕失了读书人身份，自在客房饮茶说话，不再露面，任那新房的嬉笑声一阵阵传来。

漂亮喜气的牵娘开始"撒帐"了，她边往新娘红盖头上和床帐间撒着红枣花生，边即兴高声念唱：

一撒金啦，亮晶晶啦，有个仙女下凡尘啦，带来蟠桃种下地呀，夫妻恩爱过一生啦！

二撒银啦，响铃铃啦，金珠银珠落满盆啦，男耕女织度美景呀，鸳鸯做伴总不分啦！

三撒金啦……四撒银啦……

新娘红盖头及项，她和宴客过后微醉的新郎并排坐在床边，接受着人们的撒帐祝福。大人们喝着酽红的糖茶，孩童们边吃着从陪嫁箱柜里翻出的芝麻甜饼，边爬到床上接抢撒来的花生红枣，或蹲在地上仰头探望，试图从盖头的缝隙间窥视"新大姐"俊俏的脸蛋。人们欢闹到夜深方才尽兴告辞。

孙韶光总算送走了热情的邻人，略正衣冠回到洞房，牵娘这才含笑掩门离去。新房在红烛摇曳中分外宁静，只见朦胧烛光下，宜君微低盖头，端坐在紫檀木雕花牙床当中，双膝并拢，一双小手自然合于腹下。韶光本想近前，转念又到桌前，从抽屉里拿出一个写字本，点亮罩灯，磨墨蘸笔慢慢写起字来。

良久，新娘那边并无动静，也未见叹息。韶光不忍，放下写字本，红着脸慢慢近前，轻轻撩起了盖头，见宜君先是微垂双目，稍顷，面含羞涩，抬眼相迎，那目光清澈明丽，并无幽怨，神情甜美恬静，貌如画中人，更有一缕幽香袭人，韶光惊呆了。

宜君只知夫婿属兔，在外念书，其他一无所知，烛光下见夫君果然人材出众，五官俊朗，举止温存，不禁含羞窃喜，将身子向右挪动，示意韶光坐她左旁。二人都不言语，韶光拘谨地缓缓将她揽到肩旁，觉通体温软，吹气如兰。韶光说："刚才我是写日记，今天新婚大事，是不能不记的……"宜君羞涩不语。韶光牵起她一只纤手，柔情地说："执子之手，与子偕老……"

一夜缠绵销魂，韶光醒来时天已大亮，身边不见宜君，急忙着衣下床，虽睡不多时，却觉周身通泰，神清气爽。推开窗户，随着晨光洒入，宜君已捧来搪瓷脸盆放入盆架，轻声唤他洗漱。只见她一袭紧身红花缎面小袄，秀发刚刚梳过，樱唇微闭，满面羞红，艳若桃花。韶光近前将她用力揽入怀中，宜君轻轻移开他的双臂，回视门外说："先生该去堂前请安了。"

孙老太爷和孙母已端坐在厅堂方桌两旁，小夫妻行礼请安后，宜君轻手沏茶奉上，就退到一旁静立着。二老见两人琴瑟和谐，自是欢喜，嘱宜君好生歇息，不必操劳家务。孙韶光忙去厢房，引万瑞麟和钟培炎来相见。

宜君迎前两步，向两人行过万福，沏来清茶分别敬上。两人刚进厅堂，见宜君迎来，都目睛定直，不知回转。钟培炎忘了接茶，知道失态了，忙借吃茶将眼睛避下。

万瑞麟心中有事，茶罢略一思忖，起身向二老告辞说："韶光兄大礼已成，晚生今朝就回武昌了，不知韶光可否一同回校？"宜君静立在婆母侧后，闻言红脸低头不语。

孙韶光看一眼宜君，说："家父命我小住几日。门前已备好车马，二位先行一步吧，我三天后就回。"孙母就微笑点头。

韶光和宜君一起送他俩到院前。两人上了敞篷马车，钟培炎垂目抱拳说："贤嫂请回。"万瑞麟揖道："韶光兄不要食言，我们在学校等你！"

送别瑞麟和培炎，韶光偕宜君步行到竺家铺行"回门"礼。往来路上两人依然不免拘束，宜君小脚行走缓慢，韶光不时地伸手搀扶她，在没人的地方想要背她走，宜君害羞且怕他累着就不肯，她的脸一直红着，微低着头跟在他身后，只是偶然将一只纤手搭在他伸来的长长的手掌上。夫妻俩不紧不慢返回小镇时，日头已经偏西。

等着看新娘的人比昨天还多，孩童们在人群里钻进钻出。从镇子南头起，各家各户搬来木梯在板凳上搭起的"天桥"，连接绵延一里多路，一直通到孙府门前。今天新娘是不戴盖头的，正好一睹她的花容。

来了——人们被竺宜君的美貌惊呆。

两个脸搽胭脂的中年男了扮作牵娘，摇着蒲扇，要"新相公"背上"新大姐"踩天桥回家。韶光知难地望着漫长的梯桥，自嘲地笑了，他看一眼身边已羞得不行的妻子，本想说如今民国，这些旧习俗应当免去的，见人们热忱无比，只好蹲下身去。宜君遮脸退避，被人闹笑着牵伏到韶光那颀长平展的背上。

韶光背起娇妻，顿觉浑身都是力量，他小心地踏上梯桥，在左右"牵娘"的搀扶下，一步一档，摇晃着向前走着。宜君紧紧地绕着夫君的颈项，时而从肩膀边伸头去帮他看脚下的梯挡，时而羞涩地闭上双眼。人群一路惊艳，一路欢笑，令韶光和宜君心中满是幸福——这个诙谐而又富于想象的民俗，就让它永远地保留下去吧！

夜里两人早早熄灯相拥，不尽温柔。韶光为她褪下桥子板尖脚绣花鞋和里面的软空尖鞋衬，轻轻替她放解缠足绸带，宜君羞得不行。韶光微握莲苞小脚，心下反倒百般痛惜，以为女子不平等莫甚于此，何忍赏玩纤妙。问她肌肤气息为何这般幽香，宜君紧拥不答，继而羞道："自十三岁后，身上就起了这香气……只有我娘和丫鬟天香知道……"

翌日，天上飘下漫舞的小雪，丫鬟天香生来一个热烘烘火盆，红着脸放在房中出门去了。韶光从上衣袋取出一支小指般粗细、约四寸来长黑色发亮的管状物件，慢慢拧开说："这是西人所用钢笔，后必大行于中国，只是国人尚不习惯。"就扶宜君到桌前，教她捏这钢笔与毛笔有何不同，让她试着书写。宜君新奇，问："没见蘸墨，怎有这蓝色墨迹？"韶光笑道："正是它妙处。"转身取来一个玻璃小瓶，教宜君如何吸墨，又如何拧妥。宜君试写，笑那西人怎用这般硬笔，落笔收笔一般粗，全不成抑扬顿挫婉转笔锋，写过几行渐觉其实方便，心里就喜欢着。

韶光说："你是书香闺秀，这支笔你留着，权作我们新婚纪念吧。我不进商店，也没为你准备什么首饰。"宜君微微一笑，再看手中钢笔，才见锃亮的笔尖原来是用黄金制成。她知此笔必为韶光所珍，细心地拧圆了笔，用一块丝绢将它包好，心中填满受夫珍爱的害羞和甜蜜。

临别前夜，小夫妻不舍欢爱，异香盈被，韶光迷恋不已。鸡叫三遍，韶光醒来又要温存，宜君微拒说："先生已许三天后回校，明日旅途颠簸，还要养好精神……"韶光搂紧她说："再住一天。"宜君心里难舍，犹豫着说："先生既已与人说定，明天……就还是回校吧，免得失了友道……"

窗外天见微明，宜君促韶光起床，欠身点燃帐外床头烛台的红烛，飞红着脸从床单下拿出一方雪白的手帕塞在他手中。韶光展开看时，见角上是两只迷恋翩飞的小小彩蝶，洁白的帕面落红点点，恍然知意，不禁心头一热，连忙贴身藏好。

红烛摇曳在夫妻的心头，宜君害羞背过脸去。韶光动情，单膝跪在榻前，伏在宜君膝上说："你是这么的好……"喃喃誓道，"今生天涯海角，永不负你。"宜君抚着他肩背说："我这一生，唯有先生。"

韶光抬头凝视她娇羞美丽无比的面庞，艰难地说："今国家积弱，列强瓜分，华夏蒙垢，我辈学子当仗剑远行，长作布雷鸣！他年若殉国异乡，我也要马革裹尸还，长与爱妻相伴。"

宜君闻言失色，急用手掩他口说："先生是忧国为民，神灵会保佑你的，定有成功之日，那时拂袖而归，与妾白头偕老，共享太平……"

孙韶光着马夫紧赶疾驰，二百多里路程，傍晚就进了汉口，来到江汉码头，辞回马车，乘小火轮过江到武昌，急唤黄包车直奔省立一师。

湖北省立第一师范学校位于蛇山北麓，立校于民国初年，校址是著名的原"两湖书院"，隐现在林木葱茂之间，校园内是一座座宽大的古老建筑，相传清末湖广总督张之洞常邀集门生故旧，以所著《劝学篇》在此讲学。这里实在是一个读书修身的好去处，如今正是湖北共产主义者聚集的地方。

孙韶光气喘吁吁刚进宿舍，万瑞麟、钟培炎就迎上按坐床头。

瑞麟急说："京汉铁路已于二月四日上午十时全路罢工，林育南同志亲拟的《罢工宣言》振聋发聩，京汉线瘫痪四天了。北洋军阀吴佩孚、萧耀南已露出狰狞面目，正在密谋弹压。林育南同志指示我们与共进中学同志速到工人棚区开展群众工作，声援京汉铁路总工会法律顾问施洋律师和铁路工会江汉分会，务必坚持到当局答复条件！"

钟培炎说："沈立群和几个同学随施洋先生几天前已在汉口江岸活动，我们回校后也去过江岸，今夜返回等你一起过江去。"

三人匆忙奔武昌徐家棚，乘渡船到汉口江岸。江岸东部一带偏僻，黑灯瞎火，不见行人，有士兵荷枪列队跑步行进。三人避小巷潜入肮脏不堪的工棚区，低矮破烂的棚屋内都未亮油灯，敲门也没人应。有个棚屋门"吱呀"一响，一个黑瘦的中年工友探出头来，见是几个学生模样青年，忙嘘一声说："快走，快走！"瑞麟追问，工友道："要出大事了，官府要抓人了！"说着慌忙关门。这时凄厉的戒严汽笛划破夜空。

三人急朝江岸铁路工会俱乐部奔去，远见内有灯火，四周站满持枪兵士，气氛肃杀。火把摇曳中有人被军警从会场推出，走在前面的约三十来岁，一身蓝布长衫，长呢围巾垂腰，及项的长发已见蓬乱，正是施洋律师。施洋神情激愤，胸脯起伏着，将戴着手铐的双手举过头顶高喊："劳苦工友们，不要畏惧！团结起来，打倒北洋军阀、帝国主义！砸碎锁链，建立民有、民治、民享的真正民国！"又不断回头扯开已经沙哑的嗓子高呼，"劳工神圣！工会万岁！"

一同被捕跟在施洋后面的是几名为首的铁路工人和学生，一声响亮尖锐的女音忽然爆发："打倒北洋军阀吴佩孚！劳苦大众联合起来！"

"沈立群！"孙韶光急欲上前，被万瑞麟捂嘴按住，瑞麟低语两句，三人分散到奔逃的人流中，连夜潜回武昌。

次日晌午得到消息，施洋先生昨晚赴会时遭军阀诱捕，京汉铁路总工会江汉分会委员长工人领袖林祥谦，昨夜也在汉口住所笃安里被捕，他拒绝下达复工命令，当即被萧耀南杀害枭首示众，与他同住一地的大罢工领导人、中国劳动组合书记部武汉分部及工团联合会主任、中共武汉执行委员会委员林育南跳窗逃脱，正在被通缉中。从长辛店至郑州、汉口，遇难工友达五十余人。军阀当局为避免革命党通过汉口租界和会党斡旋营救，昨夜已将施洋律师转到武昌秘密拘押。

三人悲愤难抑，又不知沈立群吉凶音讯，心中焦虑。万瑞麟记起紧急联络点，三人急潜往林育南和施洋创办的湖北工团联合会机关报《真报》秘密地点，恰好见到了身材瘦削、神情严峻的领导人林育南。林育南是施洋的入党介绍人，说："你们来得正好！我们要通过报刊、传单、通电，揭露吴贼、萧贼血腥屠杀工人，镇压工会的滔天罪行，营救施洋同志！"

孙韶光、万瑞麟、钟培炎藏身报馆，和林育南一起，激扬文字，声声啼血，以中国劳动组合书记部名义发出《告全国工人书》和《警告国民书》，在《真报》发表宣言，强烈谴责北洋军阀直系首领两湖巡阅使吴佩孚、湖北督军萧耀南的侩子手罪行，要求立即释放施洋律师和被捕工人及学生，一时全国舆论哗然。吴佩孚、萧耀南甚为忧惧，大骂"学生乱党！""庆父不死，鲁难未已！"

万瑞麟怀揣传单，沿途机警地塞给路人，来到宾阳门。忽见城楼上挂着两颗年轻的人头，还在滴着殷红的血，无光的双目半睁着，所幸不是女子。他想大叫一声没有出音，回头间瞥见街边两个便衣站在不远处，目光相接时转过头去。万瑞麟立时警觉，略一思索，转身随步从他们面前走过，不慌不忙走到一个摊前买了盒香烟，取一支点燃，从容吸一口接着朝前走，看准豆皮小吃店踱进去，迅速溜出后门。甩掉跟踪赶回报馆时，孙韶光和钟培炎正在桌前奋笔疾书。林育南急带他们出小东门潜往郊外一家绸缎铺。当晚，《真报》报馆即被军警包围搜查，捣毁取缔。

二月十五日除夕夜，施洋律师在武昌小洪山慷慨就义，第二天一早，他那被十多颗子弹击穿的遗体照片粘贴在布告上，军阀为恐吓民众，不准收尸。

初一深夜，林育南和孙韶光、万瑞麟、钟培炎一起找来几位人力车工友，冒险将施洋的遗体抬到城外江神庙收敛停放。施洋浑身被子弹穿透，马灯幽暗的光下，他那双疾恶如仇电光四射的双目紧闭着，变成两片苍白的塌陷——他再也不用直面这个令他痛心疾首的黑暗的世界了，劳苦大众也永远听不到他那铿锵激越的雄辩和烫热人心的呐喊。

孙韶光几个人伏在遗体前失声痛哭。万瑞麟切齿道："我等誓为先生报仇！为死难工友雪恨！"

第二天，数千人力车夫在码头设祭，扶灵位游行，祭奠他们衷心敬爱的"劳工律师"施洋先生，场面悲壮，市民掩泣。

几天后，沈立群在洋行任事的父亲沈伯钧托人将她保释，这天中午，大家相约到长春观会面。

长春观位于武昌大东门外蛇山余脉，距省立一师不很远，楼宇百间，依山傍势，栉比错落。此观乃六百多年前，为纪念曾"以一言止杀"的道教全真七子长春真人邱处机而得名。翘瓴嵯峨的藏经阁耸立在道观右方高处，阁前一片古柏下置有石桌石凳。

孙韶光和钟培炎在石桌边默然等候，见从阁前台阶上走下一位老道，银须疏缕，鹤发童颜，便起身致礼。老道抱拳回揖间，目光清远，神采飘逸。老道唤道童端来紫砂壶一把，茶杯四只，略扫视二人一眼，说声施主慢饮，便轻步离去。

不一会，万瑞麟和沈立群上坡走来。

沈立群穿一件藏蓝色浅花对襟小袄，脖上是一方枣红色平绒围巾，短发齐颈，一缕刘海拢在额右，她约十六七岁，身材高挑窈窕，额头光洁，五官明丽，乌黑的双眸中闪动着单纯热切的光亮。

沈立群就读于湖北女子师范学校，女师与省立一师相距不远，五四学潮以来，学生之间往来密切，谊同校友。沈立群因是女子加之年龄尚小，湖北共产主义组织发起人之一董必武在介绍孙韶光等三人加入共产党时，暂没有吸收她，但她已在女师参加社会主义青年团。

沈立群说了被捕后所受折磨情形，四人愤然而沮丧。

万瑞麟起身踱步，凝视远处良久，转身说："上个月二十六号，孙中山先生与苏联代表越飞于上海发表了《孙文 越飞联合宣言》，决心仿苏共组织方式改组国民党，实行'联俄、容共、扶助农工'三大政策，筹备在广州召开国民党第一次代表大会，实行国共合作，重建广东革命根据地，志在北伐中原，以军事统一中国！我等何不投笔从戎，南下广州，投身革命洪流，共襄大业？"

孙韶光略一思索说："如此甚好。劳苦大众赤手空拳，只能任人宰割！读书无从救国。我们且向组织申请，南下从军。"

钟培炎说："南下必行。只是寒假快过即将开学，不妨先看看南方形势，再做计议。"万瑞麟说："时不我待！培炎兄不必瞻前顾后。可请董必武先生向广东方面推荐我们，尽早成行。"

沈立群站起来，慷慨说："经此一劫，我誓将此生献给劳苦大众，完成施洋先生未竟理想！赴汤蹈火，愿与诸君相随。请韶光兄向林育南同志转达我的申请，吸收我加入共产党！"

说话间老道轻身健步走来，众人起立道谢，老道微视四人不语。钟培炎上前揖礼说："我等学子，未谙世事未来，敢请仙道赐教。"

老道揖道："天机玄妙，恕非贫道可妄言。有道大象无形，大音渺声，方今天道未显，诸君纵志存高远，弘毅自强，欲匡邦济世，然恐得其势而未得其时也。"培炎忙问："何谓得势，何谓其时？"

老道拈须道："势俱其时而起，时因斯势乃至，皆骤变而难料也。譬如敝观劫数，今日钟磬悠然，三年过后或作兵营，成枪炮厮杀生死之地，至满城生灵涂炭……故无为是为，大无大有，唯此天道可循。诸君何不静悟而善修之，庶可得其真矣。"言毕欲去。

沈立群上前说："我虽女辈，亦欲随诸学兄一同南下，又不舍家中老父，去从如何是好……"

老道默然，稍顷，似不忍不言，说："汝等一生或将磨难备历，日后聚散关义，离合因情，皆缘定而无常。惜乎！前路修远，迷津无岸，唯自解尔。"遂飘然而去。

四人皆不知所云，如坠雾中，目送老道良久，相顾无言。

沈立群家住汉口英租界一处花园公寓，母亲早逝，父亲沈伯钧一直独身抚养着她。沈伯钧本出身寒门，能够读书及至成为中国最早到英国牛津大学留学的学生，归国后又曾在北京"京师大学堂"任教，皆因立群的外祖父扶助，他一直不肯续弦，既是持守对爱妻的忠诚，也怀着对恩岳翁的纪念。沈父为给爱女压惊，让她邀同学好友来家中一聚。韶光、瑞麟、培炎下午乘渡船过江，穿过沿江大道，循江汉路来到花园公寓。

沈立群一直心仪孙韶光，曾邀他去过家中，沈伯钧见他书香门第，仪表言谈不俗，颇为嘉许。韶光如今已遵高堂之命成婚，竺宜君又是这样明事达理，娇美依人，今天赴约，心中忐忑不安。

花园公寓绿树成荫，石铺小径两旁，一丛丛名贵花木延伸到各个独立的小洋楼前。立群在窗前望见他们，出门迎进客厅。三人既来沈家，不免因韶光婚事尴尬。立群却落落大方，端上茶果从容陪坐，取笑打趣道："二位学长做得一回好伴郎，见到我们嫂夫人天姿国色，没把你两个的魂魄也勾了去?"

培炎竟自脸红，忙引诗解嘲:"归来相怨怒，但坐观罗敷。"韶光心想立群到底开朗大气，放得下事，实非寻常女子可比，这才安下心来。

瑞麟哂道:"我也不怕韶光兄怪罪，那小嫂子虽是貌美，毕竟是足不出户的旧式女子，怎能望沈小姐新青年项背?难保不是封建婚姻的又一个牺牲品。"韶光闻言一惊，沉思不语。

这时大门开处进来一位青年，西装革履，举止谦谨而干练，只是略显阴沉。立群介绍:"我表哥赵挺坚。"大家互礼，赵挺坚与万瑞麟目光相接的瞬间，一片阴霾骤然掠过他的双眼。

言谈间知道，赵挺坚毕业于法政高等专科学校，现在汉口法院任见习法官，立群的母亲是他姑姑，两家人过从甚密。赵挺坚虽言辞不多，却见识深刻，敏于行事，在北京念书时参与五四学潮，颇受熏陶，言谈亦多忧国伤时。他忧郁地说:"中国出路在于法治。当今天下汹汹，祸乱频仍，国将不国，在下欲弃所学而从军政，去往广东，效力孙中山先生之民主共和。"

孙韶光闻言如逢知音，慷慨道:"男儿岂不带吴钩!我等已决投笔从戎，不日将南下广州。赵兄正好同行。"赵挺坚略思索，答:"深谢相邀。在下尚需移交案务，联系推荐而后行。"

很自然谈到施洋律师之死，同学们悲愤难抑，认为非仿苏俄以无产阶级暴力革命不可以救中国。赵挺坚反而一脸冷峻，慢言细语道:"共产主义事实上不能引用于中国，对此连苏联也公开承认，《孙文 越飞宣言》特对此予以声明。悖论正在于革命是对法治的逆动，可能是更粗暴的践踏。当今中国需要的是一个民众公认的政府，这个政府的权力需经国民授予，因而是合法的政府，再由它来教会民众行使自己的民主权利。"沈立群反问："这样的政府如何产生呢？在中国能够通过法律程序产生吗？"

万瑞麟站起，用力挥动着右臂："唯有效法苏俄，以共产主义唤起民众，用革命的雷霆之力，扫荡军阀列强，摧毁旧制度，方能建立起民族独立工农解放的全新政府，这个政府的权力，将由革命赋予！"孙韶光也站起来："名为'民国'，实已沦为封建军阀割据的列强半殖民地，非经一场由无产阶级领导的摧枯拉朽的暴力革命，绝无民治政府可言，劳苦大众也绝无出头之日。"钟培炎思索着说："中国灾难深重而文明悠久，理性一些来看，世界潮流所趋，民国共和已深入人心，袁氏复辟不是早已灰飞烟灭了么？若能假以时日，戒急戒躁，避免暴力，中国能否渐进到法治社会呢？"

正高谈阔论间，沈伯钧从楼上缓步下来，大家起立甚恭。

沈伯钧虽曾留学英国研习金融，又在洋行执事，却仍是长袍马褂，一派旧时缙绅模样，他蔼然邀众人入席，落座笑道："你们学友相聚，若要莫谈国是，恐不相宜。方才宏论，老夫扶梯听过，都是才俊难得，必为国家栋梁。然依老夫愚见，中国之弊，既非法治可医，更非革命可除，若言救国，唯在民族文化与道德之复兴尔。"几个人相顾不言，唯钟培炎颔首作沉思状。

席间大家为立群平安归来举杯，沈伯钧慨然道："小女天真，未曾用功修齐，就想以区区之力救世，致险遭不测，实足鉴诫。诸君宜以饱学克己立身，力戒浮躁偏激，或可效真才于国家，有实为于当世，方为汝辈之幸，更乃家国之福啊。"

他见大家不言，就点点头先离席了。立群笑道："家父守旧之见，你们不必介意。"又移开话题说，"韶光学兄新婚大喜，请饮此杯。"韶光低头嗫嚅:"父命难违……"说着抬眼看立群,见她一颗泪珠滴在杯中。

餐后大家待要告辞,立群邀韶光去楼上说话。进到卧室,立群从柜中取出一条枣红色毛线围巾说:"替你编织多时了,请收下做个纪念吧。"说着要替他围上,又觉不妥,就拿张报纸包好,塞在韶光手上,二人匆匆下楼。

赵挺坚神情更见忧郁,站起告辞,以他年稍长又是立群表兄身份,大言道:"幸会诸位,得闻高论。兄弟我愿以一言相告:共产主义绝不可以救中国,徒添祸乱而已,万不可任其萌生以致大行于世,苏俄今日之凋敝黑暗便是明鉴。诸兄幸勿误入歧途!兄弟先行一步,后会有期。"

万瑞麟霍然站起,毫不客气地回击:"我料赵兄对于共产主义了无所知,乃谬出此言。中国祸乱频仍,概因军阀列强横行、阶级压迫剥削而起,以致生灵涂炭,此国人有目共睹,独赵兄视而罔见。中国之黑暗,唯行共产主义方可扫荡之!我等今将投笔从戎,唯伤四万万劳苦大众。"

赵挺坚一时语塞尴尬,自圆道:"主义之争,纸上得来终觉浅。"万瑞麟抱拳相送:"那就让历史来回答吧。再会。"

2. 教良人神往幽灵 霸民女引燃烈火

转眼春分节气已过，山野一片葱绿，孙府院中花艳蝶舞，春色盎然。

竺宜君嫁来孙家近两个月了，她每天清晨即起，略事梳理，便与陪嫁同来的贴身丫鬟天香和仆佣一道，洒扫庭院，伺弄花木，待老夫人起床，就去端水送茶侍候。过门以来，孙老夫人很是喜爱这识礼孝顺的儿媳，已习惯让她替自己梳头，孙母爱说些孙家往事，尤喜谈韶光儿时趣事，宜君也常说些娘家故事，婆媳相得甚洽。

这天下午孙母问她："我儿韶光走几天了？"宜君答："有五十八天。"又问"可是想念？"宜君羞涩不语。孙母叹口气，拉住宜君小手抚着说："实是难为我媳妇儿了。韶光心不在祖业，难得长留家中，毕业后若能在省城谋得一份安稳事做，置一处房屋，我就送你过去团聚。"

宜君说："媳妇既进了孙家门，就不当离家了。大少爷尽可在外，我自侍候公婆，与娘相伴，愿娘宽心。"孙母怜惜地说："今天太阳好，叫天香陪你到街上转转吧，莫老闷在屋里。"

陪嫁同来的丫鬟天香刚十三岁，生得俏丽可人，小小年纪却是灵巧大气，见不出贫家出身。宜君唤她一道来到小镇街上。

闵东镇地处大别山中段南麓古城县境内一片少见的冲积平畈，是个有千余居民的古老集镇，西北邻近那条将一县分为东西两面通往长江的莲水大河，东边十余里白雁山连接龟山直至大别山主峰，南面一片平原壤接丘陵。虽为商贾往来贸易聚散之地，民人却是重礼谦和，风气醇厚。南北贯通的正街上鳞次栉比的铺面古朴整洁，后街则是山货木材柴炭耕牛家畜的交易货场，做挂面、线粉、糕点、豆腐、酱菜及吊酒、熬糖、染布、打铁的辛劳人家，大多聚集在后街，不少农户也居住在镇上。只要没有战乱，人们就世代在这里打理着自己劳作而安闲的日子。

宜君很少上街，今天刚露面，便引来街民驻足，人们友好地远远张望，拘谨地交换着惊异的眼色。宜君见状，和天香到杂货铺匆匆买了几束刺绣的丝线，就红着脸微低头回院里了。

傍晚，孙老太爷就着喜好的咸酸小菜简单用过晚餐，就进他书房去了。他每晚读书至深夜，时而诵念有声，宜君替他沏上清茶一壶即可。宜君扶婆母到卧室安歇了，回东厢房来轻轻关了门，划洋火点燃玻璃罩煤油灯，在灯前摊开针线慢慢刺绣起来。

她已深深爱恋的夫君孙韶光，是光绪二十九年癸卯年（1903）生人，属兔。这些日子，她在一针一线地绣一幅画图，是春光下红花绿草间一对亲密安闲的玉兔。那双玉兔绒毛洁白，<u>丝丝</u>可见，圆圆的眼睛晶红发亮，纯情地望着她，相依的神态是那样亲近可掬，温顺而又安详。宜君宁静专注地绣过约一个时辰，伸起腰久久凝视——她这一生再无所求了，唯愿往后与夫君的日子，能像这对玉兔，那该多好呀……等他几时回来，就把这对玉兔送给他，那他……

夜已很深了，她慢慢收拾针线，用一块红绸将玉兔绣帕遮好了，却依然没有睡意，又从屉中取出韶光留给她的钢笔习起字来。

这些时她在刺绣之余，时常一笔一划地抄写《女儿经》《弟子规》《增广贤文》和《古文观止》中喜欢的辞句。丈夫把自己心爱的钢笔留给她，等他回来时，得让他看到妻子的字有了长进哩。又约一个时辰，院外更夫的梆声清晰传来，夜交子时了，她这才拧好笔，将煤油灯亮光扭到微小，手衬腮颌望着灯芯发呆。

窗外静谧，偶有蛙声，她一会儿起身轻脚漫踱，一会儿坐下凝思。书柜里摆满了各种书籍，有线装古籍，也有许多民国后刊印的新书，宜君觉不便去翻动，也不是她能读懂的。渐感疲乏，解衣裙去床上躺下，脑海中全是韶光音容和她的玉兔，辗转反侧，不能入睡，新婚初夜的甜蜜，三天中夫妻的恩爱，一遍遍映在眼前，不禁心惘神迷，似睡似醒中鸡叫三遍了，这才圆囵沉睡过去。

早晨醒来，日头已半丈高了，急忙梳洗出门。孙母将她拉到跟前端详，见她眼睑微红，眼中也少了平日光泽，问她哪里不适，宜君说："只是睡得迟了些，不打紧的。"孙母说："该是惦念你娘了吧？孟管家今天去县城接你弟弟韶启回来，不妨绕道送你回娘家住几天？"宜君犹豫一会，"嗯"一声应了，谢过婆母，回屋收拾一只小包裹，乘管家的马车往竺家铺娘家去。

管家孟宪忠是孙府老管家中年得子，父亲离世后，他不到二十岁就子承父职，做了孙府管家。他从小在孙府院中长大，还陪韶光一起念过几年私塾，虽属下人，却也略通文墨，生得白净端正，憨厚而不失精干。他自驾车马，嘱少奶奶坐好，便专心驾车，不多一言。

出了小镇，一路春风拂面，阳光明媚。有农夫在水塘边浸谷种，高挽裤腿在泥地中低头整办秧田，赶着牛或自己躬身拉犁翻耕稻田，老人和半大的男孩在往麦地挑肥。他们大多是孙家佃户，不时伸腰引颈观望少奶奶的仪态，目光却那么淡然。宜君微微颔首致意。

放眼望去，遍地小麦已快抽穗，随风摇曳，绿浪起伏，与黄灿灿的油菜花共享着仲春的阳光，成片的桃梨花开得正艳。泥土的芬芳在春日分外宜人，远处的村庄升着袅袅的炊烟。

"鹅湖山下稻粱肥，豚栅鸡栖半掩扉，桑柘影斜春社散，家家扶得醉人归。"宜君油然记起她喜欢的这首唐代的田园诗《社日》，小时尝听父亲吟诵。古时的庄户人家，其实悠闲惬意着哩，如今怎只见辛劳忧愁？父亲说过，从前地广人稀，人无所争，若遇太平盛世，朝廷轻徭薄赋，民人富而有礼，穷而乐，自然相安。

马车平稳地缓缓行进，河边传来牧童的笛声，不时有喜鹊在枝头朝着宜君欢叫跳跃。她的心境松快多了，想到自己过门两个月来，虽是独伴孤灯，毕竟夫妻恩爱，夫君可依，又得婆母怜爱，心中便觉甜蜜。

约一个时辰，车到娘家院前，宜君一边请孟先生下车喝茶，一边喊着娘跑进院门。宜君娘小脚碎步迎出来，拉住女儿看不够，又忙招呼孟管家进屋。孟宪忠连声道谢说："要赶路哩。老太太嘱少奶奶安心住些时，几时回家，捎信过去就来接。"

日暮，斜阳依山，余晖夕照，宜君正与母亲在堂屋说不完的话，忽听院外马嘶昂扬，见一人大步流星直奔院来，径至庭堂喊声"岳母"长揖，竟是孙韶光！

母女大喜，宜君飞起满脸红晕，习惯地避到母亲身后。韶光说："我近几天就要去往广东，赶回禀明家父。天色尚早，就接宜君同回。"

宜君见门前枣红大马，说我不会坐马怎么办？韶光说无妨，拉住缰绳，将宜君搀扶坐稳，跃身于后，一只手把宜君腰肢揽住，夹马前行。宜君娘笑吟吟在院前目送。

宜君背靠韶光胸前，扶住他揽在腰前的手腕，渐觉平稳。那马通人性，先是慢行，继而小跑起来。宜君觉轻风迎面，耳畔是韶光久违的热烈呼吸，心中漾起羞涩的暖流。

回到家时夜幕刚刚降临。草草用过晚饭，韶光扶宜君回到房间。宜君忽然害羞，韶光轻轻地将她拥到绣榻，一任小别后的激荡。仲春的月光朦胧而又明亮，温柔地探进窗来，池塘边的蛙时而小心而欢悦地鼓唱，像是赞美这久盼的绽放……

次日韶光醒来辰时快过，出房来看见宜君在厅堂与母亲说话，虽一夜少眠，却见她容光焕发，明眸溢彩，分外娇媚，出落成一个绝色的少妇。

午间回房来，宜君本想拿出她即将绣好的玉兔图，可惜还没有结线完成，这次是来不及给他带去了，就将所习钢笔字拿给韶光看。韶光见这字工整娟秀，端庄中透出妩媚，赞道："正是字如其人。你怎么也写得这手好字？还是用的钢笔。"

宜君说："钢笔好用哩……我娘识字的，幼时常教我练习。家父为家兄请有塾师，是位秀才，我也一同听讲的，所习诗文塾师常做圈点指教，夸我有蔡文姬、李清照的天资，又说可惜了生为女子……"说着就脸红起来。

韶光问："尊岳翁怎没送你去上学堂呀？"宜君说："家父常说'女子无才便是德'，还说'人生识字糊涂始，姓名粗记可以休'，说让我略识文字，能够书写记账就行了，重在明达事理，恪守妇道，能持家用礼，相夫教子，才是载福之人。"

韶光又问："怎专抄些《女儿经》《弟子规》《增广贤文》，不如抄读些诗词歌赋，可以寻境怡情。如今民国，女子都要解放，不必过于守旧，作茧自缚于古训陈辞。"

宜君说："在娘家时倒是喜欢念些《诗经》和唐诗宋词，也没用心去记。《古文观止》也读过两遍的，还偷看过家兄的《西厢记》《桃花扇》《牡丹亭》哩……连那《聊斋》《石头记》也略看过的。"说到这就害羞起来。

韶光说："那你读书还不少呢，难怪这么聪慧明礼。"

宜君又说："家父教我，三从四德不仅是女子人伦，更是立身得福的根本。至于诗词歌赋，琴棋书画，吟风弄月，只可偶然雅玩，若女子好之，定是父辈娇纵所致，必损贤德，就不愿我沾染。"韶光初闻此道，感慨说："岳翁如此识见，倒是值得我辈深思。"

韶光转身从抽屉底抽出一本薄薄的书放在桌上，牵宜君到桌前，扶抱她侧坐在大腿上，一只手搂着她，一只手指桌上这本书给她看。

宜君坐他身上有些害羞，心里甜蜜，也就依着。

她见书面印着一个满脸络腮大胡须的怪人，仅露出两汪深凹的大眼和一根笔直带钩的鼻子，其他都是毛发，分不出哪是头发哪是胡须。书的右边竖印着五个楷体字：

共产党宣言

韶光指这怪老头说："马克思，德国人。就是他，创立了共产主义的伟大学说。"说着翻开第一页诵读开篇第一句话：

一个幽灵，共产主义底幽灵，在欧洲游荡。

宜君问："幽灵是何物？"

韶光略作思索告诉她："西方人所称'幽灵'，与中国人讲的'灵魂'不全是一个东西，意思是一个神秘的，不可捉摸的异类，它富有无穷的神力，到处游荡，不为人知，遭到排斥和憎恶，但它一旦显示神威，将笼罩整个宇宙，改变人类和世界。"

宜君不解，又问何为共产主义。

韶光肃然，扶她坐稳搂好说："现时中国内乱外侮，智识者为求救国出路，师从西方有了许多的'主义'——就是信仰和主张。唯共产主义如空谷足音，是人类最崇高的理想，它要消灭一切人剥削人，人压迫人的制度，最终消灭一切阶级，让人人平等自由，各尽所能，各取所需，实现世界大同。"

宜君靠紧他问"阶级"是什么。

韶光说："你这就问对了。阶级，就是不同经济地位的人群在社会上形成的等级差别，这种差别不断被少数人强制化，造成多数人的贫困和没有权利，没有尊严，它是万恶之源。这本书上说了，至今一切社会的历史都是阶级斗争的历史，近代的资产阶级用公开的，无耻的，直接的，露骨的剥削，代替了由宗教幻想政治幻想掩盖着的剥削。"

宜君想了想问："自古以来，贫贱由命，富贵在天，人人恪守本分，才有天下太平，这贫富怎么消灭得了呢？"

韶光激动，又扶好她搂紧说："不然。就在六年前，俄国十月革命成功了，没收了一切剥削阶级的财产，归国家所有——就是归全民所有了，工人和农民不再是资本家和地主的奴隶，成了国家的主人了！"

宜君就觉有趣，问："那谁让他们做主呢？"

韶光见宜君悟性高也有兴趣听，谈兴就更浓了，搂近贴耳教她说："国家的最高权力是'苏维埃'，就是工人农民的代表大会，由他们来决定国家的一切大事，这样就能做主了。俄国无产阶级革命胜利，建立了'苏维埃社会主义俄国'，去岁成立了扩大的'苏维埃社会主义共和国联盟'——苏联！"

宜君仍不放心地问："那就不要皇帝，也不要民国总统？"

"不要。连族长、祠堂都不要。"韶光说着就满意地笑了，见宜君新奇不已，握住她手又深情地吻她脸颊，说，"我信仰的是'布尔什维克'。"

宜君好奇地问："到布尔去为什么客？"

韶光忍不住笑了，怜爱地说："这是个音译词。中国就要进行苏联——就是俄国那样的革命了，我这次去广东就是参加这样的革命。先要打倒帝国主义列强和军阀，使中国得到统一和民族的独立，此役成功后还要实行社会的革命，像马克思说的那样，解放全人类，最后才能解放无产阶级自己。"

宜君听不大懂，她关心要紧的是丈夫要去的地方，仍问："你的大胡子马克思，住在广东吗？广东就是他的布尔？等你去解放？"

韶光想笑却没笑出来，知道她一时也弄不清这么大的道理，就力求通俗地说："布尔什维克不在广东。共产主义革命就是要取消一切地主和资本家，达到人人平等。"

宜君这下差不多听懂了，就说出一个实际的担心："那革命，不是也要革我们家的命了吗？"

韶光朗声大笑，颠得她快坐不稳了，他双手扶抱她挨近，贴着她脸，目视窗外，改用最通俗的话语，庄严又向往地说："也要革的……那时我家的田地都分给佃户，让他们耕者有其田，不再交租纳税，过上丰衣足食的日子。我们家人也都和他们一样，自食其力，按劳取酬，大家平等，不再剥削佃农的劳动了。你说这样该多好啊！"说着就深情地抚她头发和脸颊，像是在憧憬他俩男耕女织的甜蜜生话。

宜君不再说话了。她不甚明白夫君讲的这些道理，但从他慷慨坚定的神情中，感到她的丈夫是不会错的。她懂得，读书人总是先天下之忧而忧，后天下之乐而乐的，就涌起一股崇敬仰慕之情。她猜想，丈夫这次去广东，是要寻那个"幽灵"去了，这不是她能够改变的。她忽然明白了自己的宿命，她愿意为丈夫的理想和他神往的那个"布尔"，坚守自己的一生。她用异样的目光在心爱的丈夫激动的脸上搜寻着，默然无语。

孙韶光仍沉浸在亢奋中，他慢慢放下她站起来，拿着那本印有大胡子的书来回踱起步来，他那颀长的身躯在宜君迷惘的眼前晃来晃去。少顷，他又拥抱起她亲吻说："等着吧，我的爱妻！英特那雄耐尔，一定要在我们这一代人手中实现！"

一条宽百余丈的莲水大河，自北向南奔流百里通往长江，将古城一县分为河东河西两面。与闵东镇隔河相望的，是西面绵延不尽的山地和丘陵，平畈人耳熟的系马岗、万义、沿河集、望夫店几个西北集镇散落在那片山水丛林之间。

今天是河西陈家寨一个特别的日子——豪绅陈渔甫为他的傻瓜二儿子娶亲了。

人称古城"西北一只虎"的陈渔甫，正是孙韶光学友万瑞麟的舅父。此公曾是朝廷命官，家族在系马岗一带据有田地山林数千亩，光绪末年他见清廷大势已去，弃官回乡要光承祖业，招养家丁，笼络官府，百般盘剥佃农霸占田地聚敛钱财，又喜啖美食，嗜色好淫，常行道家采阴补阳长生不老之术，民女无论姑妇，稍有姿色的莫不避之如魔。他养尊处优，在西乡悠哉称霸近二十年。

一乘孤零零的轿子沿着山脚小路缓缓行走，不见抬嫁妆的长队，更没有骑马的新郎，几个无精打采的乡民不紧不慢地敲击着锣钹，一支唢呐的声音在空旷的山野里分外凄凉。坐在轿里的贫家姑娘名叫郑巧兰，她没有哭泣，只在轿过万家湾后山时拨开轿窗，探出头向山上不停地张望。

一个大汉孤单地站在山岗上，落日的余晖将他长长的身影拉成一条斜线，从山岗投到山脚。

轿子经过两边环水的中道来到陈家寨前，天已擦黑，有家丁点燃了一挂长长的鞭炮，将轿子引进陈宅大院，直接送到了中院的西厢房前。

陈渔甫虽广纳礼金，却只在客堂摆了两桌酒席，傻子娶亲，怎好见客。一声威重的咳嗽，陈渔甫迈着习惯的八字步从内室出来，端坐静候在酒桌旁的人们齐齐起立，一个个堆成笑脸，无声地朝他作揖恭贺。

陈渔甫头戴一顶浅褐色狐皮帽，缎面长袍外面套一件紫色云香纱万寿马褂，灰白山羊胡须理得整齐干净，一派休闲居士模样，只是那深凹的眼眶中目光深邃锐利，平静中有股威严煞气。他点头示意大家坐下，客人们无论是亲戚还是乡绅，都拿半边屁股沾在椅上，不去抬眼看他。陈渔甫也不落座，端起酒盅说："诸位莫要见笑。痴儿无忧，岂非天福？他既来我面前做一回人，也当与常人平等，老夫为他成家，舐犊之情，不为过也。请了，请了。"言毕自饮，放下酒杯，着长子陈守礼好生奉陪，转身离去。

当夜，鸡叫头遍了，陈渔甫还不能入睡，满脑了净是那俏媳妇巧兰的小模样儿，傻儿子不省人事，这小媳妇日后怎么过？他下床点燃蜡烛，从床底取出夜壶正要小解，忽然感觉屋顶有动静，细听是吱吱嘎嘎轻微的瓦响。夜里值守的家丁都在屋外，他急忙放下夜壶，轻拨门闩钻出卧房溜到前院。

天井上轻轻跳下来一条大汉。那大汉脚尖落地后就势腾起，一脚踹开房门蹿到床前，轮起劈柴板斧，借着烛光朝床上的人正要剁，听到一个女人的悲叹："他不在屋。好汉要杀就杀我吧，生那傻儿本是我作的孽呀……"大汉手一软垂下了斧头。

院中一阵吼叫，几个手持刀枪的家丁冲进屋来，对着天井上放枪。没有老太太的传唤，他们不敢贸然闯进卧室。前院的院墙处传来"啪"一声炸响，家丁们冲往院中。那大汉随手抓起夜壶从窗口甩向院墙后，出房打开后门，一个箭步登上中院院墙，大叫一声："陈渔甫！算你老狗日的命大，寄下脑壳等老子下回来取！"枪再响时院墙上早没人影。

来杀人的大汉是万家湾的年轻人万振山。

万振山是万瑞麟的族弟，生得猿臂熊腰，英武粗犷，他自幼家中贫苦，瑞麟的父亲见他虽顽皮却也聪敏过人，助他念了两年私塾，他却不爱读书，喜习刀枪棍棒，曾拜一个从河南过来的少林寺和尚为师学过武艺，长大在乡里穷兄难弟间呼朋唤友，习练武功，打抱不平，颇得人气。

巧兰是邻村郑家塘的姑娘，几代人种着陈家的佃田，她爷娘勤扒苦做盼熟的粮食，大筐小袋进了陈渔甫的谷仓。家越贫苦，巧兰小时越生得俊俏水灵，人见人夸，又活泼爽快，聪明随和。她十几岁时和振山相爱，同他钻过树林，躺过麦垛，就等着他来娶她。那天她替劳累的父亲挑担一起到陈家寨交租，恰被送客出门的陈渔甫瞄见身段，让她摘下遮脸的破草帽看了一眼，第二天叫人送来两担谷子一匹布，五天头上就抬去做他傻儿子老二的媳妇。在河西，陈渔甫想做的事不用商量。

万振山家贫一直娶不起，一个人站在山上望着那花轿远去，决心要夺回自己心爱的女人。他到万瑞麟的娘那里找了坛老酒，独自灌得烂醉，深夜拿起斧头别上镖刀去了陈家寨。早在每次交租时，他就恨恨地记下了陈家宅院的前后布局和陈渔甫的卧房。

天快亮了，早年丧妻的万振山老父听见屋里响动，套上那件勉强蔽体的破短褂走过来，昏暗中见振山正抱着不知哪来的一只酒坛咕咕噜噜往喉咙灌酒，板凳上搁着斧头飞镖还有带铁钩的粗绳。老父心里已然明白，长叹一声说："伢嘞，你快走哇，再莫回来。"

万振山望一眼他爷，放下酒坛，不声响往腰间别上飞镖，又从灶台拿菜刀插在腰后，也没什么衣物可带，从枕头下摸出万瑞麟留给他多年的两本发黄卷角的《水浒传》，填进空瘪的包袱，又抓了顶草帽。老父往包袱里塞进一个布袋，是从缸底刮出仅存的半升糙米，又颤抖着从一个瓦罐里掏出一块银圆，伸到他面前说："是你娘死时留给你日后娶媳妇的，带上它吧。"

两大滴眼泪从万振山脸上滚下，他跪地朝他爷重重磕一个头："我还要回来的。巧兰是我的女人！"起身乘着天色朦胧上路了。

传说有水浒般劫富济贫绿林好汉的地方，远在二百里外的河南罗山县望天山，万振山走了一天才进到罗山与黄安县交界处，这里山高林深，几十里不见人烟。听到肚子里咕咕乱叫，才想起一天水米没沾，又几夜未眠，眼看太阳已翻到山那边去了，他就地歪在羊肠小道旁一棵古树下沉沉地睡着了

有人轻轻推他的肩膀，正以为是他的巧兰，听到一个清晰的声音："没有死。"万振山微睁开眼，眼前晃动着一个葫芦水壶，他一把抓住就灌，脑子随着清醒过来，这才打量蹲在面前的人：分明是两个穿了乡下人土布短褂的教书先生。

"兄弟这是往哪里去呀？"一个白净清秀的问。

"不关你事。"万振山扶树站起来要走。

"不用远走了，兄弟，跟我们干！"另一个国字红脸膛同样书生气的人说。

"你是么人？"

"共产党！"

"干么事？"

"打土豪，分田地！"国字脸字字咬得钢镚响。

"秀才造反，三年不成。你们是王伦，不是晁盖！"万振山转身要走。

白净清秀的书生伸手拦住，拍了拍他腰后露出的菜刀："组织起来，拿起刀枪！"万振山审视着眼前这个英俊的秀才，原来他说话也一样响亮。

"我叫孙韶光。"白面书生又指国字脸说，"他是蔡日新，共产党古城县特别支部书记。"

"你们叫共产党的，有多大能耐？"万振山仍在怀疑这个手指女人般白嫩修长的书生。

"我们已经在黄安县组织起十万农民，不久就可占领县城，攻

进汉口，赶走北洋军阀吴佩孚，解放湖北千百万劳苦大众！"称作孙韶光的白净秀才双眼闪射出夺目的亮光。

"我不认识你那什么'无陪甫''有陪甫'，我只要杀陈渔甫。"万振山捏了一把腰后的刀把。

秀才开心地笑了："靠你一个人不行。我们可以带你到黄安那边走一趟，眼见为实，回来一起把河西十万农民组织起来，一百个陈渔甫也不在话下。"

"我跟你走！"万振山使劲勒紧了裤带。

原来孙韶光已从广州返回汉口两年多了。一九二三年三月，他和万瑞麟、钟培炎、沈立群带着董必武的推荐信，一同去了国民革命的策源地广州，在国民党左派领袖廖仲恺领导下，在孙中山刚设立的大元帅府，为召开国民党"一大"实行国共合作做准备工作和北伐宣传。沈立群行前已由林育南介绍入党，在"出征军人慰劳会"工作，他们四人从此成为职业革命者。当年底，孙韶光被任为中国劳动组合书记部武汉分部秘书处主任，回到汉口，和沈立群一起在林育南领导下秘密策动工农运动，一九二五年和蔡日新等人在汉口建立中共古城工作组，回乡成立古城特别支部，向民众宣传革命。广东北伐师出，鄂豫边界党的活动逐渐转向公开，他来鄂东发起农民运动。

万振山跟着两个秀才到了黄安七里坪，在这里参加了孙韶光开办的农民运动培训班，听到了许多靠自己的木脑瓜到死也想不出来的道理，明白了穷人为什么穷。这就够了！孙韶光和蔡日新还介绍他加入了他们那个专为穷人办事的共产党。

半个月后，孙韶光、蔡日新和万振山一起，披星戴月返回系马岗，来到万家湾。

孙韶光让万振山邀集贫苦农民到祠堂开会，先把农会成立起来。万振山找了半天，说乡亲都不敢来，越穷的人越不敢出门，他的老父要他还是逃走莫回来。蔡日新说："还得有贫穷又不怕死的年轻人带头，组成骨干力量。"

万振山说："我有！"

深夜，和振山一同习武打抱不平的穷兄弟黑子，领着一群难兄难弟来了。孙韶光像在黄安培训班一样给他们讲了一夜，讲穷人为什么要起来革命，为什么要打倒帝国主义封建主义的道理，大家一个个摩拳擦掌。天亮时蔡日新宣布，系马岗乡农民协会今天就算成立了，主席万振山，副主席黑子，乡农会就设在万家湾万氏祠堂。

振山和黑子引孙韶光、蔡日新分头到各村发动。那些衣不蔽体食不果腹走投无路的穷人青年的怒火一点就着，纷纷加入农会。农民总是习惯从众随势，声势一动，不到两个月，系马岗农民协会也像黄安一样大起，发展到六千多人，日夜打造刀矛，农会组织滚雪球般很快扩展到万义、沿河集、望夫店河西四乡。

孙韶光是古城口音，却从没像蔡日新那样公开说自己是哪里的人。在万振山眼里，他总也不像是造反的人，更像个教书先生，是河西穷人的一个知心朋友，农友们都称他"孙先生"。万振山感觉他既不是吴用，也不像宋江，他就是那说书人所讲去西天取经，连孙悟空都爱他服他护他的唐三藏。

常跟孙韶光一起从黄安过来的，是一个高高个子漂亮的十八九岁女子，孙韶光教大家喊她"沈同志"，万振山猜那该是孙先生的媳妇了，却总也不见两人住到一起。如今人人会唱的《农友歌》就是沈同志教的，她说这首歌，还有《穷人歌》和《妇女歌》，都是孙韶光在黄安采集整理的民谣，再用民歌的曲调填写成的，正在黄安农民中广为传唱。万振山在七里坪农运培训班就学会了《农友歌》，他喜欢与很多农人一起扯起粗硬的喉咙吼唱：

农友快快觉醒！天天起五更，回家披月星；热天里，冷天里，总是苦辛勤。豪绅和地主，要债逼人命。

一年忙到头，自己难脱身……农友们，快快要觉醒，参加革命！

陈渔甫那天半夜斧下逃生，不几天就探明是巧兰的相好习武人万振山所为，已亡命出走，心想迟早逃不出我的手心。他见周边农会渐起，风闻正是万振山从黄安回来领头，吃惊不小，早听说黄安那边农会杀死地主富人，哄抢瓜分财物。他连忙召集乡绅地主商议联防，分摊款项，到信阳购买枪支，拉起一百多人的乡自卫民团，以治安防匪为名扎在陈家寨，抽丁派夫加筑寨墙，挖塘引水围造护寨河。

陈渔甫深知穷人一旦啸聚发威，能把他的寨子顷刻化为灰烬，唯有扑灭于肇始，不使其酿成气候。如今的北洋县衙形同虚设，除了几名衙役捕快，连个兵丁都没有，地方秩序唯依宗族祠堂和乡间士绅。如何是了！他想去河南光山县搬救兵，他舅兄严炎其是那里的富室大户，其子舞枪弄棒，砸大钱拉起帮会"红枪会"万余众，横行一方，又恐远水难救近火。

他喊来民团团总陈守义，问："我陈氏族中，农会领头的是何人？"

这陈守义是陈渔甫堂侄，三十来岁，生性凶残又练过拳脚，曾在信阳北洋军队混过几年，回来横行乡里，为非作歹，是那恶名昭彰的乡间痞子不逞之徒。陈守义鄙夷地说："领头是四房湾的穷鬼陈友树。这人翻不起浪。"

陈渔甫捋一把修整的山羊胡须："莫看他们今天老实，万振山一朝闹大，立马跟着起哄。老实人比百恶人更难对付。也该杀一儆百了。"陈守义拔出枪说："我这就去除了他！"陈渔甫目露寒光："杀人不难，须得师出有名。时下不可与农会明里翻脸。当以族规家法，叫他们哑巴吃黄连。"陈守义说："这时开祠堂大会，会不会把农会逼急。"陈渔甫如此这般交代一番。

四房湾是个七八十户人家的穷村，离陈家寨不到四里，多是陈渔甫佃农。陈友树四十来岁，是个老实又义道的人，家无寸土从小给人放牛，十五岁时得到一头走失的牛，牵着牛四处寻访交给了失主，自此在四乡有了义名，又是个孝子，乐于助人，却因穷困至今未娶。农会建到四房湾，村民畏惧陈渔甫，不敢当真，就从穷人中推出陈友树做了村农会主席。

夜晚，湾里一户人家茅屋忽然失火，陈友树带人灭过火刚回屋，就有人来请他到陈家寨。来人说陈老爷要跟他商议与农会共处相安之事，却把他领进了祠堂。

陈渔甫平和地坐在族长座上，陈守义一脸杀气立在他身旁，两边站着七八个持枪舞棍的团丁，并不见别的族人。

陈渔甫也不叫坐，开口就问："二贵家的火，是你放的吧？"

陈友树大惊，忙说："火是我领人灭的呀！"陈渔甫又问："你和二贵的寡嫂通奸，二贵不依找过你，有这事吧？"友树说："瞎说哩。我看她拉扯细伢可怜，也就帮她砍过几担柴，替二贵给她犁过几次田。"陈渔甫说："无利哪个起五更。有人告到祠堂，是你放火泄愤。"陈友树喊："冤枉！"

"还想抵赖？拿下！"随着陈渔甫威严一喝，两个团丁三两下把陈友树捆牢。

陈友树忽然"啊！"一声大吼，像一头激怒的牛低头撞向陈渔甫，被陈守义一脚踢倒。

"依族律，以通奸纵火罪，沉塘。"陈渔甫说着起身。陈友树喊着刚从万振山那听来的："恶霸！恶霸！你不得好死！"

陈守义往陈友树嘴里塞进一块抹布，趁着夜色，带几个团丁把他推到四房湾附近一个水塘边，搬块大石头用绳子连在他腰上，推他往水塘去。

月亮忽然从云中探出身来，人影在白晃晃的水塘前摇动，随着陈友树口中"呜呜"作声，湾前传来激昂的犬吠，有以为驱狼的人们手执冲担火把"火叽火叽"吆喝着朝塘边跑来。陈守义对掇着大石头的团丁喊："快点！"

水塘发出落下重物的声响，陈友树在沉没前挣扎着，张望出村的火把和乡亲，用力吐出了口中浸湿的抹布，说了句"农会！农会……"就不见了。

第二天一早，寨墙上贴出一张告示：

兹有四房湾族人陈友树寡廉鲜耻、奸淫族妇、纵火行凶、大逆不道。经祠堂族人公议决，依族规罚处沉塘。以儆效尤。 此布

系马岗陈氏族祠

孙韶光、万振山一行闻讯赶到四房湾时已是傍晚。振山和黑

子跳进水塘，和几个会水的潜下去摸到陈友树尸体，割断石头绳子，把他抬到岸上。陈友树腹部鼓胀，手脚和脸已泡得青白，着地时七窍顿时渗出血来。万振山两眼血红，朝陈家寨方向大叫一声："我日你娘！"

塘边和村前哭成一片，二贵的寡嫂不管不顾地摇着好人友树恸哭。

孙韶光振臂一呼："乡亲们！"撩开布袍站到高处，甩一下垂到额前的头发，面对悲极麻木的两百多农民激愤地演讲起来：

"地主恶霸是我们不共戴天的仇人！陈友树何罪之有？为什么遭此惨祸！大家再想一想，我们为什么世代受穷？我们流血流汗打下的粮食为什么进了地主的谷仓？就因为有这吃人的制度！这人剥削人、人压迫人的万恶的制度！你们把地主养得白白胖胖，自己却挨饿受冻，骨瘦如柴，忍气吞声。他们视穷人如蝼蚁草芥，想打就打，要杀便杀，丧尽天良。即便像友树叔这样忠厚老实的一个农民，恶霸的屠刀还要举在他的头上！穷人能不反了吗！

"共产党是穷苦农民的党，是领导穷人翻身解放的党！我们只有跟共产党走，组织起来，拿起刀枪，推翻这黑暗的制度，打倒恶霸地主，让天下穷人当家做主，才能永享太平！"

祠堂里一片肃静，蔡日新领呼："打倒土豪劣绅！跟共产党走！穷人要翻身！农会万岁！"

"农会万岁！"农人们挥起森林般的糙手，怒吼声松涛般回荡在山谷。

几天后，孙韶光返汉口执行与北伐相关的秘密任务，行前指示蔡日新等人继续发动河西农民运动，同时注意引导，他说："我北伐军已占领长沙，不日将进攻武昌。我们既要广泛地发动群众，又要避免和减少农民过激的行为。"蔡日新说:"恐怕很难避免。"

孙韶光严肃地说:"我党宗旨以合作北伐压倒一切。当前仍参照《黄安县农民协会组织法大纲》,重在壮大农会力量,开展合法的斗争,震慑恶霸地主,实行减租减息,废除苛捐杂税,争取佃农权利。要向农民解释,对于惩罚土豪劣绅,国民政府将会颁行法令,其时依法实施。"蔡日新迟疑地点着头,说:"农民受恶霸的欺压太深。"

四房湾惨案像风一样传开,"农会万岁"的呼喊震动河西,穷人为要活命纷纷加入自己的靠山农民协会,很快发展到一万五千多人,愤怒的青年农民已经失去控制,乘势自发地砍杀了一些民愤大的地主恶霸,四乡农民已是一呼百应。

这天深夜,万振山趁蔡日新远去县城,和黑子聚拢一千多农民,手握刀矛冲担,肩挑箩筐袋桶,高举松油火把拥向陈家寨。十几杆土铳一起开火,寨墙上却不见回击,万振山一挥手臂,农民呐喊着破寨而入冲进陈渔甫宅院。瑟瑟颤抖的陈大奶对一脸杀气的万振山说:"谢好汉那夜不杀之恩。老爷前几天逃往河南光山去了。"

农民们吆喝着,从正屋到前中后三院的房屋库房粮仓里铲装粮食,搬扛凡是能够搬动的柜子箱子家具棉被和衣物,只是一时找不到钱财藏在哪里。黑子就要放火烧屋,万振山望见中院西厢房前,巧兰扶着傻子老二,一声不响在朝他张望,夜风吹散的头发飘乱在她耳旁,满脸辛酸和憔悴。傻子正张大嘴嘿嘿地朝他开心地笑着。

"房子留下,日后穷人好住!"万振山一步三回头,对巧兰大声喊,"等着我!你是我的女人!"

3. 聚汉口同志分道 赠玉兔夫君盟誓

半年后，公元一九二七年二月。

国民革命军团长万瑞麟在汉口东面谌家矶江堤上巡察江防。遥望江南那座掩埋着施洋烈士的苍翠洪山，他的心潮像大江一样汹涌。

就在去年九月初，国民革命军"北伐军"连克粤汉铁路上军事要隘汀泗桥、贺胜桥，直捣武昌城下，付出英勇牺牲而未克，万瑞麟所在第八军二师奉命攻打汉阳、汉口，九月六日汉阳守军起义，二师于七日强渡汉水攻占汉口，万瑞麟率第三团经后湖攻取江岸后，急出戴家山进占东面江防要塞谌家矶，截敌东线外援。吴佩孚大势已去，留下武昌孤城守军，仅带卫队仓皇逃往孝感。十月九日夜，北伐军在围困一个月后攻克武昌。

万瑞麟自孙韶光、沈立群返回汉口后有三年没见了，钟培炎也随国民政府迁来汉口，他们四人终于在胜利到来的时刻，即将重逢在曾经理想飞扬读书成长的江城！

一九二四年五月，万瑞麟考取孙中山在广州黄埔创办的国民党陆军军官学校第一期，他潜心学习军事，避免介入学生中国共两派团体空谈主义的争斗，十月份毕业留校任第二期入伍生队连长，第二年以学生军参加第一、二次东征，在攻克淡水城、棉湖决战和阿婆、惠州战役中与敌死战立功，升任为以教官刘峙为营长的第二营副营长。北伐出师前派入唐生智第八军任副团长，先期出师湖南迎战赵恒惕、吴佩孚南侵联军，又一路打到武昌，因作战骁勇多谋，屡立战功，且曾任黄埔教职，在武昌城下擢升为团长，成为西路北伐军的知名战将。八月下旬长沙阅兵时，刘峙师长禀明蒋总司令，要将万瑞麟调回自己麾下任补充第五团团长，唐生智军长未允，说打武昌我还指他破城呢。

北伐军所向披靡，已迅速占领长江流域和华中华南十余省，他只等着一声令下，率部以前锋入河南直捣开封底定中原。

传令兵喊着"报告！"登上江堤，递上一页电报：

命　令

第二师第三团于二月九日十时接防汉口租界区，不得延误。

军长唐生智

清晨，数万市民拥上街头，欢迎第八军功臣入城，沿街欢声雷动，人们挥舞着彩旗，争睹革命军英姿。军队和民众汇成浩荡的游行队伍，经太平街、鄱阳街英国租界附近来到沿江马路。万瑞麟一身戎装，英姿焕发带队行进。行至英国领事馆，民众驻足高呼："打倒帝国主义！""还我租界！""三民主义万岁！"军人和民众同声高唱：

打倒列强！打倒列强！

除军阀，除军阀！

我们要做主人，我们要做主人……

领事馆前人流汇聚、群情激昂。万瑞麟命副官敲开英领事馆大门，请总领事等人到门前说话。英国总领事额汗涔涔，上前欲与万瑞麟握手，万瑞麟回以军礼，朗声道："本人中国国民革命军第八军二师三团团长万瑞麟，兹以中国人民的名义宣布：自即日起，收回贵国在汉口租界，废除领事裁判权及一切治外法权，撤销巡捕房，租界治安由国民革命军接管，各项事宜待汉口特别市国民政府成立后立行交接！"英国领事瞠目结舌，掉头跑进领事馆。民众和军队欢声雷动。万瑞麟领着队伍继续行进，沿途凡经外国领事馆，都照此而行。

孙韶光和沈立群就在人群中跟随。两个月前，英帝国主义在长江一带连续挑起事端制造惨案，煽动列强阻止北伐，他两人参与组织了中共指挥的三十万人参加的反英示威大会和游行，冲进了英租界，今天目睹万瑞麟军人雷霆之威，心中填满胜利的喜悦。孙韶光原任中共湖北区委劳工部部长，沈立群任工会秘书长。几年间，为呼应和配合南方革命形势与北伐，他们在林育南领导下组织了武汉三镇反吴佩孚大示威，发动指挥了硚口英美香烟厂、泰安纱厂和申新纱厂罢工。今年一月国民政府迁来武汉，孙韶光被派到国民党中执委农政部，不久在由上海先期迁来武汉的中共中央组织部任副秘书长，负责与北伐军中党员军官的秘密联络，曾通过渠道与万瑞麟有过联系。

万瑞麟的队伍行进到法国领事馆门口停下，正待宣示，一辆军用敞篷吉普高鸣喇叭从人群中挤过来，车上跳下一个人，急匆匆把万瑞麟拉到一边。

来人竟是钟培炎！他着一身灰布中山装，精神抖擞，较从前更显敏捷干练。孙韶光与他广州一别三年，却不便近前。

钟培炎南下后一直留在广州，一九二四年国民党"一大"时，组织令他以共产党员个人身份加入国民党，因素有才子之名，安排在国民党中央执行委员会秘书处任干事，为中央撰写各种决议文告和宣言。"中山舰事件"后国民党中央实行《整理党务案》，取消"党军"第一军及中执委部分部门的个人跨党，《中国国民党党员登记表》发到钟培炎手中，他面临要就退出共产党加入国民党，留在中央工作，要就离开中枢。

钟培炎在广州曾心怀崇敬，聆听过孙中山先生重新阐释"三民主义"的十四次演讲，受到震撼，逐渐感到三民主义比共产主义更适合中国国情，且二者的宗旨十分接近，国民党肇兴于倾覆清廷创造共和，众多志士仁人前赴后继及至今日，是中国革命正统。他在主义信仰上发生这样重大转变，却没有机会与万瑞麟讨论，为党籍一事他去军中找万瑞麟没见到人，又无法向远在汉口的孙韶光询问，就随多数跨党同志一道，重新登记为国民党员了。他不会想到这将在多大程度上影响自己一生。北伐军攻占武昌两个月后，他随国民党中央党部和国民政府从广州迁来汉口。

钟培炎顾不上寒暄，递上一张盖有国民政府大印的手令，命令万瑞麟团长立即停止擅收租界，妨碍外事的行为。钟培炎急道："国民政府刚刚接到各国领事馆电话询问和抗议，英国外交部已发来电报，表示强烈抗议并发出照会。收回英租界之事，国民政府外交部正依据革命宗旨与民意，与英国驻华使馆谈判交涉，不久将行收回。此非军人与民众可擅为。为避免肇启国际争端，节外生枝损害北伐大业，故严令不得扰外。请即执行！"说完与瑞麟匆匆握手就登车而去。

万瑞麟遗憾地令队伍向驻地行进。孙韶光和沈立群见此一幕，又不便近前，眼看钟培炎离开，又目送瑞麟队伍远去。

随着北伐军占领武昌，古城县农民运动几个月来声势大壮。蔡日新担任了由共产党领导的古城县国民党县党部书记长，和万振山在河西建立起农会武装"农民自卫军"，农民协会势力已扩展到十二万人，控制了县城和全县大部，成为地方唯一的权力机关。

蔡日新得到急报，两天前，陈渔甫从河南光山引舅兄严炎其的豪绅武装"红枪会"一万多人，由一拳师执掌，正从边界富田河杀过来，前锋已过河西抵达望夫店，沿途捣毁农会，屠杀农协会员，准备围攻县城。蔡日新急令万振山和黑子带河西五千多农民自卫军赶往望夫店御敌，派中共古城县特别支部委员刘朝闻、邓啸天急去汉口找孙韶光报告，请他设法增援。

万振山把数千自卫军摆在三面山头，留出一片山冲谷地，呈居高临下之势。天微明，谷地人声嘈杂，成千上万打着赤膊的红枪会众蝗虫般由远及近，他们刚喝过血酒祭过祖师，手执刀矛，齐声嗷叫着"刀枪不入！刀枪不入！"的符咒，跟在拳师后面向山岗拥来。

万振山农军火器只有四支步枪几十杆土铳，土铳填药放铳费时，射程太短，散射的弹子杀伤力小，会匪没当回事。他们居然有步枪百十条在前射击开道，上万人吆喝着围向山头。万振山大吼一声："杀呀！"舞刀领头冲进敌阵。

敌众我寡，拼杀不到半个时辰，虽杀敌过百，自卫军死伤也不少，万振山命令撤守万字山。会匪很快整合方阵，呈弧圈形黑压压一片向万字山逼近。

农民们还是头一回打大仗，一些胆小的拖着冲担锄头往后逃。万振山大骂"怕死鬼！"也没用，他的砍刀早已砍缺了口，肩膀上刀伤的血染红了上衣，黑子的梭镖也折断了把。会匪"刀枪不入！刀枪不入！"的符咒声嗡嗡轰轰地愈来愈近。

忽然响起密集的枪声，会匪大片大片地接连倒地，炸弹在敌群中开花！万振山惊回头，见数百名头戴大盖帽的年轻士兵占据山头，七八挺机关枪很快朝山下架起射击。会匪哪知真军队枪弹厉害，仗着人多势众，没倒下的仍口念"刀枪不入"往前走。

孙韶光撩着布袍大步上山来，紧跟他左右的是蔡日新、刘朝文、邓啸天和几名警卫。万振山几大步跑过来，紧紧握住他的"孙先生"的手。

原来孙韶光接到邓、刘急报，连夜带二人到武昌都府堤农民运动讲习所和省国民政府，先后见到毛泽东委员和董必武局长，他们当即派农讲所学生武装二百余人和省国民政府警卫二团一营驰援古城农会，派孙韶光引领，前往剿灭豪绅武装。

戴营长一声令下，冲锋号大作，万振山的刀矛自卫军和学生军呐喊着冲向山下。会匪方知枪弹厉害，相信遇到了"真神"，符咒也不念了，掉头狼奔豕突而去。

"陈渔甫在哪里！"万振山喝问一个缴械的会匪。

"不认识呀。神仙饶命！"另一个会徒跟着喊，"神仙饶命！那陈老爷从光山引我们来送死，自个儿和严大仙还在富田河吃肉喝酒哩！"

在随后几天的战斗中，河西数万农民有了"孙先生"带来的革命军壮胆，纷纷拿起锄头扁担，漫山遍野汇入到万振山的队伍，一路向北追击，一直打到光山俞家垸，捣毁了会匪的老巢。

孙韶光带凯旋的学生军和警卫营刚回到武昌复命，沈立群就找到他，兴奋地说："万瑞麟和钟培炎就在我家，等你见面呢！"孙韶光大喜，两人急去江边乘船。

万瑞麟和钟培炎等候在客厅，与风尘仆仆的孙韶光紧紧握手。

孙韶光介绍黄安古城两县农民运动如火如荼的情形，绘声绘色讲述他带学生军驰援古城，打败豪绅武装万余人的过程，十分激动。万瑞麟听说族弟万振山做了农会主席入了党，高兴得合不拢嘴，连称："这个人你找对了！"

钟培炎神情冷峻地静听着，也不打断，俟后十分严肃地说："北伐大业尚未完成，共产党方面为赢得上海、广州、汉口等大工业城市工人的支持和革命军占领地区农民的拥护，单方面加紧发动工农运动，部分党人意欲另行建立武装。这不是时候。"

万瑞麟说："怎见得不是时候？"

钟培炎忧虑道："湖南北伐军一过，全省就乱套了，农运一起，地方完全失控，军粮税款无着，前线军官的父兄不少被农会游街杀头分其财产，已引起中上层革命军官思想混乱。"说着扫一眼众人，神情更为严肃地说，"这有可能导致国共的分裂……"

万瑞麟站起来大声说："北伐不仅是军事行动，更是一场轰轰烈烈的人民解放运动！如不唤起民众，失去了人民支持，势成无源之水，无本之木。我从广东一路打过来，革命军所到之处，百姓无不雀跃，箪食壶浆以迎王师，军民振奋，何敌可挡？若以单纯军事行动，那与军阀地盘之争何异？"

沈立群端茶要瑞麟坐下，笑着说："你莫急哟，慢慢说。"

孙韶光接过话题："毛泽东委员最近发表《湖南农民运动考察报告》，振聋发聩。我在黄安、古城做农运所见所闻，深感毛同志所言——'中国革命的根本问题是农民问题，农民的根本问题是土地问题'，他的判断是完全合乎实际的。国民革命绝不可以放弃甚至压制工农运动。"

钟培炎素以文才言辩知名，且在广州已信仰和通晓三民主义，他站起来申辩："孙中山总理创造国民党的基础，就是农民问题，也就是土地问题。平均地权，耕者有其田，本是国民革命宗旨，对此国共两党目标是一致的。但须待统一完成后，由政府主导渐次实施。须知离开责任的民意可能变成洪水猛兽！此时起乱，必吓跑民族资产阶级与农村缙绅，致革命孤立。若不思团结中道纠纷，正是亲者痛仇者快呀！"

万瑞麟见钟培炎立场言论全是国民党右派那一套，又生气又痛心，仍以兄长身份骂他一声："你这个书生！跑去国民党也不吱个声！"

钟培炎被兄长责怪，不好顶嘴，话也变得不会说了，嘀咕道："哪去找你。不都是干革命……国民革命。君子和而不同……"孙韶光难过地问："难道我们就这样分道扬镳了？"

家佣吴妈喊沈立群到一旁接了个电话。立群转身说："是表哥赵挺坚，他在上海陈立夫手下任事。他说蒋中正与武汉中央分歧已显，可能有大事发生，叫我不要参与时政抛头露面。真可笑！"

说话间沈伯钧从楼上下来，说："深谢各位前来探望老夫。夜已深，诸位公务繁忙，是否改日再叙？"众人起立告辞，沈伯钧又缓慢说道："恕我赘言：今国共合作若能统一中国，乃百世伟业，苍生之福。唯望诸君以民族为重，去一党之私，戮力同心，肝胆与共，则国家或可有望。"大家点头称是。

四月十七日，孙韶光到汉口南洋大楼国民政府官邸，列席中执委紧急扩大会议，见远处角落里，钟培炎也落寞地坐在那里。

刚到达武汉几天的国民政府主席汪精卫站在桌旁，他那张美男子的脸上布满忧郁，他通报说，蒋中正四月十日以"清查委员会"名义取消武汉国民政府，将中央党部迁至南京，四月十二日上海等八省市同时发动清共，捕杀军中和地方大批共产党人，并在本党右翼极端分子、军酋、江浙财阀和帮会支持下，于十三日在南京另立国民政府。他接着宣布开除叛徒蒋中正党籍，并予通缉，以及实行东征讨蒋、二次北伐的决定。

孙韶光大惊，转过眼去看钟培炎，见他正双手捧着耷拉的脑袋。

中央执行委员宋庆龄、邓演达和苏联顾问鲍罗庭等人先后发言，痛斥蒋中正背叛革命，压迫工农，摧残党权，甘心替帝国主义资产阶级效劳，呼吁国共两党党员拥护武汉国民政府，与蒋逆坚决斗争。孙韶光有三年多没见到宋庆龄女士了，感觉她变得十分忧郁，全不见孙中山健在时的神采，他想，没有了孙中山，这国民党，谁还拢得住呢？

散会时钟培炎朝他走来，孙韶光紧握他的手激动地说："看来我们并没有分道扬镳，仍是同志！"钟培炎神色忧虑，轻轻摇头说："事还没有过去。'冰炭不同器而久，寒暑不同期而至'，上海的昨天，就是武汉的明天……"又叮嘱他，"你和沈立群都要小心些，万瑞麟在军中暂时还不要紧。"韶光默然。

六月三日深夜，孙韶光得到林育南紧急通知，说继夏斗寅独立第十四师叛乱，何健第三十五军所部许克祥团五月二十一日在长沙发动事变，血腥清共，杀害大批农运首领并拒绝武汉中央调查。汪精卫对中共四月二十七日在武昌召开"五大"欲争取领导权十分敏感，共产国际代表罗易同志竟将要中共立即组织十万工农武装，开展土地革命的六月一日机密电报给汪精卫看了！他正在踌躇观望，不能保证他不倒向南京，我党必须提高警觉。

孙韶光为湖南同志的遭遇悲愤不已，记起钟培炎那天的话，才知他跻身国民党中枢毕竟知道得多一些。他急向沈立群传达，立群惊问："汪兆铭也会反共？"

韶光告诉她："三中全会鲍罗庭的反蒋政策已告失败，汪精卫武汉左派政府软弱动摇，正在向右转。我党面临进退维谷，惟有勉力维持与汪合作。我们与南京国民党右派、蒋中正地主买办反动政权的斗争，将是长期的残酷的！林育南同志指示我离开国民党中执委农政部，和你一起寻找职业掩护，转入地下潜伏以备斗争，组织上只与他一人联系。"沈立群即要韶光暂到她家回避。

孙韶光和沈立群分别在汉口心勉中学和硚口完小做了教师。七月十四日晚上韶光在立群家正说话，有人轻轻敲门，是钟培炎。

"要出大事了！你们今夜就离开。快走！"

孙韶光急问："出什么事了？"

钟培炎说："分裂。最好离开汉口！汪精卫今天已通过'和平分共'决议，但他不能控制部分反动军队如上海湖南一样残酷反共！"说完匆匆出门。孙韶光叫沈立群暂时避到学校去，只身连夜过江向林育南报告，林育南熟悉钟培炎，判断消息来源确切，紧急报告已迁至武昌的中共中央布置疏散，指示韶光和立群潜往乡下隐蔽。

第二天凌晨，肃杀的汽笛划破武汉三镇的寂静，不知从哪里冒出来的军警和士兵奔跑在街巷，断续的枪声分外凄厉，有捆绑的人被推上囚车。

孙韶光和沈立群匆匆去向沈父告辞，远见花园内外站着持枪的士兵，正在沈立群家搜查。隔着栅栏花木，隐约听见军人称此处有共党嫌疑人出入，沈伯钧对来人表示抗议，声称要向国民政府提出交涉。两人不敢停留，急唤黄包车返回心勉中学，好在头天已买好今夜去往仓子埠的船票。

七月十五日的黑夜降临得格外的早，枪声早已停歇，因为没有发生反抗和战斗。乌云不慌不忙地聚到城市的上空，星光悄然隐去不见踪影，淅沥的小雨很快潮湿了路面。汉口的夜从未像今天这么死寂。孙韶光和沈立群共一把纸伞来到江汉关码头，江面依然平静，只是江边不时发出重物落水沉闷的声响，泛起一圈波光又无声地合拢。夜幕下可见远处有一群士兵，从堤上车辆抬扛麻袋丢进江中，麻袋里的活物仍在挣扎扭动。

"啊！"沈立群刚要惊叫，孙韶光已捂住她的嘴巴。

把守在船坞入口的军警检视了两人教师身份的证件，翻弄过沈立群的手提皮箱，正要放行，一束刺眼的强光照在孙韶光脸上。手握电筒的军官喝问："黑灯瞎火，一男一女往哪里逃？"

孙韶光急中生智，抬手遮挡手电光，从容答："暑假，回乡完婚。"军官将一张硬纸伸到电筒前比看，正是林育南的照片，又用电筒光在沈立群身上晃了晃："与人私奔吧？够味儿。走吧！"

傍晚，孟管家闻声打开院门，见是少爷带一高挑漂亮女子回来，连忙返身禀告。竺宜君惊喜，快步迎到院中，就呆立了。韶光介绍："这是我学友沈立群，我们是同志。"

沈立群已明白眼前这位绝色少妇是谁了，大方走过去亲热地喊声"嫂子",就拉起她的手。

宜君一时不知所措,望一眼韶光,很快镇定下来,说声路上辛苦了,就牵着立群的手往堂屋去。

韶光到堂前拜见老爷老太太,禀明原委。孙母微视立群,面有疑色,见她下面赫然一双大脚,皱了皱眉,嘱妥为安置,又怜视宜君,责备韶光说:"五年间只回家两次,你就全无惦念?"韶光唯唯诺诺,颇有愧色。孙老太爷长叹一口气,念声"君子于役,如之何勿思……"摇着头回他书房去了。

宜君上过茶水,泪光盈盈出去张罗,又亲到厨房嘱备饭菜。

晚餐桌旁,孙母灯光里看沈立群神貌举止倒也端正,问:"如今女子也上得洋学堂?"韶光替她回答:"民国后便有专门的女子学校,男女学生并不同校的。"孙母点头。宜君替立群夹菜添汤说:"乡下饭菜,沈小姐怕是不惯哩。"立群爽快说:"比我家的好吃。"就大方吃着,并不顾及仪态。宜君拿眼去看他二人,心中五味杂陈,目光幽幽的,勉强下咽。

孙老太爷见状,置箸起身去了。他因与竺家老太爷是同榜至交,对宜君这个守着活寡的贤惠子媳,一直视如自己的女儿。这时他坐不住了。

宜君送沈立群到前院西厢房歇息。立群见窗明几净,新挂的蚊帐,床上铺有凉席,丝织被单叠在里边,一卷蚊香已烧过小半,一把羽扇搁在桌上,灯罩也擦得铮亮映着黄光。立群拉宜君到床边坐下,亲切打量她说:"真是难为嫂子了。"

丫鬟天香端来洗漱水和手巾用具,瞟一眼沈立群,对宜君说:"大少爷还没安歇呢。"就到门外候着。

宜君略坐一会,说:"一路辛苦,早些歇息吧。"就要离开,立群拉她说:"嫂子陪我说说话。"宜君抚她肩说:"待明日吧。"立群目送她掩门离开,心中就理解和同情,人家几多时没见面呢。

宜君进房不见韶光,忽然一双长手从背后把她紧揽,韶光在耳边低声说:"可是想死我了!"便拥她到床沿。宜君微拒着,忍不住落下泪来。孙韶光替她擦拭说:"爱妻切莫多心。沈立群也是堂堂巾帼,如今革命并不分男女,只讲信仰,志同道合便可同生共死,同行同住而绝无苟且。以后你慢慢就知道了。"

宜君泣道:"有道是'情既相投必主淫',这没有例外的……先生若是有了新欢,不如在外纳了侧室,我就与她姊妹相待。"

韶光说:"纳妾陋习,早当废止!且我孙家祖上规矩子孙不得纳妾,何况于我。韶光今生唯有爱妻。"说着拥吻。婚后五年多只重聚过两次,宜君这时已是目光迷雾,回吻着娇嗔:"负心郎……"

一夜少寐过后,宜君芥蒂全消,清早便过去看望立群。立群见她樱唇红透,艳若桃花,知是昨夜爱河浸润,看到镜中自己形容憔悴,一时惭愧,酸酸地问:"韶光可起来了?"就觉失言,两人便都潮红了脸。

宜君望着眼前这个喜欢革命满世界漂荡的女子,心里怜悯起来,替她梳头说:"还是新女子头发样子好看。"又引她到庭院浇花。韶光这时出门凑过来,有些拘束,三人一起浇灌摆弄,谈笑间立群又忘记了刚才的酸惭,还说嫂子比这小池中水仙花还好看。

立群在后院看见一株苍劲茂盛、碧绿葱茏的树木,问宜君是棵什么树,宜君说是桂花,立群问怎不见开花,宜君说桂花要到八月才开的,这棵桂花还是韶光的曾祖父亲手栽种,有一百多年了,是棵迟桂花,比一般桂花开得迟,有时一年二度,相反更加暗香浓郁,到秋风稍起,这院前院后,外面半条街都能隐约闻到的，是那种幽幽的醇香。

宜君说："你再住两个月，就能看到开花了，橘红的，粒粒细朵夹在绿叶里，可好闻哩！落下的花拾起来晾干，可以久存的，做成芝麻桂花糯米汤圆，炒桂花饭，韶光最爱吃了。"就又给她讲起小时她娘讲的月宫桂花树，吴刚伐木，嫦娥奔月，玉兔相伴的故事。

立群听着新鲜，说："那我这次就等到桂花开了再走。"又问，"怎没见梅花树呢？我最爱梅花了，傲雪凌霜，越是冰寒越是灿烂芳香，我家住的大花园里就有几棵梅花。"宜君说："我也爱梅花。可惜在我们乡下，梅花是不种院内的。桂花不显形的，也没有梅花的花枝那么俏。"

相处十多天来，宜君与立群十分亲近投缘。立群特别喜欢吃宜君为韶光做的几样小坛咸酸腌辣菜，有韭菜萝卜丝，霉鲜豆腐乳，雪里蕻，姜蒜辣豆酱，宜君告诉她，韶光和老太爷一样，就好这口，老太爷不讲究饮食，有诗"纵有珍肴供满眼，每餐未许缺咸酸"。立群笑："还是乡下老爷少爷们有真口福！"

立群常给宜君讲国家，社会，革命，谈韶光，也谈到万瑞麟。宜君都觉新鲜，感到她与韶光所讲一样令人神往，就很佩服和羡慕她，更喜欢她这开朗直爽、没心没肺的性格，心想到底是大城市洋学生，不知忧愁哩。宜君百思不解，莫非女子一旦爱上革命，就都成她这疯疯颠颠模样？难怪她与韶光这么亲密，原来都喝了那大胡子怪人马克思的迷魂汤！那"革命"，真的就这么有味，叫人迷恋？

宜君常给沈立群讲一些风土人情，乡间趣事，立群也闻所未闻，备感兴趣，心下越发喜爱这位聪慧贤淑的旧式女子。唉！可惜生在这乡下。

立群问宜君记不记得那年一起来当过伴郎的钟培炎，说他转到国民党里去了，太可惜了。宜君这些天来已多少懂一点时政了，回忆说："那个学友是像文气重一些，很多愁的样子。那你们这不成敌人了？"立群就叹气摇头："还说不清，看以后了。"又说，"上个月十四号武汉政变前一天，幸亏钟培炎连夜给我们通风报信，不然韶光和我可能被捕，现在还不知死活呢。"宜君闻言一惊，原来他们那革命，是在玩命呢！全不像孙韶光谈的比诗还美。我的天啦！好在总算回来了。

沈立群从皮箱里取出两根细长的竹针和一团绒线，边说话边没事儿般挑弄着，宜君问："你这是在？"立群说："这是织毛线，什么花样都可以织出来的，我想给嫂子织一条披肩。多时没织了，手也生了。"宜君很感兴趣，就要立群教她，她毕竟是刺绣妙手，边听边看又试了一番，就明白了钊法窍门，不多时也能运用自如了。

沈立群感叹："嫂子真是个灵性的女子！你要是读书，肯定比我强。"又忽然想起说，"你与孙韶光长期分居，总是不宜，不如随我们一起参加到革命。你一样的能做很好的工作，还能帮我们做掩护哩！"

宜君有些向往，又感迷茫，想一想说："能在一起是好，可我没念过学堂，说不出你们那革命的道理，又是缠过足的，只怕成了负担呢。"立群说："那怕么事哟！你识文明理的，正好哩，有好多大字不识一个的，都是我们坚定的同志。我们有些同志的妻子也是小脚，不碍事的。唉！谁叫你去缠足呢。"就好奇又怜悯地弯下腰去看她的小脚，口里"啧啧"有声。宜君害羞地笑着。

立群对韶光说了这个设想，说："这次就把嫂子带出去，我来负责帮助她，她也一定能成为一个坚定优秀的革命者。"韶光不语，继而说："革命是要流血牺牲的，不好让她个弱女子去担惊受怕冒这风险。就让她在乡下过这闲适的生活吧，家中老人也要有人陪伴照料。"立群惋惜地想着他的话。

宜君想用刚学到的针法给韶光织一条围巾，拿来沈立群的一团深红色毛线和竹针，可惜这些天没有多少单独的时间，又怕织得不好在沈小姐眼里献丑了。想起几年前为他刺绣的那幅一尺见方的玉兔图，这回正好给他带去呢。

她取出绣帕针线，心中就觉宁静，坐到窗前，在玉兔花丛的上端加绣起来——她要让院中的桂花树伸出一团碧绿的枝叶，为这对玉兔遮阴挡雨，又使绣帕蕴含丹桂的馥香。那蟾宫中的玉兔，不就是安然永久地相依在桂花树下吗，那株香飘人间的桂花树，吴刚千万年都没伐动它。她翘起兰花指，专心加绣了三个下午，双眼一刻也没离开游走在绣图中的丝线，心中满是甜蜜的期盼。

望着绣幅中这对情意缠绵的玉兔，她心中起了害羞，又忽然涌上一阵心酸。

一个细雨蒙蒙的深夜，院门轻声而急促地敲响。韶光似有预感，急忙穿衣下床跑到院门问是何人，外面低声道："是我，快开门！"韶光听出是万瑞麟，急开门迎入。

万瑞麟一身庄户打扮，浑身湿透，他"嘘"一声与韶光来到客堂，宜君和立群也闻声赶过来。宜君认出是当年那个魁梧的伴郎，倒过茶就去找衣裳给他替换。

瑞麟压低声音："七月下旬我党控制的部队聚结九江、南昌一线，中央领导人纷纷赶往，八月一日凌晨，以贺龙第二十军，叶挺第十一军之二十四师，第四军周士弟第二十五师一部为主共两万多人，在南昌发动了起义，歼灭缴械守军朱培德部四千余人，占领南昌成立革命委员会，打响了反抗国民党的第一枪！"

韶光激动地说："那我党也有了自己的军队了？"

瑞麟说："正是，这只是开始。八月七日，中央在汉口召开紧急会议，决定武装反抗国民党，全面开展土地革命！首先在湖北、湖南、江西和广东组织武装暴动，建立工农军队和工农政府。毛泽东委员推辞到上海中央，要学'山大王'结交绿林好汉，已去湘赣边界组织秋收暴动。我所在师为国民党掌控，党派我脱离部队，协助黄古县委组织鄂东秋收暴动，负军事责任。我也要做大别山的'山大王'！"

屋内气氛紧张而兴奋。沈立群说："那我们就和你一起行动！"万瑞麟说："你们和我分属不同领导，你们的任务会另有安排。"孙韶光说："黄、古一带我熟悉，我去请示上级，回来协助你组织暴动！"瑞麟说："你来最好。我今夜赶往黄安七里坪，黄古县委同志在那等候，门外还有同志，就不久留了。我要如恽代英先生教导的，做一粒革命的种子，在大别山发芽，开花，结果！"

竺宜君拿来衣服，要这个想当山大王的学友换上，瑞麟说："我现身份是串乡木匠，这衣服不能用上了。"又望一眼宜君说："弟在此一带奔走，日后恐难免扰劳嫂子。"宜君说："我在家就如大少爷在家，就当是自家一样。"说着交给为他备好的一个褡裢，鼓鼓的，里面是干粮和盘缠，瑞麟就背上了。

宜君自语说："唉，你们这像是在跟谁赌气呢。"瑞麟闻言一震，惊异地望了她一眼，折身出门，匆匆消失在夜雨中。

情势急迫，韶光与立群商定，明天回汉口寻找组织，接受新的斗争任务。

这夜韶光和宜君难以入眠。韶光紧拥她说："此去又不知何时得归。"宜君心知不可能阻拦他，这时反十分清醒，起身裹衣坐靠床头，默然不语。韶光推她说："鸡叫三遍了。"宜君泪光盈盈，躺下拥着他轻声说："我见立群小姐虽不知愁，其实很可怜的。一个女子抛家别父，为国为民不计性命，实是难为，又一直眷着你，到处跟着你。以后先生如长在外，沈小姐若是诚心，不妨天涯结伴，莫要辜负人家，也好有个照顾……只是我已是孙家人，别无去路了，立群若不计名分，日后我与她姊妹相待。"说着流泪。

韶光为她轻轻擦泪，说："她从前是曾对我有意，但早已放下，心思都在革命，这些年虽常在一起奔走，都念着有你，从不越雷池。若如你所说，韶光既愧对贤妻，又委屈了她，断不可为！"说着紧抱宜君再不松手，好像怕就要失去她。

宜君着衣下床，从柜中取出绣好的玉兔图，依偎在韶光身边，展开绣幅平铺在被单面前，害羞地说："先生属兔……绣给你的。你带在身上吧，到哪里总像妾还陪着你……"

橘黄的灯光下，绣幅中桂花碧叶下一对洁白的玉兔，相伴在花前绿茵草岚，是那样的亲近怡然。孙韶光抚摩着久久凝视，顿时落下泪来。他明白妻的向往，妻的盼望，他深深地自责着，轻轻拥拢爱妻长长地亲吻，誓道："等到革命胜利了，为夫就还给你这帧玉兔图，我们就把它缝在被面……到那时，为夫一天也不离开你，再也不离开你了！直到海枯石烂。"宜君久久地回吻着他，幸福的泪滴落在玉兔图上。

早晨宜君送二人去院前登车，把赶做的几坛咸腌小菜装在竹篮里，给立群带上。沈立群拿出替她织好的一件紫色花孔披肩，要她留做纪念。

宜君谢过收好，目光凄凉地看着韶光说："你们这一走，又不知几时才能见面……"又对立群强作平静地说，"先生我照顾不够，冷暖住行就全托付给沈小姐了。日后相聚，你我姊妹相待，这也是我们两个人的缘分……"韶光示意她不要再说。

立群拉起她双手说："你们已是夫妻，我怎能再存非分之想呢。我追随韶光，是因为志同道合。从前的事已经过去了，我只是……只是总愿意跟他走在一起。"说着拥抱宜君依依惜别，登上马车向她挥手说："嫂子保重，我们还会见面的。"

宜君呆望着马车颠簸远去，心口忽然锥痛了一下，是那种尖锐的狠痛。那辆载着两个人的马车在街头转角处骤然消失，留下一片弥散的轻尘。

4. 万瑞麟行孝劝舅 副指挥举义灭亲

万瑞麟和蔡日新一行离开七里坪，择近路向系马岗疾行。

昨天与黄古县委几个同志会面得知，实施黄安、古城两县秋收暴动已有相当基础，黄安县高桥、七里坪、紫云、八里、桃花、二程、仙居等地农民协会势大，还乡"反水"的豪绅多被镇压或逃匿，已有三四万农民公开武装起来。古城县系马岗、沿河集比邻黄安，但"反水"的豪绅有较大势力，农民遭到报复后多有惧怕。万瑞麟决定协助古城县委蔡日新、刘朝闻、邓啸天三位同志，到自己的家乡重新发动农民。

蔡日新介绍说："系马岗豪绅势力有个代表人物，名叫陈渔甫，反水以来筑寨养丁，买枪置弹，勾结反动军队和帮会，对农运残酷镇压，农民多有畏惧，人称'古城西北一只虎'，对发动群众阻碍很大。"万瑞麟一惊，意识到即将面对的第一个对头，正是自己的舅父。

当夜来到王家冲农协主席王得田家，让他去召集骨干开会。屋内空徒四壁，没有桌椅，几只吱呀作响的旧板凳勉强坐下。王得田瞄了一眼万瑞麟，支吾说："赶路一天了，先吃点东西吧。"就转身出门。

里屋传来小孩的哭声，万瑞麟借着外间微弱的灯光朝里屋探望，见里边角落的床板上，一条粗布破被下围坐着得田的媳妇和几个男孩女孩，得田媳妇的头低到了破被上。他正要问话，蔡日新拉他过来，眼眶潮湿，小声说："他们……没有裤子……"

得田的老母衣衫褴褛，从灶房端来一碗手擀面，颤巍巍恭敬地送到万瑞麟手上，粗黑面条上，卧着一块又黑又硬的腊肉。万瑞麟知道这里百姓穷苦至极，这已是待客最高礼节了，这块腊肉是"看肉"，客人是不能吃的，留下风干了，下次贵客来了还要用的。望着碗，万瑞麟心酸不已，说："路上吃过干粮了，用不着哩。"把碗筷送进灶房。

约半个时辰，王得田从外面回来，搓着手说："今天真不巧，几个伙计进山都没回来哩。"蔡日新似有所疑，说那就改天再来，引着万瑞麟又去董家凹。在董家凹也没召拢人，万瑞麟说不如先到我家看看，一行人直奔万家湾。

万瑞麟祖上曾是书香门第，尚有二十几亩薄田给族人耕种，勉供家计。万瑞麟去广州黄埔军校前特地赶回来，把自家田地分给了佃户和穷人，当众烧毁租约和地契，这事在系马岗一带广为流传，他也遭到了舅爷陈渔甫一顿痛骂。

几年没回，万瑞麟进堂屋见过守寡的母亲，蔡日新已找来万振山到厢房。万瑞麟开口就问："一路进村发动，怎都召不拢人？"

万振山叹气："哥你也不看看你是什么人？你是恶霸陈渔甫的亲外甥哥儿，四乡哪个不知，人家躲都躲不过，还敢信你？"万瑞麟一惊，转眼看蔡日新，日新不语，神情忧虑。万瑞麟问："百姓为何惧他？"

振山霍地站起来："去年农运一起，你舅爷就招募团丁，到信阳购来枪支百多条，修筑寨墙炮楼跟农会对抗，栽赃杀害农会主席陈友树。几个月前跑到河南光山，引红枪会一万多人来打农会，还是孙先生从武昌带来学生军帮我们撑跑。七月武汉'反水'，他回来搞起还乡团，用族长名义把本姓三个农会干部捆磨盘沉塘，又联络还乡地主，勾结官府引来军队，带团丁到处找农会报复，杀死农会干部三十多人！"

万瑞麟怒道："他怎敢这样横行！"

万振山又说："他不敢到万家湾动我，是碍于婶娘在这里，你又在军中，想留后路，不然我早被他杀头。他横行乡里，欺男霸女，今年逢灾，他三千多亩田地租谏一粒不少，逼迫仍按六成交租，交不起的捆绑吊打，逼得穷人卖儿鬻女逃荒要饭，有家不能归，农民哪里还有生路……"

万瑞麟拍桌站起："这恶霸！我倒要会会他！"蔡日新担心不测要他慎重，瑞麟说："我自有办法。你们放心好了。"

第二天清早，万瑞麟跟母亲说要去看望舅爷，母亲很高兴，连忙打点礼物。瑞麟青布长衫，一副乡村塾师模样，一把短枪别藏在腰后，快步沿山路往陈家寨去。舅家万瑞麟年少时常去，外婆和舅爷见他聪颖顽皮，甚是喜欢，陈渔甫曾对人说："我这外甥豹头环眼，气宇不凡，日后必成大器。"资助他读书直至省立一师。

万瑞麟行至陈家寨对面山岗，俯瞰寨子，见北面靠山，东西环水，仅南边一条石路通向寨门前的吊桥，前人为避太平军所筑的石头寨墙都已加高增厚，上有岗楼碉堡，团丁持枪把守巡逻，戒备森严，全不似他少年时光景。万瑞麟大步行至寨前吊桥，团丁拦住喝问，瑞麟高声说："还不快去禀报！我来拜望舅爷陈老爷，是他万家外甥！"

陈渔甫正在堂上饮茶，闻道外甥来访，抬眼间已有疑问警觉，嘱管事引他进寨，便折身进了内屋。

万瑞麟迈进大堂，见堂上无人，朗声道："舅爷，我来了！"未见应声，管事请他落座稍候，就侍立一旁。万瑞麟抬眼打量，见堂屋正中挂着一副从前未见的对联：

上马擒贼下马作露布
左手持螯右手把酒盅

万瑞麟撇嘴，会意而轻蔑地一笑。这时进来"铲共民团"团总陈守义和几名团丁，持枪站在大门两侧。

陈渔甫缓步来到大堂，万瑞麟站起行礼，陈渔甫点点头坐稳太师椅上，说："甥郎一去几年，别来无恙？"示意他坐下说话。

万瑞麟说："昨晚到家，今天特来拜望舅爷。"就将礼物递与管事。陈渔甫垂目问："听说你早在北伐军做了军官，为何这般模样？"

万瑞麟说："从军数年所历甚多。如今国共反目，军中派系林立，纷争内斗没有尽头，我不如学舅爷，辞官回乡，教书守拙以待时日。"

陈渔甫扫视他一眼说："甥郎差矣！为舅当年辞官，因见满清气数已尽，遂寻归田。如今革命方兴，党国正当用人之际，甥郎素怀求学救国之志，理当一展才俊，建功立业，怎可少年丧志，甘为荒野草民？"

万瑞麟答："舅爷恐见其一而未察其余。今国共分道，势不两立，国民革命今日所行已非初衷，亦非甥男所愿。道不同不与谋，唯取独善其身而已。"陈渔甫环视左右，继而盯住瑞麟，目光闪烁，问他："革命已非初衷怎讲？"

瑞麟习惯地起立踱步，慷慨道："平均地权，耕者有其田，是孙中山先生民生主义的要旨，唤起民众，正是孙先生遗嘱所衷。今民众既起，中央反畏之如虎，视若寇仇，必欲扑灭而后快，革命还有何望？"

陈渔甫闻言色变，已知其意，他略事隐忍，温和问："甥郎莫非身在共党？"瑞麟说："我是军人，无意党争。虽不在一党一派，却对大势所见甚多，今天愿犯颜向舅爷进一言，不知允否？"陈渔甫眯眼："但说无妨。"

瑞麟凛然道："革命军起，民智已开，工农运动势如燎原，顺之者昌，逆之者亡。蒋中正、汪兆铭逆民意而行，终必蹈袁世凯覆辙，败亡无日。舅爷尊为一方耆宿，当以大智微察国运，趋吉避凶为是。"

陈渔甫仍温和问："凶何以避？"

万瑞麟单刀直入："舅爷不如顺应潮流，广散田产，携资去往武汉、上海，投资工商，兴办实业，或作太平寓公，安享晚年，不失为利国利己之良策。此大智者所为，当今不乏其人。我在那里多有故旧，可助舅爷安置与效力。"

陈渔甫仰头大笑，斥道："真乃痴人说梦，闻所未闻！祖业艰辛，传之百年，岂可在我手中毁于一旦！你所说农运，无非乡间痞子、流氓、不逞之徒胡作非为，颠倒伦纲，欺神灭道，犯上作乱，无法无天！去年十月你族弟万振山领暴民将我宅院洗劫一空，账还记在这里。去冬以来，仅万义乡一带，被农会杀戮之无辜士绅就有二十余人，哄抢财物，租税不纳，淫人妻妾，无恶不作。长此以往，必致邪恶当道，国将不国，老夫岂能坐视！"

万瑞麟针锋相对反问："那舅爷你杀害贫苦农民三十余人，就不是作恶？就没想过后果？便按本年初《湖北省惩治土豪劣绅暂行条例》，农会即可对你下手。"

陈渔甫喝道："放肆！你这乳臭未干的小子！诛杀农会首恶元凶，是政府军所为，与我何干。小子你何等糊涂，你如此偏颇短视，是很危险的，必将自毁前程，悔之莫及！"他见万瑞麟已露警觉，就说，"今天你不要走了，就在舅家歇息数日，我舅甥俩久不相见，不妨慢慢议论，免你误入歧途。"说着向陈守义示意。

陈守义干笑一声，走拢瑞麟就要搜身，万瑞麟猛喝："大胆！"一掌推开，陈守义一时被他镇住。

万瑞麟转向陈渔甫，高声说："我今登门拜望，是行礼数，舅爷素以尚礼自诩，今天不听忠言，反要对我非礼，是加辱于我。休怪外甥无礼了！"言毕快手抽过陈守义腰间盒子枪，扣下枪机指着陈守义喝道："谁敢无礼，我便玉石俱焚！告辞了！"说罢枪指陈守义倒退数步出门，转身出了院门。

陈守义抓过团丁的长枪朝万瑞麟背后举起，万瑞麟回身一枪击穿陈守义布帽算是警告，陈守义还要去追，被陈渔甫喝止，他还叫着："快趁早杀了他呀！"

万瑞麟对寨前拦截的团丁猛喝一声："谁敢挡道！"抽出腰后短枪，比着双枪朝前方倒退经过吊桥，大步流星走过石道上山扬长而去。

陈渔甫不敢下令动手，是怕万瑞麟军人手段，乘乱将自己射杀，他既藏着枪，不保今日就是来行刺的——如今共产党被人杀红了眼，什么事做不出来？他心下明白，万瑞麟此番回乡必是来者不善，令人急往国民党县党部报告。县党部书记长派员当夜赶来，向陈渔甫出示一份省党部密函：

> 查万逆瑞麟系共党顽劣，充膺国民革命军第八军第二师三团团长，近日脱逃潜往鄂东作乱，令速缉拿讯办，就地处决，以遏乱萌为要。

县党部来人说：“万逆既为陈老前辈亲甥，行踪已现，缉拿之乃责无旁贷。县党部也当共襄此功。唯前辈幸勿存护犊之念，以至于害民祸己也！”

陈渔甫颓然坐下，沉吟道：“吾甥既犯谋逆不赦，老夫当大义灭亲，以儆效尤。”

万瑞麟母亲正在堂屋纺线，门前来了一乘轿子，是她娘家侄媳妇郑巧兰，还有两个没带枪随轿的团丁，来接她回娘家小住。万母就是喜欢这个乖巧俊俏的侄媳，本说走不开，经不住侄媳劝说，就去收拾更衣，嘱堂弟媳照看家中，说我去两日便回。

正要起轿，万振山闻讯赶来，在轿前站定：“且慢，我有话说。”万母探身问道：“侄儿有事？”

万振山说：“不年不节的，跑来接我婶娘，必然有诈！”

巧兰从轿后风摆柳转过来：“这不是我二哥吗？”万振山一怔：“怎么是你？”巧兰怨他一眼说：“怎就不能是我？你就不……”振山知道不是说悄悄话的时候，对随来的人大声说：“我哥不在，我婶娘不能走。”巧兰把他拉到旁边，揣一下他膀子：“老太太念想大姑，要我来的。人家想你……"情话没落音就落下泪来，她瞥一眼路边的团丁，低下头小声说，"要不是想遇上你……大姑接过去了，你也快走吧。"万母这时探出头来："跟你哥说一声，我去住两天就回的。"

振山听巧兰话中有话，心想拦轿也不是个办法，只好放轿子走了。他觉此事蹊跷，急赶往万义镇向万瑞麟报信。此前为方便召集和起事，乡农会已迁到万义，万家湾留下村农会。

万瑞麟说："陈渔甫要下手了！仅凭万家湾不是陈渔甫对手。"万振山咬牙说："我跟他拼了！"瑞麟说："他是冲着我来，这时还不敢动我湾里人。暴动在即，不能因小失大。"就要万振山速回万家湾将农会骨干转移来万义，刀矛枪支就地掩藏。

原来陈渔甫既受密令，深知若不拿下万瑞麟，农运必起，身家难保，且一旦追问下来难辞其咎，必受株连，遂决意与万家湾撕破脸面，缉捕万瑞麟，杀掉死对头万振山，即使不能得手，至少也要压一下万瑞麟的气焰，恐吓那些跟着他跑的农民。

当夜月黑风高，时交一更，陈渔甫的"铲共"团总陈守义带两百余人从山那边过来，不声响将万家湾团团围定。陈守义领人闯入万瑞麟家，扑了个空，万振山家的破屋里也不见人，转身直奔万氏祠堂村农会驻地，早已人去屋空，即刻捣毁桌椅用具。一帮团丁押来一个五花大绑的农民，报告说："村农会主席万祥福，是万瑞麟本家叔爷，刚刚回来，逮个正着！"

陈守义叫："吊起来！"

原来万振山召集转移时，万祥福外出未归，深夜回家闻讯刚要赶去万义就被捉住。他自知必死，被吊在树上破口大骂："陈渔甫，我日你老娘！老子变鬼也要掐死你！"

陈守义走近"嘿嘿"一笑："穷鬼，莫要逞英雄了，赶快招供，农会枪械藏在哪里？你侄儿万瑞麟逃到何处？说了免你不死！"万祥福不理，团丁用枪托猛击他胸腹，他口吐鲜血昏厥过去，泼水醒来仍是破口大骂。陈守义知道打也没用，狞笑一声："老兄莫怪，谁让你非要找死呢？农会多好呀！兄弟我成全你了。"就令开枪。

万祥福挣扎着喊："穷人是杀不尽的！农会万岁！"

两个奉命举枪的团丁距离太近，闭着眼迟迟不见开枪，陈守义骂声"吃干饭的东西！"踢开团丁走近，一刀捅进万祥福胸腔，又往下狠狠一拉，随着喷出的血肠子流了出来。万祥福的头倔强地昂了昂，终于垂到了胸前。

陈家寨人撤走刚过三更，乡亲们急忙解下万祥福，小心抬回屋里替他擦洗，年长者着人到万义报信。万家湾一片哭声，在静夜里分外凄凉。

万瑞麟、蔡日新一行赶来，时值晌午。万祥福尸体已移到农会祠堂停放，他双眼未闭，直直地望着屋顶。万瑞麟悲愤难抑，眼冒火星从牙缝里挤出一句话来："陈渔甫，不杀了你我誓不为人！"

万义镇边一间小屋里亮着一盏忽明忽暗的豆灯，万瑞麟和古城县委蔡日新、刘朝闻、邓啸天围坐在一张小桌旁。

万瑞麟刚从黄安高桥乡开会回来，说黄安县七里坪一带九月单独举行了秋收暴动，规模不大没有达到目的，十月初省委派吴光浩等人来黄安，成立了中共鄂东特委，在座都是委员。决定十一月举行黄古起义，潘忠汝任起义总指挥，万瑞麟任副总指挥，夺取黄安县城，建立红色政权。

万瑞麟用竹签拨动一下灯捻，说："陈渔甫恶势力对农民的心理影响很大，擒贼擒王，只有除掉陈渔甫，河西农民才能真正起来。"邓啸天说："陈渔甫有两百人枪，寨防坚固，粮弹充足，一时不易得手，是否暴动起事时一并解决？"刘朝闻说："不拿下陈渔甫，四乡农民就不敢起来，暴动成不了气候。问题是如何下手。"

万瑞麟目射精光："我要学关云长单刀赴会。"蔡日新连说："不可，不可。陈渔甫已偷袭万家湾残杀万祥福，又劫持了你母亲，你再去已是仇人相见，岂不自投罗网？"万瑞麟说出了他琢磨已久的一套行动方案，说万振山已在寨内安有内线，行动可定在两天后。大家合计过后，觉得也只有出此险招了。

上午太阳约一丈高，万瑞麟、万振山和黑子一行四人装扮成挑夫，拉低草帽，用箩筐挑着盐巴来到陈家寨前。吊桥并未拉起，岗哨已得到告知，上午有人送盐进寨，就略事检查放入了。

库房管事陈友才是万振山的内线，引他们经前院走侧门进到中院，中院另有一门可直通前院厅堂。陈友才打开库门让他们进去，就掩门出去，不一会急匆匆进来使了个眼色，黑子麻利将他捆了，嘴里塞上汗巾，四个人轻手轻脚由后门直入前厅。

陈渔甫正坐在厅堂与万瑞麟的母亲搭话，身后只站着一名保镖。万振山一个箭步上去，照保镖背后一刀捅入，万瑞麟的短枪已抵住了陈渔甫脑袋，一切都发生在眨眼之间。陈渔甫大惊，欲要呼喊，枪口已顶在他喉部，唯有飞转眼珠搜寻左右。万母认出是瑞麟，惊呼："麟儿，你这是？……"黑子急将吓昏了的万母扶到中院库房坐下，返身将门锁了。

陈渔甫这时已缓过神来，喘息着说："甥儿，有话好说，我可是你亲舅呀!"

万瑞麟喝道:"不要出声,陪我出寨!"

陈渔甫:"戒备森严,你出得去?"

万瑞麟、万振山一边一个,用枪抵住他两肋,黑子打头,另一个壮实的自卫军在后,呈十字将陈渔甫夹在中间,向院门急走。门岗先未在意,看出不对头举枪拦截。万瑞麟大喝:"谁敢挡道,我就打死陈渔甫!"陈渔甫这时已知万瑞麟是横了心红了眼的,心想眼下即死不如跟了去,或可保命,急呼:"不许开枪,切勿开枪!"

出了院门,寨前已围着数十名团丁,陈守义举枪指着万瑞麟,缓慢后退。万瑞麟令陈渔甫:"叫他们放下枪,举手站立两旁!"陈渔甫只得照说,团丁有放下枪的,有的在等陈团总发话。

陈守义哪肯就范,急令拉起吊桥隔断去路,抬手欲射击万瑞麟,万振山左手握枪抵在陈渔甫肋间,右手的镖刀"嗖"一声飞出击中他手腕,手枪落地,陈守义一个驴打滚就近跳入水中潜走,团丁见状纷纷放下枪,举手站到两边。黑子和自卫军急放吊桥,迅速收齐枪支背了,二人断后,裹挟陈渔甫走过吊桥,沿水塘中独道快步走去。

这时传来女人号啕,万母被巧兰搀出院外,移动小脚伸长手在后面追出寨门,哭天抢地:"麟儿嘞,回来!回来哟……你这天杀的呀,你这个畜生呀……"巧兰也跟着干嚎:"万振山嘞,你这个不得好死的土匪呀……"

振山欲转身一并接走,瑞麟喊:"快走!管不得!"走过塘中独道,道口停着两辆马车,刘朝闻急安排分别登马车飞奔而去。

万瑞麟一行将陈渔甫押到万义,秘密关进一处地库,瑞麟嘱黑子严加守卫,饮食优待。蔡日新担心万母的安全,还要防陈守义偷袭，瑞麟说："无妨，陈渔甫在我手中，他不敢妄动。我已布防。"万振山说："我这就去接回婶娘。"瑞麟说："就让她住在那边吧，也好与我舅娘做个伴。"

县委没想到捉拿陈渔甫这么快得手，几个人紧急商议如何处置。万瑞麟说："陈渔甫恶贯满盈，尽快枪决，免得夜长梦多。"邓啸天说："如果必杀，是否待暴动起事前公审，振奋群众，威慑敌人？"刘朝闻担心地说："陈渔甫被捉，群众都在观望。"蔡日新低着头，好一会儿才说："陈渔甫杀不杀，何时执行，还是请示特委决定吧。"

万瑞麟站起来："特委那边我去。你们去说不清，上下顾虑我的关系，如何定夺？"大家觉得只能这样了。万瑞麟连夜去黄安七里坪，向鄂东特委说明陈渔甫必杀，书记吴光浩见他态度坚决，为加快发动河西群众，同意立即枪决陈渔甫，在万义举行公审。

公审会场设在紧挨万义镇的白塔河沙滩，县委分头通知河西各乡农会于十月十七日上午组织农民参加。

十六日夜，万瑞麟让人备了酒肉，来到关押陈渔甫的地库，退去左右一个人走进去。陈渔甫见他端来酒肉，神色大变，颓然呆坐。万瑞麟坐到小桌对面摊开酒菜，斟一杯酒递过去，又自倒一杯，端起说："明天送你上路。请饮此杯，是外甥谢舅爷眷顾之恩。自古忠孝不能两全，舅恩容我来生再报。"说罢举杯。

陈渔甫方寸已乱，深陷的眼窝里早已失去昔日的神光，涕泪交加求告道："我罪当死，悔不听你忠言。但求甥郎看在你娘面上，从中斡旋，叫农会高抬贵手，我愿如你所说，即时交出田产以供农会，与你舅娘去汉口寓居，子孙永不还乡……"

万瑞麟说："迟了。你一世精明，如今却不见大势，偏要与民为敌，领头镇压农运，杀戮无辜。我念舅情，特登门去给你一条生路，你执迷不悟，反变本加厉，为捕杀我偷袭万家湾，残杀我叔万祥福。"

陈渔甫有气无力说："甥郎聪敏过人，岂不知为舅用心？接走你娘，明是给你把讯，上面要缉拿你，我不做做样子，如何交代过去？"万瑞麟说："那夜我若不撤出农会，被杀害的就远不止我叔一人。你八月以来领头'反水'，引兵屠杀农会三十余人，四乡贫苦农民对你已是人人得而诛之，共产党岂能容你？我今所为，唯顺民意，可告苍天。"言毕自饮一杯。

陈渔甫已知命在旦夕，在劫难逃，长叹一声说："幼时便见你脑后赫然反骨，悔不该助你成学，祸及舅身。此天意乎！既不得免，唯有一愿，甥郎莫辞。"说着饮下酒，又颤抖倒满二人酒杯。

瑞麟："舅爷请明言。"

陈渔甫擦尽眼泪："为舅曾为朝廷命官，一世荣华，年享五旬，不愿刑于不法暴民之手，身首异处，致辱没祖先。欲托甥郎亲手以枪行刑，减我痛苦，留得全尸，成就甥郎灭亲大义，或可传为美谈，是非善恶亦便后世评说……幸得成全老夫也。"

万瑞麟说："舅爷既托，甥男唯有成全，我也正有此意，舅爷莫怪。"二人都饮了第二杯。瑞麟斟上第三杯酒说："舅爷可安心去。日后舅娘也是我娘，将适留田产，使家小生活人身俱得保障。大表哥可着回乡照料家事，二表哥不醒事，仍着巧兰表嫂照料，也放得心。三表弟在东洋留学，将来若行正道，应有造就。你身后我当厚葬。"万瑞麟说完一口喝下杯中酒，跪到地上，朝陈渔甫"咚咚咚"叩了三个响头，急忙转身逃一般离去。

太阳不到一丈高，河滩上就已聚起数万人，四乡农民听说要杀"西北一只虎"陈渔甫，天不亮就扶老携幼，赶集般从四面八方拥来万义。公审大会由邓啸天主持，喝令将罪犯陈渔甫押上来。黑子和两个自卫军将五花大绑、背插三尺斩标的陈渔甫推到台前跪下。此时他人已瘫软，为顾及脸面，硬撑着没有倒地，深陷的双眼里，绝望仇恨的目光环视着人群。

刘朝闻公诉陈渔甫罪状，台下喊杀声大作。蔡日新振臂一呼："乡亲们！"手执木话筒走到台前，号召贫苦农民挺起腰杆，跟共产党走，赶制刀枪，武装起来，掀起暴动，斗倒地主恶霸，闹翻身，求解放，享幸福。

万瑞麟一身北伐军装束，黄布军装，足穿草鞋打着裹腿，脖子上系一根红布条，肃立在陈渔甫身后，目光中闪射着凛然大义和坚韧的意志。邓啸天宣读判决书："查恶霸陈渔甫残酷剥削压迫农民，镇压农运，屠杀群众，奸淫妇女，恶贯满盈，不杀不足以平民愤。系马岗工农革命法庭特判处陈渔甫死刑，验明正身，绑赴刑场，执行枪决！"

万瑞麟右手持枪高举左手喊："乡亲们！大家知道，恶霸陈渔甫是我舅爷，我万瑞麟是革命暴动副总指挥，今天要大义灭亲，代表系马岗劳苦大众，亲手处决他！"台下欢声雷动。

黑子和两个自卫军把陈渔甫拖到河边跪下，人流潮涌一般争相目睹。陈渔甫还欲回视，万瑞麟已在他背后枪抵左侧心口，身子后退半尺，小声说了句"舅爷莫怪"，闭眼扣动了扳机。随着一声沉闷的枪响，陈渔甫一头栽进沙土。万瑞麟提着冒烟的驳壳枪掉头走开，人们让出一条通道向他欢呼。

百姓亲见共产党的力量和意志，传说万瑞麟是关公转世，能飞檐走壁，刀枪不入，单刀赴会独擒恶霸。又说那陈渔甫打了一生的鹰，到头让鹞子啄了眼睛。河西四乡农民胆气顿生，纷纷加入农会和自卫军，日夜赶制刀枪。

暴动定在十一月十四日。

十三日夜，万瑞麟、蔡日新和万振山率古城县系马岗、沿河集乡数万农民进入紫云区黄安县境，沿途山道田埂都是打着火把汇入的人流，村庄只剩下妇女和老幼。凌晨三时许，方圆数百里到处敲响急促的铜锣，十多万农民高举长矛、大刀、冲担、铁耙、挖锄，跟随持枪打头的自卫军和镰刀斧头红旗，漫山遍野呼啸着，喉咙里无师自通地发出远古原始人祖先群起与猛兽搏斗时爆发的"哦——火！火！火！火！啊——火！火！火！火！"的叫声，血红着眼睛拥向黄安县城。那叫声犹如地下岩浆喷发，轰轰隆隆，排山倒海。

守城的地方军和民团黑夜中听到地动般沉闷的声响由远及近，月光下望见海水涨潮般黑压压的人浪弥漫天际，以为这是做梦，胡乱放着枪便纷纷弃城逃命。农民用土炮轰破城门，轰塌城墙，万振山左手挥枪右手举刀一马当先，和黑子带领系马顺河义勇队，凌晨四时首先从西门突入县城。国民党县党部、县政府一干要员惊魂未定便被悉数捉拿，起义军随即控制全城。

农军在县城召开工农兵代表大会，宣布成立黄安县苏维埃政府，成立"中国工农革命军鄂东军"，万瑞麟任第一路军指挥，刘朝闻任党代表。当即公审砍杀了国民党县党部书记长、县长及潜逃县城的恶霸数十人。

古城县党部书记长得知黄安城被占，以到武汉报信为名，绕道罗田三里畈乘船逃命去了。武汉、南京震动。

5. 竺宜君割臂医母 老孙家减租济贫

竺宜君嫁来孙家五年了，她与婆母朝夕相伴，感情愈深，如同母女一般。

近些时宜君见婆母吃饭愈来愈少，有时喝点汤就不想动筷子了，脸色也显得蜡黄还布有紫红血瘢，又经常卧床不想起来。这天晚上宜君亲手熬了银耳莲子红枣汤端到婆母房来，扶她靠枕喂了小半碗，婆母要她就在脚头偎着说会儿话。

婆母问："你是民国十一年腊月过门的，来家里五年了，韶光回来过几次呀？"宜君红着脸说："算来有三次。一次是结婚五十八天头上，春分刚过，说要去广东了，把我从娘家接回来，住了两天走的。第二次是离家第三年冬天，在黄安和河西办农会，抽空回来过，同来的有蔡先生，有名叫傅淑华和曾赛珠的女子，也是两天。第三次就是今年夏天，和沈小姐一起回家避风，这次时间最长了，有二十二天哩……"

婆母叹气，说："我记得他和那沈姑娘是阴历七月初几走的，又走这些时了，又没个信来。他跑哪去了呢？这孩子……"

宜君说："娘莫担心，他们干的那事叫作革命，身不由己的，听沈小姐说还得保密呢，就不能常写信的。"婆母说："可怜我媳妇儿了，孙家对你不住……"说着就擦眼泪。宜君说："娘，我好好的。你待我像闺女一样，我好哩。"

婆母说："原也没指望他回来守着这份家业，是想他在省城谋份安稳事就送你过去的，那该多好啊……他怎就不把心放在过日子上呢？随他老子呢！要像他兄弟韶启，随他叔，踏踏实实谋生就好了。"

宜君说："娘，读了书的人，想的就不一样呢。韶光说了，等革命成功了，就回来陪我一辈子的……"

婆母叹气说："这命，哪晓得么时候革成呢？你看明年成不成？"

宜君说："娘莫着急，要不了多久就革成了的。"

宜君问婆母身体是哪里不熨帖，怎么总吃不下，婆母说："不都是你那好男人给急的……吃不下倒不打紧，就是有十几天没解动大手了，肚子里胀得很。"宜君忙去摸她肚子，觉那里鼓鼓硬硬的，跳下床就要去找郎中，婆母扯住说："夜深了。不打紧的，我没那么不经事，过两天就会好的。"

宜君睡在婆母脚头伺候，却见婆母一夜未醒，没要水喝也没要坐马桶，天快亮时觉得不对，伸手去摸，腹部热烫，摸额头却是冰凉，气若游丝，急忙摇唤，才知人已昏迷。宜君吓坏了，边扣衣边跑去喊孟管家，叫他快备轿去请吴太医。

郎中吴毓泰约四十七八岁，医家常怀养生秘诀，看上去约四十来岁，是两代宫廷御医，清帝逊位后在宫中又留了十余年，直到几年前皇室出宫，他谢辞京城几家百年老字号药堂聘请，回乡悬壶，医道传及方圆百里，人们仍称他"吴太医"。

吴太医来到榻前，左手撩开长袍一角，从容伸前左腿落座床边备好的瓷鼓，仍是那宫中举止。太医屏息把过脉后没有作声，提笔写下药方给宜君，说："这三副药喝了，如果泄动，我再来，若仍没下动，就不用去找我了。"

宜君忙去看那药方，见上面写着：

以活人之肉三钱为引

宜君心里更慌了，她请吴太医稍坐，支走孟管家和天香，急问婆母是得的什么病，这药引活人肉到哪里寻得。

吴太医说："你婆母这是思念亲人太甚，伤及心脾，运化不司，以致中焦闭塞，血瘀气滞，大热久积脏腑，结硬成毒，须得下泻。如不泄动，难出五天了。"

宜君忙问药引如何寻得，吴太医怜悯地看她一眼，斟酌道："唯此引难求，有道'切肤之痛'，故非救命不用。药铺行规亦不受理此引。患主有向乞丐、囚犯、贫极者高价求购的，也有知难而退的，各种情形。你婆母积重，只有用此引一试，或许得效。"吴太医说完起身，宜君将备好的两筒银圆呈上，太医不收，说："下动了我还来的，没下动不能收。"就告辞出门上轿去了。

吴太医说的求购药引的办法，宜君决不打算采取，她想那些乞丐、穷汉、囚犯也是人，拿钱买他割身上的肉太残忍，太不义道了，非亲非故的，又无恩情于人，凭什么要人家为你挨一刀呢，就因为人家穷困吗？婆母必须救，她打定主意，偷偷在自己臂上削块肉下来。

药方上写有人肉药引，宜君不想让第二个人知道，就自己先去药铺抓了药回来，进到厨房，刚好是半上午厨房空闲，王厨师到院后种菜的时间。

宜君关上门，倒一副药在罐里，上了水搁稳在炭炉上小火煎着，这才拿菜刀在磨刀石上慢慢磨起来。

她能想到割身上肉会是如何痛楚，但只能这样了。婆母就是做媳妇的娘，媳妇应该尽孝，她不割谁割呢？难道让婆母就这样去了？那她会愧悔终生的。韶光在外，婆母就是交给她了，她不割肤救活婆母，又怎么对得起自己的丈夫呢？而且婆母也是为可怜她这媳妇，连年苦盼儿子回家，才置下病来的呀。韶光行前那夜面对玉兔绣图，对她盟誓的音容又到眼前。

她也想到，若是割下肉仍没救过来呢？她从吴太医寥寥数语中揣测，应是有效的，吴太医把话说得活一点，其实是在给她这个年轻又没经事的媳妇留下余地和退路，不然就会是难为她。她相信吴太医还是有把握的，不然不会开出这样药引，致招埋怨。

她用手指轻试磨过的刀口，感觉锋利，就坐在灶前小凳上，拿个盆放在跟前，脱下外衣，高高卷起了左臂袖子，又掏出手帕在口中咬紧，左臂伸在盆上，拿刀贴近了手臂上凸起的那块白嫩的肌肉。

那块肌肉接触到冰冷的刀，就颤动起来，宜君忽然害怕了，拿刀的右手酸软无力，下不了手。她用鼻子使劲吸着气，让自己平静下来，眼前满是几年来婆母对她疼爱的情景，婆母因她守活寡那怜悯慈爱的面容。她镇定了，冷静了，心也横了，右手就来了一股狠劲，她还不能闭眼，要保证那肉引足够三钱重，她比好臂上跳动的肌肉，咬紧牙狠狠一刀！

半个鸡蛋大的臂肉落在盆里，还在痉挛着。剧痛使她的额上渗出豆大的汗珠，她痛得浑身颤抖，强忍着不让自己昏迷，丢下刀从灶膛接连抓出几大把火灰涂在血流如注的臂上，止住血，趁肌肉鲜活从盆里拿起，小心放进正在煎煮的药罐里，那药罐里顿时腾起一阵异香。

宜君这才用备好的布带缠紧左臂，牙手并用系紧了，就要穿外衣，这才感觉左臂因剧痛麻木了，已抬不起来，好半天才穿上裋子。

成功割下药引，婆母有救了的巨大欣慰，使宜君忘记了疼痛，甚至忽然不再感到疼痛了，她想这一定是观世音菩萨不让她痛狠了的。她小心滗出药汁，试了试脚步，感觉是平稳灵便的，这才双手捧紧药碗，一步一步稳稳地走进婆母的房间。

婆母仍在昏睡中，宜君在床边小心坐稳了，用汤匙慢慢喂药，婆母似有感觉，自张开嘴吮药吞咽，一碗药汁顺利地喂得干净不剩。宜君放下碗守在床边，眼睛不离婆母，见她脸上渐有淡淡的血色润起。

约有一个时辰，婆母呻吟一声睁开了眼睛，见宜君候在床边，开口说："刚才做了个梦，梦见观世音菩萨到我房里来，给我喂下几口甜水，又拿着一个很长的拂手，站在半空中朝我拂了三下，就不见了……"

宜君听了心中欣喜，知道婆母是得救了。婆母又急喊要坐马桶，宜君忙将马桶移到床边，搀扶她刚坐稳，桶里就传出哗哗啦啦的声响。婆母手按腹部弯背低头哼唔喘息着，要她先出去，说看样子还得一会。宜君仍扶住她守着，约有半个时辰，桶里水声断续未停。好半天婆母才舒了口长气，说要起来了。宜君替婆母擦净扶上床躺下盖好，急弯腰去看马桶，见是半桶黑红血块的秽水。

这三副药宜君没让别人沾手，煎好了小心喂下，早晚侍候床前，扶她随时坐桶，两天后婆母就知饿饮食，三天后就能下床了。

第四天一早，宜君备了酬金，一个人带轿子到几里路外去见吴太医。吴太医见是宜君亲来门前，就已明白了。宜君将酬金奉在桌上，细说了婆母服三副药前后的反应动静，只字不提药引哪来的，请太医升轿再去把脉。

吴太医凝重地打量着她，目光中满是惊异和敬意，说："泄尽也就好了，我不用再上门了。你带一个七副药方回去，大泄后尚需此方温补调理。"宜君得了药方，就称谢告辞。

吴太医满目慈祥，叹息说："孙家摊上你这贤德的儿媳妇，那是千古难寻的。自那大见到少夫人，我就知你婆母有救……只是你照料劳累，又惊动了自身经脉，也需调补，我这里已替你备有一方，你拿回去，与你婆母一同调理吧……"

吴太医送她出门，站在院前久久地凝望，直到她移动小脚跟着轿子走远。

竺宜君这些天经常失眠，心神恍惚。自韶光上次回来一住二十余天，带走她刺绣的玉兔图，她较从前更加难抑对他的想念，她感觉自己这颗心，随着那帧千针万线的玉兔图，硬是让夫君给摘下带走了。传说河西农运又在重起，日夜打造刀矛，准备起事。她想，一朝农运闹过河东来，孙家将在劫难逃。穷人是要活命呢。

这天中午，孙韶光的弟弟孙韶启匆匆进院来，直奔堂屋，请来老爷老太太和嫂子一起议事。

孙韶启也是仪表堂堂，颇似孙韶光模样，只是个头稍矮一点，显得敦实富态一些。他接过天香递来的湿巾擦了把汗，说："我已把城里铺面托付掌柜，赶回来帮嫂子理事。眼下局势混乱，黄安系马岗一带共产党搞'反正'，农运又起，来势更猛，前几天占了黄安，地方富户又遭洗劫，士绅有被砍头的，有逃到汉口的，有不敢收租的，有替农会跑腿办事的。古城不定也要被占，县府请不来政府军，势单力薄，不敢去管，龟缩在县城终日惶恐。我家在本地显是大户，恐在劫数，我哥在外又从不问家事，看看作何计较？"说着就望他父亲。

孙老太爷中举不多年朝廷就废了科举，断了仕进之路，老书生一个，素不治家政，韶光的叔父在世时，田产收支概由他叔打理，后来一任两代孟管家支应，仅孙母偶尔过问，他便整日读书饮茶，写字吟诗，这时哪来主张？只是咳嗽摇手，文不对题道："子曰，君子怀德，小人怀土，君子怀刑，小人怀惠……君子固穷，小人穷思滥矣……"每到要紧时，他老人家总是要念古训诗文的。

孙母病愈后又得宜君细心调理，身子又见平复，她这时倒还镇静，说："启儿莫急，有道每临大事有静气，作何打算，与你嫂子和孟管家从长计议便是。"韶启叫天香去喊来孟管家，又问："嫂子作何主见？"

宜君虽从娘家起足不出户，但毕竟出身名门，耳濡目染，又从韶光、立群那里听到不少道理，长了许多见识。她景仰自己的丈夫，相信他不会错的，如今不知有多少像丈夫这样心怀大志不同凡响的英杰，正在不惜性命要拯救穷人，消灭剥削，改变这个世界。几个月前那夜见到那个名叫万瑞麟的，她就心知他回到古城，是要做出怎样惊天动地的事来，果然就占了黄安。天下就要大乱了！孙家可能面临灭顶之灾，她因此早已有过预防变故的想法，此刻身为长嫂，也该有个主意了。

她走到婆母身边，轻声说："爷娘莫急。依我看，韶启兄弟这时不留家中为好，恐遭农会劫持，不如带爷娘一起到城里暂避。家中有我和孟管家支应，我一个女人，谅他们也不好为难。"孙母说："倒也是个权宜之计。只是你一人留家，叫我如何放得心，若是有个差池，老孙家怎对得住你，又如何向我儿韶光交代。"

宜君说："若要两全，我倒有个法子，也拿不定主意。"

孙母说："媳妇快说来。"

宜君说："早听韶光说过，共产党要的就是均贫富，穷人也要活命，农人惦记的也就是土地粮食。有道是'己所不欲，勿施于人'，不如将地租减至一成，家中眼下能敷日用有余就行了，尚有多年省积和城里铺面，足够维持。相信人总还有良心，这样做了，农会应不会再过分为难我家的。兄弟你说呢？"

这孙韶启性情与他哥韶光迥异，他善经营理财，务实勤勉，颇类其叔父。传说孙家每代都要出一个像老太爷这样的人，若未得科举做官，便只读书，不问家计，一生无用，也就要出一个叔父这样的人来理家主事经商，方得百年不衰。到这一代正好轮上了韶光和韶启二人，各行其是，各尽所好。

见嫂子竟想出这般馊主意，孙韶启人就急了："覆水难收，我家租厘本就最低，若如嫂子所说这样做了，与将田地送人何异？日后如何收箓？"

宜君低下头不作声了，一家人面面相视。宜君想了想，对韶启说："你哥搞农民运动时回来一趟，跟我念起过黄安县百姓流传的一首民谣，叫《穷人歌》，我还大体记得，穷人们是这样叹唱的：

冷天无衣裳，热天一身光，吃的野菜饭，喝的苦根汤，麦黄望接谷，谷黄望插秧，一年四季忙，都为别人忙。

她见大家都不说话，又说："你哥念这民谣时，他都哭了……穷人也是人哩，能不反吗……"

韶启摇头叹气。宜君说："兄弟你想想看，有道乱世唯贵全家，不可守财，没有了家，财落何处呢？如今世道，我家日后能不能还保太平，全在天意了。"

孙老太爷其实大事不糊涂，忽然念道："不稼不穑，胡取禾三百廛兮？……彼君子兮，不素餐兮！"见大家云天雾地不解其意，又摇头扬手说，"减了吧，走了吧，归去来兮。祸兮福所依，福兮祸所伏，舍财免灾，此其时也，安知非福？快哉，快哉！"

计议既定，孙母和韶启收拾行李细软，孙老太爷着人装了一大箱书籍字画。孙母又与宜君交代财物钥匙，着孟管家将账簿让宜君过目，特地当大家面说："自今日起，这家就交给少奶奶当了。一应内外，由你定夺自断，遇事可多与孟先生计议，不必禀告了。"

第二天早晨送别孙母一行，宜君来到堂屋，仍在侧边椅子坐下，叫天香请孟管家来，要他写一张告示，公布孙家佃户无论田地肥薄，今秋一律减租至一成。

孟管家满面愁容，问："少奶奶真的就这样做了？"心里在喊："我的天呐！"

宜君说："时势所迫，昨日既已议定，就宜早不宜迟了。我家秋粮向在入冬收取，立冬几天了，告示再不能迟。"

孟管家心中忧虑，仍去取来纸墨，研墨间略运腹稿，提笔书写告示，写罢搁笔请宜君过目。宜君走到桌前，见字迹端正工整，语句恰切不乏文气，还有点像老太爷的字：

告　示

　　今当民国运启革命告成孙氏久沐国恩受惠佃客能不感沛兹念民生维艰天公愆襄涝旱相继户无余粮孙氏实不忍擅享佃课特示凡我佃家本年秋谷地不分膄瘠收无论丰欠律减租至一成以济荒年而安童叟利家国而慰寸心惟乞诸佃客体余之善念察余之苦衷随以所获一成惠我以度时艰勿待询求而致余不自容也。

孙韶启谨启
民国十六年十一月二十日

宜君知他聪慧又得孙府诗礼默化，称赞说："孟先生文笔甚好，理达辞诚。只恐佃户难于记诵传播，如以通俗明白话语说来，不知可否？"孟管家说："少奶奶就请说来我记。"宜君笑道："岂不班门弄斧？我说几句试试，孟先生不要见笑：

告　示

因逢灾歉收凡我家佃户今秋租谷一律只收一成托相传告。

孙韶光之妻　竺宜君启

孟管家写罢搁笔，忧愁着点头称是。宜君解释："大少爷二少爷都不在家，署我姓名以明担当，也好取信于人。"孟管家抬眼望一下宜君，对这个一向恬静无为的悠闲少奶奶，不禁刮目相看。

告示贴出，门前人头攒动，争相亲睹，大街小巷镇上乡间奔走相告。人们不信太阳从西边出，都要赶到院前眼见为实，对一个二十来岁女人能不能当家，更是将信将疑。佃户相约，纷纷以所收一成挑往孙府，路上送粮人络绎不绝，孟管家与伙计开秤付凭，院中好不热闹。就有地肥的老佃户仍以二、三成送来，孟管家照宜君的叮嘱，一概只留一成，多的都让挑回去，对贫困灾病的全免租课。

宜君到院中观看被人认出，一个免了租的衣衫褴褛老农牵着瘦骨嶙峋的孙子，双双向宜君跪下磕头说："少奶奶慈悲心肠，观音娘娘下世，我爷孙这下得救了！"这时就有十多人都朝她跪下。宜君泪流满面，上前搀扶，人们仍是不起，宜君只得返回内室，再不露面。

收租谷扫尾时，孙家后院粮仓的谷子不足常年三分之一，孟管家望着空空的谷仓，摇头叹气："这少奶奶倒是大方，不当家不知柴米贵啊。"

孙家减租的消息不胫而走，周边乡村也多秋租冬纳，佃农纷纷嚷着要佃东减租，就有一些大户不得已跟着略有减少。这天中午，院前停下一乘四抬轿子，是邻近的映集乡绅士范成芳来访，宜君迎至堂屋依宾主坐定。范成芳饮口茶说："恕老夫直言，孙少奶奶仁义决断，令人佩服，我已效仿，将六四开降至四六开，纳粮大减，多数佃户仍不知足，还吵闹要比较孙府再降，否则抗租不纳。这都是孙少奶奶肇祸遗患呀！"

宜君不动声色，问："范老先生依惯例长以六成取租，另取租押利息，佃农所剩不及二三，怎能无怨？今逢灾荒，仍取去四成，佃户食不果腹，如何不抗？"范成芳脸色通红，辩道："世代规矩岂能擅破？孙少奶奶要行善举，也该知会四乡士绅，商定成数，一体施行。你孙家好名大气，置我等佃东于何地？"宜君答："协商之事难得一致。逢荒减租古有成例，都由各家自主，况且取租成数，各地各家向无一律。我家历代丰年肥地也不过三四成的。"

范成芳顿着拐杖急道："我如今收不到租，你说么办？我意你家再加收一成，我也再降一成，或可渡过难关。"宜君说："人无信不立，孙家话已说出，断不能加收的。"见范成芳胡须乱颤，宜君又亲续茶水，缓缓劝道，"范老伯，请听晚辈一言。如今世道混乱，农户穷必思变，都是变个人到世上来，贫富这么悬殊，穷人怎得心安？今年大灾如不减租，民不聊生，必生祸乱。黄安那边农会杀了多少地主，范老伯未必没有听说？您老还请三思呀。"

范成芳闻言失色，他在黄安的舅兄就是年初被农会砍头的，田地早被分光。他掏巾擦汗，沉吟良久，告辞道："老朽闭目塞听，未闻孙少奶奶如此见识。且作计较，且作计较。"

6. 施德政鉴古喻今 探兄嫂低眉怀敬

新任古城县长钟培炎的办公房墙上，挂着一帧裱装考究泛黄的字幅"乃圣乃仁"，题字的不知是哪朝哪代何方贤哲写与他祖上何人。他端坐桌前，专心地翻阅着清末古城县志。

古城县地处大别山中段南麓，乃鄂东名邑，立县治于隋开皇十八年（599），至今已一千三百余年。县国民政府设在清代县衙旧址，这里也曾是北洋时期的县知事公署，院落宽敞，古树掩映，以一栋两层木质大楼为中心，周围平房也都青砖翘顶，整洁有致，环境雅静而肃穆。

钟培炎生于本县东山乡书香世家，曾祖父曾任安徽省泾县县令，祖父做过古城县正七品教谕，官声廉明，颇孚民望，县志立有颂传。钟培炎在武汉国民政府时对"分共"态度暧昧，时有谏言，为上司所疑忌，遂起下州县自主一方之志，此时地方官员尚未实行统一考试，他经一位在广州结识的知己上层要员举荐，任为古城县长，有心光承祖德，造福地方，效忠他在广东亲聆教诲的先总理孙中山先生。

在武汉与孙韶光、万瑞麟分道扬镳半年了，他风闻万瑞麟为发动鄂东暴动灭亲举义，感叹不已，猜测孙韶光、沈立群已随中共中央复迁上海，他倍感落寞和孤独。如今既回古城，他将与瑞麟为敌，而韶光家中老小，他当有荫护之责，也不知韶光那位天仙般的娇妻，如今在怎么过着……

他毕竟研习过共产主义，深知共产党人的主张其实合乎大众。纵观天下大势，他以从政五年的阅历，慎思贯彻总理遗训，治县安民，消弭国共敌对的方略举措。他清楚，这需要非常的胆识，踩这样的高跷，弄得不好双方都当他敌人，一不留神就粉身碎骨。

他喊来民政科长金仕仪，要他筹办召开士绅业主大会，协商实行减租政策，并做相关的预算和准备。

金仕仪与他年龄相仿，中等个头，南人北相，敦敦实实细眼长长的，是那种谁见一眼就觉得憨厚可信的人。金科长听明白了这位新上司的意图，既不多问一句也不多答一声，点点头就出门办差去了。钟培炎望着他的背影心里称许，他自己善言，却喜欢有这样的干城下属——君子欲讷于言而敏于行。

正月十六日上午，借作士绅大会会场的戏楼里，正面悬挂着孙中山先总理半身相，国旗党旗分置两边，横幅是"古城县县政协商恳谈会"，两边对联自然是钟培炎手笔：

同扶桑梓贤达名流资县政
必重民生官绅朝野共维平

县城和各乡应邀与会士绅有一百多人，大家衣冠楚楚，举止谦谨，早早来到会场择席坐下。

钟培炎从大门进来，会场的氛围让他对金仕仪办事踏实细致又有实际的了解。他与大家抱拳致意，健步登台致辞：

"诸位父老贤达，在下钟培炎，世沐乡泽，感恩怀德，今忝居本县，不胜惶恐，如履薄冰，唯勉竭绵薄。特折柬诚邀诸位德望，以县政咨询，承蒙屈驾莅临，还望大家不吝赐教。"他点头示意，想等待久违的掌声，却忘了这里人压根不知有那自古未见的轻狂和讲究，倒见一些人在满意点头。

虽说是"做官莫走家乡过，三岁孩童唤乳名"，但钟培炎向以文章言辩知名，今天要行自己的新政更顾不得那么多，虽不见掌声也没影响他的激情，慷慨道："今国民革命尚未成功，地方祸乱频仍，四方凋敝，民生倒悬。怎样才能长治久安呢？培炎曾随国民政府经粤湘到汉口，见闻亲历不少，以为'三民主义'之要旨，唯在民生，若平祸乱，先慰民生。

"南京国民政府成立方初，而共产党暴动起事常能得众，是什么原因呢？还是民生多艰啊！春秋时齐相晏婴预言齐姜之社稷必为陈氏所代，盖因陈桓子以大斗放粮，而以小斗收还，曰：'公弃其民，而归于陈氏。民三其力二入于公，而食其一，公聚朽蠹，而三老冻馁。民人痛疾，而或燠休之，其爱之如父母，而归之如流水，若无获民，将焉避之。'我以为，国府、共党，谁能获得民心而终有天下，全在于谁去吁嘘其痛疾了。"

会场肃静，众士绅知其开宗明义必有下文，俱怀警觉。钟培炎直入要义："去年南京国民政府刚成立，就颁布了《佃农保护法》，欲尽快实现孙中山总理'耕者有其田'的遗训，以实现社会之公平，经济之发达，国家之安定。并令在浙江等省试行'二五'减租，就是将佃农的租额减去百分之二十五，即四中减一。"

众士绅睁大眼睛引长脖子看着他，钟培炎接着说："政府为什么急于要减租呢？请诸位想一想——'国之将兴，以民为伤，是其福也，将亡，以民为土芥，是其祸也'。共产党以分田得众，我若行以减租，使业佃双方各得其安，共产党还有什么可做呢？孔子曰'苟子之不欲，虽赏之不窃'，这才是地方安定的长远之计啊！只有这样，国家才得偃武修文，息兵建设呀！"

台下嗡嗡有声，钟培炎抬高嗓音："据我所知，闵东乡孙老举人去秋减租至一成，民人感恩戴德，勉力田亩，争相纳课，一河之隔的系马黄安赤乱不已，而闵东毫无波及，共党绕道，绅民相安无事。本县今谨邀各位绅达商议，欲求共识，协商一致，将今年夏粮租厘按'二五'比例，以现行平均六成以上计算，减为四成，秋收视丰歉另议。"

人们一个个眼珠凸起如牛睛，一位老者站起来，白须乱颤，手指钟培炎道："县台此言差矣！租课成儿向有定律，若逾祖宗成法，必起祸乱！四成，哈哈，哈哈哈哈！"

"哈哈哈哈……四成，哈哈哈！"人们俱置斯文于脑后，会场起哄了。金仕仪站起来，大声却是语气平和地说："请肃静。依次申述。"

孙韶启站起说："县台所说我家减租一事，全因河西情势所迫，是我兄嫂竺宜君女士匆促所为。骤然减至一成，家计终难维持。""对嘛！是嘛！怎能维持？"众人喝彩。孙韶启接着说："钟县长倡行减租，也是合乎时势的。我意地租确应酌情减少，若仍按常例六成取租，必致祸乱危及自身，这事黄安系马之鉴不远。孙某提议不求一律，视肥瘠丰歉，高以四成为限，低不下于三成。"

有个人抱拳道："孙先生休怪兄弟直言，你家减租至一成已是覆水难收，是不是想借县府新律复取三四成，才提出此议呀？"一个大腹便便的绅士努力撑杖站起，肥白的脸憋得通红，双眼红凸，喘呼呼叫道："断不可低于五成，不然我等向省府申诉！"

钟培炎立予回击："减租是党国大政，中央已有条例公文见达，古城赤患初平，理当先行。你要申诉，钟某悉听尊便！"肥胖者岂肯示弱，嘶声喊道："钟县长召我们来，名为协商，实为强制，他要一意孤行，我等不如散去！"说着往外走，就有人起身跟着。

钟培炎说："且慢！本县正有话说。"众人就回身站定。

钟培炎慢条斯理："诸位不肯减租，本县以德化民就行不通了，对于匪患也只有依仗武力了。时下北伐大业未就，国民军已远离古城，赤军正蛰伏山林，必有举动，本县只有招兵买马，购足枪弹，以自办民团加护诸位富室大户。军资粮饷，自然是取之于何处，而用之于何人了。"

众绅呆立，就有人问粮饷如何收取，钟培炎说："民政科已做非常支出预算。请金什仪科长给大家通报。"

金什仪这时不再"讷于言"了，他翻动备好的账簿，一字一句说："紧打紧算，民办县自卫大队，年需大洋三万一千块，县财政常时预算并无此项支出。若是民团必办，县政府只有按照诸位地产分摊经费，纳入'田赋非常附加县政捐'科目，于近日造册下达。各位业主依据自愿，在正月三十日以前将摊银缴到民政科，由本科出具凭据。有不愿缴纳者，不必强为收取，将专备另册登记，并请业主画押确认。"说完看一眼钟培炎。

钟培炎大声说："入另册者，如遇赤匪劫杀，恕本县概不受理！"

众绅闻言失色，方知钟培炎年轻老辣，不可等闲视之。

见陷于僵局，秋收时随孙家减过租的映集乡绅士范成芳站起打圆场："县台所虑甚是周全。自古对于匪患皆取剿抚并用，以剿为势，以抚为先，剿抚得失，都在我等业主。若要耗资兴兵，不如让利安民。依范某之见，可行孙韶启先生四成为限，不少于三成之议。"众皆朝台上怒目相视，却不再叫嚷。

钟培炎笑了笑："诸位既无异议，愿意减租抚民，本县近日当行文告示全县，并呈省府备案，夏粮租课以四成为限，一体施行。县府自今日特设佃业理事科，负责督办减租与协调佃业事宜，由民政科长金仕仪同志兼任佃业科长。各乡联络及业佃双方立约减租协议事项，俱由经县政府备案之合法农民协会承办。诸位后会有期，恕不远送，散会！"

协商会上钟培炎的下马威，令众绅刮目相看。一老者出门叹道："竖子成名，祸之始也……"

钟培炎初试锋芒，踌躇满志间不免忧虑，心知真正的较量和风险还在后头，回到办公房铺开宣纸，提笔运腕，写就《离骚》一句：

亦余心之所善兮
虽九死其犹未悔

传说河西都在共产，一河相隔的闵东却安之若素。竺宜君秋季减租过后，农人更加勤勉地在田间劳作，整地烧草沤肥忙着冬播，乡间青烟依依，一派太平景象。前些日子常有军队从镇前路过开往河西，系马岗、黄安方向不时传来枪炮声，近些时就不闻枪声了。宜君自觉孙家"白日不做亏心事，半夜敲门心不惊"，也就不以为意，春节前还从容地乘着轿子，到县城去看望过老爷老太太。

元宵节刚过，孙韶启从城里回来，请嫂子到堂屋说话。

韶启心情颇好，揭开茶盖慢慢吹着气说："有好消息。农民暴动已被中央军平息了。传说蒋委员长亲令第十二军任应岐部进剿，十二月五日夜袭黄安，工农军就溃散了，一个姓万的首领带残余逃到木兰山深山老林。黄安、系马岗农会都已捣毁散伙，首要多被处死。唉，地面上总算归于太平了。"他见宜君木然，又说，"你说这共党，就凭这帮拿把锄头的草民，能与中央军作对？那不是以卵击石？"

宜君猜那姓万的工农军首领，必是韶光那个学友万瑞麟了，又由此想到韶光在外的安危，搭上一句："你哥也是个共产党哩。"

"他呀。"孙韶启无奈地摇了摇头，又饶有兴致地说，"春节前后，古城来了一个新县长，名叫钟培炎，前天开了个县政协商会，我替老太爷到会，见这个人颇有文才，举止儒雅倒还心藏韬略，好像在哪里见过，像是哥嫂成婚时来我家做过伴郎的那个学友。"

宜君一惊，心想莫不就是韶光那个同窗挚友钟培炎？她曾听沈立群说过这人在国民党了，也没在意，他怎还给国民党当起县长来了？

韶启又说："既已太平，老太爷念叨要回来，叫我来商量嫂子。"

宜君心想那万瑞麟征战沙场精明勇武，岂是轻易就范之人，不是这么容易就被人灭掉的，事情怕不那么简单，就说："回来是好。只是事过不久，那共产党也不会善罢甘休的，不如再看一看，等大势已定再接回来安居，免得来回奔波。"韶启也觉事还没过，下午就回城里去了。

夜里，竺宜君回到房间，划洋火点着罩灯，默默地坐到灯下。不到夜半，总是睡不着的。孙韶光头年八月走的，一去半年多没有音讯，去秋公婆去城里后，院中更是冷清，成天空空落落的。精心为韶光做的几坛咸酸腌辣开胃菜，已换过几次盖槽封水了，几只菜坛静静地坐在角落案凳上，幽幽的发出釉光。

天空传来阵阵大雁的叫声。"八九雁儿来"，大雁最是守信的鸟儿了，让她记起二月"花朝"节快到了。大雁年年北归，韶光你，怎总也不见归呀……

她守着孤灯，用韶光留给她的钢笔写了半页字，心不在焉，搁下笔，看着刚抄写的《诗经·齐风》几句，止不住长长叹息：

东方未明，颠倒衣裳，颠之倒之，自公召之。

躺回床上，眼前满是韶光音容，疲惫睡去。迷糊中见韶光进来，说声"爱妻……"依偎她身边，两人久别急宽衣解带欢爱不已。忽见沈立群徘徊迟疑来到床边喊她"姐姐"，正疑惑间忽然醒来，原来是梦。宜君一时羞愧，下床喝了杯水，呆坐半晌回到床上，再难入睡，辗转反侧熬到天明。

丫鬟天香一直陪宜君住在前院东厢房三间屋子，两室对门，中间只隔一间茶堂，夜间都不闭门，轻唤就能应的。天香早晨端来洗漱水说："今天太阳好，该洗晒床被了。"见宜君神色疲惫，知道又没睡好，揭开被盖卷起，就掉下泪来，说："小姐不易……大少爷五年间，也就回过三次……"低头抱被单出去。宜君红脸低头，她一向自信心静如水，不料昨夜竟有此梦，心中满是自责惭愧。

清明节一过，春天就醇得人没法待在屋子里了。钟培炎坐在去往闵东的轿子里，不时挑帘向田野张望。

走马上任快四个月了，例行的拜会贤望，约请士绅，张榜安民，救济孤残，划分区乡，审任属吏，整顿内务诸项均已妥帖，以减租安民、劝业农商、发展经济、共谋太平为要的施政方略已广为宣示，县府各科及各区公所正在督促贯彻之中，他也该松口气了。至于尚有小股赤军在深山出没，倒不足为虑，也免得那些劣绅们高枕无忧变本加厉。赤军即便闹大，也是军队的事，我除了自行善政又能奈何？他打好主意不去招惹，说不定正是万瑞麟那玩命的老兄在那儿折腾呢。

刚回古城，他就找到孙韶启在城里的住所拜望老太爷，韶启说我父亲素不见官员，且正在晨诵，他不便打扰，打算在老太爷应允预约后再行拜望。竺宜君去年秋季自行减租至一成，令他对这小女子刮目相看，实没想到这个足不出户娇美羞涩的乡间少妇，竟然是一个了得人物！五年前做伴郎所见竺宜君天姿仙态如在眼前，不知她如今怎般模样……他摇了摇头，自觉所思荒唐，又想到与孙韶光早已分道，心中顿添不安。

两乘轿子来到闵东镇，不待进街，钟培炎便令落轿，后轿里孙韶启也下轿来。钟培炎说："令堂大人既在县城贵第颐养，今天唯是探望尊嫂，依礼亦当徒步。请孙先生先往，替我呈上名帖。"

韶启到堂屋见过宜君，递上名帖说："新任县长钟培炎先生特来探望，已在街上等候。正是我哥那个学友哩。"

宜君惊道："兄弟怎可引这人来我家？按你哥他们同道规矩，

他是背叛失节呢。我不见他。"

韶启说:"钟先生特让我禀明嫂子,说他与我哥是同窗莫逆,当年于广东分属时,国共还是一家,并非背弃,如今也只是政见有所不同,应在常情之中。他曾到我那里拜望老太爷,虽未得见,于礼节已是到了。今天纯以私人友好探望兄嫂。"

宜君说:"可如今他们已成敌我了,情同水火的。"韶启说:"据我几次参加开会,此人力倡减租安民,改善民生,消除敌对,他的那些主张言谈,与共产党倒更相似。今日人家是远道行礼,并无随从。伸手不打上门客,也是孙家久持礼数呢。"

宜君想起沈立群说过,钟培炎在汉口"分共"时曾给韶光通风报信,使他们躲过一劫的事,再说也不能拂了韶启颜面,就说:"那就念在你哥分上见他一回。兄弟往后再莫多事就好。"

钟培炎志忑进到院来。因是平辈,宜君走出堂屋静候示礼,不卑不亢。

钟培炎见竺宜君这丽人亭亭玉立,虽略带倦容,却是风韵内含,冷艳袭人,较当年做新娘时更见仪态。他不敢直视,将糕点礼物递与一旁的天香,抱拳低眉,朝宜君深躬作揖道:"尊嫂五年未见,培炎特来问安。"

宜君侧视一眼,见他着一件宽裕的白色熟罗长衫,套一件黑色铁线纱马褂,头上是顶藏青六片结子瓜皮帽,举止言辞俱是旧时用礼,不似那时学生模样,礼节性地说:"钟县长多礼了。"

宾主落座,天香沏来茶水。培炎略打量一下厅堂,见庭柱上镌刻有一副楹联:

几百年人家无非积善

当年他做伴郎时，大概目光尽为佳人牵动，竟没有注意到这副好联，他不禁轻声念诵，若有所思。稍顷，拘束问道："我与韶光兄失去联系快一年了，吾兄近来可好？"韶启替嫂子答："我哥多时未见来信，不知现在哪里。"

钟培炎咕噜一口清茶差点呛住，保持优雅说："刚来县里，就听说嫂子明识大体，去秋首倡减租，深得民心，获一方安宁，培炎实在敬佩。"

宜君听他话语诚恳，打量一眼说："听我家兄弟韶启说，钟县长力行减租，确是善举德政。"钟培炎听她夸赞心里高兴，说："有孙家实行在先，我就有理了。只是士绅怨气很大，尚不知今夏能否奏效。"宜君见这人倒像认真办事，就说："只要政府真心去做，何愁无效呢。"

面对眼前这位兄嫂明丽温婉的目光，钟培炎的言辩之才不知躲哪儿去了，他微清了一下嗓子，拘谨地说："县府告示发出数月，士绅抵触观望，依律响应者寥寥无几。麦收之前，少不了再开一次恳谈会……培炎冒昧，敢请嫂子屈驾与会，以闵东施行减租之利，对众业主善加劝示。"

宜君方知此人委屈登门，原来公务为重，见他这副正经书生模样，渐心存好感，微笑说："我一个女子，不好抛头露面的。县府既有告示，百姓自会依律，到时候士绅们单方面是改变不了的。县长不必担心。"

钟培炎见竺宜君见识明达，言辞简约直取要领，愈加佩服，心想孙韶光得此才貌佳人，居然不知怜惜，心中不禁叹息，很想好好看这美人几眼，又恐非礼，竟自垂目摇起头来——韶光呀韶光……唉！

韶启嘱备宴接风，钟培炎推说还要去邻乡看望绅士范成芳，仍是垂目，告辞说："听嫂子一席话，心中踏实许多，容后再来就教。我兄出远门在外，家里有什么事情，就请韶启兄弟告诉我一声。"

宜君见他言谈举止还是个奉公守礼之人，又想到人家还做过伴郎呢，不禁起了亲近感觉，就说："钟先生既是韶光学友，得空就请来家里，不必客气。"就一同送出院门，让韶启送往镇头。

韶启回来感叹说："这钟县长看来是个好人呢。"宜君答应说："不是好人，怎喜欢你哥。"

天香调皮笑着说："我看这人心里像揣着个兔子，低眉红脸的，谁知他打的什么鬼主意……"宜君想想也不禁好笑，怪她一眼说："这丫头，没尊没长的。"

韶启这才说："老太爷天天嚷着要回，奈何不得，不如送回小住些时，我也回来侍候两老，帮嫂子打理，嫂子也好歇养一下身体。"宜君仍不放心这时就回，见韶启话说到这个分上，不好再阻，就说："也好，回来住些日子再看吧。"就和天香去安排打扫。

第二天上午，两乘轿子进到院中，宜君和天香忙去搀扶婆母，韶启与孟管家扶老太爷下轿来。孙老爷拄着拐杖，径去他那书房，口中喃喃："魂兮归来！东方不可托些！归来归来，不可托些！"

午饭时宜君说："二弟既已回来，家中内外就归我弟打理，我还是专心侍候我娘好了。"孙母见韶启并未推辞，就说："让你嫂子歇歇也好，只是你嫂子定的些规矩，就不要再变来变去了。"

韶启说："都依嫂子安排，嫂子也不要撒手。只是租成一事，县府律定不出四成，我家今夏若仍依去秋一成，恐遭各乡士绅非议，成众矢之的，且长此以往，也恐家计难支。夏粮眼看丰产，我意复至三成，佃户当能体谅。"

宜君说："依我看，如今乱世只是个开头，你哥曾说我家田产终将不存，都会自食其力的。钟县长身居高位见多识广，也成天想的减租求安。我家租成去年秋收既已告示，才行一季，可否今夏不变，秋收再议？这事还是二弟你定吧。"

孙老举人今天归家自是欢喜，正自斟饮酒酣畅，半醉半醒间又是大事不糊涂，呷着酒自言自语："水可载舟，亦可覆舟，既有今日，何必当初。"

老太爷虽是醉言，也算难得发话了，韶启惋惜应道："嫂子既已告示，今夏就不变了。不变算了。唉。"

7. 困军资振山探寨 释绑票好汉失神

罗山县望天山丛林里白天也难见日光，躲藏在这里的万瑞麟工农革命军鄂东军残部剩下不到两百人。政府军占领黄安后，对工农军做拉网式清剿，万瑞麟带残部从木兰山遁入鄂豫交界的罗山，党代表刘朝闻潜回古城会合蔡日新继续开展群众斗争。工农军在战斗奔突和饥饿中不断减员，罗山人烟稀少地瘠民贫，不多的富人早已匿财携款逃往县城或信阳，部队用度以前靠各乡农会供给，眼下筹款困难，衣食无着，已断粮七、八天了。

万瑞麟侦得政府军已撤往孝感，就想回到鄂东，发动群众扩大武装，实行二次暴动，再占黄安，派万振山带十几人先去侦察和筹款。

万振山日夜想的就是回河西，他说陈渔甫镇压不久就暴动了，陈家寨财产没来得及分，想去那里筹些款。万瑞麟说："先去了解一下，在家属生活能过之余，争取适量筹款。"又叮嘱说，"这次你打前站，一定要注意政策，讲究策略。红区刚遭敌人洗劫，不要扰民，中小地主不要触动，筹款只对大户，只要交款，一个不杀。远离部队后你见机行事，重要情况和得款及时送来，其他不必凡事请示。要处处保存自己，哪怕筹不到款，也都给我活着回来！"

万振山和黑子一行日夜兼程直奔系马，到陈家寨附近山上潜伏下来，找到一个老赤卫队员，让他进寨设法通知内线仓库管事陈友才来会面。天黑定后，陈友才被引到草棚，他紧握万振山手说："可把你们盼回来了。"说着拿出干粮，大家三天没粘牙，大口嚼起来。

陈友才说："陈渔甫枪决后，没人当家，团总陈守义是他堂侄，做不得主，见大势已去，带着几个亲信投奔到沿河集大地主陶孝章门下去了，其余团丁也都散去。"

万振山问："寨中哪个管事？"陈友才说："我按万指挥交代，劝陈老太太召他大儿子陈守礼回来了。他原在县城一处私立小学教书，是个懦弱的人，全不随他老子，没什么主意，回来也就是摆个样儿。陈渔甫早知他无用才放他出门的。"

万振山又问："我婶娘还在他家？"陈友才答："陈渔甫死后，万老太太呕气伤心大病一场，陈老太太本是病恹恹半条命，两个老太做伴，成天不是哭就是诉，亏得巧兰伺候着。三姨太收拾细软跑了，二姨太没心没肺，成天只管吃喝打扮，老太太倒是由着她。二儿傻子只知吃拉。陈渔甫一死，陈家算是败了。"

振山问："他在东洋留学的三儿子有消息么？"陈友才说："刚收到老三守仁从日本寄来的回信，说他还没毕业，回不来，时下回来也无益，又说有朝一日要回来报仇雪恨，重振陈家。"

振山说："这小子口气倒不小。他家钱财藏在哪里知道不？"陈友才答："听说有地库，暗门怕只有老太太知道了。"

振山想想又问："巧兰知道不？"陈友才说："从前不会知道，如今老太太病重全靠她照料，不晓得能活几天，大儿子陈守礼又不理事不上心，是不是传给她倒也难说。"振山说："我和巧兰的事你都知道，我进寨去会她便当不？"陈友才说："反正是个散摊子，倒没什么不便的，我先传过话去，看她怎么说。"第二天晚上陈友才送来大米盐巴，说巧兰叫振山今夜亥时过去。

一弯冷月在云朵里静静地游走，夜幕下陈家寨如一片黑幽幽沉寂的影子。万振山急切地随友才向寨子奔去。巧兰和傻子老二住在中院西厢房一排三间屋里，两人绕到屋前，听见屋里传来女人的叹唱，是那耳熟的怨妇风流小调《三百六十调》。这小调在古城县民间流传百年，多是叹息妇女悲惨命运和表白情爱，词句直白真切，振山从前常要巧兰唱给他一个人听。这时巧兰轻细幽怨好听的歌声传出，振山忍不住在门外驻足倾听：

清早起来梳油头，三把眼泪四把嘞流，人家的丈夫多漂亮啦嘛喂，我的丈夫癫痫头，癫痫死了我自啊由。你要自由就自由，你莫管我癫痫呀头，世上的癫痫多得很啦喂，癫痫不止我一人，泼妇婆娘没良呃心……对门大姐床前坐，各人望着各人的……

陈友才轻声唤开门就离开了，巧兰拉进振山，急关上门，抱住就哭起来。振山朝里探望，巧兰努嘴说："傻子早睡死了。"拉他到北屋床上，就解自己衣裳。

振山说："不是时候，我说几句话就走的。"

巧兰煮来一大碗荷包蛋，看他一口一个吃完，这才伏他怀里哭诉："我这两年哪是人过的日子啊……"振山给她擦泪，她仍哭着说："我都不好跟你说得……傻子可怜，啥事不知，陈渔甫名是替傻儿娶亲，实际就为了霸占我，进门才两天，就摸到屋来……我哪

100

敢喊叫呀。三天两头到厢房来，在这院子里都是明里了，谁也只做不知……"

万振山骂："这老畜生！真正该死！"

巧兰又说："好不容易咒他死了，前些时他大儿子又回来，莫看他秧子样一个书生，百事不理，心也邪得狠，去年刚死了城里媳妇，二姨太勾他他不理，也偏要来缠我……我说起来是陈家二少奶奶，人前体面，人后贱婢不如，成天伺候傻子吃拉，还要受这样的欺侮……好在二姨太是个戏子，前些时对老大施了魔法，我才得点清静，她占着个长辈，也一口一声拿我当用人使唤。人在屋檐下，谁个不低头，一天天挨命哩。"说着啜泣不止。

万振山说："我日他娘！地主老财，硬是没一个好种！"巧兰替他解衣，说："天天想死你。你带我走吧！"

振山握住她手说："现在不能，我任务在身。打仗是要死人的，你是女人，不能跟我走。问你个事，陈家钱财放在哪里你知道不？"巧兰说："老太太病重，陈守礼不理事废人一样，她好像有意试我忠心，难说死前交不交代给我。"

万振山说："你先留个心，我肯定不会要你为难的。"又问她，"我婶娘呢？"巧兰叹气说："自打陈家老爷让你们捉去杀了，万老太太就倒床了，晚上多是我去照料，常在夜里惊醒，哭她不该生了万瑞麟这个天杀的……"

万振山听了低头不语，良久才说："该当天杀的，是恶霸陈渔甫哩。我哥要我跟你说声，我婶娘，还有他舅娘，还靠你帮着照顾呢，我更不能带你走了。"说着起身，巧兰说："叫瑞麟大哥放心吧，他娘有我呢。"拉住他说，"五更再走……"就去吹灯。

鸡叫三遍时，振山要起，巧兰抱紧不松又哭起来。万振山轻轻绕开她的双臂，抚摩她蓬松的头发，决然地起身了，走到门口又不舍地回过头来，在黑暗中说："受苦人总有出头之日！总有一天，我要抬轿子来娶你！"

他的声音在静夜的屋子里嗡嗡作响。

万振山不爱欺软，见陈家寨已失去抵抗能力，觉人家孺儿老母的，这时去取人财物不仗义，说出去工农军不好听，更不愿让巧兰为难，就商量下一步行动。侦察队长黑子说："不如把陈守礼绑来，叫他家赎人。"万振山说："那不好。我们已经杀了陈渔甫，再绑他儿子就做得太绝，群众反倒会躲着我们。以后再说吧。"

黑子又说："河西的财主早已没收，不如到河东看看。听说闵东有个姓孙的大户，还没人动过呢。"振山说先回万家湾落脚，看看情况再说。

早晨竺宜君刚起床，孟管家急敲门，慌张递给她一块白布，说是一把匕首钉在大门上的。宜君一看两腿就软了，孟管家忙扶她坐下。那布上写着：

> 孙家世代霸占田地剥削穷人现将孙韶启押到河西审判若要保命速具现洋两千元三日内送到系马岗乡万家湾不送砍头以平民愤。
>
> 工农革命军鄂东军

宜君急到后院东厢房韶启屋中，不见人影，箱柜显被翻过，她一时慌了神。转念这也不像绿林行迹，土匪绑票总要隔上几天让你急疯了再传话，更不会明明白白留下地址的。"工农革命"

像孙韶光言语，真要是共产党做的，她倒不怕了，只要出钱，这种人说话总会算话的。她对孟管家说："不可让老爷太太知晓。你我速作打算，救人要紧。万家湾我少不得去一趟。"

孟管家说："匪人凶残，少奶奶去不得。我这就去赎人，只是要动用两千大洋，还得禀告老太太一声为好。"宜君说："工农军那边，我这当家的不去会面，日后还有麻烦。这事不能让老太太焦心，我来想法子。"

待孙老太太起床，宜君侍候用过早膳，给她捶背说："二少爷一大早赶去城里盘点，昨晚说时下绸缎生意不好做，想到黄冈团风进一批粗细棉布，让孟先生随后送两千现洋过去，要我也就便去铺面看看。"

孙母说："韶启既愿理事，就由他做主吧。"

宜君自去年削肉医母后，感觉自己心性变得刚硬多了，临事常涌起一股狠劲，好像老天爷有意要让她变得坚毅勇敢起来。她当即收拾打扮停当，乘一台二人抬滑竿，孟管家在箩筐里现洋上面盖上谷子沉沉地挑着，一同默默过河西去。

走了半天寻到万家湾，湾前果然布有岗哨，倒不像坏人，把他们引到一个祠堂。

万振山正与人围坐说话，忽见门前一亮，落落大方走进来一个美貌少妇，就直直望着。

竺宜君站定问："这里可是万家湾工农军?"

万振山说："是这儿。你什么人?"

"回当家的，我是闵东孙家长媳竺宜君，来赎我兄弟回家。"

万振山见这妇人貌美惊人，人间少见，又从容镇静不慌不忙，心想我那巧兰最是好看，不知是哪里也还比不过这个妇人。日他娘，俏女人个个都让富人给娶走了！这美妇人胆子比巧兰还大，到这时竟还不落下架子，真沉得住气，心里就有些佩服。莫不是《水浒传》十里坡那要蒙翻了武松做人肉包子的孙二娘？

宜君见他出神没有回应，就说："诸位头领，敢问谁是当家的？"黑子友好地纠正："我们叫首长，不兴喊当家的。这是工农军万团长。"万振山回过神来，叫人搬椅子让她坐下，问："怎让你个女人来办事？"

宜君说："孙家正是我这女人主事。我一个庄户人家，今天已倾家财大半，只为讨个平安。"

万振山说："你孙家世代剥削，本该没收，只是农会还没建到河东去。剥削现洋交来多少？"孟管家忙解开筐中布袋说："省吃俭用，足足两千元，有请当家的过目。"

万振山叫黑子点数提到内间，又温和问："你家放着个大男人，不苫不傻手脚不缺怎不主事？你说孙家是女人当家，莫不是想减轻他罪恶？"

宜君从容答："我丈夫不问家计，外出多年未归，兄弟长在县城经商，两老年事已高，长媳主事，理所当然。你们要绑人，应是绑我。"

万振山心想这妇人真还硬朗少见，就说："共产党不侵犯妇女。今天对你孙家算是警告，日后莫要压迫穷人，不然与你家还有账算！"宜君说："穷人富人都是人，民妇我自有分寸，请团长放心就是。相信工农军做事总也有个分寸。"

万振山倒被她这不软不硬的两句话给馋住了，本想再找点话问问这美妇人，又觉不妥，就说："什么分寸不分寸的。共产党说话算话，人你可以带走了。把人带过来！"说着仍忍不住拿眼望她，将这个天仙样的美人与他的巧兰比着，心中奇异不已——哎哟哇！我的娘呃。

孙韶启战战兢兢被人押进屋来，以为要杀他，吓得浑身直抖。万振山走过去替他松了绑，他这才看见嫂子就站在屋里。万振山丢下绳子，看几眼孙韶启，对身边的黑子说："他长得很像一个人。"黑子打量这个被他蒙眼绑来的人，说："像。"

宜君耳聪听见了这句话，她心里动了一下，但没有出声。

"你是个经商的？"

"是。"

"做生意比当地主好。莫要欺压穷人。走吧。"万振山有些不舍地看了看竺宜君，想到这样个女人在路上怕不安全，钱既送来，共产党做事要负责，就叫黑子带人护送出河西。黑子喜欢这个任务。

有共产党护送，竺宜君就不愿一个人坐那滑竿，没有脚板的尖脚走在山路上像两根拐棍点地，"嗒嗒嗒"的碎声叫人替她难受。黑子要她还是坐滑竿，她说不打紧的，黑子说："跟着你这小脚慢慢摇，我都憋死了，天黑也到不了河边。"孟管家乘机叫跟在后面的脚夫将滑竿落地，总算把宜君扶了上去。

孙韶启惊魂未定，一路上脸色苍白，垂头丧气不出一声。黑子走在滑竿旁边也不说话。快到莲水河西岸时，黑子忽然问了竺宜君一句："大嫂的丈夫，是在哪里呀？"

宜君更加看出，这些人认识孙韶光！韶光说过搞农运时常去系马岗。她多想说出实情，但她明白不能说——他们要是知道了，该如何收场，那两千银圆怎么办？不定就是万瑞麟的队伍呢，怕是就指望这笔钱。韶启总算平安赎回。她回答黑子："他是个教书的，多年在汉口……难得回趟家的。”

走到河边太阳已经下山，黑子目送滑竿趟过齐腰的冷水上岸去，心里不知为什么酸酸的。唉，不保这美妇和那巧兰一样，也是个可怜的女人呢，又是双小脚。

过了河就算闵东地界，韶启跪地朝宜君磕个头说：“嫂子大恩大德，这是赌上性命来救我。”宜君连忙扶起说：“一家人快莫这样。你哥在外，孙家若没了兄弟，如何得了？”

天黑回到家中，恰好两老已经歇息，都还蒙在鼓里，只有天香看到了他们一身湿的样子，抹把泪去找换洗的衣裳。孙韶启说：“没听嫂子的话，匆忙搬回来，果然遭劫。看来家中我还真是待不得，明早仍去城里照料铺面，家中全凭嫂子料理。老太爷住几天后，也还是送去县城为好。”

宜君就说：“地面不清净，你个男子树大招风，暂避些时也好。老太爷在家有我看着，你就放心吧。”韶启担心说：“他们再来么办？”

宜君说：“我观那大当家姓万的团长，倒也不像是那凶恶草寇，说话算数也讲道理，挺义气的，还派人送到河边。真要遇上那土匪，你我怎好好回得来？人家毕竟有个共产党管着。”韶启这才放下心来。

万振山在美妇人走后越想越不放心，记起黑子写告示时问过捉来的人，好像叫孙韶什么，与他的革命引路人孙韶光先生长的一个相，恰好有个哥在外，后悔怎没问那女人一声。又想到世上总也没有这么凑巧的事，何况这么大的富人家，还要闹革命打鬼？疯了！可要是万一呢？直到黑子回来说路上问过的，她男人不过是个不着家的教书匠，心里一块石头才算落地。

黑子带人连夜将现洋送往罗山，天亮才到。万瑞麟问现洋出处，黑子如实报告，又说孙家那女人如何美貌又如何了得，其实也可怜。

万瑞麟听说动了孙家心中叫苦，心想这竺宜君办事果然冷静果断，交代黑子："回去告诉万团长，孙家再不要惊扰。他家长子是我党同志，我很熟识，这事只限你和振山知道。去年他媳妇带头减租，在当地影响很大，孙家父子为人厚道，没有什么民愤。这两千现洋留下先作应急，以后再做处置。"

黑子又走一天傍晚回到万家湾，说了情况，万振山使劲捶一下自己的脑壳，一声不吭走出去了。天黑定黑子找到山岗，见他坐在一块石头上，面朝河东发呆。

大哥在想些什么呢？

8.钟培炎义动刺客 万瑞麟顿起杀心

深夜，钟培炎坐在办公房桌前，阅读佃业管理科长金仕仪呈来的减租执行情状文书和表册。

立夏多日了，小满将至，芒种一到小麦就要登场了。除闵东竺宜君仍按一成薄租，映集乡范成芳及县城附近三四个士绅告示以四成收租，并由农协见证与佃农签订协议交金仕仪备案外，其他业主仍无动静。沿河集大地主陶孝章公开放出话来：莫听姓钟的胡言！六成交租，一粒不少。有陶孝章领头顶着，各乡士绅都在观望。

这陶孝章与一般士绅不同，他没读什么书，更不是书香官宦世家，曾祖父是著名土匪"陶麻子"，劫得横财后被官府招安，金盆洗手，回乡广置田产，自此几代人称霸一方，无恶不作。陶孝章人称"四阎王"，性情复制了陶麻子的乖戾阴狠，据说连长相都一个样，只是少了那一脸白麻子。传说他骂你打你不要紧，如对人发出笑声就是要杀这人了，常把杀害的自卫军头颅挂在竹竿上巡游，百姓畏之如魔。又传说这恶魔倒是个孝子，事其母甚殷，谁想求告何事，唯求其母才有效。

减租绝不能半途而废！钟培炎长叹一声，决意明日去登门会一会陶孝章。他缓缓起身，正要吹灯，忽见桌子对面五步外站着一个人。

那人面蒙黑布只露出一双杀气内藏的眼睛，手中一把一尺多长的弯刀闪着寒光，分明是一位刺客。

钟培炎一惊，很快镇定下来，复坐于椅上，直视刺客，和气地问："义士何来？"刺客低喝："莫要出声！"培炎略思忖，说："我这里没钱，只有书。"

刺客近前两步，刀指钟培炎压低声音说："莫要啰嗦！即刻书写告示与我，公布废除四成租厘之法，租额从俗，留下性命。如若不写，明年今日是你周年！"

钟培炎这才注意到洞开的窗户外黑黝黝不见星光。他明白，只要呼喊就将毙命，刺客必知他从不带枪，全无自卫之力。他抱定必死，又绝不愿死得这么潦草，更不能就范于刺客背后的为恶者！急速思索过后，钟培炎从容说："义士稍候，待本县写来。"就拧大灯亮铺开宣纸，取水慢慢磨墨，提笔一气呵成一篇文告，推到桌边说："义士请过目。"

刺客返身关闭窗户，要钟培炎后退五步，这才握刀移灯读那《告示》：

古城县诸位士绅百姓鉴达：今有壮士入室，取我性命，曰，汝即刻书写公告，废除减租之法，可留性命。余思之，生，我所欲也，义，我所欲也，二者不可兼得，舍生而取义也。今耕者无田，民生倒悬，朱门肉臭，路有饿莩。培炎枉居本县，欲为斯民请命于诸富室大户，略施小利，聊果民腹而活老幼，然豪绅不应，以我为仇，竟使刺客索命。悲乎！

尝闻古之刺客义士，慷慨悲歌，剜目毁容，一去不返，皆为大义以舍身，感天地而泣鬼神，千古留名，万民景仰。而今之刺客，见利忘义，不惜其名，甘为恶人驱使，枉亵侠士之英，惜乎，哀哉！

培炎将死，其言也善。惟敬告不幸之继任者曰，减租仁政，断不可废，愿前赴后继，以拯吾民。又奉告为富不仁者曰，己所不欲，勿施于人，水可载舟，亦可覆舟，当以减租积善，略留余德以蔽子孙，或免沦万劫不复之境地也！

钟培炎　绝笔

民国十七年五月十七日

刺客读罢不发一言，忽然跪地朝钟培炎磕一个头，起身便走。钟培炎喊："义士且慢！"刺客站定。培炎说："我今连累于你。义士将往何处，我当相助。"刺客说："小人有眼不识泰山，冒犯青天。今既背约，只有远走他乡。若言指使，是违道规。"言毕推窗飞身而出。

钟培炎跌坐椅上，背上已是冷汗涔涔。他走到窗前，外面一片漆黑。他关紧窗户回到桌前，很想去喊来金仕仪，又觉夜深不便。从刺客西乡口音，他判断是陶孝章指使无疑。如不是方才《告示》神使之笔唤醒刺客良心，今夜还真做了他刀下鬼！

钟培炎抹一把额头上的汗，大叫一声："恶霸！我还怕你！"

钟培炎一身是胆，徒步去往沿河集陶家河，他要只身去会一会他治县的对头陶孝章。在他眼里，这种人只能使阴招，对堂堂政府命官，谅还不敢公然造次。。

陶家河的寨防碉楼更胜于陈家寨。鄂东暴动被弹压后，自头年十月农运大起出逃的陶孝章咬牙切齿从信阳回来，拉起两百多人的"还乡团"，重用从陈家寨来投靠他的表侄儿陈守义，让他当了"铲共清乡团"团长。还乡不到一个月，就把沿河集农会领头的二十多人捉去一个个砍了头，对工农军的家属随意残杀奸淫，强摊苛捐杂赋，抓派劳役修筑寨围炮楼，逼得百姓背井离乡，沿河集一带十室九空，户无炊烟，一片萧条。

闻报县长钟培炎只身来访，陶孝章从鸦片烟榻"噔"地坐起，鹰眼骨碌一转，叫声"大胆!"三天前许以重金的江湖刺客不见回音，他断定绝非失手，而是被那书生巧言感化，深悔所用非人。他料县府必严加防范，行刺更不易得手，只有用计除他，这不就送上门来了!陶孝章脑中转着主意，走到寨前寒暄迎接。

钟培炎高视阔步而入，从容落座，浅饮一口茶说："小满将至，小麦登场在即。县府公告减租一事，陶公将作何处置?"陶孝章往椅上一仰，将一把络腮胡须："减租一事，县府主张是一回事，真要实行，那就难了。"

钟培炎慢摇纸扇："愿闻其详。"

陶孝章出言张狂："这还用说!官出于民，民出于土，县府赋税取于田亩，你要减租，我还拿什么捐税?何况我在一方抵御赤匪，保境安民，一应用度县府从未拨款，都由我从自家租赋中开销，再要减租，民团只有喝西北风去了!"

钟培炎有备而来："陶公所言，鄙人不敢苟同。请拿把算盘来，你我不妨合计合计?"

钟培炎噼噼啪啪拨弄一阵算盘，说："以粗略估算，陶公旱地一千七百亩，小麦以亩产一百五十斤算，出产二千五百五十担;有水田三千二百亩，多为近河良田;以亩产三百斤计，出产九千六百担，合计产粮一万二千一百五十担。便按县府规定地租四成计，陶公仍可得四千八百六十担。县府亩捐田赋百取其五，为二百四十三担，尚存四千六百一十余担。团丁亦农亦兵，宽以四担养一丁，可养一千一百五十余丁，尚不计夏收油菜，秋季杂粮、芝麻、烟叶及数千亩山林水产收成。这'账'，应是清楚不过吧？"

陶孝章怒目圆睁，心想这书生果然厉害，说："枪弹寨堡，衣物装备开销，远在口粮之上。"钟培炎说："便再加两倍，所收足矣。"

陶孝章知道算他不过，就想翻脸，转念这腐儒毕竟是县长，下手以前不可明欺，与他议论只当游戏，就说："账归账算，事归事办，穷光蛋们都快跑光了，地都荒了，我找哪个收租？"钟培炎接着他话说："逼走了百姓，纵有良田千顷，何益之有？故政府实行减租，取与之义，得失之计，自在其中。"陶孝章直愣愣望着他。

钟培炎就势敲打他说："据报，共党首领万瑞麟鄂东军又起，人枪甚众，欲卷土重来，已有先头部队到万义活动。沿河集地处防共前沿，陶公责任重大，若遇危难，尚赖党国，本县当不至作壁上观。"

陶孝章知他话中有话，更领教了这书生城府——腐儒不腐哩，腐他娘的个皮！难怪没做刀下鬼。他竟发出一声怪笑，说："县长独步进山，不怕掉下山沟摔死，跌到河里淹死，遇上土匪砍死？"说着又老鼠般"吱吱吱"一阵怪笑。

钟培炎知这恶魔又起杀心，他轻摇纸扇仰天长笑，凛然回应："我行天道，鬼蜮能奈我何！"陶孝章听出他已知刺客何人所派，恼羞成怒，就想不如今天设计灭口，叫他有来无回。他站起叫："你是骂我？"

"我儿！我儿，莫要犯上！"一个衣着华贵的老太婆从内室急移小脚走出来，手里挂根金雕龙头银绕箍环紫藤手杖。陶孝章连忙几大步过去扶住她，小心说："娘，我和县长大人正说笑呢。"又回头对管事的说，"备宴！中午给县台接风。"老太婆点一点头，又朝那秀才模样的县官远望一眼，这才在陶孝章搀扶下放心地回内室去了。

这时还乡团总陈守义跑进来急报："在沿河集五柱山脚，发现蔡日新行踪！"

陶孝章摸一把脑袋，像吸了口大烟样来了神，悻悻地转过脸对钟培炎说："怎么样？我替县长在这里剿共，眼见为实吧？共党祸首现身，我要亲往搜捕。"

钟培炎知其逐客，心中不免为故人蔡日新担忧，但愿他能逢凶化吉。他别无办法，只有劝阻，站起说："有道'穷寇勿追'，既非暴力来袭，不去理他也罢。"陶孝章盯着他问："钟县长什么意思？"

钟培炎恳切道："陶公信我一言，养丁但以护寨自卫为宜，何必生事。若去惊动蔡日新，那万瑞麟岂肯与你善罢甘休？"

陶孝章闻言一怔，钟培炎抱拳道："忠告善道之言，还请三思。租厘一事陶公好自为之。本县公务在身，后会有期！"陶孝章因老母适才着急发话，眼睁睁看他拂袖而去。

钟培炎出了寨门，回视高高的寨墙碉楼，才知墙上悬挂的是两颗人头！他不忍卒视，愤然自语："多行不义必自毙，子姑待之！"

深夜，五柱山下小村三棵树的一家农户里，蔡日新和刘朝闻、邓啸天聚在一盏小油灯下开县委会，小结在河西秘密重建农会和武装进展，研究加紧筹集粮食盐巴，迎接万瑞麟工农军打回古城。

天快亮时，村子四面突然响起枪声，传来一片吆喝，三人立即跳窗向后山突围。小村早被陶孝章民团层层包围，他们仅有的一点子弹很快打光，三个人先后被民团死死抓住。

陶孝章大喜，没想到踏破铁鞋无觅处，得来全不费工夫，一夜之间就将共产党县委三名首领一网打尽了。他令陈守义将三人带过来，怪笑一声说："蔡日新！落到我陶某人手里，有何话说？"

蔡日新双眼怒火喷射，挣扎着深勒的绳索，大喊："陶孝章！你不要高兴早了！人民不会饶你，工农革命军绝不会饶你！"刘朝闻、邓啸天同声怒吼。陶孝章一阵狞笑："可惜呀，可惜呀！都是二十大点的年轻人，不好好读书种田，偏要谋反作乱。今天叫你们好死！也叫天意，三个匪首死在三棵树。吱吱吱吱！"

陈守义问是不是押往县党部献俘请功，陶孝章叫："献个罗的俘！夜长梦多，活埋算了。"陈守义将三棵树十几户人家封锁村中，带二十几个团丁将三人推到村后山头，挖开一个大坑，令将三人推下去。

蔡日新、刘朝闻、邓啸天挣扎着挺立坑前，不停高呼："打倒国民党！""打倒地主恶霸！""共产党是杀不完的！""工农革命必胜！"陈守义喊："还不快埋！"动手把他们推倒在深坑里。泥土很快落满他们蜷曲的身体，刚挖的大坑不一会就变成一块平地。

陶孝章走到山上看过那片新土，得意扬扬地与陈守义返回村前。

太阳已从山后探出头来，小村的人都安静地待在各自的破屋里，无助地等待着骤然降临到头上的灾难。陶孝章盯着眼前这个连鸡都不敢出声的村子，对陈守义说："三棵树定是蔡日新巢穴，斩草除根，一个不留！看哪个还敢通共！"又一阵怪笑。

陈守义令将小村六十多个男女老幼赶到稻场站在一起，放排枪尽予射杀，稻场上尸体老幼相拥，夫妻头手相枕，血流成河。陶孝章又令点火，不到半个时辰，三棵树十几户房屋化为灰烬。

光山。万瑞麟在草棚里看一张侦察地图，思考重返古城的路线和可能发生的战斗，让警卫交代都不要打扰。暴动失败半年，他的工农革命军鄂东军在游击中又发展到两千余人，枪八百多条，从罗山转到与古城交界的光山和金寨县一带活动，不久前与古城县委蔡日新建立了秘密交通，准备择机攻占河西打下黄安重建苏区。

门口有人小声跟警卫说话，接着黑子匆匆进门来，望他一眼就低下了头："蔡日新三同志已在沿河集牺牲……"万瑞麟双臂撑在木桌上，没等黑子说完，他大吼一声："血债要用血来还！"喉咙里喷出一口鲜血。

万瑞麟恶从心生，正是"身怀利器，杀心顿起"，叫黑子喊来党代表李世年和万振山，当即集合全部队伍，夜行一百余里直扑沿河集，将陶家河寨子团团围住。万瑞麟命令架起重机枪，集中手榴弹准备攻寨，这时天已擦亮。

李世年见他眼睛血红，说："寨中是不是还有百姓？"万瑞麟说："侦察过了，百姓早都被逼逃离，寨中只有陶孝章族人和民团二百多人。"说罢下令攻打。

队伍中多有万瑞麟和万振山从系马岗、沿河集带出去的青壮农民，为乡亲报仇的火焰在胸中燃烧着，听到一声令下，手握步枪、梭镖、大刀，迎着枪弹发疯般冲到寨前，寨门很快被炸开。团丁哪见工农军主力这般阵势，胡乱放枪掷弹一番就争相逃窜。

万振山掇着机关枪冲在前面扫射开道。蔡日新和孙韶光是他最敬爱的引路人，他两眼喷火像头猛兽横冲直闯见人就扫，战士们逢人就砍，呐喊着扑向陶孝章大宅。

陶孝章早已慌了神，没想到万瑞麟的人来得这么快、这么多，这么凶，更没想到钟培炎三天前的警告今日就兑现，自知死期到了更不会让他好死，抓根绳子想跑到后屋上吊。战士们破门而入，正要扫射，听黑子喊"要活的！"就蜂拥而上，将陶孝章扑倒在地上，就用他上吊的绳子捆得好不结实。

万瑞麟走进来，也不作声，上去先给他甩了五六个耳光，喝道："畜生！陈守义在哪里？"陶孝章不吭声，一个团丁颤抖地说："昨日到县党部报功领赏去了。"万瑞麟叫："他跑不了！"

万瑞麟令将陶孝章推到院中跪地，从战士手中拿过一把锃亮大刀一声不响走过去。

万振山说："我来！"接过大刀，血红两眼近前，先"咔嚓"一声砍断陶孝章左脚，踢到一边，那腿脚兀自伸缩乱颤，陶孝章呼爹喊娘，求告速死。万振山吼："你犯的灭族之罪！罪当凌迟！你莫着急。"正要剁他右脚，党代表李世年说："不要费事了吧。"

万振山叫声："你个娘卖皮的！"快刀舞起一阵风连砍带削一划拉，陶孝章就颈脖碗口齐齐，血喷老高，头颅滚到一边，眼睛还在眨巴。陶孝章那福享到头的老娘喊声："我的乖儿嘞！"拐杖一松昏过去了。

万瑞麟命将寨子交万振山留人处置，带大部队撤去。

万振山把缴械的一百多团丁集中到民团操场，架起机枪就要尽数射杀。团丁跪地一片，磕头如捣蒜号哭。一个胆大一点的哭着喊："长官饶命啦！我们也是穷人啦，上老下小，没得生路，才在这里混碗饭吃呀。饶命啦……""饶命啦！饶命啦……"其他人只会说这一句话了。

万振山一听穷人心就软，说："不杀可以，你们要交出杀害蔡主席的凶手，指出陶孝章、陈守义的亲信，小队长以上帮凶！"团丁们见有生路，想到平时受这些亲信欺压之苦，纷纷指认，推拉出七八个人来。

万振山令其他团丁跪到操场两边，场中只留这八个人，用机枪射杀了。

他对瑟瑟发抖的团丁们说："冤有头，债有主！各自回去谋生，日后谁再干民团与共产党作对，这就是下场！"命令点火，看着陶孝章族居化为灰烬后离去。

工农军灭了陶家寨的消息像风一样传开，出逃的乡民纷纷返回沿河集，巴望收割那点干瘪的麦子，翻耕干裂的田垅赶种一季稻谷，想在先人留下的这一方水土接着活下去。方圆百里的土豪劣绅对万瑞麟、万振山闻风丧胆，刀劈陶孝章的万振山被传为杀人不眨眼，专爱开肠剖肚，生吃心肝的"万疯子"。有个绅士是前清秀才，编出一首童谣让人四乡传唱：

天有瑞麟，日月不明；

地有瑞麟，草木不生；

人有瑞麟，胆战心惊。

又有地主放出谣言说，那个闹共产、杀舅爷、灭陶族的万瑞麟，是从千年棺材里爬出来的青面红嘴白獠牙，专喝人血，夜行千里，随风而至。这事越传越神，百姓记不住他名字，方言加想象就传成了"万水龙"，夜里小孩哭闹，大人说声"万水龙来了!"，小孩就不敢哭了，比什么都灵。

黑子报告四乡童谣和传说，万瑞麟难得地笑了："不叫土豪劣绅闻风丧胆，穷人谁敢跟共产党走?"

钟培炎县长近来心情大好。

陶孝章横死灭族，令四乡劣绅胆战心惊。民政科长金仕仪抓住时机，把钟培炎写给刺客看的绝笔《告示》抄写张贴出来。就有传言说，"万水龙"的工农军为了穷人减租且号召农民，帮钟县长灭了陶孝章，自此再也没人敢领头公开硬抗钟培炎的减租政策了。

钟培炎没想到他奈何不得的治县死对头，就这样被万瑞麟吹口气就灭了，看来这减租是天助我也! 只是为故人蔡日新的死叹惋不已，又想到这位杰出的中共县委书记，毕竟死于钟某任上，难保共产党不把这笔恶账记在他头上。还有这万瑞麟老兄，他要是又在河西闹大，我这做县长的，能不与他刀兵相向? 钟培炎想不下去了，合上桌前好不容易打算重温一遍的《论语集注》，靠在椅子上嘘出一口长气。

金仕仪敲门进来，小声禀告说："我的一个表弟叫董传书，常到汉口跑单帮，要我引见县长，说是有人托传口信。"钟培炎说请他进来说话。

来人长得黑瘦精干，眼睛里写着机警像只夜里的野猫，与他的大名"传书"全不沾边。钟培炎客气地请野猫坐，来人仍是站着，还要金仕仪不必回避，开口没一个多余的字："县长的那个老友从汉口来，请你到客栈会面。"

钟培炎问："是哪位老友？""他说县长知道的，不会推辞。"野猫竟反客为主一抬手："请。"

万瑞麟？钟培炎端起礼帽："请！"

西后街来福客栈后院一间僻静整洁的房间里，商人打扮的万瑞麟大步跨过来握住钟培炎的手："你还替人家当起县长了！"

钟培炎有些尴尬："我就知道你不会歇手。"两人都笑了。请来钟培炎的"野猫"侦察队长黑子到外面望风去了。

"我是来请诸葛亮的。长话短说，你跟我走，今天就去光山。"万瑞麟还跟从前一样开门见山。

"你莫不是来绑架我？"钟培炎有点不安。

"国民党干不得！我不能看着你做工农的敌人！"万瑞麟压根没打算跟他客气。

钟培炎知道他是来真的，也没法与他争辩，就说："这事还得从长计议。我正在减租呢，眼看就可毕其功于一役。"

"一役你个鬼！差点命都丢了。阶级矛盾你是调和不了的，不信往前看。"两个人说说吵吵总有半个时辰。

瑞麟告诉培炎，他的工农革命军很快就要回到河西建立苏维埃，问他打算怎么办。钟培炎说："那我管不了。跟你作战的是军队。我只想减租。"万瑞麟说："我要是打进城来呢？"

钟培炎一惊："那你也不会杀了我吧？我不跟你来武的，办县自卫大队跟我无关，是党部的几个人在鼓捣。等办完减租，我还要筹钱办中学呢。你暴力，我教化。"

万瑞麟见他县长干得正起劲，一时转不了这个弯，扯拉不成夫妻，只好作罢，就说出此行的另一个目的："明说吧，我打算回来发动黄古二次暴动，先在河西和黄安南面站稳，分配土地，成立古城县苏维埃政府，再向西北鄂豫交界三县发展苏区。县城和河东四区暂时不在赤化计划范围，留给你们做'清区'。你跟县党部那几个伙计去讲，反动军队来攻不关他事，叫他们的自卫队不要招惹我，不要过河西，我们大路朝天，各走一边，不然小心我端了他的窝！等我想要进城时，你就引他几个快跑。"

钟培炎哪能不明白他的意思，说："你狠，晓得你狠！算你狠好吧。你这是硬给我戴上个通共的帽子。"

"戴一戴不是坏事。"万瑞麟意味深长地说。

钟培炎告辞时，想起在县城自己毕竟是主，万瑞麟算客，不免客套一句："为国为民，你我殊途同归。殊途同归！"

"同归个大卵子！你这个怂书生！"万瑞麟总算吐出了快要憋死自己的这句粗话，气得手也不去跟他握了。

"暴徒。"钟培炎回敬的声音不大，逃也似的出门去了。

转眼小麦登场，各乡佃农不论业主准否，都按县府告示四成以下交租，地瘠低产的乡村，佃农聚众抗租，要求以二、三成计算。各乡业绅怨气冲天，约往县府请愿，钟培炎避而不见。

安靖乡佃户抗租成风，一些地主想撤佃自种，佃农相约反抗不让，当地乡绅汪士源采取合法方式，发起各乡请愿业绅联名向省政府申诉，以重金润笔，请前清县衙师爷白老先生捉刀，写下诉状，洋洋千言：

钟县长培炎高坐堂皇，罔知民间情状，倒置主佃名义，擅定租厘，一意孤行，自县府处理佃业各机关至各乡农协会，均为恶化、腐化、无产暴民所占据。民等中小地主生平千辛万苦，粗粮恶食，齿积蝇头，购得薄田数亩或数十亩，籍为一家数口或数十口养生之资者，莫不俯首贴耳。

钟培炎上下每袒于佃方，致业主所得不及佃农十之二三，不平太甚，公怨沸腾。更肇至共党乘机捣乱，勾结土匪、地痞、流氓，借减租问题向业方肆行抢掳，杀人烧屋，大祸频乘，势急倒悬。系马万义等地农运又乘机蜂起，复入阶级专政状况，流毒所至，中等之家立见倾覆。

民等弱小业主，横受佃农非法压迫，求生不得，求死不能，心何以甘，夫岂训政时期实行民生主义之良象！民等或疑钟县长培炎乃共党之奸作耳……

妙笔！这师爷。钟培炎看过金仕仪弄来的抄件，由衷地赞叹。他相信省政府不会理睬这颠倒黑白的满纸胡言。几天后，省政府发来了紧急函示：

本省自试办二五减租办法以来，佃业两方纠纷迭起，微特无成效可言，又并深受其害。此非古城一县之弊，其余试办之地撤佃霸佃情事多发，土匪、地痞、共党亦即乘机骚扰，遂至佃业相仇，两方之生计并皆不得安定，田价暴落，生产停滞，政府田赋剧减。故决定暂停实行减租办法，盼即取消所定租厘，以倡导之方式鼓励佃业协商合作，甫得一方安定。

钟培炎读罢喟然长叹："叶公好龙，不可为矣！"略加思索，速成一纸回函：

职以为土地问题为民生主义之基础，农田问题设无适当之解决，则整个社会问题亦不能解决。总理遗教，实欲于最短期间内促进耕者有其田，而二五减租实为实现平均地权之捷径，亦诚为解放农民之最低限度之政策。故职吁请省府不可轻言放弃，职亦当遵示妥为处理之，并使减租不骤至半途而废。

函发后不见回音，钟培炎知道省政府是取不了了之，甚为忧虑。好在闽东竺宜君今夏仍以一成取租，周边平畈粮区士绅不得已或以三至四成相就，加之陶孝章之死使土豪们有所收敛，各乡减租并未完全落空，聊以自慰。为缓和事态，平息士绅积怨，也使佃农适当退让，留下回旋余地，以免难于立足——"治大国如烹小鲜"，果然不虚，钟培炎只得再发一纸公告：

本县遵省政府示实行二五减租办法以来，业佃双方多有合作良好者，亦有冲突纠纷不止者。盖减租之法为贯彻总理三民主义之国家大政，事关解放农民之社会问题，攸关经济发达与国计民生，本县将继予倡导，渐次实行。兹因减租一事宜广为动员慎加筹划而后行，故今年之租额，暂不求一律，当持减租宗旨，参照四成，仍以业佃协商为主，以期双方合作，共谋生产发达社会安定与民生之改善为荷。

公告一出，各乡反响强烈，士绅有的犹嫌不足，有的认为算是斗赢了书生县长，农民有的痛骂官绅一家，有的说也算难为当今知县大人。

夏收这一关，钟培炎总算对付过去了。他虽没为减租命丧黄泉，却也实在地领教到豪绅势力远非所料，深感行事不易——"阶级矛盾你是调和不了的，不信往前看。"他想起万瑞麟那天的话，不禁为党国前途深深担忧。心中抑郁，展开纸墨，提笔又写下屈原一句：

长太息以掩涕兮
哀民生之多艰

9. 假夫妻凶险相随 真理想高于一切

孙韶光和沈立群与万瑞麟分手的第二天，潜回汉口避到立群家中。市内"分共"早已结束，汪精卫宣布武汉国民政府于近日迁都南京与蒋介石合作。汉口市民像做过一场大梦，又回到从前悠闲而无奈的日子。

二人昼伏夜出，两个多月后总算找到了组织。中共中央已复迁上海，林育南参加"八七"会议后留在武汉领导湖北的秋收暴动，指示孙韶光、沈立群速到上海接受任务，说他不久也将去上海中央。

沈立群对父亲称有师友举荐，要与韶光同往上海辅仁中学任教。沈伯钧心知肚明却不便阻拦，自认天意难违，替他们买了去上海的船票，打理盘缠，就不出一言了。

三天后船抵黄浦港，码头上军警便衣林立，检查过往。二人仿办证件俱全，沉着地走出船舱。军警手持厚厚一沓照片，对年轻男女逐一核对，韶光瞥见是中共党的领导人和活动家瞿秋白、周恩来、恽代英等人的照片。军警拿罗亦农的照片审视孙韶光，又抽出向警予的与沈立群仔细比照，挥手放过了。

两人叫了黄包车，几经换乘绕道，又等到天黑，才步行至法租界霞飞路 43 号里弄一处民居前，按预约暗号敲门，对过暗语后进到屋内。

接待他们的是一对夫妇，女人很是漂亮，男子约三十岁出头，自称姓何，神情冷峻，不事寒暄，压低声音以很快语速说："上海正在极度白色恐怖下。组织实行单线联系，指示你二人扮为夫妻住下，不得与任何人接触联系，此处在任何情况下不得再来。具体任务上级另行通知。"说着交给二人新的身份证件，二十块大洋和租居房屋凭据，告知地址路线和与上级来人的接头暗语，让他们立即离开。

二人循路线换坐几次黄包车，确认无人跟踪，进到里弄一家单门小户住宅。房东大妈五十来岁，耳聋寡言，身上却干净利落，将二人引到楼上一个房间，略打量一眼给了钥匙，告知每日到楼下取开水时间，就轻轻下楼去了。

房间约二十平米，宽敞净洁，床帐、衣柜、书桌、日用一应俱全。二人相视，立群不禁绯红了脸，韶光也拘束起来。此前他们不管一起走到哪里，从不两个人同处一室的。正不知所措，房东大妈提来一大壶热水交与洗漱，又朝两人看了一眼，打开柜门告诉替换的被子床单备在哪里，不声不响下楼了。

天色已晚，想起一天未进食了，韶光要到门口去买，立群拦住先跑下楼去，一会儿端来几块夹菜煎饼，两人就着开水吃着，渐平静下来。韶光说："想个办法吧，你睡床上，我打地铺，岂不相安？"立群莞尔一笑："你尽可在地上驰骋思念，我也好在梦中天马行空，岂非两全？"两人这才释然。

一连待了七八天，没见一个人影来联系，又不得随便外出，无书可看也不能写日记，二人枯守空楼，成天面面相视，难免尴尬。立群自嘲："假夫妻……革命的罗曼蒂克……"说着脸也红了。韶光道："少安毋躁。既是林育南同志安排，必有重要任务，耐心等候吧。"

秋后忽有寒潮袭来，从黄浦江面吹来的风比汉口冷多了，又不能上街去添衣服，只好蜗在屋中。这天傍晚，楼下传来房东大妈轻声喊话："楼上客官，来客了。"

立群忙拿起桌上一份《民国日报》打开房门。走廊里站着一个青年军官，佩少校军衔，左手握着军帽，军仪整洁，清秀英俊。军人打量立群一眼说："我受朋友之托，来寻他表妹，莫非走错门了？"立群问："那表妹从何而来？"军人说："乘船自九江来此。"立群说："上海不如九江好景。"说着忙让进屋，紧紧握手。

来人将军帽置桌前，站立着神情严峻地说："你二人的组织关系归到新成立的中央特科，工作由我单线领导，可称我'六号'。任务是传递来自敌特高层的重大紧急情报。组织安排二位担此任务，考虑你们是早期党员，信仰坚定，历经考验，又有长期的革命爱情生活。"说着拿出一件密封信递给孙韶光，告知收信人接头地点和暗语，让韶光熟记复述。

六号仍站立着："每有情报，必须在两小时内送达。为分散敌人注意力，两人轮换传送情报。无事不要外出，不与任何无关人接触。有事我来这里，你二人至少随时有一人在家。"又特别叮嘱，"你们没去苏联接受'契卡'特工训练，全凭警觉悟性。要谨防便衣跟踪，提防出叛徒！"

送走军人，韶光略事化装，找出几年前立群织给他的那条长围巾遮住脸，乘黑夜出门去。立群焦急等候，心跳不安，不时挑开窗帘一角向巷口张望。外滩钟楼已敲过十一点了，见韶光匆匆折进里弄，仍心跳不已。韶光沉浸在首次情报任务顺利完成的兴奋中，两个人分别靠在床头和地铺聊到夜深。立群说："六号同志可能就是在国民党军界高层潜伏，那可比我们更危险，更艰巨。"韶光说："按照纪律，我们不该知道的就不要去猜测吧。地下工作比在战场可能更残酷，我们要有随时牺牲的准备。"

立群一怔，说："我们太年轻……宁可我牺牲，党也不能没有你。"韶光见她有些紧张，说："我们虽然处境险恶，只要保持理智冷静，把弦绷紧，就能化险为夷。相信组织吧。"立群明白他的含义，点头不语，不一会她安静睡去，呼吸均匀的气息弥漫了小屋。

爱在阳台和小小庭院养花的漂亮上海女人，总是将妩媚的春光早早迎到黄浦江边，初春乍暖还凉，嫩红的春日将灿烂带给这座繁华而神秘的都市。沈立群也早就种了一盆米兰摆在窗台上，像她这样的女人只要在上海待上一阵，谁也看不出是外地人。来上海快半年了，她和孙韶光渐渐适应了危险的地下工作，已经是中央特科情报组的核心成员，中央实际负责人周恩来曾几次直接给他们布置任务。

这天早晨，立群穿一身浅色旗袍套件外衣，戴一顶流行的粉红绒帽，拎只皮手袋，怀揣凌晨接到的情报，缓缓来到善钟路接头地点。在进那间小茶叶店前，她警惕地回视身后，忽见行人中有一个特别熟悉的身影，连忙闪到一棵树后，定睛看时，那人竟是表哥赵挺坚！

立群一高兴正要去打招呼，忽然本能地打个激灵，一股危险的直觉直冲脑海。她掩住心跳窥视，见赵挺坚西装革履，头发梳得整洁光亮，锐利的目光不经意间在四处搜寻，身后不远有两个便衣模样的青年，分左右与他保持着等距离且不离视线。立群急忙避入一家服饰店，等着他们走远。她决定暂不接头，绕道回到住地。

孙韶光认为她放弃接头是对的，说："赵挺坚几年前在广州就加入了国民党中央监委调查部门，一贯反共，他出现在上海我们接头地点附近，绝非偶然。"立群说："紧急情报不能送出，六号我们又无法联系，要不然到霞飞路找何同志请示？"韶光道："万万不可。单线联系是铁的纪律，只能等待六号同志。"

第四天的晚上六号来了，他总是站立着："出了叛徒！就在四月初，曾接待过你们的何家兴、贺芝华夫妇叛变投敌，向英租界巡捕房告密，出卖中常委罗亦农同志，致他牺牲。周恩来同志已令特科红队及时将何家兴夫妇处决。"沈立群听了惊出一身冷汗——幸亏没有再去找他！

六号说："原情报传递点撤销，你二人转移新址。特科布置中央秘密机关社会化，情报人员身份职业化，决定韶光同志做育英中学教员，正常上课领薪，立群同志以居家太太身份掩护和守候。情报传递暂停，新的接头方式另行通知。"说着拿出二人新的身份证件，转移地租房凭据及经费。

立群报告在善钟路看见赵挺坚，情报没有送出的情形。

高度的警觉闪过六号的眼睛："危险！他必定看见了你并已跟踪。立即转移！此人凶狠干练，是敌特驻上海特派员，专事破坏我地下党组织，曾数次得手，血债累累。"立群闻言吸了一口冷气。

六号收回情报，迅速脱下军装，边换上韶光衣服边说："敌人意在一举破获上海我党中央机关，使我全党瘫痪。我们这条线是核心情报渠道，直接关系中央安全，万一暴露，个人牺牲不说，对党的损失就太大了！务请二位千万谨慎，死守纪律。火速转移！"

孙韶光说："宁可牺牲，决不损害党！"六号匆匆出门快步下楼离开。韶光和立群快手收拾衣物转移，他们意识到党的信任，更明白牺牲随时会发生，一股崇高之情在胸中激荡。

就在两人转移离开后半小时，里弄昏暗的路灯下，出现了赵挺坚的身影。

孙韶光和沈立群转移的新址也在一个弄堂深处，房东也是一位大妈，年纪稍轻一些。他们按六号指示三天没有出门，请大妈替他们买来干粮充饥。韶光观察里弄周围没见异常，就到育英中学报到了。

赵挺坚的出现对他们带来巨大的威胁，哪怕一次偶然的撞见，后果都不堪设想。又过了半个月，这天晚上终于等来了六号同志。

六号说："特科决定重新启动我们这条线。情报由韶光同志传送，立群同志尽可能不要外出，外出必须化装，经常变换形象。上次善钟路情报点紧急撤离，没有来得及通知我们，立群同志警惕性强避免了损失。"沈立群说："当时忽然记起你的提示。"

六号起身说："鉴于赵挺坚已觉察，组织可能安排你们离开上海，但这条线一时还无人替补，还要运转一段时间，所以更要小心。如遇紧急情况，随时转移到这样一个地址。"就口述了一个地址和暗语，要孙韶光复述过后，又要沈立群复述。暗语长而琐碎，孙韶光知道六号不可久留，说："放心吧，我们都会记牢的。"六号这才闪身出门。

危险就在身边。沈立群收拾随时可能再次转移的行装，销毁一切无关的纸页和可能留下的痕迹。她在韶光挂在柜里的一件中山装内袋里摸到一沓柔软的丝绸，展开看是一块一尺见方的刺绣，桂花绿荫下的花草间，是一对相依相伴的玉兔。

是嫂子竺宜君绣的……望着这对洁白如雪恬静安详的玉兔，沈立群眼里一片潮湿。

"我没能带给她应该属于她的生活。也可能永远无法带给她……我们是为了更多的人获得这样的生活。"孙韶光将自己的内疚和理想传递到立群的心里。

沈立群说："这幅绣帕先放在我这里吧。万一敌人在你身上发现，就会知道你家中另有大家闺秀的妻室。因为一看我就不是个绣得了花的人，更别说这样传神的妙品。"

孙韶光从没想到过这一层，说："你的思维很缜密。如果敌人在你那里搜出呢？"立群一笑："那我就说自己喜欢，买下来打算送给你！"韶光也笑了："打死你也绣不出来。"立群朝他扮个怪脸："可我会织毛衣。"韶光望着她，郑重地说："到时候别忘了还给我。我说过的，革命胜利后我就回家还给她，一起享太平。"立群心情复杂地点了点头，将玉兔图原样叠好，细心放进自己随身的手袋。

上海市龙华松沪警备司令部二楼。国民党中央组织部党务调查科上海工作区特派专员赵挺坚急步走到桌前，拿起响铃急促的电话筒。对方是他在南京的顶头上司调查科情报总部主任杨剑虹，是个上海通。

德国进口话机中杨剑虹声音清晰："挺坚兄，近来上海中共特科活动猖獗，务须抓紧侦缉。须做好与上海警察厅和宪兵队的协作，实行联动，为此调查科已在上层取得一致，人手不够这里随时再派。上次所报沈立群线索可有进展？"

赵挺坚答："报告主任，据报，共党分子近期多转入租界潜伏躲避，职已与租界各巡捕房取得谅解，协同侦查，在沈立群可能出没地段密切巡侦蹲守。"那头说："嗯，嗯，要紧紧抓住这条线索，取得突破。这条鱼的上线可能直通中共高层，我就静候佳音了。"赵挺坚答："卑职全力以赴！"放下电话，赵挺坚点燃一支雪茄，陷入沉思。

赵挺坚一九二四年从汉口辞职去广州，经学长推荐，在国民党中央监察委员会秘书处任干事同时加入国民党，因精明干练工作出色，得到上司垂青，转至调查处升任情报组组长，又在对"中山舰事件"的调查中崭露头角。上海清共时，他一马当先心狠手毒，得到中央情治首脑陈立夫赏识，引入党务调查科任采访股总干事，在南京又有业绩，被任为上海工作区特派专员，公开身份是上海警备司令部稽查处副处长，正是前程无量。

赵挺坚从小钟情于表妹沈立群，立群也接近他，双方父母都想亲上加亲，后来知道立群爱恋的是省立一师的孙韶光，只好作罢。赵挺坚仍一心单恋着沈立群，对于她的政治态度和行为，他仍十分留意和担心，猜测她已在共党。国共分裂前后他奔走上海武汉之间，曾到立群家探视，想劝她脱离政治，沈伯钧对立群的去向行迹语焉不详，且对他有明显戒心，赵挺坚更确信沈立群已是共党活动分子。不久他从叛徒口中得知，武汉中共组织骨干陆续随中央迁到上海，判断沈立群应在其中，他来上海后就特别留心。

那天在叛徒供出却已刚刚转移的善钟路共党联络点附近，他果然看见了沈立群，他不动声色假装路过，即令手下跟踪，发现了她的住址。他令手下不要惊动，当晚他单独前往，试图以洋行职员身份接近她，套取中共组织情况，收网拘捕时对立群如何处置再作打算，他相信自己能够说服挽救她，她只是因年轻狂热在信仰上走火入魔，他太了解她了。不料立群当天就转移了，据此他判断，立群在善钟路可能也看见了他，并对他高度戒备，看样子她早已不再是当年那个天真单纯的沈立群了。共产党洗脑训练还真行！他后悔没有及时封锁她的住处。

到上海后侦查尚无新的进展，上头催得紧，加之判断沈立群在共党特科应属中高层身份，抓捕后即使不肯悔过，有他担保上级也不会立即处死她。经过再三权衡，他还是将发现沈立群线索的情况上报了南京，上司命令他抓紧这一线索突破，他已没有退路了。他拿起电话，喊人来布置加大便衣侦查范围。

孙韶光在中学每周有十多节课，这天全天有课。沈立群一直想再备几套两人化装用的衣物，思忖再三，感到必不可少。午后她打扮成家庭主妇，到不远处一条小街挨店铺去寻，返回时拎着一大包衣物。她警觉地不时回头观察，感觉身后有人形迹可疑，她急登上黄包车，几经换乘，绕过几条街巷再折回住所。

韶光下课傍晚才回，立群说了下午情形，韶光说："我也常见周围和路上有可疑人迹，是敌人四面撒网还是针对我们还难说。"就要立群赶快默记六号口述的应急地址和暗语。立群说："我说过的，你记住就行，你在我在。"韶光说："必须以防万一，你记好了我也放心。"就给她复述六号的暗语。

第二天天刚亮，韶光下楼正灌开水，有人敲门，称是市政管理局派来挖白蚁的，两个人进屋径直上楼进到他们的房间。立群对来人礼貌地说："请先出去一下，待我起床。"

来人也不搭理，盯着地上的铺盖说："怎么，两口子打架了？"说着竟蹲下去翻弄。立群警觉，发现其中一个人曾在巷口摆过补鞋摊，不可能是挖白蚁的技工。

孙韶光紧跟进房，接连打了两个喷嚏说："感冒得厉害，只好分开睡了。"就去卷抱铺盖。

来人用锤子在木墙上敲敲叩叩，又拉开柜门翻动衣物，说："两口子，被褥倒不少。"

这时房东大妈端茶进来，说："我这屋子几十年都没闹过白蚁的，木头都用桐油透过的。"来人说："难说。这条里弄逐家逐户都要检查。"说着伸头到床下扫望还拍按床面。大妈又说："师傅们来恁地早，楼下喝碗热豆腐脑吧，自家做小卖的。"来人说："来晚了都锁门了，找谁捉白蚁？"东张西望下楼去了。

韶光关好门说："这是特务侦查！这两个人我在附近碰过面，经常变换职业，防不胜防，我们要更加警惕。刚才我下楼打水前就应该先收拾铺盖的，这是一次教训。"立群说："也怪我起床迟了。"

当晚夜深，韶光靠在地铺上专心看一本中学教材，立群侧卧床上默默地望着他，难以入睡。六号同志忽然来了，韶光起身开门，手里还拿着那本教材，立群忙披衣坐起。

六号今天仍着军装，他迅速扫视过房间，盯着地铺大惊，脸色异常严肃起来，问："你们一直是这个样子？！"韶光坦然说："我家中已有妻室。"

六号急说："为什么不报告？收起铺盖再说话！"他是用命令的语气。韶光卷起铺盖要往柜子里塞，六号说："送楼下还给房东。"韶光说："不必吧？"六号说："送下去！"口气不容置疑。

孙韶光感到六号同志今天不够尊重人，像还有点职业过敏，犹豫着抱铺盖下楼去，回来时还一脸委屈。

一丝不易察觉的微笑在六号脸上闪过，立刻恢复了严峻，说："这一带常有特务出没，要防备突然搜查。铺盖即使放在柜中，有经验的特务也能从蛛丝马迹发现问题。最近有没有什么迹象？"立群说了昨天像被人跟踪和今天清早"挖白蚁"人上门的情况。

"你们已被敌人怀疑！立即转移到应急地址！明晚天黑就撤离！"六号说着本能地急转身就要出门，又回身站定说，"地下斗争，组织安全和个人生命悬于一线，吉凶常在一念之间，千万容不得丝毫的麻痹大意。我们的教训太沉重。"韶光和立群点头无语。

六号仍不放心地看了看室内唯一的那张床，目光亲切又严肃："环境险恶，从今天起，你们必须以真夫妻方式掩护。这是纪律！此前错误属我失察，立即改正，不予追究。"见两人都不出声，他逼视孙韶光，"党的利益高于一切！"

他说这话时目光如电。

六号机警地出门，下楼的脚步异常轻快却声声敲击在两人心头。灯下刚撤去地铺的房间忽然变得空荡，望着这张唯一的床，两人顿时局促起来。沈立群背靠墙壁低头捏着手指。孙韶光坐在椅子上发呆，他面临艰难的抉择。立群自一九二三年春一同南下广州，返汉口赴鄂东转上海至今，辗转跟随他五年多了，与他风雨同舟，艰险与共，又以夫妻名义同室半年而冰清玉洁，从无怨言，他对于她有深深的感动和怜悯。

此时此刻，他倍加思念数千里外的贤妻竺宜君。他真挚地爱着纯洁美丽又善良明理的妻子，结婚五年多只回去过三次，他对妻子充满自责和愧疚，他唯一的安慰是，半年来与立群同室起居而不乱，忠实地信守了永不负妻的誓言。今天六号同志已发出了组织的指令，他与立群的掩护方式攸关上海党中央的安危，已超出个人之间的关系。他久久地望着天花板，不知该怎么办。

沈立群对韶光心中的痛苦感同身受。她虽然不可改变地深爱着韶光，韶光对她既有尊重，其实也有依恋，她却实在不忍心伤害竺宜君，那位善良贤德而守旧不移的女子。怀着这样的决心，她以常人难以想象的毅力，和韶光一直以同志相处。只要和他为真理战斗在一起，就是最大的快乐，能走多远从不去想它。

楼下的座钟轻轻敲响凌晨两点，那钟声在静夜里格外悠扬而温馨，他们仍这样一筹莫展无言地耗着。沈立群心知韶光是提不出解决办法来的，也没有任何办法，组织的指令是这么严厉。她心中忽然升起一股灿烂的悲壮，她决断地走到床前，慢慢展开被子，面朝里边默然睡下。

孙韶光站起来踱步，六号同志临走时留下的那句话，一直占据了他的整个大脑，深深地震撼着他：党的利益高于一切。一切……

天快亮时立群醒来，见韶光口中喃喃梦语，细听是在喊"宜君……宜君……"立群轻轻替他擦着眼角的泪痕，自己的眼泪却滴在他的脸上。

10. 孙韶光藐刑斗智　沈立群急难托父

立钟敲过晚七时，赵挺坚无心用餐，坐在桌前吸烟纳闷。一名特工急喊报告匆匆进来，满头大汗，结结巴巴："发现……发现了……"

"慌什么！发现什么？"赵挺坚也没当回事喝道。

"沈立群……"

赵挺坚神经质地站起来："慢慢说！"

特工擦一把汗："前天下午，在威海卫路五洲药房附近发现一个女人，极似沈立群模样，像是化过主妇妆，拎着一大包衣物，几次转乘黄包车，被我盯死，见她进了威海卫路里弄一家民宅，傍晚又有一个戴红围巾教师模样男子进去后就没出来。我怕她眼熟认出我，就先没去惊动他们，看还有没有大鱼出入。"

赵挺坚冷峻听着，棱角分明的脸上肌肉拧紧了："先不惊动是对的。"

特工说："昨天凌晨派人装作挖白蚁进屋上楼，见是一对夫妻房客，男的却睡的地铺，垫絮床单上有长期反复折叠的痕迹，没有女人香水气味和发丝，双人床中间有一人久睡的凹陷未见皱痕。昨晚又见一年轻军官进去，约十分钟出来匆忙乘黄包车离开，这军官异常警觉狡猾，跟踪到大光明电影院门前被他甩脱。今天又蹲守一天，那男子早晨出门往沙渡路方向去，我跟在后面，见他进了育英中学，我又转去盯守。约下午六时，见那女人拉开楼上窗帘探视里弄，似在等候男子，看清正是沈立群！"

"那男子什么模样？"赵挺坚边说边从衣架取下枪带系上。

"男子约二十五六岁，瘦高身材，眉目清秀，书生模样。如是个教师，这时应已归家……"

赵挺坚不等他说完即拨通宪兵队电话，几分钟后，带着三十余名警备和宪兵，分乘摩托吉普呼啸着驶向威海卫路。

沈立群恰外出买晚餐，准备按六号昨天的指示天黑定就转移去应急地址，见警车汹汹驶来，急避入小巷。孙韶光听见动静，急忙搬去窗台上的米兰花盆示警，欲学林育南在汉口脱险跳后窗逃走，转念间镇定下来，知道已走不脱，不如静以待变。

赵挺坚令把守前后门，封锁路口，带人直奔楼上破门而入，见安坐椅上的青年正是预料中的孙韶光。赵挺坚揖道："韶光兄，久违了！"

孙韶光认出是赵挺坚，佯装不识："警官素昧平生，此来贵干？"赵挺坚说："不要装了，沈立群在哪里？"就令搜查。

孙韶光仍坐着不动，说："倒想起来，你莫不是立群的表哥赵兄？"赵挺坚说："孙兄果不健忘啊！"孙韶光说："我与立群夫妻多年，是守法公民，你凭什么搜查？"赵挺坚冷笑："守法公民？是领苏俄卢布度日的俊才吧？"孙韶光坦然道："我是育英中学堂堂正正教师，你这是私扰民宅，侵犯人权。"

赵挺坚踱到窗前，推窗探视，恰好看见沈立群站在里弄外黑暗处向这边张望，手边挂着一个小提袋。他刚要喊叫，稍一迟疑，沈立群已迅速消失在黑暗中。赵挺坚想孙韶光既已到手，沈立群已无足轻重，总是逃不脱他的掌心，不如留下放线，没有下令追捕。

孙韶光被押到龙华警备司令部看守所。当夜没见动静，他背靠墙壁席地而坐，思考应对。他从迹象判断，被捕并非叛徒出卖或身份暴露，而是赵挺坚怀疑跟踪沈立群所致，只要死不承认身份，敌人也没有证据，可能还有余地。

赵挺坚在办公室踱步。他已令手下继续寻找跟踪沈立群，但不得惊动，并令人连夜到育英中学核实情况即报。他没有将捉到孙韶光情况上报南京，料定孙韶光绝非等闲之辈，但没有证据，能否突破尚无把握。他彻夜琢磨如何打开缺口，再上报南京。天刚亮，他到水管前用冷水淋过头，略事整理就去往看守所。

孙韶光正靠墙寐睡，见他进来也不搭理，懒洋洋闭目养神。

赵挺坚令人搬来两张靠椅，请他坐下，自己也坐了，说："请你来这种地方，实为兄弟职责所系，还望韶光兄体谅。"孙韶光不语。赵挺坚又说："中共特科已有你同党幡然觉悟，加入我调查科，指你和沈立群为中共特科情报分子。你就不必软磨硬挺了，我们还是好好谈谈吧。"

孙韶光早已拿定主意，淡然应道："天方夜谭吧？有什么好谈的？"赵挺坚说："据在下所知，韶光兄在乡下早有妻室，现与沈立群同居，应是共党惯用掩护伎俩吧？"

孙韶光说："立群与我之间多年感情，你做表哥的早有所知吧？我家中妻室是父母包办，我已数年未归，与立群来上海谋生是经她父亲同意，天经地义，与他人何干？好像你也一直青睐她吧？"

赵挺坚："你莫扯远。以沈立群资质，在上海谋一职业当属易事，且她生性不喜拘束，怎甘于枯守陋巷？是要等人吧？"

"女子总会归于静的。"孙韶光转过脸去，懒得理他的样子。

赵挺坚点燃雪茄起身踱步，猛地转声问："前天夜晚到你处的军官，是什么人？"

孙韶光断然回答："没见过。"赵挺坚本要发作，转念隐忍道："孙韶光，我既能拿你，自有线索证据，须知你是过不了这个关的。"孙韶光站起回敬："赵挺坚，你污人清白，滥捕无辜，我要到法庭告你！"

赵挺坚仰头一笑："韶光兄，你与沈立群一案，到我这儿就顶天入地了，上哪去告我？"孙韶光坐下，懒洋洋说："莫费口舌了，请出示人证物证，不然我要送客了。"

孙韶光这话直指他软肋，赵挺坚已难隐忍，从牙缝里挤出话来："此处肉刑数十套，韶光兄白面书生，如何消受？你我同为读书人，惺惺相惜，又沾亲带故，兄弟我可不愿见你刑辱狼狈哟。"孙韶光笑道："你如今还称读书人，不怕辱没斯文？我一清白教师，施刑何用？你无非假公济私，报我夺爱私仇，以为我不知晓？如今人为刀俎，我为鱼肉，必欲加害，立群定不饶你！"

孙韶光这番话倒出赵挺坚意外，他将半截雪茄丢在鞋底碾碎，说声"你等着！""哐"一声摔门悻悻走了。

赵挺坚与孙韶光第一次交手，碰了一鼻子灰，将心中恼羞转为处心琢磨：共党叛徒、特科重要人物何家兴曾提供，去年十月底有从武汉来上海的一对青年男女，被派以假扮夫妻住下，应属中共密调启用的核心骨干，但对他所称都是化名。当时随中共中央陆续转来上海的人不少，住址大都是何家兴按他上线的临时交代转达的，且不允许留下字迹，这家伙竟记不起来了。赵挺坚虽有相当把握，这两人正是孙韶光、沈立群，但毕竟只是猜测。可惜何家兴夫妇很快就被陈赓秘密处死了。

赵挺坚深知，孙韶光这种人绝非蛮力可屈，这种因执迷信仰而意志力超常，甚至心智也变得过人的共产党人，他见得不少，这使他震惊，让他无奈，令他憎恨而又敬畏。用刑对这种人多为徒劳，劝降一时更不会有什么收效，没抓到证据押往南京也没有意义，无非监禁一段又释放。赵挺坚决定先将孙韶光关押足够时间，这往往是摧毁精神磨灭意志的成功方法，待其他线索打开，抓住沈立群，再一并突破。

沈立群夜晚逃离住地后，不知往哪里去找组织。韶光被捕令她悲痛欲绝，深恨赵挺坚歹毒无情。她身上没带多少钱，在僻静小巷转到深夜，无处藏身。忽然想起刚来上海的第一个住地，按照惯例，凡暴露过的地点是不再启用的，敌人搜查后也不会再注意。但她仍在犹豫，不敢冒失前往。

钟楼敲过凌晨一点了，街巷已少有行人，一个女子踯躅街头会引人注意的。沈立群只有乘黄包车去善钟路，敲开了房东大妈的门。聋子大妈见是她，没有多问就带她到楼上房间，说："这里只能住一夜了。"立群这时猜测，大妈像是自己人。

立群躺在床上百感交集，她不能哭，她必须尽快找到组织，这才后悔没有记下应急地址和暗语。她努力回忆着孙韶光要她记下的那些，当时她坚持有他记住就行，脑海里并没留下多少痕迹，那暗语长而繁杂，只隐约记得"云南路，亲戚，掌柜"，还有"闸北，女儿生了孩子"什么的。

房东大妈提来一瓶开水，审视地看了她一眼，不经意地说："姑娘，不是大妈不近情，我明天就要搬走了。你要是没处住，云南路四百四十七号浦祥货栈的崔掌柜，是我一家亲戚，你就说大妈我要搬到闸北宝山路二女儿招娣家去住些时，让你暂到他家借住落脚。告诉他我女儿生孩子了，是个男孩，母子平安，女婿来接我过去照料。"

沈立群这才明白，原来组织正在紧急地寻找和保护她，聋子大妈正是自己的同志！她知道这只能心照不宣，这是组织采取的风险很大的应急措施。她庆幸自己找回到大妈这里来，一股暖流涌上心头，悲从中来，伏在大妈肩上低声哭起来。

第二天清早，立群告辞大妈匆匆离开，几经换乘来到云南路，果然找到了浦祥货栈，顺利地对上了大妈所示暗语。货栈崔掌柜没有与她握手，把她引到后院一个房间说："你在这里住下，不要外出。组织要对你进行审查，如擅自外出，以叛徒处置。"

立群惊呆了。回忆两天来的情形，对组织的决定就有了理解，两人扮为夫妻，一人被捕，一人安然无恙，组织上能不怀疑？好在总算找到组织，事情总会弄清的，关键是赶快营救韶光！

第二天下午，货栈来了个商人模样的中年人，代表组织与她谈话，要她说明孙韶光被捕和她逃脱的过程。沈立群回忆着每个细节，一一说了。中年人没有做笔录，地下斗争的残酷不允许随身留有笔迹。他问："你和孙韶光同志是否已是真夫妻？"沈立群红着脸不作声。

"组织需要知道这个情况，这是对你审查的一个重要方面。"来人盯着她的眼睛。

沈立群低头说："已遵守组织的指令……第二天果然出事了。"来人说："只有做真夫妻才能减少危险。这已作为地下斗争一条纪律，也是对一个同志忠诚度的检验。"沈立群说："怪我不小心，还是被赵廷坚盯上了。"

来人详细询问了她与赵挺坚的关系和历史情况，最后说："组织对你的审查尚未结束。你不要外出，是否转移隔离另行通知。听候结论吧。"说着起身，沈立群抢着说："请赶快营救孙韶光同志！"

"这是组织考虑的事情。"来人冷冷地说，转身机警地出门去了。

一连三个多月，再也没有人来找过沈立群。她从经验判断，组织对她显然是因为怀疑而长时间收禁，但对她和孙韶光仍然保留着基本的信任，因此没有将她异地禁闭，也没有取消货栈联络点。或许认为即使孙韶光变节，也不会说出她的藏身之所，而她如投敌，货栈早该暴露。韶光生死不知，她在焦虑中煎熬着，她都快撑不住了。

这天清早，中年人终于来了，坐下说："立群同志，你们的上线没有暴露，组织初步结论你没有叛变行为。孙韶光同志没有叛变，但酷刑下不排除危险，特科正设法营救。你准备随时转移。"

沈立群想起她在广州时的直接领导国民党元老何香凝女士，但一时哪去找她呢？情急中她习惯地想到了爸爸，她从小相信爸爸能为她办到任何事情，就说："如果组织相信我，我倒有条路。"中年人说："你快说。"

立群说："我向你报告过，我父亲是赵挺坚的姑父，小时候两家走得很近。赵挺坚对我和孙韶光只是怀疑跟踪，并没拿到把柄，孙韶光在狱中也会做出同样判断。我父亲在上海商界政界有一些朋友，如叫他来，不知能否奏效。"中年人问了一些细节，叫她拟个电报稿，沈立群拿笔略想写下：

汉口江汉路十九号沈伯钧：
儿病重盼速来上海云南路 447 号浦祥货栈。

群

中年人看过后将纸条点燃烧掉，嘱她寸步不离就匆匆走了。

深夜，孙韶光躺在牢房地铺上，睐眼望着漆黑的屋顶。他在墙壁上用指甲刻画的记号已有九十七天，从春过夏，算来已是一九二八年的八月中旬了。

几个月粗粮恶食，蚊叮虫咬，酷热如蒸，身上生出疥疮流着黄水，瘙痒难耐。没有任何人与他说过哪怕一句话，为防止丧音失语，他每天都要自语。他知道这是赵挺坚用的"熬鹰"术，由此进一步推断他手中没有证据。他做好了必死的准备，担心的是沈立群万一被捕，如何挺得过去。

他彻夜难眠，思念着自己的爱妻竺宜君。娇妻的音容在静夜是那么的清晰……他感到自己愧对贤妻，更为遗憾的是，如死在这里，就无法履行对妻说过"马革裹尸还，长与爱妻相伴"的诺言。还有生养自己的父母，从未尽孝一天。好在那幅玉兔图留在立群手里，没有带进牢房遭受敌人的亵渎……

牢门发出金属碰撞的声音，孙韶光醒来感觉已是上午。一个副官拿来一套衣服请他换上，在军警押护下带他到院中上车，来到英租界静安路一处小酒楼，引他上到楼上。

赵挺坚一身中山装，起身相迎，桌上泡好的西湖龙井散发着诱人的清香。赵挺坚淡淡地笑着："韶光兄失敬了。兄弟我因公离沪多日，未及探望，还请见谅。"孙韶光落座不语，脸朝窗外感受着久违的新鲜空气和阳光。

赵挺坚见他骨瘦如柴，眼圈青黑疲惫不堪，估计"熬鹰"也熬得差不多了，摆出一副大度样子说："你和立群若与共党无涉，兄弟今天就算赔礼了。"孙韶光知道事情绝不会这么简单，心下倍加警惕，不动声色。

赵挺坚递过一杯清茶说："想当初在立群家相聚，少年情怀，各抒己见，何其畅快！转眼五年半了，如今物是人非。"孙韶光浅浅地喝了一口茶，依然以沉默相对。侍者端来酒菜，赵挺坚替两人斟酒举杯："你我各事其主，请饮此杯。"

韶光推开酒杯："赵兄既遇其主，前程无量。孙某不过教书匠一个，何主之有？"

赵挺坚下不了台，只好自饮一杯说："以韶光兄当年意气，必不致这般颓废。去年国共分道扬镳，势在必然。共产主义不适合中国道统，徒添祸乱，危害国民，已是妇孺皆知。韶光兄贤才俊杰，为何迷上一个纯属空想，没有任何希望的共产党？"

孙韶光忍耐着身上瘙痒不去抓挠，慢慢饮茶，也不回应。

赵挺坚又说："今年三月，蒋总司令率军渡江二次北伐，六月占领北京，东北军张学良将军不久将易帜服从中央，国家统一即将告成，殊为不易呀。七月六日，四个集团军总司令在北平举行了祭奠孙中山总理灵柩盛典，定于明年春举行总理奉安南京大典，随后将召开裁军整编大会，结束'军政'，转入'训政'时期，从此聚精会神，贯彻国父《民族复兴大纲》与《建国大纲》，与民休息，建设富强之民国。"

孙韶光注目听着，仍自饮茶。赵挺坚以为他有所动，就深进一步说："你我投身革命报效国家，初衷如一，如今各奔东西，只是一念之差，或由情绪左右，愤懑斗气而已。若以国家民族计，你我各当自省，或可求同存异。"

　　孙韶光知道赵挺坚意在诱降，故意不置可否，自饮一杯酒，又不妨夹一口菜慢慢咀嚼，看他再出何花招。

　　赵挺坚见状更有信心："去年八月以来，江西、湖南、广东、鄂东共党暴动分子，已俱作鸟兽散，躲在穷乡僻壤山沟树林里，乞丐一般，凭那几条破枪，几把锈刀，尚待何为？"他见孙韶光仍不吭声，端出了他的底牌，"以韶光兄才识阅历，本可为党国做一番大事，屈为中学教师，实是浪费人才。兄若不弃，弟即向上峰举荐，必能一展才俊，前程远在兄弟之上。"

　　孙韶光经这番观察，更料定他没有拿到证据，就淡然叹道："当时年少，谁没个冲动抱负。南下不久返武昌教书，鼓吹国民革命，后亲见国共相残，同室操戈，无辜毙命，实令人心灰意冷，自此远离政治。你表妹立群早已过了学生幼稚年龄，信她父亲教诲，不问国是，唯求与我相守，沈伯方许她随我远走高飞来到上海。安身不久，就被你加害至此，如今不知她下落，你作表兄，其心何忍！"

　　赵挺坚盯紧韶光神情，将信将疑，说："我如放你出去，日后有事难脱干系。今党国宽大，一般共党分子只需发表一个脱党声明即可获释。韶光兄意下如何？"

　　孙韶光说："我向与共产党无关，声明脱党，岂不贻笑大方？"赵挺坚道："只需声明本人素与共党无关亦可。"孙韶光说："本就无关，何须声明？岂非此地无银三百两，授人以柄？"

赵挺坚看出孙韶光虽然装得很像，但对于登报声明却这么敏感，且对他防备甚严，恰恰证明他组织意识斗争经验极强，必是共党顽固分子无疑，绝不可轻易放过。就说："释放你须经上报，还得委屈你一些时间。"就令左右送客。

孙韶光回到牢房，靠在墙角思考上午一幕，知道赵挺坚是不会甘休的，接下来必是拷问，抱定了宁死绝不能暴露六号上线的决心。他知道凡同志被捕，面对酷刑非死即叛，生死关头已摆在面前。

孙韶光第二天上午被推到刑讯室，站立着绑在立柱上。对面桌前坐着一个少校衔的主审和两名摆弄纸笔的书记员。那少校眉目凶狠狡诈，喝道："孙韶光，我们长话短说。你的上线是谁，如实招来，免受皮肉之苦。"

孙韶光说："我不知道你在说什么。"

"你的上线。你在共党特科归谁领导？"

"我不是共产党。你们滥捕无辜。"

"到了这里还要嘴硬？"少校使一个眼色，一个只穿件背心的凶横大汉举鞭就劈头盖脑往韶光身上抽打，不到五分钟，孙韶光已皮开肉绽浑身是血，忍不住大叫一声，痛昏过去。少校走过来，示意淋过一桶冷水将他浇醒，用手抬起他下巴，微笑着："怎么样？招是不招？"

孙韶光已熬过了有生以来第一次肉体摧残的剧痛，他曾听六号同志说过，只要过了第一次，以后的任何酷刑，就不再痛苦，只会感到一种凌厉的畅快！

他朝少校脸上喷出一股唾血，少校满不在乎地拿手帕擦抹着。孙韶光一字一句说道："叫姓赵的来！他公报私仇，陷害无辜！"

少校问："什么意思？谁和你有私仇？"

孙韶光说："姓赵的垂涎我妻子多年，想加害夺妻，衣冠禽兽！"

少校说："你是说你假老婆沈立群吧？她也跑不掉的。赵特派员与她何干？"孙韶光说："是她表哥。这禽兽！"少校坐回桌前，点燃一支香烟，悠然吐口烟雾说："不要转移话题了，看来你这共党头目还真比一般人狡猾呢。既是聪明人，何必硬扛？这么年轻就去死，犯得来着？还是招了吧。"

孙韶光又喊："叫姓赵的来，我有话说。"少校说："我是主审，有话跟我讲。"孙韶光就再不吭声。少校扬一扬下巴，大汉转身拿起早已烧红的烙铁朝韶光走过来。

韶光破口大骂："赵挺坚！我操你八辈子祖宗！"少校大笑："你教书匠也会骂人？长眼长眼。叫他尝尝！"

随着胸膛烧焦皮肉的一阵青烟，孙韶光惨叫一声——他没有感到等待着的那种凌厉的畅快，而是震动脏腑的惨烈！他深度地昏厥过去了。

孙韶光在牢房昏睡了一天，傍晚少校带军医进来给他上药时，剧痛已将他刺激得清醒，他大骂姓赵的不止。少校摇着头叹口气说："留下点精神吧，事还没了呢。"转身出去。孙韶光又挣扎着用劲大骂姓赵的，直到少校走远。他支撑着坐起来，陷入深深的焦虑，经历酷刑，他更加担心沈立群一旦被捕的后果。赵挺坚必定置他于死地，他剩下的就是又一轮酷刑和死了。

沈伯钧收到立群电报，赶上当晚的"建国"号汉沪轮船，三天后抵达上海，辗转寻到货栈，崔掌柜对明身份引到后院。立群见了爸爸就成小姑娘，抱着父亲恸哭。沈伯钧见女儿并没害病，心下稍安。

立群按照中年人交代的口径，说她和韶光是住在一起了，武汉分共后两人早已与共产党失去联系，再不想涉足党争，韶光教书，她也在谋职，是赵挺坚嫉恨韶光夺爱，加之怀疑他俩当年亲共，派人跟踪，欲加陷害，还在到处找她要抓她。货栈掌柜是韶光远房亲戚，才躲到这里来。

沈伯钧沉思不语，立群又说："三个多月了，韶光生死不知，他要是被害，全是因为我，我也不活了……爸爸你快救他吧！"

沈伯钧对女儿所说半信半疑，这时也没心思多想，说："让我救他，你得先答应我一件事。孙韶光如能出来，你俩都跟我回汉口，离开这是非之地。"

立群说："那也还得看看韶光态度吧？"沈伯钧说："他如不去，你也要跟我先回去。"立群想想说："我愿意听爸爸的。先快把人救出来再说嘛，还不知赵挺坚在怎么折磨他……"说着伏在父亲肩上。

沈伯钧起身说："我去想办法，也要会会赵挺坚那混小子。恐怕不是三两天的事，你在这里哪儿都不要去，等我来。"说完到前店向崔掌柜道谢，执意留下两筒银圆，托付照料女儿，急忙走了。

沈伯钧到英租界区四处拜访，托请洋行和司法、报业故旧尽快到上层活动，释放孙韶光，得到旧友们的慷慨承诺，尤其证券洋行几位有钱的友人，表示马上联系，不惜代价也要救出他的女婿，请他宽心。沈伯钧行前不知事涉牢狱性命，又心中焦急匆忙赶船，未及备办大额转账支票，只好领下旧友们的人情。他深明

"人情大于债"的道理。

沈伯钧又静待三天，略知旧友斡旋消息，这才匆匆到上海市警备司令部去见赵挺坚。赵挺坚得到门警报告大感意外，迎下楼来喊："姑父远来，失敬失敬！"就引到办公室忙着沏茶。

沈伯钧手扶文明棍，开门见山说："我为立群而来。她和孙韶光从未参加共产党活动，我可以证明。"赵挺坚说："姑父远道劳顿，中午我在沙渡路裕华楼为您老洗尘。这里不是说话的地方，可否先送您去裕华楼稍事休息，我随后就到。"

沈伯钧答："内侄长进，公务繁忙，我不便打扰，客套就都免了。我就几句话，说完就走。"赵挺坚说："姑父请指教。"

沈伯钧也不饮茶，直视他说："放了孙韶光。我带他俩回汉口，从此互不相扰。"赵挺坚说："立群可先回去，这里不再追究。姑父有所不知，孙韶光有共党高层分子重大嫌疑，放他须呈报上面批准。"为麻痹他又说，"恐怕立群表妹还蒙在鼓里。"

沈伯钧说："法律惯例，'疑犯议罪从无'。既属嫌疑，并无证据，我当具保开释。"赵挺坚说："具保是要承担法律责任的，以姑父身家名望，不当担此风险。他们，不过是同居……"

沈伯钧深知对赵挺坚这样执拗冷酷的党徒，动情说理无益，从容道："立群指你公报私仇，要我向法院申诉，在报纸上具文，公告你青天白日滥捕无辜。政府正在筹备'训政'，倡导民权，此事一旦见诸报端，必添是非。老夫也不想误你前程。"

赵挺坚一惊，他早知沈伯钧曾为晚清名流，大智若愚，门生故旧遍及京沪，一旦惹恼，什么事都做得出来，弄出影响，上面让他赵某人当一个"训政"宣传的牺牲品也难说，忙说："何来私仇，全属误会。误会！为侄实为职责所系，不敢徇私。孙韶光既已在案，保释尚待具报斡旋。"

沈伯钧起身："我住锦江饭店，三日内等你消息！"言毕拂袖而去。

赵挺坚点燃雪茄，靠在椅背上思忖。没想到沈立群搬出这杀手锏。跟踪姑父抓捕沈立群不会得手，他必有防备，只会火上浇油。孙韶光关了三个多月，仍然软硬不吃，死不招认，手中又确无凭据，耗下去反倒不好收拾，会在同僚中落下笑柄，上头万一问下来，更没有余地。但他认定孙韶光是共党上层无疑，留此一人党国就多一祸患，已经动了以用刑失手方式先斩后奏的念头，放了实不甘心。又想也可以放长线钓大鱼，持续跟踪下去，或许有更大的收获。

其实沈伯钧来见之前，上海市党部已有高层人物来过电话，要他考虑若无证据可否释放教师孙韶光。他深知这位大人物背景了得，若无重利他是不会染指调查科案件的，足见姑父手笔！自己在这上海滩办事来日方长，能借这机会结交此要人亦不失为明智之举，且正好以此为由，推卸放人责任，就坡下驴。

赵挺坚权衡再三，时近中午，才缓缓拿起电话筒，压低声音沉重地说："接上海市党部。"

三天后孙韶光出狱，立群和沈伯钧在看守所门外等候。立群见他浑身血迹伤痕累累，面色苍白，一步三摇，急忙上前扶住，给他套上一件干净的上衣，见他脖子上没了春天被捕时戴着的她那条红围巾。韶光说突然被人押出，落在牢房了，立群就要找岗哨去取，沈伯钧阻止说："不要多事了，快走吧！"

按照中年人安排，他们仍先回到被捕时的住处，周围有几个便衣在游荡。立群替韶光换下血衣简单收拾一下，沈伯钧为他们付清房租，就一同去黄浦码头，乘上了下午开往汉口的轮船。

立群陪孙韶光直接住进协和医院疗伤，半个月后才回到立群家，几天后分别应聘到附近学校教书。二人早出晚归，读书弹琴，礼拜天不是去教堂就是逛公园看电影，一副安于小日子平民模样。赵挺坚派来跟踪监视的人开始盯得很紧，每天向上海报告，时间一长渐渐松懈下来。

立群催促韶光趁时回一趟家，看望父母和宜君嫂子。

孙韶光急切地想回去一趟，他多么想念妻子，却担心这样会重新引起敌人的注意和跟踪，这说明他与家中妻子关系依旧，与沈立群分明是假扮夫妻，且日后必定给宜君带来骚扰不宁。又因为与立群走到这一步，一时无法面对爱妻，更怕组织随时传来新的指令，等待中一直下不了回家的决心。

汉口的冬天总是姗姗来迟，上海来人这天节交小雪。组织通知他们，赵挺坚已调回南京，命他二人返回上海，以探亲名义暂时隐居到郊县嘉兴一个居民家中，等待分配新的任务。沈立群对父亲说，上海来人是辅仁中学知情的同事，来请韶光返校任教务主任，赵挺坚这个魔鬼已调去南京。

沈伯钧观察两人三个月来的行为举止，渐渐放下心来，但心中仍存忧虑，说："上海商风左道，华洋纠葛，官帮同流，向非君子可托之地。我送你们到英国去深造吧，不妨研习自然科学，你们还很年轻，学成再回来。"

立群连忙说："人家这也是盛情难却呢，我们还是先去上海看看吧。"孙韶光低头不说话。沈伯钧只好去给两人预订了二等舱船票。

动身出门前，沈伯钧凝视立群说："吾儿，为父有一言相送。

今国共党伐兵争，祸及民族，长此以往国无宁日，必陷世代于万劫不复。你们如真正觉悟，当勿受任何旌人民名义之政党驱使，沦为工具，丧失自由独立之人格，及至枉失生命。此事殷鉴不远，为父不复多言，唯愿你们自尊自爱，好自为之。"

沈立群听了涌起一阵辛酸，猛然意识到，自己和韶光干的是提着脑袋的事，天涯漫漫，凶险相随，此别老父，还不知今生能否相见。但为了信仰，她唯有义无反顾。她伏在父亲肩上轻声哭起来，说："爸爸一定要等我们回来……"

韶光也心中沉重，安慰说："待安定下来，常回来看望伯伯就是了。"说着也掉下眼泪还不自知。他敬爱这位慈祥博爱而又智慧的老人。

11. 谢贤嫂瑞麟还款 育士子培炎兴学

竺宜君在堂屋和孟管家说话，天香进来说："门外来了几个当兵的，有一个像有点面熟。"递上一张名帖。宜君看那帖子写的是：

中国工农红军第四军第十师师长 万瑞麟

宜君连忙来到院前，见万瑞麟一身青色粗布军装，八个角的扁帽上缝有一个用红布剪成的五角星，他腰板挺拔，比几年前更见结实和精神。身边那个魁梧的"保镖"也面熟，猛然记起，竟是三年前在万家湾见过的"大当家"万团长，正红着一张大脸盘朝她点头呢。宜君说："快请进屋，进屋啊！"

万瑞麟坐下说："回来三年多了，一直没得便来看望嫂子。"

竺宜君答声"劳万师长记挂"，就急切地问："孙韶光呢？我家韶光在哪里？"

万瑞麟说："嫂子莫喊师长，叫我瑞麟。韶光可能在上海党中央工作。中央正陆续往各个苏区派出领导人，他要能回来就好了。"

宜君满眼失望："他没和你在一起？……唉，家中也没指望过他。"

万振山到门外和两个红军扛进来两个布袋，满脸愧色说："这两千块大洋，如数归还。还请嫂子原谅。怪我糊涂。"

宜君忙说："这如何使得！快请收起，快收起。"

万瑞麟也有些不好意思，介绍说："万振山团长，是我族弟。当时他不知情，今天硬要陪我一起来。"

"孙先生，是我入党介绍人……我该喊你嫂子。"万振山瓮声瓮气地说，也不去望竺宜君——他再也不能像第一次见到那样，正面打量这位让他惊讶的美貌女人了。

宜君笑着说："团长那天说我家兄弟长得很像·个人，我就明白了哩。"

万瑞麟惊道："嫂子不挑明，是有意帮我们呀！当时这笔钱还真给我应急解难了呢。现在景况强多了，早想来给你还上，"宜君说："那就算是有意吧。这钱我怎么也不能收了。"

万瑞麟看了一眼身边的战士，说："都说孙家厚道，几年前嫂子带头减租到一成，坚持到如今，这些大洋，就算我和振山代表贫苦农民谢你吧。"

竺宜君知道万瑞麟主意已定，就说："师长和团长存着心这么远来，那就先放我这儿存着，红军以后再有难处，就来告诉我一声。"万瑞麟告辞要走，宜君执意挽留吃顿夜饭，说天香已到厨房张罗去了。

饭桌旁万瑞麟如归家中，也不客气，狼吞虎咽起来。宜君不停替他们夹菜，振山和几个红军见师长这样，也都放开肚皮吃喝。望着他们久饿的样子，宜君和天香都转过身偷偷擦眼泪。

宜君又问："师长说韶光有可能派回来?"万瑞麟停下筷子

说："很可能的。中央已把斗争从城市转向农村，全力搞武装割据，建立广大苏区。韶光在鄂东搞过农运，这里革命是他起头。"

宜君眼里满是光亮。瑞麟告诉她苏区的好形势，说全国各地的工农武装已经统一编为中国工农红军，他的工农革命军鄂东军改称"中国工农红军第一军"，不久改称第四军，中央派来的军事领导人正是他在黄埔军校的校友。

万振山也兴奋地告诉她，红军已经打下黄安县城，重占河西、光山，正在分田分地重建苏维埃，不久前打败了政府军的围剿，红色根据地在大别山区都快连成一片了，红四军已有两万多人，也是正规的军队了，专打国民党军。他使劲扒拉一大口饭吞下去："我就盼着孙先生回来！"

宜君高兴地说："他呀，又不会打仗。"

万振山说："穷人可是爱孙先生了！打仗有我们呢。那些说话都听不懂的，派来那多做么事？"万瑞麟横了他一眼："教你莫乱说呢！又忘啦？"

宜君忍不住问："传说两年前，你们灭了陶家河寨子？百姓叫你'万水龙'呢。"

万瑞麟也不停筷答："有这事。是我和振山带人去的。他先犯我，活埋蔡日新、刘朝闻、邓啸天三个领导人，把三棵树老小六十多人灭门杀尽，放火烧光。我也灭了他一族，烧他族居。水龙火龙，不斗行吗。"

宜君叹息说："这冤冤相报何时休……国共，还能和好吗？"

万瑞麟已吃了个饱，放下筷子喝口茶，望她一眼说："我早听韶光说嫂子是识文明理的人。国民党早已背叛革命，变成官僚资本家地主洋人的走狗，屠杀共产党工人农民无数。不打倒国民党，工农永无翻身之日。"宜君说："那国民党兵多枪多，你打得过吗？"万瑞麟说："我们是逼上梁山。共产党替工农做主，有人民支持，一定能打倒国民党！"

望着眼前这个爱憎分明的英武汉子，宜君的脸忽然红了一下，有些不好意思地说："那年……一起做伴郎的学友钟培炎，怎么给国民党当县长了？"

万瑞麟叹口气："莫提他！在广州国共还是一家时，钟培炎糊里糊涂以为国民党是正统，重新登记时找不到韶光和我商量，个人登记到国民党里去了。唉！这个怂书生，他这是一步走错，步步皆错。"

宜君知道了，原来在万瑞麟们眼里，那个儒雅多礼的县长学友，不过是个糊里糊涂的"怂书生"，就说："听说这人一心忙减租，名声倒还不坏。"

万瑞麟说："才干他有，比我和韶光都强，路走错了。阶级矛盾，哪个调和得了？不斗倒土豪劣绅，不改变旧制度，钟培炎减租那套是行不通的。他就差点死在恶霸刀下。"

竺宜君也听到钟县长遭遇刺客的传说，就说："你们呀，都是为了百姓不要性命的人……"她又一次听到"阶级"这个名词，想起初婚时孙韶光给她讲共产主义幽灵，小夫妻濡沫甜蜜的情形，不禁又脸红起来，说："韶光也是给我讲过这些道理的。"

她这一说，令万瑞麟更加思念韶光，望着眼前这位美丽贤惠又孤单无助的女人，他眼中漾起一缕深沉的温情。宜君连忙避开了他那少见的柔和目光。

万瑞麟说："如有韶光消息，我马上告诉嫂子。"就起身告辞。万振山刚才见他两人叙旧，已先到院里守候。

几个人眼看就要出门，宜君急喊："瑞麟！"随之就觉不妥，又喊："师长稍候！"让孟管家挑来备好的两担四捆六十匹土布，她又沉沉掇出一包五百块银圆交到随从手中，说："这点心意，师长和万团长再莫推辞。"

万瑞麟说："入冬了，布匹我正好带去做些冬装。韶光是我们同志，我也不客气了。钱不能要。"就叫战士挑起布匹要走。

宜君说："今天来的红军兄弟都是受苦人，也是我家上门客，算个见面礼，师长不收，就送给红军弟兄们，带回家去给老小买点粮食吧。"

万振山当然是更为实际又实诚的人，说："孙先生家嫂子给的，就收下吧。战士们还拿着梭镖，情愿挨饿盼着发枪呢。"就叫战士收着背好。一个十四五岁的小红军转过脸哭起来。

返回路上月光如洗，万瑞麟心里填满对这个外柔内刚、美貌贤达嫂子的敬意和怜悯。韶光要能派回鄂豫皖根据地就好了，竺宜君一个弱女人，这多年替他守着家，该有多难呀……

天香送宜君回东厢房歇息，点亮罩灯说："我家大少爷的学友，都不是凡人哩！这个万师长，相貌堂堂的，是个武状元，万团长像戏里的鲁智深。那个钟县长文绉绉白面书生，害羞似的，像个文状元，大少爷呢，文武两全。"宜君笑了："这丫头，倒学会评品人了。"

宜君没能入睡，万瑞麟来家，牵动她对孙韶光已经凝固的思念。一去三年全无音信，叫她怎不悬心，对他的记忆，已由无比清晰变得朦胧……嫁来孙家八年了，在一起总共还不到一个月日子，他倒真的放得心，满世界去找他那大胡子马克思"幽灵"去了。娶她进门，揣着她的玉兔图，摘下她的心就给带走了……

当年的两个伴郎都来过家里了，唯独难见自己的夫君。人家闹红军，做县长，总还在家门口，特别钟培炎那书生，分道不分道，总还是个正经职业，照样能为百姓做主，怎非要远走高飞呢？这世上人，只要教他都愿做个好人，不就太平了，管他这"阶级"那"主义"呢？只是，谁去教他们呢？

这万瑞麟、钟培炎也一样，一革起命来，一个个连女人都不要了，还有那沈立群小姐，人也不嫁了……这"革命"，到底是怎样的符咒，让读书人这般迷恋？

她昏昏沉沉想着，总也理不出个头绪来。早想好了的，这一生就由着他，为了他那最崇高的"布尔什维克"，在家等着他……她的丈夫是不会错的。可惜他最爱的大胡子怪人马克思，偏是个外国人，唉。他讲的中国道理她一听就明白——消灭剥削，人人平等，耕者有其田，那自然是好啊！可一沾上外国人的音译词，她就闹不清了。

他说过的，国家受人欺侮，读书人"当仗剑远行，长作布雷鸣"。对了，革命人都归"组织"了，一个个就不是家里人了，雷，只在天上轰鸣哩……可你，几时才回来呀！人家，好想你呢……

钟培炎近来的心绪没法不糟糕。今年秋季他的减租再也搞不下去了——省政府派来了巡视员，在古城座谈士绅、微服私访忙活了上十天，今天回汉口前要约见他这个"惹祸添乱"的县长。

这位风度翩翩的巡视员，本是钟培炎在武汉国民政府时一位年稍长的故旧，这时竟然挂起脸色，拉长声音说："密司脱钟，古城县民意对你十分不利呀！兄弟我职责所在，就不客气了。"钟培炎心中坦然，说："卑职洗耳恭听。"

巡视员指责他两大过失。一条是有令不行，擅行强制减租。钟培炎心知这条属实，两年前省府函示后，他虽放缓了进程，但从没放弃，带着金仕仪四处奔走劝导，逐乡在业佃之间斡旋，督促减租，今年秋收一到，士绅与佃户又闹得不可开交，再一次告到省府。巡视员指出，钟培炎的减租助长了农民地痞气焰，正在给共党造成可乘之机，如不纠正，将呈请省政府革除他的县长职务。

另一条过失有点吓人——有亲共趋向。巡视员说，县党部有人反映，钟县长一味热衷减租，对剿共军事漠不关心，对县自卫大队经费困难视而不见，更有人怀疑他身边人有共党嫌疑，例如他信任有加的那个民政科长金仕仪，成天在穷人堆里打转联络，居心叵测。

"老兄，危险呀！这一条如若坐实，那就不是革职的问题了。"巡视员端起桌上的盖杯，噘起嘴唇摆头吹着茶沫。

"天方夜谭！"钟培炎摇头苦笑，也不与他争辩解释，那都毫无用处。金仕仪这忠实办事从不多言的属员，怎么可能是共产党？这事从何说起，不说也罢，免得越描越黑。

巡视员语重心长："为官一方，责任重大呀。莫怪兄弟我直言，你做县长放着共匪不剿，听任万瑞麟在河西坐大，一旦有事，恐难辞其咎啊！"

"那是军方的事。"钟培炎笃定地说，"我正是要以减租消除敌对，安定地方，收'不战而屈人之兵'之功效。闽东竺宜君女士减租四年便是实证，巡视员此来虽未及亲往察看，当有耳闻。河东清区占古城县大半，略行减租，几年来也一直太平嘛。还请巡视员将职之初衷转达上峰。"

"迂腐哟！"巡视员叹了口气，"这租你以为还减得下去吗？几时见过'不战而胜'？当然啰，钟县长自认长袖善舞，在中央工作经年，于南京高层多有知己故旧，一般来说也没人拿你说事。但兄弟我送你一句话：倾巢之下，安有完卵。不趁这时消灭那邪恶的共产党，用不了多久，就轮到人家眼都不眨消灭你这个并不反共的县长了。培炎兄，好自为之啊！"

送走巡视员，钟培炎独自回到办公房，想要平息心中的烦乱，就运用小时祖父教他的心性修养秘诀，站立到那帧"乃圣乃仁"的条幅前，默念条幅，清心入静，意守丹田，辅之以深长吐纳之功。摇晃半天，哪能入静。

他再也无法干涉租课，袒护佃农了。可以预料，各乡地主闻风后，租厘很快会回到五成甚至六成。他呕心沥血近四年的减租"新政"，终于见鬼了。见鬼。

他长叹一声，这县长还得顶下去呀。想到万恶起于贫穷，尤起于愚昧，身为县长应负教化之责，对于筹办省立古城县中学一事，更感到是当务之急。省府教育厅倒很赞赏，就是拿不出钱来，只能给块省立中学的空招牌，师资可以帮助调剂。他想搞公立民助，向城内有点名望的士绅商贾探过口风，应者寥寥。乡下士绅对他是怒目相向，还能再找哪个碰钉子？

钟培炎一筹莫展，忽然想起竺宜君，不禁心中一动。转念人家已减租几年，也算鼎力支持了他的大政，这口如何开得？后悔这两年不该顾虑男女叔嫂之嫌，又一心忙于县政疏于探视。他咬了咬牙，心里说："求官不到秀才在，只有一试了。"

竺宜君见是钟培炎来访，猜他又是为公，想到万瑞麟说起他到国民党时并无敌意，只是惋惜骂他"怂"，却说才干比他和韶光还强，心中也就平和。他曾几次来家，都那么拘谨，说是拜望老太爷，意在鼓励孙家坚持减租。这人且是奉公呢，倒不是个不想见的人。

宜君迎入堂屋沏上清茶，见钟培炎比上次来还要拘束，口欲开而嗫嚅，吞吞吐吐的样子。宜君心中诧异，笑一笑态度和悦地问："县长有何吩咐，请尽管说。"

钟培炎清一清嗓子，用半边屁股坐直了腰，鼓起勇气，将办学校的想法和难处都从头说来，见宜君没作声，脸就红了。宜君静静听着，钟培炎也只好把话说完："校址倒有个省事的办法，西门清代应试秀才的考棚多年闲置，且依然完整，场地宽敞约三十亩，我去看过，如略加修缮，可容数百人就读呢。"

宜君见他为办公事这样委屈自己，就起恻隐，心中已有了主意，知他难于直说，就说："县办中学洋学堂，这是开天辟地没有过的好事呢，也是钟县长的善举。只是这事还得禀告老太爷，我不好一人做主的。"

钟培炎见她有口气，喜形于色，忙说："我这就晋谒老太爷。"

宜君说："老太爷向在书房读书写字，从不喜见生客的，官家更不交往。县长几次多礼探望也都没见的。"见钟培炎一脸失望，就说："这样吧，今天钟先生不忙走，也不要专门见他，就在饭桌上会一会。别看我家老太爷不招事，也是举人出身，心里可明白着呢。"钟培炎唯唯称是。

中午，宜君请出老太爷来到餐桌前，他今天刚写就一幅满意的字，精神颇好。钟培炎长揖行礼，宜君说："这位是大少爷的同窗好友钟培炎先生，如今是本县县长。他还做过大少爷的伴郎哩，是来看望您老。"

孙老太爷点头坐下说："县长，好，好。莫若陶令公。"

喝过钟培炎敬的酒，孙老太爷来了兴致，说："天下不太平，地方官不好做啊！我祖父做黄州知府时，正闹长毛，就是那什么？太平天国，如今是叫红军？明太祖起事时也叫红军，乃有天下。"

钟培炎忙说："正是叫红军……晚生不才，如履薄冰，还请伯父赐教。"

老太爷就高兴，又喝下一杯，说："管仲曰：'礼义廉耻，国之四维，四维不张，国乃灭亡。'为政牧民者，唯在教化，则无为而治矣。"钟培炎见机忙说："伯父指教，如醍醐灌顶。晚生正欲兴学化民，创办县立中学。"

老太爷重听，问创办何事，钟培炎稍大声清晰说："公立民助新式初级中学。"老太爷乃问新旧何别，钟培炎慎答："新学校仍以经学、文史为重，另谨择设算术、自然、英文、世界地理等新式教育学科。允男女学生同堂受业，并着统一之校服。"老太爷听得明白，连说："好，好！孺子可教也。"

宜君在旁说："好倒是好，只是如今仗都打不完，政府哪来闲钱补这破锅。"孙母在桌前早已知意，亦料结果，只是不言。

那孙老太爷呆是呆，只呆在书上，其实见事明白得很，也就知道了这孺子来意。他并不答话，却说："官授县令正堂皆经大考，你必腹有诗书，不妨到我书房看看？"

钟培炎求之不得："晚生有幸聆教，得开茅塞。"跟着来到书房。他内行得体地赞过老太爷书法，趁机向他求字。老太爷更添兴致，钟培炎忙在紫檀书案上为他铺平宣纸，屏息研墨。百年徽墨沉香盈室，老太爷提笔润墨，略一运气，写下拙朴凝重丰神腴润的四个大字：

以教牧民

老太爷又以小楷题跋，工工整整盖上篆刻方印，说："前朝在省道州县置有学政、教谕之职，专司教化，培育士子，我父亲任过嘉鱼县教谕。我中举时二十几岁，朝廷若不废科举，不定早已进士及第，做那翰林院编修检讨，为小皇上侍讲圣人《春秋》大义去了。惜哉，惜哉！"

钟培炎朝书案条幅深躬长揖，说："孙府累世官宦，泽惠黎民。今伯父亲书赐教，晚生拜领，墨宝将终生置于座右。"待墨干后恭敬卷好，双手不离，候立于侧。

孙老太爷展颜，要他坐，他谢过后微坐，老太爷问他家世，听说是书宦世家，更觉亲切，问及妻室门出哪家闺秀，培炎说未及成家，老太爷说："齐家治国，大丈夫不可无妻。"

老太爷意犹未尽，又与他谈经论史，旁征博引，以试其才。钟培炎本是才子，幼习经史，饱读诗书，博闻强记，又向以口才见称，这时面对鸿儒，虽略感紧张，倒未惶恐，就于谦谨中寻章摘句，对答自如。老太爷见他言谈举止均合礼数，更是欢喜，说："钟公子温良恭谨，腹藏经纶，老朽愿与你效忘年之乐。"钟培炎忙说："蒙前辈错爱，晚生三生有幸。"

孙老太爷着人喊宜君到书房来，说："钟县长兴学惠民，乃乡梓大幸，孙家理当襄赞。长媳与钟公子商议去办吧。另赠学田三十亩，以供日用。"钟培炎大喜过望，朝老太爷跪地说："孙老前辈大仁大德，培炎在此替古城受恩学子谢了！"

宜君见这老少相得一样德行，差点嗤笑，忙忍了，微伸手请书生站起，说："县长不必过礼。"就引他来到堂屋，问："办中学需多少开支?"钟培炎喜极伤心还在喘气，红脸说："开办约需三千元，此后逐学年约一千六百元。"宜君又问："本县乡望缙绅可助多少?"培炎支吾："正在募求，尚无定额。"

宜君转身替他沏茶，就这工夫心里默了一下。老太爷说要她"商议去办"，简直是大包大揽的意思，还要捐学田，她知道老人家性情中人，不知米贵，也不可全听的，只要促成办学便好，就说："老太爷既已发话乐于襄赞，我想孙家承担一半，开办先捐一千五百元，逐年八百元。唯学出三十亩一事，还待与佃客计议。"

钟培炎眼眶一热："嫂子厚德，培炎何以为报? 学田离校太远不便经营，就请作罢吧。"宜君欣他果然识事，也免韶启那里多一层叹息，说："学田那就暂依县长意。钟县长为民办事，何必言报。这事我还需与二弟韶启知会，开办捐资几天内备妥就进城送去。"

钟培炎没想到事情这么顺利，这才明白竺宜君将他引荐孙老太爷，是寓有心于无意之间，巧妙促成此事，对眼前这位深明大义，美貌聪慧，仪态有持的女子，不禁心仪神往，对孙韶光长年不归喟然叹息。心想自己也算得才俊拔群，若得这般女子为妻，红袖添香，方不枉大丈夫一世。想到这里神情痴迷，竟忘了应答。

宜君觉察到不免脸红。她今天对钟培炎为人处世又添好感，还有了一些敬意，就想起件事来，忍不住问他："听说县长五步成篇，退走了刺客，果真有这事?"

钟培炎心中受用，仍谦虚说："幸得那刺客也明大义。当时提笔似有神助。"说着笑了。

宜君送他出门时说："我家老太爷与钟先生像是投缘，他就是找不到可以说话的人。以后得空不妨来陪陪老人家。"钟培炎一听更是高兴不过，忙说："吾兄四海为家，培炎正当替他尽一份孝心，日后恐免不了烦劳嫂子。"宜君就笑笑说："你们读书人总是礼性太多，不要见外才好。"

12. 会乡贤玉树临风 赏兰亭宜君梦童

竺宜君落轿县城南正街孙韶启的同和绸缎铺，将老太爷要捐资助学备细说过。韶启说："老太爷既已明示，嫂子就一手筹划办理，了他心愿吧。我不善应酬，铺面也离不开，凡事就劳嫂子替老爷出个面。县衙就在朝圣门离这不远。"宜君说："我一个女子出入府衙总是不宜。可否请钟县长来这里说话？"

钟培炎听韶启来说竺宜君进城，喜形于色，忙和教育科长邹永和一起来到绸缎铺。竺宜君起身迎接，仪态从容。培炎揖礼说："夫人不辞辛苦，培炎有失远迎。"

竺宜君说："老太爷说县长办学事大，嘱我早作打算。我与韶启商量，先捐开办急用一千五百元，请县长笑纳。"就请教育科长收点带来的竹箱中银圆。邹永和连声道谢，写了收据交竺宜君，宜君说："字据就不用了。"邹永和说："县长明示办学账目公开，收据是不可缺少的。"竺宜君就让韶启收存。

钟培炎对竺宜君近日将亲来县城已预作安排，说："我正想请城中几位绅望一叙，已与他们知会邀请过了，言明日期另为奉达，专候夫人此来聚会。请夫人先去校址考棚察看。"就着邹科长去请客安排。

宜君注意到他改称她"夫人"了，知道这是场面上对妇人尊称。对于察看校址本想推辞，又想到回去给老太爷有个交代也好，就笑着应承，说："我家老太爷说过，他年少时就在考棚应试初录秀才呢。"钟培炎听了更是高兴，亲到门前招呼轿夫。

考棚位于西街与南街的交会处，占地数十亩，清末至民国以来虽历经变乱，人们仍奉为孔圣人净地，并无侵占损毁，只是短暂做过军用粮库。院中古树成荫，很是清凉，房舍虽简陋，但排列整齐，略事改造修整，正好用作教室。

宜君问："先生们都住哪里呢？"钟培炎说："南向考官坐堂处可作办公，学生宿舍就简修整，教师住处还需另建。"宜君说："县长考虑得周到。若要做先生的安心，吃住也是大事哩，饭堂、厨师也是少不了的。"钟培炎此前还真没往这细处想，觉得宜君心细入微，说："夫人所言极是。还有小礼堂，也是少不得的。"就想到预算经费其实还很不够。

钟培炎说："幸蒙夫人慷慨解囊，古城办学有望。我意只要能办成中学，并不必用省立招牌。想仿效工商界聚股份兴业办法，设立名誉董事会，请夫人屈以董事长身份监督校务。办校虽无力分红，也应当为捐资贤达彰名立德，激励学子。"

宜君觉他虽是白面书生一个，处事倒周全务实，就说："捐资出于自愿，县长不必多虑。"

出院时，培炎请宜君走在前面，自己侧后相随，见宜君长裙及地，金莲掩映，款款前行，姿仪丰韵绰约，心中又是一阵涟漪。

县城驰名的凤仪楼位于鼓楼左侧，邹永和迎到雅室。几位年长绅望已落座饮茶，见钟培炎引个绝色少妇袅袅婷婷进来，一个个眼中放亮，客套让座之间，仍不失身份的持重。

竺宜君以女子晚辈礼行过万福，方才翩然入座，环珮轻摇，明眸含慧，仪态雍容，有如玉树临风。

钟培炎见众人惊奇拘谨，就举杯说："蒙诸位贤达乡望惠临，培炎请饮此杯。"贤望们端起酒杯频频点头，目光却不可抑制地投向宜君。

待他们酒过三巡，宜君才端杯站起说："我家老太爷年高重步，着为媳代为致意。诸位前辈，小女子有礼了。"说着自己勉力喝了半杯，脸就立刻红了。众老者受用，优雅地以袖掩杯饮了。

钟培炎看在眼里，趁机说："办学一事，培炎曾登门拜访四乡贤达，孙老举人甚赞晚生此举，慷慨襄助。少夫人竺宜君女士特为此事前来，已捐开办经费近半。培炎敬上此杯。"说着为宜君添酒。宜君正注意听他说话，连忙推道："我素不善饮，还请县长见谅。"

一位老者抚一把垂胸白髯说："早闻少夫人主孙府家政，巾帼不让须眉，此酒当饮。"贤望们都点头称是。

宜君半杯酒后已感恍惚，嘱自己不可失态，镇定一会儿说："我家老太爷常说，前朝废除科举后，学子断了仕进之路，无心读书，已荒废一代。钟县长办中学，这是替家乡子弟寻出路，实是一大善举，因此欣然赞助。不知诸位前辈意下如何？"老者们相互观望，一时无人应答。

钟培炎见她出言得体又掷地有声，心中暗喜，就说："办学如蒙资助，我要把捐资贤望名讳篆刻于石碑立在校园，并设立名誉董事会，制定议事制度，咨询校务，监督开支，并请董事会贤达为名誉校长，延请饱学者兼任教职，教授学生品德修养。届时还望孙夫人宜君女士，勿以路途遥远谦辞校务。"

宜君明白他的心思，看出这书生其实不"怂"，反倒足智干练，难怪万瑞麟夸他。就接着他的话说："小女子如能与闻校务，正好聆听诸位前辈教诲。诸位如肯共同出任董事，宜君敬上这杯。"说着起立举杯，美目流盼。

宜君这番话，让在座贤望不能不有所回应了。

面对这位尊贵优雅的丽人，须髯老者说："老夫亦早有创办古城中学之愿，愧无发起之力。今有钟县长担纲倡导，正合我意，况有孙老举人表率，能不共襄大义？"又一位儒雅的绅士接过话题："我等既来赴宴，皆存助学之心。请与孙少夫人同饮此杯。"大家就举杯掩袖饮了。

钟培炎掩饰着激动，端起酒壶，离席为贤望们逐人斟酒，口中不停说："满上，满上。"一一碰杯连饮，邹永和喜滋滋在一旁把盏。贤达们为自己的义举激动着，又面对如此佳人，能不畅饮？席间略议过中学创办事宜，大家雅兴逸发，之乎者也，诗词歌赋，煞是开怀。

送走众贤，钟培炎略有醉意，他虽善饮，今天毕竟过量了。上楼见宜君微醉之下，脸热唇红，更是娇艳，又不禁神驰，说："深谢嫂子促成大事。"就要搀扶小脚艰步的她下楼。宜君也感微晕，本待相倚，又轻轻拂开他手说："我不打紧，钟君请自留心。"就觉不该失口称他"钟君"的，好在并未逾礼，他不是改以"夫人"相称了吗。钟培炎不好再搀扶，就侧身居前，半退着护她下楼来。

宜君出到门口，记起一件久萦于怀的心事，她曾问过渊博的孙老太爷，可惜他老人家也弄不清，她相信钟培炎一定能替她解开这个谜。就问他："布尔什维克……是在哪里？"

钟培炎一时语塞，只好小心地说："夫人是问……"

"就是孙韶光去的那个地方。布尔，最崇高的去处。"宜君肯定地说，期待地望着他。

钟培炎急忙捂住口，却掩不住已经发出的悲声，哽咽着说："布尔什维克……是一个政党……在俄国，寒冷的西伯利亚……吾兄，必不久羁于彼。"

仲春三月的一天下午，钟培炎来到孙府。

宜君听天香说那个"文状元"又跑来了，本待更衣，又觉未免拘泥，对镜略梳拢一下迎出门来。

钟培炎不似上次那么拘谨，请宜君引他到书房拜见老太爷。孙老太爷见是他来，合上案前线装书高兴地大声说："忘年交，乐陶陶！钟公子多日不见，坐，坐！"宜君就先告退了。

钟培炎说："晚生特来拜望伯父。"说着将一幅书帖在案上展开说，"此帖敬奉前辈惠存。"

孙老太爷近前略看，惊道："此为王羲之《兰亭序》唐贞观摹本，乃稀世之宝。公子何来此帖？"

钟培炎答："此帖为家传，到我已历八代了。"老太爷说："既是祖上秘宝，老朽岂能私据。"培炎说："晚生于书法少有研习，如今又不幸从政，一直想为之妥寻识家，以不负其珍。此帖唯伯父雅属，方如士逢知己，得其主焉。"

孙老太爷听了欢喜，拿放大镜逐字鉴赏，念念有声：

夫人之相与，俯仰一世……当其欣于所遇，暂得于己，快然自足，不知老之将至……后之视今，亦如今之视昔。悲夫！

他爱不释手，溢于言表，说："且寄我处，仰赏过后，仍当奉还。"

宜君端茶进来置于案头，凑趣地站在老太爷身后观赏一会儿帖幅，明白这一老一少恰是"欣于所遇"了，心知此帖无价，钟培炎这是太爱老太爷，也是深明事理呢。忙低头出门去。

钟培炎朝宜君点过头，见老人家欢喜着，就说："办校一事禀告伯父。幸蒙伯父倡导垂范，乡贤多有响应，经费已筹足大半。校舍整修将告完成，师资省教育厅正在选派调剂。招生公告已发，四月报名，六月上旬教师到职就行考试录取。拟先招录初级中学一年级三个班一百五十名，与省立各中学同期于秋季开学。"

孙老太爷饶有兴致，点头称好。钟培炎又说："中学名为省立，实是民办。孙府捐资已过经费半数，晚生冒昧，欲以伯父字讳为中学命名，望前辈恩准。"

老太爷闻言面有愧色，摇了摇头说："老朽一生诗书自娱，并无功名闻达，故以'逸民'字。若忝居校名，将贻误子弟。如今民国，中学当为国立，学子方称国之栋梁。前朝置国子监亦如是，此乃激励士子之正道矣。"培炎知他说的是实情，就不再坚持，说："晚生唯领前辈教诲。"

晚餐后，孙老太爷乘着酒兴，不放培炎走，牵手来到书房，说要与他微灯一盏，纵论古今。培炎方才也陪饮过几杯，感沛难抑，激动道："晚生不肖，蒙伯父错爱，不胜受恩感激，愿拜伯父为义父，幸望不辞。"言毕跪地便拜。

孙老太爷乐甚，俯身双手牵起，口中引念《高帝求贤诏》一句，发其意而用之道："贤士大夫有肯从我游者，而吾不能尊显之。愧哉，愧哉！"

宜君与天香送消夜挂面和茶水到书房，不见人影，隔壁卧室里倒传来诵读之声，只好送到卧房，原来老少二人抵足倚床，引经据典正在兴头。宜君放下杯壶笑着说："钟先生果然是才子，我家韶光长大后，就没得过这样殊荣呢。"

培炎拱手肃然："幸得义父垂教。'忽奔走以先后兮，及前王之踵武'。"老太爷喜，抚须晃脑道："我今与钟公子义结父子，愿长媳日后兄事之。择日当宴请吾族族长省三先生及乡贤世好，以周其礼也。"

宜君点头答"是"，见老太爷十分当真，就问何时备宴。老太爷醉态可掬，说于端午节便好，复自念道："昔三后之纯粹兮，固众芳之所在。"以奖培炎方才所引屈原诗句之义。

宜君和天香见这一老一少酒后疯癫，连忙出门来，忍不住都捂嘴笑了。

宜君回房上床歇息，心想这钟培炎得老太爷这般看重偏爱，竟纳为义子，足见腹有诗书，若观其倜傥才识，倒不在韶光之下，也难怪当年他们这样投合。不禁更加思念韶光，又四年了，叫人一颗心老是悬着，想到这里眼泪又止不住。

似睡似醒中，她见韶光从院外走进来，身边牵一个四五岁男孩。那男孩皮肤白皙，目光聪慧，神似韶光，宜君走过去拉他小手，男孩也不躲避，仰头喊她妈妈。韶光交过男孩朝她点点头，迟疑犹豫片刻，不舍地转身走了。蓦然惊醒，知是一梦。

早晨起来，梦境依然清晰，那男孩模样挥之不去，忽然有一丝不祥的预感，心中不免沉重起来。

清早，孙老太爷在书房做他那雷打不动的晨诵圣贤书功课，钟培炎不敢打扰，去向宜君告辞，见她神思恍惚，全不是昨日仪态，目光相遇时眉间忧戚，甚是怜人。培炎不便询问，就说："中学开学典礼时，再来迎请夫人莅临。"

宜君说："老太爷择端午节宴请乡贤，还请钟先生莫忘。我就不再去请了。"培炎揖礼称谢。

宜君送出院门，钟培炎回头望时，见她一只手扶在墙上，目光楚楚的，正如那画中颦眉西施。他心头重重地刺痛了一下——她太孤单了，她其实是弱女子。孙韶光呀，孙韶光！你浪迹何方哟……

13. 遭磨难韶光苦谏 酿兵变振山出手

江南的雨雾总是分外迷蒙，窗外淅淅沥沥没个尽头。在嘉兴隐蔽等待的这些日子，孙韶光变得抑郁，常常没听见立群在跟他说什么。这天立群见他又在窗前望着雨雾发呆，口中喃喃在念诗：

> 君问归期未有期，巴山夜雨涨秋池，
>
> 何当共剪西窗烛，却话巴山夜雨时。

立群每当这时都悄然离开，让他静静地思念自己的妻子。自从他们这样在一起，她再也没见他开心笑过一回。立群和他一样无法从愧疚中走出来，她不能想象再与宜君嫂子见面的情景。

孙韶光从每天必读的报纸上得知，在蒋介石忙于与冯玉祥、阎锡山中原大战和与桂系等军事势力周旋之际，"朱毛红军"在湘赣边界和闽赣间创造了大片革命根据地。万瑞麟红军坚持在鄂豫边界，大别山区也形成了连片的根据地，他对故乡那一片红色的土地和同志充满了怀念。

组织上终于来人了，正是在货栈审查沈立群和营救孙韶光的那位中年人。中年人说："党组组决定调你们到江苏省委工作。孙韶光同志任组织部副部长，属我领导。我叫盛怀中，中央候补委员，省委副书记兼组织部长。沈立群同志任省委机要秘书。你们仍以夫妻身份掩护，明天到任。"原来这位朴实严肃的长者是党的高级领导人。两人都很兴奋，知道组织上对他们在韶光被捕前后的表现不仅有了结论，还委以这样的核心机密重任。

他们秘密来到上海市威海卫路一所不起眼的两层民居，负责江苏省委机关的日常值守和工作处置，在中央实际负责人直接领导下工作，具体对盛怀中负责。

转眼又过两年了，已进一九三一年一月。在血腥的"白色恐怖"笼罩下，已有不少同志自动脱党去向不明，孙韶光和沈立群成为组织的中坚。斗争的残酷使他们随时处在极度的危险之中，每天早晨他们都会凝重无言地望上一眼，不知道今晚还能不能再见面。

这天凌晨盛怀中匆匆赶来，神色严峻地说："顾顺章叛变投敌了！"孙韶光震惊，顾顺章是中央政治局候补委员、中央特科的主要负责人。盛怀中说："就在前天，他护送中常委张国焘到湖北黄安红四军后返回汉口，在剧院被赵挺坚认出逮捕，随即叛变，要求到南京面见蒋介石，报告我党中央一切机密。幸好潜伏在南京敌特内的一个同志截获绝密，昨夜赶来上海见到六号同志。"孙韶光意识到党面临的重大危机。

盛怀中说："中央在上海的组织处在极端危险中，已采取应急措施避免损失。中央本有将工作重心移到苏区的计划，现决定党中央尽快转移到江西苏区，部分领导人去鄂豫皖、湘鄂西苏区。江苏省委机关立即转移郊区！"

这天下午，盛怀中来到郊区秘密住地，给孙韶光和沈立群带来噩耗——他们的革命引路人林育南、恽代英先后在上海龙华和南京雨花台就义。两人失声痛哭。盛怀中神情冷静，说："冷静吧。特科'红队'已秘密处决顾顺章。周恩来同志调你两人到中央机关，负责协助领导人秘密转移。"

到年底，中央领导人已先后转移去了毛泽东创造的江西苏区，上海改设为中央分局，只留下与共产国际远东局的联络人及少数几个临时中央负责人。一九三二年初，孙韶光、沈立群终于随同盛怀中派往鄂豫皖苏区。

汉口通往黄安的秘密交通线因顾顺章叛变已经弃用，他们和同往的项同志四个人，由原中央特科一位负责人亲自护送，装扮成商人，在上海通过了军警盘查乘上轮船，一路寡言到达合肥。鄂豫皖苏区启用新的地下交通线，派两名精干沉默的交通员在码头等候，与特科护送人接上头，将他们领到事先登记好的旅店，交给新的身份证件。第二天凌晨换乘马车，带他们一路颠簸绕过安徽六安。六安正是围剿红军的国民党军封锁区，一行人连夜沿小路步行，摸黑翻山涉河，一意疾行。

沈立群在出发前发现自己怀孕了，她没有告诉孙韶光，想瞒着他堕胎没有来得及。她双脚打满血泡，疼痛与疲惫一路袭来，几次跌倒，咬着牙跟上艰难走在前面不时捂嘴咳嗽的盛怀中，孙韶光和项同志搀扶着她不使她掉队。一百余里跋涉，到达刚成立的鄂豫皖军委会总部所在地河南光山县白雀园时，天刚破晓。

张主席对他们持十分欢迎的态度，分别委以重任，盛怀中任鄂豫皖中央分局委员、军委会副主席兼政治部主任、鄂豫皖区省委书记，孙韶光任政治部副主任兼组织部长，沈立群任政治保卫局机要室主任，让他们参与军政核心。

孙韶光和沈立群回到梦萦的大别山，都已换上青色的粗布军装，苏区无须以夫妻身份掩护，两人不宜再住在一起了。虽然组织上并没有过问这事，但立群明白，到了她该离开韶光的时候了。

分别时，立群从贴身衣服里拿出一沓丝绸，慢慢展开，是那幅藏了三年多的刺绣玉兔图。她艰涩地笑着说："该还给你了。"韶光双手接过，深情地看一眼那对熟悉亲密的玉兔，心中忽然一阵刺痛。他无言地叠好了，小心放进上衣左边的口袋。粗糙的军装没有正规制服的内袋。

立群不舍地说："终于回来了。光山离古城不远，你早些回去看嫂子。"韶光说："肃反正在进行，战争形势严酷，回家短时间内是不可能了。"立群犹豫片刻，委婉地说："回去时，我和你一起去，好吗？这次和宜君嫂子，真的要做姊妹了……"

转眼他们来到苏区半年了，期间红四军连续取得黄安、商潢、苏家埠、潢光四大进攻性战役的胜利，四月红四军扩组为"第四方面军"，发展到四万五千人，地方武装二十万以上，占有根据地四万多平方公里，人口三百五十万，在二十六个县建立了红色政权。但张主席的"肃反"仍没有停歇和放松。

万瑞麟的方面军主力第四军驻扎在白雀园北面，他任副军长兼第十师师长，第四军军长一职仍是方面军徐总指挥挂名，实际由万瑞麟指挥。他早已得到韶光、立群派来苏区任要职的通知，时常高兴得在屋里来回踱步，击掌自语："这下好了，这下好了！"但他一直在前线作战，在这敏感时期也不宜去看望他们。

万瑞麟在军部桌前专注地看着一张布绘地图，听见门外有动静，很快走进来四个人，为首的是保卫局一名下级干部，伸手压住地图，也不出示任何证件就说："不用看了，跟我到保卫局走一趟！"说着下掉万瑞麟腰中手枪，另两人不声不响将万瑞麟绑了，推着就往外走。门口警卫早已被下了枪，目瞪口呆地看着眼前发生的事。

万瑞麟知道，中央派来的部分同志，因怀疑与敌特联系，已在肃反中受到牵连，连原总政委曾钟圣也被关押后撤职，心想肃反既然肃到他头上了，此去必是凶多吉少，就说："敌围剿军副总司令刘峙的中路军进占六安、霍山后，先头部队三个师已抵达潢川，形势危急。我的第四军御敌首当其冲，请给我半个小时，将部署向军部做个交代。"

来人说："缺了张屠户，不吃毛猪肉。老实走吧！"

沈立群在机要室得知万瑞麟被拘押，一时惊呆，她顾不得泄密后果，慌忙去找孙韶光告急。孙韶光大惊，先是不敢相信这种事，继而冷静地说："你切不要公开表示态度，待我弄清原委再想办法！"

孙韶光急往政治保卫局，刚好盛怀中在这里。盛怀中问："组织部方面情况掌握怎样？"孙韶光说："军队连以上干部已做过初步审查，地方区以上苏维埃成员情况复杂一点，还在甄别之中。"盛怀中说："战争在即，审干还要抓紧。"

孙韶光装作不知道，就不先开口，看他会说什么。果然盛怀中问："你和万瑞麟在历史上有过交往？"孙韶光答："大革命时一同在省立一师入党，一起发动劳工运动，一同南下广州。"

盛怀中说："他有重大敌特嫌疑，已在押。"孙韶光冷静地问："掌握证据了吗？"

盛怀中说："据保卫局报告，有人揭发，万瑞麟早在黄埔军校就与国民党教官刘峙接触甚密，东征时提升成刘峙为营长的黄埔军校'学生军'教导一团二营副营长，直到北伐途中，刘峙还想把他从唐生智的第八军要到'党军'第一军二师自己手下任团长。可谓知己！"

孙韶光不知道万瑞麟在军中详情，紧张思索着。盛怀中喝口水接着说："武汉反共后，他被敌人派来鄂东，为骗取革命领导权，他行苦肉计，亲手杀了他舅父陈渔甫，这很不合常情。这次反'围剿'研究部署，他以承担正面为由，坚持用第四军替换第二十五军摆在光山，目的显然是替刘峙做内应而后投敌。这是极其危险的。"

孙韶光忙说："这没有证据！"

盛怀中望他一眼，冷冷地说："看一贯。万瑞麟虽然反对曾钟圣擅自率军南下蕲广脱离苏区的错误行为，但他在中央派来领导人后闹地方主义，为巩固个人'山大王'地盘，对中央分局和军委决议阳奉阴违，是第四军中'军阀土匪倾向'的代表人物。尤其是对肃反态度消极，公然抵制拘押审查他手下团以上干部，这更具危险性。中央分局首长对他早有防备，已定为鄂豫皖苏区私通'国民党改组派'的头领。"

孙韶光故作不经意问："对他将作何处置？"

"枪决。明天执行。张主席已明为指示。"盛怀中说着端起茶缸。

孙韶光大惊，急道："怀中同志，你对我是了解的，我可以为万瑞麟做证，他绝不是敌人派遣来的！不可能是国民党改组派！"盛怀中问："怎讲？"

孙韶光说："武汉分裂前后，我正在中央组织部负责与军队党员军官联络。万瑞麟是'八七'会议后不久，中央指定脱离部队到鄂东负责秋收暴动的军事工作。南昌起义前，他的党员身份保密，所在第八军在长江以北，无法成建制率部去九江，才在随后单独派往鄂东。这些经过，我到上海之前是非常清楚的！"

盛怀中沉思一会儿说："恐怕迟了。斗争是严酷的。中央分局意见，对于手握兵权，有重大敌特嫌疑分子，不能留下隐患。工农红军要培养和依靠工农将领，不能迷信什么黄埔。"

孙韶光急了："我证明的万瑞麟历史情况，请怀中同志尽快转达中央分局，他可是坚定的苏区创始人呀！……"

盛怀中打断他的话："韶光同志说话要注意立场。我是相信你的。你的证词我会马上转报分局。"

孙韶光说："我是组织部长，我对我的证词负组织责任！我希望与万瑞麟同志当面谈谈。"盛怀中想了想说："谈一谈可以，但要有人陪同。这是对党负责，也是替你负责。"

孙韶光说可否让沈立群同志同去，盛怀中说："看你这个人！为什么还要把她也拖进这是非生死中来呢？让分局李秘书一起去吧，问问万瑞麟有何说明，也多一点机会。"孙韶光知道李秘书是张主席心腹，明白了盛怀中的策略用心。

孙韶光和李秘书来到保卫局关押地，李秘书叫守卫打开关押万瑞麟的木栅栏小屋。

万瑞麟与孙韶光已五年不见了，正想上前握手，忽然止步，故意冷淡地坐回凳上。孙韶光知道这不是叙别的时候，说："组织派我和分局李秘书与万军长谈谈，看你有什么要说明的。"

万瑞麟看一眼李秘书，他清楚此人背景，想到事已至此，绝不能连累孙韶光，让他也陷进来，那是非常危险的！就说："我个人申辩已没有必要了。我相信党，服从组织审查处理。"说完再不作声。

孙韶光说："你的申述我和李秘书是完全可以转达的。"

万瑞麟说："谢谢你们来。我的情况上面都是清楚的，不用我自己讲了。"李秘书应的一句话让人难测吉凶："不讲了也是个态度。"

孙韶光熟知万瑞麟性情，知道他不会做任何申辩了，强忍心中悲伤说："你个人，有什么要交代的……"

万瑞麟钢铁汉子也难免动情，他强压委屈，坦然说："即使我被处置，我仍坚信共产主义一定会在全世界胜利，工农红军是打不垮的，共产党一定会得天下！只是我守寡多年的老母仍在世，这些年我没有尽孝，日后还望韶光同志勉为其难做些照顾，她死后替我安葬一下……"

李秘书警惕地问："你们熟识？"万瑞麟冷眼看他，一字不多说："在苏区，我熟识的人太多了。"李秘书反倒点了点头。

孙韶光怕再待下去会控制不住自己，他想赶紧直接去找总政委陈昌浩，他是"肃反"的负责人。他起身看一眼李秘书，对万瑞麟说："相信组织对你的审查会是慎重的。"凝重地望他一眼，和李秘书匆匆出门去了。

万振山肩挎两支俄国造冲锋枪，备足了子弹，一个人蜗在山上等到天黑定，摸进黑子的草棚，"嘘"一声拉着他猫腰钻进树林。黑子听了又惊又怒，急问他怎么办。

万振山说："张主席这命革不下去了！他比敌人还狠。我带第一团包围政治保卫局，先把他们缴械，为首的杀死。你带特务连救出万军长，到古城两路口会合，回罗山县望天山打游击去！"

黑子识字比振山多一点，胆大心细，想了想说："不行，打保卫局动静太大。"振山说："白雀园周围都是四军的人，不会打我一团。"黑子说："打掉保卫局不难，第一团都成反革命了。再说这叫分裂红军，连万军长也不会饶了我们。"

"你是说就叫军长去死？"万振山差点吼出声来。

"我两个偷偷弄出军长，带他逃走，到望天山重新拉一支红军就行。他实在不肯走，我们再动手。"黑子满有把握。

"事不宜迟，走！"万振山把挂在腰前的两把冲锋枪取一把给黑子，又递给他四个子弹夹。黑子说避免开枪，等用上它都完了。

"把人弄出来再说！"万振山紧了一把腰间的弹夹。

万瑞麟双手扶栏脸贴栏缝凝望窗外，月亮正从浓云中探出头来，将朦胧的光亮映照在可行桥河被鲜血浸染黑沉沉的水面。他忽然明白了：共产主义革命，是为世界上被压迫的弱者而斗争，这就决定了它面临的敌人异常强大，当烈火席卷时，不能保证它不燎灭芳草。进行这样伟大艰巨的革命，能不发生缺点和错误吗？肃清打入内部的敌人是必须的，但无休止的"肃反"，显然是一些同志在极端残酷环境下，对敌人的过度警惕反应，当然，也不排除中了敌人的离间计，这正在造成红军的挫折。但像这样的大错必定会得到纠正的，中国的工农革命最终会胜利——那将是无与伦比的人民民主、自由平等的国家。

绝不能悲观！永不要动摇！生死早在度外。他躺在草堆上，使劲伸了一下腰腿，响起了呼呼的鼾声。走出这深深的困扰和苦闷，万瑞麟彻底地放松了，猛兽般的机警顿时休眠，他睡得很沉，对木屋外的动静全无知觉。

"口令！"看守木屋子的两个红军几乎同时喊。

"斗争！是我，连长。"黑子先已侦察到，今晚看守的战士恰是从他的特务连选调到保卫局警卫队的。经过政治培训的看守警惕性很高，说："连长不要过来！"就拉动了枪栓。

黑子并不意外，站在原地不动，把冲锋枪勒到背后，说："你两个是想红军打胜仗还是败仗？"

"谁不想打胜仗。"一个看守嘟囔着。

"苏区保卫战明天就打响，万团长要问军长拟好的作战部署，你们让不让？"黑子往前走了几步，使声音尽量小。保卫局警卫队上百人就在附近不到两百米处，稍有动静就会冲过来。

"让了你李秘书就要杀我们的头。"看守仍挡在门口。

"谁敢杀我战士的头！"万振山大摇大摆朝木屋走来，"把门守好！我跟军长说几句话就走。"就令看守开锁。黑子也几大步走近，拍拍看守的肩："没事。就算有事，我和万团长能丢下你两个？莫出声！"说话间已将冲锋枪拉到面前。

万振山跨进漆黑的木屋，听到阵阵鼾声，正好！他一把将万瑞麟抄起驮到背上就走。

"谁！干什么？"万瑞麟醒来。

"跟我走，回望天山！"万振山把他往肩上一耸就要出门。

"叛徒！我毙了你！"万瑞麟挣脱他。万振山惊呆："谁是叛徒？"

万瑞麟明白他这是要搞兵变了，这可能激起整个第四军的哗变！焦虑中他心中涌动对这忠实兄弟生死战友的感激。他必须用最短的时间说服和赶走他，避免红军内部这场一触即发的分裂和惨烈的搏杀，那将使整个苏区五年来的牺牲和胜利付之东流。

他压低声音："干革命就打算死，死在敌人面前和死在自己人手里一样是个死，都是为了革命。当逃兵，你我丢得起这个脸？

快走！只要你万振山活着，大别山的火种就不会熄灭！"

"你死了，我跟哪个干？"万振山垂下头。

"孙韶光回来了。跟着他和徐总指挥走，革命就会胜利！"万瑞麟见他还在发呆，说，"放心吧，我有九条命，死不了。快走！不然我先死在你面前！"

"谁杀你我杀谁！"万振山说着出了门。

黑子料到万瑞麟不肯跟他们走，已想好了接下来的战斗步骤。他对两个看守说："照护好军长。今天的事谁也不能说，不然都活不成！"

天刚亮，保卫局执行部来了几个人，打开木屋门喊："万副军长，出来吧！"

万瑞麟整理一下粗布青军装，从容走到门口，对拿着粗绳拢来捆绑他的人喝道："休得无理！走吧。"跟着来人向后山丛林走去。

太阳快出来了，树林中透进一束束霞光，万瑞麟抬头迎着光亮，唱起林育南当年教给他的《国际歌》：

起来！饥寒交迫的奴隶，起来！全世界受苦的人……

不一会来到一处僻静的山凹，这里绿荫掩遮，亦可远望群山。万瑞麟唱完歌，说："就这里了。"转身站定，充满血丝的双眼电光闪射，耸立着高呼："中国共产党万岁！中国工农红军万岁！"高亢的喊声惊起了林中的飞鸟，千百只惊鸟的喧声刹那间划破了林间的寂静。

山脚骤然传来战马的嘶鸣，响起尖锐的三连发示警枪声，传来撕破嗓子的喊叫："命令！不要开枪！不要开枪！……"

几乎同时，万振山和黑子从背后山上树林里钻出来，弹夹饱满的冲锋枪沉甸甸握在面前。黑子拍一拍刚放下枪的行刑战士的肩膀，对保卫局执行部领头的人说："你杀万军长，怎没通知我们送送行呀？"

执行部负责人疑惑地打量他们，接着竟友好地与黑子握手，轻松地说："一般不通知。"

传令的红军喘着粗气递上一纸手令。万振山仍没解气，更没放下警惕，他的第一团两个连和黑子的特务连昨夜已潜伏在后山丛林，他俩计划在射杀行刑队救下万瑞麟后，立即下令消灭保卫局，率部转移去罗山。只是战士们并不知道他们将要把天捅出几大个窟窿。万振山有点可惜，说了句："不通知不好。"

万瑞麟目光复杂地盯了他一眼，喝道："还不给我滚！"就领头大步朝山下小木屋走去。

14. 恸英杰惊见玉兔 哭健儿独吊挚友

万瑞麟没死，除因孙韶光力辩，盛怀中斡旋外，还得力于方面军总指挥关键时刻伸出援手。

徐总指挥与万瑞麟同为黄埔一期生，一起东征北伐，又在大别山并肩战斗，创建大片根据地。可是肃反已没让他参与了，甚至对他也有过怀疑。在头天夜晚通宵的军事会议上，徐总指挥通报敌情说，几天前蒋介石自任鄂豫皖剿共总司令，亲赴汉口策划第四次"转剿"军事，调集二十四个师另六个旅三十余万兵力，另配四个航空队，分中、右两路向我分进合击。敌汤恩伯第八十九师沿商潢公路进至光山以北逼近新集，敌卫立煌部出商城进占金家寨东北包围河口，苏区保卫战箭在弦上。他在报告反围剿部署后，以第四军处于西北前线，万瑞麟这时离队于大战不利为由，建议边作战边审查，说万瑞麟如脱逃或投敌，他愿承担直接责任。

张主席和陈总政委已分别听过盛怀中的反映和孙韶光的申述，鉴于战争形势，同意对万瑞麟的历史问题战后重新审查。这时天将破晓，盛怀中急写手令，派警卫员骑他的大白马，火速赶去传达不能杀万瑞麟。

盛怀中怕张主席改变主意，急忙去放人，叫来孙韶光同往。

进到小木屋，盛怀中对万瑞麟说："决定你回第四军，仍任副军长兼第十师师长。这次有孙韶光同志对你的历史做证，但对你的审查还没结束，战后继续。先回去把仗打好吧。"就把手枪放到小桌上。

万瑞麟对他们投去感激的目光，说："我这就去前线！"别上枪拉扯一下军装，精神抖擞就要出门。

孙韶光喊："请稍等。"转身对盛怀中说，"眼下战争敌众我寡，我在大别山搞过农运，熟悉一点情况，请求批准我到前线协助。"

盛怀中说："分局正在安排总部人员充实前线，令你到第四军，以政委职务参与指挥。万瑞麟同志是带审作战，你既然替他做证，随军监视就交给你了。这是党交给你的特别任务，如有闪失，你孙韶光就别打算活了。"说这话时他把目光射向万瑞麟。万瑞麟坦然回望他一眼。

孙韶光行军礼说："坚决完成任务！"就同万瑞麟出门消失在丛林中。

徐总指挥在光山北部潢川西南山地布下大范围伏击圈，以万瑞麟率第四军担任正面阻击，以红二十五军出固始拦截进攻新集之敌，另以一部从商城绕至潢川北部，从侧后断敌后援。

汤恩伯师是国民党中央军嫡系，装备精良，配有坦克火炮，每个营都配有机枪排，且训练有素，作战顽强。虽然年初第三次围剿时在黄安吃过红军大亏，但仍没把红军放在眼里，沿公路大步推进，先头部队很快进入到伏击圈。

万瑞麟一声令下，敌阵中地雷轰响，红军四面山头上数十挺轻重机枪同时开火，仅有的四门迫击炮一同轰击，手榴弹雨点般飞向山下。敌军骤遇伏击伤亡惨重，但并不惊慌，很快变换作战队形，以卡车掩护，架设机枪、六〇炮实施反击。

孙韶光从望远镜中看到敌人约一个团千余人，正以密集队形快速向上登进，欲要就近占领一座山头有利地形，连忙指给万瑞麟看，万瑞麟说："那座山头丢不得！如被敌占，战役就艰难了。"

这时山下厮杀一片，身边只有两个连的预备队和一挺重机枪，万瑞麟急令抄近路抢先占领山头，和孙韶光亲率这三百余人奔到山脚，从侧后争分夺秒向上攀援，刚到山顶未及架枪，敌人离山顶只剩不到三十米了。

一阵枪弹齐发，前排敌人立即卧地，寻找石头树木掩护，架枪向上密集扫射，后续敌人仍顽强登进渐渐逼近。万瑞麟推开重机枪手，亲握枪座猛烈扫射，敌人又伏地不动。

孙韶光忽见一个敌军官躲在树后，正用连发步枪朝万瑞麟瞄准，他一个箭步跳过去猛力将万瑞麟推开！向上射来的子弹经右肋击穿了他的肺部，他颀长的身躯摇晃一下就栽倒在地上。机枪手接过枪一阵猛射，敌军又暂时被压住。

万瑞麟大惊，撕碎上衣，将孙韶光胸肋部缠紧，命令战士死守，背起他就往山后跑。孙韶光伏在他肩上，呻吟说："快放下……放下，你指挥要紧……"说着就没声音了。

正危急时，团长万振山带两个营到达山顶，一阵枪弹齐发，万振山大吼："冲啊！"领着刺刀乌亮的增援部队一齐向山下扑去，终于将敌人压回山脚。

万瑞麟将韶光轻轻放在一棵大树边靠着，急取水壶给他喂水。孙韶光慢慢睁开眼睛，直直地望着万瑞麟，嘴角轻轻动一下，露出欣慰的笑容。

万瑞麟喊："韶光！你不能死！不能死！战斗就要结束了，你要撑住，不能睡着，军医就在山下！"

韶光喘息着，声音微弱："我死……不足惜，我不会带兵……你一定要把红军，带出去……只要红军在，革命……"话音未落又昏过去。

万瑞麟摇着他喊："韶光！韶光！快醒醒，快醒醒！"

孙韶光微微睁开眼，艰难地想要把手伸到左边胸前衣袋，又无力地垂下了，一个手指仍指着口袋。他的瞳孔渐渐散开，望着远处，口中喃喃，瑞麟耳贴嘴旁，听见他说："宜君……宜君……交给你了。马革……裹尸……还。英特，那雄……耐尔……"就一头歪在万瑞麟胸前。

万瑞麟抱他在怀中，跌坐地上，失声恸哭起来。

敌军撤退了。红军在尸横遍地的山谷打扫战场。

万瑞麟从韶光指着的上衣口袋里，摸出一块折叠整齐的刺绣，被血液沾湿，展开细看，是一对安详的玉兔，已被鲜血染得通红。万瑞麟感觉背心被什么东西重重地撞击了一下，顿时感到虚脱。他明白，韶光是要他将这幅玉兔图，亲手交给妻子竺宜君！

他在身上擦干绣幅上的血迹，叠好装进自己的口袋——这对染红的玉兔，绝不能让竺宜君再见到了，那是她对与丈夫安宁生活的期盼。他要替韶光弥补对妻子的遗憾和责任，要为美丽的嫂子永久地保存这幅用心灵描绘的绣图……

万振山一路奔跑来到大树下，带来一身浓重的硝烟。他没想到，自孙先生带学生军到古城打败会匪后分别五年，好不容易盼到敬爱的领路人回来，却与他这样见面。

"你是穷人的朋友唉！……"他抱着头坐在孙韶光身边，一任自己号啕。

万振山坚持自己和战士用担架将孙韶光抬回军部，又和黑子寻了十几里路找来一副厚实的柏树棺木。万瑞麟取来溪水替韶光擦洗干净，换上自己少穿的一身半新军装。他小心抱起韶光，轻轻平放到棺里，对他说："韶光，玉兔我替你收好了。先送你回家。你的话我听清了，日后嫂子有我照顾，你放心吧。"他最后凝视为他而死的挚友，小心合上棺盖。

万瑞麟、万振山和战士们脱帽垂头，几十支步枪朝天鸣响，在大战后硝烟散尽寂静的山峦间激起辽远的回声。

沈立群得知韶光已于上午牺牲，如五雷轰顶，"啊"地一喊发不出声，跌跌撞撞沿山路跑往第四军驻地。她把脸贴在棺盖上呼唤着韶光。战士轻轻移开棺盖，立群俯身凝望，韶光苍白的脸廓依然清秀，只是音容不再，他像沉沉睡去，唯有微启的嘴唇，留下他淡淡的苦涩和无限的眷恋。

立群大粒的泪珠滴落在韶光的额头，锥心的疼痛已将她的悲伤凝固。她记起他珍爱的玉兔图，伸手到他的上衣袋，这才想到他已更换了军装。她不忍再去寻找和面对他换下的血衣，韶光永远是纯洁的，她不能接受那样的记忆。玉兔图毕竟陪伴他到生命的最后时刻……她知韶光素喜整洁，用手绢轻轻为他擦净自己滴下的泪痕，又小心地牵整他的领口和衣袖。

血红的夕阳就要落下，远处的天空滚动起沉闷的雷声，短暂的雷阵雨过后，西方天幕间骤然亮起一道七色的彩虹。那彩虹起自天边烟雨蒸腾的大地，巨大的弧光横空出世，跨越南北，灿烂了整个天地，令硝烟散去的战地变得分外壮丽和妖娆。

战士们扶开沈立群，移正棺盖，轻轻锲好了木钉。立群止住哭泣，静静地遥望天际彩虹，心中壅塞着献身真理的壮烈与崇高。

万振山记起来，她就是和孙先生一起去过系马岗，爱教农友唱歌的沈同志。他大巴掌擦着奔涌的泪，痛心闵东他那个日夜盼望着丈夫的贤德嫂子竺宜君。

万瑞麟扶立群到旁边石头上坐下，说："韶光离家又有五年了，最后的话是想回到故乡。大战才开始，我和振山、黑子都走不了。他家你去过，离这里约两百里地，沿途都是苏区，就请你替我扶柩送他回去吧。"见她神情麻木中带着恍惚，又说，"没别的办法，也只有你去一趟了。路上多注意些，自己还要克制……"

大别山初夏的连阴雨淅淅沥沥下个不停，山野间氤起一片灰蒙蒙的雨雾，泥泞的道路好像没有尽头。棺木搁在马拉平板车上，一个班的红军把沈立群夹在中间，跟在车后缓缓行走，马鞭惊起的鸟雀鸣叫着向雨雾中飞去。

孙府后院那棵百年桂花树，今年初夏忽然枯萎了，竺宜君心中忐忑不安。老太爷走到树前，说了句"草木枯荣，自在于天"，就回屋去了。

几天来竺宜君眼跳不止，夜不安睡，整天恍恍惚惚，人一直恹恹的。傍晚，她陪两老吃过饭送婆母安歇了，刚出堂屋，孟管家匆匆过来说："门口来了两个红军，说要见少奶奶。"宜君说："快请进屋呀！"孟管家说："他们说是请少奶奶到门外说话。"宜君心口一紧，脸色煞白来到院外。

红军中年长一些的行过军礼，小心问："大嫂是孙韶光同志的家眷吗？"宜君无力地说："我是他妻子。"红军低下头，细声说："孙政委不幸牺牲……已在送回路上。下半夜能到，我们奉命先来报讯。"

竺宜君眼前一黑，像根木头立定在门前没有反应，接着摇晃一下朝前栽去，被孟管家重重托住。

天啦！巨大的震惊和心口剧痛阻塞了宜君的泪腺，她用冰凉的手撑在孟管家肘上，挣扎着站定了。她喊醒自己，急速地思索着。五年前那次自割臂肉，使她的心变得异常坚硬。她明白，天已塌下，作为当家人，这时绝不能失理丧智，还得安排内外，让全家人迈过这道要命的坎。

她强令自己镇定，对孟管家说："切不可惊动两老。先招呼两位红军到客栈住下。灵柩不能进院，也不能送往孙家祖茔，那就瞒不住了。直接送到街北边那片桐子树林。韶启也先不送讯。你快带人去安排。"孟管家"哇"地哭出声来，见宜君沉着，连忙忍住，急引红军先去客栈。

鸡叫三遍，灵柩被悄然送到小镇北面的一片桐子树林，这里是一个不高的土岗。沈立群躺在平板车一侧，紧靠棺木昏睡，宜君认出是她，嘱不要喊醒。

灵柩抬下车放稳了。天上月光朦胧繁星却十分的清晰，星光雨点般洒在这片静寂的土岗。宜君肝肠寸断，近前双手抚摸着棺盖啜泣，骤然记起她绣给他的玉兔图，也不知在不在他的身上……要是不在，那会落在哪里呢？她今生怕是再也见不到那对心爱的玉兔了……她脸贴棺盖头边，轻声说："你说过的，到这一天是要马革裹尸还的……你还说，你要还给我玉兔的……"话音未落昏厥过去，跌坐在地上。

众手取土深埋过后，孟管家按宜君交代，不立牌识，用黄土厚筑修圆。天没亮安置妥当，一行人悄不发声，扶着宜君来到镇头客栈。

沈立群被红军背到客栈床上，渐渐清醒，认出眼前是宜君，一把搂住，这才放开痛哭。宜君见她身孕显怀，心里就明白了。她在悲极中生出一份安慰，也顾不得多想，拿出手绢替她擦泪说："路上辛苦，快歇息吧。"

孟管家就问红军班长行程，班长说还在打仗，首长交代把孙政委送到就返回。沈立群说："你们先回去吧，我要住几天。"班长说："首长把沈主任安全交给我，命我护送你一同回去。"立群说："你回去报告首长，我待两三天就归队。苏区我路途都熟，不用担心。"宜君说："我也想沈小姐留几天。"班长想了想说他先走，留下两个战士护送，趁天没亮牵出马车带战士上路了。

宜君嘱两个红军在客栈休息不要出门，叫孟管家回去取来衣服给立群换了，领她回到家中，让她仍在当年住过的西厢房躺下，这才叫孟管家派人到县城给孙韶启送讯。她回到房里身子一歪倒在床上，浑身瘫软，五内俱焚，又不敢放声哭一场，她知道自己还必须挺下去。

早晨天香打水进来，宜君仍装作没事，对镜子用湿巾擦抹红肿的眼睛，梳理后仍去给老太太请安。挨到午饭后，再端一碗银耳汤到沈立群房里来。

沈立群刚睡醒，正靠在床头两眼发直，朝宜君喊声："姐姐……"就低下头去。宜君拍抚她后背说："你以后就是我的妹子……"

沈立群说五年前从这里回汉口不久，组织派他们到上海以夫妻身份掩护，承担危险的工作，只能住在一起，不然会连累组织的安全，回到苏区才分开。她说这些年了，韶光心中只有姐姐，这只有她明白。

宜君听到韶光在监狱受的折磨，听了他为救军长万瑞麟自己牺牲的经过，想到自己这十年来的忠贞笃守，怜痛心酸一齐涌上心头，她再也忍不下去，喊一声："我的先生唉！"撕心裂肺恸哭起来。

竺宜君痛彻的哭声撕开了苦夏的沉闷，漾向天空低垂的乌云，竟骤然引来电闪雷鸣，愁雨顿时漫天洒落下来。

天香闻声跑进西厢房来，被眼前情景吓呆。凌晨她就听到过孟管家一个在屋里偷偷哀哭，心想一定出大事了，她忙转身去喊来孟管家。天香从没见过小姐号哭，也没见孟管家这样失魂落魄，还有沈立群也忽然一个人来了，她心口忽然一阵战栗，捂住嘴跑进自己房里压住声音痛哭起来。

孟管家双眼红肿着跑到西厢房，轻轻叩门，没有进屋，只说了声："老爷老太太睡过午觉已经起来了。"宜君止住哭，待立群梳洗过，引她到堂屋见两老。

孙母说："这不是韶光学友沈小姐吗？那年来过的。"立群说："是我……五年了，就是想念嫂子，来看她。"孙母望一眼她显怀的身子，似有所觉，急问："我儿韶光呢？他在哪里？你们？……"

立群低下头不敢回答，宜君接过去说："上回红军万师长来，说过大少爷在上海的。"孙母又问："刚才像是有人在哭，莫不是你俩？"宜君细声回答："多少年没见了，诉心事呢。"立群跟着说："可是苦了我嫂子……"

孙老太爷听着慢慢垂下了头。

傍晚孙韶启赶回来，说是多时没回家，来看看二老，神情悲切沮丧。晚饭桌前，孙母见他们三人神色异常言辞清冷，吃得很少，就心存疑惑，吃不下先回房去了。孙老太爷望着他们，不吃，也不吭声。

天黑定后，宜君仍瞒着天香，和立群、韶启到墓前上香，三人抚墓哭成一团。回来时已交亥时，孟管家在院门前候着，对宜君说："老爷要少奶奶、二少爷去书房说话。"

孙老太爷闭目靠在圆椅上，听见他们进来，微睁开眼看着二人，两行老泪顺着脸颊浸湿了白须，他饮泪缓慢说道："可怜无定河边骨，犹是深闺梦里人……"

宜君听了恸哭，孙老太爷又说："马革裹尸还，无愧大丈夫。不要瞒着了，魂断异乡，超度法事是少不得的。"

沈立群得知老太爷已经知晓，家中备办法事，觉得留在这里身份不便，只好向宜君告辞。宜君知她在军中艰苦，去拿来几件自己陪嫁的衣裳，要她路上穿着防半夜露水着凉，立群说这缎面花色在军中没法穿的，要她自己留着。宜君转去找出一件韶光结婚时穿过的蓝色上衣要她带上，嘱她临产前一定回来，她好照料。立群说："红军正在英勇战斗，保卫苏维埃。也可能要转移到很远的地方去，短时间回不来的。"

宜君心里已拿她当家人，依礼自己就是做主的正房，急道："你是个女子，哪能久留军队！革命终是男人的事。你去给你们那'组织'把话说清，赶快回来吧，我俩做伴把孩子养大，韶光也就安心了……"

立群说："我已是党的人了，又负责着机密。韶光是为人民牺牲的，我们的引路人施洋、林育南、恽代英也都牺牲了，我要去继承他们的遗志，去实现他们的理想……我要没死，总会回来看姐姐的……"宜君知她和韶光一样，喝饱了大胡子马克思迷魂汤的，只好说："可这孩子，你千万要给我送回来！"

立群想起说："万瑞麟要我跟你说，他以后要回来照顾你。胜利了就回来。"宜君听了感动又茫然，说："你替我谢他……叫他革命吧，韶光革命还没革完呢。你们都不要操我的心……"两人泣别。

孟管家哭着在堂屋布置了灵堂，请来几个僧人诵经超度。宜君嘱孟管家不要告诉她娘家，就去婆母屋里，守在不省人事的孙母床前。邻里、族人和世侄们闻讯来孙府吊唁，宜君身穿孝服，让天香搀扶着依俗到堂前一一答礼。人们惋惜孙家大少爷英才早逝，更为善良少奶奶的不幸命运悲伤，许多人在流泪。

族长孙省三与老太爷是近宗，是位曾经在直隶为官的读书人，自幼喜爱韶光，曾带他坐火车去北京访旧，骄他国器之材。他仰靠在圆椅上，老泪纵横捶胸号啕："呜呼骄子，迷途何不知返也！……此天不佑吾族乎……"谁也劝他不住。

门口有人送来一副府绸挽幛，跟着孟管家进到灵堂，神色凝重地朝灵位磕过头就告辞了。孟管家把挽联挂上，宜君见并无署名落款，工整楷书大字写的是：

何期泪洒江南雨
又为斯民哭健儿

宜君无从知道，这是当世文豪鲁迅先生一年前悼念遇害友人杨杏佛的诗句，但她明白，挽幛是钟培炎让人送来的。韶启说，替钟县长送来挽幛的这人他见过，是县府的民政科长金仕仪先生。

超度法事持续到第七天。晚上法事散罢，送走客人酬谢过僧人，宜君和天香到墓地去上香点灯。远远听见桐子树林里有男人

196

低沉的哭声，在黑夜里传得很远，那悲声苍凉凄切，令人心碎。天香搀扶着宜君，两人慢慢走近墓地，看见有个人独自席地在墓前哀泣，近前才看清是钟培炎。

培炎见是宜君，怜彻心底，又不能失态，摇晃站起来，抽搐着说：“嫂子节哀保重……韶光兄是在军中殉难，培炎有碍，竟不能到府上致祭，还望嫂子包涵……过些日子我再来拜慰义父……我先去了。”说着跪地磕头，起身呜咽着匆匆离开。宜君呆呆地望着他跟跟跄跄消失在黑暗中。

连续几天来宜君一直硬撑着忙碌，心中其实是麻木的，从墓地回来，她不让天香陪她，一个人蒙在被里尽情哭到天明。

那孟姜女还有长城可哭，你叫我，到哪个冰天雪地，去找你的“布尔什维克”哟！……你是舍身取义，为它那崇高去死的啊！在极度的悲怆中，她心中升起自豪——我哭丈夫，正是钟培炎那挽联上所写“又为斯民哭健儿”呀……

她流干了眼泪，明白了自己的命运，知道会是怎样的一生在等着她。她清楚，她不能沉浸在过去，她得面对自己的人生了。她不能倒下，更不能也去死，她没有去死的便宜，孙家往后，还指着靠她呢。

孙家笼罩在悲哀沉寂中。早晨宜君到婆母房里探望，她十多天一直卧床不起，靠喂点米汤度日。宜君见她仰卧不醒，急摇呼唤，孙母微睁开眼迷糊望着她，口中喃喃：“凤凰……凤凰……”

宜君不解何意，蓦然记起婆母曾对她说过迎亲前夜的梦境，那凤鸟引颈展翅先自飞向了蓝天……孙母没有了声音，宜君用手去试，已毫无鼻息，宜君叫一声：“娘唉！”失声痛哭。

料理过婆母后事不久，孙老太爷就卧床不起了，一连昏睡几天，水米未进。吴太医来过，没有开药也没有安慰，怜悯地朝宜君望一眼，就叹息告辞了。太医是从不说另请高明这话的。孙老太爷仅剩下游丝般一口气，就是不肯吞下。

晚上宜君和韶启侍立床前，孟管家引着钟培炎进来了。小声说话间，老太爷咳嗽一声忽然睁开了眼睛，又抬了抬手示意扶他坐起。韶启和培炎小心扶他靠在床头，宜君忙给他喂下几口参汤。

老太爷双目明亮，逐一打量着床前的人们，看清是钟培炎行义子礼，也跪在床前送终。老太爷露出宽慰，目光停在了宜君身上。韶启知道这是回光返照，急问父亲有什么话要说。

孙老太爷可惜再也不能念诵他喜爱的诗文了，他得用最后的气力说完最要紧的话了。他拼力断断续续地说："天意已昭，田产不可久留，子孙自有后福……长媳才二十六岁，独居不宜……钟公子持重守礼，宅心仁厚……只是莫要为官，教书便好……韶启……不要……回来……"话将尽咽下气如睡去一般。

这是他老人家一生中，唯一一次在紧要关头没有引经据典和读诗。

15. 听真人说贞论节 愧厚赠铭德虑远

天塌地陷的灾难终于将竺宜君击倒，她万念俱灰，日见憔悴，竟已见出中年女子模样。

孙韶启劝她带天香到城里去住些日子，她不肯，钟培炎来，想接她去看看她促成的中学开学，散一散心，她也没答应。她将一应事务托与孟管家，再也无心过问，唯与天香朝夕相伴，打发着清冷悲戚的时光。

这天中午，院里进来一个尼姑，僧衣整洁，眉目清明，约二十岁模样，左手掇一陶钵，右手五指并拢抬至胸前朝宜君施礼。宜君见她虽然削发，仍可看出女子的秀丽，请她进堂屋坐下，沏来茶水。天香接钵到厨房盛满饭菜端来，又装来一袋大米黄豆和花生，宜君这才陪坐。

尼姑谢过，端详宜君不语，喝完茶又谢过，就拿钵提袋起身往院中走。宜君觉得蹊跷，跟上去问她："师父有何教我？"

尼姑止步说："阿弥陀佛。施主可曾到过云归寺？"

宜君说："做女儿时随我娘去敬过香的。"尼姑口念"阿弥陀佛，善哉，善哉"，就出了院门。

尼姑刚去不久，宜君娘家二哥来了，说娘叫他来告诉她，孙家的事家里都知道了，叫她不要瞒着了，来接她回娘家住些时。

宜君正天天想念她娘，擦了泪去收拾包裹，嘱天香告知孟管家，就随她二哥上路了。

宜君娘见她面黄肌瘦，像霜打蔫的叶子，抱着她一把眼泪一把鼻涕诉说："我的儿嘞！你的命怎这苦哇……儿唉……活寡守了十年，还要替他守一辈子，你孤苦伶仃的，可怎么活呀……"她抚着女儿的肩背痛哭，又捶打自己的胸前呼喊："我那不亲不孝的女婿唉，你好狠的心啦！……你革命，革命，作孽呀……革掉自个的命，革死了娘和老子，又要害死我的儿呀……"

宜君只是抱着娘哭，一句话也没说。她娘哭了半天才想起来，又流着泪去给她杀鸡煨汤。宜君的老父一言不发，坐在桌旁默默流泪。宜君是他四十岁上才添得的掌上明珠，他明白，以他的家教，爱女将会终身守寡，这犹如利刃割在他的心上。

宜君每天就蜷在阁楼儿时闺房里发呆，娘想让她清静着，也不来打扰她。三天头上的午后，她蜷在床上囵囵睡着，听到楼梯响就爬起来，是娘领着她出嫁时的"上头娘"来看她。娘说："这是王婶，你记得吧？"宜君说："记得的，王婶您老好吧。"就拉手请她坐下。想起出嫁前夜王婶微笑教她房秘，让她羞得捂脸，教她进了房便只是女人，可别冷落了丈夫，又三更唤她起来为她拢头开脸的情形，悲伤苦楚一齐涌上心头。

王婶是个姣好善良又明白的妇人，宜君娘出门后，王婶让宜君坐到镜前替她梳头，从身后慈爱地望着镜子中的宜君说："闺女你往前作何打算呀？"宜君答："我没想过。"王婶说："你这么年轻，守下去可是不易哩。"宜君说："女子讲的三从四德，就是守了。"

王婶擦一把眼泪又问："前后十年了，每日夜长，你可睡得安稳?"宜君害羞低下头,不去看镜中王婶的眼睛。王婶从镜中看在眼里,说:"我这辈子见得太多了。女人守节可是不易,其实比男人鳏居还难过哩。"

宜君说:"那贞节牌坊,不也是人守来的。"王婶见她这样讲,也不着急,自语道:"唉,自古立贞节牌坊的,能有几人?"宜君不语。王婶又说:"你娘要我常过来帮她陪陪你,你就安心多住些时吧,莫急着回去了。"

晚上王婶又来她房里,替她点上灯,说:"婶婶我替人做了几十年衣裳,闺女这么好的身段,还没穿过我缝的衣服呢。让我给你量一量,替你里外缝上一套,走时带回去。"宜君说:"那就有劳婶婶了。"

王婶拿出随身带来的尺带,转着身替她量过外面,又帮她脱开上衣,贴身量她内衣,宜君脸红避着,王婶说:"这孩子。"撩开她上身内衣比量过,轻轻摇头叹息:"这么好的身段,只怕留不住了……"就转过脸去擦泪。宜君默然。

王婶凑近她身体吸吸鼻子,问:"闺女身上体香,怎不见了?"宜君害羞说:"从前他回家时还来的……渐渐就没有了。"王婶替她扣上纽扣说:"来体香的女人本就极少,人说是仙女下界,能夺男人魂魄,如要守贞,比一般女人难上十倍哩。"宜君听了就显惶惑不安。

王婶怜道:"可怜我闺女了……你那混女婿婚后一去十年,头五年间只回来过三次,后来五年连个音讯也没有。这多年你花儿样女子一个人守着,就没见个后生对你有意?"

宜君觉得王婶如母亲般亲切,也没什么不好对她说的,不好意思地说:"我出门少。来过家里的,也就是韶光的两个学友,依礼也不好慢待人家。都没娶……我从没往这头上去想。"

王婶说："我看闺女你就往前走一步吧。那学友中如有中意的，也就随缘。"宜君轻轻摇摇头说："我是没想走出去的。"

王婶慢言细语："邻乡我一个表侄，也是书香门第，名叫秦时月，原在省城教书，前些时钟县长聘他到古城中学来了。家中急着给他说亲，他说一定要是识字的。这乡下，还哪去寻像你这样知书达礼的女子呢。"

宜君也没用心听，王婶察她神情，说："这事我给你娘提过，说来也算是门当户对。他家在汉口还有大生意的。"宜君见她原来认真，忙说："婶婶快莫张罗了，我认命了呢。"王婶说："随缘也是命呀。守贞的难处，闺女还没有真的经受哩。"

宜君说："断续也有十年了，也过来了。"

王婶怜悯地抚着她依然秀亮的头发，说："不一样的。以前女婿活着在外，心中总存有念想戒备，旁人也有顾忌。如今没了指望，没个尽头，心思身体都会慢慢松动，旁人念头也就不同了。闺女这些时是伤痛冷心，时间稍长，春心还会再起，很难熬的……如到那时失了贞节，还不如往前先走一步。"

宜君听着心里发怵，说："我……不会的。"

王婶知她心坚，像对亲女儿那样疼在心里，擦着眼泪，对她说了对别人绝不肯说的话："有的立了牌坊的节妇，其实也难免自有相好呢，只是莫叫人知，守着名分就好。"

宜君惊道："那如何做得？"王婶见状更是怜她。

宜君心知王婶是受她娘托付来劝她的。她的老父养了她这闺女，对于礼教妇德比孙老太爷还要看重，孙老太爷也拿她当女儿，其实比老父开通。她娘也是识字明礼之人，心里再疼女儿，也不会自己开口劝她再嫁的。送王婶出门时，宜君说："谢王婶怜爱。我就慢慢往前过吧……"王婶抹着泪下楼去。

清晨，屋内传来婴儿出生的响亮啼哭，宜君下楼，是她二嫂生下一个漂亮的女婴。这婴儿与宜君出生时长得一模一样，只是小嘴微翘，显得多了点倔强。竺老太爷心中欢喜，取名竺方良，方良出生给忧愁的家人带来了一份喜气。宜君抱着方良爱不释手，感觉与这小侄女格外的亲近。

宜君一直住到侄女满月，记起那天尼姑说的话，跟娘说她该回去了，想到云归寺去敬香。娘说陪她去，宜君说就是想一个人去那清净处走一走。宜君回家来，依娘嘱燃香斋戒三天后，早起收拾停当了，叫天香陪她去云归寺。天香问怎不坐轿，宜君说是她娘嘱咐的，这样心诚。

到东边云归寺有三十多里路，宜君三寸小脚，天香也是缠过脚后放带的，两人碎步慢移，走到云归寺山脚时日头已偏西了。两人在山前歇脚，漫山松柏掩映中，几幢青壁黄瓦的庙宇清晰可见，山上轻雾缭绕，钟声悠扬，果然是个幽静的去处。循小径石级上山进到院中，井边有人汲水，正是去过家里的尼姑。尼姑放下桶迎过来施礼："阿弥陀佛。施主有缘，住持觉空法师云游讲经刚回来三天，就在大殿坐禅，正好进谒哩。"

尼姑引两人进到大雄宝殿。一个高额长颊，面色如童的老尼姑，面门盘坐在蒲团上，手敲木鱼闭目念经。老尼姑微抬眼望过来人，复闭目喃喃。

宜君点香恭敬插入香炉，跪在蒲团上朝佛祖磕头默祈，礼佛毕恭谨地站在一旁，尼姑引天香先出殿了。老尼姑慢敲木鱼，半闭双眼问："施主何来?"宜君合掌答："从闵东镇来。"尼姑问：

"可是孙府长房？"宜君一惊："是，小女子俗名竺宜君。"

老尼姑看她一眼，停下木鱼说："施主艰步远行，心存何念？"宜君字斟句酌答："今年家门不幸，灾祸连连，小女子不知如何是好。"老尼姑说："阿弥陀佛。祸福相依，尽在一念之间。"

宜君觉她话中有意，忽然开悟般骤起一个念头，说："小女子万念俱灰，情愿皈依佛门，不知能度我出家不？"老尼姑不答，复敲木鱼呢喃，有半炷香工夫才说："施主有佛心而无佛缘。"宜君说："还请师傅开示。"

"施主割肤医母，薄租济困，捐资助学，广布善缘，此为佛心。情缘未了又坚于守节，是无佛缘。"老尼姑一字一句。宜君惊她怎知割臂隐秘，忙说："小女子情缘已尽，唯念亡人。"

老尼姑垂目，声如晨钟："善吉曰：般若不可于色中求，亦不离于色中求。见缘起为见法，见法为见佛，斯则物我不异之效也。"见宜君茫然，又说："般若观照说色心不二，相即相离，空即是色，色即是空，此不二之理也。"

宜君似懂非懂，说："小女子无求于色，若见缘起，只在情义。"老尼姑见这女子果然悟性过人，说："惜乎！情义迷途，人不知返。义甚于情，情义交融，坚冰不固。"

宜君心里抖动了一下，说："小女子若无缘侍佛，自当守节。"老尼姑说："佛即我心。存一善之念人即为佛。施主天资聪慧，佛成于心，日后必惠民于桑梓，立德于后世。善哉、善哉。"

宜君问："我一守节女子，只求佛助我一生把持，怎得惠民立德？"

老尼姑肃然："无名曰：夫至人空洞无象，而万物无非我造，会万物以成己者，其唯圣人乎！故远物见空，顺时济世方为大节。

施主既非出家人，若久拘于小节，必致心智阻闭，形消神怠，人人敬而远之，是搏空名而损大节。"

宜君听懂了他的话，急问："小节大节之间，怎得两全？师父教我。"老尼姑像是自语："空自非空，节亦非节，清者自清，浊者自浊。天伦自在人心，施主必能悟之。"复敲木鱼，闭目似睡。

宜君随觉慧转到一处偏殿，见殿中供的是一尊威严的不知名菩萨，两旁立着四尊凶神恶煞的罗汉，殿前镌刻有一副对联：

你那里占人田霸人地淫人妻女是不是手摸胸膛想想
我这里勾尔魂慑尔魄夺尔子孙怕不怕睁开眼睛瞧瞧

宜君望着楹联站了好久。原来佛门也发这般狠话的。

用过斋饭天已黑定，尼姑灯笼引路，送她俩到客房，又请宜君到她住处说说话。穿过一道青墙圆门来到尼院回廊，室中洁净，檀香幽幽。尼姑点燃蜡烛取出紫砂茶具，翘指从竹筒拨入少许绿茸茸毛尖，拿暖在炭炉的小铜壶冲进开水，清香弥漫了小屋。

尼姑说她法名觉慧，俗名叫如意，也识过字，十九岁出家，已七年了。宜君说我们同岁，问她为何出家，觉慧说："在家做女儿时迷乱性情，遇上负心郎，情断义绝，遁入空门。"就说起那段往事。宜君对觉慧感觉亲近，也说了自己不幸的身世和与韶光的一些情形，觉慧静听着，并不惊讶，也未嘘慰。宜君说觉空法师的话似懂非懂的，问法师怎么知道她是谁，又是怎样的境况。

觉慧告诉她，云归寺是菩提达摩禅宗第六祖修建，距今一千多年了。觉空法师今年七十六岁，住持五十余年了，持戒笃严，大德高深，佛教经、律、论三学精通，天下古今，无所不晓。觉慧说："施主你想，这寺中香客往来，方圆百十里地俗间烟火，她哪有不知。她还深通医术，常为香客望问施药，你们闵东吴太医也常来与她交游呢。我去你家化缘，本是法师云游前交代于我哩。"

宜君心想原来是吴太医。就问："那她为何不肯度我出家？"觉慧说："你在俗间还有大善未布，她怕你违了自然心性，身心俱废，误了布善行仁。"

宜君问："空自非空，节亦非节是说？"觉慧说："佛说的空不是真空，大空必大有，教你空中应有自然之实，就是致空了。竹子有那实节做分寸固力，才得心空。守节守节，也就是明了分寸而已。"

宜君奇异这竹节的比喻，又问："那清者自清呢？"觉慧说："清在心中，无愧便是清，不恤于世人言。"宜君听了，觉这净地果然让人聪慧明达，修行人的领悟就是过于俗人，就说："原来一个'空'字，还有这么深的道理。"

觉慧添过茶说："悟透了空，就能从一个痴字中解脱，从容如水，扰念不生。只是尘世间众生情色相随，恩义不舍，总难做到的。"宜君闻言动容。觉慧轻轻叹了口气："我看大姐也不是放得下的人。送大姐一句话，大姐天仙般人儿，日后，且莫去恋那些负心的男人……"

宜君低头默然。觉慧到床边舒展被衾，说夜深寒重，大姐远道劳顿，就请在房中安歇。就扶她到床榻，又到桌前小佛像前续燃一炷檀香，双手合十默祷良久。

沈立群辞别竺宜君，两名红军护送她走了三天，回到光山白雀园军委驻地正值半夜。大家忙着打仗去了，她疲惫不堪躺到床上，醒来已是中午。她在想今后的路怎么走，她必须尽快从刻骨的伤痛中走出来，和同志们一起投入新的战斗。

最大的问题是肚里的孩子已六七个月了，她决心生下来养活他，在严酷的战争环境里，这对于一个独身的女子，几乎是不可能做到的。但只有留下孩子，才是对韶光最好的纪念和唯一的安慰。她需要得到帮助。

盛怀中推门进来，烧了开水倒一杯递给她，坐下说："反围剿形势严重，部队要转移到外线作战，可能暂时离开苏区。政治部随军委行动，看你有没有什么困难？"

他对孙韶光的牺牲只字不提，这使沈立群感到意外和失望。这位内心炽热如火的革命者，面对亲密战友倒下却这么平静，又让她得到启示，"革命就会有牺牲，我们随时要有这个准备"，老盛在上海时经常这样讲。

沈立群说："报告副政委，我要把孩子生下来。"

盛怀中略思忖说："组织正想听听你的意见。如能在转移以前生下，可以留在群众家，不影响跟队，如生在转移路上，母子都危险，不死也掉队了。我个人不反对你生下。转移时如还没生，你只有留守了，留下的同志大都会牺牲。你是负责机密的高级干部，组织希望你随军转移。如何处理，现在还来得及。"

这太残酷了！沈立群坚定地说："我又要生下，又要转移。万一掉队，我保证宁死也不落到敌人手里！"盛怀中站起身说："你再慎重考虑一下。一会我还有话要和你说。"掩门出去了。

盛怀中再来时，手里提着一兜东西，说："万瑞麟派人到白区专为你买来罐头饼干，刚叫人送来。他捎来口信说，希望你留着孩子跟队，是死是活走一步算一步，只是他无法照顾你。"说着撬开罐头找出筷子递到她手里。立群低头吃下一口，忍回去潮湿的泪水。

盛怀中待她吃下一半放下，才说："立群同志，我们结合吧，做我妻子。"

沈立群抬眼望他，既觉意外，又感温暖。在上海做地下工作几年，她和年轻的韶光，一直把这位直接上级当作精神的支柱和依靠，只要他在，总能化险为夷，让他们充满安全感和胜利的信心，就像一个严厉而又宽厚的兄长。眼下如随军转移，她和孩子都需要有亲人呵护，万瑞麟远在前线难得一见，她感到只有老盛这厚实的肩膀，能做她和孩子的依靠。

盛怀中又说："如留着孩子，你路上不能没人照顾。也该轮到老战友我来照顾你了，这是我的责任——你们在上海做夫妻，是执行我的指示。"

立群说："孙韶光同志的家就在古城县冈东，她妻子是一个十分贤淑的旧式女子，嘱我一定把这孩子送回去。如果在转移前生下，就能送回去，那就好了。"

盛怀中说："不会马上转移，但愿能送回去。"又说，"其实我身体也一直不好，在上海就患过肺病，来苏区一直很累，也没处治疗，最近时常低烧。你知道我没结过婚，也想有个人互相照顾一下。"

立群低头说："可我已是个有孩子的人。"盛怀中抚着她肩膀说："孩子是韶光同志遗孤，就如我亲生，我会好好教他，让他做共产主义接班人。只要我活着……"

当晚盛怀中邀政治部几个同志到屋里放开吃了一顿红苕，警卫员搬来立群的被子皮箱毛巾用具，他们就算正式结婚了。

万瑞麟从前线赶回"红都"光山县新集，参加中央分局和军委会召集的紧急会议。

新集已被敌机轰炸得面目全非，会议在镇外一间民房里召开，气氛严肃紧张。红军反第四次围剿的战争打得异常艰难，双方拉锯快三个月了，初战潢川一役虽然红军小胜，但终因兵力悬殊，红军伤亡很大。国军卫立煌部在河口击溃红军向黄安进击，右路军十倍之敌又在霍邱击败蔡升熙红二十五军向光山压来，根据地迅速缩小，新集和白雀园随时可能丢失，形势非常危急。

万瑞麟身份仍是"带审作战"，他发言顾不了这些，在分析敌我态势后，建议放弃豫皖边区，向鄂豫边古城、黄安、罗山、礼山一带集结，依靠人民在老苏区歼敌。他这样提议显然是非常危险的，因为那一带正是他的红四军第十师的发源地和地盘，大有武力挟持中央分局的嫌疑。谁知张主席恰恰注意到他在危急时刻不避嫌疑的态度，他的提议也与分局的意图不谋而合，且退守老区唯有依靠他作战。会议决定采纳万瑞麟的作战方案，根据他反围剿以来的表现，宣布撤销对万瑞麟的审查，令他率主力第四军赶赴黄古再战。

万瑞麟将部队部署在系马万义和黄安东部山地，扼守卫立煌西进黄安的通道，摸底掌握到各乡苏维埃的粮食足可支撑再打上两个月，但紧急要让黑子去汉口秘购军火的款项却毫无着落。他情急中想到竺宜君。三年来他曾在最艰难时几次派万振山和黑子到她家取过银圆，每次数百上千元。他不能顾忌这些了——红军胜利是韶光最大的愿望。

宜君从云归寺回来后，精神体力渐见恢复，脸上也能见到些光泽。万瑞麟和黑子进屋时已是傍晚。韶光去后这是他第一次来家中，宜君悲从中来，忍不住啜泣。万瑞麟低着头一声不响，待她渐渐平静才说："我去看看韶光。"让黑子和几个战士留在家中。

宜君带瑞麟到街北桐子树林韶光的墓前，点香插在土里，说："瑞麟看你来了。"万瑞麟朝墓行过军礼，就一屁股坐到地上，望着那堆黄土发呆，"呜"一声压低声音哭起来。良久起身，站在墓前说："你要我把红军带出去，现在快要转移了，我一定会带红军打回来！"

回来吃晚饭，万瑞麟说了红军反围剿失利，退守老区再战，急于购买枪弹的实情。宜君什么话都不说，起身去找到孟管家，问家中还有多少现大洋。

孟管家心想这下子孙家算是栽定了，就坚决地说："减租六年了，入不敷出，勉强支应着，城里铺面生意难做没有进项，老太爷捐中学用去一大笔，就快见底了，今年又连遭大变，一应用度都是动的那点老底子，哪还有几多剩的。"

宜君问："能凑多少？"孟管家已顾不了那多，说："大奶奶恕我直言，已给红军帮过几回了，老话说救急不救穷，红军那无底洞，我家填得了吗？"

宜君说："可大少爷也是红军呀，这不就是我家自己的事了。"孟管家顶住说："可孙家也还得过日子呀。"宜君说："孟先生放心，过日子我还有办法的。"孟管家不作声也不动。

宜君知道他其实有个犟劲，确实是为孙家着急。家中所剩她心中还是有个大概，默了一下说："孟先生忠心我知道。万军长这人我也知道，他是个重情重义的人，你还记得前年他亲手把两千块赎金送还吗？人家若不是火急，是绝不会开口的，若韶光不是红军，他也绝不会登门的。这事叫我么办？你就先凑五千块吧。"孟管家叹口长气，耷拉脑袋蔫拖拖去了。

黑子和几个红军将五千银圆扎紧装袋捆牢。宜君又拿来一个紫檀木盒说："这是我陪嫁的一点首饰，放着也是闲着，拿到城里有识货的，还能变点钱应个急的。"

万瑞麟知道宜君已是倾其所有了，心中愧疚，难受得紧，说："红军是到了难处，也没别的办法，可你的首饰我要是拿了，红军就不叫红军，万瑞麟就不是人。"

瑞麟搜出一个小本子搁在桌上，一笔一画工工整整写下一个收据：

今收到

孙韶光政委家属竺宜君捐赠红军现大洋伍千元整。

中国工农红军第四军副军长 万瑞麟

民国二十一年九月十一日

万瑞麟要宜君找来老太爷的红印泥，用拇指蘸满凝重地按上手印，又叫黑子和几个战士一一押上手印，这才小心裁下收据，双手交给宜君。

宜君推着说："一家人呢，要收据做么事。"

万瑞麟郑重地说："我不是为了客气。这是嫂子一大家人生活的全部家底，用在了红军的刀口上。这不是个小数目，苏区鄂豫边一年的税收也就这个数。这张收据嫂子一定要保存好，别弄丢了，将来说不定有大用的。你可记住了？"

宜君想不出这收条会有什么"大用"，见他这么慎重，疑惑着郑重点头答应说："嗯。"又急切问他，"沈立群在哪里？她还怀着孩子呢，我嘱她一定送回来的。"

瑞麟珍重地看着善良的嫂子，说："我在前线，几个月没见她了，捎去口信希望她把孩子留住。立群是个有主见的人，那孩子的事嫂子就莫担心了。她和一个从上海一起来的领导人结婚了，可能就是为这个孩子着想。"宜君听了心里稍宽一些，仍然担心着。

万瑞麟匆匆出门，宜君问他："红军还回得来吗？"

万瑞麟止步："只要农民没有土地，革命的烈火还会燎原的！"

宜君听了呆呆地望着他。瑞麟想起还有要紧的话，他深沉地望着宜君，说："韶光去了，嫂子你……该我来照顾了。嫂子你要保重，等我胜利了回来！"宜君抹着泪站在院前，目送他们消失在夜幕中，心中越发沉重起来。

16. 知燎原宜君散田 急转移红军留子

河西沉闷的炮声不时传到闵东,有大鸟样的飞机嗡嗡地从闵东上空飞往系马岗和黄安方向,常见躲难的富户携家带口过河来,经过小镇慌忙逃往县城。善耕的闵东人放去水的大片干田里的稻子,恰在这时垂下沉甸甸的谷穗,农人早已磨快镰刀编足草幺打扫了晒场,等待着久盼的秋收。

竺宜君苦苦地琢磨着一件大事。

前些天万瑞麟说只要农民没有土地,总有烈火要燃的话,令她震动。孙韶光也早对她说过,一定要让耕者有其田,孙家将来总要自食其力的。回想老太爷临终说"天意已昭,田产不可久留"的嘱咐,觉得老太爷所思所念,与觉空法师说的"远物见空,顺时济世"是一个道理。她悟到,像他们这样年高仁善的智者,说的话一定不会有错。她夙夜思索着一个紧急的难题——逢此乱世,百年孙家一门,怎样才得趋吉避凶呢?

"革命的烈火还会燎原的!"万瑞麟说这话时目中闪电。宜君打定主意,就去往县城,对韶启说了向佃户贱卖一些田地的想法。

韶启这几年对于嫂子的见识决断心存佩服,又经历家中灾变,也有了许多感悟,深信孙家的事由嫂子做主定比他强,说:"父亲遗嘱田产不要留,又特别嘱我不要回去,定有他的道理。如今世道，田产总是守不住的。我总不能像陶孝章回去招团丁，跟我哥的红军作对。如何妥帖，还是嫂子做主吧。"孙韶启到底是孙老举人仁裔。

宜君回来找孟管家商量说："老太爷临终嘱田产不可久留，孟先生当时在场的，还记得不？"

孟管家晓得又不是好事，就不作声。宜君说："我和韶启商量过了，想把田产慢慢做些处置，算是有个动静回应，也好让老太爷九泉之下得个安心。"孟管家问："大奶奶又要怎个处置法？"

宜君说："把两代以上老佃户的田地，各户分出一半，按三成廉价卖给他们，算是酬劳。有劳力多，善耕种，这些年减租有了些积蓄的，就收些现款，拿不出钱的，就用两至三年的租课折价抵算田款，抵过后田地归他。这样算来，能够处置田产四成。秋收前后正好办这事。"

孟管家听了，知道大奶奶主意已定，是拗她不过的，心想孙家气数真的快尽了，想到自家几代受恩于孙家，想到老太爷让他自幼与大少爷同桌念书识字的种种好处，他悲上心头，低着头哭起来。

宜君其实心如黄连般苦，抹一把眼泪劝他说："孟先生还请看得远一些。老太爷一生该是多么明白的人，这你比我还清楚，他老人家临终留下的几句话，哪还有错的呢？我们这样办了，说不定才真能应他那句话——子孙自有后福。这国运家运，都是上天管着的，谁能料得定呢……"

孙家贱卖田地告示一出，院门都要挤破，老佃户们怕这样的好事久后生变，都不想以租抵款，赶快收割打谷，求亲告友，变卖值钱东西，张罗嫁女，也要凑足这廉价的田款。他们争先恐后来到孙家，办妥凭据藏好地契，欢天喜地而去。

不到一个月，孙家田产过户已近四成。虽是贱卖，毕竟也是变现，孟管家将聚在几个藤制笆斗里的银圆收藏库房窖缸时，心里也稍踏实一些，总比那河西让苏维埃没收分光了强。宜君又叫他送去五百元给城里铺面周转，韶启看着这钱不免叹气。

宜君办过这件大事，心里既宽慰又苦涩。孙家的祖业，毕竟正从她手中一步步散失呀！她一个人躲在房里好好哭了一场——这样年头，为什么偏让韶光和我给赶上了呢？可是不这样做，那么多的穷人，还有什么活路啊！只要万瑞麟、万振山们过河东来喊一声，能不跟着反了吗？韶光说过，民间土地的兼并，是从明朝末年以来愈演愈烈，就出过名叫李自成、洪秀全的农民起义英雄，但都失败了，只有共产党能够救穷人……

再没有什么好事能比竺宜君散田传得更快更远。

钟培炎既惊讶又振奋，没想到宜君在韶光去后不久，竟然拿出这样的决断和魄力，心中更添对这位乡间奇女子的敬佩和倾慕。急着想去见她，却成天忙碌又心境烦乱，没能成行。

一年前，北方传来令人沮丧的消息，"九一八"日本关东军侵占了中国东三省，张学良将军的东北军放弃抵抗撤到关内，中央军则无暇北顾，仍在加紧围剿南方红军。唉！于之奈何？唯尽职守，略慰一方百姓。

"邑有流亡愧俸钱"呀！今年，他在全省县一级首创的古城县农村金融救济分处和农村合作预备社，获得省政府批准，财政科已筹建成立，但发放救济农贷多被乡长、保长、豪绅把持，贫困农户仍难得受益。他急于修通的古城至汉口公路，省府拨款有限，征工征料与施工自是艰难。经他申请，湖北省救济总署拨来三十五吨救灾大米和面粉，虽是杯水车薪，更须慎重发放，民政科长金仕仪正在造册，仅用于极端贫困户和收容所、孤儿院，还要留下一些熬粥施舍流浪人群。

河西围剿红军的炮声时起时落，县党部书记长兴奋地告诉钟培炎，万瑞麟红军已被几十万政府军困于一隅，弹尽粮绝，行将就歼。钟培炎摇了摇头，答了句"难说"，就朝摆在义井旁的施粥棚慢慢走去。

金仕仪穿黑围兜，面无表情地在大锅前一瓢一瓢给拥挤的人群舀着清粥。眼望长伸破碗、衣不蔽体、瘦骨嶙峋的大群饥民，钟培炎深深地自责：不解决土地问题，农民怎么活下去？也难怪万瑞麟红军越剿越多，总能一呼百应，东山再起。难道他这回真的要"就歼"了？老兄你可死不得呀！

节交寒露，钟培炎终于动身去往闽东。轿子南出县城，过十里铺就到了莲水河边，钟培炎下轿来，走过一架几十丈远的凳搭单人行木板长桥，就踏上了闽东地界。

这里是白雁山前的一片平川，放眼望去，收割过后的田间，那些减租多年，又刚从孙家廉价购得土地的农人，正掩藏着内心喜悦，埋头扶犁，扬鞭翻耕整田，农妇们挽着篾篮布袋往整平的干田里撒播油菜籽，在收去棉花秆犁耙分厢的旱地开沟把盖麦种，燃烧草肥的青烟四处弥漫，散发着浓浓的芳香，地头上传来孩童们奔跑嬉戏的欢声。钟培炎弃轿沿堤行走，望着这大片充满希望的田野，他思绪联翩——只要农民有了土地，何愁天下不太平？

由于孙老太爷的慷慨资助和宜君倾力促成，他创办的县立中学自去年民国二十年（1931）秋季开课已历一年，今秋又刚招了一届新生，有学生三百余人了，他被聘为名誉校长。他重教亲民勤政善治的政声，引起恰是古城东山籍的省政府夏主席的注意和赞赏，省教育厅巡视员特来视察，定下了每年下拨学校经费的数额，古城县中学成了名副其实的省立中学。他决定搞一个秋季新学年开学典礼，今天他要亲到闵东礼接董事长竺宜君与会。她一直以女子不宜露面推辞，至今没有到过中学呢。

他想得更多的是，韶光英年早逝，宜君不应该再这样子生活下去了，他不能还像从前顾虑那叔嫂男女之嫌，他有责任实际地关心照顾她，帮助她从旧传统的束缚中走出来，跟上新的时代，获得新的生活……

轿子落在孙府院前，他整冠理袖走进院中。宜君从堂屋迎出来，见他着一身大襟长袍对襟马褂，戴一顶青色呢绒礼帽，仪容修整庄重，就随和亲切地说："是钟县长来啦。"

钟培炎见她步履平稳，脸上也有了些光泽，比前几次来像是好多了，说："夫人身体恢复可好？"宜君谢道："慢慢的，总会好些的。"

钟培炎拂开心头的惆怅，说："县立中学建校一年多了，本是孙府促成，夫人一直未能与会。后天举行秋季第二学年开学典礼，恭请夫人以名誉董事长出席。"宜君想起觉空法师示她不可与世隔绝的话，又刚处置了这些田产，本也有心到县城去走走，就犹豫着说："中学办成也就好了。"

钟培炎见她心情尚好，略一犹豫，说："听韶启兄弟说，夫人遵老太爷遗嘱，贱卖了许多田地给佃户，这真是大仁大德。业主如都能这样做，孙中山总理'耕者有其田'的遗愿，就不难实现了啊！可惜我主政一方，却无力推行效仿，惭愧呀！"

宜君见他提到遗嘱，就有些拘谨，说："也就是想告慰一下老人家。钟县长办减租已是尽力了，百姓心里明亮。那些私家的田地，县长你一个人怎好做主呢。"钟培炎默默点头，觉得她这平常不过的两句话，倒把那最深的道理给说透了。他又斟酌着试探说："夫人，也该想想往后的事了……"

宜君微微摇头："也没什么想的，就是替他把这家守着了。"

钟培炎听她这样说，低头饮茶，良久抬头望她一眼，神情腼腆，嗫嚅道："培炎心仪夫人才德，心中别无所属。老太爷临终似待我来，虽未明言，有以夫人相托之意……"

宜君在这几年的波折不幸中与钟培炎相识，对他是心存好感的，甚至有一种亲近，但从没这样想过。与万瑞麟比较，他性情更像韶光一些，但他不像他两人那么激烈，却多了许多温情，这本是她这样女人所向往的，但她怎么能够呢……也难怪他和韶光、瑞麟两个终是走不到一条道上，性子不一样哩。

她微红脸说："钟先生深得老太爷赏识，我是知道的……依我看，老太爷临终所言，只是怜悯儿媳的一份心意——他一直以女儿待我的……我猜老太爷是想当众给儿媳留下一条退路，也为日后万一有什么事，好替孙家顾全体面……这话当不得真的。"

钟培炎想，她真是个深明事理的人呀！都说读书明理，自己怎从没想到过这一层呢？就说："这么说，老太爷可是用心良苦哇！即便老太爷没有留下话，我心中也唯有夫人一人……韶光兄去了，培炎理当照顾夫人。"

宜君叹了口气，红着脸说："钟先生仁厚重义，我是领情了。只是孙家百年名望，总要顾及门楣的。"

培炎听她话说得并不那么绝，至少没有给他一通斥责，还顾全着他的颜面，心中稍安又添感动，自己今天总算迈出了这一步，就说："夫人还请恕我唐突……中学后天开学典礼，我就专候夫人了。"

宜君见他以庄重得体态度提亲，既不去用媒，也毫无轻佻，想到老太爷说他持重守礼，果然不虚，又对老太爷执义子之礼，觉得孙家今后与他交往心里倒是踏实，就笑着说："真要去中学，就怕我这乡下人煞了县长风景呢。"

沈立群望着刚收拾的简单行装焦虑无比，盛怀中抓着头皮一言不发在屋里走来走去，晃得她的头一晕一晕的。

红军退到黄安、系马岗一带与国民党军又激战周旋了一个多月，终因寡不敌众加之粮草难继，决定向西转移到外线作战，再择机重返苏区。部队转移在即，沈立群怀了快十个月的孩子仍毫无动静，万一生在行军路上，注定是活不下来的，送回去交给姐姐竺宜君的计划就全成泡影。

集合号嘀嘀嗒嗒吹得像进军号，大转移行动开始了。盛怀中终于说出想了几天的一句话："出发吧，路上再想办法。"

沈立群焦急地拍打着肚子喊："你这孩子！这孩子，你不想活啦！"忽然腹中剧痛起来，豆大的汗珠从额头渗出，她忍痛露出艰涩的笑容，声音微弱说："老乡……老乡家……"

盛怀中又喜又急一时慌了手脚。警卫员背起立群就往附近村子跑，匆匆来到系马岗下东头一个小村前，歇息在一棵大槐树下。老盛正要寻找有妇女的人家，一间低矮的茅屋里走出一个老太婆，显是一个孤老，见状急朝他们招手。他们连忙进了茅屋。随着一声嘹亮的啼哭，一个男婴落地了，沈立群随之昏厥过去。

盛怀中欣喜又焦虑地在茅屋中踱来踱去。大部队长途秘密行军，是绝对不允许带上婴儿的，按红军惯例和纪律，只能留在老乡家里。军委通讯员满头大汗跑着找进屋来，说张主席催盛政委和沈主任赶快过去。盛怀中说沈主任还昏迷着得等她醒来，通讯员说："没时间了，张主席说了，无论官兵，不能按时行动的都丢下！"

盛怀中摸出身上仅有的两块银圆放在孤老婆婆手上，从老婆婆怀里抱过婴儿，向她深深鞠躬。

老婆婆接过婴儿紧紧抱在怀中，说："我儿二茗也是当红军死的，这是红军给我送来了孙子……红军是天底下的好人，善人善报，这孩子，定能活到胜利那一天……"

警卫员难过地说："就让沈大姐留下吧……"盛怀中说："孩子放在老乡家里，比她一起留下更安全。她的职责不能脱离队伍，她也不能舍弃革命的理想……留下来会牺牲的。"

孤老婆婆抱着粗布褓褓里的婴儿，望着这对不幸的母子落泪。警卫员背起仍在昏迷中的沈立群，盛怀中和通讯员一边一个扶着，急急向集合地走去。

沈立群在担架上醒来时，军委机关行军队已走出二十多里山地，她已明白了发生的一切，泪水湿透了被单。盛怀中用水壶给她喂水，立群猛然想起说："快带我回去！我还没向老婆婆交代竺宜君家的地址呢！"

老盛使劲擂着自己的头说："我怎么就没想到呀！……再转去就掉队了，会落到敌人手里的。"立群见他这样自责，就不再说话了。盛怀中安慰说："放在老乡家是安全的。胜利后我带你回来接他，总会找到的。"

身负重伤的万瑞麟躺在草棚里，黑子用一个弹孔打穿的铁壳水壶给他喂着壶底的水。在大转移前两天作战中他身中两弹，分局只好惋惜地让他留下来，担任鄂豫皖特委书记兼留守军区和游击支队总指挥，坚持大别山区斗争，等待红军大反攻。这本意味着牺牲，万瑞麟却要重新打出一片天地，要求让一团团长万振山留下，任游击支队第一大队大队长。万振山正好不愿跟着张主席"逃跑"，死也要死在苏区。

万瑞麟身上一颗子弹留在前胸右上方，幸亏没有打进肺叶，另一颗射进大腿根部擦伤骨头。军部军医牺牲在飞机轰炸下，药品奇缺，子弹没法取出来，伤口只经过简单的消毒包扎，随时有感染并发重症的危险。他可能等不到重燃大别山的火，生命的火就会在这间草棚里悄悄熄灭。

留守苏区的干部凑在草棚开会。万瑞麟因伤口感染已在低烧，他支撑着说："我们的处境非常险恶，随时可能被打死，饿死，放火烧死，或被敌人捉住杀死。有不愿坚持的可以离队回家，以后还可以回到队伍来，但不能出卖同志，不能跑到敌人那边去。"

"宁死不能当逃兵！"万振山大声说，引来一片呼声。

黑子报告侦察情况："敌军大部追赶红军去了，不久就会掉转头清剿苏区。陶孝章的二儿子陶德久从杂牌军回来报仇，拉起还乡团，陈守义也不知从哪里冒出来，找到陈渔甫的大儿子陈守礼拉起陈家寨民团，和陶德久搞起"联防"，仗着敌军的势到处杀人放火，报复苏维埃，是我们在河西的主要对头。"话没落音远处山沟里传来枪声。

万振山举起望远镜，见西面陈守义领着上千"白军"和民团在沿山搜索。万振山想打他个措手不及乘势冲出去，万瑞麟说：

"敌众我寡，只有向东南面秘密突围，跳出河西，先到百里外河东陆家河大山中隐蔽，那里靠近罗田大别山主峰天堂寨，敌人足迹未到。立即出发！"战士用担架抬起万瑞麟，黑子打头，万振山断后，几百人的队伍秘不出声，在丛林中沿野猪小道向河东奔去。

17. 陷情义坚冰不固　诱凶顽巧女敢为

　　就在钟培炎来请宜君去中学与会的当天深夜，孟管家急促敲开宜君东厢房屋门，引她到院中。

　　宜君见几个红军守着一副担架，一个大汉迎上喊"嫂子"，她认出是万振山团长。振山说："万军长伤重危险，部队转移，只好拜托给嫂子了。"宜君急弯腰去看担架，万瑞麟轻声说："是我。嫂子……"就歪过头去。

　　宜君忙引他们到老太太从前的卧室，与孟管家用力移开里角一个四尺见方的大盖柜，露出一个石条砌齐的地库入口。宜君举着罩灯，振山小心扶梯背万瑞麟下到地库，孟管家忙去搬来铺板凳子和棉被，抬万瑞麟到床上躺下。

　　万振山说："这事千万要守密，家中除今晚见到的外，其他人都不能知道。最要紧是赶快到县城找西医来取出子弹。麻烦大嫂了！我们这就走。"宜君说："团长放心，万军长到这里就跟回到家一样。"万瑞麟挥着手叫振山快走，振山说："军长好好养伤。我在部队在。今夜我们就能到陆家河。过些时派人接你，不见我的人你不要出门！"

　　万团长走了，宜君要孟管家连夜进城找孙韶启请西医，说寻西医可找钟县长帮忙，顺便告诉他中学开学典礼她去不了。孟管家急忙到棚中牵马出院去了。

孙韶启直接去找钟培炎，结结巴巴说家中有伙计在河西办事从山上摔下，命在旦夕。钟培炎并不细问，急忙带他去万家巷瑞典牧师所办"福音医院"门诊部，找到年轻的西医姚医生。

姚西医随孟管家赶来才上午辰时，查看过感染的伤口，先注射了一支特效消炎退烧西药盘尼西林，再打入麻醉药，摆开器具用酒精消毒。手术做了一个多时辰，两处子弹都已取出，创口也缝合妥帖。姚医生说："痊愈需两个月，药品用完到我处取。"就留下箱中药品，做了护理诸事交代。宜君拿来五十块银圆酬谢，姚医生说教会医院是不收诊疗费的，只收下五元药品费，又说守密是医生道德，请太太放心。午饭后宜君送他出院上车，幸没引人注意。

西医嘱咐要每天消毒换药。竺宜君深明"男女授受不亲"，腿伤处又这么不巧，就将换药和擦洗翻身女人不便诸事交给孟管家，自己细心调理着瑞麟的饮食。宜君每次到地库，瑞麟和她总有些拘束，加之她时常出入老太太房，怕院中眼杂生疑，就把生活照料交给天香，天香处事机灵又细致，不会引人注意的。十几天后，孟管家告诉宜君，万军长两处创口已见愈合，生出嫩红的肌肉了。宜君心里轻松一截，姚西医说过，缝伤口的细线会自己"吸收"的。原来西医也高明呢。

钟培炎突然来了，说是去白举镇办事，顺路来看看。他浅喝了口茶说："中学秋季第二学年开学典礼，省教育厅特地来人祝贺，带来家乡人省府夏主席的贺信。夫人未能成行，很可惜的。"

宜君知他是在委婉询问在家治伤人情形，就说："时候那么不巧。那天幸得钟县长请来的西医医术好，受伤的伙计已经复原，请县长不用牵挂了。"

钟培炎当然知道她说不用牵挂的意思，放下心来，从容喝着茶说："那就好。中学去年开办至今，夫人未能与会，到腊月散学典礼时希望能够莅临。校董贤达们还问起过我的。"宜君想起那些目光如梭的贤望们，忍不住一笑，说："腊月散学典礼时我一定去，免得人家问你……"

钟培炎告辞出门时，不经意地说："听说万瑞麟因伤没有随红军转移，说不定你还能见到他。"宜君见他实际上已经把话挑明，就说："他如没走，不定会来我家的。到时你还愿意见他吗？"

钟培炎叹了口气："只怕他不肯见我了。"停了停又说，"红军方面的来往，嫂子还得谨慎一些，这种事上下盯得太紧，到处都有耳目。"宜君朝他会意地点着头，说："我知道了，你放心吧。"

钟培炎告辞时，宜君清楚地看见，他目光里有一种很深的不安和痛苦。他在想什么呢？

宜君去看瑞麟，见他精神颇好。他对于宜君贱散田产给佃户大为称赞，说："嫂子到底是韶光的妻子……要都能像你这样做，还用红军干什么？"宜君这才告诉他是钟培炎请的医生，他还来嘱咐她小心。瑞麟并不意外，说："他知道我在这里。"宜君说："他可是个国民党呢。"

瑞麟说："国民党里也有好人，共产党里也有坏人。"宜君吃惊，问："共产党中也有坏人？"

"这种事越往后就会越清楚的。等胜利了更是。但不能因为这就不革命了。"瑞麟说这话时目光有些异样，又问她几个月前那张收条存妥没有，宜君说留着心放好了的，心想他对那张没用的收条，怎么这么细心在意呢？

万瑞麟指着枕边一个酱黑色的军用牛皮挂包要她打开。宜君抠开皮盖，里面是一沓粗糙的纸页和一截两寸多点的铅笔，一卷折叠的布地图用细麻绳捆着，还有一沓褪色的红布。万瑞麟让她拿出红布铺开在床上，是一面有些泛灰的红旗。旗上散着十几个焦黄的弹孔，有用黄布剪成的镰刀斧头缝在上头，已褪成白色，下边一行大字是用黑布剪好缝上的格外清晰：

中国工农革命军鄂东军第一路军

万瑞麟用粗大的手在旗面上抚摩着，说："这是五年前鄂东暴动打出的第一面旗。当时韶光已派去上海，但暴动成功还是因他在黄安和系马岗发起了农运，万振山就是逃亡路上遇到韶光参加革命的。这面旗早已过时没舍得丢，放嫂子这里存着吧，就当对韶光的一份纪念。"

宜君默默点头，叠好这块与孙韶光的理想相连的红布。

这天韶启店里一个伙计急匆匆来家，说驻军急需一大批净棉和布匹做冬衣，军需官请钟县长帮助，钟县长知道我东家做事规矩可靠，委托给我家店铺承办。东家说棉花只有孟管家识货稳当，要他一起跑一趟黄冈县团风镇，从收购往返到加工交接约需一个月。宜君心中叫苦，想到经办军用品出不得差错，不然钟培炎和韶启都难以交代，只好让孟管家同去了。

宜君忐忑地来到地库，说这段时间就由她来换药，瑞麟说叫个伙计来就行，宜君说万团长再三叮嘱守密，再不能有别的人知道了。瑞麟说："我已经可以坐起来了，换药我自己来。"宜君说："医生叮嘱至少平躺一个月，两个月才能下床的，这才二十三天。"说着拧开药瓶，伸手去揭被盖。瑞麟按住她的手，撑着要坐起来，说："不让我自己换药，我就走！"宜君说："医生的话怎能不听呢……那这样吧，改晚上换药，你睡得沉，也惊不醒你。"瑞麟坚决地说："只能自己换。"

宜君知道他是不让她这做嫂子的难为情，如让天香换药更不合适，她还是个姑娘家，这事再没人可以替代。晚上换药宜君去得很晚，想等他睡熟。她轻手轻脚下梯来，密闭的地库里弥漫着男人久居的气息，微弱的灯光下，瑞麟棱角分明的脸庞润泽而坚实，他正仰卧鼾睡。他睡得真香，这个疲惫的苦人。

现在胸前已不用上药了，只需做做消毒，他油亮结实的胸肌正随着呼吸起伏。大腿也不用再缠绷带了。宜君伸手到被里摸索着在大腿根部换药，不留意触到那儿，硕烫缩回，顿时呼吸急促起来。她慌忙贴了膏药捂好被子赶快离开，转头看时，见他那粗大的喉结上下滚动着发出隐忍的喘息，正努力憋气，他应是醒了。

宜君心软了，上梯时双腿来不了力气。眼前这个壮实的军人，为了穷人舍生忘死枪林弹雨，二十七八的汉子怕是从没接近过女人，这些时休息静养体力早已恢复，待在这地库里早晚两个女人出出进进呵护调理，哪能不难受呢？想起天香曾红着脸说他其实好可怜的话，心口"怦怦"乱跳起来。

她双手扶紧木梯让自己镇定添力，想赶快上去，听见瑞麟隐忍的呼吸愈加急促，那声音鼓点般敲打在她的心上。她忽然记起觉空法师的话"义甚于情，情义交融，坚冰不固"，那不就是此情此景吗？于情于义，她该怎么办呢？……这天底下本就理无常是，事无常非呀。

她心神恍惚回到床前慢慢坐下，猛然一惊，十年守贞难道就此毁于一旦……贞洁，永远是女人的铠甲呢……她想站起来，却浑身绵软站不起，血液在周身奔突，坐在床沿绞手发呆。她在战栗。

迷糊间听见万瑞麟在说话："嫂子，你快走吧！别待在这里了，我求你了……谢你了。"一滴豆大的泪珠滚落在他的耳际，他热烫的大手推着她手肘往旁边乏力地推开着。

宜君意识到千万不能再待下去了，快走呀！她用力站起来，感觉头晕，定了定神快步走到梯边，艰难地爬了上去。她用力挪拢了盖柜，隔断了今夜一切的危险。

她昏昏沉沉回到房间，心口仍在乱跳，庆幸自己总算出来了。她为刚才的一时迷糊感到震惊又后怕，真的是王婶说的"春心还会再起"呀！她忽然明白了钟培炎告辞时不安的眼神。她知道等待她的会是怎样一个长夜。这老天爷为什么硬要把人分成男人和女人呢？她小声哭了。

第二天宜君提罐母鸡大枣汤到地库，万瑞麟正靠在床头想心事，两个人都红着脸。瑞麟接过碗筷，边吃汤边说："你把药箱放我手边吧。"宜君知道再拗不过他，只好拿药箱放在他枕边，慢慢上梯去。瑞麟能坐起自己换药擦洗了，饮食有天香照料着，宜君就不时地过去陪他说说话。自然谈起韶光和沈立群。

万瑞麟说："那时地下工作太危险，组织安排做夫妻的，都是夫妻了，不然容易暴露党的组织。"宜君听他说的和沈立群一样，心里就宽了许多。她惦记着立群那个孩子，说："我算过日子，红军转移前应该生了的。"瑞麟说："转移时我在前线。总部

228

是分别从系马岗和黄安高桥出发的，沈立群和盛政委当时应在系马岗一带。孩子如生下只能留在老乡家里。"宜君说："我想去找找看。"瑞麟说："红军的孩子都瞒着，没人跟你说实话的。"宜君长长地叹气。

宜君说："我听沈立群说，在上海，捕捉拷打还想杀害韶光的坏人，正是她的表哥，叫赵挺坚，坏事做得绝。立群说等红军胜利了要找到这个人，不能放过他。"瑞麟说："这个人十年前我在立群家见过。与人民为敌的人，必定受到人民的惩罚。"

宜君拿出她的钢笔递给他，说："上次见你挂包里，那么短的铅笔还珍贵着，这笔我也没用，你用正好。"万瑞麟高兴地接过，拧开笔筒在手上划一划，心中忽然沉重，说："这是韶光留给嫂子的，我不能拿走。"宜君问："你怎知是他的笔？"

瑞麟回忆说："上省立一师不久，韶光想对西人的基督教做些了解，在武昌司门口·个传教士那里一次得到两支，一样的，给我一支。我的那管秋收暴动前转送蔡日新了，他更需要。韶光特别喜欢他这管笔……嫂子，也就留有这份纪念了……"宜君接过钢笔捏在手里低头不语。

又过一个月，万瑞麟下床活动儿天了，腿脚已经灵便，身体经这些日子调养更是强壮，他整天军装绑腿挂着枪袋，随时出发的行头，又不见万振山来人，坐立不安像头困狮。宜君劝他莫急，瑞麟说："红军主力转移，白军肯定会清剿报复，搜山捕捉伤病员，还乡团又会再来逞凶。我以后在苏区站不站得住脚，眼下正是关键。"

傍晚中队长黑子来了，瑞麟大喜，扶梯上到房间。黑子说部队处境危急，万振山问他伤好没好。瑞麟说："这就走！"正要下梯收拾，忽听院中人叫马嘶，黑子急拔双枪贴近窗边，见是陈守义和他的团丁领着几十名士兵冲进院来。

万瑞麟早已拔驳壳枪在手，快速思索着应对。残酷斗争的阅历和凶险，将他的应急反应磨炼得异常敏锐，他准备凭窗点射头目，扔出万振山留给他和黑子随身的几颗手榴弹，乘混乱保护宜君冲出去！

宜君越当紧要越是镇定，说眼下硬拼已出不去了，急推瑞麟下到地库，与黑子挪好盖柜，要黑子装扮成伙计守在上面。她抚住心跳开门走到屋前，从容问道："是哪来的贵客呀？"

陈守义领来的国民党清剿军白连长已将大院内外围定。陈守义干笑一声："久闻孙府少奶奶能勾人魂魄，果不其然！有报共匪首领万瑞麟窝藏你处，快快交出，通共必死！"

宜君想先拖延，好让屋内准备，大声说："哟，看这位兄弟说的！我家里哪来共匪，找错位子了吧？"

白连长朝宜君上下打量，转头对陈守义说："这家倒不像藏共匪的，是个大富人家嘛。"陈守义小声说："我已禀告过长官，那万匪与这寡妇早有一腿，她丈夫孙韶光正是发动穷鬼暴乱的共党！"

宜君耳灵，听出他们并不知情，摆开笑脸说："弟兄们远道辛苦，晚上我做东，在镇上饭馆请各位喝酒！就让管家送大家先去歇歇吧。"

白连长听了陈守义的话已起疑心，说："喝酒不忙。搜！"士兵们持枪就要进屋，有人大声喊："且慢！"就见一乘轿子急急落定院中。

钟培炎缓缓下轿，朝白连长抱拳道："哈哈哈哈，白兄，钟某失礼了！白连长亲来我义父家，未见知会，竟失奉陪，失礼，失礼。"

白连长自进驻古城以来，军饷粮草全赖县府供给，早与钟县长熟识，抱拳说："兄弟我例行公务而已，未闻孙府是县长令义堂大人之所，失敬，失敬！"说着狠狠盯了陈守义一眼。

陈守义还想说什么，见自己的靠山白连长对钟县长礼让甚恭，何况这县长也不好得罪的，连陶孝章也没斗赢他，听说省政府夏主席就和他是东山小同乡，对他另眼相看呢，也只好作罢。

宜君见机忙说："我正说请白长官和弟兄们到街上喝酒呢。"白连长正用得着，就坡下驴说："岂敢劳县长破费。"钟培炎一笑："既是我嫂子要尽地主之谊，白连长就不当谦辞了。弟兄们在古城安民，钟某正当犒劳。就请，这边请。"说着引白连长往院外走。

宜君让孟管家引路，说："就请培炎弟作陪，我就失礼了。"白连长笑呵呵说："尊嫂留步，留步。白某替弟兄们谢了！"

至夜深孟管家跑回来，说白连长和陈守义醉醺醺陪护钟县长回县城，都已走远了。万瑞麟说："今天又险了一回。我现在就走。"

宜君和天香替万瑞麟收拾衣物，把新做的棉衣、单衣、布鞋和银圆包在一起交给他。瑞麟感觉沉甸甸知道是钱，部队眼下正是艰难，也没说什么，黑子忙接过背好。

宜君又拿出一条宽长的深红色毛线围巾，说："这是我这些天自己织的，还是那年沈立群来家里教我的，织得不好，你带着吧。"

万瑞麟接过围巾，叠好了收进那只专装"宝贝"的牛皮挂包，说："见到培炎替我谢他。"又难舍地望着她和天香说，"我一定会回来的。等胜利了，我就回来照顾嫂子……"伸出双手，有力地扶在宜君瘦弱的肩臂上。

万瑞麟想先过河西去看看敌情，顺道回趟万家湾。黑子说："不要去了，湾里没人了……"说着哭出声来。

原来红军转移后，国民党军出动十一个师，对"匪区"进行全面清剿，急于报复的官兵漫山遍野，已经失控，他们在系马岗万字山放火烧山，逢人扫射，老百姓一次就死了四千多人，系马岗、万义、望夫店一带大都变成无人区。一个多月前，陈守义和陶德久到万家湾复仇，湾下除早先逃难的人，全湾一百多老幼如三棵树村一样，全被杀光，万振山的老父被乱刀捅死，房子也烧光了，万家湾已成废墟。苏区被还乡团和地方杂牌白军杀光烧光的村子不计其数。

万瑞麟摇晃几下，手撑一棵大树没有倒下，口中喷出一团血。他不让黑子搀扶，加快赶路，走到陆家河天已放亮。

万振山与万瑞麟目光相接时撞出四团火光。振山说游击队不断减员剩下不到三百人，地主民团怀疑山上有河西过来的红军，引来一股白军在山下封锁搜查。冬至已过，部队衣食无着，钱已分文不剩，好在黑子带人摸进敌人仓库弄来十几箱子弹手榴弹。最大问题是没有盐吃，人人浮肿无力，更没法消毒治伤，已有战士饿不过留下枪离队下山，但没有一个人投敌叛变。

万瑞麟让黑子打开竺宜君备的包袱，是捆扎整齐的三百块银圆。万振山忙收妥了，要黑子带两块银圆赶快下山弄盐巴，转身对瑞麟说："竺大嫂总是雪里送炭。我们这些年，把她都拿空了，你说这……唉!"

万瑞麟说:"她是一家人。现在部队不能困守一处,这太危险,树挪死,人挪活,还是要奔走游击。设法筹到粮食盐巴,找时机打掉一两个还乡团,震慑敌人,树立群众信心。"

万振山说:"这里一时也难落脚,我还是想回河西,先奔袭打掉陈家寨,灭一灭敌人的气焰。部队从咸田河插两河口,绕到富田河和系马交界隐蔽,摸清情况就下手。"

万瑞麟说:"陈守义必须打掉。敌军还留有一个师在古城周边清剿,苏区一时还不能回去,河东'清区'也站不住脚,目前只能在莲水河两岸灵活穿插兜圈子。打陈家寨路线就照你这样走,时间不赶急。"

部队沿苏区与豪绅势力控制的"清区"边缘地带秘密行进,走走停停三四天,来到与河西接界的四道河山中隐蔽,这里离陈家寨只十几里。沿途地方较为富庶,部队用竺宜君的银圆购得一些粮盐,得到补充休整,战士们听说要打陈家寨士气高涨。

万振山带几个人潜到陈家寨北面山上,派人化装去寨中与内线陈友才和巧兰联系。

巧兰连夜出寨来到山上草棚,扑在振山怀中,哭着说:"这回你可得带我走了!那陈守义领民团霸占了寨子,也来欺侮我,大少爷又不敢管他,你叫我还怎么活呀……"万振山咬牙呼气,搂紧她说:"莫怕。我这次来就为杀了他!"巧兰止住哭快手为他解衣。

中午陈守义正在厅屋独自饮酒,一只腿蹬在椅上,左手端杯,右手握一只卤猪膀撕咬,见巧兰走进来,一把揽住她的小腰,拿酒杯对她口里要灌。

巧兰避开说："就你陈团总没个正经。人家是怕你喝醉，来扶你过去午睡呢。"陈守义没想到这俏女人还来请他，她一直是抗拒的，打着酒嗝斜着醉眼说："我就知道二奶奶体贴人，就去，就去！"就大摇大摆扶她肩穿后门往中院西厢房走去，进屋就仰躺床上，酒气熏天说："你嫁我吧，那苕货我替你送他归天。"巧兰说："看团总说的，苕货也是人呢。"

陈守义卸着枪带，巧兰坐在床边像是忽然想起什么，说："看我这记性！刚才我堂侄送柴来，说共匪游击队让政府军撵到两河口，又跑到附近来了，躲在四道河野猪坳，没吃没喝的，没剩几个人呢。"陈守义说："不管他，小股赤匪，饿也饿死他。"丢下枪带就搂她压下。

巧兰装作顺从样子不经意地说："说那匪首叫什么来着……啊，姓万，叫万什么林，什么林的，跟老爷那个刀杀的外甥名字差不多的。"

陈守义一屁股坐起来："万瑞麟？！"

"好像是吧。谁去记他。"巧兰趁机坐起，心慌着用眼角看他一眼。陈守义眼睛骨碌一转，忽然抽出枪对着巧兰胸口说："你这贼婆子，莫不是哄我？"

巧兰没事样推开枪说："哄你打鬼！"假意拉他。陈守义抓起枪带问："你堂侄走了没有？"巧兰见他信了，心咚咚乱跳如打鼓，抬手理着脑后髻巴掩饰心慌，说："管他呢，在柴房劈完柴就走的。莫管他。不定大少爷找来呢。"

陈守义叫声"天助我也"，急到院中吹集合口哨，令送柴的樵夫带路，领着二百多团丁向十几里外的四道河野猪坳奔去。来到山脚，陈守义手搭凉棚远望，果见山上有小股炊烟，隐约可见林中依树干搭的几个零散小草棚，大喜，令分左右两路向野猪坳包抄。

行至半山忽然枪声大作，手榴弹蝗虫般飞来，山上杀声震耳，丛林中数百红军像天兵降临。陈守义叫声"反了！"恶狠狠寻那樵夫，早没了踪影。他哪管团丁死活，凭一身拳脚功夫，趁乱伏地打滚翻转，屁滚尿流跌落到山脚溪沟里，浑身已是衣烂如条，血肉模糊。山上枪声还在火爆，他跛着脚哈腰钻进一家农户破屋里，拿枪比着一个老汉说："莫出声，不然打死你！"

团丁没逃脱的死了大半，剩下六十几人都缴了械。万振山唯独不见仇人陈守义，一个团丁说早逃到山下去了，万振山红着眼就要下山去追，万瑞麟说："来不及了，黄土岗白军听见枪声很快就会赶来。算这畜生命大一回，日后再来取他脑袋。布置转移吧。"

万振山令将团丁押到林边一处山坡前，架起机枪亲手填装子弹带。万瑞麟想到万家湾灭族烧屋正是这些人跟着做的，就转身打算不管。万振山抬起枪托，咬牙骂："娘卖皮的！"正要扫射，万瑞麟忽然喊："不要开枪！"

万振山停住手，看他一眼也不理会，重又抬起机枪。万瑞麟伸手按下说："民团打掉就行了。也都是些穷人，由他们去吧。"万振山说："灭户深仇怎能不报！"

万瑞麟望着远处，低声说："有个人曾对我说过，'冤冤相报何时休'……我们也灭过陶孝章户族的。"

万振山知道说这话的人，就是自己敬爱着的善良嫂子竺宜君，她说这话时他也在场，后来几次去她家取红军救急款时，她还对他说过这样的话。他仍血红眼吼："陈家寨毁我一族，杀父之仇几时再报！"

万瑞麟说："也是我先杀了陈家舅爷……革命是要革掉这旧制度，户族恩怨就先存下吧，不要在群众中引起误解，以为是两姓斗杀，看低了红军。转移吧。"

万振山咬着牙不说话了，握枪的手松软下来。

万瑞麟对筛糠般发抖的团丁们说："万大队长的老父就是你们一伙杀害的，今天他还留下你们的性命，念的都是穷人。今后还跟不跟陈守义干坏事，你们自己掂量！都回去吧。"

万瑞麟担心陈守义找巧兰报复，要振山赶快去接她出寨。万振山说："陈守义还不敢把她么样，不然他在陈家寨待不下去。巧兰有办法对付他的。不等到我灭了陈守义，她还不能离寨。"

深夜里，陈守义跌跌撞撞摸到陈家寨外，见内外并无动静，这才喊开寨门，丧家犬般跑了进去。他直奔巧兰厢房，抬脚踹开门，从床上抓住巧兰领口提起来，抵枪叫嚷："你这共匪贼婆！老子差点死你手上！"扳开保险就要扣动。

巧兰见这畜生没死，就没打算自己活了，抬胸迎着枪洞朝他喊："你打吧，打吧！我早不想活了！"

陈守义不敢真的杀陈家的人，插了枪双手掐她脖子推到床上吼叫："说！是谁的奸计？那樵夫是什么人？"巧兰就咬他的手，陈守义吼："共匪婆！叫你死！"

巧兰挣脱他坐起来："死就死！哪晓得那堂倌如今是什么人。"忍不住哭了。陈守义又吼："你这个苕婆娘，来个人也不问个来龙去脉，这寨子迟早毁了！"

巧兰打算一死，披头散发喊："不毁才怪哩！你看看这四乡八畈的，除了寨中你那几个鸟人，哪个百姓不通共！你防得了吗？

毁了才好！"说着又呜呜哭起来。傻子老二见他们在打架，头伸在门边快乐地呵呵笑着，巧兰就哭得更伤心。

陈守义听她这话倒是实情，气就消了些。他断定万瑞麟不敢在这一带久留，政府军一个团就扎在黄土岗离这里不过二十里地，他无非打一枪换个地方，如要破寨取财早就乘势下来了，毕竟是他舅家，这才放下心来。就去拉扯她，巧兰拳脚并用挣扎着。陈守义忽然惊起，谁知道这婆娘到底安的什么心！万一那不要命的万疯子寻进寨来呢？大意失荆州，还是走为上策，就说："狗婆娘！告诉那没用的大少爷，老子出去走走，过几天就回。"

巧兰知他要跑了，激他说："你哪去？你走了这寨子么办。万振山早说要进寨割你头喂狗呢！"

陈守义就怕听万振山三个字，性命要紧，骂声"土匪婆"，慌忙出门，连夜只身往沿河集投陶德久去了。

18. 聚弦歌拒耍伤笛　度元宵开学典礼

腊月二十的早上，孙家院外传来一串叮叮当当的铃声，天香走到门口，见一个瘦高个官员模样的青年人，正在摆放一架有两个大轮圈的钢骨车，街上看稀奇的大人和小孩脸上尽是惊讶和敬佩，他们亲见这个玩"杂耍"的奇人，竟能稳坐在两轮车上飞奔而不倒。

来人是县政府教育科长邹永和，礼请竺宜君女士以董事长身份，出席县立中学第二学年上学期散学典礼。宜君见过他的，她又一次听人以娘家姓氏称她"竺女士"。不久前万瑞麟重伤痊愈又侥幸脱险的欣慰，排遣着她心头的忧郁，她微笑说："邹科长多礼了。我也是想去看看你们的学校呢。"

宜君在考棚落轿时，钟培炎和汪校长正衣着整齐站在校门口等候，高兴地把她迎往校长室。

宜君打量整洁的校园明亮的教室，目不转睛地张望身穿一样新式文装的学生们庄重矫健的仪态，心里不禁为老太爷的善举欣喜。她不会想到，她的到来对于钟培炎和她自己是多么重要的事情。钟培炎一直想引导竺宜君走出阴影，走出闽东，走向新的社会和新的生活，这需要让她有亲身的感受。

下午散学典礼隆重而简洁。晚上聚餐，学生八人一围的餐桌上是古城人看重的"八大碗",宜君看着孩子们吃得那么欢畅,心里高兴又感觉酸酸的,汪校长则站在旁边自豪着。会餐后师生和来宾回到简易宽敞的学生礼堂,参加人人盼望的联欢晚会。邹永和穿一套灰色中山服,走到台上做了一番热情简短的致辞,表演就开始了。

就见一个教师模样的英俊青年男子,穿一件藏蓝色浅领学生装大步走到台前,深鞠躬朝台下行了个礼,黑亮头发一甩,双手扶起一个黑色金属的长管子抵到唇前,鼓腮轻轻一吹,"嘀嗒"一声,一种从没听到过的清亮悦耳乐声就回荡在整个礼堂,会场顿时安静,人们沉浸在美妙的乐曲中。

宜君好奇,小声问:"这是个什么笛子?"钟培炎转过脸认真告诉她:"这是件西洋乐器,名叫萨克斯。"

"西洋人都爱叫'克思',人叫马克思,笛子叫傻克思。"宜君回忆着。钟培炎急忙捂住了嘴,宜君看他一眼,分不清他是在笑还是在咳嗽,还有点像哭呢,肩膀一抖一抖的。

一曲才罢,掌声响起,一个女学生穿一件月白色侧纽上衣,一条厚绒长裙,拿着一束花跑上台去,递给那个吹笛的人,还与他拥肩拍背,台下一片欢呼。宜君哪里见过这洋做派,疑惑间那笛声又悠扬响起,这曲与上一曲迥然不同,雄壮又悲恸,荡气回肠的,台下有学生感动哭了。

宜君也觉触动,问:"这是支什么曲子,怎让人想哭?"培炎答:"这曲子叫《悲怆》,是俄罗斯浪漫主义作曲家柴可夫斯基的第六交响曲。学生们联想到中国的苦难命运,所以更动感情。"

宜君就问这"郎慢"又是个什么"主义",培炎想了想说:"浪漫,就是人的一种超越现实的情感。人要是太实际了,就会没有了激情，生活就失去了快乐和意义。"宜君就说："你们几个人都浪漫……没一个实际的。"钟培炎听了似有所思，她的悟性强着呢，女人的直觉？

又一阵嘹亮的笛声响起来，那声音激越雄浑，台下学生合拍击掌，一同高唱起来，钟培炎也低声跟着在唱，他的眼中酝着泪光，告诉宜君说："教育部发出指令，当此外患内忧，不到最后一日，各学校弦歌不辍。"

宜君问："那吹西洋笛的孩子是谁？是个学生吗？"

"是从武汉聘来的国文兼音乐教师，叫秦时月。富家子弟，专爱摆弄些昂贵的洋玩意儿。"钟培炎笑着摇一摇头，又补充说，"新式学堂，有一两个新派老师也好。"

宜君觉秦时月这名字有点耳熟，记起正是王婶给她提过亲的表侄。像个大孩子似的，所以叫新派老师。

学生们先后上台齐唱《黄河》《风啊，你要轻轻的吹》，表演小魔术，接下来就是压轴的东路子花鼓戏《打金枝》了。锣鼓一响，人们从刚才的情绪中转向热闹的舞台。

东路子花鼓戏又称"东腔"，起源于古城东北山区流传的高腔山歌"呵嗬腔"，深受大别山三省十县百姓喜爱，历数百年不衰。独特之处在于，演唱中有特定的锣鼓伴奏及和声接音帮腔，台前主角每有重要唱段，台边台后的演员、锣鼓手、跑场、布景、拉幕的都一齐帮腔接唱，锣鼓也击节齐鸣，和声高亢激越，刚柔相融，是那种悠长回转撼人心魄的荡漾。

戏演到皇帝招驸马，扮金枝公主的旦角看上去不过十二三岁，娇俏可人，身段婀娜，唱腔更是清亮婉转，啼笑间眉目含情动人心弦。前排那些须发如银的校董们，一个个目不转睛，口称"小桃红"，赞叹不绝。

钟培炎侧过身告诉宜君："戏中旦角多由男子装扮。"宜君惊讶："莫非这金枝也是男孩扮的？"培炎说："是的。东路子花鼓戏是鄂东民风民俗之瑰宝，应当后继有人。"

晚会过后，钟培炎送宜君到下榻的庆云楼，这是古城最大的一家旅馆。不便一同上楼就在厅堂小坐，侍应沏过茶来。宜君问："刚才学生们都跟着洋笛子唱的，是支什么歌？"

钟培炎说："是刚从东北传到关内的，是那里的抗日义勇军唱的歌。去年'九一八'事变，日本国侵占我东北三省，时下已逼近华北策划自治。政府行'攘外必先安内'之策，要先消灭红军，再行抗战。如今要求抗日之声遍及全国，大城市学生们到处游行请愿时，都爱唱东北传来的歌。"

宜君闻所未闻，问："那日本国在哪里？跑中国来做什么？"

培炎就通俗地解释给她听："日本国是东边大海里露出的一群岛，十年前发生过大地震，有生存焦虑，害怕沉没，国人的心智都还没有成熟，总是眼红中国地大物博，打主意几十年了，满清时掠夺中国白银两亿三千万两，割去台湾岛，加速了清廷的覆亡。日本将是中华永久的敌人。"

宜君说："一个小小的岛国，把它赶走不就是了。"培炎说："也不那么简单的。日本虽蕞尔小国，也有人口几千万，学西方改变国体几十年了，国力比中国强大，人也齐心一些。中国二十余年内乱……"沉重地摇头叹息。

宜君说："看来我这乡下人，还真是孤陋寡闻。"

钟培炎见她对新的事物其实感兴趣，心里暗喜，说："夫人是读过书的人，通达明理，大气担当，但也应跟上新的时代，有新的思维，新的生活。长期僻居一隅，时驰意去，实在委屈了夫人才智。"

宜君说："我到外面，又能做点什么呢？"

钟培炎早已想好，说："中学刚设了图书室，正要寻聘一名管理员，夫人如不嫌委屈，足可胜任此事。"宜君有些动心，想了想说："如让我做个不领薪水的，我还愿意，家中也不能离，随来随去的。正式的管理员你仍另聘。"

钟培炎说："那就以学校董事长身份帮助图书室管理，往来自便，好吗？"他见宜君仍在犹豫，又说，"学校虽放寒假，一些远道的学生并不回家，近处的也时来学校用功，都泡在图书室。时下农闲，夫人如没急事，可否先到学校体会一下。"宜君就点头答应了。

宜君想起万瑞麟的事，说："说起政府不打日本，要先灭红军，上次人家去抓瑞麟，要不是先生赶去搭救，他和我都完了，孙家就算毁了，连天香和孟管家也活不成。瑞麟叫我别忘了谢钟先生……"忽然记起给瑞麟换药时的情形，不禁脸红发热，连自己也能感觉到。

钟培炎的眼里立时濡满落寞和酸涩。她这满口"瑞麟"又是"他和我"的，养伤两个多月，两个人日夜密室缠绵，纵然宜君守礼有持，能不生情……他竟忘了应答。

宜君见这书生忽然发呆，知道是注意到她脸红，一时也不知说什么好，低头揉捏着手指。培炎见状愈加痛苦，嘀咕说："夫人……叫他瑞麟，称我先生……"

宜君终于笑了，还是出声见齿那种笑，说："称人军长呢。茶饭有天香一起照料，换药原是孟管家……后来药也他自己换。

我总不好叫你……培炎吧，钟培炎！"

培炎大释怀，开颜笑了，真想伸手拥她！

钟培炎回到县府卧室，看看座钟才指十点，坐到灯前想看一会儿书，听见有轻轻的敲门声，打开门见是戏班的班主，身后站着小桃红。培炎只好礼让进来。班主说："谢县台大人恩赏抬举，小桃红一连十几天在这里唱红了。他来登门道谢。"小桃红羞怯上前行过礼，就红着脸垂目立在一旁。

钟培炎明白班主来意。他知道晚明至清代盛行"南风"，官员士大夫商贾乃至道人隐士，常以蓄娈童书仆门人为风雅，坊间达官贵人热捧戏子争风吃醋习以为常，此风沿袭至民国。钟培炎对此大不以为然，视为堕落无聊，这时见这美少年女子般害羞仪态，方知此风为何不止。

班主小心探望着钟培炎脸色，说："让小桃红给县长唱唱曲儿，小人就先回去了。"

钟培炎温和又严肃地说："如今民国，梨园陋习都要改掉的。东路子花鼓戏是鄂东民间艺术精萃，要传承发扬，你们把戏唱好，也是为新生活出力，因此我是应该鼓励捧场的。请班主不要误会。"班主仍低眉说："小桃红能为县台唱曲，是他的福分……"钟培炎正色说："现在是新社会，今后你要让小桃红专心唱戏学艺，再不要叫他做这样的应酬了。这很不好！你可记住了？都回去吧！"班主见钟县长一身正气，心里敬佩感激，忙说："小人定照县台吩咐去做。"就鞠躬告辞，和小桃红抹着泪出门去了。

第二天，钟培炎有心让宜君上午休息，下午陪她到中学。

汪校长领着宜君来到图书室，一个登记员正在整理书籍目录卡片，正是昨晚给秦老师献花的女学生，站起来很有礼貌地迎接。

室中通排简易书案前，几十个学生在埋头看书笔记。阅览室里面有一间小房，汪校长说："遵钟县长交代，这间小室，委屈用作竺董事长来校的临时宿舍。条件不好，仅是僻静一点。"

原来钟培炎早给她做了细心安排，宜君高兴地说："校长这么周到，给你添麻烦了。我就是安静惯了哩。"

汪校长请竺女士到校园参观。宜君看见操场上许多学生在奔跑呼喊着抢一个球，秦老师口含一个哨子在旁边跟跑呼喊打手势，很严肃的样子，就问孩子们在做什么游戏，汪校长说是打篮球，是一种体育活动。宜君看得有趣，见孩子们争抢这么厉害，可怜人多球少，又猜想应是有什么规矩在其中，慢慢就看出门道了，原来人分两队，看谁能把球丢进那高高的圆圈里去。好半天了却谁也丢不进，孩子们一个个垂头丧气往回跑，这让她干着急，就说："何不叫人把那圈圈儿做大一些？"

钟培炎这下子笑出声来，汪校长也忍俊不禁转过脸去笑，又装作咳嗽掩饰。钟培炎弯腰笑过一阵说："所以我要夫人出来工作。看你，做个大圈儿，还叫竞技吗。"宜君也忍不住为自己的滑稽掩口笑了。培炎又一次听她笑出声来，她的笑声是这样悦耳动听，竟似那银铃一般。

傍晚，汪校长又陪宜君去看看教室、教师宿舍、单双杠、跳远沙池。宜君见操场上很多人在月光下拍手唱歌，围着圈子蹦蹦跳跳，问这又是什么游戏，钟培炎说那是跳集体舞。她见学生们按男女分成内外两圈，拍手唱歌蹦跳转走着，男生不时又找女生拉手原地转上一圈，接着又欢快地走起大圈儿。宜君才知新式学堂的学生是这么快乐不拘。难怪那沈立群……

宜君说她出来两天了，快过年了，明天就回去。钟培炎要她元宵节先来赏灯，节后参加开学典礼，宜君答应元宵再来，要钟培炎回县衙去，不用为她耽误公事。钟培炎掩饰不住心中愉快，又叮嘱一番才不舍地告辞。

汪校长送宜君回图书室歇息，那登记员女生还在伏案整理卡片，起身引她进房说："我叫杨心茹，是勤工俭学兼职登记员。竺老师有事请随时喊我。"

深夜，宜君还没入睡，隐约听到"萨克斯"在吹奏，那乐曲十分忧郁低沉，在静夜里格外忧伤悲怆。她拉开门见杨心茹还没走，就问那曲子叫什么名，为何吹得这样凄凉。杨心茹说："这是一首俄罗斯民歌，叫《三套车》，秦老师偶尔在夜深时吹它。"宜君问俄罗斯为何物，杨心茹说："是一个国家，现在叫苏联。是世界上唯一共产党执政的国家。"

宜君觉得"苏联"这个名字耳熟，记起来正是初婚那时，孙韶光搂她坐在桌旁讲过的人民当家做主的那个地方。又问《三套车》唱的什么，杨心茹说："一个车夫唯一的伙伴是一匹老马，跟着他走遍天涯，财主老爷要把它买去，他很伤心，不知道今后会有怎样的苦难在等着他心爱的老马。"

宜君更觉那笛声忧伤感人，不觉落下泪来。

细伢望过年，大人望插田。其实大人谁个不念过年。

腊月三十日，孟管家和天香用清香的扁柏枝叶在院前扎起一座碧绿的彩门，搭梯往高高的门檐下挂上一盏橘黄的灯笼，在院前铺撒从莲水河滩挑来的橙黄晶亮的河沙，又在堂屋满满铺上了厚厚的松针，这是便于拜年的晚辈们行跪礼。

当年有老人过世的人家称为"大年"，春节头三天家人是不外出的，宜君和韶启也就免了与族人街邻拜年之礼。虽是"佳节倍思亲"，但依俗年庆大于万事，是不能在春节期间哀伤的。拜年以初一为重，来孙家拜年的乡亲佃客络绎不绝，人们都像没有发生过去年夏天的不幸，有意欢闹着，希望把喜气和吉祥，送给孙家这位善良美丽的大奶奶。

街南头孙王湾一百多户人家，孙家的老佃居多，去年竺宜君贱散田产时大都获得了土地，他们的"采莲船"在锣鼓喧闹中第一个来到孙家院前。

拜年的"采莲船"又叫"彩龙船"，用竹篾彩纸精心扎成，船头船尾插着粉红的莲花和绿色的莲蓬，船身画有蓝色的波浪、翠绿的荷叶和金黄的鲤鱼。船体轻盈而庄重，中间三尺高披彩翘顶的遮盖下，是坐船的"新大姐"，她肩上红绸挂着船身，双手助提着彩船。这"新大姐"都是挑湾下漂亮又幸运的姑娘或媳妇担任，孩童们跟跑着都为了看这"新大姐"。

手握缠彩撑竿腰系红绸领船的艄公，称作"划匠"，由英俊有德又有口才的男子担任，多为中年人，以示对户主的尊敬。船后是男扮女妆手摇蒲扇的"媒婆"，最是引人发笑。"仪仗队"男童们用竹竿举着各种式样的方形灯笼，女孩子则腰挂圆形轻巧的小"采莲盆"，欢跳着走在彩龙船的前后。

宜君、韶启和天香、孟管家都迎到院前，逐一为大人倒茶，给孩子们发送着花生、红枣、瓜子、苕果和糯泡，孟管家点燃了长长的炮竹，院前一片欢声。

锣鼓响起来：唥唥唥，锵七唥七，锵七唥七，锵锵唥锵唥七锵！……"划匠"竹竿一点，"新大姐"前脚轻踮后脚抬起闪动船身，彩龙船的船头先低后扬，就轻盈地跑动着转起圈来。那划匠一招一式地迎船边划过三圈后，撑竿点住船摇着它轻轻荡漾，扬声领唱起来，众人吆喝伴唱像那东路子花鼓戏的和声：

彩龙船呐——哟哟！

是我玩呐——呀伙嘿！

今朝来拜——呀喂子哟！

孙家的年啦！——划着！哟哟，呀伙嘿，今天来拜

呀喂子哟，孙家的年啦，划着！

孙大奶呀——哟哟！

真善良啊——呀伙嘿！

观音娘娘——呀喂子哟！

下凡来呀——划着！……

新年的热闹喜庆，乡邻的衷心祝福，让宜君心头得到宽慰——今日的孙家，仍是闵东街上那个百年人家哩。

正月十四这天，钟培炎请孙韶启替他接宜君到城里过元宵观灯，节后参加中学春季开学典礼。宜君感觉钟培炎为人持重而又温和，与他在一起很安全，他什么都懂，总是想你愉快，只是有些拘泥礼节，当然拘礼也好。她喜欢中学的环境和县城的氛围，都感到新鲜，这样的心情又像是与钟培炎相联的。

天香替她挑了件蓝底白花细布面小袄，一袭月白色平绒长裙，刚好遮盖这双小脚，董事长呢，别叫洋学生笑我大奶奶。头发是从不抹油自然黑亮的，盘好髻巴就行。轿子从南门进城时天已擦黑，沿街两侧铺面居家试灯的蜡烛已经点燃，鞭炮溅起的火花将硝香传播在空气中，戏楼里的锣鼓声老远就能听见，鱼肉的香味

在街上也能闻到。城里与乡下就是不一样。

第二天元宵节，街上锣鼓喧天，四乡狮子、龙灯争相进城，沿街表演献技，每到居民门前，一身新衣的户主就笑呵呵长燃鞭炮，赠送年礼，散发干果糯泡。这是辞旧迎新春耕忙碌前百姓的一次尽情狂欢，所有的贫困、烦恼和不幸都要丢开，人们一年的艰辛似乎就为了过好这个年。

闻名城乡的小东门街狮舞队敲锣打鼓，灯笼绣球刀枪剑戟开道，当仁不让地来到县府院前，围观市民上千人。古城"青狮舞"俗称"打狮子"，始于明代，民间有"青狮跳一跳，胜似打青醮"一说，是祝福人们平安幸福的一种拳术杂技和舞蹈。

"嗩七哐！嗩七哐！嗩七哐哐嗩七哐！"威风而舒缓的锣鼓声中，青狮毛发披肩，威风矫健，张合着巨口摇头摆尾，顾盼雄视，一会儿跳跃翻滚，一会儿昂然直立，而后伏地搔痒休息。这时拳师开始表演，只见他紧绷的腰带下袭飘两条蓝带，赤膊狰狞，肌腱凸鼓，在狮子面前翻腾吆喝，拍脚噼啪，劈石顶矛，刀枪剑棍展示武功，赢来阵阵喝彩。青狮一会儿向他扑跃对峙，一会儿伏卧一旁警觉逼视。接着狮舞进入高潮，青狮在红绣球的指引下，在用七张大方桌叠成的高台间逐层穿过，翻上台顶"仰天戏月"，而后一跃而下打滚翻起，摇动披发，在锣鼓喤锵中再抖雄威。

钟培炎大清早就到韶启店铺接竺宜君来县府等候，与留值的金仕仪和几个吏员一起站在台阶上迎接观看。他身着中式礼服，满面春风，频频点头招手致意，接受着百姓以青狮舞这传统方式对他的礼拜，陶醉在治下古老城池的升平景象。宜君想起那东躲西藏的万瑞麟、万振山们，这时该在哪里忍饥受冻呢？斗呀斗。要总有这太平日子过，不斗就好了。

入夜，街上华灯竞彩，人们扶老携幼上街观灯。钟培炎和汪校长、杨心茹陪宜君沿街观赏。踩高跷的小伙子们得意洋洋如履平地，手提灯笼的顽童们在人群中钻出钻进，争拾地上散落未燃的鞭炮。戏楼锣鼓声声，东路子花鼓戏从腊月初八一直唱到元宵，场场爆满，县长捧红了小桃红的传闻不胫而走，钟培炎不以为意。县城周围二三十里地的殷实人家，都穿上过年的新衣，到城里住亲歇友，争相看大戏，一睹小桃红的娇容。

一行人途经戏楼，宜君说："都说那小桃红唱得好呢。"培炎笑着说："古城要是没有花鼓戏，百姓过年都不起劲呢。"宜君见他这样坦荡，信他绝非那轻薄无行之人，说："闽东人最爱看戏了。"

正月十六，中学开学典礼在操场举行。竺宜君和校董们被请到主席台入座。汪校长宣布："省立古城县中学第二学年春季开学典礼开始。全体肃立，诵《总理遗嘱》！"

师生们肃然齐诵：

余致力国民革命凡四十年，其目的在于求中国地位之自由平等。积四十年之经验，深知欲达到此目的，必须唤起民众及联合世界上以平等待我之民族，共同奋斗……

学生们激昂的诵读声回荡在操场和整个校园。

接下来是请县长钟培炎先生讲话。他今天怎没穿观灯时那套合身的中式礼服，却是一身紧巴的蓝卡其布中山装，也没戴礼帽，头发不知从什么时候没理了，倒是向后整齐地梳着，教师不像教师，官员也不太像，绅士更不是，非今非古就这么个人，庄重倒没说的。

"同学们!"——他今天想用新派官话:

"我们今天为什么聚集在这里呢?由于民族,由于国家,由于我们是青年。我们这个悠久而多难的民族,新兴而痛苦的的国家,需要有志的青年汇聚起来,为着她去用功,去立志,去奋斗。这便是我所希望于诸君,来此学习所要抱定的宗旨。"

说着说着渐又回到他改不掉的文言习惯,"同学们"自然变成"诸君",不然上不来情绪:

"诸君若要担负起天下兴亡,必先砥砺德行,即古圣人教诲'修身'之功课。方今风俗日移,道德沦失,触目皆是,诸君肄业中学,当能束身自爱。然国家之兴替,视风俗之厚薄,流俗如此,前途何堪设想?故必有卓绝之士,以身作则,力矫颓俗。诸君今为中学,明或列于大学,将担国家民族之重,是不惟思感己,更当有以励人。苟德之不修,学之不讲,同乎流俗,合乎污世,己且为人轻侮,更何足以感人。"

台下师生肃然,他进一步说:"诸君不乏出身寒门,即便稍见殷实,亦节衣缩食以供,能到此深造,唯父母用心之良苦,更有国家之厚望,尤幸庇于诸位校董贤达眷顾爱惜之荫,能不感沛。诸君当怀奋发,闻鸡起舞,用面壁之功,而力戒懈怠,思将学成以报家国,而慰今日莅临大会仁厚前辈之大德也。"

说到这里钟培炎回过头,目光投向竺宜君和校董们颔首致意。宜君正听得入神,见学生们自动起立,深情地朝她鞠躬敬礼,她连忙站起来微笑答礼。那位须髯老者是挨宜君就座,这时慈祥地抚须晃头,又不计老少,起身亲扶宜君坐下。这大概就是钟培炎所说"新社会新风气"尊重女士吧。

钟培炎满意地朝学生点头，示意大家坐下，接着说：

"至于国家大政，须知党国自有计议。学子唯勤于学业，敬爱师友，互为劝勉，戒骄戒躁，见善而思齐，以造就自身，贡献社会。一旦国家有难，倭寇侵我中原，斯时匹夫有责，俱当奋起，'孰谓十室之邑为无人哉'？吾人必振臂一呼而万人应，深信诸君将慷慨与同！"

会场爆发长久的掌声。自从有了中学，鼓掌这礼节，终于引进了古城这个与现代遥遥相望的礼仪之乡。钟培炎需要掌声。

宜君被他对学子的拳拳师友之情和言之有物，诲人不倦的风范深深地打动——他这是在教学生立德为先呢，有他做县长的这样作则育人，古城将来定能出那"卓绝之士"。我家老太爷真有知人之明呀！幸亏助他办成这中学……他其实，比韶光和万瑞麟更会说话哩，只是在她面前说话拘谨，口里像含着个烧萝卜。这人。

典礼毕，校长请贵宾和教师留影。宜君见又是秦老师，用三根木棍架着一个一尺见方的匣子，盖着一大块厚厚的红布，上面还立着一个大镜子。他揭开红布又露出一个小镜筒，手里还握着一个连接匣子的红皮球，弯腰对着大家瞄准，大声喊："看着我！一，二，三！"只见那大镜子"啪"一声亮光一闪冒出一股青烟，把人吓了一跳。秦时月喊："再来一次！"又故伎重演。留影毕，汪校长请宜君和校董们到办公房饮茶。

第二天一早，秦老师来给宜君看照片。她见那六寸长方的相纸上，一个个人跃然纸上。自己仪态端庄也还自然，那个挨近她坐的长髯老者微笑矜持，双手扶杖颇见儒雅，只是不及孙老太爷古拙天真。钟培炎和汪校长则是一副踌躇满志心忧天下的样子，宜君不禁笑了。孙韶光有时也这样。读书人德行。

秦时月拉起她手往外走，宜君抽开手问去哪里，秦时月说："给董事长留影。"

秦老师引宜君来到操场一株百年伞状雪松前，原来那留影机已预先架好。时月要她坐在草茵间石凳上，以雪松为背景远望。宜君牵齐长裙遮住小脚刚坐定，他又跑过来，一会儿扶她稍向左侧，一会儿摘枝小花置她右手摆在面前，这才钻进留影机红布盖里瞄准，探出头说："很好，微笑，别动！"捏那橡皮球，镜灯闪过两回，说，"好了！晚上可以取相。"

傍晚杨心茹给宜君送来相片，感叹说："竺老师太美了！"宜君见雪松下自己果然美丽优雅，脸就红了，说："这留影机真是奇巧，照谁是谁哩。"杨心茹说："这照相机也是有灵气的，人物风景越美，它越是传神。秦老师热忱，总是走在时代前面。"

汪校长请宜君旁听一节课。秦老师着的中山装，说今天国文与音乐并堂。他动情地颂讲陆放翁七言绝句"王师北定中原日，家祭无忘告乃翁"，文天祥七律《过零丁洋》"人生自古谁无死，留取丹心照汗青"，而后说："在这国破家亡之日，重读先贤这些诗句，同学们有何感想呢？应如钟县长培炎先生所教，'匹夫有责，俱当奋起'啊！让我们学唱岳飞的《满江红》。"就到脚踏风琴前坐下，伴着琴声教唱：

　　怒发冲冠，凭阑处，潇潇雨歇。抬望眼，仰天长啸，壮怀激烈……待从头，收拾旧山河，朝天阙！

这堂课在同学们起立齐唱的激昂歌声中结束。汪校长说："还是让学生专心读书为好。"秦时月忧虑地说："日寇入侵，偌

252

大华北眼看已摆不下一张课桌。"宜君记得孙韶光给她念过岳飞这首词，"收拾旧山河"一句记得最清楚。

傍晚，杨心茹说秦老师请她们去听音乐。两人进屋时，秦时月正在桌前摆弄一个黄铜锃亮的大喇叭，他轻轻摇转着一个小巧的金属摇把，不一会那喇叭里传出节奏很强很优美的音乐来。宜君走近去看，见有一个黑色的圆盘在慢慢旋转，一根银针摇摇晃晃在上面划动。秦时月饶有兴致地告诉她："这是留声机，是美国人爱迪生发明的，歌曲的音频刻记在盘上，只需摇满了弦，随时可以打开听的。寒假刚从汉口带来。"

杨心茹说图书室有学生先走了。秦时月沉浸在乐曲中，说："这是德国最伟大的音乐家贝多芬的小调第五交响曲，又叫《命运交响曲》。"宜君说："命运？"

"贝多芬说：'我要扼住命运的咽喉，他不能使我完全屈服。'"秦老师举起紧握的拳头。宜君更觉那音乐让人有一种无可言喻的感动和震撼。

秦时月很想请她与汉口同事聚首，伴着这激动的音乐跳一曲交谊舞，忽然明白端坐在眼前的，是一位传统守旧而又尊贵的诗礼人家妇人，她虽与人随和，却如那清池之莲，唯可远观。他从小去汉口在经商的伯父家上学，十多年所闻所见，无人可与她媲美。表姑曾与他提起这位名门女子，没想到她真的这么完美。他心中为她怅叹着，随手换上一个圆盘，划上银针，喇叭里咿咿呀呀传出一个女人热烈而甜婉的歌声：

　　爱我吧，爱我吧！趁着今夜，今夜的时光。洒满金樽，月满回廊，花香熏染着衣裳，歌声陶醉了心房。

爱我吧，爱我吧！趁着今夜，今夜的时光。浮生苦短，人世也太匆忙！你看啦，这梦也似的灯光，正轻红润着，红润着你的面庞。

爱我吧，爱我吧，趁着今夜，今夜的时光，这春意葱茏的晚上……

歌词深深地感染着宜君，联想自己痛失挚爱的丈夫，已是春花零落，无所寄托，不能再爱，不觉落下泪来。秦时月连忙移开唱针，动情怜悯又敬意地看着她，掏出条雪白的手帕，想递给她擦拭。宜君站起说："留声机好听。"就匆匆出门去。

"我要扼住命运的咽喉，它不能使我完全屈服。"——那个叫贝多芬的人的话在她脑海里萦回。

宜君应汪校长挽留在学校又住了三天，杨心茹在课余一直陪着她。回家的前一天，钟培炎到中学请她回庆云楼去歇息。在餐室一同吃晚饭的就他们两个人，

培炎请她尝了小杯酽红的洋葡萄酒，听她说了这些天在中学的所见所闻和新鲜感受，又看了秦老师给她拍的照片，见她有了许多新的见识，人也见开朗轻松许多，像渐渐走出了从前的阴影，心里很是高兴。

培炎送她去楼上房间，宜君本觉卧房不宜男子进去，又怕这样太过拘泥古板，就请他进房坐下。培炎起身替两人倒上温壶里的开水，也感拘束，就要她把校园的照片再给他看一看。

照片里，宜君端坐在雪松下草岚石凳，长裙及地，一枝小花自然搭在面前，纯洁的浅笑里带有幽幽的惆怅，温婉的目光中蕴含不易觉察天然的柔情，让人无法移开视线。她是那么的美丽，

那么宁静而孤单。培炎目光迷离起来，心底传来疼痛，旁边宜君身上那成熟妇人的气息一阵阵袭来，更令他感到快要窒息。他本能地站起来，深情地看着她：

　　新造的太阳不怕又要疲倦了吗？我们要创造新的光明，新的温热去供给她呀！

　　郭沫若《女神》的诗句沸腾着他，他抬起双手，差一点就要去拥她，忽然告诫自己切不可以冲动。

　　在这间不大而暖融的小卧室里，灯光柔和而暧昧，身边床幔净洁散发着香皂洗过的芳香。宜君感觉到他那种男人急促呼吸的热浪，看见他抬起双手，俊朗文秀的面孔憋得通红，目光里流溢着那样深沉热烈的怜爱与温情。那是多么动人的目光呀！

　　她忽然起了一阵浸润的眩晕，老太爷临终前的话语在耳边传来。她晕晕地站起来，脚下不由自主朝前移出一步，又急忙转过脸避开他的目光，坐回椅子上。她屏定呼吸，心里嘱咐着自己，今夜千万要把持……

　　钟培炎慢慢坐下来，一口气喝下大半杯凉水，总算将他那"新的温热"浇息。他怎舍告辞，正好有件事想对她说的，恰是一个话题，就问："汉口，夫人去过吗？"

　　宜君仍在心神不安中，见他找到了话题，这才松了一口气，说："没去过的。韶光说过要带我去的……"

　　钟陪炎听了又起伤感，良久才说："我的一个姑舅表兄在汉口开有一家工厂，专做肥皂，正在筹集投资扩大生产，来信劝我弃政从商，与他一同去办实业。我怎么能够去做那事呢？孙中山总理的遗愿，还远远没实现呢。"

宜君已渐平静下来，就笑了，说："我看你们学友几个，也都不像那做生意的人。"想想又问，"那表兄办工厂，哪来那多钱呀？"

培炎说："是靠投资合股。他老家阳逻就在江边码头，离汉口很近，人的眼界就开阔，不少大户人家卖去田地到汉口投资工商业了，家人也渐渐迁去汉口。穷人也多去那里卖工做手艺，比在乡下强，汉口就越见繁华了。"

宜君听了又感到新鲜，低头想着他的话，自然惦记起自家日后的去向，心里既沉重又觉柳暗花明。

培炎想起来又说："早知夫人闺出名门，工善刺绣。老太爷所赐'以教牧民'珍幅，如得夫人妙为摹绣，堪传百世。"宜君摇了摇头，说："多年没再挑针了……那年绣给韶光一幅桂花玉兔的画图，他带走了，也不知去向。后来就没心思做绣工了……"

"玉兔图？……"钟培炎没有接着问下去。

宜君静静地坐在那里出神。室中复归宁静。

看着她玉雕一般幽幽地静在那里，钟培炎心中的怜痛又渐渐变成热浪，他知道自己该走了，迟疑着说："你这张照片，能赠给我保存吗？"

宜君缓过神来，抱歉地笑了笑。这是他第一次直呼她"你"，而不是自她捐资助学以来，开口时总以"夫人"相称代替"嫂子"。宜君自己也很喜爱这张照片，觉得照片不宜给一个男人，又怕拂了他的善意，加之这照片在家中也是摆不出来的，又想这照片如赠人，也只有留给他合适一些。而且，给了照片，他，就该走了吧？……就笑着说："一个乡下人，能照得出什么好相来呀。

256

钟先生说行，就请留下吧……也不早了，你请回吧。"

培炎将照片小心放入上衣内层口袋里，心中又起一阵波澜，他感到必须逃走了——逃呀！他深深吸了一口醉人的芬芳，失神难舍地望她一眼，红着脸快步逃出门去了。

房间里变得空荡而寒冷。宜君无力地躺到床上，无法让自己平静。从元宵节到今天，这七八天愉快新鲜的时光，令她流连。她发觉自己已喜欢上这新的天地，新的生活，新的人们，甚至不知不觉在喜欢钟培炎这天真又干练的书生。但这一切，都无法替代她对那给过她无尽悲欢的孙府大院深深的眷念，对丈夫孙韶光刻骨铭心的爱怜和怀念。

她辗转反侧不能入睡。今晚与钟培炎共处的暧昧，让她心跳，令她眩晕，甚至陶醉！她才二十七岁呀，难怪王婶说春心还会再起，一朝寡居，旁人的心思也会不一样的。原来女子守贞，对于自然天性的压抑和束缚，是这般无情而凌厉。

她明白，老太爷因韶光多年未归，是以女儿待她，临终虽未明言，其实能理会到他将她托付给钟培炎的遗愿。培炎曾去家里郑重提过亲，又在想方设法帮助她从过去的生活里走出来，他是那样的诚实而又执著。冤家呀。

她做了一个长而清晰的梦：一轮新的太阳红彤彤挂在天上，霞光明丽，让大地异样地融暖。她如十年前一样坐在花轿里，那骑在枣红大马上的新郎，一会儿是韶光，一会儿变成伴郎万瑞麟，又变成了钟培炎……走呀，走呀，前方那披金挂彩的家美轮美奂，像在遥远海市蜃楼中一座瑰丽的宫殿，总也不见近前。而她，既激动向往，又从容安然，急什么呀？总会到达的呢……

19. 新生活耕者有田 老称号赤匪枭酋

钟培炎桌前放着一份县党部转递的省党部公文。蒋委员长倡导在全国开展"新生活运动"。

钟培炎对于"新生活运动"要旨深为赞同，感到应在治下率先贯彻，改变偏远山区民众的精神状态和生活陋习，树立文明进步的社会风尚。红军撤出鄂豫皖快一年了，环境渐见安定，正当用新生活去引导和教化民众。他郑重召开地方名流士绅座谈会，大家以为不是减租就是筹款，一个个姗姗来迟，张大警惕的眼睛。

钟培炎仪态儒雅，言辞舒缓："今共和训政，民心思治。蒋委员长在江西南昌军事前线，不忘礼治化民，委托蒋夫人宋美龄女士担纲，在全国开展'新生活运动'，并在乡村实行保甲制度，促进村族自治，发扬礼义廉耻，惩恶扬善，共谋太平。"接着饶有兴致地宣示"新生活运动"的要旨和规范。

众绅见召来不过是虚议，松了口气就纷纷响应，一个个之乎者也，痛诉人心不古，民人愚劣，伦纲尽失。钟培炎即提议成立"古城县新生活运动指导委员会"，由委员会发表倡议书。各乡村以民意推举保甲长，由县政府民政科审核发表。接着宣读指导委员会人选的推荐名单。士绅名流见榜上有名皆大欢喜，座谈会在客套喧哗中圆满结束。

钟培炎落轿孙府院前，不拘繁缛走到院中，宜君引到堂屋饮茶。春节期间在县城和中学的接触及此后的往来，使他们之间已不像从前那样拘谨了。培炎说已请她担任古城县"新生活运动"指导委员会委员，想让她带头把闵东建成一个示范乡。

宜君问："那'新生活运动'，又是什么新花样儿？"

钟培炎怜爱地笑了，到底是乡下婆娘，说出话来偏要这么直白，就摘其要义耐心对她讲解："新生活运动的要旨，是把古圣人礼义廉耻，贯彻到民众的思想和行为习惯之中。蒋委员长说了，中国人很弱，自私，不守纪律，不讲道德，要通过这个运动，把革命精神灌输给全国人民，使他们相信党和政府，承担民族复兴的重任。"

宜君听他竟能把古圣人和"革命"扯到一起，就又感觉新鲜——孙韶光讲革命时从不提古圣人，只说马克思。那大胡子也是圣人。

钟培炎见她听得有味，接着侃侃而谈："指导的原则有八项：一、把昨天看作死亡把今天看作新生，抛弃昨天的耻辱，建设一个新的民族；二、我们必须遵守纪律，保持信义、诚实和廉耻；三、我们吃穿住行要简单，规矩，朴素和整洁。比如……"

宜君听着就笑起来："哎呀嘞！你叫农人都起早床可以，叫他们都不吐痰，不吸烟，靠右走，出门还得穿礼褂，这做得到吗？"

钟培炎说："好习惯总是慢慢习养来的嘛，泱泱文明古国呢。"宜君说："你这新生活，有些事孙家应该带头做，但你要我在闵东做成示范，那就太难了。"钟培炎问："依你之见？"

宜君想起孙韶光说过的那些，就说："我看这新生活，应是要讲人人平等，耕者有其田，起码也要主佃和睦，一方太平。要是人人心怀怨恨，你打我杀，还怎么生活呢？旧生活都过不下去呢，还新生活。"

钟培炎又觉她说得言直理明，就说："就时下情形而言，你说得在理，闵东一方太平就是证明。管仲曰'仓廪实，则知礼节，衣食足，则知荣辱'，新生活最终还有待民众的富足。"

宜君就说："你知道的，去年秋季我已贱卖了一小半田地。上次听你说人家都到汉口投资，我就想过的，今年想再往前走一步，用这个办法来响应你的新生活，你看合适吗？"

钟培炎听了兴奋又欣慰，他此前对她说汉口表兄办厂筹资，本是有心启发，就说："你所做的，正是国家将来要走的一条路！"

宜君问："国家？"

培炎说："正是。待国家安定以后，国民政府将遵循国父《民族复兴大纲》，用和平方式进行土地改革，以城市工商业的股份赎买地主的土地，分配给农民耕种，农民三十年逐步偿还地价，使乡村地主转变为城市工商业者——就如我表兄他们那样，让农民耕者有其田。这样谁也不用去革命了，就能永保太平了。你一个女子，倒比国家先走了一步。"

宜君记得万瑞麟也说过那就不用革命的话，笑着说："我也没想那么多，只是前些时到县城和中学，开了许多眼界。"培炎高兴地说："我希望你还要更多地走出去，让我替你安排吧。"

钟培炎善饮，中午痛快地喝了半斤烧酒，宜君要他在老太爷从前的卧室休息，他却钻进老太爷书房，选出六七本书来，也不打招呼就包上了，像都是他自己的书。义父呢。

送走培炎，宜君请孟管家商量再次处理田产的事，孟管家知道争也没用，就说听大奶奶吩咐。宜君说："我想把老佃户剩下没卖的一半，按去年同样低价卖完，三年以上佃户与去年老佃户的办法一样，贱卖给一半。"

孟管家惊问："那不就光了？大都是老佃户呢。"宜君说："我默了一下，剩下的田地租成也足够用度了。"孟管家说："断了来源，日后还不坐吃山空。蛇大窟窿粗，由奢入俭难啊，这家大业大，没个防备怎么办？"

宜君说："孟先生放心吧。听钟先生说，政府正在鼓励发展工商业，士绅多有卖了田地到那大城市投资入股的，也不用自己跑城里去做生意，坐在家里每年纯得红利，收益比出租田地大得多，不少人一两年本金就回来了呢。"孟管家说："且往哪儿投呢。"

宜君："钟先生在汉口就有经商办厂的亲戚。等田地处置得差不多，你和韶启一起去趟汉口，办投资置业。县城铺面也不丢，往后我在家守着这院子，你就去帮韶启打理。"

孟管家这几年对于大奶奶处事越来越信服，听她说得新鲜觉得合算，又免去了像二老爷韶启那年被人绑票，或遭土匪打劫的危险，如今这地主怕是真的当不得。就说还是大奶奶看得远一些，转身去写告示。

这次卖田范围比去年更大，告示一出，院前人都挤不动，才十几天地契都发得差不多了。孟管家藏好卖地现洋，对宜君说："从此我家在闽东就不再是田业大户了，按红军的说法，也就算个'中小地主'了。"

宜君也若有所失，说："若照大少爷早年说的，不是了才好

261

哩……万军长和钟先生两个，也都是这样替我家想的，只是没好明说呢。他们看得远。"孟管家惋惜地点头

孙韶启和孟管家到汉口找到钟培炎的表兄。他的江岸肥皂厂是承续清朝末年的老牌子，"扬子江"牌肥皂沿长江上至重庆，下至上海畅销多年，"新生活运动"以来更是供不应求，正想筹资扩大生产。表兄深知莫看乡下老财土气，真正的大钱还在他们手里，读过他们带来的钟培炎信函，心中更是踏实。就在临江楼摆宴接风，席间就谈妥了投资金额分红比例，孙家占股三成，孙韶启挂名副董事长，另给钟培炎上了干股，以谢他的促成和对大股东在乡下的照护。

孙韶启回家来，宜君连夸他和孟宪忠会办事，说："你哥要是知道我家把田地都已散给佃户了，他在那边，可是开心了……"忍不住低头抹泪。

竺宜君将雇请的几个耕种长工和家佣妥为安置，把自耕的三十来亩庄园分送给他们安家以养家小，他们难舍又欣喜地回去种田过日子去了。周妈和王厨师两口子是老太爷时候的人，不舍得走，宜君也难舍，另留下一个种菜看院喂马赶车的伙计。韶启让孟管家仍在家替大奶奶支应内外。宜君和天香本会自做针线，又跟周妈学会了纺线织布，恰好从容打发时光，时常和大家一起劳作，反觉乐在其中。不出两年，孙家在闵东渐见出中等人家光景。

这天傍晚天香到街上打煤油回来，慌慌张张说："街上贴着大张布告，要捉拿万瑞麟！"

宜君急忙同她到街上，见墙上那张已晒得卷角的大纸上版印着一幅画像，豹头，长脸，高鼻，阔嘴，剑眉环眼，目光凶恶，

画像下大字赫然：

通　缉

　　万匪瑞麟，三十一岁，身高六尺许。查万犯系共党游击队
枭酋，纠合赤匪亡命余孽，啸聚山林，流窜鄂东，杀人越货，
共产共妻，无恶不作，神人共愤，决予缉拿伏法，以靖地方
而儆效尤。兹尔民众，凡有察万匪形迹者，须即刻报官，赏
大洋一万元，献其首级者，赏大洋五万元，若有藏匿及知情
不报者，处以通共连坐之罪，格杀勿论。

国民革命军鄂豫剿匪总司令部
民国二十四年三月二十一日

　　宜君心慌口跳，天香扶她回屋，说："那张人像画得还真像
他，就是眼睛太凶不像，他眼睛只是放亮……我天黑去把它撕下
来。"宜君说："莫撕它。闵东人安分守己，撞见他也不会去报官
的。"天香说："难怪两三年不见他人影呢，原来到处捕他。"宜
君说："没人能抓到他。他这是怕连累孙家呢。"

　　正说着，院外进来一个头戴草帽身材魁伟的大汉，天香眼尖，
认出正是万瑞麟！

　　宜君小脚快移过去，一把将他扯进自己的东厢房，喘着气说：
"你好大的胆……"

　　万瑞麟接过天香递来的大茶缸，咕噜咕噜喝下半缸热茶，说：
"兵法讲明则虚之，虚则实之，出其不意。没人相信我会独行，相
反安全。黑子队长他们就在镇外，放心吧。"宜君说："总以小心
为好呢。"天香笑着："人家是星宿下凡呢，怕谁？"就去院中望

风。

万瑞麟说："国民党不惜用两个师的正规军在鄂豫边界追剿我，是想扑灭大别山的革命火种，防我重新壮大，撵得老子满山跑，要不是上回在嫂子这里伤养得好，没打死也早拖死了。"就解开领下两颗纽扣，翻开伤处给宜君看，说："就一圈红印，连疤痕都没有。"

宜君不好近前细看，说："红军大部队走了几年，这一带就没打大仗了。我见这地面上还算平静，万军长就别再折腾了……韶光不在了，你莫再把命也送了，就到汉口去做个教书先生吧，多好呢！"

瑞麟说："嫂子减租多年，又把田地都散给了农民，闵东就见太平了。你没见还有多少穷苦人，硬是活不下去了。"

宜君想了想说："那钟培炎，他没当共产党了，不是照样给百姓办事做主吗？"瑞麟说："他做不了主的。穷人只有自己当家了，才能替自己做主。"

宜君犹豫了一会儿，问他："你……娶媳妇了吗？"瑞麟拘束地答："成天蹲树林钻山洞，娶哪门子亲。"

宜君又想了想，说："我这里官家都晓得是钟县长亲戚，没人来查了。要不然你就在这里住些时……天香，我见她对军长很是敬爱有意的，若是娶了她，生下个一男半女的，也比韶光强……只是她和我一样，没上过学堂。"

瑞麟脸红起来，说："天香是个好姑娘。可我做的是这提着脑袋的事，怎能连累哪个女子呢。我不能再学韶光了……等到胜利了，我就回来照顾嫂子……"宜君低头不语。

晚上宜君和天香到后院给瑞麟送热水，见他正在灯下用毛笔专心在一块布上写写画画，画的是一大张地图，山水路径村庄炮楼标注得密密麻麻——他是不是为了用毛笔墨水才跑来我家？给他钢笔又不肯要。也难为他了，山洞树林里哪来这些。就说不打扰他了。

孟管家夜里回来，就到马棚铡草捣豆饼马料，伙计今天探家去了。半夜里听到院前有动静，急出马棚，见两个黑影翻院墙跳进来就去开院门。他喊声："捉贼！"话音未落，冲进来二十几个持枪握刀的人，知道是土匪，他正要再喊，口中已塞入布团被绑紧了。

土匪头目个子瘦小，倒像个文士，走近说："叫你家主人出来吧！"

孟宪忠心急如焚，使劲吐着口中布团喔喔作声。头目命扯出布团，喝道："叫你主人说话！休待我动手！"孟宪忠打算以死护主，反而镇定，说："好汉息怒！我是管家，主人几天前去了县城。有话好说，好说。"

一个大汉一脚将他踢倒在地，用刀横在他颈上吼："财物藏在哪里！"孟宪忠心一横，说："我家田产早已散尽，空屋一座，一般人家，勉度时日而已。"头目冷笑："找死！须知贼不空还。我既登门，岂不知情，快叫你大奶奶出来说话！"

宜君听见院中人声，与天香走出门来，顿时失色，这二十多个土匪都持枪械，万瑞麟一人如何对付得了！还没等她做出反应就和天香被绑住了。一个土匪上去搂住天香捏摸，另一个就要去动宜君。

那头目喝声"靠边！"对宜君说："早知孙大奶奶是明白人，留钱留命，你选吧！"宜君急速思索着，她不能喊叫，怕惊动了万瑞麟，他如跑来出手寡不敌众，必是性命难保，幸亏他睡在后院……

万瑞麟偏偏走过来了。他居然没有持枪，徒手径直走到土匪围起的人墙中间，威严地说："什么人呐？"

头目打量一眼这个彪形大汉，叫声："捆起来！"两个精壮的土匪走拢去，万瑞麟双臂一分，两个土匪就跌坐地上，他大喝一声："站起来！"众匪后退，一齐将枪指着他。那头目被他气势镇住，已见此人不是凡人，就鼓足了气喊："我是红军！你不要命了！"

万瑞麟仰头大笑："喽啰！晓得万瑞麟么？"

头目借着月光近前一看，叫声："娘呃！撞到鬼了……撤！"

万瑞麟顺手拧住他臂膀："别忙。我的队伍就在镇外，你走不了。"头目伏地磕头说："小人有眼不识泰山，英雄饶命！自己人……快给娘娘松绑呀！"众匪慌忙解下宜君儿人身上的绳索，齐齐跪地磕头，口中喊："大王饶命！娘娘饶命！"

万瑞麟上前扶起头目，说："谁跟你自己人！都站起来，好好说话。"

原来这是从黄安北部告天山过来的一股土匪，是专冲着闵东大户孙家来的。头目原是个穷塾师，为农民协会办过事，还乡团要杀他，不敢归家，拉上一帮弟兄落草为寇了。他诉说："没法活了……红军一走，穷人遭难，乱打乱杀，都是给逼的呀！就请英雄收留我们这帮难兄难弟吧！"

万瑞麟说："红军没走！就在大别山。红军是有信仰有纪律的队伍，不能收编股匪。你们走的这不是条路，你们散去吧，有命案的外出谋生，有家的都回家去。"

头目就哭起来，说："我这二十几个弟兄，家中上无片瓦，下无寸土，大都干过赤卫队，杀过土豪，回去都是死，不然谁愿当土匪……求大哥收留我们吧！"

瑞麟示意宜君回屋。天香仍在哆嗦："好险呀！土匪早一天来迟一天来，就不敢想了……"宜君眼见万瑞麟只身降匪，感叹说："苍天有眼啊，恰撞上他……"想到这群土匪其实也都是些走投无路的穷人，还有那"贼不空还"的道规，就去准备打发。

万瑞麟对土匪们说："你们不愿散伙，可以回告天山，我给你们定三条纪律，第一，莫想发财，只要活命；第二，只惩恶霸，不害善良；第三，不侵犯妇女。若三条做到，我以后到告天山收你们加入红军。若再侵害良家，冒充红军，定不轻饶！"众匪唯唯称是。

宜君让孟管家将三十块现洋送给头目，说是聊助衣食，头目口称"娘娘人恩"拜谢。

万瑞麟大声说："回去替我跟你们同道的都打个招呼，闵东孙家是我万瑞麟的兄长家眷，走路弯远点！谁敢动一根毫毛，我剥他的皮！走吧。"众匪得令般一溜烟逃出门去了。

万瑞麟决定连夜离开，宜君和天香不让走，瑞麟说："我已在这里露面，没有不透风的墙，还不保土匪不去告密领赏，那就连累太大了。往后我不能常来了，只有等到红军势力大起来，或是等到胜利了……嫂子请多保重，等我回来！"

20. 颂贞德族祠悬匾　嗟美娥节妇惊梦

闽东孙氏祠堂里烛光通亮，醮香弥漫，各房头长者按照辈分依次坐定。族长孙省三托着一把镂花青银水烟壶，慈善而威严地坐在香案下，他轻轻咳嗽一声，众族人立时肃静。

孙省三是清末秀才，在北京为官的舅父家上洋学堂时，鼓吹"维新之法"，民国后当过北洋政府直隶正定县知事，后辞官回乡做起太平绅士，被拥为族长。他与孙老太爷是近宗，刚出五服，"幺房出长辈"，虽较孙老太爷小了十余岁，辈分却长出一辈。当年孙老太爷说他熟读诗书，善识礼义，阅历颇丰且具威仪，也乐于推他为长。

孙省三又干咳了一声，就慢条斯理说话了：

"诸位族贤见察，今日聚议，唯商一事。吾族祈天地护佑，祖宗荫庇，唯以道德延世，忠厚传家，今又得贤良贞烈节妇一人，乃吾族举人逸民之长媳，逝男孙韶光之妻，孙竺氏是也。"

众人闻言肃然。孙省三从容深吸一口水烟，长吐青雾，接着说："孙竺氏闺出名门，知书达理，恪尽妇德，孝长敬夫，守贞如玉，以民国十一年腊月入祠前后年份计，十有五年矣。虽天生丽质而心不乱，龄值芳馨而性自宁，素衣淡食，甘之如饴，堪为当世女子之仪范焉！"

众族人频频点头，交头接耳，一片赞叹。孙省三略扬声音说："以孙竺氏之贞德，若在前朝，吾族人当禀明官府，举之于朝廷礼部，奏请旌表，并于身后立贞洁牌坊于乡间，以彰其德而教万民。惜今之民国政府竟妄弃此礼！老夫欲奏明县府，以吾宗族名义，授予孙竺氏金匾一幅，曰'贞德仪范'，悬之堂前，以奖其贞而永其德矣。"

族人多有因减租得田深受竺宜君泽惠者，倒不去管她这"贞"那"仪"的，好人呢，一致赞成为她悬匾颂德。动礼还有酒喝哩！

宜君听说要给她授匾，酸甜苦辣涌上心头。这在从前是一个寡妇无尚的荣耀，也是她做女孩时崇敬的那些节妇烈女完美的归宿。可是今天，她却涌起阵阵辛酸。她愿意一生默默地为韶光守节，却不愿旁人窥视和怜悯她，更不愿拿自己的不幸去供那些毫不相干的男人们欣赏。她哭了。

她不知道自己这些想法上的改变是从什么时候，因什么人开始的，是韶光？立群？还是钟培炎，万瑞麟？或是她向往留恋的中学和县城，那新的社会，新的人群，新的生活……她实在不需要贞洁的奖赏，她一个羸弱的女子，倍加珍惜的，只是人间的情义，想要坚守的，也只是做人的尊严。

天香给她沏来清茶，愤然说："孙省三那个老朽！什么挂匾，明是紧箍咒！"宜君说："快莫瞎说了。由他去吧。"

孟管家得做迎匾准备了，他心中酸涩忧虑。大奶奶才三十岁，这匾一挂上，虽是荣耀，她这一生也就苦定了，永无尽头。挂哪门子匾呢。哎哟！

孙省三一向深居简出，为授匾大礼躬亲发驾，上午巳时头就落轿县政府院前，着随从递上名帖，直称要见县长钟培炎。

钟培炎早闻孙省三其名，曾在孙老太爷纳自己为义子的宴席上与他相识，不知这位北洋遗老所来何事，直觉应与宜君相关。他连忙换上中式礼服迎到院前，恭敬揖礼："孙老先生惠临，后学不胜荣幸！请，请。"领至办公房，唤声"看茶"，分宾主坐定。

孙省三也久闻钟培炎才名家世，知此子既得逸民举人器重，必有过人之节。乃以长者仪态与言，声明孙氏族祠将授挂竺宜君贞德金匾，提请县政府同时立册公告嘉奖。他以不容置疑的口吻说："届时务请钟县长莅临，以光其仪而广其声也。"

钟培炎大惊，又气又急。他知道这封建遗老昏聩固执，不好对付，略作思忖急切地说："孙老先生此举，培炎以一己之意，自可体谅。然当今复兴民族，气象一新，妇女解放乃党国要旨，培炎既忝居本县，理当倡导力行，若参与此事便是公然渎职，恕难从命。况强人守节陋规，实属封建糟粕，流毒人心，早当废止，何事挂匾张扬！应请孙氏族望罢黜此议！"

那孙省三何曾受过这般抢白！此来本是端起资望，倚老卖老，哪知这孺子竟断然拒绝，强词夺理，出言不逊。他恼羞成怒，满脸通红斥道："妇女解放，败坏伦纲，本是你国民党虚妄之辈兴妖作孽，以致鸩毒人心，祸乱世道！岂不闻妇人以贞德立身，是以约束男人欲念，关乎社会整体之道德风化。故倡导女子贞洁自爱，使其得子孙乡党之敬重，方为对其行根本之保护。足见你不识大体，枉读诗书！今人心不古，伦纲尽失，老夫正欲扶正祛邪，隆加旌表孙竺氏，以明天理而清世风。今汝枉居县长，渎教化之责，不思悔改，反加讥讽，庸才乎！"

一通斥责还不解恨，又指着钟培炎骂："早闻你不顾廉耻，背孙韶光同窗之信，褒孙举人义子之礼，假办学之名，欲行勾引我孙竺氏久矣。人而无仪，何立于大堂！"

钟培炎的自尊受到极大的刺伤。他对这老屌头以挂匾加害宜君本就愤慨不已，又受他当面辱骂，情何以堪，心想你无非做过县知事，可如今僻居闾巷，同匹夫，属我子民，我虽为晚辈，也是堂堂县长，岂容你肆意侮辱！他很想学诸葛亮，于阵前气死那背主而助曹丕代汉的老臣王朗，骂他一声："皓首匹夫！苍髯老贼！不死何为！"而后痛加驳斥。但他知道不能这样做，怕激怒这老昏，他会变本加厉，以宗法桎梏迫害竺宜君。

钟培炎强咽恶气，口念《离骚》一句为答："众女嫉余之以娥眉兮，谣诼谓余以善淫。"郁愤自在其中，即起身为孙省三添茶，谦恭而不卑地说："前辈息怒。我与望族贤士孙韶光金兰之义，尊义父于我垂爱之情，及省立古城中学创办之艰，苍天可鉴，毋庸赘言。"孙省三悻悻然无语。

钟培炎也自饮一口茶，略观他神色说："培炎久闻孙老先生少怀鸿鹄之志，在京时曾著文倡导新学，鼓噪康有为立宪维新之法，发时代之先声，为一方之名士。培炎愧为同乡后进，景仰久矣。"

孙省三闻言自得，气就消了一截，见这官居县长的读书人竟能唾面自干，料非寻常之辈，也就借梯下楼，抚须哂道："其时少壮，匹夫一怒，何足道哉。老夫适才激言……"

钟培炎就说："先生今幸荣归故里，正好本布新革旧之旨，教化乡民，刷新风俗，积大善而得神明，则桑梓幸甚啊！"孙省三慢慢饮茶，沉吟不语。

钟培炎起身慷慨道："恕晚辈直言，己所不欲，勿施于人。年轻女子望门及守寡陋习，上违天理，下戕人性，男权者于心何忍。中国封建伦纲荼毒之残无过于此者！培炎愿效孙老前辈当年初衷，奉前辈以驱驰，合力扫除之！"

孙省三方信传言不虚。这钟培炎才辩智识，果然不在清末京城那群维新志士之下！且猝然临之而不惊，无故加之而不怒，能屈能伸，雅量大度，慨然有国士之风。此非池中物也，必不久居人下……

钟培炎还有一肚子话要说，做好了舌战腐儒的准备，见他不言反激他一句："未知前辈意下如何？"

孙省三自知辩他不过，怕万一他出国民党"民权主义"之名，行县长之权力强加制止，反倒不可收拾。但也谅他不敢贸然行事，必然投鼠忌器，顾及竺宜君日后在族中难以做人。就敷衍说："旌表孙竺氏一事，乃举族公议共襄，非老夫可独裁也，自当慎之。"他怕言多有失，辞谢钟培炎留饮，打着哈哈告辞了。

钟培炎礼送到院外，以为总算打动说服了这遗老，心中颇为自得。

旌表竺宜君的仪式择吉日在孙氏宗祠庄严举行。

数十名族人户长房长及具贤孝之名男丁肃立祠堂大殿，孙省三亲手点燃檀香蜡烛，启禀祖宗牌位，领众族人行三跪九叩首之礼，而后步下司礼台，在钟鼓齐鸣中为匾额揭绸，行列祖列宗为其开光之典。

那匾额柏木所制，宽为五尺，高两尺余，厚有三寸，黑漆凝重的底面上刻着四个镀了银的净白大字：

贞德仪范

这匾虽做得大气庄重，看上去却让人感觉阴冷森森的，若不是镂雕边框镀有金粉，倒像是给人吊孝。

孙省三领族人，簇拥着匾额浩浩荡荡向孙府走去。没见打鼓，也没吹那好听的唢呐，却是"呜呜"地吹着几把几百年前的牛角号，一面两人抬的箩筛般大绿锈斑斑的铜锣，一下一下敲出"哐——哐——"的沙音，更像是在发丧。

孟管家忧郁地站在院门口，点燃了一串不长的鞭炮。

竺宜君已略作过梳理，穿身净青的大襟短褂，下系青布围裙，木然地站在堂屋门外。天香也一身素净，在一旁伤心地扶着她，敌视着那个威严而仁慈的族长。

宜君上前两步，向族长行过女子万福礼。孙省三慈容满面，怜惜地点头回礼，着族祠赞礼执事宣读由他亲笔撰写的表文，很像在念一篇祭文：

今当民国二十五年，岁逢丙子，节值春分，楚古孙氏族人肃聚宗祠，禀明列祖，虔具金匾一桢，旌表吾族第五十三世贤孙媳贞女节妇孙竺氏于当世，而赞之曰：祖德光大，贤良承焉，族有节妇，闺门竺氏，未字从父，既出从夫，事亲至孝，敬夫如君，望夫十载，守节五秋，贞同冰玉，节比竹松，弃丽质如糠秕，藐风月若寇仇，垂微目无旁视，持素淡总如饴，示仪范于乡同，感神明于苍穹。嗟乎！兹我族人，宜敬宜效，子孙传习，德馨永昭。

敬惟悬匾！

孙省三抹去激动的眼泪，抬手一扬，说声："执礼。"牛角号

273

大作，四个族人肃穆地抬匾进入堂屋，扶梯，恭敬地将它稳稳地高悬在正面墙壁上事前嵌牢的大铁钩上。

欢声雷动。面匾鞠躬，礼毕，男人们欢欢喜喜回到祠堂，依房头长次，辈分高低，围坐在十多张大方桌旁，等待着传闻中的"三道面饭"盛宴。人们大块朵颐，痛灌烧酒，从中午一直吃到日头偏西，他们为孙氏出了个懿德广播的贞节女人，美美地享受了这顿大餐。

端午节快到了，钟培炎带信请宜君和天香到县城去过节，就便看看节日的"新生活运动"。

几年中钟培炎常来家看望，每年请宜君到中学参加典礼，元宵接她和天香到县城观灯，他们相互又少了许多拘谨。钟培炎再一次郑重地提出希望和宜君结婚，说她大孝已满，他们应该了却老太爷的心愿。宜君说韶启还没成家，且她总也不能离开这个家的，劝他莫要耽误，尽早成个家。现在族人又给她挂了大匾，更没说的了。

韶启喜滋滋回来，向宜君禀明婚姻大事，说是城里有头面的人做的媒，名叫胡淑媛，十九岁了，识字，父亲是个邮政局二等局长，也都见过面了，如嫂子应允，回去就下聘礼。宜君高兴地说："兄弟早该成个家了，前几年大孝未满我也没催你。媳妇家世人品你满意就行。看个好日子，端午后就在城里办礼成婚吧！也要回家来热闹一下，唱几天花鼓戏。"就去张罗聘礼，嘱韶启莫要委屈了人家名门小姐。

宜君在端午头天进城，想先到中学看一看。天香在家备办韶启新房没有同行。

钟培炎推行的"新生活运动"，两三年来还真的在县城有声有色地开展着。端午节这天，秦老师带一百多学生上街宣传，请宜君同往。学生们沿街演说，逢人散发传单，进巷入户逐家讲解，赠送县政府购买的牙膏、肥皂和灭蝇灭鼠物品，每户发送一份《居民文明道德公约》，拿着大竹扫帚清扫街道巷口，往东门外河堤运送渣物。居民们往学生手里塞端午粽子、咸鸭蛋，拉着他们在耳上搽雄黄酒，大街小巷洋溢着融和的节日喜气。

宜君见学生在一间"模范厕所"外墙上当废纸撕刮着的，是一张晒白了的画着凶恶万瑞麟的通缉布告，问秦老师："日本人都打进中国了，政府还在到处打红军，这国民党共产党，到底谁是谁非呀？"秦时月斟酌着说："我只爱国，不问政治。"

宜君想了想问他："那爱国算不算政治呢？"秦老师见她随意一问其实深刻，深长地望她一眼，说："依我看，不一样的。爱国，是一个民族每个成员应有的情感和责任。政治，只是那些想要执政的聪明人的事，往往是用来骗人的。"

"爱国是头等的政治！"一个拿传单跟在身后张耳听着的十三四岁男学生，忽然响亮地插话，不是古城口音。两人好奇地看着这个下巴长长、眉目清秀、两眼放亮的男孩，宜君欢喜着问他："你叫什么名字呀？"

"曾锐。"那男孩因为冒犯了老师，红着脸走开了。秦时月若有所思。宜君望着学生矫捷的身影，心想这个名叫曾锐的气象不凡的孩子，将来长成，大概就是钟培炎办中学想要的那以身作则，力戒颓俗的"卓绝之士"了。

韶启的婚礼，因百年孙家在古城的声望，不能不办得体面一些，城中士绅名流纷纷来祝贺。宜君见弟媳温柔漂亮又彬彬有礼，看着顺眼，心中更是高兴。

钟培炎来了，大家相见甚欢。培炎仍不放心族人要"旌表"宜君的事，打算端午过后专程去闵东礼访孙省三老先生，就说了他不久前谏阻孙省三的情形。宜君低着头说："族人还是给我挂了块匾。有两个多月了……"钟培炎闻言脸色发白，霍地站起来："这老贼！别管他，待我去把它砸了！"宜君宽慰又担心地看着他。

五月十二日这天，初夏的阳光明媚，暖风习习，孙韶启的新娘红轿后是钟培炎的轿子，后面是载戏班的马车，敲锣打鼓来到孙家院前。鞭炮欢爆中，宜君先请钟培炎到堂屋落座，和天香送新人到正屋备好的新房。孟管家已在后院备妥戏班的安顿，事情都井然有序。

宜君看望过班主和艺人们，转回堂屋，却不见钟培炎，原来他和孟管家各站一架梯上，正在努力地试图取下那块厚重的大匾，墙脚靠着一把八斤多重的铁锤。

宜君眼泪就涌出来了，说："别动它了，快下来吧。"

钟培炎仍在与那只牢牢套在大铁钩上几斤重的铜环较劲，说："砸了它好看戏！"宜君仰头着急地说："你是个当县长的，又是韶光学友，老太爷义子，你来砸它，族长和一族人的脸面没处放得，不定闹出什么事来，我往后在孙家，怕是越发难得做人了……"

孟管家闻言一惊，转过头小声说："钟先生，砸不得！"就先下梯，拉扶钟培炎退下梯来，又蔫不溜提着那把重锤出去了。钟培炎大为失望，痛苦又无奈地眼睁睁盯着墙上黑森森的重匾，口里不停地自言自语："这老贼！老贼！……看我，看我……你等着……"天香来喊钟先生吃饭,见匦没砸成人在出神,心里说:"'看我看我',看你个屁……干瞪眼,没用的秀才!"

端午过后正是农人忙中小隙,早把戏台搭得宽敞又结实。乡下唱戏都在白天,那些除非挑脚一辈子也难得进趟城的农人将院子挤得满满,墙头树干上骑坐着欢闹的孩童。今天唱的是《梧桐雨》,开场锣鼓一过,小桃红的身姿展现在台前,院中吆喝四起,压过了贵妃的声音。戏唱罢日头已偏西,钟培炎没砸成那匦心中郁闷,告辞回县城去。

大戏唱了三天,酬谢送走戏班,入夜,院中复归静谧。宜君躺在床上难以入睡,想着戏曲中一个个美人的命运。那杨贵妃倾国倾城,三千宠爱聚一身,君王自此不早朝,兄弟姐妹皆列侯,一骑红尘妃子笑,谁料却魂断巴蜀途中马嵬坡,唐玄宗为保皇身忍看她马前惨死零落荒山,此后魂魄从来不入梦,相思梧桐夜雨也枉然……貂蝉花容月貌,为报养父深恩甘于以身事那国贼董卓,于凤仪亭幽会吕布挑起嫉恨,使王允得主朝政于一时,吕布身死后貂蝉漂泊无寄,再也无人知她生死去向……

她想,自古道"红颜女士多薄命",自己十七岁嫁到孙家,虽是夫妻恩爱,相处的日子计来不足一个月……韶光离世又五个年头,自己守着妇节年过三十了。当年的两位伴郎,一个说等胜利了就来照顾她,一个说要娶她。我一个没进过学堂的乡下女子,有那么好吗?他们这都是念着韶光呢。

钟培炎已过三十一岁了,一直等着她,全没有成家立户的打算,怎么办呢?她心里其实是信赖着他的,甚至有种依恋。如今老太爷不留田产的遗嘱已替他办妥,韶启已成家在汉口有了股份,孙家的生计有了着落,也没什么离不开的。可是我那韶光呢?这辈子，谁能像他那样叫我揪心……还有那块贞节匾上族人的脸面，千百年的妇道，有这老太爷留下的院子，孙家的百年门楣……快莫瞎想了。

迷糊中睡去，见万瑞麟匆匆进来，立在床前魁梧英武，他敞开上衣让她验看胸前恢复的伤口，那棱鼓的胸肌上散发着男人热汗浓烈的醇酸。宜君抚摩着伤痕，又要他躺好去看他大腿伤口，紫红的疤痕直连根部，那儿硕然炽热。宜君正自害羞，瑞麟忽然不见了。

宜君惊醒，幸是一梦。周身燥热再难入睡，想起娘家王婶说她天生丽质，守贞比一般女子还要难上十倍的话，心中更是忧伤。

迷糊中又见钟培炎坐在床边，目光怜爱中透着忧郁。宜君惊问："钟公子还没走？"那培炎惆怅说："你叫我，如何放得下……"他抚慰的手温润而凝重，宜君无力地推他说："你……快走吧。"……

厢房外有轻轻的敲门声，宜君骤醒，晕晕地勉力坐起披衣开门，天香进屋就伏她肩上哭着："小姐你，好可怜……"挨她坐下说，"我过来给二奶奶那边上灯油，看见孟先生蹲在大奶奶窗外捂着嘴细声哭，好久才回屋去。我进去打洋油他眼睛还红着，要我多陪伴大奶奶些……"

宜君想到刚才梦中可能出声，脸就烧红，想起平时孟管家总不抬头看她时，那回避怜悯又不安的目光。天香喊着"小姐"依偎她。宜君替她擦泪说："二奶奶明天就走的，这都交子时了，你还是快过去支应吧，叫人家怎么想呢。"

这天傍晚，秦老师忽然出现在宜君门前，手里拎着个大皮箱。

宜君惊问："秦老师？怎么找到这里来了？"秦时月拘束地一笑，犹豫一下还是走进她房间，把皮箱轻轻搁在桌上。宜君语轻落重地说：“男子是不进女子房里的呢。”

秦时月像没听见，低头打开皮箱搬出个东西，揭开裹在上面的灯芯绒红布，露出金黄锃亮的大喇叭，是那台留声机。时月说：“你看，使用很方便的。”就示范怎样用摇把上弦，怎样搁唱盘划唱针，宜君才知其实这么简单。

房间里响起珠落银盘般悦耳动听的音乐。秦时月说：“这是民乐古筝《凤求凰》。这盘都是古典名曲，有《高山流水》《阳春白雪》《百鸟朝凤》《阳关三叠》《梅花三弄》，还有当代音乐家聂耳刚根据民乐改编的《金蛇狂舞》，可好听了。另有几盘新出的唱片，多为上海电影插曲。”

宜君转身给他沏茶，秦时月说：“夫人喜欢留声机，送给你了。听音乐是心灵与上帝的沟通，也是最好的休息。”宜君说：“放我这儿闲着，你听什么？”秦时月说：“我还有萨克斯呢。那是自己的心声。”

秦时月抬起头，忧郁布满他明亮的双眼：“大姐你，需要快乐地活着！……这个世界上只有我能使你快乐。只有我，不是别的人。”

宜君知道秦老师是一个单纯正直的人，看着他执拗诚实的神情，想着怎样才好让他赶快离开又不伤人自尊，就决然地说：“秦老师不要这样想。我知道该怎么活着的。留声机你这么远拿来，我就谢你了。送你到客房歇息吧。”

秦时月本是为那几句话而来，并不抱别的希望，朝她鞠个躬说：“今天我失礼了。我这就回学校。”又不舍地看着她，焦虑地说：“大姐！你需要快乐，快乐地活着……”

望着秦老师推车匆匆消失在黑暗中的背影，想到他在中学的种种热心，宜君心中又觉不忍，明是赶人走呢。她走到对面房，天香在床上转过脸说："那人走了？"宜君说是中学的一个老师，送一个会唱歌的喇叭来。天香过房来看，眼里全是稀奇。宜君说："这叫留声机。"就如秦老师所教，换上一张唱盘搁好了唱针，果然就有一个男人悦耳又悲伤的歌声在屋中飘荡：

我走过漫漫的天涯路，我望断遥远的云和树，多少的往事堪重数，你呀，你在何处？

我难忘你那哀怨的眼睛，我知道你那沉默的情意，你牵引我到一个梦中，我却在别个梦中忘记你。

啊，我的梦和遗忘的人；啊，受我最初祝福的人，终日我浇灌着蔷薇，却让幽兰枯萎……

男人磁厚忧伤的歌声让宜君和天香痴迷，她们不知这是上海电影《初恋》的插曲，"受我最初祝福的人""却让幽兰枯萎"的哀叹，深深触动着宜君的心，她轻轻移开了唱针。天香扶她到床上，自己也在脚头靠下说："小姐还是走一步吧。这些年了，我看那万军长，钟县长，都在苦苦恋着你呢。"

宜君说："莫瞎猜了。他们是大少爷的兄弟，我就是人嫂子呢。"天香说："人家没这顾忌，偏小姐还讲究这些。"宜君摇头，说："你也不小了，都二十五六了，是我误了你。那时带你到孙家来，是想等你长大点，就让大少爷收你到房中，我俩姊妹到老。哪晓得他就不是个过日子的人呢……"说着流泪。天香说："小姐的心意我早明白的，怪我没那个命……"就擦眼泪。

宜君说："我想你和孟先生成个家，他忠厚能干，一生靠得住，我们也好长在一起。不知你中不中意。"天香说："孟先生定是偷偷恋着大奶奶呢，只是碍于名分。"宜君说："你们这都是可怜着我呢，其实我还好……我不能老拖累你们了，他也过三十了呢。你看我这弄的。"天香说："我这辈子就陪着小姐，不看到你好了，我就不嫁人的。"宜君心里自责着，说："可不能这样说的。"

天香放下蚊帐替她摇着羽扇说："这热的天，小姐睡觉还穿长袖，又早早吹灯，避谁呢，人家又不是个男人……"笑着转到宜君这头来，亲昵替她脱衣，这才发现她左臂处有一块鸡蛋大椭圆形的青色印迹，那里的肱肌也见平陷。天香惊问："这是怎么了！从小都没见过？"宜君忙掩饰说："我也不知道呢，就成这样了……"

天香记起八年前老太太重病突然就好了，街坊传说是吴太医用了活人肉做药引的，这时就全明白了。难怪小姐这些年夜里总像还避着她什么。她轻轻抚摩小姐臂上青迹，偎着她伤心地啜泣。

21. 解危机僵手捂婴 过草地舍身留粮

四川西北部高山上秋寒袭人。沈立群怀抱一个婴儿，跟随直属机关行军队在羊肠小道疾走。红四方面军第二次北上进入青川，再次接近川陕交界的毛儿盖，离松潘草地已经不远了。沈立群和她的战友将要第三次穿越凶险密布不见尽头的草地。

四年前，沈立群在系马岗留下刚出生的男孩随军转移。红军向西一路浴血苦战，经鄂北豫西南陕南，跋涉五千里，突围漫川关翻越秦岭大巴山脉，进占地广人稀盛产粮食的四川北部通江、南江和巴中地区，在这里发动群众建立工农政权，大败川北军阀，不到一年发展到五个军八万余人，建立了北起陕西巴镇南至江口三万平方公里，人口二百多万的川北根据地。一九三五年四月为策应长征途中的"中央红军"，放弃川北苏区西渡嘉陵江攻占江油中坝，六月与渡过大渡河的朱德毛泽东"红一方面军"在川西懋功会师，混编为左右两路军出毛儿盖北上。过草地后，张主席令四方面军折返川西欲南取成都平原，而向南作战却屡屡失利，一九三六年七月执行陕北党中央意见，在西进甘孜会合贺龙、萧克红二、六军团后，分左中右三个纵队，重新北上陕甘与中央红军会合。

沈立群和盛怀中曾在川北军委总部驻地通江县度过了一段较

为安定的时光。她被任为前委政治部妇女工作部部长兼苏区妇联主席，她把对孙韶光的怀念寄托在火热的新苏区创建工作，激情地奔走在川北群众中，废除苛捐杂税减租减息分配土地，发动妇女帮助丈夫戒吸鸦片，拯救数万烟民扩大红军，组建妇女独立团，开展支前和卫生防疫。可惜两年多后，在红军前往西川迎接"朱毛"中央红军途中，盛怀中因劳累过度肺病复发，在理番去世了。

沈立群再次遭受失去亲人的重击。静夜里，在西川偏僻的大山深处，她默默独坐，倍加想念父亲，怀念与韶光在上海的时光，思念亲切贤德的姐姐竺宜君，惦念留在孤老太婆家的儿子……她发现自己怀孕了，她早已变得坚强，决心把这个孩子生下亲手养大，终生不再结婚。

怀着身孕她已往返走过两次草地，南下作战途中，在战士为她搭起的草棚里，一个女婴呱呱坠地了。首长们考虑到她已失去一个孩子，破例同意她带着婴儿随直属机关行动，派女战士邓细姑照料她。她知道，这次重新北上沿途将更加凶险：川军首脑四川省主席刘湘与乘机入川的中央军胡宗南、薛岳部合力作战，围追堵截，要在川西全歼红军永绝后患。红军昼伏夜行战斗不断，随时有被歼灭的危险。

夜近三更，沈立群所在的直属机关队行走在半山腰小道上，不敢点燃火把。黑暗中发现山脚大路上有火把绵延数里，敌人的大部队正在全速北行，很快就赶上了在山腰摸黑行进的红军队伍，在山下与红军并行，手电筒的光束不时向山上摇晃搜寻着，上下距离不到三十米，可以清楚地听见山下敌人说话的声音。直属机关妇女多作战人员少，又没有重武器，既不敢出声，更不能停留，在羊肠小道上前牵后拉艰难地前行。

沈立群紧抱婴儿，屏住呼吸双眼盯着她，祈祷着女儿不要出声，邓细姑扶着她不离左右。突然脚下绊到大树根，随着她一个趔趄，婴儿突然惊醒，爆发出响亮的哭声！

山下的手电筒光随之向上摇晃，立群急忙用手轻捂婴儿的嘴，哭声就压小了，一会儿婴儿憋不住爆出更大的哭声，只得再捂紧些，反复几次，婴儿在怀中蹬动小腿挣扎起来。

婴儿断续的哭声在红军中引起一阵惊慌和短暂的骚动，大家很快明白了自己极其危险的处境。没有任何人说一句话，也没有人向婴儿张望，人们面对死亡，肃然悲壮地向前行走，每个人都只想默默地走完那最后的一步。

山下传来清楚的喊叫："上面啥子人啰！啥子人！"

立群明白，婴儿哪怕再哭出一声，整个直属机关都走不出去了。几个月来首长和同志们对她的关照同情，对军中唯一婴儿喜爱传抱的情景历历在目。她捂婴儿小嘴的手已经僵硬，她早已失魂落魄，默然地紧搂婴儿，依靠邓细姑的搀扶，跟着前面的人在走。她什么也听不见，什么也看不见，怀中的婴儿已经失去体温，她仍然梦游般地往前走，走。

红军无声地奇迹般走到了沿山壁右转处，山下敌人沿大路向左边很快走远了。东边天际露出鱼肚白，前面向后传来就地休息的命令。

沈立群还在朝前走，几个女战士拉住她围拢来，扶她坐在地上。立群小心地揭开盖住婴儿嘴鼻的尿布，低头去亲吻她，又解开怀向她伸出乳头，几个女战士齐声大哭起来。邓细姑去抱她怀中的孩子，立群死死不放，呆直的目光定在婴儿苍白平静的脸上。她还没有从极度痛苦刺激的麻木中清醒过来，她并没意识到这孩子早已没有了呼吸和体温。

　　前面走过来一个首长，是直属机关队项政委。项政委是盛怀中的亲密战友和老部下，和孙韶光、沈立群从上海一起到苏区，最近西进会师和北上途中常抽空来逗抱这孩子。项政委蹲下来，小心从立群手中抱出婴儿，轻轻拍打摇晃着，口中念着："乖乖，乖乖啊，乖乖。"穿过队伍向前面慢慢走去。

　　队伍再动身时，几个女战士前后跟扶着她们亲爱的沈部长，立群仍张望着寻找她的孩子，邓细姑说："项政委抱着呢……"

　　直属机关行军队甩掉敌人到毛儿盖宿营时，沈立群的神志记忆已经恢复。项政委和几个首长来看她时，她没有哭，也没有说话，只是睁着深陷下去的眼睛，茫然地望着他们。

　　项政委小声说："那地方我留有标记。胜利后，我带你来看她……"

　　沈立群和她的战友们再次踏上凶险密布的茫茫草地。

　　红四方面军从川西出发北上陕甘与中央红军会合，八百里草地是必经之地。左纵队直属机关行军队两百余人，一半是女同志，还有几名孕妇，有些还是南征后参军第一次过草地，军部安排机关队跟在作战部队后面行动。虽然是第三次跋涉，沼泽密布、晴雨无常、一望无边的草地对于红军依然陌生。

　　沈立群提出由她协助项政委，负责组织女同志行军，项政委本愿意这样做，她是富有领导经验和感召力的妇女工作部长，又曾往返走过两次草地，女同志在一起起居也方便，但考虑到她承受着失去婴儿的沉重打击，身体十分虚弱，就没有同意，对立群说："女同志和男同志还是混编为十五个小队行军，这样更安全些。你是从鄂豫皖过来的高级干部，你的任务是保证自己走出草地，这也是我的责任。"就仍派邓细姑和她同行照顾。

沈立群和邓细姑各背着进草地前分发的每人三斤青稞炒面，这是保命粮，是好不容易从藏人喇嘛庙购买得来，干部战士都一样分配。草地没有可吃的食物，无法辨别叫不出名的植物是否有毒，三斤炒面，每天往口里抓上两把能勉强支撑十五天，必须在半个月内走出八百里草地。离开毛儿盖向草地出发，沈立群渐从捂婴的麻木中清醒，锥心的疼痛一阵阵袭来，她不能哭，在泥沼草地上，哭泣会使人迅速衰弱，她拄根树棍和邓细姑牵扯着，咬紧牙关，默默地一步步向前移动，她能感觉到自己麻木的心已经变得异常的坚硬。

项政委带领机关行军队，沿先头部队稀疏留下的歪斜路标和模糊的脚印，在泥沼中艰难地跋涉，邓细姑搀扶沈立群走在队伍的后面。项政委必须走在最前面探险领路，关照队伍，鼓舞女同志们的勇气，他不时回望跟在后面的沈立群，只有望见她，才放下心继续前行。天黑宿营，才知道只走过四十里地，女同志行军到底比部队慢多了，他算一算，按前两次过草地的经验，照这样的速度二十天也走不出草地，且越往后只会越慢，他心中不禁填满忧虑。

深秋的西北草地已如冬天般寒冷，红军大都穿着夏天的单衣。宿营地在一块略高的草坪，有先头部队露营碾压留下的痕迹和取暖的灰烬。少有树木，项政委让战士们四处扯来蒿草和枯枝，好在寒露过后草木已渐枯黄。项政委从贴身衣袋摸出一盒珍贵的火柴，颤抖着手划亮一支火柴点燃了干草，又将火种传递到十几处草堆，草地上燃起星罗的篝火。

沈立群和邓细姑面朝篝火搂肩相依坐在地上，合披着一件军大衣，这是盛怀中从大别山苏区一路带到川西的，立群打成背包一直带在身上。她一天坚持着没吃干粮，这时饿得头晕心慌，犹豫着解开瘪瘪的干粮袋，抓一把炒面送进细姑嘴里，细姑抿着嘴两口吞下，又把嘴边的抹净到嘴里，用舌头舔着嘴唇上的粉末，感激地望着沈大姐。立群拈一撮放进自己口中，很快吞下，感觉越发饿，她想一想，坚决地系紧了干粮袋，只把铁壳水壶的水珍贵地喝下半口。

项政委从前头篝火一路寻找走过来，坐到沈立群旁边，说："我一定要带同志们走出草地。这个速度不行。你和细姑千万不能掉队。干粮先紧着点，体内积蓄还能撑两天，我再想办法。就是我倒下了，你也要活着走出去！盛政委在理番把你托付给我。"

立群点头，说："你放心吧，别老挂着我，你得拢着这两百多人的队伍呢。我有细姑陪伴，放心吧。"项政委站起说："明天我让警卫员小田和你们一起走。"

夜半刮起寒风，篝火早已微弱，人们相互依偎蜷缩着取暖，难以入睡。沈立群搂着细姑，遥望天际闪烁的星星，忽然倍加思念孙韶光——那位引她走上共产主义革命道路的爱人，离开她已经四年了，他若是那天际的星辰，定能看见露宿在茫茫草地上的她……

前边有人苍凉地唱起《国际歌》，是项政委浑厚的声音，渐渐地引来红军战士的齐唱。十四年前孙韶光在武昌教她唱会了这首全世界无产阶级的战歌，立群轻轻拍着邓细姑的臂膀扬声加入到合唱：

旧世界打个落花流水，奴隶们起来，起来！……

这是最后的斗争，团结起来到明天，

英特那雄奈尔就一定要实现！

悲壮的歌声穿越空旷的草地，在苍穹笼罩下寂静的原野久久地回荡，弥散。

东方地平线刚露出一片鱼肚白，行军号就嘀嘀嗒嗒吹响，这是项政委决定加快赶路。新一天的行军开始了。

项政委和一个年轻的战士逆向朝她们走来，望见沈立群，就站在前头部队踏出的泥草小径边等着。项政委指那战士说："我警卫员小田同志，和你们一起走。"又指立群对小田说，"沈部长。你和邓细姑同志，负责沈部长的安全。"小田立正向沈立群行了一个军礼，项政委放心地转身大步赶往队伍前头。

小田个头不高却敦实，一双黝黑的大眼睛张在深凹的眼眶里闪着诚朴聪敏的光亮，是一个典型的四川"锤子"。沈立群见小田斜挂着两个饱满的干粮褡裢，背着捆扎紧固的宿营背包和斗笠，皮带间扎紧黑褐色牛皮驳壳枪带，过早坚毅的脸膛显得生气又沉静，心里一下子就喜欢上这小伙子。小田第一件事是接过邓细姑背着的十几斤重的长枪，接着就去取沈立群挂肩上几斤重的枪袋和背上的背包，说："过草地没仗打，出草地再交给沈部长。"细姑听他地道四川口音格外亲切。

小田走在前面，他个子虽小，步子却快，正是川民的特点，立群和细姑卸下负担，身子轻松多了，加快跟上他。大家都不说话，抿嘴屏息节省气力，专心地向北走呀走，不多时赶上了加快行进的机关行军队。

正值中午，晴朗的天空忽然乌云翻滚，随着沉闷的雷声大雨毫不留情地落下来，荒野无处藏身，前面传来项政委休息避雷的命令，人们就地蹲下，拉紧斗笠草帽。小田快手解开裹背包的一块不大的油布，罩在沈立群和细姑身上，又把斗笠加盖在上面，只把两个干粮袋放她们怀里，自己站立在雨中抬眼望向天空。立群要他也钻进油布，小田说："我结实，不碍事。这雨不多久就住的。"细姑问："你哪嘛晓得它就住的呀？"小田抹把脸上的雨水说："这是草地雷阵雨，前两回过草地，摸到它脾气了。"

约半个钟头，雨果然说停就停，几阵大风吹散乌云，太阳随即将昏暗的草地照亮，前头项政委吹响口哨，湿漉漉的部队又加快行进。

小田见她两人步子慢下来、冒着虚汗，知道是饿着，说："快吃点炒面吧。"沈立群说："没关系，能坚持，前面路还远，干粮得计划着。"小田从褡裢里抓出两把炒面分别递到她们手上，说："快吃它。"细姑说："田哥，你的把我吃了，你吃什么？"小田拍拍两只鼓鼓的褡裢说："我刚吃过的。这里面都是，沈部长和妹子放心吃吧。"细姑说："每人都是一袋三斤，你哪来两袋呀？"小田说："有项政委一袋呢。"沈立群急道："那项政委吃什么！"小田说："首长说了，他还有办法的，叫你们不能饿着。"

天黑定传令宿营，小田弄来蒿草树枝，从不远处篝火引来火种点燃，招呼她两人挨近坐好，又招十来个战友凑拢来，这才挨近沈立群坐下，惬意地朝火堆伸出泥污的双手，烤干泥巴搓净。从天亮出发行军一天来，大家为省气力很少说话，沈立群问："小田同志，你叫什么名字，哪里人呀？"

小田害羞似的笑一笑，打开了话匣子，其实川民坚韧又诙谐乐观，没事还喜欢摆摆"龙门阵"，他说："我家在通江县，是穷人家娃，没名字，小名叫二娃子，我妈守寡把我哥和我养大。四年前通江来了红军，家里分得了田地，妈让我参加红军。先是给首长喂马，后来首长看我可靠又有心窍，派我给项政委当警卫员，项政委给我取名字叫田志红，没叫开，大家还是喜欢喊我二娃子。你们就叫我二娃吧。"

邓细姑高兴地说："二娃哥，我也是四川人呢！家在理番。你说你有心窍，我哪嘛看你就是傻砣子一个呀？"

小田憨厚地笑了，说："往后妹子就晓得了。我给你唱个四川山歌吧。"就小声唱起来：

太阳出来啰儿，喜洋洋啰郎啰，

挑起扁担郎郎且，哐且，上山岗啰郎啰。

细姑跟着唱，篝火旁的几个四川战士也一同唱着：

手里拿把啰儿，开山斧啰郎啰，

不怕虎豹郎郎且，哐且，和豺狼啰郎啰。

只要我们啰儿，勤劳动啰郎啰，

不愁吃来郎郎且，哐且，不愁穿啰郎啰。

沈立群在川北听过这支川民都爱唱的山歌，想起通江正是红四方面军在川北立足的军委所在地，她和盛怀中曾在那里度过几个月少有的安定时光，而理番，恰是老盛去世的地方。今天与这两个年轻的战友相伴相依过草地，难道是巧合吗？说："田志红同志，我们从今，就是生死与共的战友和兄弟姐妹了。"志红高兴地答应说："我是沈大姐的小弟，细姑妹子的大哥。"

项政委从夜幕中走过来，没有坐下，对立群说："进草地两天了，今天加快走了六十里，照这个速度，再有十二三天就能走出去。不过往前草地深处沼泽更多，会影响速度，还是要做十五天的打算。你们一定要注意安全。"立群说："你把你的干粮拿回去吧，直属行军队担子压在你身上，我这样子也帮不上你了，你可不能出事。我们女同志饭量小，耐力也比男同志强。"项政委说："放心吧，我自有办法，不会让自己饿着。"

进草地第四天，沿途果然沼泽遍布，一些暗藏的无底泥潭表面也长满同样的花草，没有有经验的向导领着，稍不留意踏上去，就会越挣扎沉没越快，拉扯营救的人也会一起陷下去。直属机关队跟在项政委后面，张望寻找先头部队留下的路标和脚印，探实脚下的草地，小心翼翼地行进。

邓细姑忽然发现左前方有一小片黄穗顶在草丛上摇曳，惊喜地指给走在前头的小田说："二娃哥快看，野青稞！"一时忘形就朝青稞方向走，顿时掉进泥潭，沈立群在她身边反应快，一把抓住她的手拼力往上拽，自己也随着陷进去。

田志红回头大惊，大声喊："不要动！"飞快脱下上衣扯出捆背包的长绳打结，准准地将连绳的衣裳丢到两人面前浮在泥上。立群已泥沼及胸，将衣服塞到仅露出头的细姑手中，助小田推她到泥潭边，自己已陷齐肩膀。田志红喊着"不要动！"急拉起细姑将衣绳丢到沈立群手边，和细姑两人合力把她拉出泥潭。

好险啦！两个人浑身泥浆，体力耗尽，躺在地上大口喘息，田志红也连惊带累软坐在地上。良久，邓细姑后怕地说："幸亏二娃哥办法好。"志红扶她坐起，说："头一次过草地时，用这法子救起过一个战友的。光绳子丢下去目标小，人慌了看不见抓不住。"细姑说："难怪你说你有心窍。"田志红憨厚地笑一笑，就去扶沈大姐。

前头的队伍已望不见身影，沈立群意识到他们掉队了，项政委不能让直属机关队伍停下等候，也不能丢下两百多人返回寻找他们。她明白一旦脱离队伍，将会面临更大的凶险，前两次过草地牺牲的大都是掉队的战友。这次几时能走出草地还很难预料，万一断粮就等于牺牲。

她沉重地思考着身处的险境，说："掉队了，我们三人成立一个党支部吧，选田志红同志当支部书记。"田志红说："我不在前线，还不是党员呢。前线和我一起参军的有的已经入党了。我争取。"沈立群说："你参军四年了，等走出草地我当你的入党介绍人。"田志红向往地笑了，说："我给你们当个司务长吧，干粮我供应。"细姑摇着他的胳膊说："二娃哥就是有心窍嘛，能变出炒面来。"

田志红明白急也没用，得作长时间打算了，算一算前面至少还有十二天路程。他先解下她们身上泥湿的干粮袋，敞开袋口找干处晾晒着，好在今天太阳大，又从自己身上解下褡裢，说："沈大姐，累了，先吃点干粮。"往她们手上各抓了一大把炒面。

沈立群在泥潭一番折腾更觉饿得心慌，说："你也吃呀。"盯着志红把手伸进褡裢抓一下送到嘴边，这才把自己手里的炒面送到口里。

田志红往她们见瘪的小干粮袋里填进一些炒面，干粮是必须随身救命的，不能放他身上。他穿上泥衣，扎紧了两把盒子枪带和褡裢，捆好背包，背上细姑的长枪，打起精神像一个勇士，他望一眼前路，弯腰扶起沈立群说："出发吧，沈大姐。"和细姑搀扶着疲惫不堪的沈立群，沿着机关队的脚印向前走去。

三个人拄着树棍相扶牵拉，又走了六天，算来进草地十天了，已经走过五百多里，前面剩下三百里了。好在掉队的第二天，田志红发现了新插的路标，肯定是项政委为他们留下的，这保证着他们的安全，又加快了他们前进的速度。

田志红自任"司务长"这些天来，算计着安排大家每天早晨和下午各吃一次炒面，一把或两把，每隔一天，都要给她们的干粮袋补充炒面，邓细姑说："二娃哥，你的炒面总倒给我们，你吃什么呀？"田志红拍一拍另一只鼓鼓的褡裢说："你看，这还有满满一袋呢！放心吃吧，粮食在我这里保管着。"

沈立群见小田一天天消瘦，这两天又忽然现出浮肿，脸带绿色，走路也不那么利索了，像是在硬撑着，就起疑心，每次休息吃炒面时，就和细姑两人盯着小田，先看他在褡裢里抓了送到嘴边，她们才肯吃。这天早晨动身前照例吃点干粮，细姑终于发现了秘密——二娃哥送到嘴边的是空巴掌！只在嘴边粘一点粉末装作吃了的样子，细姑就哭了，说："二娃哥，你可不能丢下我两个呀！难怪你说你有心窍……"小田替她擦着眼泪，挤出笑脸说："妹子，哥傻呀？我边走边吃过的呢。"

沈立群责怪自己还是大意了，从干粮袋里抓出两大把炒面，放进自己几次轻装舍不得丢的搪瓷把缸——这缸子是孙韶光从上海带到苏区用过的，她又从水壶倒进些水用指头搅拌成糊糊，送到田志红嘴边，逼他喝下去。这以后两天，沈立群又这样拌糊糊逼着他吃过两次，田志红就怎么也不肯吃了，坚持说他习惯饿了就吃，边走边吃过了，这样还管用些。邓细姑抢着要自己背枪，志红不让，说你照护好沈大姐。

三个人一路搀扶又在泥沼走了四天，算来进草地十四天，已走过大约六百五十里，再有三到四天就能走出草地了。

今天早晨的太阳分外明媚，三个人挂着树棍相扶遥望北方，天地交汇处隐约似见灰白朦胧的山影，那是草地的尽头！

田志红忽然说："我昨晚找到了一条小河，水很清能喝，可能是从草地外山上流下来的，不远，我去取水来。"就拿了她两人的水壶，长长地望她们一眼，转身摇晃着向右前方走去。两人等了快一个钟头不见他回来，沈立群猛然意识到不好，和细姑急沿脚印朝他去的方向寻找，走过几百米，远见百米外果然有条清亮的浅水河，河边伏着一个人，细姑喊着："二娃哥！二娃哥……"朝前奔跑，沈立群腿一软，无力地跟着她。

田志红伏在河边，头垂在水里，两人急把他抱抬到岸边，小心翻过身平躺，沈立群摸他口鼻不见气息，急撬开嘴要给他做对口呼吸，见满口含着嚼过的草渣，嘴边流淌出绿汁，他的身体已经冰凉。

"我的二娃哥诶！……"细姑摇着志红失声恸哭。

一杆长枪、两把盒子枪和油布背包整齐地放在河边，三个铁壳水壶满满地并排立着，两只干粮褡裢搁在背包上，一只是空的，打开另一只鼓着的，是满满一袋青草……再摸自己身上昨夜志红要她们吃完最后一把的干粮袋，两人袋子里又各装有约半斤青稞炒面，刚好能勉强维持三到四天，走出草地。

田志红双目紧闭，面色苍白，却看不到痛苦，他是将头摁进水里把自己弄死的，对于一个已经饥饿至极的人，这可能不用太长的时间。他一定是昨天就打算好了，在找到水源后偷偷为她们踩踏出找到他的安全路径。他是一路瞒着她们以野草果腹，又在可以遥望草地尽头的最后关头，把生的希望留给了他的大姐和小妹。

沈立群胸中壅塞着壮烈与崇高，像四年前孙韶光牺牲时那样，但她却出不来想要为好兄弟倾泻的泪水，她的泪腺可能已经为强忍失去婴儿的痛苦而堵塞干涸。她解开背包，把老盛留下的大衣轻轻覆盖在志红身上，又将他为她们遮雨的油布搭在上面，和细姑捧来一捧捧泥土为他覆盖，面朝草地尽头修成一个不高的坟包，却没法留下标识。细姑伏在坟上喊着"二娃哥"哀哭不起，沈立群清楚这时精神更不能垮，牵她起身，替她擦净泪水，一起朝坟包深深地鞠躬，说："田志红同志，安息吧，我们永远怀念你。"

邓细姑在坟前留下一个水壶，背上二娃哥的斗笠和自己的长枪，沈立群挎上志红那条填满青草的裤裆和两只枪带，两人恋恋不舍一步一回头告别了田志红，坚强地踏上了路程——只有走出草地，才是对舍身成仁的好兄弟最好的告慰。

姐妹俩搀扶着又走两天了，夕阳下草地边缘的山岚已见青色，那是生命的召唤。远见三个黑点越来越大向这边移动，是三骑红色的奔马，马蹄下泥浆飞溅，很快近前，跳下三个红军，是项政委！

项政委赤脚泥腿，那条从不离腰间擦得发亮的酱色牛皮带变成了一根麻绳，盒子枪没有枪袋斜插在腰间。沈立群知道老项爱整洁讲仪容，一直没舍得丢从上海穿到苏区的那双旧皮鞋，他把炒面给了她们，皮鞋皮带和牛皮枪袋定是煮吃充饥了。他说过他自有办法的。

项政委和同来的红军与沈立群、邓细姑紧紧握手，项政委不见田志红，只见细姑泪水双落，立群挂着他熟悉的那只鼓囊囊的褡裢默默地望着他，项政委什么都明白了，也什么都没问，抹一把眼泪说："直属机关队走出草地与总部会合了。离这里还有六十里地，上马吧！"

22. 知良善孤婆托子　守大义跛叔断情

下午，竺宜君刚从房里出来，见门外走进来一个讨饭的老婆婆，身边牵着一个衣衫褴褛的四五岁男孩。

老婆婆看见宜君走来，颤巍巍问："贵人可是孙府大奶奶？"

宜君说是我，老婆婆立时跪下说："都知道大奶奶是观音再世，这个伢求你收下吧。"就叫那男孩跪下，男孩不跪，避到老婆婆背后扯着她破衣角张望。

宜君见那孩子虽衣不蔽体，头脸蒙尘，但内里却是端正清秀，尤其是眼神中透出的灵气，令她有一种熟悉又亲切的感觉。她忙扶起老婆婆，牵那男孩手说："你叫什么名字？哪里人呀？"男孩也不害怕，响响亮亮答："我叫长生，河西的。"

老婆婆哭着说："这伢是红军刚生下留下来的。村里人死的死，逃的逃，没剩下几个人了。我是个孤老太婆，把他拉扯到五岁了，跟着我遭了罪，吃没吃，穿没穿，如今我又一身病，还不知能活几天，想给他找条生路。都说河东孙家大奶奶菩萨心肠，走了一天过河送这儿来了。"

宜君蹲下去拉近男孩，男孩也不躲避她，两眼似曾相识地看着她。宜君说："你们先在我家住下吧，吃点东西歇一歇，明天再商量吧。"

老婆婆感激地点着头，说："我这孙儿命大，好养。抢在红军转移的当口来到这世上……"说着泣不成声。

天香引他们到后院安顿，端来饭菜，见男孩狼吞虎咽塞满一口，心里难受，又去找些衣裳，去厨房烧了水提来叫他们洗个澡换上。晚上宜君和天香过去看望，见那男孩在婆婆怀里睡得正香，老婆婆不转眼地望着他擦泪，就没说什么出来了。

宜君说："我想把这个孩子留下来。"天香说："怪可怜的，我们家也没个孩子，以后我来照料他。"宜君说："那老婆婆孤苦伶仃的，我们收了她的孩子，就应该给她送终，我想都留下，他们仍是个伴。"天香说："总是大奶奶想得周到。"

第二天早晨宜君和天香到后院，那男孩正在院中玩耍，老婆婆坐在石凳上一眼不眨看着他。宜君见那孩子洗换过后变了个人似的，皮肤很白净，眉清目秀的，灵醒活泼，心里很是高兴，走过去对老婆婆说了留奶孙两人住下的话。

老婆婆喊男孩过来，推他到宜君面前，教他跪下，学红军喊"妈妈"。宜君原没想到这一层，也不推辞，就牵男孩的手，男孩疑惑地看着她，犹豫了一会儿，怯生生地喊了一声"妈妈"就又像在自家似的，跑到花坛边追蜻蜓去了。

老婆婆说："贵人恩典，我孙儿一生不愁了，我的愿也了了……我不能留在这里，我这伢心思重，我不走，他总还念着从前受苦的事，就总也快活不起来的……"

宜君说："孙子在我家，他奶怎能走呢，我家该给你老人家养老的。"

婆婆说："我侄儿是个木匠，有他给我送终呢，贵人就放心吧。我这就走的。"宜君见她早已定了主意，只好叫天香去打点。

吃过早饭老婆婆就告辞，天香用包袱替她包了两身衣服和一些干粮米面，又交给她三十块银圆。老婆婆从没见过这多钱，一块银圆能买几只羊呢，就死也不肯收钱，最后留了一块银圆，说："那我就放在身上，做个念想吧……"

男孩见奶要走，就牵着她一起往外走，老婆婆哭着说："长生，我的儿，你乖啊，听话，以后这就是你家，那是你妈妈……你有糯米饭吃，有甜米酒喝了……奶还来看你……"男孩拽着奶的腿不放手，放声大哭起来。

整整一个上午，那男孩坐在台阶上望着院门外出神，宜君和天香来扯抱他，他也不肯动。下午宜君带他到房间，想着法儿哄他，就去打开留声机。男孩先是惊讶，一会儿就安静下来了，竖着耳朵听那音乐，不一会像是忘掉了伤心，径自爬上椅子，伏在桌上不眨眼看那转动的圆盘。宜君这才松了一口气。

晚上天香要抱他过去睡，宜君教他喊"姨娘"，男孩就亲近地喊"姨娘"。宜君说："今晚让他挨我睡吧，我是他妈了。"男孩偎在宜君怀里很快就睡着了。宜君还是第一次怀抱一个幼儿躺下，擦着他睡梦中的泪痕，听他梦中喊"奶"，她一阵心酸，袭人的母爱让她浑身温暖。

她猛然想起沈立群！怎么没问问这孩子的生辰，他父母叫什么名字，长什么样子呢？那孩子如顺利出生，如今也该是五岁左右。她深悔没能留住老婆婆，心里一遍遍责备着自己。又想到如是立群的孩子，她一定会叫人送回来，不会留在一个孤老婆婆屋里的，这才渐渐睡去。

男孩在院中有十多天了，也不再拘束，每天不是伏在桌上听留声机，就是一个人在前院后院奔跑玩耍，只是仍不爱与人说话。

这天他在屋里钻出钻进，跑进老太爷书房半天不见出来，宜君寻进去，见他望着满屋书柜发呆，手里还捧着老太爷的那方石墨砚台。

天香晚上又争着要带孩子睡，宜君说今夜还是挨我睡吧，天香说："就让我来做他妈吧，他随我还合适些。"宜君这才想起，诗礼人家的，得了这孩子，总得有个名分吧，如作为子嗣就要入册孙氏祠堂，少不了与族人知会操办一番的。

宜君带着男孩进城去见韶启和弟媳淑媛，说了原委。韶启夫妇见这孩子端正灵秀，很是欢喜，韶启说："嗣子同嫡，自古族人不可偏待。这是嫂子积德，天赐孙家香脉，继在我哥名下，全凭嫂子做主。"

当晚请来钟培炎相告，培炎看过这孩子，甚感亲近，喜道："此天不绝韶光香火！取个什么名字？"

宜君说："这伢名叫长生，想是他奶取的名。"

培炎说："见是他奶苦心。只是承嗣入姓，总得有个派名为好。"韶启说："到他一代，辈派就该是'家'字了。"培炎说："请他叔父命名正好。"韶启忙说："我不像我哥，没什么文章学问，就请钟县长赐名，也好沾你贵人恩福，一生无忧。"宜君说："这样最好。"

钟培炎见盛情难却，略一思忖说："我是他世叔，就不谦辞了。就名家驹吧，孙家驹，驹者，宝马之幼也，示其前程远大，茁壮无忧矣。"韶启、宜君和淑媛都觉得好，宜君说："用家驹做名，好养又贵气。还是他钟叔有学问，很好的。"

宜君回来，带上小家驹去向族长禀告。孙省三正想在族中择侄过继于孙韶光名下，这时见这男孩相貌周正不俗，目光灵醒，就心下欢喜，又觉以"家驹"命名甚好。他一口应承，善言嘉许，称赞宜君为韶光延香承嗣之德。宜君又与本家各房逐一知会，择了日子，要韶启回来，领家驹到祠堂，在族人前敬祖归宗。孙省三又破例亲为孙家驹主持了入祠仪式。

当晚韶启在家中摆下六桌酒席，孙省三落座首席，谈笑风生，族人很少见他像今天这样高兴的。他还不辞地连饮了好几盅烧酒，席罢他让韶启扶送，口念"韶光"，摇摇晃晃回去了。

第二天上午，宜君和天香领家驹去拜祭他父孙韶光墓。

暮春的阳光分外明媚，微风蕴着莲水河特有的水汽从远处一阵阵袭来，融和又清凉。韶光的墓地清明节已培土祭扫，桐子树下新生的绿草间摇曳着红黄白紫的小花。宜君点燃香蜡，小声说："上天给我们送来了这个孩子……往后我替你守着他。名字，是他世叔钟培炎先生替你给他取的，已入了祠堂，叫孙家驹。"

家驹好玩似的磕过头，就爬到坟上去摘小花，又在四周追蝴蝶，像在自己熟悉的地方快乐地玩耍。宜君对天香说："你瞄，也不像个过日子的人……"天香笑了，说："真想过日子的，哪肯来我家？"

天香忽然喊："小姐快看，这里长出两棵小柏树！"

两株一尺来高枝叶翠绿的柏树苗，对称地生长在墓后的两边，有模有样，精神抖擞，立在花草中随风朝宜君招展着。天香说像是谁有心栽下的，宜君说："是自生的。种子当是天鸟衔来。"

小家驹从春天来家已大半年了，他已习惯了院中的新生活，对妈妈和姨娘都很依恋，已学会识一些字，能大段背诵宜君教他的《弟子规》。院中没别的小孩，也没许他往院外跑，他就听话地一个人在院前院后玩耍，尤喜待在老太爷书房翻弄，只是偶然坐在台阶上望着院外发呆，梦中还时常喊着奶和叔。

宜君怕这孩子孤独，就叫天香去把娘家侄女小方良接来做伴。方良年龄与家驹相仿，五岁头上就见出秀美模样，两个孩子在一起游戏识字，亲近又开心。

小家驹问妈妈："这个大喇叭，怎不唱八月桂花呀？"宜君说："那你教他唱呀！"家驹就稚声唱起来：

> 八月桂花遍地开，鲜红的旗帜竖呀竖起来，
> 张灯又结彩呀喂，张灯又结彩呀喂，
> 光辉灿烂闪出新世界。
> 亲爱的工友们啦喂，亲爱的农友们啦喂，
> 拿起刀枪都来当红军。

小方良羡慕地喊："弟弟还唱！还唱嘛。"宜君惊异："你这么小，就会唱大人的歌？"家驹说："是我跛叔教我的，他是红军！河西老人小孩都会唱，我奶也爱唱……"说到奶，他扑簌簌落下眼泪。

宜君近些时观家驹这孩子神情头骨眉眼，越看越觉神似韶光，忽然记起几年前的那个梦境，难道？……深悔不该放他奶走了。她想不管是不是沈立群留下的孩子，既收为孙家子嗣，就应报答他奶的养育之恩，为她养老送终。她决意趁早到河西去寻找。

孟管家说路途遥远辛苦，她小脚不便，让他一个人去找就行了。宜君说："只有我去，如找到了他奶，她才肯来的。"孟管家深知大奶奶做事有始有终，尤其是关乎情义的事，她是义无反顾的，就说："我陪大奶奶去吧，天香在家照料家驹和方良。如没找到下落，就先送大奶奶回来，我一个人接着找。"

孟管家特去请吴太医夜观星云，帮他挑了预示的连续几个晴天，又料小路轿行不便，请来一副二人担滑竿躺椅，绑牢伞盖，与宜君收拾停当，背上天香备好的干粮水壶雨具银圆，一同上路了。

向西过了莲水河就进了系马地界。宜君曾听万瑞麟说过，红军转移前沈立群可能在系马岗小镇，算算日子，猜想她生孩子的地方应在那一带，就直接向系马岗方向去。

时值岁末四九，原苏区四野一片荒凉，零落的村庄破败不堪不见炊烟，沿途不遇行人。田地大都荒芜，水田已结成硬板，旱地发白不见麦苗爬着稀疏的枯草，仅偶有孩童牵着瘦骨嶙峋的老牛在山脚啃食。这里与一河之隔的闽东景象天壤之别。

再往前走，无人的村子歪斜的土墙上，用石灰刷写的标语依稀可辨：

　　打倒土豪劣绅！

　　老乡，参加红军吧！你可以分到土地

行至中午，总算遇上一个衣衫褴褛的放牛老人，老人指前面说："就到了，半山腰上那片房子就是系马岗。"

宜君抬眼远望，那山岗上情景，与她小时候听说的西北繁荣集镇系马岗相去太远，就问老人怎沿途不见什么人。老汉长叹一口气说："没死的都走了呢。你杀过来我杀过去，这里不是活人的地哩……"

宜君听了就想，万瑞麟在这一带闹腾这些年，他吃什么？

老人正要转身，宜君摸出一块银圆要给他，老人摇头说："哪有指个路收人钱的。"说着就要走，宜君说："不为指路的，遇见就是缘呢，老人家拿着家里过个年吧。"老人颤着手接过银圆，身上还没处塞，就捏紧在手心里，打量着眼前这位慈眉善目的女子，说："贵人是来寻人的？"

孟管家就说了有老太婆春荒时送孩子到家收养的情形，老人说："倒是听说岗下邱家湾有红军留下的伢，都不敢声张的。"孟管家忙请他指路，老人说："那里我熟，我带你们去吧。"

老人牵着牛走在前面，约半个时辰来到一个几户人家的小村子前面。宜君见村中没有一间完整的房子，房屋土墙都被炮弹炸塌过的，剩下几间茅顶小屋，只是村前一棵大槐树依然斑驳嶙峋，枝叶茁壮。

老人把牛系在大槐树下，走到茅屋前喊："三苕，三苕，三苕在吗？"屋里走出来一个跛着脚的黑瘦汉子，约三十岁，说："罗二爷？你怎来了？几年没见呢。"

老人指宜君说："寻人呢。"

跛汉子见是坐滑竿来的富人，看也不看一眼就折回草屋去了。孟管家就要跟进去，宜君扯住说："我去好些。"

宜君小脚碎步走到屋前，对里面说："大哥，我们几十里走来，我替两个脚夫讨碗水喝吧。"老人在一旁说："三苕，人家也是好人哩，伸手不打上门客呢。看你这伢犟的。"

跛汉子走出来，手中托着个脏污缺口粗碗，伸在宜君面前，说："昨日烧过的，喝得你。"宜君捧过碗连喝了两大口，就去送给脚夫，跛汉子看在眼里，目光变得柔和一些。

　　老人说："年头，这边有个孤老婆婆送个伢到河东去，把给人家了呢，人家是来寻那婆婆去养老送终哩。"

　　跛汉子一惊，问宜君："是个男伢女伢？几岁了？"宜君忙说："是男伢，五岁了，说是女红军刚生下就走了的，名叫长生。他奶硬是不肯留在我家，怪我粗心，也没细问些事……"跛汉子又问："他奶是不是收下你一块银圆？"宜君说："是的是的！多的她不肯要。"

　　跛汉子蹲在地上抱头哭起来，说："那是我老婶娘……她死了，送走长生回来不几天就死了……"

　　宜君流着泪听他说了经过。原来跛汉正是老太婆的侄儿，他做过木匠，参加了红军，腿受伤没走成，女红军留下孩子后，奶孙俩这几年就靠他照应。他说婶娘为拉扯长生就没吃过一顿饱饭，眼看着身子不行了，才说替他寻个好人家。

　　木匠说："我说等我婶娘死后，长生我来养，婶娘说乡下穷人富人都走光了，做木匠活养你自己个光棍都养不活，脚又残了，长生不能留给你，得找个好人家，这才到河东寻到你们孙家去的……我婶娘说，都传说孙家有个当家的大媳妇，是菩萨转世来的……"木匠说着"呜呜"哭起来。

　　宜君泣不成声，问奶走时说过什么。

　　木匠说："我婶娘送走长生回来就像丢了魂，不吃也不喝，躺在床上只流泪，四五天头上就死了。死前嘱咐我这辈子莫要去孙家，莫要去见长生。又要把那块银圆把给我，我知道那是她留个念想才收下的，没肯要。她落气时喊着长生，手里还攥紧那块银圆……"

宜君号啕大哭。孟管家在一旁落泪，罗大爷蹲在地上叹着气。

宜君要木匠领她到奶坟上去磕头，木匠不肯，推说山高路很远，宜君说再远也要去的，木匠不吭声也不动。孟管家小声对宜君说："他是怕你晓得了墓地，家驹长大了又寻回来了呢。"

宜君问长生的父母叫什么名字，长什么样，木匠说："长生出生时我在红军掩护总部转移，受伤回来也埋怨我婶娘怎不问个名姓。我婶娘说女红军扶进门来不多会儿孩子就落地，传令兵来催着转移，长生他娘还昏迷着就给人背走了，哪顾得问哩。"

木匠见宜君很失望，想起来说："我婶娘说过，长生他娘长得漂亮，高挑个子，他老子年岁比她大，是个红军的大官，听传令兵喊过他'盛政委'。长生娘和他好像是一个姓，来的红军像也叫过她'盛主任'的。"

宜君听了发呆。古城人"沈"和"盛"同声，万瑞麟说过，沈立群正是与一个红军领导人结婚了。是这孩子回来了！她喊声："菩萨！……"蹲在地上哭起来。

孟管家见时候不早，把带来的六十块银圆要送进草屋去，说是略表酬谢。木匠挡在门口说："莫进去了，我不得收的。"

宜君擦着泪走过去说："他叔，我已是长生的妈了，你和奶对他养育恩重如山，这恩情是要报的，不然我一生都背不起，一生也不好想。你就念在我几十里路找来，收下吧。路上不便也没多带，好在总算找到你了。"

木匠说："你这么远来接他奶去养老，这情，我替我婶娘领了，她在地下也是晓得的。钱不能要。说句话你莫见怪，我们是

306

替红军养孩子，又不是替你孙家养的，凭什么拿你的钱？长生有你这样个好妈，他奶该知足了……"

宜君知木匠已把话说到底了，就问他贵姓，叫什么名字。

木匠很想称她一声"大嫂"，吞回去了，说："你不用问了，我没名字。你也听到了，罗二爷喊我三苕。我就求你一件事，从今往后你莫来找我了，莫要让长生记起这里……我也要走了，这地方不能活人，我就要到信阳去谋生，再不回来了，你再来也找不到我的。"

宜君明白木匠说的做的这些，都是为了长生着想，是为了彻底地断掉孙家和孩子对他家的思念和来往。她从孟管家布袋里取出两筒银圆走到木匠面前说："这点钱请他叔一定要收下，去河南谋生做个盘缠。"

木匠仍不肯收，说荒年饿不倒手艺人，他一个人好过。宜君不忍就这样空来一趟，就说："他叔，这点钱你再不肯收，就太不给长生面子了。我毕竟是他妈，他也记事了，长大要问起来，叫我怎么答应他呢？"

罗二爷走过来替木匠接下银圆，说："三苕，长生找到好去处了，他妈把话都说到这分上了，你就收下吧，也要让人家好想哩。"木匠捂住嘴哭着拐进屋去了。宜君又硬塞给罗大爷两块银圆，这才启程。

宜君一路断续哭着，今天所见，令她心中痛彻。

奶和木匠对长生的真情大爱如天高地厚，让她震撼，老百姓对红军的深情她又一次亲历了。她没想到岗东以外的百姓有这么穷困，她想，难怪孙韶光和万瑞麟不要性命要革命，钟培炎哪怕丢官掉命也要逼人减租，读书人还是有良心呢。她想，原来韶光的死，真的是值得的……

今天见过木匠，家驹是不是韶光的孩子，对她已不再重要。他是红军的后代，是孤老太婆痛心的孙儿……她感到一阵疲惫袭来，歪在滑竿靠椅上睡着了。

玉兔图

下

蔡顺安 著

长江出版传媒
长江文艺出版社

图书在版编目（ＣＩＰ）数据

玉兔图：全二册 / 蔡顺安著. -- 武汉：长江文艺出版社，
2019.12
ISBN 978-7-5702-0801-2

Ⅰ. ①玉… Ⅱ. ①蔡… Ⅲ. ①长篇小说－中国－当代
Ⅳ. ①I247.5

中国版本图书馆 CIP 数据核字(2019)第 018896 号

责任编辑：杜东辉　　　　　　　　责任校对：毛　娟
封面设计：水墨方　　　　　　　　责任印制：邱　莉　　胡丽平

出版：长江出版传媒 长江文艺出版社
地址：武汉市雄楚大街 268 号　　　邮编：430070
发行：长江文艺出版社
http://www.cjlap.com
印刷：武汉市首壹印务有限公司

开本：700 毫米×980 毫米　　　　1/16　印张：47.5　插页：4 页
版次：2019 年 12 月第 1 版　　　2019 年 12 月第 1 次印刷
字数：551 千字

定价：86.00 元（全二册）

版权所有，盗版必究（举报电话：027—87679308　　87679310）
（图书出现印装问题，本社负责调换）

卷二　江山复识

23. 编国军险杀代表 说去就感讖军营

万瑞麟的红军游击队隐蔽在古城东部的龟山。他要和黑子去汉口弄枪弹药品，寻找中断几年的党组织，把队伍交给万振山，嘱他这段时间不要出击，如被敌人发现就"敌进我退"，在大山上兜圈子，不要离开龟山，如有重大事情一定等他回来再处理。

龟山位于鄂皖交界的大别山中段，海拔一千三百余米，主峰酷似一只仰天探日的乌龟。那神龟灰白色腹甲分明，青背银铠，微伸头部眉眼唇吻生动如活，龟尾则逶迤十余里外翘起一峰。每当拂晓，太阳从青龟颈脖下冉冉升起，覆光万道，云蒸雾缭，极为壮观，"龟峰旭日"列为古城县"八景"之冠。宋代苏轼谪居黄州曾慕名游访流连忘返，有题诗后人刻于石壁。明代思想家李贽在山下龙潭湖筑书院讲学著述，南北友好辄趋与读书论道，弟子遍及鄂东皖西及至荆江。龟山一带更是古今兵家必争之地，是由徽西赣北入鄂东北出中原的重要关隘，春秋时著名的吴楚"柏举之战"就发生在这里。

万振山将游击队隐蔽在龟峰北面，这里山高林密，云蒸雾遮，漫山的山果竹笙野物足够填饱肚子，下山购买硝盐也便利，葱翠山岚间映山红正初吐花蕾传报春的来临。万振山除了河西苏区，到河东就喜欢这里了。

岗哨捆上来一个人，押到万振山的草屋里来，说这人自称上级派来的代表，有重要指示传达。

万振山扯下蒙在那人头上的黑布扫了一眼，见他头上理着西式分头，却是一身樵夫的青布短褂，不伦不类的一看就不顺眼，喝问："你是么罗人？"

"快给我松绑！"那人说，"我是中共长江局特派代表杜明经，杜——明——经，带来重要命令。"万振山说："明个屁的经！定是特务探路！"还是叫人松了绑。

杜明经问："你就是万瑞麟司令员？找得我好苦！"万振山想一下说："我就是万瑞麟。有屁快放！"杜明经要碗水咕噜喝了，说："我来向你传达红军改编。"

万振山见不得"改编、整肃"这样的话，心想无非又是张主席那一套，革命这些年了，凡是叫作"特派员"的有几个好玩意儿？"长江局"又是么东西？张主席不是有个"保卫局"吗？这局那局，就没好气："我打仗，你改编，编来改去就这几杆破枪。免了！"

杜明经知道对这种人可是急不得，就慢慢道来："去年十二月，张学良、杨虎城将军在西安抓了蒋介石，差点杀了他，我党为争取停止内战，实现国共第二次合作共同抗日，力主和平解决，放了蒋介石。今年七月七日，日军又挑起'卢沟桥事变'，侵占北平，进逼华北，蒋介石被迫抗日，已与我党达成协议，红军统一改编为国军建制，服从国军最高统帅部领导，开赴抗日前线……"

"放你娘的屁！"万振山猛拍桌子吼，"你是说叫红军投降算了？"杜明经说："这不是投降，是抗战救国，共御外侮，是我党当前策略。"

万振山问："你那策略要我红军怎么做？"

杜明经说："延安党中央派周恩来同志到庐山与蒋委员长谈判过了，西北和陕甘宁边区红军编为三个师，番号'国民革命军第八路军'，划归第二战区阎锡山司令长官指挥。南方八省的红军游击队改编为'国民革命军陆军新编第四军'，江南各支队归第三战区司令长官顾祝同将军指挥，江北的划归第五战区李宗仁总司令指挥。你属江北。"

万振山见他又是委员长又是长官将军的，心中有气，但又听他说得有鼻子有眼的，就问："你跑这里来要我怎样？"

杜明经严肃地说："双方停火，游击队接受改编。部队仍属我党领导，抗战军事上归国军统一指挥，与对方接洽后即可下山换装待令。"

万振山炸了，吼道："呸！这不就是招安投降吗！你个狗日的，定是白军派来诱我下山的奸细！"就喊，"拉出去毙了！"两个红军应声架起杜明经就往外走。

杜明经挣扎着喊："万瑞麟同志！我死不足惜，你可不能铸成大错啊！党是要追究你的……"

万振山见这人倒不怕死，听这话倒也有点像自己人的口头禅，忽然想起万瑞麟临走交代大事一定等他回来的话，就说："先关起来，慢慢再审这特务小舅子！"杜明经仍在喊："瑞麟同志！瑞麟同志……"

第二天上午，岗哨发现一个人挥动一块白手绢，喘息着向山上走来，就拦住将这人捆了，用黑布蒙住眼睛推上山来。

万振山喝问："你又是么罗人？又来做么啰！"

那人揉着眼睛，也是先求松绑，讨了水喝，这才不慌不忙说：

"鄙人古城县国民政府县长，钟培炎。"

万振山笑："哈哈！你这狗官也送上门来了！日大大的，老子这两天生意不错。说，又有什么花招？"钟培炎当然知道他不是万瑞麟，估计也少不了是个二当家的，就不卑不亢说："我来见万司令。"

"莫耍你大的花花肠子了！有屁快放。"万振山已不耐烦。

钟培炎估计万瑞麟不在山上，不然定会相见，就说："这本是你们军方的事，不归我管，只是贵我双方军队交战多年，军人不便贸然上山。如今国共合作抗日事大，是我自请以地方政府担保人资格，代表国军来见万司令的。我与贵军万司令有同窗之谊，故不避凶险来见。"

万振山听他也说得水能点灯，就说："呵，又来了个代表！莫套近乎了，说吧，要我做什么？"钟培炎这时总算明白，面对眼前这位草莽英雄，他的言辩之才该统统见鬼去了！见鬼。他慢慢喝口水问："敢问官长如何称呼？"

"红军堂堂'欧如款'游击副司令，么样，嫌小了？"万振山拍了拍腰间双枪。

钟培炎明白他的"欧如款"是"鄂豫皖"，也不好探问万瑞麟去向，只好说明来意："我以个人生命人格担保，代表国军来请官长下山，商谈停战改编之事。宋启轮营长已在山下恭候。他早知道红军就在这山上，已奉命先期停火。"

万振山说："啊！日大大的原来也是来哄我下山的。做你娘的春梦！看你这副德行，不是特务还是个卵子！"就不想再听他胡言，正要叫人捆他，又想到这人倒像个塾师，翻不了屁大个浪，又说是与万瑞麟同窗，就令人把他单独看守，茶饭照给。

第二天清早，山下国军营长宋启轮见钟县长上山一去不归，唯恐他性命不保，心中焦急，命令将龟峰山围定，派出有冲锋枪装备的第二连向山上迂回进击试探。

万振山接到哨报，从望远镜看见白军正在丛林间向山上移动，立即布置防御，心想果然是敌人奸计！幸未中计吃亏，就喊："把杜明经、钟培炎两个奸细拉出来砍了！"

几个红军将两个人捆得像根树干推往崖边，另两人握砍刀兴致勃勃地走过来。

杜明经这时没工夫去想个人生死，回头大声喊："你不是万瑞麟！我要见万瑞麟同志！……请告诉万瑞麟同志，长江局还会再派人来的，再杀不得了！杀不得了！"

钟培炎没想到真的这么快就要死了，一股忠诚死士的悲情壅塞于胸。他不太怕枪毙，实在怕那砍头，见过的，那颗头骨碌滚得老远。他估计先砍身边这个叫喊着的共产党上级，再砍他，他还有抒上一情的时间，远望群山仰天长叹："同室操戈何时休！……千古遗恨，千古遗恨啦！……"

"住手！住手！快住手！"万瑞麟和黑子扬手喊叫着从后山小道往上奔跑，见人还没杀，这才跌坐在石头上大喘粗气。万振山说："敌人已经攻上来了，还不先杀了这两个奸细？"

黑子在竺宜君家脱险和为万瑞麟秘约时见过钟培炎，口称"钟先生"上去给他松绑。万瑞麟喊声："杜书记！"急去解开他勒得深深的麻绳。杜明经连声说："这下好了！这下好了。"万瑞麟转身命令万振山："快请钟县长下山，敌人知他活着，自会撤走！"

钟培炎如梦初醒。他和万瑞麟都没想到，自西后街来福客栈阔别十年这样相见，两人握手有点尴尬，万瑞麟也顾不上寒暄，说："你通知宋营长，我明天即可下山谈判。"

钟培炎就要下山，漫山忽然笼起云雾，万瑞麟见他身上单薄却一头大汗还在微微发抖，想是刚才要砍头给急出来的，山上春寒风冷，怕这书生汗后受凉，匆忙脱下上衣给他套上。

钟培炎急向山下走去，挥手摇动白巾朝雾海叫喊："误会了！误会了！弟兄们误会了，我没死……我活着，活着……"

就在前天夜里，万瑞麟与在武汉新成立的中共长江局接上了关系，详细知道了来自延安中央的指示，听说特派员杜明经同志已去鄂豫皖寻找他，生怕发生意外——万振山除了穷人翻身还懂个屁？他和黑子寄存枪弹仅带几包药品，两百几十里地一天一夜赶回来。

万瑞麟向部队传达改编为国军的指示，战士们一个个噘嘴歪头。他把万振山拉进草棚，说："这回动员看来还要你来做。"

哪知万振山的气比谁都大，他红着眼叫喊："红军就是红军！你要归顺我杀了你！我带队伍回系马岗打游击。日本人来了我照打，凭什么听他狗日的国民党指挥！你不准下山！"抽枪指着万瑞麟。

万瑞麟急了，吼："什么'归顺'！放屁！如今国难当头，都是中国人，国共合作才能救国！红军仍归我党领导，先打走日本人，再打国民党！你懂个罗！你还敢给我搞兵变？混账！"猛拍一把桌子。

万振山愣住了，知道万瑞麟岂是投降的人，加之那个国民党狗县长钟培炎，敢上山用性命担保，倒不像个使坏心眼的骗子。

还有那个神神道道不怕死的玩意儿"特派员"在手上，万瑞麟下山谈判不会是诱捕中计，不妨放他下山看看再说。他"哼"了声一甩手走出去，对操场上嘴巴翘得老高的战士们喊："先看看敌人到底要他大的什么花招再说吧。备战！"

谈判在龟山脚下一个名叫龟头河的村子举行。钟培炎以国民党方受托代表和担保人身份出席，共方上级代表杜明经当然肃然在座。

钟培炎介绍双方后，国军营长宋启轮上前向万瑞麟行过军礼，以收编主方姿态，爽朗地说："昔日刀兵相向，各事其主，还请万司令见谅。"万瑞麟答过军礼，也端起架子，以平等口吻慨然道："外敌入侵，军人理当效死沙场。你我今后肝胆相照，共赴国难。"

钟培炎见他二人虽不服输，所言倒是入耳，不禁满心欢喜："哈哈哈哈！相逢一笑释前嫌，可喜可慰！泱泱中华，英雄辈出，何愁倭寇不灭！"

谈判商定双方即日停火，国军撤出龟山，暂向红军提供粮食五十担，盐六十斤，红军游击队三天后下山换装接受改编，配发枪弹，开往县城协防。按照双方上级指令，红军鄂豫皖游击支队改编，番号为"国民革命军陆军新编第四军鄂东支队"，相当于旅一级，万瑞麟任支队长，现有人枪编为第一大队，万振山任大队长。杜明经特派员双手紧握万瑞麟的手抖动，在双方共同派人护送下，捡个脑壳满心欢喜回汉口复命去了。

钟培炎决定举行隆重仪式，欢迎新四军鄂东支队入城。

这天上午，听说新四军就是当年"万水龙"的红军，跑来看稀奇热闹的百姓很多，聚集在东门内两侧，一直排到街中心，大家手持学生们递来的红绿小旗，驻足等待。

约上午九时，万瑞麟、万振山打头的队伍过莲水河木桥来到东门外，钟培炎率众吏员士绅在城门外迎接，宋启轮上前行过军礼，引导入城。

新四军数百士兵穿着簇新的国军服装，步伐整齐，雄赳赳经过城门洞进入城内。只可惜万振山军帽上国民党军帽徽——那颗漂亮的"青天白日十二角星"，早被他扯掉，不知甩哪儿去了，帽上只剩两颗直排的灰纽扣。

中学汪校长和秦时月老师带来的学生在城门内列队，敲击着洋鼓，欢迎人群中响起热烈的口号，秦老师领呼："打倒日本帝国主义！""还我河山！""万众一心，共御外侮！"接着指挥学生同声高唱《毕业歌》，这是四年前上海电影《桃李劫》主题歌，早已在大江南北学生中广为传唱：

> 同学们，大家起来！
> 担负起天下的兴亡！
> 听吧，满耳是大众的嗟伤，
> 看吧，一年年国土的沦丧。
> 我们是要选择战，还是亡？……

时值春天，一些学生舞动着花枝，中学职员杨心茹收拢一大把鲜花解下辫索束好，跑到队伍前献给万支队长。万瑞麟一时不知往哪放，军人哪好拿着花？丢了不友好，万振山一把接过去往肚边皮带里别枪般插了，甩手威武走着，引得学生们大笑不止：土红军！土红军！百姓则朝他欢呼：万水龙！万水龙！

下午，钟培炎和民政科长金仕仪领着民夫慰劳驻军，堆满大米袋的长板车上，卧着两头刮得白亮的肥猪。

万瑞麟行过军礼将他们请进支队长室，握住钟培炎的手说："我们还是走到一起了！"又握了一下金仕仪的手。培炎说："我两人能又走到一起，说明国家有望呀！"又笑道，"前天在龟山若不是你来得快，今生就见不上面了。"

瑞麟说："要不是你上山用生命担保谈判，万振山大队长可能领头哗变，绑了我不让下山，杀死杜特派员把队伍拉到河西。他做得出来的。十年了，打红眼了呢。"

钟培炎闻言唏嘘，感叹说："你那个万振山，倒是一个人物，若非受制于你，可做出李自成、张献忠之事。江山代有斯人。"

万瑞麟服他所见，说："此言不虚。这不都是叫土豪劣绅给逼的。"他这时没提国民党了。培炎点头不语。

金仕仪先告辞，万瑞麟朝他点一点头。培炎留下与瑞麟叙旧，两人搬椅抵足而坐，自然先谈起挚友孙韶光。瑞麟不忍心重提当时情形，只说是在战场替他挡了子弹，两人伤感不已。

培炎说了竺宜君的情形，也说到十年来自己对时局的忧虑，做地方官的种种苦衷。万瑞麟问他媳妇是谁，是否在一起，培炎说一直未婚，问万瑞麟婚否，瑞麟说："你们撵得我到处钻老林住山洞，和谁结婚去？"两人苦笑。

瑞麟郑重说："国共又合作了，你还是回共产党来吧。国民党脱离人民，成不了气候的。"

钟培炎眼睛先是放亮，很快黯淡下来，摇头叹息。

万瑞麟说："现在结束敌对了，回来正是时候，上面会欢迎的，毕竟是早期自己人。鄂东共产党里像孙韶光、蔡日新这样的早期活动家，蔡升熙、许继慎、邝继勋这样的职业军事领导人，早死的死走的走了，部队干部大都是万振山这样的工农，斗争勇敢坚定，得有人领着，这你刚看到的。"

培炎低头不说话，瑞麟说："上面的话我去说。你先给我做个政委或参谋长，我俩把大别山抗日队伍拉大。你以后也可以到新四军军部去工作，我刚在武汉听说，军长叶挺将军也曾脱党多年呢，现在还没有重新入党。不然你到长江局做合作抗战政治宣传也很合适。"

钟培炎叹道："离开时间长了……除了你，共产党谁还相信我……我在广州那一步，唉。再回到共产党，两方面岂不都说我朝秦暮楚，反复无常，再怎么做人呢。我有时还想，你这些年要走的，是不是中国唯一出路……孙中山先生要多活二十年就好了。"

万瑞麟知他所虑合情，且对国民党仍存有幻想，也不好再劝，就说："你救过我一命，现在我俩扯平了。"

钟培炎说："我怎么没点印象？"万瑞麟说："你别装了。红军转移那年我治伤，宜君要你半夜请来医生，你又跑去暗示她小心，陈守义引军队去搜我你赶去解了围。你这是放不下我，还是照护竺宜君呀？"

钟培炎笑了："当时倒是想过，不是你这命大的，谁会躲到她那去，宜君会连夜找我？"瑞麟也笑："你明知我就躺在她屋里，如去报个信或带几个人来，抓了我这红军匪首，你不就平步青云了。"钟培炎说："当时唯恐宜君不慎走漏了风声，谁知她女人办事倒比男人还稳当。陈守义引白连长去，我是偶然得到消息，真还吓了一跳。说明还是你命大嘛！宜君……也总有上天照应她。"

瑞麟说："你去救我，如被识破，也是要掉脑壳的呢。"培炎笑道："若与你一同引刀，岂不快哉？"

瑞麟起身替他添水，盯住他说："你知道我放不住话的，问你个事……我看你和竺宜君走得很近，你老实说，是不是在等着她？关系弄怎样了？老实说！"

培炎听了有些不自然，又想到在他面前也没什么要隐瞒的，就说："韶光去了，你在钻山洞，我不照顾她谁来照顾？关系……人家仍是嫂子。"瑞麟说："韶光替我做证救我一命，又是在战场为我死的，死前把她已托付给我，宜君又救我一回命，你说她该不该我来照顾？哪轮得到你！"

培炎没想到瑞麟还揣着这么重的心事，但他不为所动，笑着说："你打你的仗去吧！听说淞沪会战战局不好，日军随时可能西进打到武汉，你还不知在我这地盘上还能待几天。"

瑞麟想他说的是实，就说："你给我悠着点啊！别看你丛书生一个，骨子里那叫风骚。哼！打走了小日本，我就回来的，她家以后归我管，你就省点心。不早了，回你的县衙吧。"

培炎知他这是仍以兄长自居，感到亲切，顶他一句："强打恶要！你不早说她是个旧式女子，不如沈立群新青年吗？她还真是把那旧伦常看得重……"

瑞麟肃然，自信地说："竺宜君心怀大义，咬钢嚼铁不让须眉，非常人可及。我最了解她。你不懂她。"

培炎眯眼晃脑感慨："啧，惠质兰心，天无二致！啧。'两情若是久长时，又岂在朝朝暮暮'。"

瑞麟知道培炎是近水楼台，没法比他，被他这优越自居神情刺了一下，怀疑这怂书生是在故意气他，就装作玩笑伸手揪住他胸前衣服用力一抖，吼道："你给我悠着点！"总算出了口恶气。

培炎实现了气他的效果，满意地整理着衣扣："你这个武夫……"

万瑞麟忽然问："前天你穿去我那件上衣，没丢吧？"

钟培炎有些意外，他居然惦记一件旧衣裳？就说："那是你化装穿的便服，你以后又不用化装了，我穿它也不嫌大。"万瑞麟说："你别给我弄丢了就是。"

钟培炎觉他有点反常，说这话时目光里藏着很深的忧郁。难道那件衣服里有他特意留下的什么物件？他不明说，应是另有隐衷。

瑞麟送培炎到院门口，分手时说："前天我救你命是因公，还是赶巧的，那年你救我命是徇私，论私我仍欠你一条命。"

钟培炎闻言感动，忽又一惊，生出不祥之感，心口还隐隐刺痛了一下，觉他这话有如谶语般沉重，连忙说："国共既化干戈为玉帛，但愿不再有那一天。"

24. 护苏区振山拒令 赴国难伊人惜别

万瑞麟的新四军鄂东支队公开扩编招兵，万振山和黑子过河一呼，河西干过赤卫军的纷纷归队，一些穷苦青年丢下锄头扁担相邀入伍。部队奉命移驻在县城北部山地训练，今天接到"上峰"抗战形势通报：

淞沪会战失利，国府西迁重庆，国军西移集结于武汉东部及江北一线，并加强第五战区，将在中南腹地与日军决战。日军海军部在太平洋的战略意图已主导军方参谋本部，不想深陷大陆战场，正谋求议和。中国绝不做城下之盟，蒋委员长决"以空间换时间"，将日军引入广大地域令敌泥足深陷，竭其补给而战，以待国际局势变化，最终以战胜国全部收回甲午战争以来中国之一切失地。国军武汉统帅部正向外围安徽、河南增派军队阻击敌军西进。上峰命令万瑞麟部做好参加武汉保卫战准备。

第二天，万瑞麟就接到位于皖南的新四军军部电令，令他率扩充后的鄂东支队立即整装东进，至安徽六安东部山地布防。

万振山坚决拒绝离开老苏区，说这是国民党"调虎离山"。他所带第一大队是支队主力占部队大半，东进命令难以执行。万瑞麟想先给他开窍，说："军人以服从为天职，既已编入国军系列，就要服从命令。"万振山吼："让他命令国民党去吧！我要离开了苏区，还乡团再来屠杀，老百姓还指靠哪个？"

万瑞麟急了："统帅部是从全国抗战统一部署，当前是要打日寇，不是还叫你去打土豪！"万振山叫："土豪、日寇一个样，红军走了，穷人又要遭殃！"

万瑞麟见他一根筋，气得发抖，抽枪拍在桌上说："现在是新四军！不听命令，我先枪毙了你！"万振山脖子一硬："毙了也不走。你毙了我，红军更没人跟你走！"

万瑞麟骂声："蠢驴子！"就集合部队，宣示东进命令。

鄂东支队一大队是万振山从苏区一手拉起来的老底子和新兵，也没哪个愿意离开家乡，见万振山待在屋里没出来发话，都你望我我望你就是不动。万瑞麟跑进屋冲万振山喊："好哇！我管不了你个罗日的，总有人管得了你！"

军部来电追问万瑞麟支队为何不见行动，万瑞麟只得如实报告部队情绪，建议鄂东支队就近东移，东出古城在原根据地范围六安西面金寨与商城之间布防。电报发出当天收到军部回电：

上峰电令：

着即扣押第一大队长万振山，以违令立予处决。鄂东支队务于今日出发，限两日内到达六安指定地点布防。

万瑞麟一看慌了神，没想到事情闹这么大——电文很清楚，处决万振山的命令，是来自"上峰"国军武汉统帅部。不执行军令是不行的，但要他亲手杀万振山更不行，还可能引起士兵哗变，部队失控，像苏区肃反张主席要杀他万瑞麟时一样。

他喊来黑子叫他看电报。黑子大惊，脱口而出："万团长也

324

敢杀！"将电报递还给他。万瑞麟说："军令如山。先控制万振山。你要给我稳住战士的情绪。"

"刚改编就杀万团长，部队还能拢得住？我自己都不干了，叫我怎么稳住战士！"黑子摸着腰上的枪，逼视万瑞麟。

万瑞麟扫他一眼，取出铅笔拟下给军部的回电，递给黑子说："先回电。振山这犟牛迟早坏大事。"黑子见他写的是：

已遵令扣押万振山，请军部派员来此执行军法。

黑子明白了他的意图，只带一个战士进到万振山的草棚，把军部电令递到他面前。

万振山看也不看说："不就是死吗！痛快点。我也不叫你黑子为难。就一句话你给我记到——万瑞麟跟我们不是一条道上的人，他们叫作'革命家'，为得天下屁都不顾。我们只要河西。我死了你不要闹，把队伍给我带回河西去。苏区百姓就剩下我们这几杆枪了。"

黑子也不搭话，叫战士把万振山下枪捆了，带他进到操场对面哨楼下的小木屋。万振山转过身又嘱咐："叫巧兰莫等我了，也不用找来给我上坟。你替我到闽东给我孙先生上炷香。"

黑子不声响锁了木屋，派特务队一个班守护，下死命令说除非他来，任何人不准开门。他做好了打算，军部如派人来杀万振山，他就带特务中队先干掉来人，把万瑞麟逼上梁山，脱离这认敌为友的"新编第四军"，重新干红军。他认定万军长与那"革命家"张主席们，骨子里并不一样。

万振山站在小木屋从门缝朝操场对面张望，他心想，这是如今的"上峰"国民党要趁机杀掉他这苏区的"万疯子"了，也怪不得万瑞麟。杀他就是剁万瑞麟的手膀。要死罗朝天！他在小木屋里老虎般一声长啸，大喊："万军长你听到，国民党娘卖皮的兵不好当！在龟山你不信我的话，落到这个下场。我死了变鬼还当红军，杀土豪国民党！……打倒国民党！红军万岁！……"直喊到声嘶力竭。

这晚驻地异常肃静，林中惊鸟凄厉的哀鸣也传得老远。大草棚中战士们无人入睡，伸头张望着操场对面的小木屋，不少人在偷偷哭泣，有人在黑暗中默默地擦枪装弹。

新四军军部接到万瑞麟回电，知道他是不会自己处决万振山的，也能觉察到他的难处，这正是"将在外军令有所不受"。武汉统帅部参谋部仍在追问新四军各支队集结情况，部队已无法拖延，路途遥远，也来不及派人去鄂东执法，且去执法的人有很大风险。军首长也取"军令有所不受"，当晚口授给万瑞麟的回电，同时抄报国军武汉参谋部：

> 鄂东支队万瑞麟支队长：
>
> 火速率部东进六安。万振山处决酌情暂缓执行，撤销职务，随军行动，待后严办。如今夜仍无行动，决取消鄂东支队番号，就地遣散，万瑞麟支队长即来军部候处，不得延误。

万瑞麟黑着脸来到小木屋，特务队战士挡在门口不让，他气冲冲喊来黑子说："反了，反了！"黑子握枪在手令开门。万瑞麟进屋伸出军部回电，打亮电筒对万振山吼："看看吧，你这个苕货！犟驴子不过板桥！把队伍散了，你和黑子带大家回去种田吧，

326

我日他娘到军部替你去死！"

万振山喊："嚷个罗！快给我松绑呀！日本人我跟你去打，要死一路去死。狗日的国民党要杀我，这笔账我记着，总有算账那天！"

钟培炎接到省教育厅通知，武汉保卫战即将在外围打响，委员长夫人宋美龄将武汉和湖北省立各中学组成联合中学，西迁四川，先期西迁的已到达钟祥宜昌等地复课。指示他速将古城中学师生经汉口走汉水迁往钟祥，并请亲为督办。

钟培炎与教育科长邹永和汪校长紧急商议。没有卡车，邮车太小且不便借用，决定先送教师去钟祥县寻址筹备，学生依自愿结伴同行，半月内到钟祥寻校报到。

竺宜君接口信赶到中学送行，钟培炎已在院前等候。又有几个月没见了，培炎关切地看着她，告诉说教师们在各自准备行装，学生都已离校，引她经操场往汪校长办公房去。

忽然天空自北向南传来轰鸣，宜君遮眉去望，培炎喊："敌机！"话音刚落，轰隆一声巨响，一排教室腾起火光浓烟，紧接着一个重物砸在宜君旁边，脚下地面一阵颤抖。

"卧倒！"钟培炎急抢一步抱推宜君卧地，遮伏在她身上屏住呼吸。良久不闻声响，宜君意识到他们的姿态，培炎护着她不敢起身，两人就这样面对面抱着。

城中火光四起，二十多架敌机群扔下大量炸弹，又向西南桑埠方向飞去。

钟培炎爬起来，颤抖着转身去看身后的炸弹。宜君不知畏惧，好奇近前弯腰去看，见一个两尺多高碗口粗的钢铁大锥，扎进地下半尺深，那钢锥身上有字，顶上有几片扇叶在慢慢旋转，渐渐停住不转了。

"日本炸弹……"钟培炎脸色苍白额汗涔涔。汪校长和秦老师颤巍巍跑过来，说幸亏学生都不在校，不然全完了！钟培炎急切地说："教师西迁推迟，你们快去教室灭火，注意清除哑弹。我去抢救城中百姓布置防空。竺女士留在学校不要外出！"他猫腰向火光熊熊的街上奔去。

两天后，遭敌轰炸的县城渐归平静，钟培炎决定教师当天西行。他告诉汪校长和竺宜君，就在十天前，蒋介石委员长亲来古城县桑埠镇，与国军第五战区司令长官李宗仁将军商讨武汉会战之指挥。几天前，国军张自忠、宋希濂部在古城北部小界岭重创日军，日军轰炸县城和桑埠镇民居，是一次疯狂的报复行为，古城将处于中部抗战的第一线。

他见宜君深深地忧虑着，安慰她说："国府抗战到底决心已定，正迁都重庆，依据西南大后方作持久抗战之计。日本区区小岛，怎堪与我中华为敌，久战必败。"宜君问："那国军都撤走了，日军来了百姓怎么办？"培炎说："县国民政府仍在此地主持。国军在大别山驻有广西英勇军队，随时可以打过来，新四军游击队也将在鄂东作战。"宜君听了稍感宽慰。

培炎又说："明天我去桑埠镇。郭沫若从武汉率慰问团来桑埠慰问抗日军民。"宜君问："那姓郭的是？"培炎说："当世才子。军事委员会政治部第三厅厅长，我们是十二年前在广州认识的。"宜君问："才子也爱从军？"培炎说："战时宣传鼓动，方能凝聚民族精神，得万众一心众志成城。很重要的，要有大才。"宜君想了想认真地说："你就适合去做这事。"钟培炎先是摇头笑笑，接着就自信地点头。

宜君去送别秦老师，他正往皮箱里收拾心爱的萨克斯，难舍地说：“我们还会回来的。中国是中国人的。”

宜君说：“这一走那么远，中学几时回得来？”秦时月说：“还难说。”又担心地说，“夫人须记住一件事。日寇侵占古城后，必重操在华北故技，笼络地方名流绅达，替他们装点门面维持治安，这种人叫作‘汉奸’。孙家素孚乡望，不保会被胁迫，其时绝不可陷此泥沼，遭人唾骂，以致身败名裂。”

操场上传来催喊声，秦时月低着头说：“因为你，我会回来的⋯⋯”宜君木然地看着他，忧愁着日本人要找汉奸的事。

钟培炎与西行的校长老师和护送的邹科长握手送别，一辆长板马车缓缓出校向西门去，人们朝竺女士和县长久久挥手。秦老师手扶萨克斯，背靠低栏在摇晃中吹奏学生爱唱的《松花江上》，杨心茹和几个老师流着泪，伴随悲怆的笛声凄婉地唱起：

哪年哪月，才能够回到我那可爱的故乡？

哪年哪月，才能够收回我那无尽的宝藏。

爹娘啊，爹娘啊，什么时候，才能够欢聚一堂⋯⋯

校园顿时沉寂。站在空阔的操场边，钟培炎与竺宜君默然相向，宜君不禁落泪，说：“前天那颗炸弹要是响了，你就和韶光到一起了⋯⋯”培炎说：“有你在，它响不了的。你我这一生，还长着呢。”

钟培炎讲他在龟山调停与万瑞麟重逢的经过，宜君为他差点死在万振山刀下后怕，问：“那国民党再不抓他了？”培炎说：

"同属国军了，合作抗日。"宜君说："那就好，那就好……"

钟培炎沉重地说："韶光离去六年了，我一直没能好好照顾你。"宜君投向温婉的目光，说："这些年要不是你时时关照，孙家还不知是个什么样子，我也不知道挺不挺得过来。"培炎深情地看着她："你知道，我一直在等着你……老太爷临终有愿，怎能违教。我本想今年春节前，遵风俗请德望之人登门，拜会孙省三族长，依礼提亲，孰料战事又起……"

宜君低头说："现在有了家驹，想就守着他替韶光延个香火。"培炎说："家驹我和你一起抚养。明年七岁，我送他到汉口读书，培养成材。"宜君苦涩地说："仗打起来，见面都很难的。你都三十二三的人了，遇有合适的，连忙成个家吧。我……总能够过得下去……"

培炎说："日寇很快就会侵占县城，此一别不知几时才能相见。国难当头，我受党国所托，负万民之重，唯有牺牲。我仍是中国政府县长。有你在这里，我不会离开古城的。"宜君忧虑说："是孙家连累你了。"培炎说："我已连任两届县长，还有人怀疑我通共，若非抗战爆发，本是要调离的。抗战胜利以前估计不会叫我走了。我等着你……"宜君望着他不作声，他拉起她一只手说："只是再不能常去看你了……我会感到孤独的。"

宜君也倍觉伤感落寞，记起一句唐诗，劝慰他说："莫愁前路无知己，天下谁人不识君……"培炎觉高适此句于此景恰可释怀，叹息说："自今以后不知多少年，我要携县政府流动山野了。"情不自禁念道："所谓伊人，在水一方……"

宜君不舍地望着他。他坚决地伸开双臂，轻轻拥抱了她。

三个多月后钟培炎接到通知，武汉即将弃守，省政府西迁恩施，国军将固守汉水上游军事重镇襄阳、钟祥及长江中上游要塞宜昌，在湖北西部阻击和歼灭西犯日寇。省政府希望他以流动政府方式在鄂东坚持抗战。

钟培炎将县国民政府迁到颜家河，这是莲水河东面离县城二十里一个山货聚散又颇具人文积淀的小镇。他独自坐在借用的祠堂里，心情沉重失落。武汉弃守，就在他离开县城几天后，日军快速地占领了鄂东几座县城，十月二十五日古城沦陷。县党部书记长奉调去了宜昌，跟随流动政府同来的也就民政科长金仕仪、教育科长邹永和、指导员及几名科员，再就自卫队的十几个兵丁。老百姓只知道政府迁来有了依靠，人们依旧忙碌着各自的生计，烧炭的烧炭，编篾的编篾，染布的染布，做面的做面，天塌下来有长子顶着呢。镇北十里赤褐山梁上，相传唐太宗为镇此处九龙聚顶地脉而建的千年柏子塔，依然苍凉从容地伸展着塔顶的"柏子秋荫"。钟培炎方知，当国破之日，他并不能像对学子们宣称的那样，"斯时吾人必一呼而万人应"。

院外进来几个军人，是宋启轮营长！钟培炎大步上前与他握手。宋启轮说，国军桂系张淦部第七军西去参加武汉保卫战时，留下他一个营在大别山鄂皖边界游击。前天他接到上峰电报，应湖北省政府要求，命令他从英山返回古城，护卫鄂东唯一尚存的这个县一级国民政府，牵制侵占鄂东的日军。宋启轮带来省政府请军方代为传发的电报：

兹委任

钟培炎同志为鄂东特别行政督察区公署专员，并兼古城县县长。行署与县府合署主持鄂东战时政务。

湖北省国民政府

民国二十七年十一月三日

宋启轮说："钟先生正是见危受命。"钟培炎双手接过这页特殊的委任状，面朝西方深深鞠躬，抬头时已是两行热泪。

宋启轮说："国民政府不宜放在颜家河。我从英山过来路上已替先生选好地址，再往东二十余里龟山脚下龟头河村，那里我很熟悉，易守难攻，便于兼领东南山区数县，作长远计。县长可否尽快迁往？"

钟培炎记得，龟头河村正是万瑞麟队伍改编为国军谈判的位置，那是一方吉地。他站起来说："今天就走！"

25. 愤桎梏痛砸旌匾 容难民骇闻日寇

留守古城县城的日军中佐石原征二算得上半个中国通，能讲口夹生汉语，他把指挥所设在县国民政府院内，一时无暇顾及两河相隔远在龟头河的钟培炎国民政府。限于兵力，石原如法炮制，对沦陷区古城县境内实行"点线占领"，沿着通往西面汉口的平畈公路，占领县城、钟驿、桑埠、歧街四镇，派兵驻守连成一线，就算是占领古城县了。

石原喊来翻译官说："皇军所到之处，均须成立治安维持会，贯彻中日亲善，维持地方治安，负责军粮劳役大大的。亚兴君的本地人，请即举荐县治安维持会会长人选。"

这翻译官正是被万瑞麟枪决的老恶霸陈渔甫的三儿子，名叫陈守仁，在日本留学时改名陈亚兴，取"东亚共兴"之义，为报父仇，他把新婚的媳妇留在沈阳娘家，跑回来死心塌地当汉奸。陈守仁答："此地曾是共产党巢穴，家父即死于赤祸。属下离乡多年，父辈乡望名流未及结识。倒有一两个少年同窗，可请为举荐。"石原道："很好。亚兴君快快的。"

陈守仁一身便装，沿街找到南门孙韶启的同和绸缎铺，递上名帖，不一会韶启从账房走出来。陈守仁抱拳："韶启兄别来无恙？"孙韶启没认出他来，问："先生是？"陈守仁说："难怪难怪，我是陈守仁，不认识了？名帖上是我现用名陈亚兴。"

陈守仁说明来意，韶启才知原来这家伙在给日本人做事，想起嫂子说过秦老师提醒当不得"汉奸"的话，心里一紧，忙说："你知道的，我一向不善与人交往，城中贤望一个不识，哪去举荐？"陈守仁说："你在县城经商多年，总有耳闻，挑那名望大的说几个来就行。"韶启说："即便听说，我也不知他大门朝哪儿开呀。"陈守仁说："门我自己会问。"孙韶启知推不脱，只好将那名望大的说了几个人。

陈守仁寻了几天，那些人有的早已逃往汉口，有的跟钟培炎去了龟山，在家的不是老得不能动就是装聋作哑，没个合适的。石原那边催得紧，陈守仁转出一个念头，急忙来找孙韶启，说："现成的胡子不晓得安须。你说的几个人都不行，就委屈韶启兄出任维持会长，再好不过了。"

孙韶启大惊失色，忙说："我素来不问国是，不善应酬，又毫无名望，怎做得了这事！"陈守仁说："孙家乃古城县世望，你在此地也算商贾名流，正当承担。"韶启忙摆手说："不可不可！那会误了你的大事。"

陈守仁说："战争时期，这大个县没有个政府，皇军人生地不熟，如何安民？维持会并非官方，只算个民间组织，替良民百姓领个头而已。韶启兄无须多虑。"

孙韶启感到大祸临头。如若拒绝日本人不会放过他，真做了政府和新四军也不会饶他，唯有拖延，就说："你要我做这事，我这店铺就要另请族人来料理，需得回家禀告。"陈守仁要他三天内答复。孙韶启心中叫苦不迭。

阴历二月初九是观世音菩萨的生日，竺宜君自那年婆母梦见观音搭救，就在堂屋供奉观音，至今十一年了。她到堂屋上香祈祷过，回到房间坐下，心里空空落落的。

这两年她很少进堂屋了，那块高悬的"贞德仪范"匾额，阴森森像块黑色的岩石，老是沉重地压在她的头顶。近年来她常感精力不济，还昏厥过一次，吴太医说是阴积阳虚，不碍大事却不易脱体，留下方剂调理，又说若得那天情大义至阳冲解，是可断根的，说少奶奶吉人天相，毋庸忧虑。天香和孟管家都急在心里，到哪里去为大奶奶寻那天情大义呢？

宜君在想，家驹六岁半了，得去县城上新学堂。要说读书成材，交给钟培炎倒是合适，但旁人怎么看她呢？如今培炎去了山里，万瑞麟也不知仗打哪儿去了，找谁商量呀。她越来越感到自己不管怎样硬气，毕竟是个女人……

上午天香在厢房门口借着院中阳光纺线，宜君坐在旁边小椅上帮她挽着线筢，听见有人敲院门。天香开门见是万瑞麟，脸还红了，高兴地喊："哟！稀客。什么风把大军长给吹回来啦？"

宜君闻声走到院中，见万瑞麟穿的是一身国军军装，和那年来这里搜他的白连长穿戴一个样。万瑞麟直直地看着又有四年没见的竺宜君，小声说："嫂子，我回来了。"宜君高兴地说："回来了就好，快进屋呀。"

天香用大茶缸给他泡上一缸茶，这是万瑞麟喝水的习惯，钟培炎与他相反，小盅品茶，大杯饮酒。她递上茶缸笑着说："这回总是胜利了，回来照顾我大奶奶来的吧？"

万瑞麟低头不敢看她，养伤两个月天香天天红着脸照料，他就没好正面望她的。他去吹手中香喷喷的热茶，嘀咕说："仗还没打完呢……"宜君脸也红起，埋怨天香："瞎说什么呢，快去给放哨的红军弟兄倒茶呀。"天香扮个鬼脸，笑着去送茶。

万瑞麟热腾腾咕噜咕噜喝下半缸酽茶，过瘾地长嘘一口气，说："暂时不叫红军了，叫新四军。跟国民党又联合了，打日本人！"宜君笑着说："难怪军长的衣裳也整齐了。"万瑞麟也笑："衣裳整齐有么用，打仗还是靠人。"就说了红军改编后的情形。

原来半年前，万瑞麟的新四军鄂东支队在六安东部帽儿山设伏，突袭日军运输中队，缴获大批由陆路运往武汉战场的弹药辎重，打了大胜仗。军部来电嘉奖，恢复万振山大队长职务，给了个记大过处分。武汉失守后，鄂东支队奉命返回老苏区打游击，开辟共产党独立领导的抗日民主根据地。支队现隐蔽在县城西北的五柱山区，与东面龟山的钟培炎国民政府和国军宋启轮部互为犄角，钳制县城日军。支队化整为零，十几个敌后武工队正在分头发动群众，流动袭击日军沿公路线驻点炮楼，叫鬼子石原征二坐卧不安。

宜君听了欢喜，说："国共真的又和好了？听培炎说再也没人抓你了，我还不信哩。那你跟培炎再也不是敌人了吧？这下好了！"万瑞麟见她果然一口一声"培炎培炎"的，心里就来气："他算什么敌人！枪都放不响，放挂鞭炮就吓他乱跑。"宜君记起钟培炎在中学颤抖冒汗看炸弹神情，又想象那书生抱头吓跑的样子，一下子笑弯了腰。

宜君问他合作前哪儿去了，总不见人，瑞麟说："就在这大别山上游击。国民党没买到我的人头总不放心，撵得我满山跑，队伍虽没拉大，总算坚持下来。"天香笑："你也有吓跑的时候？吃饭啦！"一句话逗得他大笑。

宜君说了两年前家驹来家的经过，瑞麟特别高兴，判断就是那个孩子，说："邱家湾离红军总部很近，木匠说比长生他娘岁大的盛政委，只会是盛怀中，他很显年纪的。"宜君心里更是宽慰。瑞麟要天香引家驹来让他看看，宜君说不巧外婆家接去了。瑞麟说："这孩子到念书年龄了吧。"宜君说打算先请位塾师。瑞麟说："书也不用读太久，长大让他跟着我，当兵去！"宜君笑着："你这兵还没当够？"

万瑞麟接过天香撕给他的鸡腿，却吃吃放放的不见贪谗，忽然问："这些年，钟培炎……常来？"

天香又逗他："人家隔三岔五的来，比大军长勤多了。"万瑞麟放下鸡腿，气呼呼地说："他有什么事做！不出来闲游逛，一个人待在衙门打鬼。"天香就说："人家当县长忙得很哩，又是减租，又是办学，又是合作社，又是赈灾济贫，还有'新生活'呢。"瑞麟不屑地说："新生活个屁！穷人饿得歪歪倒。只有共产党胜利了，人民才有新生活。"

宜君见他俩打趣，也不去扫兴，笑眯眯听着。谁知天香还想激他，问："那电影戏，算不算新生活呢？钟县长带大奶奶和我看过好多回哩，那什么？对，《天涯歌女》，可好看了——'小妹妹想郎直到今，郎呀，患难之交恩爱深'，真好听！"

万瑞麟就蔫了，快快地望着宜君，有气无力说："么看头……电影都是假的，幕布上映出来的都是些影子。影子。"天香正捂嘴笑，见他着急可怜，连忙说："哄你呢！也就看过一回，还是省里什么员带来放给中学生看，才放一半机器坏了。"

万瑞麟松了口气，仰头装作不在乎的样子，这才发现墙上多了一块大黑匾，见是"贞德仪范"几个白字，气不打一处来，问是怎么回事。天香讲了经过，说："族长要挂，有什么办法，连钟县长都没敢动它呢。"孟管家也嘀咕说："我用布遮过的，大奶奶不让。"

万瑞麟二话不说伸手去取，他虽高大仍没够着，搬过高凳子站上去发力摇动，三两下连同深扎墙里的铁挂钩扯下匾额，"咚"一声重重摔在地上，跳下凳子就用脚踩，哪踩得断，提起来直奔厨房，抢起斧头一顿乱劈，一块块塞进灶里去了，这才拍打着手一头汗水回到堂屋来，说："族长要问，就说是孙韶光学友、新四军首领万瑞麟劈柴烧了！"

宜君顿觉轻松，想起孙省三慈祥的面庞，还有对她家事关照的种种好处，就有些不过意，说："人家族长也是好意哩。"万瑞麟也不理会她，接过天香笑嘻嘻端来的脸盆，痛快洗脸擦汗。孟管家喜滋滋拿壶舀酒去了。

忽见孙韶启从门外喊着"嫂子"慌慌张张跑进来，满头大汗说："不得了！不得了！……"结结巴巴说了这几天遭遇陈守仁，逼他做维持会长的事，问该如何是好。

宜君对秦老师所嘱记得深刻，说："这事千万做不得！"万瑞麟骂："这畜生！竟当起汉奸来了！"宜君想起陈守仁正是他表弟，忙说："万军长快去叫他别当汉奸了！"万瑞麟说："他这是借日本人的势回乡报仇来的。新四军与日寇汉奸不共戴天，我跟他是见不得面的。"宜君更急得不行。

万瑞麟想了想说："我们与日寇的斗争才刚开始，不能让小鬼子在这里立足。我看这样，那维持会总会有人去做，真让汉奸去当，不如我们自己人顶着跟他周旋，新四军还有个耳目内应，老百姓也少吃点亏。北方就有不少维持会给八路军办事。"

宜君仍然犹豫，说："这事是不是先问一下钟培炎，如得政府允许，免背那汉奸的恶名。"韶启说："县长远在龟山，又沿途封锁，怎去得了？哪里来得及呢！"瑞麟说："县城与河东之间仍有商贾往来，一般百姓尚可通过。"宜君忙喊来孟管家，叫韶启说了事情经过，要他连夜去龟头河见钟先生。

孟管家扮成小贩不敢骑马，抄近路连走带跑急往河东，找到龟头河时天已黑定。

钟培炎说："这事万万做不得！凡区以上维持会长，均以汉奸论罪。"孟管家就说了万瑞麟的意思。

钟培炎说："新四军喜欢讲策略，但这种事到时候是说不清的。政府不可能默许任何人去做这种事！"他见孟管家急得冒烟，心想宜君更不知急成怎样了，就说："你回去对万长官说，今后如有麻烦，新四军要出面说话，我这里也可以说事先知道。但此事绝不可久做，叫孙韶启到汉口去避开为好。"

孟管家连夜赶回家来，天已见亮。

钟培炎的坚决态度，令宜君更加不知所措，就要韶启逃往汉口。韶启说："田产早没了，我再一走城里铺面也要关了。时下到处打仗，肥皂厂股息眼看没有着落，这大一家如何过得下去。"宜君说："有我呢，总要过下去的。"韶启愁道："我见这几天陈守仁已派人在铺子周围盯梢，我要是跑了，日本人还不拿家里人开刀？"

万瑞麟昨夜留在家里等钟培炎意见，这时感到只有自己拿主意了，就说："嫂子不要着急，新四军也是国军，这事有我担着，韶启就算自家人了。钟培炎毕竟是县长，也说了事前知道的。还是先周旋一阵，再从长计议，实在不行就去汉口。"

宜君这才勉强松了一口气，送万瑞麟出门时，心里依然满是忧虑。

闵东镇涌来了许多扶老携幼、从县城一带躲避日本人过来的难民，百姓叫作"跑日本反"。他们惊魂失魄，食宿无着，露宿街头屋檐，不时传来婴儿的啼哭。竺宜君忙叫孟管家收拾腾出前后院，把逃难的百姓几十人领进来歇息，又架口大锅煮粥施济，"跑反"的百姓感激不已。

一个从城关逃来的年轻箍桶匠姓邹，帮着安顿乡亲，说他"跑反"跑了一百六十里路，先跑出东门，经龟山、项家铺到屋角，八十里，再走两河、大坳、安靖转到闵东，又八十里。

宜君问："怎就非得跑呢？"

邹箍匠说："日本人飞机轰炸县城，光我们村就炸塌了十几间屋，死了七个人。那日本人都是恶魔投胎，畜牲不如，杀人强奸，我村里一个媳妇坐月子，十几个日本兵跑进去糟蹋半天才出来，我本家一个嫂子，本已用锅烟把脸抹黑剪光头发，日本人还认出是女人，一百多个鬼子轮奸活活弄死了。捉到反抗的人，不是砍头活埋，就是狗撕马裂火烧。老百姓最怕日本人，县城周围跑光了，村前屋后茅篁都长半人高了。"

宜君惊骇，邹箍匠又说："新四军厉害，敢打日本人！铁木乡王岗有个叫王向浩的，日本人糟蹋了他媳妇，他约一帮兄弟把那个日本人弄死沉到塘里，扎在桑埠的几十个日本兵开出镇子报仇，要灭他全湾。新四军知道了，在冯家凉亭布下埋伏，一下子就打死了十几个日本兵，日本人就再不敢出镇了。"

宜君问："那新四军胆这大，领头的是么人呢？"

邹箍匠说："两个首领都姓万，使双枪飞镖，能飞檐走壁，刀枪不入，专杀日本人，日本人提到他两个就掉魂。听说前几天黑里又摸进县城杀死了四个日本人，还有一个是军官。新四军就是从前'万水龙'的红军，狠得很！"

宜君就知道万瑞麟没有走远，进屋倒来一大碗茶，邹箍匠咕噜咕噜喝着，说："新四军到处跑，没定地儿，见日本人就杀。国军是跟日本兵硬打，日本人不怕打仗，最恨新四军，捉到了就用铡刀铡成两段，还对着撒尿。新四军还是越打越发，那个王岗人当时就投了新四军。唉！我一个男人，还跟着跑反，我要不是一屋老小，早也投新四军去了。杀日本人！"

宜君心想：老百姓这又遭大难了，幸亏中国人还有像万瑞麟钟培炎这样的汉子。又更加为韶启和孙家日后担心起来。

孙韶启被迫做了维持会长后，成天诚惶诚恐，焦头烂额。日军手中没有中国"法币"，更无政府"废元改钞"后民间依然通用的银圆，石原要他以日军空头"军票"征购粮食，他不愿逼迫百姓留下罪过，只有向宜君告急，家中早年存粮已近见底，拿出些抵上，韶启又向一些富户求告自贴一些法币征收，才勉强过了一关，心中懊悔当时没跑去汉口，现在已难走脱了。万瑞麟曾几次派万振山和黑子来见韶启，了解日军动向，他都尽其所知说明，有时还写在纸上。万振山嘱咐他多留心敌人动静，不要害怕，说新四军会保护他的。

南京汪精卫伪国民政府在沦陷区设置机构，收编军队，协同日本人"强化治安"。陈守仁经石原征二举荐，挂上了有名无实的伪"副县长"头衔，伪"县政府"牌子挂在离汉口较近水道可通长江的桑埠镇，陈守仁仍在县城替石原当翻译跑腿。

七年前陈家寨民团被万瑞麟万振山歼灭后，团总陈守义又只身投靠到陶家河替陶德久效力，再也不敢回陈家寨，如今听说陈家族弟三少爷回来了，在日本人那里正吃得开，就劝陶德久去投靠。陶德久反倒不愿当汉奸，又怕吃陈守义和日本人的亏，自己跑掉了，陈守义就带了两百多号团丁去投靠。石原正催着陈守仁扩编伪军，陈守仁见他来投大喜，禀明石原，将这乌合之众报编为汪伪暂编陆军第十一师四十团，让陈守义当上了伪"皇协军"团长，提供一应给养，依为膀臂。

　　这天陈守义一身黄皮军装，耀武扬威跟着陈守仁来到孙韶启的店铺。陈守仁说石原太君要孙韶启以维持会长身份，筹组县商会。孙韶启说自家铺面本小利微，不堪出面，推由城南米面加工厂东家邹功禄领衔商会，陈守仁只好作罢。

　　出门来陈守义对陈守仁说："这人做维持会长怕不稳当。"

　　陈守仁问为什么，陈守义说："他的亲哥就是共产党，死在红军里，他嫂子叫竺宜君，是个美人儿，听说与新四军首领万瑞麟和国民党县长钟培炎都有一腿，应属通共分子。"

　　陈守仁一听与万瑞麟有瓜葛，就问："可有证据？"陈守义说："抓了她何愁证据。"陈守仁说："别给我瞎出主意！孙韶启是我保荐，这话不可外传！现在讲中日亲善，捉孙韶启的嫂子，石原太君未必答应。"

　　陈守义又说："听说孙家老太爷多年收藏字画，有的价值连城，曾在酒后将王羲之《兰亭序》摹本密示于人，那是无价之宝！石原太君爱的就是中国书法，尤喜美色，他那嫂子天资国色远近闻名，如能弄来，岂不双美？"陈守仁点头不语。

　　陈守仁向石原报告县商会筹备情况，说已可择日挂牌，见石

342

原高兴，就乘机说了传押竺宜君，探明新四军去向予以扫荡。石原说："女人知道什么？抓孙韶启兄嫂，不便大大的。"

陈守仁近前耳语说："这女人容貌倾国倾城，闻名四乡，已守寡多年。手中多有祖传书法国宝，还秘藏有王羲之《兰亭序》摹本。"石原一听两眼发亮："《兰亭序》？哟西，哟西！中国人的尚礼，礼请为妙。亚兴君忠心大大的！"

26. 题龟峰恰识才女 袭古城同护亲人

钟培炎的县国民政府及鄂东特别行政督察区公署迁到龟头河四个月了，他去英山和罗田两个山区县组成流动的国民政府回来后，就一直在这里办公。

宋启轮果然是军人眼光。这龟头河村东距县城约五十里，背靠龟山，面朝十余里大冲，视线开阔，几十户人家的房屋依山傍势贴山坐落，每户的后门都连通着屋后上一阶人家的前门，从下至上贯通山腰，各户墙壁之间都留着门，使全村成为一个纵横畅通的整体，一有敌情，可迅速从屋内直接转移上山。

村前有两棵千年银杏树，枝繁叶茂，时有鹭鸟聚集。村民告诉钟县长，几年前曾见一对凤凰南来，在树上栖息一夜，第二天清晨在龟头河上空盘旋鸣唱，又沐着霞光引颈展翅向北方飞去了。钟培炎说凤凰是传说中的神鸟，并非自然生物，乡亲们所见应是别的什么吉祥鸟。村民坚持说是凤凰，五色羽毛，光环绕身，翅膀修长，尾翅像两条彩带飘动着，美极了。

宋启轮的一个国军营驻扎在龟头河一带，东据龟山，西依十里桃花灿烂的桃林河，在周围数十里依险设岗，布防严整。县国民政府的存在与坚守，令石原征二耿耿于怀又望而却步。

这天傍晚宋启轮从军营过来，与钟培炎在银杏树下石桌前小酌，同来的一个女军官是少尉译电员龚瑾。钟培炎和宋启轮都善饮，龚瑾也稍能陪饮助兴。酒至酣畅，宋启轮感叹道："前线将士浴血牺牲，我一个整营，却以护卫贵县国民政府为名，蛰伏此地，白食粮草，心有不甘啊！"

钟培炎自饮一杯说："鄂东有我国民政府与督察区行署尚存，足鼓舞数百万同胞必胜信心，也是第五战区抗战大局中的一颗棋子，表明鄂东仍在中国政府手中。宋营长据守此地，正当其时呀！"

龚瑾替两人斟了酒说："宋营长在台儿庄杀敌，全营牺牲大半而死战不退，气壮山河。钟县长矢志坚守鄂东，在国人前独树一帜，二位长官都是民族英雄，请饮此杯！"

钟培炎见龚瑾女流之辈也是男儿情怀，内心欣赏。他从武汉到古城十一年来，再未见过女军人，龚瑾挺拔飒爽又柔美的女军人仪态气度，令他想起在广州、武汉共过事的那些优秀女性，他特地礼敬地与她碰了一杯。

钟培炎说："我等为国家民族同聚龟山脚下，如不趁此一登龟峰，将成终生憾。我为东道，明日何不同往一游？"宋启轮说："我正有此意！"

为看龟峰日出，第二天早上天微明，三个人带几名警卫兴致勃勃上山了。行至山腰，见清晨的太阳从龟头下冉冉升起，渐至神龟唇下，那巨龟张口半含红日，龟口中立时喷射出万道霞光，壮观奇景持续良久。大家注目观看，赞叹不已。

三人留下随从，循石级小径经龟腹下攀援登峰，绕上脊形龟背，见向上通往龟头的龟颈，是一段七寸来宽三四丈远的险脊，下临万丈悬崖，没有相当胆气的人，一般到此止步。

钟培炎意兴正浓说："我等当登龟峰极目！"遂脚踏险脊展双臂平衡，小心走过龟颈。宋启轮紧一紧皮带，竟以军人步伐如履平地般走过。龚瑾不甘人后，也要移步上龟颈，钟培炎喊："眼睛直望龟头，不要往下看！"龚瑾伸臂平衡直视前方慢慢走来，剩几步钟培炎着急地欠身伸手接过。

三人迎风站定在龟峰上远眺，群峦起伏，云蒸霞蔚，壮丽河山尽收眼底，百里外东去长江也依稀可辨。龚瑾脱下外衣搭于手腕，军裤扎紧的白衬衫里双乳挺拔如峰，随着激动喘息起伏不止，山风将她的秀发吹动飘拂，她信口拈来："会当凌绝顶，一览众山小！"

三人流连不舍，钟培炎说："宋营长远来古城御敌，应在此地留下墨迹刻于龟峰，以壮行色而励后人。"

宋启轮兴致正浓，说："我观龟峰雄视东方，倾压群峦，可题'倾东'二字，意为倾覆东洋倭岛。"龚瑾说："也可用'覆东'更见意气。"钟培炎说："此意甚好，亦可直谓之'吞日'，取吞没日本，包含海内之意，以壮其景。"启轮、龚瑾都称赞说"吞日"更见气魄，与龟峰奇景也更贴切了。

下山路上，钟培炎得知龚瑾毕业于第四十集团军无线电特训班，她丈夫与宋启轮是桂林军校同学，在台儿庄血战中殉国已一年多了，不禁唏嘘。

三人回到村庄意犹未尽，让金仕仪取来纸墨，钟培炎就请宋启轮题字。宋启轮说："我是个武人，字是拿不出手的，还是钟县长写吧。"龚瑾铺好宣纸提气研墨。钟培炎意兴犹酣，立稳桌前运气凝神，挥笔写下两个大字：

吞日

钟培炎书罢搁笔,不做署名题跋以示为众志。龚瑾见这字果然凝聚气吞山河之势,向培炎投去钦敬的目光。宋启轮佩服称好,令部下请石匠尽快在面东的龟腹上放大镌刻添红。培炎书罢,自己也觉笔下有神,不禁踌躇满志。

中午自然要小酌助兴。村民自酿的大缸高度粮酒,够他两人慢慢过瘾的了。金仕仪掇来酒壶和两碗小菜,龚瑾怕有电报来先告辞去了营地。

宋启轮乘着酒兴说: "钟先生岂不闻'十步之内,必有芳草'? 先生至今独处,何不效'闻香下马'故事,与龚瑾结为战地伉俪,必传为佳话! 先生如有意,我当玉成。"

钟培炎答: "谢宋营长美意。龚瑾才情丽质,正当与宋营长军中英杰结为连理,同为异乡异客,恰是天作之合。"宋启轮说: "我在广西已有家小,不然倒是合适。"培炎说: "你们是军人,纵横四海,我一个隔居地方的文职,不能误了她的前程。"

宋启轮说: "待赶走日寇,国家为和平建设必定裁军,那时让她留在古城做个文职甚好,她广西家中也没什么牵挂。"钟培炎仍摇头说: "我配她不上,配不上的。"

宋启轮说: "她丈夫牺牲前托我照顾她。钟先生是可托之人,我这也是了我兄弟心愿呢。"钟培炎心中一动,想到万瑞麟,说: "我不合适,愿助你替她另觅英才,远胜于我,保你二人满意!"

宋启轮笑道: "钟先生情愫我也略知一二。你不就是恋着那竺宜君女士吗? 依我看,竺宜君虽是貌美贤良,毕竟是一个民间守旧女子,她总是走不出这一步的,不然既是两情相悦,又尚待何时?"培炎一时默然。

几天后的一个夜里，龚瑾到钟培炎房间来，一身整洁挺拔的黄色军装，手里拿着一本书，递给他说："这是我随身多年的一本诗集，送给钟县长看看，也好消磨时间。"钟培炎接过书，见是本《秋瑾诗选》，就翻阅起来。

龚瑾说："秋瑾女士是我崇敬的革命先烈，她的诗我大都能记诵。钟先生恰是文士，我念一首从小喜欢的给先生吧。"就诵道：

> 忍把光阴付逝波，这般身世奈愁何？
> 楚囚相对无聊极，樽酒悲歌涕泪多。

钟培炎也素慕秋瑾英烈才情，就接诵起来：

> 祖国河山频入梦，中原名士孰挥戈？
> 雄心壮志销难尽，若得旁人笑热魔。

龚瑾高兴地说："钟先生也喜欢秋瑾！"培炎说："巾帼英豪，碧血西湖气贯长虹，前无古人，后无来者。"龚瑾说："我就是景仰她，才在念中学时改名龚瑾的，又与周瑜字公瑾谐音。我原名叫龚若锦。"

培炎欣赏着这才女，说："你一个女子，对政治感兴趣?"龚瑾道："秋瑾《感时二章》，曾以'炼石无方乞女娲，断肠难为五月花'自励。我信仰孙中山总理三民主义。"

钟培炎正是因敬仰孙中山转到国民党来，谈兴大增，说："先总理虽在西洋多年，国学亦颇精深，故能成就融汇中西适合国统之伟大三民主义。孙先生亦善律诗，他的《挽刘道一》堪称绝响。"就诵道：

> 半壁东南三楚雄，刘郎死去霸图空。
>
> 尚遗余业艰难甚，谁与斯人慷慨同？

龚瑾也情不自禁续诵起来：

> 塞上秋风悲战马，长河落日泣哀鸿。
>
> 几时痛饮黄龙酒，独揽江流一奠公。

龚瑾更信钟培炎博闻强志，心中景慕，说："民国元勋前辈多文武兼才，轶事风流传为美谈。黄兴先生在贵治黄州府古赤壁前，曾留有楹联一副，脍炙人口。上联是：

> 才子重文章，凭他二赋八诗，都争传苏东坡两游赤壁

钟培炎接诵下联：

> 英雄造时势，待我三年五载，必艳说湖南客小住黄州

龚瑾钦佩道："钟先生才识胆气不让先贤，党国大业后继有人啊。"说着含情望着他，又低声念起秋瑾诗句：

> 祖国陆沉人有责，天涯漂泊我无家……

念着诗她眼里润满泪光。钟培炎见她动情，有些失措，心里软软的，责怪自己不该见不得文才，与她这样尽兴倾谈，竟忘了与这位才女保持一些距离，就支吾说："谢你借《秋瑾诗选》与我。既是你所珍爱，待后还你。"

龚瑾感到他有礼送她出门的意思了，起身到桌前端详小镜框中竺宜君照片，怅然道："出水芙蓉……这位丽人，当是钟先生恋人了。才子佳人，天设地造。"

培炎听了欣慰，心中又有些苦涩，嗫嚅说："是我一位故友的遗孀……尘埃不染。'渺渺兮予怀，望美人兮天一方'……"

龚瑾晕红着脸说："单相思？"培炎又掩饰："也不全是。"龚瑾默然，知趣地说："海内存知己，天涯若比邻。"就不舍又匆忙地告辞了。

望着她丰健矫捷的身影离去，钟培炎忽感空落。他明白她的来意，也欣赏她的才貌情怀，是一个值得男人倾慕的好女子，若与她结合，实足为事业人生知音。他知道刚才只要他适当回应，龚瑾今夜就不会走了的，这是宋启轮在美意撮合，他刚才也曾感到情感的饥渴。

但他眷恋的是竺宜君。他要的不是宦海知音，他神往的是宜君那纯粹女人的芬芳，她那清纯贤淑、聪慧善良的品性令他刻骨铭心，他怎能放下对她的责任。他凝视镜框中宜君的微笑，对她说："这一生，就这样了。一种相思，两处闲愁。"

竺宜君在堂屋教家驹诵读《增广贤文》，见院中进来几个穿黄色军装的人，就站起身来。

陈守仁揖礼说："鄙人陈亚兴。石原太君久慕孙大奶奶德望，特请屈驾赐教，欲加彰表，增进中日亲善。"

宜君知是这汉奸找上门来了，世界上就怕这读过书识得字的坏人。她镇定地说："我一个妇道人家，懂个什么？"陈守义在一旁吼叫："去了自然就懂了！"宜君情知是祸躲不脱，就淡然说："待我收拾一下。"

宜君急嘱天香，要孟管家赶快去龟头河向钟培炎报信，想要告诉万瑞麟又不知驻地，心中着急。听见陈守仁在外面催促，只好从容出来。陈守义与手下两人近前挟持她出院，登上敞篷吉普车。天香惊慌失措，大哭着去找孟管家，小家驹哭喊"妈妈"跟在车后伸长小手奔跑。

陈守仁将竺宜君引进石原征二屋内，邀功说："孙太太我给太君请来了。"石原一见宜君这风韵成熟的绝代少妇，立时惊呆不能自持，喃喃"阿里阿笃"，陈守仁连忙退出。石原稍事镇静，鞠躬说："夫人屈驾，有失远迎。你兄弟孙韶启先生，是我朋友大大的。"

宜君缄口不言，心中慌乱。石原即刻变脸："你的，万瑞麟的相好？新四军的干活？"宜君一惊，知道这回凶多吉少，咬牙不语。石原哈哈一笑："不必慌张，不必的。夫人绝代佳人，我的怜香惜玉，从不与妇人为难。"宜君说："你说的什么人，我不认识。"

石原忽然问："《兰亭序》，你的有？晋代，王羲之！可否借我一饱眼福？"宜君坚决地说："我不懂！"

"不急，不急，我们有的是时间。"石原说着就想近前，忽然想到在中国像她这样有身份的女人，不同一般村妇，是不可强为的，就说："夫人请先休息，我们改日再谈。你我，交个朋友。《兰亭序》，友谊见证大大的。"

当天下午陈守仁来找孙韶启，说有人举报他嫂子竺宜君通共，已被礼请到日军宪兵队。韶启大惊，说："我嫂子怎会通共？我是维持会长，石原太不给面子了！"陈守仁一笑："在日本人那里，你还以为有什么面子？连我这副县长都是低三下四，拾人牙慧而已。"韶启急道："那也只有请守仁兄帮忙说话了，我嫂子可不能有一点闪失！"

陈守仁说："我料新四军巢穴何处，令嫂也不知情，石原太君也问不出个名堂的。"韶启忙说："我嫂子足不出户，哪晓得这些事情。请守仁兄赶快想办法吧！我要重谢你！"陈守仁说："办法倒有一个。石原太君喜好中国字画，听说令堂大人亦好此道，家藏颇丰，不如择那上乘的送上几幅，如《兰亭序》摹本，替令嫂夫人换个平安。"他见韶启不语，又说，"那石原，可是素来见不得女色的……"

奇耻大辱！孙韶启反手去摸身后桌上的铜框算盘，想一下敲碎这汉奸的脑袋。转念自己一死容易，嫂子怎办？陈守仁见他踌躇就说："会长请自权衡，后悔药可不好吃的。"转身走了。

孙韶启焦虑中记起，万振山和黑子队长来打探敌情时，留给他传送紧急情报的联络办法。急叫一个处事机灵的伙计赶往五柱山向万瑞麟告急，又忽忙找出纸墨，将日伪军布防和宪兵队院中房屋线路画在纸上标明，叫伙计亲手交给万司令。

孟管家一口气跑六十多里，黑夜赶到龟头河已过戌时。钟培炎听到宜君已在日本人手里，如同炸雷劈顶，焦急无比，恨自己不是军人，一时慌了手脚。正要叫人去请宋营长，万振山一身寒气走进来了。

万振山对这个差点被他砍了的国民党"狗县长"，后来竟有了些好感，这当然是唯一的例外。他焦急地说："万支队长派我赶来，跟县长和宋营长商量营救竺大嫂！"钟培炎总算松了一口气，急叫人去请宋营长，这才坐下，已是一身冷汗。

宜君在关押房中彻夜未眠，不知孟管家见到钟培炎没有，也不知韶启是否得到消息，能不能想到快去给万瑞麟报信。第二天下午，陈守仁不阴不阳走进来，径自坐下，跷起二郎腿说："孙大奶奶不要着急。通共一事我谅你也未必，我可以向太君禀告开脱。谁让我们是同乡呢？"宜君心知他另有所图，敷衍说："那日后定要谢你了。"陈守仁说："这地方好进不好出，总得让我好说话吧。"就说了要她拿字画给石原，见宜君不搭话又说："不就是几幅字吗，仅《兰亭序》一幅，便可保命全身，这账划得来的。"

宜君深知落入日本人魔掌的后果，已抱定一死，就随口说："老太爷那点旧物，我也不知收在哪里，总得回去找找。"陈守仁起身说："叫孙韶启先生回去拿来就行。我叫他明早过来与你说定。要那上眼的东西，日本人可不好糊弄。明天上午我听你回音，过时就别怨我管不得了。"点一点头扬长而去。

宜君在屋子里转来转去。钟培炎以祖传相赠的《兰亭序》摹本是国宝，绝不能落到东洋人手中，老太爷所存书画俱是珍品，一件也不能给日本人。自己十几年来连至亲友好都不曾失节，岂容鬼子玷污！无非一死，想好了反而泰然。

晚上刚交亥时，宜君听见东门方向传来激烈的枪炮声，外面乱哄哄的，院内响起紧急的集合哨，卡车、摩托车发动声大作，皮靴踢踏的声音从院内向院外远去。

宋启轮、钟培炎率国军一个加强营在县城东面护城河外向城门猛攻，迫击炮，山炮，手榴弹朝城墙上和城门轰击，重机枪压得城堡中的日伪军不能抬头。几名国军涉水砍断吊桥缆绳，一队士兵越过护城河，抬起两尺粗的树干撞击城门。

石原听到枪炮声，亲率日军三个中队赶来护城，判断是钟培炎、宋启轮东来突袭，急令陈守义将北门南门伪军调来增援。东门城墙内外火光冲天，双方胶着不退。

万瑞麟和万振山带新四军短枪队潜伏在北门外，待北门守军东调刚走，早已化装入城的黑子和战士砍死守门敌兵，打开城门，一百多手握短枪和大刀的新四军轻脚飞步向朝圣门日军宪兵队院中冲去。留守日军半个小队二十余人很快被砍杀击毙，新四军逐屋砸门寻找竺宜君。

宜君猜到是有人来救她，拧亮罩灯在窗户前举起，大声呼喊："我在这里，在这里……"

万瑞麟不见宜君正在焦急，闻声几步抢过来，一脚踹开门急蹲下背起她就往外走。他右手提着短枪，左手扶托她弯腰疾走。黑子和战士们跟在四周护卫着，万振山断后，催促："快撤！"新四军出了北门，东门的枪炮声仍炸成一片。出城五里，万振山朝天发出三颗信号弹。钟培炎看见信号弹松了一大口气，指给宋启轮看，宋启轮说："再打十分钟！"命令加强炮火，部队边打边陆续撤出战斗。

火光下，石原弄不清中国军队作战意图和兵力，看见国军陆续东撤方知中计，急乘吉普赶回宪兵队，见地上横七竖八躺着日军尸体，竺宜君早已不知去向。石原恼羞成怒，叫声："八嘎牙路！"扇了陈守仁两个耳光，扣住他领口吼叫："你的，通共？!"陈守仁知道日本军人的暴戾，也顾不得体面，"扑通"跪在地上说："小的不敢，太君息怒，定是孙韶启告密。"石原推开他叫：

"你的开路，孙韶启死了死了的！"石原气势汹汹来到同和绸缎铺，铺里黑漆无灯，早已人去屋空。石原咆哮："竺宜君家人，统统死了死了的！"

原来钟培炎昨天连夜让金仕仪进城通知了孙韶启，他当即散去伙计，带妻子胡淑媛和刚两岁的儿子家骐，急乘马车赶到孙府，将家佣分发银圆匆忙送走，到老太爷书房找到那幅《兰亭序》，与孟管家、天香和小家驹一起连夜逃往汉口去了。

万瑞麟背着宜君一路奔跑，背后的汗水沾湿了她的衣衫。黑子插了枪要来背她，万瑞麟叫他快去保护万振山断后。万振山不时回望县城，发出信号弹又走两里到七里桥，这才记起竺大嫂小脚，不像巧兰能在山上飞跑，后悔没带上担架，他赶上前去要接过来背嫂子，瑞麟不让，要他注意拢齐队伍。

星光下再前行儿里进山了，瑞麟弯腰多时已感酸僵，小心放下宜君，转身抱耸起来，粗重喘息着上行。为让他省力，宜君双臂绕箍他的脖颈，双脚伸前钩在他铁板似的腰间，头靠在他肩颈上。随着奔跑颠动，她芬芳的气息和瑞麟火热的呼吸融合成一阵阵气浪，吹聚在她的颈脖，令她眩晕，她感受到他耳畔咸热的汗水，有股热气由下至上贯通体内。她有生以来第一次责怪自己这双不争气的三寸小脚。进到五柱山驻地草棚，万瑞麟放她坐下，她的双手还僵硬着紧紧箍在他颈上。

万瑞麟捧起瓦盆喝下半盆用过的水，思索下一步行动。他估计敌人不久可能会跟踪过来，夜深又不便转移隐蔽附近群众，为避免在这里作战伤及百姓，他决定部队迅速转移，选择有利于我的战场。黑子打头万振山殿后，四百多人的部队从莲水河上游涉水绕到河东，沿白雁山脚向几十里外红军游击队立过足的陆家河大山行走。

竺宜君小脚，万瑞麟让人用担架抬着走在中间，一路不离左右。一夜急行，到达陆家河山腰时天已破晓，万瑞麟传令集合休息，战士们躺卧地上很快睡着了，万振山亲到隘口站哨。

宜君从担架上下来，摇晃着走到万瑞麟身边。瑞麟说："闵东你不能回去了。钟培炎已安排韶启昨天就带家人去汉口，应已脱险。今天就派人送你去汉口。这里隔山就是罗田，插浠水乘船很近，先到钟培炎表兄家住下来。"

宜君听到要她现在就走，低头不说话。几天来发生的一切像是做梦。担架上她虽一夜没有合眼，却感觉异常清醒。家，是不能再回了，在鬼子汉奸的淫威下，她已失去了安然笃守可慰平生的家，变成逝水中的一叶浮萍……面对待她胜似亲人的万瑞麟、钟培炎和万振山几个顶天立地、大情大义的汉子，她好想哭上一场——他们是她的天，是她的山，是她的胆，是她人生真正的知音。只是她，却无法属于他们，更没法在他们中去做选择……她平静地说："我往后，就跟着你的队伍了。"

万瑞麟不让自己看她，转身默默望着远山。

东方已露出鱼肚白，太阳在对大地说，它就要升起了。仲春清晨的山风虽携带寒气却感觉清凉，风干着万瑞麟浑身汗水和一夜的霜湿。他脱下军帽，任晨风将他长长的头发吹得蓬乱，好半天才说："你这小脚么办？……动身吧。"

宜君失声大哭。她不知道自己在哭什么，只感到要把一个弱女子这十多年憋下的泪水，都倾泻到这个伟岸的男人面前。

27. 仙姑洞电闪雷霹 桃林河神人共怒

石原征二令陈守仁两天内查明新四军驻地，陈守仁说已查到昨夜新四军是从北门进北门出，估计就在北面五柱山一带。石原吼："蠢猪！估计的不要，清楚的要！"

陈守仁只得带人化装出北门，到五柱山脚下沿山路寻找打探，又生怕撞上新四军丢了性命，一路上东张西望鬼鬼祟祟。老百姓知道不是好人，都说没见过新四军。

进山十余里，见山腰有草棚掩在林中，不见人影，他小心爬上山，果然是部队住过。再看附近山坳那个村子，总有几十户人家，炊烟袅袅。陈守仁潜至村前，见稻场上一个大草棚下坐着两个大灶，旁边劈柴码得老高，显是部队造饭的地方。陈守仁判断新四军已经撤走，心想虽没见到新四军，总算找到了驻地，连忙回去交差。

被陈守仁找见的这个村子叫吴家坳，坐落在远近闻名的麻姑仙洞脚下。

相传晋代将军麻秋在古城修筑城墙，令民工鸡叫头遍收工，鸡叫三遍开工，民工苦不堪言。麻秋十五岁的女儿麻姑夜学鸡叫，引来满城鸡鸣，民工得以子时收工。麻姑被父亲逐出城外，流浪到五柱山，在飞身崖前正要跳崖，有白发神仙飞珠打出这个仙洞，

357

麻姑在洞中修满百日，飞升上天去了。千百年来麻姑仙洞香火不绝，百姓怀念这位善良爱民的仙姑，编出许多美丽的神话。吴家坳村民世代安居洞下山间，以陪护麻姑为幸，人人善良勤劳，数百年没有出过一个盗贼奸人，他们如隐桃花源中，日出而作，日落而息，繁衍生息，与世无争。

陈守仁向石原报告侦察所见，石原集合日军两个中队三百余人，叫陈守仁带路去五柱山。陈守仁说新四军已撤走，去了也是扑空，石原说："你的不懂，你的带路！"陈守仁将日军引到吴家坳湾前，太阳已快落山。

暮春的夕阳给吴家坳披上温和斑斓的色彩，村中炊烟袅袅，人们在宁静中准备着晚饭，鸡鸭也悠闲地回到屋前。

石原令将村子围住，在鸡飞狗叫中大步向湾中走去。他先到稻场大灶前，看了看，抬脚朝大灶踢去，那灶安然不动。

全村老幼被赶到稻场。石原朝一个站在前面中间的年长者走去："老人家，你的说，这灶给什么人造饭？"老汉不声不响。石原又问："山上大草棚住什么人？说说，我的听听。"

老人静静地望着眼前这个又像中国人又不像是中国人的军官，慢慢说："那是吴家坳的客人。"

这时有孩子吓哭了，被大人捂着嘴搂着。石原说："客人？新四军的有！大灶，粮食，哪来的？"

老汉说："自古麻姑仙洞来的客人，在吴家坳都有饭吃的。"

石原咆哮："给新四军吃的，统统的不吃！"举起军刀就向老人劈去，老人摇晃着无声地倒在地上，稻场上一片哭声。石原退到稻场边，命令架枪。

陈守仁这才知道惹了大祸，造此大孽必不得好死，心想回乡是想借日本人向红军报仇，但那万家湾早已被陈守义、陶德久灭了，吴家坳百姓与自己无冤无仇，遭此惨祸，天理难容！他慌忙跪到石原跟前，战战兢兢说："太君，老幼的留下……"

石原凶狠地盯着眼前的人群，说："你的，军人的不是。吴家坳的毁了，看谁还敢通新四军！"陈守仁跪摇着他的腿说："他们与世隔绝，不懂什么军……"石原一脚蹬开他，命令射击。

稻场上两百多老幼，不到一分钟都倒在血泊中。石原命令放火，冲天的火光将傍晚的山林映得血红。石原挂着军刀微笑看着大火。

天空忽然传来低沉的轰鸣声，一时间电闪雷鸣，暴雨倾盆，将燃烧的大火很快浇灭。麻姑仙洞对面百丈高的飞身崖峭壁上，轰隆隆滚下一方水牛般大的巨石，正正地落在石原和陈守仁面前，摇晃两下定在那里。

石原惊退数步，望着巨石失魂落魄，陈守仁惨叫一声，抱头喊娘跑开了。

夜幕下，陆家河山林一个刚搭起的树棚前，万瑞麟和万振山借着月光朝山下焦急地张望。部队虽然转移另选战场，他俩仍不放心当地百姓，黑子昨夜带人赶回五柱山去转移群众，今天这时应该返回了。

一个黑瘦的人影摇摇晃晃不时扶树向山上走来，后面远远掉着一行垂着头的人影。是黑子！两人疾步迎过去。黑子一屁股坐在地上低头哭着："吴家坳……没有了……"万瑞麟大叫一声，口喷鲜血，摇晃几下倒在树下。万振山跌坐地上抱头大哭。

钟培炎在龟头河得知日军血洗麻姑仙洞，心如刀绞。吴家坳纯良百姓是自己子民，竟遭灭绝人性的日寇屠杀，千百年传承的吴家坳从此不再。他愧愤难当，急请宋启轮营长商议灭寇复仇。

宋启轮悲愤难抑："军人职责杀敌御侮，我部仅限在河东防守，任凭日寇横行，愧对百姓！"钟培炎说："吴家坳血恨不雪，百姓冤屈不伸，我身为县长，与行尸走肉何异！"宋启轮说："我在这里白食粮草，新四军避入深山游而不击，小打小闹，军人有何面目立于天地间！"钟培炎冷静下来："设法与新四军万瑞麟部联络，共商灭倭之计。"宋启轮说万部来去无踪联系不易，就以我部单独作战。

民政科长金仕仪拿起身边草帽，说："古城我人熟路熟，让我去找新四军吧，总能打听到的。"钟培炎知他办事心细稳妥，说也好。宋启轮抽出手枪要他带上，金仕仪说他不会用枪，宋启轮说那就派人同行护卫，金仕仪说不用的。钟培炎又说叫邹永和同去，金仕仪说一个人走路问路都方便，要他们放心，背上葫芦水壶出门去了。

万瑞麟被灌过草药汤醒来，无力地靠在床头，令交通员速到县城了解五柱山血冤经过，侦察日伪军兵力布防及石原征二行踪。原来红军时期，万瑞麟就在城内设有地下交通站，抗战后继续隐蔽，暗中在敌伪内发展内线耳目，只与新四军联络，不与国军和官方发生任何联系。交通员回来报告说，五柱山驻地暴露并非有人告密或群众走漏，是汉奸陈守仁探明后引日军去的。万瑞麟闻言切齿不语，思考着歼击日军为吴家坳乡亲复仇的步骤。

三天后的下午，钟培炎正与宋启轮商议袭击县城擒杀石原的计划，金仕仪一身汗水进来，说新四军万支队长来了，两人连忙出村迎进。

万瑞麟说："我得到情报，因古城是军事重镇，城内日军又增加了一个中队，共有六百多日军，加上伪军共八百余人。日军意在消灭我鄂东督察区署和县国民政府，分歼龟山国军和新四军鄂东支队，配合敌之第七混成旅团在鄂皖交界与我军作战，企图全面控制大别山腹地，增加迫中国政府议和的施压砝码。"

钟培炎说："我依仗二位，决不退出鄂东！"宋启轮说："以我所部与万支队长部集结，可先发制人，一举攻克县城，或在桃林河至莲水河之间与敌决战。"万瑞麟说："敌军装备精良，远胜于我，敌第七旅团正向古城东面霍山县开进，县城暂不可得，只宜智取。可诱敌出城，集中我大部歼敌精锐，擒杀元凶。"就详细说了几天来深思熟虑的计划。

陈守仁在五柱山被巨石惊吓后，惶恐万状魂不守舍，精神近于失常，经常半夜噩梦惊醒。这天手下送来一张传单，他看后大喜，连忙送交石原征二。石原接过传单，见写的是：

为持久抗战告全县同胞书

今倭寇孤军侵入我华中腹地，已陷国军重重包围之中。彼寇烧杀奸掳，无恶不作，神人共愤，必死无葬身之地。本县所驻国军日前奉命赴安徽汇合国军第五战区对寇作战，聚歼倭寇窜犯鄂皖之敌，不日将奏凯旋。省国民政府鄂东特别行政督察区公署及本县政府为持久抗战计，决东迁至与罗田县接壤之占家畈镇，一体主持鄂东政务，聚集民力，支援国军，以达驱除倭奴，光复中原之神圣目的。特此公告。

国民政府鄂东特别行政督察区专员、古城县县长 钟培炎 印

民国二十八年四月十九日

石原仔细看过两遍，放在桌上问："亚兴君有何高见？"陈守仁这时仍魂不守舍，支支吾吾答不上话。石原说："你的支那人，懦弱大大的。"陈守仁这才战战兢兢说："这是中国人的习惯，政府迁址大事，是要告示百姓的。"

石原冷笑一声："钟培炎雕虫小技，也来蒙我？"陈守仁唯唯诺诺，再不敢多话。石原说："中国人自古战时不拘小礼，钟培炎流亡政府小小的，迁址唯恐走漏，何需声张大大的。宋启轮部奉调乃军事机密，钟培炎的无权公示。此必诱我奸计！"

陈守仁这时已回过神来，想了想说："中国人妄自尊大，喜好虚张声势。迁址迟早为百姓所知，若无告示，显见畏惧皇军天威，仓皇逃窜，面子小小的。"

石原觉得似有道理，说："你的速去龟山，探明虚实。"

陈守仁不敢违抗，只得又带人扮作商贩匠人，过莲水河往龟山去侦探，一路提心吊胆。到达桃林河，望见东岸并无国军，小心涉过河水，见拆除的帐篷四周木桩依在，没有锅的大灶几处可见，心中暗喜。加快赶路偷偷潜至龟头河村附近，见村前并没有一个国军，仅有几名自卫队把守，有几个人正往马车上搬捆木箱桌椅棉被。村户都关着门，只有两个卖柴的樵夫懒洋洋靠在墙角打盹。

石原听陈守仁报告侦探详情后，仍不放心，通电话与上司联系，证实日军第七混成旅团正在安徽霍山与湖北英山交界处与中国第五战区张淦部激战，这才放下心来。石原判断钟培炎失去宋启轮营护卫，告示既出，必是匆忙逃撤。机会难得，他决心以迅雷不及掩耳之势一路追剿，一举消灭钟培炎的鄂东行署和县国民政府。他不可能想到，中国人真要迁址，到达新址后再行告示也不迟。

石原吸取上回被宋、万部联手声东击西的教训，留下大半日军和陈守义伪军守城，天明亲率日军精锐一个中队一百八十余人，令陈守仁引路，出城疾速向龟山进发。

到达桃林河西岸，石原勒马沉吟："兵者，诡道也，死生之地。"命令停止前进，派出两个班三十余名士兵先行涉河，沿山沟搜索前进。他见这小股日军渐渐消失在河东山坳丛林中，并不见枪声动静，望远镜中龟峰清晰，山上也不见林鸟惊飞；这才放心下来，命令快速过河，包抄龟头河村。

日军涉过桃林河前行几里进入山沟，忽然枪炮声大作，脚下地雷翻飞，宋启轮率国军数百人从左右山上丛林中俱起，呐喊扫射，猛虎般冲下山来。石原方知中计，拔出指挥刀嗷叫着命令抵抗。日军在弹炮地雷下晕头转向，国军以逸待劳，以多胜少，勇猛无比，冲入敌阵挑刀肉搏，杀得鬼子嗷嗷直叫。

钟培炎也举着一把手枪在战场前跑来跑去，大声叫喊："杀呀！杀呀——"被龚瑾拉回树丛，口中仍在喊杀。

日军伤亡过半，石原急令残部退到桃林河西向县城方向撤退。七八十人逃至离县城十余里的丘陵地带，正待坐地喘息，忽又枪声大作，万瑞麟、万振山率新四军数百人豹子般从丛林中跃出，枪弹齐发，怒吼着从四面冲下山来，负隅顽抗的日军悉数被击毙砍杀。

石原带出的一个中队被全歼，他跌坐在一块石头前，匆忙解开钮扣敞开胸肚，举刀正要剖腹，万瑞麟一枪打掉他的军刀，石原绝望的目光狼一样盯着万瑞麟。

万瑞麟怒喝：“倭奴！吴家坳百姓叫你偿还血债！”连发十余枪，将石原征二浑身打成蜂窝一般。

万振山和黑子将陈守仁押到跟前。陈守仁魂魄已走，浑身筛糠瘫在地上。万瑞麟问：“吴家坳可是你带的路？”

陈守仁见没有一刀砍了他，心存一线希望，哭着说：“全是石原做的，我求他刀下留人，他还踢我……”

万瑞麟问：“你从东洋回来不好好谋业做人，为何跑回来当汉奸？”

陈守仁说：“原是想借日本人报家仇，才误入歧途，并非自愿。我罪该死，但求表哥念在大姑分上，饶我一命，我从此回沈阳去，再不回来……那里有我刚出生的女儿，还没见过一面……你就看在我那女儿面上，饶了我吧！”

万瑞麟杀了石原心中稍宽，没想到陈守仁还有这样个女儿在外，正要再问，万振山枪指着陈守仁说：“你放着自己媳妇女儿不顾，还来死心塌地当汉奸杀中国人，你还叫个人？为了讨好日本人就要害死孙家一门老小，你这个畜生！吴家坳百姓的死都由你起头！”

陈守仁头冒冷汗说：“竺宜君的事全是陈守义那贼出的主意呀！”

万瑞麟咬牙说：“日本人是你引去的，你不死，谁替吴家坳善良百姓两百老小偿命？我当年与你父是公仇，今天与你是国恨！”

陈守仁哭着：“我父既是死于公，应可抵我一命。我大哥无用，二哥是傻子，我再一死，陈家两代人就灭在你万表兄手里了！你太狠了，守仁死不瞑目！”

黑子望着万瑞麟，说了句："吴家坳百姓都不瞑目。"

万瑞麟望了望黑子和振山，对泪涕满面的陈守仁说："家小不受牵连，我们照顾。你作恶自受，这是天要灭你。你怪不得我了！"转身而去。

陈守仁还在喊叫，万振山抬枪连发，陈守仁的叫声戛然而止，仰倒地上。

28. 忆高僧再上云归 遵合作收复县城

竺宜君来汉口快半年了，钟培炎表兄表嫂待她一家十分热情周到。扬子江肥皂厂在江岸丹水池，韶启和孟管家帮表兄打理皮油雪碱皂角香料进货和保管，表兄更信还是乡下人会办事理财。中日战场转向西南和缅甸后，沿江肥皂销售渐见恢复，只是上游仍到不了万县和重庆。

宜君那夜让万瑞麟扛抱奔跑，体内曾有热气贯通，又经这些时歇息，自觉身子通泰轻松，知道那阴积阳虚之病已经脱体，正是吴太医所言得天情大义至阳冲解，对万瑞麟、钟培炎两位义薄云天生死之交的思念，从没像今天这样让她心神不宁，盼望能再回到她的家，能早日见到他们。

小家驹七岁了，除在家识字还和邻居孩子们玩熟了，不是带他们来家里下跳棋，就是跑他们家看金鱼听音匣子，讲成一口流利的汉腔，活脱一个城里孩子。宜君牵着家驹来到江堤上，小家驹凝望江面神情痴迷，说："我长大也乘那轮船，到很远很远的地方去。"宜君心想这孩子果然不同，又想到孙韶光正在异乡漂泊，这孩子可别再像他了，心里忽起辛酸。

表嫂陪宜君到汉口最繁华的六渡桥，进到一家知名的百货商店，三层大洋楼内日用品琳琅满目，华贵的女装目不暇接。表嫂说城市女子都以旗袍为礼服，劝她选一件，宜君说旗袍虽好看却露腿显胸的，于她不宜，表嫂笑她太封建。宜君想到总以入乡随俗为好，也让表嫂开心，再说来趟汉口，回去见到瑞麟和培炎时，换一换装也是应有的礼节，就挑了一件兰底红边白海棠的暗花织锦缎面旗袍，并不见艳的，又给天香置了一身花袄长裙，天香爱不释手。

这天表嫂买到几张汉剧名旦陈伯华的戏票，出门前对宜君说："进剧院也要打扮呢，快去把前天那旗袍换上。"宜君只好回房换上旗袍，对镜照看，见旗袍使自己胸前挺拔又柔和，更显腰细臀圆，胯缝间修长白皙的大腿竟露出那么高，不禁脸红了，这旗袍回去后怕是穿不出去呢。她如表嫂所教如城市人礼节轻描一下淡妆，走出房来。表嫂目不转睛打量她说："你太漂亮了！瞧你这风韵，难怪培炎表弟……"宜君红着脸说："嫂子就会夸人。"

一大家子来到中山大道"民众乐园"，沿途不少西装领带的男士迎面注目或回头张望宜君，有的还驻足看着她出神。宜君说城市人怎都这样子，表嫂笑："谁让你勾人魂魄呢！城市人看你才是礼貌，视而不见反倒无礼哩。"戏演的正是陈伯华十五岁时艳惊武汉三镇的《柜中缘》，她果然光彩照人，唱腔身段眉眼都见是那科班名伶。天香说："像小桃红。"宜君说："到底比乡下孩子大气华贵一些。"想起东路子花鼓戏，宜君更起乡思。

时值仲秋，表嫂院中的桂花香得正浓，梅花树伸展着枝叶。宜君想到家中那棵桂花，又更加担心起那喜欢梅花的沈立群，七年多了全无音信，她跑哪里"傲雪凌霜"去了呢？这婆娘。

天香记得大奶奶嘱她多照顾孟管家，常促他洗浴换衣，替他热饭热菜，孟管家对她依赖也渐成自然。宜君请表嫂和淑媛促成他们，韶启要在汉口替他们把婚事办了，宜君说还是回乡去办，街坊四邻都要有个知会热闹的。

这天表兄兴冲冲回来说："培炎又来信了！"叫人快去喊韶启。宜君急忙抽出信，反复细看，高兴地说："我们可以回去了！"

钟培炎的信写得很长，说石原征二死后，接任的是少佐池田次郎。日军忙于滇缅和南太平洋战争，内陆兵力渐见枯竭，桃林河歼灭石原一个中队后，敌人没再增派。池田深知国军和新四军厉害，死守县城不出，敌我处于相持状态。县国民政府仍安据龟头河。汉奸陈守义惊恐收敛，再不敢多事。培炎说时过境迁，宜君可以回来看看了。说让家驹留在汉口，到球场街铁路小学念一年级。要韶启专心和表兄一起打理工厂，以后不要回古城为好。

孙韶启心里早把钟培炎当自家兄长了，感觉他更像个姐夫，什么事都愿意听他的，说："嫂子你们先回去吧，家驹在我和淑媛这里上学，你和天香就放心吧。"表嫂也要她们放心。

马车停在孙府院前。看着大铜锁吊在斑驳的院门上，院中落叶遍地，廊上蜘蛛网在风中摇动，几个人流下泪来。欣喜的是，时值深秋，那棵多年近于枯萎的桂花树，竟然伸出几丛碧绿的枝叶，中间可见颗粒小朵的橘红色桂花，还能闻到淡淡的清香——草木也知情哩。

孟管家请回周妈两口子和一个伙计，忙了几天，院中渐见出往日模样。宜君在后院东厢房整理好三间屋子，将新房布置妥帖，按习俗为天香置备全套嫁妆，请人看了日子，向孙孟两户的本房和街邻老佃送去红帖，备了八桌"三道八菜甜面食"酒席，挂灯燃爆，体体面面为孟管家和天香办婚礼，来贺的乡邻无不羡慕称道。

当晚闹洞房的人渐离去，热闹几天的院子复归寂静。宜君躺在床上，心中又喜又悲。天香从十一二岁在娘家做她贴身丫鬟，十三岁随她到孙家，如亲姐妹般陪她度过这孤清的日子十六七年了，总算有了还算称心的归宿，孟管家忠心不贰，也有了自己满意的家室。天香这一走，她心里像丢失了什么，空空落落的，从前寂寞时，还有天香过来陪伴体贴，如今对面房忽然人去屋空，她倍感孤独。回想初嫁时与韶光种种甜蜜，已变得那么的模糊和遥远。自然想到义兄般的万瑞麟、钟培炎，不知他们何时能把那万恶的日本人赶走，让百姓安享太平，让她常能相见……

她爬起来重新点燃桌灯，拂去留声机罩上灰尘，摇好弦将声音扭小，轻轻划上唱针。又是一个女人幽怨的歌声清晰入耳：

> 失去了，半夜的人，情意两相怜，眼见秋去冬将来临，雪花飘飘零……
>
> 多少话要对他讲，但又不能讲，忽然一声春雷响，把我梦惊醒……

她潸然泪下不忍细听，关了留声机，吹灯爬回床上去，黑暗里睁眼望着那看不见的帐顶。

转眼离开汉口两个月了，宜君每回想总觉亲切，又时时惦记着家驹。这天半夜听见天香喊她，开门后天香径直钻进被里来。宜君说："你们新婚不到十天，怎还跑我这里来？"要她回去，天香就哭了，说："小姐心疼我，谁心疼小姐呢？你一个人在屋里，叫我在他那儿怎么睡得安……"

宜君问她记不记得云归寺的尼姑觉慧，说算算已是七年前的事了，想明天到云归寺去一趟。觉慧说过拜庙可以乘轿的，天亮两人早起，轿到寺院正是晌午。寺庙情景依旧，她们正向取水的和尚行礼打听，就见觉慧从侧院走过来。

觉慧仍是当年模样，目光清明，神色更见平静，她迎前拉住宜君手说："大姐没变……觉空法师十几天前到武昌宝通禅寺讲经，算来这几日便可回来。"引宜君到大殿敬香礼拜过，一起用过斋午饭，送天香和轿夫到侧院客房安顿妥当，引宜君到她房里说话。

寺庙为"明堂暗房"，室中幽静。饮着香茶，宜君慢慢说了遭遇日寇汉奸，幸得好人搭救的情形，觉慧唏嘘间依然平静，说："那个负心郎来找过我，他死了媳妇，要我回去跟他过日子，我没肯。"宜君说："他如诚心，你也不妨还俗。"觉慧替她添上茶水，又悠然饮了口茶，幽幽地说："男人都是负心郎。"

宜君那年也听她说过这话，想到觉慧是不是从前伤心太深，就说："这倒也未见得。"觉慧说："大姐不信是吧？以后你就知道了。大姐天仙般一个女子，身在俗间独守，怎会没人相思动念？信我的话，远离那些男人吧……他们呀，越是出众不凡，看重的事情越大，到头来给女人的伤痛越深……"

宜君闻言，心口重重地紧了一下，就觉一阵虚弱袭来，低头默然。觉慧要她下午就在房间歇息，扶她到床上，就去欠身拉合小小的棚窗。

第二天中午，宜君和觉慧坐在院中石凳说话，天香帮觉慧到井旁汲水洒扫，见觉空法师健步走进院来，宜君连忙上前施礼。觉空答礼："阿弥陀佛。施主远来，请到方丈室说话。"觉慧送宜君到觉空斋室，端来水盆茶壶就退去了。

觉空略洗擦过落座说："施主久违。"就不再说话。宜君迟疑道："七年前，小女子有缘聆听法师开示，慢慢就走过来了，深谢法师教诲。"

觉空忽然说："施主如愿皈佛，老衲当为剃度。"

宜君一惊，说："法师当年不肯度小女子，今日如何又……"觉空啜下半杯茶，缓缓说道："佛何能测，人不易知。如空而往，知幻即离。当年不肯度你，因你善缘未尽，如今愿你出家，只为苦海无边。"宜君又惊诧，说："还请法师明示。"

觉空抚须说："施主尽散田产，扶贫济困，倾资助学，救人危急，纵古圣贤亦鲜与闻，是善缘已布，又历命中劫数大难不死，宿疾亦得天情冲解，是情缘既偿，不复何求。然红颜招怨，自古皆然，若一意自持，难为人情所谅，久必自弃。不如就此舍去，可免深陷情义泥沼，而堕苦海不能自拔矣。"

宜君听懂了觉空话中意，也猜到法师与吴太医时有交游知她近况，只是明白自己已不可能放下了，就说："小女子孤单孱弱，十几年所背人情债，如何还得了……"

觉空微微点头，说："佛即俗之致也，净界凡间，佛俱在焉。施主佛心既存，俗亦成佛。" 宜君正要再问，觉空叹息道："况二十五年过后，佛门又有一劫，此佛门正法九千年必经之数。又二十年后，佛门复香火鼎盛，胜于历朝，只是空有佛名，僧尼将与俗人无异矣。"

宜君惊问："僧尼怎就同于俗人了呢？"

觉空目光玄远："那时，君子俱从人心中逃离，世人弃礼义廉耻如敝屣，山林秃芜，虎貔绝迹，田亩抛荒，日月晦色，江河水不可饮，人皆奔趋喧闹之地，物欲横流，人相欺诈，孝悌不存，亲近反目，视金钱如圣物，堕无边之苦海。世风所及，僧尼多不可免。故又必有圣人出，以佛心苦劝而拯救之，让逃逸的君子重归世人的心灵。此孙家后人之大义，愿施主赞之。"

宜君信她预言必源于佛经，对那数十年后情景不禁疑惧，更不明白她怎么忽然说到孙家后人，小心答道："小女子愿领法师教诲。"

觉空怜惜地看着她，良久才说："施主尘缘未尽，非贫尼微力所能拔释。汝既自知天命，不妨顺之，或留劫后余庆，聊慰生平。老衲所忧后世，施主或将亲历之。"

宜君心中忐忑，说："若见世无情义，小女子何必留世……"

觉空双目微闭，拿起案前木鱼柄轻轻敲叩，自语道："恨海情天，佛不能释。众生苦难，我佛悲悯……"

万瑞麟面临一个让他颇费踌躇的问题。

新四军五师作战部田参谋昨天从礼山县出发，一夜疾行，赶到古城县抗日民主政府驻地两道河来，向万瑞麟传达师首长意见——为回击国民党顽固派掀起的"反共高潮"，是否调集兵力，打掉钟培炎鄂东特别行署和宋启轮部，使鄂东北及豫南抗日民主根据地连成一片。田参谋说："师首长意思，叫我来听听万旅长意见再作决定。"

上级的意见事出有因，万瑞麟必须表明自己的态度。

师首长是他在鄂豫皖苏区时的一位战友，一九三九年从延安派回大别山创建抗日根据地，拉起了新四军豫鄂挺进纵队，一九四〇年六月整编为新四军第五师，万瑞麟支队编为五师鄂东独立旅。曾在长征和指挥西路军征战中九死一生的这位老战友，成了他敬服的首长，他们与日伪军和国民党中坚持反共的"顽军"展开了拉锯式斗争，大片地占据了农村，在两道河建立了共产党独立领导的古城县抗日民主政府。鄂东独立旅到一九四二年已发展到五千余人，成为五师的一支劲旅。

但就在前年，万瑞麟独立旅驻古城东南部夏家山的第五大队，遭到从黄冈入境的国民党地方顽军程汝怀部和民团突然分割围袭，突围中牺牲一百多人，引起五师首长震怒和将士仇恨，万振山一直嚷着要带人去踏平夏家山。

万瑞麟没有同意打掉钟培炎。他对田参谋说："夏家山事件与钟培炎和宋启轮无关，他们合作抗战是坚决的，从没参与对新四军的袭击。暂时维持古城县国共两个抗日政府并存局面，共同牵制日军，对我在农村放手发展根据地相反有利。"田参谋说："宋启轮一个加强营的存在，仍是我将鄂东豫南根据地连成片的一个障碍。"

万瑞麟说出他多时的一个想法："只要消灭或赶走县城日军，古城根据地大部就北与光山、潢川，西与黄安、礼山和孝感连成一片了。"田参谋为之一振，问："仗怎么打？"

万瑞麟说："两年来我军民武装壮大，日军死守县城和西去汉口公路沿线的钟驿、桑埠两个集镇据点，不敢轻举。宋启轮部武器装备虽胜于我，却局限于河东龟山一带。我如抓住时机，联合宋启轮东西夹击，可一举收复县城，占领古城县大部。"

田参谋兴奋，知道万瑞麟从不打无把握之仗，听了他的作战计划和战后双方部队位置划分，大为赞同，当天就赶回礼山。

十天后，万瑞麟仅带一个班护卫，从南部鸣山前往龟山，傍晚越过三年前围歼石原征二的桃林河，前行十余里，依山傍势的龟头河村就遥遥在望了。

万瑞麟看了一下地形，心里就笑了。三年前他来这里商议诱歼石原时，心中激愤来去匆匆，未曾注意，原来宋启轮这小子倒还真有点军事眼光，让钟培炎县国民政府藏在这里，视野开阔，山水可依，进退有据。倒也难为他们了——不去发动群众，你国民政府也就是个摆设嘛！我的新四军抗日政府扎根在群众中，据大片根据地，你的国民政府依护于一点驻军，能有什么作为？路子不对呀，哪玩得转？

钟培炎见在这国共交恶之际万瑞麟亲访，喜不自胜，急叫金仕仪去请来宋启轮。

万瑞麟略事客套，说了国共合力收复县城的设想。宋启轮说他早有此意，兵力所限下不了决心，两人一拍即合。钟培炎喜道："光复县城，正是我等宿愿，唯国共同心，大有可为！"

宋启轮说按照军阶应由万旅长统一指挥，请他作战役部署。

万瑞麟也不客气，说出思考已久的作战方案：由于古城所处重要战略地位，日军不久前又从黄冈仓子埠调来两个步兵中队和一个运输中队，加上原剩的两个中队，兵力接近于半个联队，超过八百，装备精良，弹药充足，另有陈守义伪军约二百人，共一千余人，我军一口还吃不下，因此采取逼敌弃城，于外围设伏歼击的战术。他强调说："作战原则是，不伤城中百姓，保存自己，歼灭和驱逐日军，收复县城。"

宋启轮见他知己知彼，思虑周全部署严密，心想果然是黄埔一期生，深得兵法之要，肃然心存敬服。

钟培炎向来未雨绸缪，提出县城光复后国共双方接管驻守问题。万瑞麟对此早有考虑并得到上级同意，说："收复县城意在威慑日寇，振奋民众，不在于占据一城一池。我军攻占县城后，日寇指挥部必西撤六十里外，死守与汉口伪政府驻地仓子埠交界的桑埠镇，古城大部即告光复。新四军意见，为持久抗战计，国共双方都暂不进据县城，新四军抗日民主政府仍设在南部两道河，国民政府和宋营长部可向县城西移二十余里，设于桃林河与莲水河之间的颜家河镇，以便就近拱卫县城，防皖西之敌自东面来袭，照护河东和县城百姓。"

钟培炎始信新四军顾全大局，豁然大度。他也没有在全国抗战胜利以前还县的打算，就说："万旅长此意甚好，贵我双方对上面都有一个合适的交代。只要能将日寇逐出县城，解放百姓，国共双方都不必计较得失。"

宋启轮对于国军炮击东门防敌东窜，部队无须入城的部署，仍心存疑义，担心万瑞麟独占县城，提出所部仍从东门入城清扫残敌。万瑞麟就笑了，说："启轮兄多虑了。此事可不以新四军名义说话，我之为人，培炎兄素知。"钟培炎打了个哈哈说："共御外侮，我等君子所为，何须自扰。"

当夜就着明亮月光在银杏树下饮酒甚欢。金仕仪不会喝酒，跑去把龚瑾喊来助兴。钟培炎正是合意，越庖代俎替宋启轮介绍说："中尉译电员龚瑾，军中才女。"

万瑞麟起身握手说："哦，译电员。幸会！"龚瑾曾听钟培炎谈起过万瑞麟，知他用心，见这位传奇人物果然英武不凡，给他敬上一杯。万瑞麟感叹说："一个营就配有这么优秀的中尉译电军官！还是国军建制规范，装备齐全哟！"宋启轮已知钟培炎要为龚瑾"另觅英才"是指此人，乘着醉意说："万旅长如需要，可将龚瑾中尉调与贵军担任译电工作。"

钟培炎窃喜，忙添酒附和："甚好甚好！如虎添翼。甚好！万旅长军中正缺少受过训练的技术人才。"

万瑞麟冲钟培炎会意又狡黠地一笑，爽朗地说："我不比宋长官国军。唯一的一台老式发报机早被炸烂，通讯全凭一双苦脚板。去年八月我打桑埠镇已经入城，日军防守汉口的第七混成旅团出仓子埠、阳逻来救桑埠，我撤了，缴获的一部新式电台，还不知怎么用，五师首长笑呵呵连夜叫人扛走了。"钟培炎、宋启轮和龚瑾都笑起来。

宋启轮自豪地满饮一盅，要龚瑾将一部备用电台送给万瑞麟，带个人一同过去培训译电员。万瑞麟哪还讲客气，怕他酒醒反悔，连忙锁定："那就谢宋长官美意了，你备用也是闲着，也是钟县长想我'添翼'的面子。电台我今天带走，这次作战联络正好用得着。"又保持警惕诙谐地说，"译电员就不好夺爱了，我要师部派两个大个子来就行。"

龚瑾猜他防她当特务，理解地笑了。钟培炎大失所望，支吾说："一家人，一家人。"宋启轮喊："喝酒，喝酒！"

龚瑾就问电台是这时去军营取来，还是随后派人送去。金仕仪起身说："我闲着没事，帮你去扛来吧，往来也就十几里地，省得又派人往两道河送。"宋启轮本想龚瑾今晚一同饮酒尽兴，也让万瑞麟和她多一些熟悉，见金仕仪想得周到，且军中无戏言，就说："快去快回。大战在即，今夜跟万长官喝个痛快！"

金仕仪和龚瑾扛来电台，已是晚上九点多钟。万瑞麟笑呵呵叫警卫员背好，连夜告辞，临行说："攻城按今天商定，一月三日凌晨四点发起总攻。我们县城见！"

一九四三年一月二日深夜，万瑞麟独立旅五千余人突然出动，以一部将莲水河以西县城的北门、南门、西门包围封锁，尽数架起七十五毫米山炮和重机枪。宋启轮部星夜奔涉桃林河，集结于绕县城的莲水河东岸，正值枯水季节，也不用架设浮桥，摆开十几门一百零五毫米大炮对准了东门城墙。

凌晨四时，万瑞麟一声令下，三颗信号弹升空，东、南、西、北四座城门外数百发炮弹顷刻间轰隆隆飞向城门和城墙，城上腾起的火光将整座县城上空映得通亮。

日军中佐池田次郎在军事上虽不及他的前任石原征二，却也从军十年经历战场还略通兵法。他昨夜已知被中国军队包围，原准备仗着补充后的千余兵力固守抵抗，没想到四门炮火这般猛烈，估计中国军队在四千人以上，心知城破无疑。令他不解的是，攻城一般应是猛攻一门或双向突破，中国军队为何四面进攻呢？他判断其意图在于以压倒兵力四门同入，一举聚歼，而日军短时间不可能从几百里外赶来增援。遂将部队紧急集合，大部登上卡车，以装甲车开道，向西门桑埠镇方向猛力突围。

池田此举正中万瑞麟下怀，他正是要不伤城中百姓，以强大火力和声势逼敌出逃，于城外歼敌。他在城下指挥，万振山率大部队已埋伏在城西十余里处，那里是县城至桑埠公路必经要隘陡坡山，因历代在此打仗百姓叫它"兵山"。

凌晨，日军车队行至陡坡山下公路狭道，新四军的六〇炮、手榴弹顿时在车阵中开花，数十挺轻重机枪一齐喷出火焰，日军纷纷跳下卡车隐蔽还击，万振山大吼一声"杀呀！"带战士们猛虎般扑下山来，近距离扫射劈杀。池田突遭大军伏击，伤亡惨重无法抵抗，急令士兵携伤员登车，顾不得遍地阵亡的兵士，开足马力向桑埠镇逃去。

陈守义伪军没有卡车可乘，出城后跟不上车队。他暗想那万瑞麟足智多谋，惯于声东击西，途中定有埋伏。他没到陡坡山就脱离日军车队，带着他的乌合之众二百多人向西南方向逃命去了。

天亮时万振山打扫战场，计毙日军二百三十四人，加上伤逃及攻城炮火所毙，歼敌近半。缴获轻重机枪十一把，各式步枪二百多支，卡车四辆，迫击炮三台，山炮一台，小钢炮九台，子弹、手雷共三十三箱。

万瑞麟令万振山集合部队撤回东南面根据地，只带一个排战士从西门入城，如约来到朝圣门原县国民政府。

钟培炎正笑歪了嘴在门口等候，连声说："城中百姓无一伤亡！无一伤亡！"

宋启轮精神抖擞，踌躇满志——收复县城在他的军人生涯中将留下光彩的一笔。他与万瑞麟互行军礼，得胜的兴奋溢于言表。钟培炎双手抱拳，向这两位真正的军人和新老挚友致贺，激动道："倘使龙城飞将在，不教胡马度阴山！"

宋启轮仍对万瑞麟抱怨说："池田中了你我之计，我又中了万旅长之计。"钟培炎笑着问他："宋长官何出此言？"宋启轮说："新四军总会捡漏，战利品都让万旅长算计去了。"

万瑞麟笑了，说："作战部署是战前商定，仗也只能这么打，池田也只会走西门。城中所存弹药枪械都归你。"宋启轮说："哪还有剩！算了吧，总是算不过你。收复县城还是你万旅长知己知彼。"万瑞麟就说："真正吓跑池田的，还是你东门的大炮吧？"

钟培炎乘兴邀他们去看看他光复的县长办公房，见正中挂着一面日本国"膏药"太阳旗，两边写的是"武运长久，共存共荣"。钟培炎一气之下哪顾斯文，登上桌子稀里哗啦一顿乱扯！

万瑞麟说："古城从今天起就算提前光复了。池田部已歼灭近半，无从补充，我料他逃去桑埠再不敢反攻县城。钟县长国民政府可放心向县城靠近了。"宋启轮见新四军大部队已撤走，始信万瑞麟一言九鼎，心中折服。

钟培炎慨然说："唯国共同心，中国必胜！我依仗二位，这县长算是没白当！二位请如约各留一个排维持秩序，由金仕仪科长协作联系。我在县城略事善后即返龟头河，不日就与宋长官将县府迁至颜家河，就近关照县城，以不负万旅长重托。"

万瑞麟急于告辞回根据地去，共产党的县"抗日民主政府"县长，还想他接着打下桑埠，好进城办办公呢。

钟培炎自然要以正统县长自居，豪言道："我为东道，古城光复，能不痛饮！且去凤仪楼！"

29. 赵延河偶逢知音 沦陪都误交特务

万瑞麟鏖战鄂东时，沈立群正在陕北延安。

一九三六年十月，红四方面军抵达甘肃会宁与中央红军胜利会师，三七年"七七事变"爆发，国共合作抗日局面告成，红军改编为国民革命军第八路军，沈立群所在的红四方面军主力编为八路军第一二九师，开赴黄河以东晋绥抗日前线。三年后沈立群回延安学习，不久被留在延安党中央直属机关，在中央妇委书记蔡畅领导下从事陕甘宁边区"妇女救国会"工作。蔡大姐曾在上海任江苏省妇委书记，与沈立群早就熟悉，是她点名要立群留在身边。

延安的阳光灿烂极了，游子归家的喜悦填满沈立群的心中。这里有数千名从全国各地奔赴而来的男女学生和爱国华侨青年，他们像当年沈立群和孙韶光、万瑞麟、钟培炎相约南下广州时一样，洋溢着无穷的革命英雄主义和浪漫主义，唤起立群对青春和挚友的怀念。青年们分别在抗大、陕北公学、鲁迅艺术学院、马列主义学院学习和工作，黄土高原狂风裹挟的尘土，遮不住他们胸中的万丈气焰，山旮旯里到处传来激昂的歌声和腰鼓舞高亢的呐喊。

蔡大姐的爱人曾在上海担任江苏省委代理书记，熟悉立群和孙韶光，现在是中央组织部负责人，他和党中央其他领导人一样，都不带警卫不用勤务员，穿的都是补丁摞补丁的破旧棉袄，家庭生活也与普通人一个样。他不像党的实际最高领导人军委会主席毛泽东那样谈笑风生，有点像党的"总负责"书记处书记张闻天，不苟言笑却平易近人。蔡大姐常要立群到杨家岭家里来，饶有兴致地听她讲边区妇女解放，参加生产和提高觉悟的情况，两人十分相得。大姐说："你在川北做过很好的妇女工作，从前线回延安两年了，是我的好助手。"

立群又给她讲一些有趣的事例，说："妇女参加生产，减租减息，拥军支前都很积极，就是对识字扫盲热情不高，尤其对婚姻自由，群众思想还没能从封建旧风俗旧习惯中走出来。"蔡大姐说："这也需要党员和干部带头的。"立群说，米脂有个乡妇救会长，积极又能干，却至今不好意思和从前相好的一个红军正式结婚呢，两人都笑了。

蔡大姐建议立群重新组织家庭，说这里有一个同志就很合适，是她爱人的秘书，名叫萧剑雄，三十六岁，正好与立群同年，都是老干部，爱人牺牲在长征路上了。

沈立群说："在川西老盛去世后我就想好了的，这辈子一心革命，再不结婚了。"

蔡大姐说："这就不对了。"拉着她手亲切地开导说："革命伴侣风雨同舟，能够互相促进更好地干革命。我和富春同志从赴法国勤工俭学相识相爱，一同发起旅欧支部，去莫斯科，回广州，到上海，又从江西长征来延安，一路相伴走过来。他对我的帮助可是大呢。"立群笑着点头没说话。

沈立群在跑乡村以外的时间，投入到火热的"大生产运动"

中，白天黑夜纺线，评上了"劳动模范"，庆功会上朱德总司令给她戴上大红花。每当傍晚，她喜欢一个人到城北宝塔山下的延河边漫步。这天她来到河边，夕阳下熠熠生辉的宝塔倒影在清澈的水面轻轻地晃动，有鲁艺的男女学生伴着难得一见的手风琴，在练唱宣传部长凯丰作词的《抗日军政大学校歌》：

　　　黄河之滨，集合着一群中华民族优秀的子孙……

　　立群喜欢这首歌，哼唱着沿河边走着。见一个年轻人坐在岸边，双腿浸在河水中摆动，独自吹着口琴，正是她和孙韶光喜欢的苏联歌曲《山楂树》。立群心情很好，面对清亮的河水，忍不住蹲下去，惬意地捧洒在脸上还喝了几口。吹口琴的年轻人走过来说："秋深，水已经很凉了。"

　　立群转头去看，见他约三十岁，个子不高却挺拔，旧军装洗得很干净，补丁也平整，只是长长的头发翘在帽沿下快要遮住耳朵。立群说："延河的水比川北还清甜。"说着站起来。

　　年轻人说："是这样。延安原名肤施，地居陕北中心，是一块形胜之地，三山雄峙相望，两河澎湃交汇，古有'三秦锁钥'之誉，预示我们党将兴旺发达。"

　　沈立群感兴趣地问是哪三山两河，年轻人指延河对岸说："宝塔山，凤凰山。"又指身后近处一座苍翠的山峰说："清凉山，延河和汾川河从千山万壑奔腾百里在这里汇合。"沈立群说："陕北缺水，独延安丰沛。"

　　年轻人又告诉她，中央红军一九三五年十月刚到陕北时，党中央是在安定县瓦窑堡，一九三六年七月移到保安县，整个县城只有四百多老百姓，中央同志就挤在废弃的窑洞里。张学良将军接受我党联合抗日主张，将延安默契与我党中央居住，当年底就迁过来了，红军亦得在边区以南驻扎就食。

沈立群就问："你是从中央苏区长征来的？"

年轻人说："是。我叫萧剑雄。你是沈立群同志吧？在蔡大姐家见过的。"立群记起蔡大姐对她提到过这位领导人的秘书，就略感拘束，问："你很少到河边来吧？"萧剑雄说："来得少。领导同志今天去西安，我就趁空过来了。我也喜欢这里。"

立群估计他是为接近她才来的，感到应该回避一下，就说："认识你很高兴。我今晚还有点任务，是一个边区妇女解放的调查报告，蔡大姐等着要，先走了。"

萧剑雄说："你去吧。"又三句话不离本行地说："延安的调查报告不要长，不要太多评论，举出事例说明问题就好。毛泽东同志一直倡导这种文风。"立群觉得有启发，就说："谢谢你。再见。"

沈立群以中央妇委名义赶写的《在党的阳光下进步——洛川米脂两县妇女解放的调查》，蔡大姐直接送到毛泽东同志那里。延安都称他毛主席，既是延用江西中央苏区对中华苏维埃共和国主席的称呼，他又担任着中央军委主席，是党的实际最高领导人。调查报告很快刊登在延安党中央机关报《解放日报》上，《编者按》说这篇文章有观点，有事例，情况都反映出来了，还指出边区妇女工作的方针以生产为中心，中国妇女解放之日，就是中国革命胜利之时。都猜那按语是主席写的。

沈立群在延河边再次遇上萧剑雄，是在三个月后。这次他没带口琴，手里拿着几本薄薄的油印书刊。萧剑雄走过来说："我是来等你。《编者按》是主席加的，你的文章写得很好。"立群说那天他的提示帮助很大，不然不知写成怎样。

萧剑雄介绍带给她的书，一本是油印的主席早年的《兴国调查》，说是他从江西二万五千里一路带过来的，恐怕是孤本了。还有主席在延安写的《论持久战》和《中国革命战争的战略问题》，另一本是延安中央研究院直译的列宁《国家与革命》。沈立群这些年很少能弄到书了，高兴地收下。萧剑雄说："《兴国调查》看完后还给我，不要弄丢了。另几本是送你的。"立群觉得这人惜书习性有点像孙韶光。

萧剑雄说："能请你一起走走吗？"沈立群反正抱定不再结婚，就大方地说："怎么不能呢？"两人迎着夕阳在泛亮的延河边向上游漫步。

萧剑雄坦诚地说："蔡大姐给我说过你的情况。我希望能与你增加了解。"沈立群很自然地问："萧同志怎么没结婚？"

萧剑雄沉重地说："她牺牲了……我们是长沙第一师范的同学，李富春同志介绍入党，三一年跟随他到中央苏区。过草地时，她瞒着我一直饿着，把仅剩的炒面都给我吃，就没有走出来，倒下时已能望见草地的尽头……"说着眼中潮湿了。

沈立群为他的妻子深深地感动，又想到为了她走出草地舍身牺牲的川北娃儿田志红，他也是死在能望见草地的尽头……这些年她时常想念他，好在红军会师后，总政治部经项政委和沈立群提请，追认田志红同志为共产党员，为他实现了生前最大的愿望。她难过地说："我们活着的人，永远不会忘记他们……"

立群说："延安有那么多出类拔萃的女学生，有不少与长征老革命结合了，你到延安六年了，怎么没请蔡大姐替你物色一下呢?"萧剑雄说:"蔡大姐一直关心,也介绍过。前些年心里放不下妻子,后来也没遇上合适的。学生们年龄都还小,没有相似的经历,怕以后合不来。"

沈立群心中唯有遗憾。她对萧剑雄有好感,但她明白,无论多么优秀的同志都不再属于她了。她扼要地说了自己的经历和伤痛,决心不再结婚的缘由,请他原谅,让他向蔡大姐转达她的感谢。萧剑雄非常失望,远望黄昏下波光粼粼的延河,好久没说话,分别时他说:"我能理解。我也曾有过这样的想法。作为同志,我仍希望能与你互相帮助。"立群点了点头。

萧剑雄走了几步又转身过来,神情严肃地说:"有件重要的事情。为适应国际反法西斯战争形势,共产国际已宣告解散了,我们党虽然失去了国际的领导和支援,却获得了独立自主,而独立更为重要。'六大'后的中央书记处将由党的六届七中全会主席团替代,全党即将在延安更大范围更加深入地开展'整风运动',反对主观主义、宗派主义和'党八股',达到马列主义与中国革命实际的结合,为召开'七大'做思想和组织准备。"

沈立群问:"就要开七大了?"萧剑雄说:"时间没定,看整风和战争情况。半年前,毛主席特地要刘少奇同志从新四军秘密绕道回延安,参与领导整风筹备七大,年底已平安抵达。我们的个人经历都比较复杂,要有思想准备。"

沈立群从他的神色和语气中,感到将要到来的是一场暴风骤雨。

两个多月后,沈立群作为"整风审干"的审查对象,集中在已大部迁去太行根据地的陕北公学黄泥砌墙的屋子里。她"历史不清问题"主要是在上海是否叛变投敌。沈立群保持着平静,她一身清白，相信组织会给她做出正确的结论。在上海的问题，组织都是了解的。

审干学习检查会上，主持人传达说，领导已点名沈立群是叛徒，着于隔离"抢救"，要她在会上当众坦白，在上海怎样向旧情人赵挺坚出卖孙韶光同志，怎样叛变投敌后又重新钻进我党。

延安做外调困难，审干主要方式是揭发和个人向党"交心"。沈立群如实说了与赵挺坚是表兄妹但从无恋爱关系，以及孙韶光被捕和营救出狱的过程，但她无法提供直接证人：盛怀中已不在世，六号同志不知姓名不知去向也可能早已牺牲。

负责对沈立群审查的恰好是萧剑雄。萧剑雄是审干领导小组成员，与她谈话要她打消顾虑，相信组织，把重要经过再回忆一下，尽可能提供一些有说服力的细节。沈立群知道萧剑雄能做到这样很不容易，感到他和孙韶光一样，是一个对组织对同志忠诚负责的人。她向他敞开心扉，详细地说了孙韶光在武昌引导她走上革命道路，一同南下广州，一同在武汉和鄂东发动工农运动，又奉命一同到上海，扮为夫妻先后在中央特科和江苏省委从事地下斗争，最后一同派往鄂豫皖苏区直到他牺牲的经过，说了她对孙韶光的崇敬和铭心的爱恋，说到曾为韶光留下一个孩子，转移时留在苏区一个孤老太婆家，不知这辈子还能不能见到。

她谈了整整一个下午，直到天黑，萧剑雄静静地听着和记写，很少插话，被她坚定的革命信念卓绝的斗争经历和对孙韶光真挚的爱情，深深地感动，让她看过笔录后慎重签名，离开前与她握手，说："立群同志，请相信组织吧！"

不久，中央纠正审干"过左"，气氛很快松动一些，沈立群随即解除了隔离。萧剑雄告诉她，是当年的江苏省委书记亲自回忆证明她在上海曾有过审查结论，没有叛变，可惜当时严酷的斗争环境下没有形成文字结论证据。主席听蔡大姐说起这个身边的女干部，对大姐说，是叫沈立群吧？女子革命，不容易。那篇文章写得不错哩，能做群众调查，做得了抗大教员。

沈立群的组织审查结论是"历史清楚"，这与"清白"并不一样，大概在白区做过地下工作的同志情况大都不那么简单，证据不足，只能初步定为"清楚"，但不影响继续革命。她被安排到抗大任政治教员兼女生大队副大队长，成为那些从前线回延安学习，几乎不识字的军队干部们尊敬和喜爱的一名教官。

半年后，经蔡大姐推荐，沈立群被任为太行军分区政治部主任，她曾随一二九师在那里战斗过三年。沈立群匆匆到八路军政治部组织部报到。胡耀邦部长才二十几岁，小个子，热忱而又干练，有力地与她握过手，一口地道湖南话对她说："立群同志是我党早期党员，革命是坚定的。放下包袱，大胆工作吧！你善于群众工作，一定能为壮大根据地起到很好的作用。以后多联系！"胡部长的谈话使沈立群倍感温暖，党是信任她的！

沈立群打起背包准备去太行山了，萧剑雄受蔡大姐委托来送她。他掏出一个厚厚的笔记本和一支粗管钢笔，敬重地说："立群同志，笔记本是大姐送你的。这支钢笔是我在长沙一师念书时，大姐的兄长、当时党的重要领导人蔡和森同志送给我的，法国造，一直用它。送给你做个纪念吧，做调查用得着的。"

立群说："这钢笔太珍贵，我不能要，还是你自己留着吧。那本《兴国调查》，我在抗大一直用作教材，我想带到根据地，自己动手油印给干部们学习，以后再还给你。"

萧剑雄本想要回那本小册子的，就说："那你别给我弄丢了。

到了后请给我写信。"招着手目送沈立群跟随同行战友，踏上东去太行山火热斗争的路程。

重庆的夏天格外闷热。

秦时月老师灰头土脸从防空洞出来，踏着冒烟的瓦砾往半山腰狭窄的教工宿舍走去。迁都后山城人口由二十万激增至一百余万，人们对敌机轰炸前的防空警报声早已习以为常，不慌不忙走进就近的防空洞里去，又无可奈何地走出来。

随古城县中学西迁的学生仅二十多人，在钟祥时师生并入武昌博文中学，不久随博文内迁四川万县。因失学逃亡内地的全国各地学生很多，国民政府于战时在西部统编三十五所国立中学，古城中学师生与零散的鄂籍师生一起编入国立第二中学，转至合川，而后又划入分校辗转来到重庆。

秦时月来陪都三年多了。他参加送别中国远征军不久，就听说在缅甸北部的同古会战中，英国人突然撤往印度，以致中国军队孤军作战而败北。秦时月作为教师代表之一到昆明，在东门外体育场慰问跋涉野人山归国的二〇〇师，参加殉国师长戴安澜将军的隆重公祭，发表致辞，对抗战前途充满忧虑。日军战略重点转向太平洋后，国共摩擦又起，他在中共于重庆发行的《新华日报》上，看见了中共要人周恩来为"皖南事变"国军聚歼新四军大部的题词——"同室操戈，相煎何急"及配发的社论。山河破碎，国共之间仍刀兵相向，国民党官场的腐败更是无以复加，上下早已丧失了抗战之初的精神和锐气。他悲观失望，意气日渐消沉。

他回到狭窄的居室，仰倒床上囫囵睡去，醒来已是下午四点多。饥肠辘辘，想起晚上湖北同乡会有个聚会，起身洗了把脸，换上西装踱到瓷器口街口，算计着吃下一碗榨菜面条，慢慢向沙坪坝聚会地走去。

同乡聚会大多并无主旨仪式，只是各自晤面叙谈，兼以舞会助兴。今天做东的是原武汉市商会会长。大厅四周窗帘下小茶几上摆有糕点和茶水，秦时月到得早，择一个僻静处坐下独自饮茶。

不远处角落里坐着一个四十来岁的英俊军官，秦时月记起是在戴安澜将军公祭大会上认识的武汉人赵挺坚上校。赵挺坚朝他友好地点点头，仍自低头喝茶。秦时月对赵挺坚印象不怎么好，觉得这人神神道道的，有点阴郁，但人倒像是很有信念似的。

人渐渐来多了，舞池中已有人在悠哉起舞，赵挺坚端着半杯红茶走到秦时月对面坐下来，替他添上茶说："时月兄别来可好？"秦时月无所谓地点了点头。赵挺坚以茶代酒与他碰一下杯说："时局堪忧啊……"秦时月心不在焉说："忧为何事？"

赵挺坚沉重地说："抗战四年多了，中国军队在大陆拖住日本陆军百万，国军精锐都快拼光了，湖南、广西、贵州相继失守。英国人靠不住，美国参战后意在欧洲开辟第二战场，苏联自顾不暇。中美十四航空队虽大量击落日本飞机，仍难以掌握制空权。滇缅公路被切断，仅靠美国飞机越喜马拉雅山空运物资货币予我，那是杯水车薪，且援华物资外汇，常被官商勾结上下其手，流入市场以至共军。内忧外患，蒋委员长纵宵衣旰食，也独木难支呀……国人谁可与同？"

秦时月倒被他忧国忧君的情绪感染了，说："与同又有何用？"

赵挺坚说："抗战几年，共军在北方乘机坐大，游而不击，不遗余力扩充军队地盘，欲待国军抗战消耗殆尽，于战后与政府抗衡而夺取政权，此司马昭之心路人皆知!不久前共党私据之新编第四军拒绝北上御敌军令，欲盘踞江南以图战后威胁京沪，故国军不得不按违令击之。"秦时月说："我对政治素无兴趣。"

赵挺坚叹道："在下于昆明听过时月兄演说，慷慨忧国，深为所动，故愿结为知己。孰料以兄之才俊，也持与己无关之心，中国还有何望!"说罢做起身状。秦时月说："赵兄要我如何?"

赵挺坚肃然："效死民族与领袖! 大丈夫当如是。"

秦时月问："我一介书生，何谈报国?"

赵挺坚四顾后压低了声音："我愿实言相告。兄弟我在军统局任职，欲物色英才加入。军统自抗战以来，已牺牲一万五千余名同志，亟待补充预备。当前对于日伪方面我局组织尚且完备，新人并无任务，只是秘密加入组织，接受培训，战后如共党寻衅，党国将起而讨之，届时再行分配任务。"

秦时月几年来正百无聊赖，也觉堂堂男儿不该就此沉沦，就说："可惜我不是做事的人。"

赵挺坚从衣袋里拿出一张折叠的纸来，说："这是一张登记表，时月兄可先看一看，如有志愿，就请填写了，下次聚会交我即可。兄如加入组织，只与我单独联系，不可与任何人言及。军籍军衔职务及培训诸事，弟当妥为筹划。军统系统虽军阶不高，却是志士云集，当不致屈兄之才。"

秦时月也没那么当真，随手接过纸页，见上面印的是：

国民政府军事委员会调查统计局情报人员登记表

秦时月随口说："我先看看吧。"这时杨心茹走过来，赵挺坚就点头离开了。

杨心茹在古城中学毕业后留校做图书管理员，随中学一路西迁，现在是重庆师专学生。异乡漂泊，她视秦老师为唯一可亲的人，深爱着他的潇洒才情，经常到他住处替他弄饭洗晒，一起登山漫步，到朝天门码头看纤夫拉船唱号，听他吹奏。秦时月一直将省下的工资资助着她和几个困难学生的生活。

杨心茹想请秦时月跳舞，见他没有心情，就说："回去吧。"

回到秦时月住处，时月忍不住说了刚才赵挺坚的事。杨心茹急道："秦老师切不可做此事！国民党时运不济，又上下懈怠推诿不负责任，终难维持。何况老师你书生性情，哪是心机用险之人？就凭你不出半小时就示密于我这个学生女人，将来岂不误国误己？那钟培炎县长虽同为书生，从政却是足智干练，也与老师不一样的。"

秦时月恍然有悟，感慨说："老师我真不是那块材料，只是感到无聊无为。"

杨心茹说她即将毕业，师专推荐她到昆明西南联大做图书管理员，问秦老师可否同去昆明，到中学任教。秦时月说古城随来的还有十几名学生在念高中，汪校长不幸逝于轰炸，他不能丢下他们。杨心茹低头良久，绯红脸说："半个月后我就离开你了……秦老师，你送送我……给我吹支曲子，好吗？"

秦时月无言地取过桌上已见蒙尘的萨克斯，慢慢抵在嘴前轻轻地吹响，是聂耳为田汉话剧所谱插曲《梅娘曲》，杨心茹流泪唱起：

哥哥，你别忘了我呀！我是你亲爱的梅娘。

……我不能和你歌唱，当我们在遥远的南洋！

我预备用我的眼泪，搽好你的创伤……

30. 桑埠城慷慨受降 庆云楼悍惊特派

中午十二时许，桑埠镇伪"县政府"旁边一间密闭的屋子里，日军古城县指挥官池田次郎中佐呆立在两尺见方的无线收音匣旁，静听日本天皇裕仁以浓重的鼻音，尖声自语般低沉快速地宣读《终战诏书》，宣布日本国业已战败，向盟军无条件投降：

> ……兹告尔忠良之臣民，朕已命帝国政府通告美、英、中、苏四国，接受其联合公告……

池田次郎泪流满面。这天是中华民国三十四年，西历一九四五年八月十四日。他从广播里得知，此前，美国空军数千架巨型战机密集轰炸日本首都东京，将其大半夷为废墟，几天前又在其本土先后投下两颗原子弹。一星期前苏联红军出兵中国东北，摧枯拉朽般歼击着日本关东军。中国军队已在西南数省收复大片国土，并在豫南上空与日军激战。

池田席地而坐，默默解开上衣，又用湿巾慢慢擦净腹部，拿起身边军刀缓缓擦拭，他要得到属于一名军人凄美惨烈的死亡。他正要举刀，忽有所思，从内衣袋掏出一张照片来，那是他年轻美貌的妻子和十来岁的儿子，正含情脉脉看着他。他流泪凝视良久，起身走到案前，提笔写下遗书，与照片一起用砚池压好，这才坐到席上，慢慢举起军刀。一个年轻的士官闯进来，急喊："姑父！"夺下军刀，哭着说："我姑姑天天盼着你回。"

伪军团长陈守义接到命令，就地成建制待命，停止一切抵抗和军事行动，协助地方治安，等待中央军收编遣散。他叫手下大开桑埠城门，缩在驻地不敢露头。

万瑞麟不待上级命令，十七日凌晨率部包围桑埠镇，与万振山和黑子带特务连二百精壮战士，整理军容，一色新式连发步枪外加一个机枪排，跑步进入城内。

几年来，万瑞麟所在的新四军五师，在抗击日伪军和反"顽军"围剿作战中迅速壮大，建立的抗日民主根据地已控制湖北省国土半壁，人口达两千余万占全省一半以上，建有六十六个党政军组织齐全的县级政权。万瑞麟兼任鄂东军分区司令员，独立旅加上各县大队区中队的地方武装已逾万人。两年前收复县城后，他报请攻打桑埠，上级从战略全局考虑要他暂缓。在这期间，他曾到延安参加"整风"学习，中央特地召他到杨家岭窑洞谈话二十几分钟，说他坚持大别山不容易，还说可以给他配个政委。在延安他得知沈立群还活着，去了太行山。

万瑞麟率队跑步来到日军驻地，令池田次郎来见。池田闻讯走到门口行礼立正。

万瑞麟高声说："本人中国国军新编第四军第五师鄂东独立旅旅长万瑞麟，奉命前来接受你部投降！"

池田一听来人就是两年前将他打得落花流水撵出县城的万瑞麟，神情肃然，打量一眼他身边队伍说："将军久仰。鄙人日本国陆军中佐池田次郎的是。我的已收到盟军中国战区统帅部命令，只向贵国政府军投降。"

万瑞麟："我新编第四军正是政府军，请即向我投降。"池田低着头说："贵国统帅部有令，新四军游击队民间武装的是，不得受降的有。"

万瑞麟提高了嗓门："七年来你部在此地是与谁交战？又如何撤来桑埠？石原征二中佐战死谁手？新四军是中国堂堂战胜之师，谁说不能受降！"他一使眼色，万振山就令架起机枪，黑子带战士们拉开阵势，将池田和院中日军团团围住。

池田本是"二万"手下败将，深知两人骁勇凶悍，听他提起石原征二之死不禁惶恐，也心知他们是为战利品而来，既已终战，为使手下士兵留下性命平安回国，只好命令将枪支堆放院中，又将驻地弹药库、车库、炮棚钥匙交到万振山手上，却佯装疏忽没有卸下腰间军刀。万瑞麟压根不在乎什么仪式，令池田就地待命，和万振山将一应武器弹药车炮装备席卷而去。

县国民政府所在地颜家河镇一片欢腾，家家户户燃放鞭炮庆祝胜利，许多人在敲打脸盆，腰鼓队沿街巡游，人们拥往用作县政府的祠堂门前欢呼。龟头河村民也舞着龙灯从二十多里外拥到街上，居民们将陈年酒坛和大碗摆在门前，供欢庆的人们畅饮。

钟培炎沉浸在巨大的喜悦中。他的县国民政府和鄂东特别行政督察区公署，终于在敌人眼皮底下坚持了七年，坚持到胜利！蒋委员长十五日向全国发表广播演说："国人于胜利后，勿骄勿怠，努力建设，并不念旧恶，勿对日本人报复……"他心中展望着和平建国的美好前景，展望着自己新的生活，更想早些见到他的至爱竺宜君。

下午钟培炎接到上级电报，命令他速去桑埠镇主持受降仪式，代表中国政府接受古城境内日军投降。钟培炎抑制不住内心的激动，决定在桑埠镇举行隆重的入城式，急派金仕仪、邹永和去打前站。

八月二十四日早晨，艳阳高照，钟培炎和宋启轮率国军昂首阔步，走汉古公路自北门进入桑埠城，士兵们七音八调地高唱龚瑾教他们的《黄埔军校校歌》：

怒潮澎湃，党旗飞舞，这是革命的黄埔，主义须贯彻，纪律莫放松，预备做奋斗的先锋……

桑埠镇市民和各界代表数千人聚集街头，挥舞三角彩旗呼喊口号，满怀欣喜夹道欢迎王师，全城锣鼓喧天，鞭炮齐鸣。

钟培炎踌躇满志，在青天白日满地红国旗招展下，微笑着频频招手致意，在人们的欢呼中，步履矫健地走进了即将举行受降仪式的原国民政府镇公所大院。

受降仪式诸项已准备就绪，上午十时举行。院中并排摆有两张蓝桌布铺就的方桌，文书纸笔具备，院内外国军岗哨林立。钟培炎一身青色卡其布中山装，与宋启轮面南端坐桌前，神情庄严，县国民政府文员和龚瑾等军官肃立在他们身后。

金仕仪宣布受降仪式开始。日军古城县指挥官池田中佐与副官及两名少佐都没戴军帽了，沉重地上前一步，规范地朝钟培炎等中国官员行鞠躬礼，而后立正站立。

钟培炎以大国胜利者的雍容风度，平静而礼节地说："有请日本国陆军中佐池田次郎阁下，与战胜国中华民国政府本代表签署《投降书》！"

池田以军人步态走到桌前，伸手接过钢笔，颤抖着在《投降书》下端写上了自己的名字。

钟培炎仍习惯用毛笔，肃然在文本上工整地写下"钟培炎"三个凝重的楷字，署名确认。他在想，要是竺宜君能看到今天这神圣的一幕多好呀！

池田依照投降礼，解下腰间指挥刀，双手平托，弯腰呈送给钟培炎，以此表示缴械投降。钟培炎也郑重地伸双手接过，即交与宋启轮持握。他这时又想，要是万瑞麟一同接受池田的军刀就好了。他此前曾要金仕仪与他联系过，可惜万瑞麟对有如此重大历史意义之仪式竟然不感兴趣。这新四军怎么回事呢？

受降礼毕，钟培炎令池田回驻地，遵照《投降书》准备缴械，等候中国政府遣送回国。池田等人低着头匆匆离去。

下午二时，宋启轮带一个连士兵雄赳赳来到日军驻地，才知道万瑞麟早已人扛马拉将枪支弹药席卷一空，那游击队连车辆大炮马匹也都弄走不剩。

池田报告说："七天前，贵军万瑞麟部武力的干活，鄙人奉命不得抵抗的有。贵国受降当以今日签字，呈奉军刀大大的。"

宋启轮怒不可遏，叫："军刀有个屁用！"也不好对池田这窝囊降将撒气，朝门外大骂："万瑞麟你这个土匪！土匪！老子打仗你捡漏，总有一天要你晓得我宋某人的利害！"

钟培炎中午与特邀参加入城式的各界人士庆祝胜利，开怀畅饮，仍在兴奋之中，见宋启轮气鼓鼓返回，心中诧异。宋启轮说万瑞麟早已违令擅自打劫了日军枪械。钟培炎心想这万瑞麟倒是不含糊，硬是抢前了一步，就说："宋长官想开一点。怎么说也都是中国抗战队伍，也是肥水不流外人田嘛。他没强占桑埠就算礼貌了。"

宋启轮气呼呼说："全国抗战是国军顶着，新四军那几条破枪小打小闹有什么用？平时流窜乡间，扩充地盘，游而不击，这时拣便宜倒冲得快！池田那是近半个联队的装备！光九二式步兵炮就十几台，二十毫米反坦克枪几十挺，运输中队一吨半卡车三十多辆。土匪！"

钟培炎就打起哈哈，说："就是嘛，万瑞麟那几条破枪能成什么气候，他还不趁这时捞一把？军人嘛，不就爱的个枪。国军威武之师，也不在乎小日本那几条歪枪哑炮。敌伪控制的粮食棉花物资他没弄走吧？还好。算了算了，晚上到醉月楼请你喝酒去。喝酒！别忘了喊上龚瑾。"宋启轮嘴里仍在骂"土匪"。

几天后宋启轮接到命令，升任为国军上校团长，令他将伪军陈守义部收编为他的团辖下第三营，即日换装整训。

宋启轮对于将这乱七八糟的伪军收归国军大不以为然，他对个人招兵买马扩充力量从不感兴趣，给我多少兵我打多大仗，尤其对于与陈守义这样的汉奸下三滥为伍感到耻辱！他打电话向上司报告，要求将伪军遣散，法办汉奸陈守义。

电话那头说："启轮兄，时下局势微妙呀。日本人好打，共产党可不是那么好对付的。日本人一走，国共必有一战，北边为受降正打得不可开交呢。一旦要拉杆子，伪军共产党照样要！宋团长可要看远一点哟。"

宋启轮只好到伪军驻地传令。

陈守义听了喜得目瞪口呆，以为做梦，心想自己果然命大福大，算上两年前出县城逃命，在万瑞麟、万振山那红胡子枪下已三次死里逃生，这下还摇身一变成了堂堂国军营长！连忙向宋启轮敬礼说："报告团长，属下这几年不过是带着弟兄们混口饭吃。你大人不记小人过，日后打共产党，还真用得上我这塘边的土蛤蟆呢！"

宋启轮喝道："谁说要打共产党了！对你本要惩办，现在仍予收编，账还记在我这里。快快呈上名册列队听令，点名换装，老老实实给我整训。日后你敢在老子面前耍花花肠子，小心我敲了你脑袋！"陈守义唯唯称是，连忙吹响哨子喊人去了。

钟培炎在桑埠受降不久，就领他的国民政府从颜家河小镇回到县城。他顾不上搞还城仪式，百姓流血的心尚未封口，一大堆事正等着他呢，忙得不可开交。救济流民，遣返日军日侨，清查汉奸，选任乡长，重建保甲，整顿税赋，筹措军粮，安抚农商，恢复经济都事必躬亲。

"双十节"前，省政府在黄州恢复设立鄂东行政公署，战时特别行政督察区专员公署随之撤消，钟培炎因坚持抗战有功，且在古城任职时间甚长，拟任为省教育厅副厅长。钟培炎表示好不容易看到胜利，要求在古城留任一届，亲手做家乡的和平建设，并自请不再兼任行署任何职务，得到破例批准。

省政府负责惩奸接收的特派员朱抚时这天下午抵达，钟培炎在他下榻的庆云楼设了便宴。

朱抚时摆的一副钦差大臣派头，口中客气道："培炎兄坚持鄂东，独树一帜，玉汝于成，兄弟佩服。只是返县以来，于惩办汉奸一事，心慈手软，民众颇有微词哟。"

钟培炎问："特派员所指？"

朱抚时秋天仍摇着折扇以示拔群："据我所知，连逃亡在外的县维持会会长孙韶启，都敢从汉口跑回来，在老兄眼下招摇过市，士绅反应强烈。"

钟培炎大惊，忙说："孙韶启一向埋头经商，被逼为维持会长时间很短，就逃去汉口多年，并无劣迹。"

朱抚时板起脸说："钟县长差矣。连县维持会长都不算汉奸，还哪去找汉奸？"

钟培炎急道："他被逼时，特要家人向我告急，此事县政府事前是知道的。"朱抚时正色道："此话可不足与外人言！兄弟此来专为惩奸，钟县长若以私废公，包庇汉奸，上头一旦追究，兄弟我可担当不起哟！"

钟培炎还要说什么，朱抚时已重重放下酒杯说："孙韶启立于逮捕，查清罪恶，没收伪产，择日公开审判！"

孙韶启稀里糊涂被关进牢里，听说是汉奸罪，才记起做过维持会长的事，这才知道当年嫂子所虑有多远，如今果然要遭杀身之祸，后悔当初没听钟培炎的话连夜避往汉口，更后悔太不该忘记他再不要回古城的嘱咐，急急忙忙跑回来开张店铺。他捶打自己的头伤心地哭起来。

竺宜君得到钟培炎叫邹永和送来的口信，知道大事不好，也情知钟培炎在特派员面前已说不动话了，急着想找万瑞麟，又不知去向。正急得团团转，走进来两个新四军模样的人，跟她说了几句话就转身走了。

原来万瑞麟得到钟培炎派金仕仪告急，已在亲往县城营救途中，打算顺便除掉汉奸陈守义。他怕竺宜君着急，特地派人赶来告知，说孙韶启做过短时间维持会长是他万瑞麟点的头，让他替新四军做内线，当时说了今后如有事有他担着，现在他不能不管，叫她放心。

宜君深知万瑞麟言必信行必果，这才松了一口气。

万瑞麟为准备对国民党军宋启轮部一战，早已将鄂东独立旅数千人部署在县城外围。他和万振山仅带八名战士进城来到庆云楼，布下门岗直接进到朱抚时的房间。朱抚时正坐在桌旁藤椅悠然品茶，见有人进来也不抬头，吹着茶盖下的香气。

万瑞麟说："你就是特派员朱抚时吧？"

朱抚时听来人直呼其名出言不逊，抬眼望他说："你是什么人？"万瑞麟说："本人，国军新编第四军第五师独立旅旅长万瑞麟，特来会一会特派员。"朱抚时对鄂东传奇人物万瑞麟早有耳闻，仍端着架子问："万旅长找我何事？"万瑞麟道："本旅长特为惩办汉奸而来。"朱抚时说："好哇，本特派员专为惩奸来此。此地汉奸维持会长孙韶启等人现已收押，不日就行审判枪决。"

万瑞麟说："孙韶启不是汉奸。头号汉奸是陈守义！"

朱抚时对收编陈守义伪军心知肚明，听他提这事，知道万瑞麟来者不善，就取居高临下姿态说："收编整训伪军是最高统帅部决策，纯属军方的事，不在本特派员授权范围。孙韶启附逆充任县维持会长属实，列入严办对象，没的说。"

万瑞麟说："朱先生你听好：孙韶启是新四军指派与敌人周旋的内线，是自己人。民国二十八年我部打进县城击毙日军数十人，就是他提供的情报和地图。""这种事没有证据，岂能凭你空口白话？"朱抚时毫不在乎。

"那就先说说汉奸首恶陈守义吧！"万瑞麟提起就咬牙，"他武装投敌，多次领日军袭击国军致我伤亡，屠杀百姓，无恶不作，为害一方，民愤极大。你朱抚时来这里惩奸，居然放着陈守义不办，倒想杀害无辜，这事由得了你么？"

朱抚时见他话越来越硬，知道碰上了强手，但他尚方宝剑在握，岂甘示弱，说："你要办陈守义，找国军宋启轮团长要人去，莫在我这里蛮缠！"

万瑞麟摸了摸腰间枪把："这可是你说的了！我现在就去找宋启轮，他若不交出陈守义，我就亲手捉拿。"说着就转身。朱抚时说："且慢！你擅拿宋启轮部属，他能袖手旁观？"万瑞麟回身盯着他："这就不用特派员你操心了。我只拿汉奸陈守义，伪三营若敢抵抗，就地歼灭，宋启轮如若袒护，连他一块吃了！"

朱抚时还想恐吓："宋启轮团长还会怕你万瑞麟区区流寇？"

万瑞麟喝道："放肆！你敢称我新四军为流寇？告诉你朱抚时，老子现也是人马数千，枪炮车马远胜于宋启轮那小子。我的部队已在城外包围待命，如不交出汉奸陈守义，即刻攻城！"

朱抚时情知不妙，急说："国共正在重庆和平谈判，你若挑起事端，国共都不容你！"

万瑞麟哈哈大笑："北边打得正热闹，万某正是手痒！"朱抚时仍不甘放下架子："你万瑞麟无须在本特派员面前摆狠，我要状告你包庇汉奸，军法从事！"

万振山在旁早已憋不住了，见他说到"军法"，想到当年差点被国民党"军法"掉，气不打一处来，吼道："朱抚时！放你娘的臭屁！如今国民党还想军令我共产党？"说着就上前拎住朱抚时后领，小鸡般从座椅提起说："跟我走！"

朱抚时见他动粗，忙去看万瑞麟脸色。万瑞麟目光利剑般咄咄逼人，将驳壳枪"啪"一声搭在桌上："限你四小时内交出汉奸陈守义，释放无辜平民孙韶启，不然我即刻打进城来除奸，连同你这包庇汉奸的反动分子一并除了!"

朱抚时这才知道万瑞麟动的真格,情知国共又同水火,心想如在和谈期间鄂东发生交火,难保重庆方面不丢卒保车拿他替罪,就说:"陈守义之事鄙人做不了主。"

万振山吼:"那老子就先送你上路吧!"不由分说,与两名战士架住朱抚时就往外推。朱抚时慌了,心想这共产党杀个人如捻死只蚂蚁,如为杀孙韶启自己倒成了冤死鬼,那太划不来了,忙喊:"壮士且慢,好说!好说。"

万瑞麟将朱抚时带到城外一处民宅,要他写信给钟培炎县长及宋启轮团长,限今日内释放无辜本分平民孙韶启,押送汉奸恶棍陈守义来交换朱抚时。

朱抚时见没一枪毙了他,又见院内外新四军虽衣着杂乱,背的倒是清一色日式步枪,警卫队挎的冲锋枪,四周歪把轻机枪、重机枪、小钢炮架设整齐,稻场上还有迫击炮、山炮、卡车,这还了得?连忙写了信递给万瑞麟说:"将军以和为贵,以和为贵!"黑子接过信纸对他骂声:"和个卵子!"出门去了。

晚上约九时,钟培炎才迟迟过来,朱抚时像见到了救星。钟培炎对万振山喝道:"大胆!怎敢绑架我省政府特派员!"

万瑞麟说:"朱抚时特派员渎职枉法,包庇铁杆汉奸陈守义,草菅人命,加害无辜,新四军将士都要将他正法!"

钟培炎瞟一眼朱抚时,说:"万将军有话好说嘛!惩奸问题,我为一县之长,自有分寸。"万瑞麟给他递过一杯水说:"本旅长知道,朱特派员视本县行政长官如无物,钟县长已无足轻重,好像也爱不了脸面了。"

钟培炎哈哈一笑:"旅长也不要得理不饶人嘛,特派员对本县还是尊重的嘛！孙韶启既是新四军内线，我已遵特派员手令指示，于下午将他以无罪释放，为免非议，着其三日内离境。"

万振山抢道："汉奸陈守义你可带来交换了？"

钟培炎又瞟一眼神色不安的朱抚时，说："陈守义确犯汉奸大罪该杀，但如今已是国军一员，岂好牵动军方？容待日后查究。你们不可莽撞行事。快向特派员道歉，将部队撤回驻地。"

朱抚时此时看出钟培炎与那万瑞麟穿的是一条裤子，两人明是在演双簧，这钟培炎果然名不虚传不可低估，方信"强龙压不过地头蛇"，忙说："万旅长惩办汉奸心切，本特派员能不体察？旅长和钟县长既保孙韶启无罪，我当尊重地方意见，不再追究。至于汉奸陈守义，本特派员的确无权处置。"

万瑞麟曾接到上级指示，在国共和谈期间，除坚决自卫以外应避免主动攻击，这时办陈守义那宋启轮脸上也挂不住，且朱抚时也已低头，就说："钟先生，万某就算失礼了。新四军希望特派员秉公行事，严惩汉奸。陈守义的事涉及军方，你既管不了，我们也不在此难为你，日后自会找他算账！二位请回吧。"

朱抚时的纸扇早不知落在哪里，掏出手帕擦着额头上的汗，同钟培炎一起出门，庆幸着古城有这样一位纵横捭阖的县长。

就在这天的下午，孙韶启瑟缩在牢里，万念俱灰，只等一死。忽见门开处钟培炎走进来，以为要说最后的话，先自哭了起来。钟培炎令人打开他脚镣手铐，说："新四军保你无罪释放，赶快离开不要停留。兄弟你这人，算是无事也有是非找上门！回去告诉你嫂子，以后就专心在汉口谋生，再不要回来了。"

孙韶启仍在哆嗦，结结巴巴说："钟先生救命……孙家不忘……必当后报。"钟培炎轻轻拍他肩膀，帮他恢复一下神志，说："赶快走吧，可把你嫂子急死了！"

韶启回店铺连忙收拾交代，当夜赶回孙府，见了宜君失声痛哭："吓死我了哇！急死嫂子了喂……"

宜君流着泪说："兄弟你大难不死，必有后福呀……我这辈子欠他两个的人情，是如何还得了哇！"

31. 月婆娑轻歌和君 夜阑珊天香留客

仲春，钟培炎的县国民政府还城半年多了，没料到依然这么繁忙，想去闽东看望竺宜君一直没能成行。上个月县中学从重庆复员还迁回来，只剩一块招牌和几个教师，正在重新招生，他想接宜君到中学来看一看，也好与她会面叙别。

宜君早听说政府还县了，一直惦念着钟培炎，见是熟识的邹科长来接，心里十分高兴。下意识地换上七年前在汉口买的那件暗花织锦夹层旗袍，孟春乍暖还凉，套上表嫂替她织的一件深红色毛线短外套，又找出多年前沈立群织给她还从没用过的紫色花孔披肩，坐到镜前一照，脸就红了——太过艳丽，旗袍下白皙的大腿都出缝了，这哪成体统呀！

天香进来惊道："小姐今天太漂亮了！早该这样的。"宜君笑着，说："还是穿不出去呢。"脱下外套解着旗袍的领扣。天香知道她的小姐今天明是有心打扮，打趣说："小姐平时衣裳也穿不出去呢，到县城会客，怎好寒碜人家抗战英雄大县长哩！"宜君其实也有点不舍，说："那你说么办？"天香拿出一条兰色长围裙，替她系在腰间遮住衣缝，扣好旗袍纽扣套上外套，说："行啦！小姐见客时解下围裙，不就两好。"宜君笑着怪她："亏你好主意！"天香替她梳头扎髻妥帖，打理了包裹，扶她出门来。

孟管家知道大奶奶不敢坐那两轮车，已备好轿在院中。天香扶宜君上轿坐好，快手解下她腰间围裙说：“就这样了！”宜君才知道上她当了，说声：“鬼丫头！”天香笑着跑开，又回过头说：“不就个酸书生！”

　　邹科长笑眯眯骑车跟着轿子，缓缓往县城去。进南门路过考棚中学，邹科长说钟县长这时还在外面忙碌，不妨先到中学看一看。

　　久违的校园情景依旧，那棵如伞的雪松依然葱绿。空旷的操场对面传来熟悉的萨克斯声，宜君循笛声来到秦老师的门前。秦时月没有如她担心的激动和热烈，静静地望着她说：“大姐，我回来了。我……想念古城。”

　　秦老师不再是青年模样，不见了当年的风华和生气，宜君怜惜地说：“秦老师在外漂泊这多年，想是受了不少的苦。”秦时月摇头说：“一言难尽。”宜君听他断续叙说，为汪校长一去不归深深地伤心。问他怎不去昆明找杨心茹，说这个女孩蛮好的。时月点头，说：“战时失去联系，前些天收到她的信，待西南联大北还就回来找我。在重庆……同是天涯沦落人。”宜君见他低头惭愧，宽慰他说：“胜利了，回来了就好。这些年，秦老师给我留下的留声机，我也听熟了。”

　　来到县府，钟培炎正在院前张望等待，大步迎到轿前，伸手小心扶宜君下轿来。七年没见了，培炎还是第一次见宜君今天这样城市人的穿戴，惊讶她美貌风韵依旧，只是宁静的目光中多了一份幽幽的情愫。他情不自禁拉起她的手。

　　宜君这时也忘记了一路上为身上旗袍的不安。她见钟培炎变多了，他只长她一岁，刚过四十，鬓角却已见少许白发，脸上刻着战乱岁月的沧桑，他虽依然精神，但已不见当年的充沛和意气。

培炎要她先看一看光复后的县府，宜君觉不便在府署四处招摇，还穿的旗袍，就关心地来到他的住处。映入眼帘的是端端正正挂在墙壁中间的一个镜框，孙老太爷"以教牧民"四个字墨迹凝透，宣纸已自然泛黄了。书桌上一个小镜框里，是她十三年前在中学雪松下的那张照片，镜面一尘不染，镜中的她是那样的年轻和美貌。

钟培炎拿保温瓶给她沏上茶水，告诉她说省府要调他去教育厅，他推辞了，愿意留在古城做和平建设。宜君说："你不走也好……"培炎说："流年逝水，人生能有几个七年。胜利了，我们也该好好庆祝一下。"宜君说："么样个庆祝法呢？"培炎说："先到旅馆去吧，我们不妨小酌一杯。"宜君知他素以古名士自比，喜那杯中物更甚于老太爷，笑着点了点头。

来到久违的庆云楼，餐厅雅座早已爆满。夏老板见钟县长领个美妇人进来，忙笑吟吟迎上说："托县长大人福，光复后生意好得没法，都支应不开了。"培炎说："国家太平了，那就像汉口'聚福祥'，再开个大饭店嘛！"夏老板笑傻了嘴："托福托福，正想把店面再盘大点呢。"宜君就说："那就再换一家去？"

夏老板初见这般风韵美妇人，猜想定是县长从汉口或上海过来会面的相好无疑了，忙说："那哪成呢！来，来，这边请，这边请。"领他们到楼上一间整洁的套房。宜君见套房外间置有一方小餐桌和椅具，中间雕花木墙中一个圆门连通里面的卧室，有丝绸幔帐半掩，条案还备有纸笔。夏老板说这间套房刚整装好，专备贵客的，说着点燃几支红蜡烛，烛光顿时摇曳起来。

培炎让宜君在餐桌边宽大的软垫红木靠椅上舒适坐下，称赞夏老板有眼光，请他备几样菜肴拿瓶酒来。夏老板自豪地说："有刚从汉口请来的厨子哩，刚好请县长和贵女士品尝手艺。"又指旁边一个玻璃门的精致柜子说，"县长你看，这是酒柜，还有洋酒哩。"就打开柜门。

培炎欣赏点头，回头问宜君喝点什么酒，宜君这时心里轻松，笑着说："随你，我喝什么酒都一个味，就是辣。"夏老板灵活不过的人，拿出一瓶外国陈酿红葡萄酒说："刚从汉口订来的一箱，甜浓又不伤人的。"放好红酒笑吟吟下楼去。

侍应微笑着托来几样精致菜肴和面点，置上净洁餐具，打开红酒瓶替二人在高脚玻璃杯里各斟上小半杯，说："汉口厨师特做的花样菜，请慢用。"就尊敬又暧昧地点头退出，室中顿时飘起袭人的酒香。

培炎举杯说："胜利了，不容易。为了明天，干杯吧。"轻碰她杯先一口饮下了。宜君抿了一小口，觉这红酒果然醇绵酽厚，又爽口香甜，也跟着喝下小半。培炎用刀叉替她切开夹心甜面包，宜君尝了一小块，笑笑说："怪味，倒也吃得，不如自家发的馍好。"培炎说："吃惯了才知道好。这是专为配洋酒做的西式点肴。这店主善经营，古城也算有西餐了。"

宜君说："洋人吃饭还用刀，哪得个消停。你么时候也学会用这玩意儿？"培炎说："年轻时在武昌读书，也偷偷去上馆子。万瑞麟饭量大，啥都不论填饱就行。韶光讲究，倒学会了斯文用刀叉，我也就陪他做做样子，怕旁人笑我们不绅士呢。"笑着自饮一杯。宜君这几年提起韶光，已不像从前那么伤感，也笑着说："他就是好个面子，像老太爷，酸讲究。那洋人不会用筷子，怎就没人笑他呢。"说着也抿了一口红酒，越觉好喝，不像是酒，有葡萄的酸甜醇香留在舌间。

培炎不忘正题："中央政府就要还都了，将在南京召开国民代表大会制定宪法，结束'训政'实行宪政，还政于民。往后总统也由代表选举。每县要选国大代表，县党部和政府推荐你为候选人。正好去看看首都南京。"

宜君听着倒新鲜，说："我又不懂你们政治，跑去开会像个苕样的，不好。"培炎说："在整个古城县，唯有你当之无愧。"宜君说："韶光是共产党那边的人，我又跑去参加国民党的会，不好。不好。"培炎说："国民代表大会并不只是国民党的会，共产党也要派代表参加呢！去年十月重庆谈判都签双十协定了，就要和平建国了，时下国共虽小有摩擦，也都能调停的。"

宜君摇头说："出头露面的事，我还是不做好些，代表就不当了。南京，等家驹长大，让他带我去看一看。"

培炎说："过些时闲一点，我陪你去看南京，顺便到苏杭一游……趁还年轻，你该出去走走了。赶走了日本人，那里是中国人该去的地方了。"说着怜惜地看着他心仪的美丽女人，举起酒杯。

宜君从小知道"上有天堂，下有苏杭"，韶光也曾说过要带她去那里的，一时忘记了两人身份，神往着说："那就把家驹也带上吧。"就和他碰杯饮下。红酒的沁润使她今夜分外生动。

培炎听她答应一块去苏杭，心中填满了幸福，说："岁月蹉跎，转眼你我都年届不惑了……嫁给我吧！眼看国家就太平了，我们也该有自己的生活了。这是我不愿去武汉的原因。"

宜君心里重重地动了一下。她知道其实已没有理由再拒绝他。自从几年前在担架上想了一夜，她已感到应该实际地珍重培炎和瑞麟对她的情谊。但她怎能与他们濡染呢，她刻骨铭心所思所怜是韶光呀！他说过等革命胜利了，要像绣帕中的玉兔那样，一天也不离开我的。对他的怀念，足以让她安宁地度过一生……再说，如果随了他们哪一个，那另一个呢？那她的人生寄托将会永远地缺失，她会终生不安的……万瑞麟几次说要她等着他，胜利了就来照顾她……

看来她只能在心灵上属于这两个人了。她的人生走进了更加艰难的坚守——不再仅为挚爱的丈夫守贞，也不再是为女子伦常而置人间情义于不顾的守节，而是一种自己无法原谅，别人更难以见谅的坚守，是为了情义而绝情自弃的坚守。这太残酷了。她想哭。她不知道该怎样回答他，望着他诚挚灼热的目光，她低下了头，说："你让我想一想吧……是不是等家驹再大一点……"说着喝下了半杯红酒，室中氤氲起更加耽迷的气息。

钟培炎知道她是很难真正从过去走出来的，虽然她是那么刚强的女人，但这需要她大人的勇气。见她沉重，就说："这洋酒还是不一样，劲道又不醉人。"起身从柜中又取来一瓶，打开替两人倒上。为让她轻松一些，说："我唱首歌给你听吧？"

宜君这时已慢慢感到红酒的后劲，让人沉溺，她自觉脸已红润，说："以前总没听你说还会唱歌的。"

培炎说："读书时万瑞麟能唱几首，韶光还懂点乐谱，我只能跟着哼几句。在龟头河时宋启轮营长会唱，他有个译电员名叫龚瑾，常在一起聚聚的，他们爱唱的有首歌我也喜欢，就跟着学会了。"

宜君问："译电员？"培炎说："就是专把嘀嘀嗒嗒的电报译成文字的女兵。"宜君说："哦……龚瑾……你就快唱来听就是了。"

钟培炎又喝下小半杯红酒，清清嗓子唱起来。他唱歌的声音其实磁厚又悦耳：

桃繁李馥能几何，又见香殒芳落。
京华春梦，铁马冰河，去日苦堪多……

宜君听到这是一首熟悉的曲子，她因爱听曾跟着留声机慢慢也唱会了的，就和着他一起轻声唱起来。她虽从小不习音律，声音却是天然动听：

相逢总又伤离别，樽酒轻歌与君和。
今夕何夕？金绡幔帐烛将尽，月影已婆婆……
来呀！来呀，
饮一杯红酒，唱一曲甜歌，浮生若梦，人寿几何？
且及时行乐，莫待春光老去，枉自说蹉跎！

歌词和红酒令宜君迷情荡漾，有热浪在她身体内冲撞，她想到今天鬼使神差，让她穿上织锦旗袍绒衣来见他，这不是"女为悦己者容"吗？觉空法师那"情义交融，坚冰不固""难为人情所谅，久必自弃"的箴言，咒音般在耳边回响，"无愧便是清"……她好想放纵自己一回！好想。那贞洁的铠甲太过沉重……她猛地喝下半杯酒，伏在桌上轻声哭起来。

钟培炎善饮高度烈酒，对这红酒反不习惯，这时已经飘然，歌中"莫待春光老去，枉自说蹉跎"的嗟叹，从未像今夜这样强烈地摇撼着他——她和他，都已青春不再了。

"你不可以枯萎!"

这书生不知哪来的力气，轻轻托起宜君，摇晃着慢慢穿过雕花圆门，小心地把她放在床上，弯下腰，将酒香盈溢的唇凝重地印在她红透的双唇上。

宜君眼中迷幻没有躲避，呢喃了一句"钟君……"床幔间春意葱茏。

培炎是第一次亲吻女人，脑海里蓦然飘荡起一个声音，那是当世才子兼革命家、战时军事委员会政治部第三厅厅长郭沫若的话剧《棠棣之花》中，替古代刺客义士聂政，在舍身时向他的红颜知己所做倾情的幕后颂唱：

> 我把你这张爱嘴，
>
> 比成着一个圆杯，
>
> 喝不完的葡萄美酒，
>
> 时刻把我陶醉!
>
> 我把你这对奶头，
>
> 比成着两座坟墓，
>
> 我们俩睡在墓中，
>
> 血液儿化成甘露!

唱得真好! 他忘情地吸饮她唇间天物般琼浆玉液，竟忘了该要赶快再做些什么。

宜君周身荡漾就要展臂拥他，眼前忽然闪现万瑞麟那夜背她奔跑，在陆家河要送她走时独望群山的模样。她慢慢撑坐起来，抬手整理着快要散乱的发髻，低下头说："你还是……原谅我吧……你对我的情义，恐怕只有，来世再偿还了……"

失望，意外，还有一种责任的冲动，一齐涌上钟培炎沉醉的心头。我要拯救她！唯有我能拯救她。我必须帮助她，让她从这十几年的伦常禁锢与悲情自虐的不幸人生中跋涉出来，享受天伦。我必须！他的双手仍没离开她的柔肩，低下头深深吸吮她云发的芳香。他不能自已。

宜君艰难地伸下腿坐到床沿，将头抵在他胸前，扶着他尽情哭泣起来："你们这些冤家呀！……你快走吧……走吧！……"

钟培炎忽然震惊，似有所悟：

女娲氏天之神圣女也，始作笙簧。

《说文》如是说。神圣女。他缩回抚摩她蓬松秀发的手，木然地说："我，听你的……"扶她重新躺下，盖好，又迟疑地放下了幔帐。

他轻步走出卧室，牵合挂在圆门边的纱帘。他没有离去。他吹灭了外间的蜡烛，在幽暗中饮下未尽的红酒，伏在桌前无声地哭起来。

夜，弥漫着令人沸腾的静谧，里间传来宜君无眠的轻微叹息。云间朦胧的月光不时摇曳着探进窗前。

钟培炎实在不知该怎么办。他重新点燃蜡烛，他想写诗了。刚好纸笔俱全！格律诗或填词费时，白话诗没作过，那也叫诗！涂鸦。好在直抒胸臆，郭沫若《女神》般正好呐喊呢。他终于第一次写起了他不屑的白话诗——这当然可以不包括郭沫若，才情堪比屈宋。

对了，白话诗常以"啊"字开头，中间须多"感叹"符号：

　　啊！天人！让我俩

　　在贞节的诅咒中

　　毁灭吧！毁灭！毁灭！

　　相约在爱的坟墓——

　　血液儿顷刻，化成甘露。

　　接下来再怎么写？原来白话诗并不好作。该写我和她重生了。重生！这种诗要写得热烈奔放，最好狂野一点，力戒含蓄：

　　凰飞倦了，凤在倦飞，

　　该去了，这般的凄美，灿烂，

　　来呀！这是株千年的梧桐，

　　衔枝呀，我的凰，用我凤的翅膀，鼓风，

　　火光熊熊，香气蓬蓬——

　　涅槃呀！我们更生！尽情地欢唱：

　　我们自由，我们生动，

　　我们欢乐，我们悠久……

　　还可以，这诗。不押韵，允许。难怪人们去作白话诗。乃发郭沫若意而用之，勿示于人。今后倒不妨偶然作点自由体诗。

　　窗外已抹开一缕青亮，今夜是如此的短暂而又漫长。诗既写就，情有所寄，瞌睡终于袭来。何况，还有明天呢……明天，更生！走进那高耸的坟墓……饮不尽的美酒……她睡着了吗？美酒……明天……你绝不可以枯萎呀！

宜君在县城住过几天，回来又有几个月了。

闵东镇街上常见新四军的部队路过，还有服装不一样的共产党队伍，听说叫"八路军"，是从北方过来的。神气。

傍晚，宜君和天香牵着手到院门口张望，目光在过路队伍中搜寻着。天香扶着她说："小姐是在盼那个憨汉吧？"宜君笑着不理她，仍去张望。天香又说："他还用望吗，心里真有，早就各人跑来了的。"说着自己也伸头张望。

队伍走过去了，天香扶宜君进屋来，见她失望的样子，说："人家忙打仗呢，要打天下呢，有空自会到家来的。"

宜君问："日本强盗都打走了，还打谁？"

天香说："哎呀，你没听孟先生说，共产党和国民党又打起来了呢，北方早打开了。"宜君惊道："不是说签过协定，和平建国了吗？"天香说："人家哪个跟你和平。再打起来，你那个酸书生跟万军长，不又成敌人了？"宜君忧道："唉，怎非要斗呢……私下里，总还是朋友哩。都是老实人……"

天香又说："大奶奶春天去县城住了几天，回来这些时，反倒总是念叨万军长了。"

宜君脸红说：'就你会猜人心思……还是那年救我时见过面的，去年救出韶启也不回来说一声。又七年多了，也不知他成个家没有。"天香说："人家说了，等胜利了就来照顾我大奶奶呢。"

宜君叹息："小时我娘教我说，'人情大如债，头顶锅来卖'。他们几个对我家的情义，叫我如何还得起……你说。"

正说着话，孟管家领进来几个军人，正是万瑞麟！还有万振山和几名警卫兵。宜君一向从容的人，这时忽然有点慌乱，红着脸忘了支应，天香欢喜着快手沏茶，孟管家跑去张罗夜饭。

万振山怀里居然托着一只小花狗，抚摸着说："它是陆家河一个老乡送我的，叫赛虎，部队要集合打仗了，舍不得丢，就留给嫂子吧。它挺乖的，灵性，好喂，做做伴守个门的，可好呢。"宜君从没养过狗，也不好推辞，就大着胆去接那狗，那花狗归家般温顺地蜷在她怀里，睁大亮眼打量着它的新家。宜君和天香一下子就喜欢上这小东西了，天香忙接过来去交给周妈喂食安窝。

万瑞麟笑万振山："有得事做。"就说起国共斗争的形势来。他说内战不可避免了，中原成战争焦点。中央先后从北方派两支八路军部队南下，与新四军五师会合，成立了中原军区。五师番号对外仍保留着，他的鄂东独立旅六七千人马了，还没算地方武装几千人，部队正开往礼山、孝感集结，准备打大仗了，国民党长不了啦。

宜君说："还打呀？不打就不行吗？我听培炎……钟培炎说，就要和平建国了呢？"

万瑞麟正要解说，万振山抢过说："嫂子莫担心，共产党要不几年就坐天下了。这多年，嫂子翻箱倒柜支援红军，我们会有报答的一天！"

万瑞麟仍解释说："就算我们不打国民党，国民党也要打我们。不消灭共产党，老蒋不舒服，不打光国民党，人民总也没个出头之日。"万振山又说："你跟嫂子说那多形势都没用，胜利了早点回来照顾我嫂子就行啦！"

天香就高兴了，咯咯笑着，又噘嘴说："谁指望大军长照顾来？好几年连回来看都没看一眼呢。"万瑞麟听了低着头不说话。

孟管家端来几大钵红烧肉、卤蹄髈、荷叶包鸡、白米饭和一大坛陈酒，瑞麟、振山哪还顾得客气，叫声警卫员们敞开吃，自己就撕扯大嚼起来。万振山和几个警卫吞得翻白眼，宜君和天香在旁偷偷擦眼泪，小花狗赛虎跑过来欢天喜地啃着骨头。

万振山喝下两碗烧酒，大话就来了："鸟枪换炮啦！缴了日本鬼子的，再缴老蒋的！我'万疯子'喊的是团长，三四千兵呢，顶他国民党日大大半个师呢！给养，再也不用嫂子操心了，有军区后勤部调拨供应呢。就快熬出头了！"

天香就笑："你吹吧！怎没喊你师长呢？"

万瑞麟笑着答应天香："我才是个小旅长呢，哪来师长他当。"说着起身准备告辞，又说、"胜利是肯定的，困难也还会很大的，万一过不去还来找嫂子。"

宜君一直望着万瑞麟，静静地看他们吃喝说话，忧虑着国共之间像那惊蛰的天，硬是说变就变。见他忽然就要走，一时不知说什么好，手足无措地站在那里，不像平素那从容模样。

天香走过去挡住瑞麟，说："你说得好呗？这多年了，跑回来就为吃顿饭？"瑞麟说："就要打仗了。"说着回头望宜君，见她正红着脸低着头，欲言又止的样子。

万振山这时忽然像酒醒过来似的，对瑞麟说："部队有我呢，还有刘政委，集合时间还有两天，你明早动身不误事的。我先过去了。"

天香就高兴不过说："万二哥这才像个师长呢！"万振山听她喊他二哥又高兴忘形了，打着酒嗝说："俏丫头，比我巧兰还会说话！好看，小酒窝，俏，也不比她差多少。好看。"

瑞麟鼓了他一眼："说的么名堂呢？又喝多了！快走吧。给

418

刘政委报告一声。"天香见万军长是留下来的意思了，心里高兴是万振山要他不走的，就笑着说："谁比得上你那巧兰大美人儿呢！你单身汉想看人家，下次来让你看个够就是！"

瑞麟见他俩打情骂俏有味，也跟着笑起来，又得顾到振山部队干部形象，就如实说："振山除了他巧兰，对女的只是看。"天香笑弯了腰，宜君见这憨汉连个笑话都说成这样，忍不住也笑红了脸。

万振山闹了个大花脸，忙掩饰说："我看，我只看，看看……他四十一了，连看都没看过……"

万振山告辞后，天香兴冲冲去收拾好前院西厢房，麻利烧了一大桶热水提到瑞麟房间。宜君知她心细，放心笑着不去过问。

天香帮宜君梳洗了，说："小姐该去看看人家了吧？"宜君犹豫说："不早了呢，让他睡个好觉吧。"天香说："小姐不去看看，那憨汉哪睡得着？"宜君望一眼窗外说："那你一起去。"

院中分外静谧，月光如洗，星夜阑珊。两人来到对院西厢房，见万瑞麟洗过后仍军装整齐，显是在等她说话呢，有天香陪着，大家就都不那么拘束。瑞麟又讲起中原地区战争形势来，说国民党正在鄂豫周边调集大军合围新四军五师，内战一触即发。

天香说："喂，你这人，除了打仗就说不到话吗？"

宜君其实想听，这国共重新交恶，谁胜谁负呢，那万瑞麟和钟培炎两个？……就怪天香："就你爱打岔。"她早知道这些不凡的男人，是不会听一个女人的话的，她可是喜欢前些年国共同心的好时光了，向往说："你们，还是合作吧！合作吧，多好呀！"

瑞麟闻言一震，心情复杂地望着她，眼中全是怜悯，微微摇头不说话。

天香起身去端茶水出了门，宜君说："你早点睡吧。"急忙跟着出来。天香也不等她，径自走过院子到东厢房宜君住处，进自己住过的屋子收拾打扫起来，宜君问她做什么，天香说："一会儿就知道了。"宜君不问了，担心着又成敌我的两个友人，默默回自己房里去。

天香端了茶水到瑞麟客房来，直截了当说："万军长不去看看我大奶奶？"瑞麟迟疑说："刚才都看到了呢。"天香咯咯笑起来："这就算看过了？我送你过去吧。"瑞麟感觉她像有什么意思，就说："不早了，就不再打扰吧。"

天香也不着急，慢慢坐在床边，说："我大奶奶惦念军长这些年了……连振山团长都可怜你四十一了……军长不肯过去也行，我就不走了。给你看看……"说着抬手就要解怀扣，脸也跟着红了，羞得越发姣俏。瑞麟着了慌，忙说："我去我去！我去。"天香这才捂嘴笑起来，说："军长本就来得稀……"

天香出门时将客房快手上了锁，推着瑞麟来到东厢房送进自己住过的房间，点亮罩灯按他坐到床上，笑着说："军长换这边住了。今夜是讲打仗，还是看看，我不管了。咯咯咯咯……"跑出两道门将外面锁牢，捂嘴忍笑跑走了。

宜君闻声到对面房前，见万瑞麟正抓耳搔腮，她脸就绯红，说声"鬼丫头"就去试拉大门，瑞麟也红着脸过来朝门缝看，说："锁了。"

宜君不好大声喊人，喊也没用，忍住心跳让自己静下来，笑了笑说："这丫头你知道，鬼机灵……我硬是没教好，可喜欢捉弄人了。"瑞麟支吾安慰她说："让她锁吧……"

宜君见他这多年过了，至今在自己面前总还是脸红拘束话语短，眼睛就湿雾，说："这丫头……"瑞麟结巴解释说："我不过来，她……她就要……给人家看。"宜君见他越解释越糟糕，心一慌连忙走进自己房里去了。

万瑞麟钉在那里，额头沁汗大气不敢出，不知如何是好。

他回到房间，天香点亮的桌灯跳跃着欢快而神秘的火光，橙黄的温馨溢满小屋。二十年枪林弹雨，出生入死，这里是他唯一眷念的家，是他安全，温暖，自在的港湾。她是我的天使呀！……说过等到胜利的，十多年都过来了，快要胜利了……他艰难地想着，沉眠已久的身体骤然苏醒，憋得他满脸通红。

当皎洁的月光从窗口亮晃晃探入，他蓦然看见，对面屋里已随之吹熄了灯，像有轻声的叹息。

万瑞麟躺到床上，他翻来覆去，时坐时卧，浑身燥热，心都跳到口里来了。他还从没经历这种令人难受而又激荡的感觉，这是甜蜜的慌乱。他好想走进对门那个温暖芳香的房间，好想呀，好想！怎么办？危险！

他忽然记起在黄埔军校时，邓演达总队长教授的指挥官"临危镇定法"——控腹卷舌眯眼吐纳深呼吸：摒除杂念，忘记战场，做逆腹式深长呼吸六次，而后屏息十秒，如此重复三回，便可镇定如故。这鬼话打仗时哪来工夫？眼前不妨试试。二十多年了，第一次应用，你别说，真有点效！谢谢。谢谢。只是今夜太过漫长。原来人间有这么无可抗拒的融暖和芬芳……

32. 万瑞麟获救鸭棚 万振山再打陈寨

半年后。

万瑞麟一身皂布短衣躺在山洞里，黑子用冷水擦洗着他右小腿上的伤口。他现在的处境，变得比红军游击队时还要艰难。他在等几个县委书记秘密过来开会，思考着面临的险恶形势。

抗战胜利后，万瑞麟部所属中原军区五六万人马，对外仍称新四军五师，活跃在鄂豫皖赣边及长江汉水之间，形成广大根据地，威胁武汉，成为国民党心腹大患。一九四六年六月，国民党军从鄂豫皖周边调集三十万军队，由刘峙在郑州指挥，对中原共军大举合围进逼。中原共军紧缩在礼山县宣化店镇周围狭小地带，已断粮多时，虽几经谈判，和平转移仍不可能。周恩来代表中共与国民党军方及美国代表组成的"军调小组"，特到宣化店谈判，粮食和转移问题仍然无果。中原军区司令部遂决定突出重围，国共内战由此正式拉开序幕。

军区司令部将艰巨的任务交给万瑞麟，令他的独立旅在中美军调小组眼皮底下，伪装正常值勤，掩护总部秘密脱离宣化店，而后向东面攻击，造成主力向东部突围的假象，吸引敌军，再自行突围。

万瑞麟率全旅六千余人突然向东发起猛攻，军区直属机关和部分主力连夜向北疾行，在孝感鸡公山对柳林车站展开强攻，越过平汉铁路跳出了包围圈，沿当年红四方面军西行路线一路恶战，在郧阳抢渡丹江北上陕南。

万瑞麟旅在东面牵引了敌军大部，激战中几乎伤亡殆尽，六千多人剩下不足一百人，潜入到礼山县深山老林中，又几经突围奔藏，他身边仅剩十几个人。万振山的第一团在突围中差不多打光，带着几十号人奔往罗山，虽已与他取得联系，却一时无法会合。万瑞麟腿部再次负伤，飞散的弹片嵌入小腿深处，也不知有多少片，没有药品，只能用少量珍贵的盐水擦洗包扎。

国民党军为防止共军在鄂豫像当年红军那样再次死灰复燃，必欲尽歼，以两个整编师又一个旅三万余人，对万瑞麟独立旅残部实行拉网式清剿。敌人在山上山下到处筑堡封锁，逐座山搜寻，凡给共军送盐供粮的百姓，格杀勿论，共军亲属再次遭到地主武装的随意屠杀或被卖掉。老苏区几十年的革命火种面临熄灭的危险。

三县县委书记和交通员陆续来到山洞。开会了，万瑞麟说："党中央令鄂东独立旅留大别山坚持斗争，上级决定成立鄂豫地委，你们担任委员，我任书记。"他给大家鼓气说："现在是最艰苦的时候，我们一定要坚持下去，坚持到最后的胜利！从红军到现在，共产党是杀不尽的，越杀越多！我军正规军在全国已发展到一百多万人，地方武装两百多万，国民党是剿不尽的。现在是黎明前的黑暗，全国胜利就要到来了！"

几个县委书记都表示了坚持到底的决心。万瑞麟说："眼前任务是开展分散游击，为老苏区保留革命的种子。只要鄂豫地委还在，独立旅还在，哪怕剩下一个人，红旗就还飘在大别山！"

送走几个同志，万瑞麟细看那条肿得像冬瓜的右腿，早已化脓发出腥臭，生出了白白的蛆虫。药品是毫无希望的，盐也没有了，只能让黑子摸到山下寻点水来擦洗包扎。

夜幕将寂静落在山林，山洞口像拉起了一面黑帐。松枝是不能点燃的，哪怕微小的火光都会引来敌人，洞中伸手不见五指。洞口忽见流星划过，北斗七星渐渐闪烁出清晰的轮廓，牛郎织女星晶亮地挂在银河两岸遥遥相望，河汉苍茫磅礴而辽远。

他已有好多年没像这样静静地仰望星空，忘记了它是这么的璀璨和美丽。黑子和几个战友蜷在洞壁下发出轻轻的鼾声，今夜，他可以尽情地思念自己深爱的宜君了。

他再也无法到她家去疗伤了。四周敌人封锁严密，路途又这么遥远。即使去得了，也不能去，不忍让她那圣洁的双眼和如玉的妙手，为这条肮脏腐烂的腿而玷污蒙垢，污浊了她那芳香的气息……他忽然感到从未体验的脆弱——为了她，他不能死，他必须活到胜利！难怪有人舍不得死呢……半年前那个黎明，他与她分别，他要她一定等着他，说我们不久就会胜利……我们一定要胜利！胜利！

国军宋启轮旅是清剿万瑞麟独立旅的常任部队，陈守义的第三团最为卖力，他见共军大势已去，露出了昔日的凶恶张狂，放出话来，要亲手活捉共军首领万瑞麟。

陈守义将游击队可能潜伏的大山四周封锁，凡共军家属都予杀害或卖掉，将山上村庄剩余的百姓统统驱赶迁移到山外，制造"无人区"，整日搜山放火，要把万瑞麟困死，逼出来。

这天上午，黑子发现敌军数百人正向山上摸来，似乎发现了藏身的山洞，万瑞麟决定冲出去。几个人的子弹已很少了，也不敢放枪暴露目标,他要大家迅速分散隐蔽。黑子搀扶着他不离一步,万瑞麟说两个人目标大,必须分散,多活下一个人就是大别山的胜利。

万瑞麟瘸着腿钻进灌木摸到山腰,见不远处漫山都是搜寻的敌人。陈守义朝山上喊着:"万瑞麟!出来吧,你跑不了啦!……落架的凤凰不如鸡,是狗卵子。别扛了!"

万瑞麟摸进身边一个茅草掩岸的水塘,不料塘边茅草下的水也很深,淹齐脖子了。他浸在水中仰头吸气,入冬的塘水冰冷刺骨,腿上疼痛一阵阵袭来,他不能出声,一动不动硬挺着,从上午一直泡到下午太阳偏西。敌人陆续下山去了,他拖着肿胀的伤腿挣扎爬上岸,昏倒在塘边。

醒来时已是半夜,发现自己躺在一个破帆布篷里,耳中不时传来鸭群呱呱喳喳的叫声。一个二十几岁的农民给他喂水,又掰下半个发黑的麦饼要他吃,万瑞麟两三天未沾粮食,大口吞咽起来。

原来是这位放鸭子的穷人救下他。

鄂东一带的放鸭人是一种艰辛的行当,赶着鸭群沿河溪寻塘觅食,漂流四乡,风餐露宿,沿途概不打扰村寨,不与人争利,所到之处委屈求生,但也多少练过一点防身的拳脚,正因这样,放鸭人往往见多识广,能够机灵处事,乡俗中也因此不那么轻视这种人。

放鸭人说他叫黄佐玉,是百多里外的古城县闵东镇人。

万瑞麟忙问他知不知道孙家竺宜君,黄佐玉说知道,她是天底下的大好人。说自家曾是她家三代佃户,十多年前,孙大奶奶在减了多年的租以后,又把地都贱抵租谷送给他家了,现在是父亲和大哥种着，他就出来赶鸭挣点零钱。他说自打有了自己的地，一家人日子比从前强多了，前几年还盖了"闷五间"带夹房"排四推把"的土墙白灰新屋，他哥已娶上了媳妇得了儿子。闽东人没哪个不感念孙大奶奶的。

万瑞麟深情地说："我是她家的老朋友哩。"黄佐玉听了更感亲切，说她丈夫就是共产党哩。

鸡叫三遍，山下传来枪声，帐篷外可见火把在游动，是敌人趁天亮前又来搜山。万瑞麟怕连累放鸭人，就要避出去，黄佐玉一把拉住叫他躺着莫动，自己也在他旁边躺下来。

陈守义带着一群士兵走近，挑开帐篷，伸电筒向里照看，见地上有人躺着，喝问："什么人！"

黄佐玉不慌不忙起身，做出半睡半醒的样子，摇摇晃晃擦着睡眼说："我是放鸭子的。那是我二爷。老总把这筐鸭蛋都拿去吧，不要钱，我就剩两块黑面粑了。"

陈守义说："封山了，你个狗日的还敢跑这里放鸭子？"黄佐玉说："没法子呢，鸭子都快饿死了，给了山下老总一筐鸭蛋才让我进来。"

万瑞麟已听出是陈守义的声音，朝里侧卧在地铺草席上打着微鼾，短枪早已打开保险握在怀里。他多想一枪击毙这罪该万死的恶棍，但他清楚自己身担的重任。日后再剥他的皮！

陈守义用脚使劲踢了一下万瑞麟，仍不见醒，闻到一股浓重的腥臭气，就握住鼻子，面露疑色。黄佐玉不待他问就说："唉，让狗子咬了，也没药搽。"说着蹲下去自然地隔开陈守义，轻轻推了推万瑞麟，细声喊："二爷，二爷。"

陈守义不再疑心，转身去踢那筐鸭蛋，见是满满一大筐，叫士兵提出帐棚篷去，说："有老子们剿匪，你个狗日的才有鸭子好放，再去捆二十只鸭来。快去！"

黄佐玉一副不情愿的样子，走到帐外篱圈里，故意把鸭惊得瞎飞乱叫，引得陈守义和士兵都跑过去捉鸭子，看着他们手提腰挂枪挑挣扎的鸭子扬长而去。

陈守义回过头喊："看见共匪赶忙给老子报告！不然叫你脑袋搬家！"打着呵欠摇晃电筒去了。

万瑞麟挣扎着坐起来，握紧黄佐玉的手谢他，夸他机智，说出了自己的姓名和身份。黄佐玉说："我知道的，共产党就是为了救穷人。像长官这样的人，都是天上星宿下凡，死不了的。"

万瑞麟说："穷人快要翻身了！共产党不多久就要坐天下了。国民党反动派是兔子尾巴，长不了啦！"黄佐玉说："我也看他长不了的。"万瑞麟问："你怎知道的？"

黄佐玉说："前些天我看见两条青龙从山上下来，就应在今天这事上了。"

瑞麟说："龙？"

黄佐玉说："当时刮起狂风天都暗下来，两条青龙齐齐摇摆从山上昂着头下来，要去溪边喝水，水桶样粗，眼睛像灯笼，嘴巴比篾箕还大，一张一合血红。那时还没封山，十来个重阳节登高的富人都吓晕了倒在地上，就我没倒，也没感觉好怕的，就看得仔细。龙看见了我就嗖一声落下去转弯不见了。"

万瑞麟说："是蟒蛇吧？"黄佐玉说："是龙。大蛇我也见过几次的，蛇再大也有信舌。龙不吐舌，它就像那年画上和唱戏皇帝龙袍上绣的一个样，有两根长须，还有鹿一样的角，有脚爪，嘴伸出老长，两个大鼻孔朝前喷着青雾，头抬半人高摇摆着。那威风……"

万瑞麟说："倒真还有龙？"黄佐玉坚定点头："眼见为实呢。龙出现，是要天摇地动，改朝换代了。龙就是长官你这样的神人变化显身的，今天你就出现了。"

万瑞麟疑惑着，像听他在谈玄，猜他那是幻觉，心想老百姓总还是迷信的，应该理解他们。理解。忽然记起当年百姓传他为"万水龙"，点头笑了笑，说："是得改朝换代了！"

黄佐玉要他待在棚里莫动，说当兵的搜过这片不会再来了，过几天等他们走远了再说。万瑞麟在破棚里待了整整五天。

又半年过去。万振山带人夜行一百多里，找到万瑞麟的藏身处，告诉他好消息，说就在六月，刘伯承、邓小平晋冀鲁豫野战军南渡黄河，千里挺进到大别山老苏区开辟新的战场，带兵的多是红四方面军出去的人。五师首长突围后回到延安，任刘邓野战军副司令员，又带队伍回来了，正到处找他呢。万瑞麟撑坐起来，忘记了伤腿的疼痛。

万振山和黑子把拖着肿胀烂腿的万瑞麟扶上担架，带游击队赶到黄安七里坪，与离别一年多的五师首长和战友会面了。首长俯身察看瑞麟那不忍入目的伤腿，望着他瘦削苍白的脸上深陷的眼眶，大粒的眼泪滴落下来，说："我就知道，有你万瑞麟在，大别山的红旗是不会倒的！我军已转入战略反攻了！"

老首长从原五师现第十二纵队拨给万瑞麟鄂东独立旅一个整团，干部也都是去年突围北上陕南又打回来的鄂东"种子"，加上离散后重聚的游击队和新兵，兵力又到两千余人，归新的中原军区指挥。军区从他的游击队抽调干部到野战军配合开辟根据地，令他仍在鄂豫边界开展游击战，拖住敌人。万瑞麟快要腐烂的右腿在野战军医院得到治疗，取出了大部分弹片，已经消肿结疤生出新肉，总算保住了这条腿。

独立旅在大别山与国民党军宋启轮旅迂回作战。宋启轮善战，从合作抗战起摸到了万瑞麟的一些战术路数，很少中他的计了，还能将计就计，且装备精良，是万旅在鄂东的劲敌，双方各有胜负。不久宋启轮旅大部调去天门钟祥作战，留下陈守义第三团守古城牵制万瑞麟游击队。万瑞麟部已发展到四千余人，立即从光山开进古城北部，驻扎在与光山交界的富田河一带，这里与系马岗接壤，既可威逼县城，又进退自如。

万振山说："陈守义团一千五百人，加上县自卫大队也就两千来人，虽是美式装备，他打仗没什么本事，如打县城，吃掉他没有问题。"万瑞麟说："古城军事重镇，敌军还不会放弃。如打掉第三团，宋启轮机械化旅有可能返回占城，对于我在农村发动群众建立根据地相反不利。"

万振山说："黑子侦察回来说，陈守义霸占陈家寨做他的行官据点，驻扎一个机枪排护卫，隔三差五带城里妓女到那里玩乐，前几天又在万义杀害十几个我军家属。老区群众对他恨得要死又怕得要命。"

万瑞麟略一思忖，说："敌第三团不敢攻我，留在县城先不动它，设法在陈家寨除掉陈守义，瓦解敌人。"万振山起身系紧腰带说："这事得我去办。找狗日的算账去！"

万振山和黑子带十几人潜行到陈家寨后山林中，黑子化装进寨找来内线陈友才。陈友才说刚好那一个排士兵到城里换枪集训去了，可能要走几天，只是陈守义也不在寨里了。万振山说：

"先进去看看再说！"

天刚黑定，万振山和陈友才潜入寨中，到中院厢房去见巧兰。他和巧兰自那年诱陈守义出寨后，只在改编新四军不久过河西招兵时会过面，又有八九年没见了。

巧兰完全不见了从前的风姿，才四十岁就已显出半老婆子的光景，她一把抱紧了振山，只知道哭。振山用他粗糙的大手大把大把地替她抹着泪，说："莫哭了。莫哭。苦日子就要熬出头了！"巧兰止住泪紧紧地箍着他，说："昨日梦见你回来娶我……"

巧兰着衣下床去炒来按紧一大碗油盐饭，看着振山大口大口扒下，偎在他怀里说："陈守义那年上了你的当，再想哄他出寨不会信了。"振山说："等他再来，我打进来收拾他。"巧兰说："他扎在这里那些兵，光那两人抬的大枪就有四五挺，还有两门小炮，一天到晚架在寨墙碉楼上，装子弹炸弹的箱子码了半间房，硬打进来会死很多人的。"

万振山让她领着去看敌兵的火力分布和住处，感到硬攻是要吃亏的。巧兰忽然想起说："对了！二十年前，老大陈守礼在家那几年啥事不管，老是一个人到后山转悠，一去半天，还带个茶壶，为了方便在后院开了个小门，他回城前叫人钉死了留着，用柴草遮了。年数一长也就忘了。"

振山大喜，到后院去看，巧兰指着院角一大堆陈年柴草说："就在那里面。"振山借着月光扒开柴草，果见一个木门，忙又遮好，朝院外后山看过地形路线，问她："寨中还有哪个知道？"巧兰说知道的也就她了。振山叫她喊陈友才来，一起把钉子撬掉、掩好门，仍用柴草盖紧，不露痕迹。

回到厢房开门进屋，振山见对面房门口站着一个七八岁的女孩，端着灯盏，朝巧兰喊了声"二娘"，又用陌生警惕的眼光看着他。振山见这女孩穿着整齐，不像乡下女孩模样，口音也不像古城的，就问："这个伢是？"巧兰接过灯盏送女孩回对面房去睡了，才说起这孩子的来历。

原来陈家老三陈守仁十年前从日本回国，在沈阳与一个当地姑娘结了婚。日本人进攻武汉，陈守仁鬼迷心窍回乡报仇当汉奸时，他媳妇已怀着这孩子，留在沈阳娘家。陈守仁死时这孩子已出生了，她娘改嫁又生了伢，继父容不下，娘家也没什么人了，就在这孩子五岁那年，把她送回来交给巧兰就走了。这孩子的娘一直没告诉她实情，只说她老子去了东洋，没有音信，也不知是不是翻船落海里了。

万振山沉重起来，说："这样说来，我还是她杀父仇人呢。"就说了当年枪毙陈守仁的原委。

巧兰只知道陈守仁早被新四军除了，却不知正是死在万振山手里，哭着说："真是冤孽呀！这孩子出生没老子，才几岁又走了娘。送她回来时，陈家老大和二姨太早已卷了钱财一去多年不回，傻子老二也死几年了，本房叔伯哪把我当回事呀，田地你争我夺大都让他们霸了。这院中除了个老管家和友才，就我一个寡妇女人，我不管哪个管呀……"

振山低头叹气说："那是得管呢，细伢可怜。"

巧兰说："好在这个伢倒聪明顺时，名叫小菊，长得硬是像她娘，她娘漂亮，说话细声细气的。五岁回来时就识得字，唱得歌，成天眷着我，我就是她娘了……我这前生造的么孽呀！"

万振山半天没吭声，让她伏在怀里哭，扶着她说："我杀陈守仁是国恨，不是私仇。这个伢是你收养，往后也就是我的孩子。共产党要不了几年就坐天下了，那时我抬轿来娶你。你等着我。"

巧兰说："我等你这些年，头都等白了，你也老成这样，还要等到哪年呀……"振山抚摩她已见白丝的头发，说："那年我来听见你唱《三百六十调》的，我爱听，你还唱我听吧。"巧兰起身望了一眼对面房，知道小菊已睡熟，偎回振山怀里，回想着他俩从小恩爱的情形，轻声唱起来：

情哥带我去砍柴，哥劈丫来我采呀摘……

天亮前万振山回到山上，让黑子到富田河向万瑞麟报告，要他再派二三十人带短枪过来，一起蹲守就行，大部队不用过来，以免吓跑了陈守义。几天后陈友才上山来，说陈守义仍带着那一个排的人上午回了寨子，还带来两个妓女，士兵都换了装，就是没精神头。陈守义住在前院堂屋西边房。后院小门没被他发现。

深夜，万振山和黑子带着四五十人的短枪队悄悄从后山下来，先封锁了寨子和大院正门，再轻手轻脚推开后院小门，移去柴草留人把守，溜进后院分头行动。

万振山一脚踢开士兵房门，指枪喝道："不许作声！缴枪不杀！"大通铺上二十多个士兵从梦中惊醒，赤着上身一个个举起手来。几个战士正要去取架上的枪，敌排长从枕下摸出手枪对着万振山就要射击，一个战士眼疾手快，"当当"两枪把他击毙。

这时寨墙几处碉楼上一个班的哨兵，已被黑子带人用刀悄悄解决掉几个，剩下几个听到后院枪声，发现寨墙上人影，急用美式冲锋枪扫射，被短枪队卧地翻滚，一个个点射击毙。

万振山留人收缴枪械守住后院，风一样冲到前堂西屋，见门掩着，闯进去，两个妓女赤身裸体蜷在床角发抖尖叫。他急令短枪队四处搜寻，不见陈守义。前后门早已把守，院墙陡高丈五，陈守义那点拳脚是出不去的。

万振山问巧兰可有地道，巧兰说地道没听说，有一个从前放财物的地库，忙引着循台阶下到地库。库门开着，里角一个立柜被移开半边，后面是个半人多高的土洞。

万振山朝洞中连发几枪，带人钻进洞去，在土洞中猫腰走了一袋烟工夫才见出口。洞口堆掩的树枝移开着一个小口，原来这洞出口并不在后山上，却是钻过东面水湾直通大路，出口离寨墙已有几十丈远了。

陈守义钻出洞口，慌忙到附近一个草棚牵出藏备的马，跨上去连抽几鞭向县城方向跑去。万振山出洞时还能隐约听见马蹄声，他咬牙道："算你狗日的命大，今生不宰了你我不姓万！"

33. 相兵戎谏守桑埠 临巨变忧说年夜

钟培炎坐在办公房望着窗外发呆。他不知道自己还有什么事可做——万瑞麟共军已在古城大部分区乡建立起"人民民主政府",国民党县政府政令无从推行,已是徒有其名。

和平建国的梦想早已烟消云散,国共开战不到两年,国民党政权已见江河日下。前些时上面要他紧急征兵两千,征粮两百吨。见鬼了!谁还愿替这只取不予的政府去送死纳粮?征到哪里哪里逃。税粮多已调走,剩下几十吨金仕仪不知替他藏在哪里,说要留下防止闹粮荒。

县党部书记长罗图南跑来一逼三催,见他拿不出厉害,只好拉上陈守义到乡下抓买壮丁,加上流浪乞丐凑了八百一十人,用绳子串了让人带走替他交了差。上面要以失职撤换他这个曾经誉满鄂东的抗战县长,罗图南说我虽是本地人,从省党部派来古城时间尚短,就让钟县长再顶上一阵子吧。

更没想到政府军这么不经打,共军刘邓野战军在大别山这么快站住了脚跟。万瑞麟的独立旅如鱼得水,一边作战一边发动群众,实行二五减租和土地改革,队伍发展到一万余人了,听说不久前扩编为中原军区"鄂豫独立纵队",万瑞麟当了司令员。他已经控制了大别山区除几座县城和桑埠镇以外的大部分地区,如想取古城县城有如囊中探物。陈守义那下三滥哪是他对手？他想起清末维新领袖梁启超的警言：

革命者也，扑灭今之政府者也，今之政府者，制造革命者之大工厂也。

门外有人喊"报告"，陈守义贱贱笑着轻脚走进来。

钟培炎不想理他，也没请坐。这地痞自宋启轮走后"猴子称大王"，以国军地方最高官长自居，动不动就想骑到他的头上，今天要他筹饷，明天逼他供粮，像我堂堂县长是他这敌伪收编冒牌团长的一个军需官儿，好在有金仕仪顶着周旋。今天怎变这么谦恭？

陈守义自然无事不登门。半年前他从陈家寨捡条命逃回县城，知道"二万"决意取他性命，自此龟缩县城再不敢出城滋事，日夜提心吊胆，巴望宋启轮旅快快返回古城，带他归编几时离开这杀身之地。陈守义倒是能屈能伸，自挪椅子坐下说："眼见共军势大，古城我一个团，也就是万瑞麟的一碗菜了。钟县长和我是拴在一根绳上的蚱蜢，得请你老兄想想办法。"

钟培炎警惕地打量他一眼："绳子上的蚱蜢是你老兄吧！不是说有你陈守义古城就固若金汤么？我有什么办法。"陈守义干笑了一声，说："办法还有，要求上峰派宋旅长回来。这事只有你县长好开口。"

钟培炎才知这歹徒原来怕死，也就一推了之，说："主意倒不错。这事你去找罗图南，他刚兼任鄂东'戡乱建国动员委员会'主任，正好代表地方说话。"陈守义碰了他软钉子，起身说："那我可就说是县长叫我找他的了。"钟培炎说声"不送了",就拿起面前更让人焦心的报纸。

半个月后宋启轮果然回来了,第二天一早来见钟培炎。他虽军容整齐,却是满脸疲惫,精神萎靡,说:"我是来向钟先生告辞的。"

钟培炎惊问:"宋长官不是昨天刚到?"宋启轮长叹一声:"战局越来越糟,军令朝令夕改。刚令回来死守古城重地,又令本旅划归宋希濂长官第十四兵团,限于五天内到达钟祥。我这就打转了。"钟培炎唯有摇头叹息。宋启轮说:"也好,大树底下好乘凉,我再不用孤军苦战了。只是此别,今生不知与先生还能不能相见了。"钟培炎闻言黯然。

宋启轮才走三天,县党部书记长罗图南急匆匆来找钟培炎,请他一起去桑埠镇。

罗图南三十几岁,与钟培炎本是东山同乡,瘦高耸肩,面色苍白,久劳的黑眼圈看上去像用墨水泼过,是那种精强体弱的人。他神色严峻:"得到紧急情报,共匪万瑞麟鄂豫纵队秘密向桑埠镇外围集结,企图攻占桑埠,切断大别山区国军与长江水道的交通,为犯占鄂豫交界数县准备条件。"

钟培炎忧郁地说:"宋启轮走了,你我于之奈何。"

"娘的!"罗图南少见地骂了一句,"蚀财不足,饶块腊肉。好不容易要回宋启轮,反倒把陈守义团也归编带走了。好在很快会从罗田三里畈抽一个团过来。"钟培炎问:"那个团几时过来?"

"还说不准。桑埠安危关系全局,不能等了。"罗图南满脸焦虑,"我已从东山清区调来两个自卫大队、八个中队,加栗子店区小保队共两千三百多人,今天赶去桑埠防守。有你我亲往,宣示党国破釜沉舟决心，足以鼓舞士气，与万匪做殊死一搏！"罗图南举起布满青筋苍白失血的拳头。

钟培炎明知他在痴人说梦，却被他知其不可而为之的精神一下子感染了——身为县长，终于到了与万瑞麟兵戎相见的一天！他霍地站起身来："走。有死而已！"

罗图南、钟培炎将两千多自卫队带进桑埠城时，天已擦黑。钟培炎在他不久前支持开办的桑埠"新陵"民办中学操场指挥埋锅造饭，对军事同样一窍不通的罗图南，则信心十足地领自卫队长们上城墙研究布防坚守去了。

第二天一早，钟培炎陪罗图南和同来的县参议长郑礼贤到城墙四门巡视，一路慰问兵勇。他毕竟在广州穿过军装佩过手枪见过战场，见这些从大山里刚走出来的年轻孩子们拿枪像拿锄头，举刀如举镰把，一个个望着从娘肚子爬出来没见过的几十里大平畈出神，他忽然想哭。他把正在招手致意的罗图南拉到一边，说："叫他们撤回东山去吧。"

罗图南以为自己耳朵里爬进了虫，问："你？"

钟培炎说："两千多东山子弟的性命呀！"罗图南一惊，明白了他的意思，低下他额骨高高的头。

钟培炎说："守桑埠本非他们职责，又从没见过战场。万瑞麟攻城时，不要下令抵抗，就让大家各自做那俘虏，留条生路，回东山给爷娘尽孝去吧……"罗图南说："那桑埠？桑埠！"钟培炎说："上对党国，下对苍生，你的心已尽到了。天命难违呀。"说过抹一把泪，沿石阶先下了城楼。

晚上，钟培炎独自枯坐在镇公所一间为他腾出的房间里。现在是一九四七年十一月，离他在这里代表中国政府接受日军投降，

437

也就两年零三个月，国民党军在一年半内战中败北却已是人所共知，由全面进攻到重点进攻再转为防御。党国将何去何从呢？他不敢往深处想，唯一可以确定的是，不出两天，他将成为万瑞麟的俘虏，接着就做他那个六亲不认的长兄的刀下鬼。

门开了，进来的是跟随他近二十年的民政科长金仕仪。

"你怎跑这里来了！"钟培炎吃了一惊。

"县城闹米荒，市民围住粮栈就要抢粮了。我来请县长赶快回去开仓放粮，平息风潮。"金仕仪头发汗湿，把桌上钟培炎杯里的水倒进喉咙，就去提他的手提包，说："走吧！"

钟培炎急了，前不久罗图南为上调军粮，强行低价征购了城中几家粮行的存粮。历史上一旦抢米，接下来就是暴动了。他说："罗图南书记长那里须得告知，我不能不辞而别。"金仕仪说："这时哪里去找他？各司其职，等不得了！"推着钟培炎出了院门，拉他沿街边摸黑一路小跑来到东门，叫守门兵丁快开城门，出城过莲水河绕道铁木乡往县城走去。

初冬的夜寒一阵阵袭来，半边冷月在云朵里穿行，钟培炎回望黝黑沉寂的桑埠城郭，心头不尽忧虑。两人一路无言，五更来到县城小东门，进到城中，街上一片寂静，并不见抢米的饥民。金仕仪送钟培炎到县府卧室，说："县长先好好睡一觉，我去粮库和两家大粮栈看看，有事再来找你。"

钟培炎被人叫醒时，太阳快要落山，窗外残阳如血。他好多年没一觉睡这么久了，孔夫子可是不喜欢弟子白日卧床的，视为"朽木不可雕也"。喊醒他的是县党部年轻的邵干事，他满脸泪痕，向他报告刚刚得到来自桑埠惊人的消息：

"今天凌晨，共军炮击桑埠城墙后从西门、北门入城。没有发生大的交火，从东山过去守城的两个自卫大队、八个中队加一个小保队两千三百人全部被生俘。"

"罗图南同志呢？"钟培炎急问。邵干事垂下了头。

原来罗图南自杀未遂，和县参议会参议长郑礼贤一同被俘，上午已毫无悬念地被共产党县人民民主政府公开审判就地枪决。共军司令员万瑞麟没同意让他们暴尸示众，叫人钉了两口薄棺材，送到东门外莲水河边埋掉了。

"被俘的东山子弟呢？"钟培炎抹了把眼泪。他对罗图南的死没有感到意外，这是前天自己和他做出的共同选择，只是庆幸他听信了自己的劝谏，在殉职前放弃抵抗，为他带去的两千三百个东山子弟留下了性命。

邵干事说："共军优待俘虏，为他们造了早饭就释放遣散，也好节省粮食。他们大多被诱骗参加了共军，领路费回东山的只有四五百人。完了。我们完了……"

钟培炎没有心情去饭堂吃晚饭，他知道罗图南的今天就是自己的明天。忽然记起搞减租那年，正是金仕仪，引自称他表弟的一个野猫样的人来，唤做"黑子"，带他到西后街来福客栈去见万瑞麟，瑞麟要他脱离国民党跟他一起去干工农军，又要与他做那"退避三舍"的约定——苏区、清区以莲水河为界……为打石原征二也是金仕仪自请只身去寻找万瑞麟。不声不吭卖力减租赈灾、办农协袒护佃农打压豪绅是他，处心积虑阻滞设立乡村保甲连坐防共的是他，长期暗助导向他亲共避共、想方设法拖延压扣县自卫大队和陈守义团粮饷的是他，追随龟头河抗战暗盯宋启轮国军，扛电台，藏粮食的也是他……谁知他还偷天换日塞给了万瑞麟多少钱粮？昨夜领他出桑埠恰是走的东门，只那一处没有万瑞麟的攻城部队。

他似乎明白了昨夜发生的一切。金仕仪？……也难怪，共产党人的耐力，硬是比得了沉睡在泥土里的石头。

金仕仪推门进来了，手里掇着一碗敞着热气的擀面。

"告诉我，你是什么人。"钟培炎垂下眼帘，不去望他。

"民政科长。吃吧。抢米风潮过去了。"金仕仪搁好碗筷，像平素一样没有表情地朝他点点头出门去了。

竺宜君收到表嫂来信，要她和天香去汉口过春节。宜君掰起指头，算来已是民国三十八年元月，西历刚进一九四九年，阴历仍在戊子年腊月初，就打算过完腊月二十四小年去汉口。

一到腊月二十，闵东小镇上一派繁忙，沿街摆满了鱼肉蔬菜香纸鞭炮，米店、布店、酒店、酱园铺、挂面坊、豆腐铺前的招贴都换新了，街后的柴炭卖场一片喧闹，办年货的人们熙熙攘攘摩肩接踵，相互喊："没日子了！"一脸郑重来去匆匆。当年孙家减租散田至今已二十余年，闵东农户大多早已是自耕农，一些善耕勤作有点算计的农户，经过一两代人省吃俭用，家道渐见殷实起来，不少农家已是小康有余，周边四乡人家嫁女都请媒托亲，希望嫁到闵东来。每天清晨对镜梳头的闵东媳妇，优越地笑那山里娘家女人说的，"你天天拢头也不怕扯得头疼？"

孟管家昨日已扫过各间房屋"沿尘"除旧更新，今早到院前摆张桌子替人写春联。天香裁着红纸，他们的两个孩子领着花狗赛虎在旁嬉闹，男孩七八岁了，女孩四五岁，从小拜宜君为干娘，孙家便是自家。每年这时，凡孙家从前佃户都来这里取春联，是不收钱的。早年少爷们十来岁就给农人写春联的。

腊月二十四，大街小巷家家户户响着"咚咚嗒嗒"欢快的剁肉糕的砧刀声，过年的气氛在节前掀起一个醉人的高潮。

古城"剁肉糕"的传统总有数百年，相传乾隆皇帝微服南巡路过此地，想吃鱼肉又不能让百姓看出，随行厨子将鱼肉剁成泥沫，以苕粉拌水放盐打芡蒸作糕冷却携带，吃时切成四寸来长厚片重新蒸透浇汤，或汤锅煮食，又滑软又弹劲，那美味真是人间少有。传到民间，古城人过年家家户户无论贫富都要做点肉糕，成为春节前一年一度的仪式。凡礼宴称作"肉糕席"，无糕不成席，一道小炒"和菜"后，第二道菜就是大海碗上码砖似的围码整齐摆到八寸高的浇汤肉糕。正月有远道或尊长拜年客来，主人都要端上一碗肉糕请品尝，称作"用茶"，客人一般只尖起筷子吃一块抿一口汤表示用过并加夸赞，主人也就笑吟吟收进厨房倒回瓦罐暖着，下位客人来好用。

宜君想多做几笼肉糕带去汉口。二十四日早上，土厨师换上干净衣裳将锅案用具洗净，郑重地剥鱼剁肉。按照风俗，一年一度的肉糕蒸得越发越厚，就预兆明年家运发旺事事如意，若是蒸不熟夹生，那就再蒸多长时间也发不起来，又薄又硬一煮就成渣沫不能作用，这就预示着这家人来年必有凶灾。因此做肉糕时全家人都会心怀敬畏，观看守候以表隆重。

宜君和孟管家、天香领着孩子早早来到厨房，笑眯眯等待第一笼肉糕出笼，准备象征性地每人尝一小块热肉糕后完成仪式。王厨师以善做肉糕闻名乡里，从未有过闪失，今天他不知怎么有些紧张，眼见火候已到，又续把火冲上一阵，这才揭起笼盖，顿时大惊失色——一格肉糕如蒸前一样冷湫湫爬在笼底，又薄又硬。王师傅颤抖着手用刀划开沿切口细看，肉芡夹生没有成形。他汗

441

浡浡盖上笼盖，添水旺火猛蒸，一炷香后重揭笼盖，那肉糕依然冷薄如前。孟管家神色慌张一声不吭。

宜君一直看在眼里，心想明年孙家难道又有什么厄运不测？她呆立不言，转念我孙家上不愧天地，下无愧世人，为什么厄运偏要一次次找上门来呢？我就不信这个邪了！她走到灶前，将压在笼盖上镇邪的菜刀拿过举起，喊一声："你敢来欺负好人！"就"啪"一声将刀重重拍在笼盖上。

警惕在一旁的家犬赛虎低呜一声蹿到灶前，朝蒸笼"汪！汪！汪！"吼叫三声。王师傅一愣急忙添水加火，不一会儿蒸笼"噼啪"作响大气蒸腾满屋飘香，再揭开时，那肉糕厚增数倍又发又透，都快撑起笼盖了。大家惊异中松了一大口气，欢欢喜喜尝着热肉糕。

宜君记起，后院那棵断续枯萎十六年的百年桂花树，今年春天忽然吐出一丛丛芽叶，到八月又开出不少桂花来。果然哩。她对大家说："否极泰来，日后孙家纵遇灾祸，苍天也会护佑，总会逢凶化吉的。"

腊月二十五，宜君和天香在马车上颠簸一天，来到汉口丹水池钟培炎表兄家已是傍晚。八九年没见了，表嫂念的就是宜君，高兴地连忙迎进安顿。二奶奶淑媛喊家驹快来见他妈，家驹朝宜君鞠个躬，喊声"妈妈"就站到一旁。宜君猛地一惊，觉他长大了那眉目五官及至神情举止，就是当年的孙韶光，她目不转睛注视他，忘了喝茶问话。淑媛说："这伢按十月出生算，满十六岁了，在万松园念高中一年级呢。"宜君拉着家驹的手说："让妈看看你……"韶启的两个孩子，男孩随着家驹取名家骐，十一二岁上初中，生得文秀像个女孩，妹妹家玉在上小学，都过来行礼见过伯妈。当夜大家说不完的话。

第二天二十六。宜君说想去看看侄女竺方良，她两年前考上省立第二女子中学，因祖父和奶都已辞世，家道中落不想报名，是她坚持送来武汉读书。淑媛说方良来家见过家驹的，生得漂亮像她姑，放寒假回去了。

一大家人往球场街看街景。宜君感觉汉口平时比乡下繁华，但过春节的气氛却一点也看不到，居家不过早已在屋檐下晾几挂腊鱼腊肉，便和平常一样悠闲自得，全不像就要过年的架势，就觉汉口人其实过得也没什么大的滋味。表嫂说那就去看黄鹤楼吧。大家坐轮渡过江上武昌蛇山，循石级攀登，来到一座不很高大却见气势和精美的木楼前。原来这楼并非真正的黄鹤楼，却是清末两湖人士为纪念湖广总督张之洞，在黄鹤楼遗址附近修建的"奥略楼"，清朝同治七年（1868）重建的那座宏伟的黄鹤楼已毁于光绪十年（1884）。人们出于对那"天下第一楼"的怀念，把这座楼当成重修的黄鹤楼，几十年来也就随俗民间了。

进到大堂，有摄影师朝他们微笑，表嫂说："快来照个相吧！"拉宜君在中间坐下，大家坐立摆好，灯光闪过，接过相师凭据，又兴致勃勃上到二楼。木壁上挂有古今迁客骚人的字画，宜君略通诗文，见一幅字迹很像老太爷的字，家驹说："这是唐代崔灏的诗，黄鹤楼因此诗声播海内。"就转身面朝窗外，远眺长江吟诵起来：

> 昔人已乘黄鹤去，此地空余黄鹤楼，
> 黄鹤一去不复返，白云千载空悠悠。
> 晴川历历汉阳树，芳草萋萋鹦鹉洲，

日暮乡关何处是，烟波江上使人愁。

　　家驹诵毕眼中满含泪水。宜君看他像是想起自己身世，他是在冥思无处寻觅的生身父母，还是怀念抚养他的可怜的奶奶？……系马岗那跛脚木匠，要是知道他的长生已出息成人该多高兴，不知木匠还在不在世。还有他的亲妈沈立群，那个喝了大胡子马克思的迷魂汤，狠心丢下骨肉野到外面去"革命"的婆娘……不禁黯然神伤，为可怜的儿子流下泪来。表嫂笑着扯她说："看你，难怪说女子不能识字，念几句诗就能哭起来。"

　　晚上天香学酒席样子，蒸码了半尺多高一大钵肉糕，浇上汉口人最看重的排骨藕汤，撒上葱花端到桌上，大家你一块我一口刚尝过，就一个个叫绝，韶启到汉口多年欠的就是这口，表兄喊："此诚天物也！"都有了在乡下过年的感觉。

　　翌日腊月二十七，宜君早起，见韶启和表兄往门前三轮车上搬放好几捆麻袋，就说要搬什么都来帮忙吧。韶启说这是钱，宜君惊问："买么事要这多钱？"韶启说办年买点米面。宜君忙喊："表兄表兄！你也太客气了，拿这多钱去买东西，哪吃得了？"表兄边捆车边摇头笑着，表嫂扯她回屋说："这叫金圆券，不值钱的，一车钱买不了两袋米，还一天一个价在跌，赶明日怕半袋米也买不到了。"

　　宜君惊问缘由，表嫂告诉她："听说政府跟共产党打内战打输了，急着要钱，美国人也懒得管了，今年八月，就要国民把金银和法币都交到银行兑换成金圆券，说这就是爱国。一些官员来我家劝说催促，说不把金银换券就要没收，还要捉去坐牢。你表兄写信去问培炎，培炎回信说这是天下兴亡匹夫有责，你表兄就要我把金银物什拿出些来，送去换成了这废纸。你看这……"

宜君听得目瞪口呆，怪培炎不该瞎出主意，想起两年半前万瑞麟来家对她说过的话，这国民党的气数，怕真的是快尽了。又想就凭这事，乡下也比城里好，就没见人来逼她换这什么券的，就说："都回我家过年去吧！我家一头猪，在这里一车钱也怕买不到。"表嫂笑着说："接你来过年，反倒跑你那去了。我也一直想去你家看看的。"淑媛说："我出来八九年了，正好回娘家看看，伢们放寒假，就都回去过个热闹年吧。"

韶启和表兄拉米回来已是下午，说买米抢购的人太多，该早几天去买回就好了。听说都想回去过年也动了心，表兄说："我也该去看看培炎了，眼下时局，也好听听他的说法。"就出门去电话局给钟培炎通电话。

夏历戊子年腊月三十，已是阳历一九四九年一月二十八日，宜君家晚上吃团年饭，钟培炎如约赶到了。

院外街巷鞭炮爆豆般"噼噼啪啪"此起彼伏。一大家人来到院前，看孟管家贴好红对联挂上灯笼，回到屋来，在香案前敬过祖宗，相推入座。十几个大人小孩分别围了两桌，孙府已好些年没这多人在一起热热闹闹过年了，谦让间其乐融融。

肉糕上桌了，人们争先恐后往嘴里塞，钟培炎咬进一大块差点呛在喉咙里，满桌笑个不停。大家心里早把培炎当作大奶奶的老相好，韶启觉他更像是个"姐夫"，大家亲戚般相待，言谈并无拘束。宜君明白那意思，只是笑着，也不去说什么。

很自然说到金圆券，谈到时局。

钟培炎搁下筷子，忧心忡忡地说："形势非常不好，江山就要易主了。共军近几天内就要'和平'进入北平，元旦日蒋总统发表文告引退，以李宗仁为代总统。中央军最后的精锐八十万人，就在二十几天前，在徐蚌会战两个月内被解放军全歼。现仅凭李宗仁桂系三四十万人和刘峙、汤恩伯少量嫡系困据江南，另外就只剩鄂西宋希濂、陕南胡宗南的二三十万人了，总共不足百万，根本不是共军三百多万大军的对手。明年是己丑牛年——农民，农民胜利了……"

表兄惊问："风雨飘摇，蒋总统这时怎能引退？"

培炎叹道："总统比谁都清楚，国民党人心尽失，军心涣散，大势已去，大陆不可为矣！'外乱避川，内乱避湾'，已预派陈诚去经营台湾岛，徐图恢复……李宗仁准备迁都广州，他欲与中共议和是不会有结果的。南京，上海已是孤城，解放军过江也就是三两个月的事了……万瑞麟的地方共军事实上已控制了鄂东大部分地区，我这县长早已是徒有其名。"

表兄就问钟培炎的打算，培炎说："现在何去何从已不由人了。我一身清白，总不能像那些贪官污吏，卷起财宝跑外国、香港去做寓公吧？去台湾又不够格，如今大难来时各自飞，谁还管到我这芝麻官头上来呢？……在广州国共合作时转入国民党，谁知后来分道扬镳，不共戴天。唉！"

宜君忧虑地望着他，说："早年我问过万瑞麟这事的，那时你办减租差点遭人暗算，他说你是一步走错，步步皆错呢。"钟培炎沉吟说："加入国民党我没有后悔。这个党是后来丧失信仰，变质了，腐化了，以致败亡。共产党今后也难说能否避免这样的命运……"

他回到现实说："万瑞麟拉起的鄂豫纵队一两万人，随解放军中原军区参加徐蚌会战去了，共军称这次大战为'淮海战役'，打赢了，估计万瑞麟不久就会回到他这老地盘来。这回我该成他的俘虏了。去年在桑埠本要做他俘虏的……"

宜君说："怪不得两三年没见他个人呢……"她对万瑞麟也就放心了些，担心着钟培炎的眼前，愁道："万一解放军打过来，你就住到我家来吧，你又不是军人，人家也不会把你怎么样的。"钟培炎摇头："军人效死战场是他天职，双方对等明打，自古至今胜者是不以败军为罪的。最不待见的就是我这种地方小官。"

宜君听了心里一惊，心想日本人投降那年，培炎要是去汉口做那教育厅的副厅长就好了，官越是大，共产党相反待见。还是自己连累了他。

这就说起大家下步打算。

二奶奶淑媛说她父母都老了，这次回来想回娘家住上半年，也好孝敬一下二老，说她父亲是设在桑埠镇的古城县邮政局局长，也就是个领薪水的职员。国民党共产党都是不扰邮政局的，连日本人也让邮局营业，住在她娘家没什么担心的。宜君说那当兵的万一要抢怎么办，淑媛说她父亲曾冒险偷偷替新四军通邮，有个姓赵的营长写了一张纸条给她娘藏着，说以后如有共产党来抄她家，就拿这张纸出来，人家就会保护她家的。宜君就不阻拦她回娘家去住了。

钟培炎叮嘱孙韶启一定不能留在家中，要宜君也去汉口，说："共产党以后会怎么搞，我还不摸底，但照北方传来消息，对敌对分子和乡下富人是很严厉的，在大城市就平和多了。"表兄劝钟培炎趁早辞职，去汉口和他一起经商算了，图个平安。

钟培炎自一年前被金仕仪催迫夜离桑埠，每想起罗图南就有愧，说："屈原《哀郢》有言，'狐死必首丘'。抗战八年我撑下来了，如今若以地方行政长官临变脱逃，弃古城百姓于不顾，还有何面目立于人前。生死由命吧，'黄巢杀人八百万，在数的难逃'，要死也死在这里……"

宜君见大过年的他出言不祥，忙把话说转来："好人好报，你做县长二十年爱民如子，老天爷会保佑你的，日子长着呢。"大家连忙举杯附和，祝他吉人天相。宜君说："汉口我就不去了。我在家里，万一有点么事，你总还有个方便的落脚处……"说着还是忍不住转头抹泪。

春天在种种传言中说来就来了。林彪"四野"南下大军前锋刚到信阳休整，驻守武汉的华中"剿总"司令白崇禧就将部队退到湖南，湖北全境洞开，已无大战。万瑞麟纵队从淮海战场回师老区，会合刘邓"二野"四兵团长驱直入鄂东北，进占古城县城，再克桑埠，古城全境宣告解放。

解放军进城的前一天，金仕仪备个包袱催钟培炎快走，说大势既定，先生你再莫学罗图南，我也不便送你了。培炎深夜来到孙家，神情沮丧说："一切都完了……"

宜君急忙引他到万瑞麟养过伤的地库，快手打扫了，抱来被子用具，地库又成了个干干净净的卧房。又上去端来茶水，还有特从汉口给他带来留着的两瓶汾酒，说："你在这里安心住下，看看再说，方便时再去汉口。他们万一想把你怎么样，我就去找万瑞麟，你那年救过他的命。"

钟培炎摇头说："共产党是不讲这个的……除非莫落到他们手里。"宜君怔怔地望着他，抹着泪爬梯出去了。

34.恋古城痛别战友 赴刑场唯有杜康

万瑞麟奉命率部与刚从信阳开来的林彪第四野战军前锋一同西进，解放武汉和湖北全境。万振山再也不愿离开自己打出的苏区了，他的巧兰还在这里苦苦等着他呢。

万瑞麟告诉振山，解放军在新占领区都要实行军事管制，各级军管会是最高权力机关，主要由刘邓"二野"南下部队留任干部组成，地方军干部大都做些事务辅助工作，说："留在地方要与南下新的领导同志共事，你不合适。跟我打完仗再说吧。上级已定你任纵队第二师师长，那年受处分的事不提了。"

万振山说："这仗眼看就没打的了，师长么用。古城满街都是些北方侉子，你这一去不回，苏区百姓还指靠哪个。胜利了，从前的恩怨真的就丢下不管了？"

万瑞麟知道他又犯了老毛病，吼他说："侉子也是共产党呢！你走了苏区天就塌下来了？"

万振山僵颈说："哪个晓得他是真共产党假共产党。知人知面不知心。"万瑞麟骂声"驴子"！只好作罢，让他留下当了古城县人民政府县长，在军管会也挂了个副主任的名。军管会分配他负责"四野"过境大军七个军的粮草鞋袜支前供给。

万振山心想当着县长就好办了，对黑子说，古城总算解放了，行啦！要黑子陪他留下。黑子到底对万瑞麟这个"革命家"着迷，又不愿给人家"侉子"当那让人使唤的公安局副局长，仍跟着万瑞麟打武汉去了。万振山眼睁睁看队伍唱着"向前向前向前！我们的队伍向太阳"说走就走了，他顿时空空落落的像是丢了魂。他其实一天也舍不得自己的队伍，舍不得同生共死的领头人、亲近又严厉的兄长万瑞麟，找个角落一个人抱头偷偷哭了一场。

新政权县委县人民政府进驻在原国民政府院，门外墙壁上那熟悉的磨盘大青天白日十二角星已刮净抹上石灰，门庭上用油漆画成的鲜红五角星格外醒目又庄严。

县军管会主任兼县委书记，是解放军"二野"南下部队的一个营教导员，名叫魏景升，才二十五六岁样子，干练果断，长得也挺英俊。就是他那一口北方话让人叫娘，刚来时万振山一句也听不懂。

新解放区的头等大事是"减租减息"和"清匪反霸"。这天一早，通信员来喊："老万，俺魏书记叫你去哩。"万振山拍了拍军装走进魏景升办公室，见旁边站着一身军装的南下干部公安局长韩正义，两个人正居高临下地等着他。

魏景升来回踱着步子说："敌伪县长钟培炎他娘在逃几个月了，听说你和那家伙熟络?"

万振山勉强听懂了他的话，就说："抗日时打过点交道。"

"甭提那啥抗日了！你看这劳什子会躲到哪里去?"魏景升不耐烦。万振山说："我要知道他在哪里，不早给抓来了。"

韩局长冷冰冰地说："未必吧？据俺掌握，钟培炎与闵东大地主孙家的那寡妇，来往忒密切，你不知道?"

万振山一听这话知道不好，他早知钟培炎救过万瑞麟的命，与孙先生友好，也从没跟共产党作对，猜他可能就在孙家藏着，万一真在她家搜出，竺宜君肯定要受牵连，甚至命都不保。孙韶光竺宜君与万瑞麟的生死之交，他比谁都清楚，在游击队最艰难的时候，他曾多次去取过竺宜君资助的现洋，二十多年，竺宜君的一点家底几乎都供给了游击队。绝不能连累竺大嫂！如今轮到我来保护她了。他镇定地说："这好办，我这就带人去搜查。"

韩局长抬一下手："带路！"

万振山见他两人对他一直就这种态度，感到欺人太甚，本要发作，想到保护竺大嫂要紧，还是喉结一滚吞口气忍了。

钟培炎藏在宜君家三个多月了，一直没见什么风吹草动，正考虑怎样避往汉口。地库的隐秘入口在前院正屋左廊里间，这里原是孙老太太的卧室，钟培炎来的第二天早上，宜君从东厢房搬过来做自己的卧室，大部分时间就守在这上面房里，让天香把茶饭端到房间来，留心外面的动静。家犬赛虎白天黑夜伏在屋门口寸步不离。

天香见院中进来七八个解放军，院门口也布了岗，慌忙进去告诉宜君。宜君大惊，急忙走出门来，认出领人的是万振山，心中稍安，她抚一下心跳，镇定地走到院中。

万振山忧虑地望着三年不见的嫂子，大声说："你是孙家长房吧？"

宜君说："我是。长官是？"

万振山用很快的语速说："我是人民县长。有个姓钟的伪县长来过冇？未必敢躲你屋里？莫哄我哈！"

宜君从他口气中，立刻听出了来人并没得到确切的消息，只是来寻找的，明白这是万振山有意露出口风。她也快速说："哪个么县长，我哪里晓得呐。"

韩局长听不懂他们的方言，喝问："你们在嘀咕啥？"万振山说："我问她哩。"韩正义一挥手："搜！"几个公安战士拔枪到前后院各个厢房搜过，回到院中说没有。韩正义问搜仔细没有，都说搜遍了，他就径直迈过台阶走进正屋，命令再搜。

竺宜君抢先走进房中在床沿坐下，对着房门口说："这是我的睡房。你们，要进就进来吧。"

万振山来过孙家多少回，清楚记得竺大嫂以前不是住这里，是住前院东厢房，正屋这间房通有地库，他当年就是在这里背万瑞麟下到地库养伤，心里就明白了。他在门外迅速扫一眼宜君身后屋角那只大盖柜，见柜面灰尘上有用手移动过的印迹，心慌了一下，快速打着主意。

两个战士正要进门，万振山半遮门前说："人家一个寡妇，我们是解放军。"两个战士就止步了。

韩局长知道万振山是在拿解放军纪律说话，就不能不有所顾忌了，又觉得不能受他限制，僵着脖子说："谁说寡妇就不能搜啦？"硬要一个人走进门内，打量了一下，又弯腰看了看床底，这才走出房门。

韩正义喊竺宜君到院中叫她站好，说："给我放老实点！钟培炎他娘的跟你不明不白，要是来了，立即报告，不然连你这地主婆一起抓了！"

竺宜君哪曾受过这般羞辱！她横了心，大声说："我丈夫也是干革命死的！"

天香见大奶奶气得脸煞白了，跑过来扶着她，朝韩局长大声喊："我家大少爷也是共产党！比你的官大哪儿去了！"

韩正义吼："你家还有人革命？骗谁哩。"

宜君不依了，她从没感觉到今天这样难以抑制的激愤和冲动，她朝韩局长走近两步，高声说："什么不明不白？你给我说清楚!"

这时黄光一闪，温驯的家犬赛虎突然一跃三尺俯冲过来，挡在宜君和天香前面，朝韩正义按伸双腿高抬后身，毛发倒竖，低声呜呜着，它一反常态，虎豹般目露凶光。

韩局长没想到这美妇人倒见过事，想一枪毙了那狗，万振山喝开赛虎。韩正义说声"你自己明白"，转身了。

出院门时，万振山走在后面，又用很快语速对宜君说："钟培炎是要犯，连省军区的万司令都在问他下落。我们还要来搜的，莫默叼解放军好哄。他怕是早躲远了呢，算他个怂货灵醒!"

韩正义回过头疑道："你又在嘀咕个啥？"万振山说："我要她遇事报告。"

竺宜君听他们吉普车已走远，不敢耽搁急忙关紧几道门，移开盖柜下到地库来，说了刚才惊险过程，说万振山好像当县长了。

钟培炎镇定地说："你这里不能待了。万振山做不了主的，他是暗示叫我快走，还暗示了万瑞麟就在武汉，是省军区司令。"宜君急道："到处是解放军，你还往哪里躲？"钟培炎低头不语。

宜君从万振山神色话语中，也明白培炎在她屋里是躲不下去了，焦虑中忽然想起说："我弟媳胡淑媛正在桑埠娘家，邮政局又没人去搜，这里也离得不远，那就先到她那里去避一避？要不然就去我娘家。"

钟培炎担心说："那岂不连累人家？"宜君说："么时候了，都是一家人呢，这时还能找哪个呀。"钟培炎说："你娘家我不如淑媛熟悉，只有去她那里了。今天下午就走，白天走相反安全，要防人家杀个回马枪。"

宜君记得团年时淑媛说过，有新四军营长给她家写过保护纸条，心想不至于出大事，就连忙替他准备行装，收拾包裹盘缠。

钟培炎化装成一个小贩，一身青布短衣背只褡裢夹把油伞，一顶青布瓜皮帽像块西瓜皮爬在头顶，罩不住他那填满诗书和"主义"宽阔高耸白晃晃的额头，样子不伦不类很滑稽。宜君正想笑，他双手扶着她肩拢近，流泪说："我要是死了，来生接着等你……"宜君就哭起来。

他这回没有念古诗，还忘记了会写白话诗的郭沫若。

钟培炎循小路来到桑埠镇北门口。在这个四年前他接受日军投降举行隆重入城式的城楼前，有约一个排的解放军在城门洞内外把守着。门洞口摆着一大碗水，对进城的人一个个指着那水问这是什么，回答是"水"的人让站在左边，回答是"薯"的都站到右边。

钟培炎清楚唯有县城内方言把"水"发音为"薯"，知道这是在辨别从县城逃来的人。一个解放军见他面色苍白像多时没见阳光的样子，有些怀疑，扯过去指着大碗喝问："碗里装的啥!"钟培炎伸头看了看，不急不忙说："水。"那战士有些失望地把他推到左边。

这时从城内走来一个背着个大包袱的男子，白白净净清清秀秀约三十二三岁，朝门洞提心吊胆张望，像要出城。一个战士一把将他扯进门洞，喝问："往哪里跑!"那男子浑身哆嗦，指着身上的绿色棉布背心说："莫打我，莫打我! 我是邮差，我是邮差……"一个腰插手枪排长模样的走过来，看了看包袱里的信札说："都不准出城了，谁让你还送信。"就叫男子挨钟培炎站到左边。待左边站有二十来人了，排长就叫他们这些说"水"的人走了。

刚好，钟培炎不用问路引人注意，跟在邮差后面两丈来远，来到镇东门河堤下的邮政局小院。胡淑嫒认出这小贩是钟培炎，急忙引到房里坐下，知道是来躲避，走过天井小院去往前屋，到营业房跟她父亲胡局长说，大嫂的知己钟先生来了。

县邮政局一直设在"小汉口"桑埠镇。胡局长五十几岁，是桑埠镇人人皆知的善良老人。他早知钟培炎官声廉明，又是沾亲带故，就进院来与钟培炎说话。

钟培炎行过礼惭愧地说："培炎唐突，牵累局长老人家了。"

胡局长说："钟县长是好人。那年还是你和万旅长救了我女婿的命，我女儿女婿多年避祸汉口，全仗县长和表兄关照。我这里院小也没处好避，你就换上邮政局工服，有人问就说是送信的邮差就是了。"培炎连忙道谢。

韩正义局长得到举报，说桑埠邮政局有陌生人来，钟培炎与邮政局长之女有亲朋关系，不知是不是他。这回韩正义没有惊动万振山，带人驱车直奔桑埠，将邮政局四周把守起来。韩局长走进街面营业房问："谁是胡局长？"胡局长正在一沓信函上盖日戳，欠起身说："老朽就是。"

韩正义令胡局长将十来名邮局职员都集合到天井下长方形小院中，交出名册。他翻开名册说："点名的人回答'有'，站到左边去！"胡局长知道不好，哆嗦着站在旁边擦额头的汗。

韩局长开始点名："郝庆海！"一声"有"，姓郝的分发员战战兢兢走到左边，接着点："明家华！""蔡祖德！"随着一声声"有"，左边已站了五六个人在发抖，不知这是要枪毙点名的还是不点名的。答应姓蔡的正是几天前想出城送邮的职员，这时那张清秀的脸已吓得卡白不敢出气。

不等点完名，身穿邮差背心的钟培炎往前走了两步，坦然说："我是钟培炎。一人做事一人当，这事与胡局长无关，是我强迫他留我在这里的。" 胡局长早已面如土色，不能应声。

韩局长令人给钟培炎戴上手铐，笑道："你他娘还真够聪明的，知道躲到邮政局这八杆子打不着的地方来。人民的天罗地网，你跑得了吗？"命令战士："胡怀卿逮捕。钟培炎押回县里去！"一个小脚老太婆伸着一张纸条颤巍巍跑出来，人都走了。

钟培炎蜷在牢房一角，感觉关在这里约有一两个月了。既没有人提审他，也没人来探监，更没见人劝降，或拿来纸笔写坦白自首书，如国民党抓到共产党那样。冰冷的脚镣手铐，让他明白这是死囚。

他回忆着自己这四十四年短暂的一生。书香官宦之家的童年；武昌师范与孙韶光、万瑞麟少年风华，欲改造社会，大济苍生的抱负，追随共产党人林育南、施洋投身劳工运动的激情；广州如火如荼的革命岁月，在那里聆听先总理孙中山先生演讲，对"新三民主义"从认知憧憬到无限信仰，因而脱离共产党加入国民党，激扬文字，为中央起草政治文件和北伐文告的才华；武汉分道，任古城县长二十一年有余，减租，办学，助农，济贫，首创农村金融合作，新生活教化，抗战坚守龟山国民政府的艰辛……

他更思念着自己的毕生至爱竺宜君，担心他死后，她再怎么活下去……虽没见人送来上路酒肉，但他能从看守和匆匆出入军人的神情与大牢笼罩的杀气中，预料死期也就在这一两天了。

他席地而坐，伸手从两个月没换过发出馊味的贴身上衣里，慢慢摸出一叠丝绸，抖着手小心展开在双膝上——是孙韶光留下的那幅刺绣玉兔图。

十一年前红军在龟山改编为新四军，万瑞麟从万振山刀下放他下山时，脱下套在他身上的那件上衣里，果然有特意留给他的这方绣帕。那夜与万瑞麟叙旧回到县府，他拿出衣服，见到了这幅血染的玉兔图，他明白了一切。万瑞麟枪林弹雨随时会死，只有交给他来保存。染红的玉兔显然不能让宜君再见到，瑞麟既没明说，必有缘由，还得还给他。他找到一家绣坊，绣工先用绣针逐根丝线间剔刮了凝血，再用专洗丝绸的配方清水反复漂洗晾干。绣帕虽无法还原，但已洁净如初，桂花枝头下红花绿草间的这对玉兔清晰醒目，只是披着一层淡淡的桃红。

这对玉兔，将在他的身上再次染红。宜君永远见不到她的玉兔了。孙韶光从没给过她向往的安宁，自己原本有望替韶光做宜君身边的那只玉兔，如今却要与他相会黄泉……万瑞麟倒没有被枪弹夺去性命，却在他得胜的日子，身上再也不会拥有他珍藏过七年的玉兔……

他拿绣幅去接探进的月光，一对安详的玉兔温顺感激地望着他，钟培炎不忍再看，叠好了放回贴身衣袋。他正好去往天国，将玉兔还给孙韶光——那个枉为人夫，唯剩信仰的共产党人！

外面传来雄鸡千年不变尽职尽责的啼叫，三更了。钟培炎无法入睡，他忽然想起，他早年信仰共产主义的引路人之一恽代英，在南京雨花台就义前曾写下一首诗：

浪迹江湖忆旧游，故人生死各千秋。

已摈忧患寻常事，留得豪情作楚囚。

　　黄埔教官出身呢，从容生死，气贯长虹！他就也有点想咬破手指，在这墙壁上题几句诗，或将留传后世，却怎么也找不到慷慨就义的感觉——不过是"败者为寇"而已，顶多，也就比那《山海经》中"夸父逐日"，道渴而死，弃其杖，化为邓林……遗憾啦！他摇着头想，念道：

　　既莫足与为美政兮，吾将从彭咸之所居……

　　他并没有那种将死的恐怖，何况这回不是砍头，仅是对好心脏打一枪。宿命至此，死亡与活着已没有太大的区别，只是依然难舍，更严重的是，死而不得其所呀！一生沧海意气，而今正值春秋年富即丧其元，连个杀身成仁都没摊上。人家解放军自信是为穷苦人民打天下，自己就成人民可耻的敌人了，冤哩！倒不如十一年前为合作抗战上龟山劝和时，让万振山砍了的好！虽身首异处，那还能留下个国难死士的名节呢。
　　那些古今国士死节前的诗句仍在固执地涌来——文天祥：人生自古谁无死，留取丹心照汗青；谭嗣同：我自横刀向天笑，去留肝胆两昆仑；唐才常：慷慨临刑真快事，英雄结局总如斯……
　　昆仑乎？慷慨乎？何"英雄"之有，唯丹心可鉴，而不为世人知。遗恨啊！对西方近代浪漫主义英文诗少有眷顾的他，这时竟记起惠特曼的诗句：

　　船长！我的船长！可怕的航程已抵达终点……我的船长在

甲板上躺下，冰冷并且死亡。

他终于战栗。想到当宜君闻他死讯，是如何承受得了，他怆然大喊一声："苍天啦！"声泪俱下……

牢门"吱呀"一声打开了，一股亮光射进来。韩正义局长站在门口，懒懒地说："出来吧，还想个啥？"

这是枪毙。钟培炎慢慢站起来，整理一下衣服，又用手去梳拢长长的头发。依例死囚最后的要求是能满足的，他平静地说："我要见一下竺宜君女士。"

韩局长笑："我操！还够多情的呢。是在她家躲过的吧？没时间了，走吧。"钟培炎提着脚镣移上台阶，争取说："未见过堂。万县长可否一见？我有话要说。我没有与人民为敌。"

韩局长："万振山？算了吧。我知道你们是老相识，他救不了你啦！谁跟你娘过堂。"

钟培炎只好作最后的努力。最适合就义的《国际歌》显然不归他唱了，孙韶光、万瑞麟可以唱，他不行。从反清时起，国民党人死前爱叫嚷不爱唱歌。和宜君同吟过的"京华春梦，铁马冰河，去日苦堪多"也不合适，柔婉。唯有杜康。对，杜康。就慷慨说："请赐烧酒一碗。"

韩局长哂："咋？还想来碗酒？解放军可不兴这个。走吧！"钟培炎就特别地失落。

刑场设在东门外莲水河东岸沙滩，已有几千人在那里等候。

钟培炎被五花大绑押到台前，他四处张望，却不见万振山。忽然看见不远处，孙府的管家孟宪忠正泪流满面朝他张望，明白了必是竺宜君得到消息，让他赶来为他收尸的——直到这时他才意识到，大概几分钟后，他真的就要"更生"，如那船长变成一具没有知觉的冰冷的死尸。我的宜君呀！……我们没有"欢乐"，没有"悠久"……

竺宜君靠在床头，目光呆滞，天香忧虑地守在床边。

两个多月前，钟培炎和胡局长被抓走后，淑媛发疯般跑回孙家报信。宜君自责果然连累了弟媳娘家！想到培炎真的活不成了，急得团团转，叫孟管家连夜赶马车到汉口找表兄和孙韶启，要他们赶快到解放军省军区找万司令求救。宜君叫胡淑媛莫急，说只要找到万司令，钟培炎一定有救，只要培炎不死，她老父也就不会有事的。

孟管家去汉口告急时，武汉刚解放才十多天，省军区临时驻地压根找不到万瑞麟，听说他又去宜昌打仗了。韶启和表兄急坏了，要孟宪忠先回去，说他们每天到军区院外去守侯。在焦虑等待万瑞麟消息的这些日子，宜君寝食俱废，也就剩半条命了。她不敢想的事情还是来了，那解放军，今天真的就要杀他，真的就不让他活了……他真的活不了了……

桑埠邮政局小院里哭成一片，营业室早已关上了门。听说今天在县城枪毙完钟县长后，军管会接着就要到桑埠来公审枪毙邮政局胡局长，人已捆好只等时辰，桑埠镇大街小巷少见炊烟，人们为这个大好人这样死，关门闭户难过得吃不下饭。等着收尸的棺材停在邮政局天井小院，来不及做油漆。胡淑媛哭得死去活来，说全是自己连累了慈父，本想回来尽点孝，没想到是来给他老人家这样送终。

县城东门外刑场上，军管会主任魏景升一身军装，腰别手枪袋，阔步走到台前宣读罪状，凡国民党军、地主恶霸，还有那个约他去桑埠与万瑞麟"做殊死一搏"的罗图南，欠下共产党和人民的血债，自然都记在他这个倒霉的时任县长头上，当然包括第一任县委书记蔡日新同志的牺牲。魏主任最后拉长嗓子，用他那令古城人特别敬畏的北方口音尖声喊："判处死刑，执行枪决！"

钟培炎感觉背后一凉，知道是插斩标，他仰头长叹一声："培炎无愧，宜君保重……"这是他又一次死前抒情。

正这时台后有人高喊："慢着！慢着！"一个军人急匆匆从台后堤上跑来，拨开人群跑到连接河堤的大台，喘着气给魏景升递上一张纸条。魏景升接过去，见是一张电报译单，扫了一眼骂声："扯蛋！"将电报揣进口袋，走到台前大声说："接上级通知，反革命犯钟培炎罪大恶极，仍有重大敌情隐瞒未报，还要继续审问，死刑改日执行。散会！"

台下议论纷纷，人们猜测传播着，遗憾白来一趟。

孟宪忠把自己的眼睛使劲擦了又擦，又狠掐脖子上的皮肉感觉到好疼，确信不是做梦，急忙挤出人流，跑回闵东去向大奶奶报信。途中遇上大雨，他浑身透湿越跑越快。

竺宜君靠在床上，见宪忠落汤鸡般跌跌撞撞进来，脸就煞白了，天香连忙揉摩她的心口。孟宪忠上气不接下气喊："没死！没死……钟先生……没死。上头……来信了！"宜君吐出一口长气，头一垂歪在床上昏睡过去。

万振山从军管会议上知道钟培炎已在桑埠抓捕，等到鄂东几县敌县长和党部书记长抓齐了，将同时分别就地枪决。这事魏景升竟不向他通报。他庆幸着不是在竺大嫂家抓到的，幸亏那天暗示他快走！上午连公判大会也没通知他，他心中愤然，但觉得不去也好。中午听说钟培炎并没枪毙，有电报来，他估计必与万瑞麟有关，长长嘘了一口气——这钟培炎，其实算个好人哩，当国民党打鬼？

钟培炎从刑场回到牢房，一身冷汗还没干。今天他刚做完一场真正的噩梦，插过斩标的颈背老是凉飕飕的。上午刑场散去后就下起大雨来，牢房地上更见潮湿。中午有人来牢里搁了床铺被褥，还去掉了脚镣。他仍不知能否过此一劫，说的是"死刑改日执行"。他想这一定有什么重要的缘故。

雨说停就停了，一束阳光慨然从墙顶猫洞大的窗口射进来，将整间屋子照亮，钟培炎心中升起生的希望。要是有点酒就好了。

第三天早晨，韩局长又来到牢前。钟培炎见他不像要杀人的气势，旁边也没有跟着荷枪的士兵，看来不像又要去刑场，提着心站起来等候。

韩局长说："送你娘异地关押。走吧，你有酒喝啦！"

35. 会宜昌怅还玉兔 趋险境诚服旧友

钟培炎戴着手铐，坐在军管会那辆弹痕累累的吉普车后座，左右各一名解放军，韩局长坐在副驾驶座上。他不知道要把他押解到哪里去，但知道车是在向西通宵行驶，经过汉口轮渡汉阳没有停留，好像在赶什么时间。如仅是异地收监，韩局长是不必亲押的，他又惶惑起来，未必是集中处决？天亮时，他从指路牌看见快到沙市了，沉寂的山野和零落的村庄正越来越快地向后移去。

韩局长忽然打破一天来的沉默，回过头问他："你和竺宜君那婆姨，是什么关系？"

钟培炎一惊，想了想答："报告局长，我与她丈夫孙韶光在武昌同过学。"韩正义说："就这？"钟培炎说："曾为减租，办学等事有过联系。"

"不老实吧？前天枪毙你，你死前求我还想见她一面的。"韩局长话音里既有疑问，也有嘲讽。钟培炎只好说："她家老太爷去世前曾想她嫁给我。我们是有多年的来往。关系是清白的。"

韩正义说："谁信哩！俺捉你去过她家，看得出她是个有身份也有胆量的女人。忒漂亮。你在她那儿躲过吧？"钟培炎忙说："哪里哪里！在乡下一个亲戚家避些时就去桑埠了。"韩正义就不说话了。

钟培炎见他口气平和，北方口语中还带点友好，心中稍安，就大着胆问："桑埠邮政局的……胡局长？……"

"没死。放啦！这是你问的吗？"韩局长没好气地说。钟培炎得释重负，忙说："多嘴，多嘴……"流下泪来。

车又向西走了几十里地，沙市已过，再往前该是枝江、宜昌了，沿途可见不少解放军装甲车、拖炮车和载兵卡车同向加速行驶。韩局长又突然问："你认识万瑞麟司令员？"

钟培炎这次没吃惊了，他很快意识到，前天没死定与万瑞麟有关，也必定是竺宜君向他告的急，也只有她替他急，只有她能办到这样大事。他猛然记起迎新四军进城那天，万瑞麟说过"论私情我还欠你一条命"的话，不禁打了个寒战，真是一语成谶呀！十年即见。这冥冥之中，究竟是谁在主宰呢？

韩局长说："问你话呢。"钟培炎忙说："回局长，抗战时和国军宋启轮部一起，与万司令的新四军一同打过日本人，击毙敌酋，收复县城。"

"什么国军？蒋匪军！就这点关系？"韩局长不高兴了。钟培炎说："我和万司令曾在武昌师范同学，还一同去广州参加革命。"

"果然。"韩局长笑，"你革个屁的命。"

中午时分车子进城了，钟培炎认出是名城宜昌，韩局长让驾驶员问路，是在找宜昌军分区。不多时车子绕到沿江路一个院前，韩局长出示证件，门岗打过电话后就放入了。

钟培炎下车，见屋里走出个魁梧的中年军人，竟是万瑞麟！

万瑞麟与韩正义互行过军礼，就口称"钟先生"过来握手，才见他戴着手铐。韩局长叫战士解去手铐说："报告首长，钟培炎送达！"

万瑞麟与韩正义握手说："路上辛苦了！谢你们如约把钟先生送过来，请代我向魏景升同志致谢。"韩正义说："我们是执行命令。请首长指示！"万瑞麟欣慰又赞赏地点了点头，说："钟先生就留在我这里了。这事还请严格保密，事后我会告知的。"

韩正义告辞，万瑞麟不像对待老部下，客气地要他休息一天，韩正义说还有急事，万瑞麟说："也行，你们都忙。这里还在战时，我也没法陪你，以后回老家再去看你和魏书记吧。"韩局长向万瑞麟行过军礼就转身上车，回头见万司令一只手扶着钟培炎的腰，一只手拉着，亲热不过地向屋里走去。咋的啦？

万瑞麟把钟培炎领进卧室坐下，说："我也是昨天才从武汉赶过来。"钟培炎说："前天我差点就死了，没想到今生还能与你见面。"瑞麟笑："你命大。我几天前才从当阳回了趟省军区，正好在门口让孙韶启认出来，他都快急疯了。再晚一天就迟了。我命也大，死过几回了。"

培炎说："一语成谶啊！你还真的徇私还我一条命了。我那时就躲在宜君家，恰好藏在你养伤的地库里呢！国共之争，天道轮回……"

瑞麟说："这次是想徇私也难的。我还真有大事要你来帮忙，不然凭什么要人家放人？"培炎笑道："我还能帮你什么忙？救人借口吧？"瑞麟说："吃过午饭再谈吧，你在我床上躺一会儿，两点钟我喊你。"

下午万瑞麟对钟培炎详细说了要他来助的缘故。

原来国民党军华中"剿总"副总司令、湘鄂川绥靖公署司令官宋希濂，手中尚有六个军，决心效忠"下野"的蒋介石，固守恩施屏障，欲保陕西胡宗南部南下四川与桂系会合，巩固西南以图反攻，迟滞着解放军入川。解放军决定发起"鄂西南战役"，占领恩施的作战任务，由南下的解放军第四野战军第五十军和湖北军区共同实施，由万瑞麟统一指挥，部队已在江北的枝江、宜昌、夷陵、当阳和远安集结。野战军希望省军区通过当地关系，到宋希濂部策动起义或投诚。

宋部主力第十四兵团之第一二四军所属第二一七师，兵力相当于一个军，师长正是宋启轮。他率部一万余人，驻防在恩施门户长江要塞三斗坪，以密集工事堡群扼控江峡，易守难攻。三斗坪地处长江西陵峡，在宜昌城西北八十余里，西邻秭归，崇山峻岭隔峡江相峙，素有"川鄂咽喉"之称，抗战时国军曾在那里打过号称"东方斯大林格勒保卫战"的鄂西保卫战，重创日军取得全胜。宋启轮如起义倒戈，解放军可自宜昌至秭归一百余里一举渡江，占领恩施，挫败国民党军湘鄂川防守计划，分割围歼宋希濂部，配合解放军大迂回包抄，聚歼滇黔桂川大西南负隅之敌。

万瑞麟说："请你去做宋启轮劝说工作，比谁都合适。当年施洋先生就夸你，是不让苏秦的言辩之士嘛！我从前说你怂，是恨你糊涂不过呢。"

钟培炎笑道："秀才无用。"不假思索说，"此事我可去办，并无把握。国民党后来腐败不堪，人心失尽。宋启轮还年轻，这也是去拉故旧一把。"

万瑞麟说："做这事是有生命危险的，虎口拔牙，我们为这死过不少同志。"培炎坦然道："士为知己嘛，义不容辞。就是死了，也算为民捐躯，比前几天死在解放军刑场强得多得多！"说着苦笑。

万瑞麟说："蒋介石对宋希濂这点家当看得很紧，中央保密局直接派人在军中监视师以上军官一举一动，带队的叫赵挺坚，是个反共老手，国民党死硬分子。"

培炎问："是不是沈立群的那个表哥？我听宜君说在上海就是他逮捕孙韶光，酷刑拷打，差点杀害。"万瑞麟说："是他。这人凶狠狡诈，早年我们在沈立群家曾与他见过一面，现在他应不至于还能认出。"培炎想起说："我与此人后来在广州还见过面的。这倒无妨，只要见到宋启轮，姓赵的敢奈我何？"

瑞麟说："不然，他对师长都可先斩后奏。所以我要陪你一起去，当面定夺。宋启轮我也熟识。"培炎说："你是大军指挥，不宜亲往冒此风险。"万瑞麟说："此行我已报请上级批准。有道军营凶险，说客少还。我既请你来，怎能让你个书生只身前往呢。那年在龟山，你就差点让万振山给砍了的，忘啦？"培炎知他主意已定，说："我运气总好啊。"

万瑞麟起身踱步："如能使宋启轮起义，你我冒这风险是值得的。危险在于赵挺坚，但这特务主要守在恩施监视上层，在三斗坪碰见的可能性不大。万一无功而返或牺牲，我大军就西出当阳、远安，绕道秭归北部兴山而后南取邓村，从西北侧后强攻三斗坪。这样将延长战役时间，我们的牺牲也会很大。"

钟培炎肃然点头，又想起说："孙韶启的岳翁也没死……给你说个实话吧——解放军要是杀了胡局长，你打死我我也不会替你去劝降！"

万瑞麟一怔。他知道钟培炎对于差点被枪毙依然抱屈和愤懑，想了想说："一个新政权建立之初，过头事总也难免。一九二七年'四一二'，蒋介石也这么做过。"钟培炎答得很快："因此他最终失败了。"

万瑞麟说："现在没时间议论这些了，我们研究一下行动的细节。"就起身去喊进来一个人，介绍说，"省军区警卫营长董传书。明天一起去三斗坪。"钟培炎记得他正是金仕仪那个野猫一样的"表弟"。黑子与他握手说："钟先生一路辛苦。"黑子考虑的种种细节果然缜密，难怪万瑞麟身边离不开他。

黑子做准备去了，钟培炎忽然问："那个连夜带我出桑埠的金仕仪，是不是你的人？"万瑞麟笑了笑说："是的。他是蔡日新任县党部书记长时的跨党党员，是我让他留在你那里。"

"潜伏？"钟培炎没想到他么心安理得。

"放你身边有好处。金仕仪做的事都记在你身上呢，我才好发那刀下留人的电报。"万瑞麟有些得意的样子。钟培炎不禁唏嘘，又问："你打桑埠，不想我死在你手里？"他回忆着那夜的情景。

"谁让你这怂书生还往桑埠死城里跑！我不会让你陪罗图南去为那个腐朽的政权殉葬的！"万瑞麟提起这事依然气恼，见钟培炎面露惭愧，也就打住，要他到备好的房间洗个澡换身衣服，好好睡一晚，明早就动身去三斗坪。又忍不住说："你倒会找地儿！晓得躲竺宜君屋里去，也不怕连累她。"

钟培炎有点骄傲："不躲她那里，还有命替你去劝降？只许自己去养伤，不让人家去躲命。当时幸得万振山……"万瑞麟直愣愣不说话了。

钟培炎这才记起一件该做的事，从内袋里拿出宜君的玉兔图，说："这样东西，该还给你了。差点陪我去了……"

万瑞麟在桌上展开洁净的玉兔绣幅，说："你和我想到一块儿了。当时我带在身上，也是想顺便在汉口找家绣坊复原它。多年一直卷在地图中，藏在军用皮挂包里随身带着的。"

钟培炎说："你是怕死在战场丢失了它。"

瑞麟说："一直担心的。在龟山脱衣服给你时匆忙，接着就记起来，想到放你手里正好。这对玉兔，我迟早要替韶光还给竺宜君的。恐怕得等我们都老了……她没能得到向往的生活……但我们所做的，会让四万万五千万同胞得到那样的生活。"

"未必。"钟培炎心里说，他忧郁地摇了摇头，含蓄道，"玉兔只在画中……还是早些还给她吧，不必等到都老。这绣图，宜君早年就跟我提起过的，怕是还记挂着。"

宜昌至三斗坪大山以东的长江北岸已为解放军控制，钟培炎、万瑞麟和黑子着便装乘机船溯江而上。这一带两岸山壁间古迹奇景连绵，美不胜收，素有"西陵画廊"之称，三人却无心雅赏——残酷的战争与瞬间的生死，使一切的美丽失去了意义。他们在距三斗坪二十里处北岸下船，冒小雨在崇山峻岭中循羊肠小道向小镇走去。

三斗坪是个有百十户人家的古老小镇，南临长江坐落在半山之间。宋启轮的二一七师师部设在小镇高处一家宽敞的富室民居，这里足可放眼长江东西上下数十里，远眺南北群峦。宋启轮一身笔挺军装，在沙模旁琢磨解放军可能取道发起强攻的西北部地形半天了——万瑞麟是惯于迂回声东击西的。他转到窗前遥望着漫山雨雾出神。

宋启轮原属桂系张淦部，国共重开内战，他率机械化旅与万瑞麟独立旅在大别山恶战，曾几进几出古城，又如杂牌军般四处填空作战，亲见百姓流离失所生灵涂炭，怀疑作为一个军人的价值。两年前宋旅拨归驻守钟祥天门的宋希濂第十四兵团，不久随部来到鄂西。宋希濂是黄埔一期，正当用人效死关头，他见宋启轮军校出身、带兵严整、骁勇善战，为人耿介又是同姓，将他由旅长简拔为其嫡系第一二四军第二一七师师长，为他配齐相当一个军的整编师编制装备，向上峰请以少将军衔，用为心腹。宋希濂不久前特来三斗坪与他倾谈，说蒋总统之子蒋经国几天前专来恩施看望他，现在是为孙中山先总理的三民主义理想而战，中国如落入共党之手将万劫不复，我们是忠党爱国的军人，应尽最后一分钟的责任，不能做共产党的俘虏，不能在共产党统治下过残酷可怕的生活……他怀着对宋希濂知遇之恩的感激和对战局的忧虑，重新打起了精神。

警卫进来报告说："门口有个先生求见，称是师座故人。"呈上名帖，宋启轮见贴上写着：

汉口扬子江肥皂厂执行董事　钟培炎

宋启轮素慕钟培炎信念才识，视为君子，正担心解放军占领鄂东他是死是活，见他来访先是大喜，很快就意识到必是做说客而来。他心存警惕整理衣帽，来到门口抱拳道："钟县长大驾！久违，久违了。"迎入内室请坐，说："先生怎做起生意来了？"

钟培炎说："你走不久，我表兄到古城力劝我弃政从商，我见时局堪忧，上下腐化，从政多年一事无成，也厌倦了。你知我素无妻室，去留倒也自在，就到汉口帮表兄打理工厂，聊度时日而已。"

宋启轮警惕道："先生怎寻到我这野鸡不生蛋的地方来了？"

钟培炎说："春节肥皂销售旺季将至，前些时去万县联谊中转批发商户，回来江面已封锁，过不了三斗坪。闻知恰是故人在此据守，大喜过望。"

宋启轮半信半疑，喊来传令兵嘱伙房备酒，说："最宜风雨故人来，必与先生一醉方休！"叫人快去喊龚瑾来见老友。培炎问："龚瑾仍在你处？"宋启轮说："我们结婚几年了。抗战后回了趟广西，媳妇早已不在了。龚瑾在二一七师负责机要，中校军衔。"

龚瑾依然靓丽挺拔，只是显得沉重多了，喊声："钟先生？"就上前握手，目光满是感慨惆怅。龚瑾说她不巧手头有点急事，下午过来好好陪先生畅叙。

钟培炎与宋启轮都是瘾君子，抗战时在龟头河两人夜里常小碟对酌，煞是畅快。三杯下肚，宋启轮说："那年你我和万瑞麟一起救出来的美妇人竺宜君，不是你多年相好吗？我曾在你桌前照片里一睹她的风韵。先生曾于龚瑾敬而远之，怎没和她结婚？"

钟培炎饮下满杯，长叹一声，说："离开古城前我去看过她，请同去汉口，她说要等她收养的一个孤儿再大一些，放不下。"

宋启轮说："她不和你老实结婚，倒替人养起孩子来？"

培炎说："是早年系马岗那边送来的红军遗孤。她为寻孤儿根底去过河西，亲见一片荒芜民不聊生，说那里你打过来我杀过去，人都死光跑光了，满目疮痍，穷困破败之状触目惊心。她问我，这国共说翻脸就翻脸，争斗打杀哪是个尽头，劝我莫当这无用的官了，说几时见到万瑞麟，定要劝他再不要打仗了，到哪里去当个老师。我这才决心弃政辞官。"

宋启轮听了连饮两杯，叹道："竺宜君一个乡间妇人尚知忧国忧民，况我辈……"

钟培炎说："你为军人，莫谈国是，莫谈国是。他乡遇故知，人生能几何，今天一醉而已。"宋启轮说："军人就不能谈国是？未闻此道。"

"军人唯在服从，论之何益。"钟培炎自饮一杯。

宋启轮说："钟先生不要见外，好不容易遇见你，正当就教。我知先生宦海多年，腹藏经纶远见卓识，如今时局，还想听听先生见解。"钟培炎顾其左右，宋启轮示意侍卫回避了。

钟培炎置筷推盏，正襟危坐："为兄我从政二十余年，阅国共两党，亲历亲见，早知共产党得天下乃是天意。"宋启轮肃然，问："何谓天意？"钟培炎说："自民国十七年我力行减租失败，便知国民党终必败于共产党。"宋启轮问："何以见得？"

钟培炎叹道："国民党建政后欲行社会改良，阶级调和，这在中国是行不通的，早年'二五减租法'一纸空文，叶公好龙，便是实证。共产党力行土地革命，贯彻耕者有其田，最是适合国情，故广获民心。民心即天意也，天意难违。"

宋启轮问："何以见得民心在彼？"

钟培炎说："据我一军界友人亲见，徐蚌会战，共军投入兵力不过六十万，而鲁豫苏皖数千里间，车拉肩担粮草，自愿冒死随军之民众达一百五十万之众，尚不计村村户户日夜纳鞋碾麦烙饼救伤之数千万得到土地的穷人。而国军所至，民众藏粮遁迹不与引路，此何人可挡？"

宋启轮沉思不语。

培炎又说："农民视土地如性命，予之则安，失之则怨，这正是孙中山先总理以'平均地权，建立民国'为宗旨，并遗教尽快完成耕者有其田的根由。总理是深谋远虑啊！他的主张，国民党二十余年束之高阁，拘泥于'训政''宪政'之名义，而共产党却身体力行替他办到了，故共产党自称总理三民主义真正继承者，并以'新民主主义'相号召，此非虚言矣。"

宋启轮说："共党经年作乱，又遭日寇入侵，国民党哪有工夫去搞土地改革？"

钟培炎道："大非所然矣。国民党从根子上是传统守旧的，推崇精英政治，求稳怕乱且气度拘束，对农民的疾苦漠不关心，不敢唤起民众，国家财力唯取于官僚、买办、资本家、地主与洋人，渐至沦为彼之代理人，以致与民众渐行渐远，取而无与，唯依军事。百姓是不问你称作何党，哪般主义的，只看你为谁办事。其实以政府早年力量，如真心改革土地，不出两年便可大功告成，永得天下太平啊！"

见宋启轮不语，钟培炎又说："就拿我那友人竺宜君来说吧，仅凭她丈夫孙韶光早年只言片语，耳濡目染，她一个弱女子便自行减租至一成，又贱散田地予佃户，至河西赤化无遗，而一河相隔之闽东祸乱不至，升平安定二十余年，民人感激有加。政府若有真心，何事不成，岂不及一乡间妇人乎？国民党一失足成千古恨啊！而今已是'忽闻楚歌，一败涂地'矣！"

宋启轮忽然站起喝道："你莫不是共党说客！"

钟培炎仰天长笑："为兄正是不避一死，为吾弟前程而来。师长即可将为兄押送处死，以坚心而示忠也。"

宋启轮说："我就料你这腐秀才打死也不肯去卖肥皂！"说着忍不住自己倒笑了，说，"我礼送先生乘船出境。若要我投共，如何对得起宋公知遇之恩！吾兄勿复多言。"

培炎起身道："返程就不烦师长了。为兄念在鄂东坚持七年，吾弟独当护佑之情，实不忍见师长明珠失色，故不辞此行。为兄心既已尽，这就告辞了。惟今四面楚歌，愿吾弟好自为之。"说着就往外走。

宋启轮说："且慢！同行何人？"

钟培炎道："既无转意，何必又问，莫不是要与共产党再结新怨？"

门口警卫大声喊："赵参议到！"

宋启轮一惊，已来不及将钟培炎藏匿，示意他坐下，耳语两句就转身迎往门口去。

来人正是国防部保密局资深特工赵挺坚。

赵挺坚早年在南京称为"特工总部"的军委"密调组"任职，专事对付共产党，抗战初期密调组重组为"中统"和"军统"，于一九三八年八月进入军统。战时军统迅速扩张，蒋介石信任有加的特务头子军统掌门人戴笠对他一向欣赏，任为二处上校副处长，不久升任上海站站长，在行刺唐绍仪和与汪伪特工头目丁默村的较量周旋中表现出色，戴笠将他调回重庆总部任为二处处长，抗战后授少将衔。一九四六年三月戴笠飞机失事死于戴山，十月军统改称"国防部保密局"，局长毛人凤熟知他反共心铁，手段老辣，用在身边依为臂膀。一九四九年初毛人凤奉命带保密局骨干去台湾时定他同行，他自请留下监视已经败北的国军，派来宋希濂部，以绥靖公署少将参议名义，替已下野的蒋总统看守国军在鄂西南的这点本钱。

赵挺坚令随从守在门外，径直走进作战室，问："听说宋师长有远客来?"宋启轮答:"是我一位在汉口经商的表兄,从万县返回不能下江,故来求助。"赵挺坚说:"既是旧友,兄弟我也当一见。"说着径去他卧室。

钟培炎正自斟自饮,漫不经心瞄了来人一眼,认出正是赵挺坚,乃信军中说客果然身置死生之地。复自从容饮酒。

赵挺坚觉这人有些眼熟,又实在记不起来,抱拳道:"先生有礼了。敢问来军中何干?"

钟培炎故意木讷怠慢,亦不起身答礼,转过脸问宋启轮:"这位长官是?"宋启轮答:"绥靖公署赵参议。"钟培炎"啊"了一声,饮下杯中酒慢吞吞站起说:"你们军务在身,我就告辞了。"宋启轮忙说:"表兄且慢,明天我派船送你过界。"

赵挺坚犀利的目光扫着钟培炎问:"先生经的是什么商呀?"

钟培炎复坐下,将他熟知的肥皂厂生意头头是道不慌不忙说来。赵挺坚见他说得有鼻子有眼,心中稍宽,但他岂是轻信之人,就想把他带走审问,说:"既是下江,随我的船走江右过去即可。请吧。"

钟培炎望一眼宋启轮,起身说:"正好正好!多认识一个朋友,下次上水又多一层方便呢。"宋启轮伸手拦着,说:"几年不见了,何必赶着走,生意总是做不完的嘛。"

赵挺坚:"战时军中不得会客。请吧!"

宋启轮沉下脸:"赵参议也太不给兄弟面子了吧!逐客也轮不到你呀。"赵挺坚也拉下脸:"我是执行军纪!"

宋启轮摸着腰间的枪袋:"笑话!此地军纪概由本师长执行。你一个参议,不在公署好好待着,擅入前线军营摆的什么谱?我先送你这贵客吧。来人!"十多名警卫立时冲进来,枪指赵挺坚。

赵挺坚见他耍蛮，知道这里天高皇帝远，人是带不走了的，还真有可能吃他现亏。想起行前毛人凤嘱他到军中谦谨行事，尤其在脸面上不要刺激前线军官，避免逼其走险投共，这种事情在江北战场屡见不鲜。他就想以退为进，回去立报上峰，令宋希濂将宋启轮革除职务削去兵权，绝其投共后患。就端起架子严肃说："国难当头，宋师长不要以私废公。你的客人最迟限于明晨离开，不然你就和他一起离开！再会。"拨开警卫的枪筒气汹汹走了。

赵挺坚边思索边下山向江边走去，越想越不放心，觉宋启轮这"表兄"虽是自圆其说，装得也很像，但从他那睿智眼神从容举止看压根不是个商人，更像个见过大场面的官吏，或是个教师学者。他蓦然记起，此人就是北伐前在广州再次见过面的沈立群学兄钟某！不过那时他是在国民党呀，但时隔二十余年，反水投共的党国要员还少吗？何况他与孙韶光等共产党徒交厚，如他真是钟某，定是来策反无疑！他断定钟某必有同行共党要人化装藏在镇子里，这才后悔带来人枪太少。为不打草惊蛇，他要欲擒故纵，带着几个训练有素的随从先上了船，打算开船后到远处靠岸再潜回小镇，只要共党来人现身，抓到证据，就将宋启轮当场击毙，以绝后患。

宋启轮从窗口见赵挺坚已下山上船，转身对钟培炎不无得意地说："我还怕他！"

钟培炎说："他不会走的。他没有打消怀疑。"宋启轮说："他已答应让你明天走就行了。"钟培炎说："这时只要在你这里撞见陌生人，不管是什么人，你就是怀疑对象了。据从北方战场和徐蚌会战回来的朋友说，由于成建制起义的太多，因行迹可疑立予解除兵权的将领不在少数，以致被逼投共未成而被杀的也不鲜见。"

宋启轮复到窗前用望远镜向江东看，果见赵挺坚的船在几里路外又折回靠岸了，咬牙道："这特务，他是在逼我！"钟培炎抓住时机："这是天意。师长只有当机立断了，不然恐遭不测。"宋启伦说："我如何面对宋公？"

钟培炎说："顺天者昌，逆时者亡。宋希濂长官兵不比傅作义将军多，官不比卫立煌将军大，欲以区区十万士卒孤注一掷，犹作困兽斗，实非明智之举，不仅不得留芳后世，反将贻笑大方。"宋启轮说："士为知己者死，我宁死不负宋公！"

钟培炎说："李宗仁代总统和白崇禧长官只是想宋长官抵挡一阵，以争取时间在西南聚结，不久必令他大部自恩施、利川走川鄂公路撤往万县去往川桂，以全其身，不然谁还替他们死战？那时谁也不会顾及你这远在三斗坪前线的宋师长了。对此宋希濂心知肚明，不然他的嫡系几个军怎不摆在三斗坪？"

宋启轮听了一惊，沉思良久，问："共军方面谁与先生联络？"钟培炎坦然说："正是你的一位老友加老对头。"

宋启轮惊问："你说的是万瑞麟？他也到了此地？"

钟培炎答："我能说的都说了。师长态度不明，我怎好再说别人的事？"宋启轮说："你不相信我起码的人格！"钟培炎慨然道："人家为免双方士兵枉失生命，以司令员、前线总指挥之重，不避凶险心怀大义来见你，诚可感天，何须你人格担保。"宋启轮说："你可领我去见他，不管谈不谈得拢，我都亲护你们返回。"

钟培炎素知宋启轮为人，知他绝不会做卖友求荣之事，就说："赵挺坚的人就在附近，你已被监视。你不便去，万司令也不便来。"就说了万瑞麟和黑子交代万一被监视的预案，又说："相信你们能谈得好。也只能谈好了。"

宋启轮的警卫排长扮成炊事员，挑着菜筐绕到万瑞麟落脚的镇西头一户人家，取出筐中军装请万瑞麟穿好，挑着菜筐将他领到江边宋启轮专用机船上，又慢慢登岸买了一担萝卜洋芋挑回师部，一路做得天衣无缝。黑子身披蓑衣提着鱼叉篾篓，拉开距离不离视线，一路机警环视，远远地跟到江边，坐在百米处一块石头上。

宋启轮和钟培炎从师部大摇大摆出来，钟培炎抱拳告辞，宋启轮坚持要送，培炎说："你军务在身，留步吧，我十天左右运肥皂上水，再来找你放行。"宋启轮说："机船还在等着加油，我到船上陪你待会儿吧。"

两人来江边进到船舱，万瑞麟与宋启轮握过手开门见山说："你已被监视，只好长话短说了。"宋启轮说："你们的安全我负责任。"

万瑞麟目光炯炯："生死早置度外，唯义是举。你我都是军人，只谈军事，国共是非先不去说它了。我只说两件事，第一，江南已无大战，传檄可定。湖南和平解放后，解放军已长驱直入占领福建广东，即将进入滇桂聚歼桂系残余。胡宗南部在川陕间被歼大部，入川已无可为。我野战军数十万人已控制宜昌上下长江中上游数百里，水陆并进，不日即向贵军发起总攻。宋希濂大部必不久战而撤逃川桂。"

他见宋启轮沉思不语，接着说："第二，我军政策，贵军愿合作者，有两种方式：一是起义，加入解放军作战，将士一视同仁。二是投诚，放下武器和平换防，待命改编，予以优待。鉴于各地国民党军已无抵抗能力，现在已一般不予批准起义，多以投诚相待。宋将军如愿合作，我军同意以起义名义。宋师长若爱惜士兵生命，当早作决断。"

宋启轮听得目瞪口呆，没想到万瑞麟语气这么强硬，简直是传檄！他感到军人的羞辱。他虽自共同抗战到与他交战，对万瑞麟军事才能、为人气概内心敬服，眼下毕竟难堪，僵直颈脖说："三斗坪川鄂天险，一人当关，万夫莫开。"万瑞麟："敝军二万五千里都走过，已取全国五有其四，何在乎区区巴蜀。"

钟培炎笑道："军人总爱斗狠。二位若无诚意，怎得在此小船聚首？快拿主意吧！"

万瑞麟也觉刚才话说得太急，作为军人，他对宋启轮其实也有敬意，认为他打仗并不亚于汤恩伯、黄维那些带甲十万的国民党嫡系将领，就说："我与宋师长抗日时曾并肩作战，可谓亦敌亦友。宋将军忠正重义，才智在瑞麟之上，若加入我军，深信能为人民建立功勋，我与钟先生就不枉此行了。"

宋启轮这才释然，说："此事不可轻举。先送二位出界，三天内我派人去宜昌面见万司令回复。"

这时"咚"一声，舱门忽然大开，赵挺坚手握美式冲锋枪居高临下对着舱内说："都别动。举起手来！"

万瑞麟镇定着，知道这时不能抽枪，对方只要扣动扳机，两秒钟内就可将三人射杀，即使拔枪击中对方，他在倒下前也足以射死他们。

万瑞麟的大脑在飞快地转动，他判断船舱铁门外是听不见里面说话的，赵挺坚并无证据，只是跟踪而来，抓捕审讯，这时他还下不了开枪的决心；自己穿的是国民党军服，船舱幽暗，赵挺坚不可能认出他；按照预案，为免特务警觉，宋启轮送客没带警卫排，但仍有五六名贴身警卫在岸边把守，警卫排也在高处警戒待命；江边的黑子发现有人上船必定尾随在后。

万瑞麟想好措施，反客为主问："你是什么人？怎敢拿枪对着师长！"

赵挺坚喝："别啰嗦！举起手来！"

万瑞麟带头边举手边说："师长送客，我是本船驾驶。"

赵挺坚说："都举手走出来，别磨蹭了！"

万瑞麟用眼神示意宋启轮紧跟在他高大的身躯后面，就顺着舱前的几步台阶举着手慢慢向甲板上移动。赵挺坚枪指他们退在一旁让开舱门，目光布满杀气，随时可能扫射。

万瑞麟在最后一个台阶前假装绊脚，打个趔趄朝赵挺坚跟前弯下腰，突然蹿起，从侧后用他粗长有力的左臂勒住了赵挺坚的脖子，同时右手已在一秒钟内抽枪抵紧了他的太阳穴，对着赵挺坚的几个手下大喝："都放下枪！不然我打死他！"

宋启轮刚才已在万瑞麟高大身影遮挡舱门时迅速拔枪在手，准备在舱口击杀赵挺坚，见万瑞麟已先得手，调转枪口指着赵挺坚随从喊："放下枪来！"

黑子已如野猫般蹿上船头，伸双枪逼近三名举冲锋枪对着万瑞麟的保密局随从。双方在甲板对峙，相互循环制肘，正如那蜈蚣、蟾蜍和蛇相向"三楚"，谁也不能先开枪。这一切发生在几秒钟内。

赵挺坚的脸被勒憋得通红，他猛然意识到，此人正是共军鄂西南战役总指挥，是那个二十六年前在沈立群家中高谈以共产主义救中国的师范学生万瑞麟！他竟然亲赴三斗坪，足见宋启轮关隘之重！他嘶哑地朝手下喊叫："开枪！快开枪呀！连我一同打死！打死！……"

万瑞麟勒紧赵挺坚，拖他在甲板上朝靠岸的船头倒退着，宋启轮的六名随身警卫迅速冲上甲板，他们比黑子只慢了五秒钟。

赵挺坚手上仍紧握着冲锋枪，他已被勒得浑身发软，忽然拼尽力气，艰难地抬枪摇晃对着甲板，就要将宋启轮连同自己人一并扫射，千钧一发，万瑞麟朝他太阳穴扣动了扳机。

黑子在万瑞麟枪响的瞬间击毙为首的少校随从，宋启轮的警卫们乘势围拢另两名随从，将他们缴枪制服。岸上高处站岗的士兵都冲到了岸边，龚瑾和警卫排闻枪声也已飞快赶来。

宋启轮令手下封锁现场，所有目击人不准离开，这才和万瑞麟返回船舱，叫龚瑾一同进舱。黑子守在舱口，钟培炎在舱口亲历惊心动魄一幕，方信自己百无一用是书生。他刚才并没想过会死，他的直觉是，只要有万瑞麟在一起，他就不会死的。他硬是神。

宋启轮对龚瑾简单说了几句话，龚瑾肯定地点着头。宋启轮向万瑞麟行过军礼说："本人决心起义，请万司令指示！"万瑞麟双手握紧他手说："欢迎宋师长率部光荣加入人民解放军！"又与龚瑾握手，说："你那年送我一部电台呢！"

几个人坐下，宋启轮问行动方案和任务。万瑞麟说："任务很明确。我军从大西南迂回包抄部署完毕，将及早从宜昌至秭归一百余里同时渡江，一举占领恩施，最迟在一个月内发起渡江。待战斗打响，宋师长就于阵前宣布起义，敞开三斗坪水陆关隘掩护渡江，并予扼守，阻敌抢夺。以后部队换装及作战任务，野战军首长会亲自接见向你交代。"宋启轮说："保证完成控制三斗坪任务！"

万瑞麟问他手下军官动态，会不会抗拒起义，发生意外，宋启轮答："旅长团长都是我旧部，和我一样厌倦内战，没有问题。"

万瑞麟问："陈守义还在你部吗？"

宋启轮知他担心此人，回答说："仍在手下任团长。这个人不足虑，抗战后侥幸没死，又打不了真仗，只能听我的。"又问，"还有哪些注意事项，请万司令指示。"

万瑞麟说："戒严三斗坪防区，严密封锁击毙赵挺坚的消息。向旅长团长通气不必过早，只在你心里就行。"宋启轮说他也想到了这一层。

万瑞麟清楚，赵挺坚死在二一七师，宋启轮已逼上梁山了，这事不会有变，说："我们按计划行动即可，渡江前除有紧急情况，相互不再做任何联系，以保绝密。我和钟先生现在就走。"宋启轮说："记住了，请万司令放心！"万瑞麟紧握他手说："我们又为国家走到一起了！"

宋启轮和龚瑾肃立岸边，目送机船远去。他转身时看见了拖到岸边的赵挺坚尸体，走过去蹲下，伸手抚平他定直不闭的眼睛，站起来对身边人说："密葬赵参议员。"

36. 掩涕泣夫子回乡 挥泪雨司令扫墓

古城县委书记兼军管会主任魏景升站在办公桌前，手掇一只军用大茶缸，听同样站立着的公安局长韩正义报告"清匪反霸"斗争情况。通信员报告省军区的人送钟培炎回来了。

军人进门行过军礼，说我是省军区作战参谋姓童，奉命护送钟培炎先生回来，递上两封信。

魏景升拆开省军管会的信：

古城县军管会：

钟培炎先生在鄂西说服蒋军将领起义有功，将功折过，从此不以敌对分子对待，视同民主人士，并予适当照顾。

中国人民解放军湖北省管制委员会 印

一九四九年十一月十日

另一封是万瑞麟的私人信函：

景升同志并正义同志：

谢谢你们如约将钟培炎先生送来宜昌。钟先生既已冒死立功赎过，看可否安排适当工作让他做，例如教书之类。请你们斟处。

万瑞麟

　　魏景升叫通信员去守着钟培炎别让他乱跑。童参谋说他任务已完成就告辞了。魏景升把信递给韩局长，踱起步来。

　　两个多月前在刑场接到署名省军区司令员兼军管会副主任万瑞麟的电报，竟说钟培炎曾与我党合作并无血债，"着其戴罪立功"啥的，他十分气恼，会后仍想拉出去毙掉算了，问韩正义意见。韩局长说据他调查县情，万瑞麟正是鄂豫皖地方军首领，在大别山树大根深，钟培炎和他早年一起参加过共产党还一直暗通往来，是否慎重一下。打电话问省军管会战友，战友说这事是省里一号首长点头，不定是叫钟培炎去恩施劝降，可不能硬顶的，方知这老苏区原来水深，只好按万司令电报所示秘密解送宜昌。

　　魏景升问："这蛮子他娘还真有点本事，还真把人弄起义了。咋办？"韩正义和万瑞麟毕竟有过一面之交了，同车后对钟培炎也没什么恶感，又亲见万司令对他亲热尊重，信上特写上韩正义名字，明是想他帮助承担，就说："那就叫他到学校敲个钟烧个水啥的，给口饭吃。他还能做个啥？"魏景升又指桌上信问："这'民主人士'是个啥玩意儿？"

　　"就是有了学问名望还听共产党话的那种人。"韩正义正确解释，"团结对象。"魏景升说："这条他够。你我算不算人士？""不算。入了党就不算了。富人听话的也不算，那叫'党外人士'。民主人士是些有学问没钱的，就要民主。"韩正义渊博地说。

　　魏景升："那'人士'就不值个啥玩意儿嘛！"韩局长说："我了解过，钟培炎没啥民愤，不佩枪，不杀人，像他娘个教书匠。这事俺就实说了，现在军管我们说了算，将来像北方老解放区走上正轨，权力就到地方上了。湖北不像别处，几十年革命就没停过，地方势力大，盘根错节的，中央也另眼相看，那叫信任。我们以后还要和他们共事。万司令写信虽用的个人名义，还是当指示对待为好。"

魏景升想了想说："这刚解放，让一个国民党反动县长在街上大摇大摆，怎么向群众交代？这事现在不行。让他先回去种田，以后再说吧。叫他进来！"

钟培炎在三斗坪又经一场生死，心里已坦然多了。他没正面见过魏书记，估计是他，进门朝他点一点头，谦逊地等他发话。

魏景升见他已不是阶下囚模样，就改变了打算喝问的口气，但对这种人他绝不会称"先生"更不能道"辛苦"的，说："解放军准你将功折罪，不算敌对分子了。行啦！你可以回去种田了，你民主啦。"忍不住补一句，"算你娘命大。"

钟培炎并不意外，行前万瑞麟说定为民主人士，问他愿不愿意教书，他说人家不会答应的。在宜昌解放军首长曾特地看望他，对他客气友好得很。他见魏景升对他态度依旧，就不卑不亢说："我想问的是，我从此是不是自由的？"

魏景升见这臭皮匠果然今非昔比了，心中气恼："说了不杀不关，还要啥自由？"钟培炎淡然说："我知道了。那我这就走了。"说罢转身出门去。韩正义想到毕竟是"人士"，跟出去问他有什么困难要求，钟培炎说他房间里有些书和床帐，不知还在不在。

韩正义喊来司务长。司务长打量这个没枪毙掉的国民党，好奇咋不像坏人哩？说："俺刚好就睡他的房哩。俺没啥东西，在屋也少，他的劳什子懒得动呢。他婆姨漂亮！"

钟培炎进房也顾不上触景生情，先搬个凳子取下孙老太爷题字"以教牧民"，把桌上宜君的照片用布包好一并放妥。衣服用品倒简单，一千多册书舍不得，将两只木箱腾空，左挑右拣装满了又捆上一摞，卷拢了床帐被褥也就差不多了。韩正义引来个挑夫，说："以后有啥困难还可以找县里。钟先生好走吧。"

挑夫从前常被喊来县府挑水种菜打杂的，知道钟县长是个好人，他仍如从前向他鞠躬行过礼，就幺好箱被挑起担子往外走，钟培炎最后望一眼房间决然出门了。挑担人脚步快，一会儿就来到东门，挑夫有心放慢了脚步。钟培炎站在城门洞口回望县城，不尽惆怅，遥看门洞外无边山野，心中更是空落，不禁落下泪来，念道：

仆夫悲余马怀兮，蜷局顾而不行。

走过莲水河木桥，约一个时辰来到颜家河镇，日头已见偏西。新政权的镇公所设在街南头他的县国民政府用过的简陋祠堂院内，钟培炎拉低草帽避开，走进北头一家小店，和挑夫择屋角一张小桌坐下，叫来简单饭菜埋头扒拉着。店主认出是钟县长，不声响端来一大盘卤肉、一壶烧酒放在小桌上。顾客渐有人认出，搁下筷子朝他张望，门口渐围来一些百姓，有人无声地用篮子送来鸡蛋、腊肉、陶坛陈酒放在他跟前。钟培炎知此地不可久留，提篮起身付账，店主不肯收钱，又包了一只卤鸡塞在他篮子里。两人匆匆离店向东出街去。

过桃林河木桥东行十里，记起这里是伏击日军石原征二的战场，山壁树干上弹洞清晰，斜阳让山野分外沉寂。又前行十多里途经龟头河村，两棵高大的银杏依然葱绿，远望龟峰，"吞日"二字在夕阳下清晰可辨。他不堪留连，望了几眼匆忙离去。

当晚在项家铺小栈歇息，第二天回到老家金沟凹村已是傍晚。百年青砖瓦屋石径院落依然整洁。钟培炎的堂兄见培炎进来大惊，不知是人是鬼，培炎嘘口长气坐下说："我没死。解放军放了我……"

东山乡公所早被解放军接管把守，新的乡政权还没成立。两名解放军当夜到金沟凹，打量一番也没说他有功有过的，交代几句雄赳赳地走了。钟培炎明白共产党对他的事这就算了结了。

安顿过挑夫，钟培炎进房点亮煤油灯，坐在灯下双手端着小镜框细看那张照片，宜君仍在朝他微笑。他犹豫片刻，决定还是摆在桌前。他拧大灯花，深情凝视着她，不知还有怎样的劫难在等着他挚爱的女人。他再也无力去关照她了，甚至不知此生还能不能再见到她，他的人生从此甘甜不再，将以一介草民在此终老山林，他轻唤一声"宜君"，涕泪纵横。

第二天族中陆续有人来看他，见他依然长袍马褂，神色泰然，一副"豆腐泼了架子还在"的模样，也就放心了。堂兄说："兄弟你算是捡到条命回来，赶忙成个家，留个后人吧。外头女人，莫想她了。"钟培炎说："难哪。"

培炎缓步登到村后山上，俯瞰他从小读书长大的村落。金沟凹村山势如一钩环抱，康熙年间有风水先生指为金钩，谓其地脉敛藏阴阳二气，灵秀汇聚旺丁育英，日后必出国器。钟培炎的八世祖殿试榜中探花，授翰林院编修，官至户部侍郎，此后每隔一代必出一进士，直至培炎祖父，父亲也是"大挑一等"的举人。钟培炎任县长，乡人都说朝廷纵废了科举，金沟凹仍要出读书做官之人。

他忽觉自己少年投身革命，如今人到中年，仍孑然一身，形影相吊，一事无成，一朝面对桑梓，方知有愧祖宗。又想到总比那柳宗元、苏轼流放边陲幸运多了，何况半个世纪动乱，国共两党如孙韶光、蔡日新、罗图南这样失去生命的精英无计其数，自己毕竟活着，虽是散发天涯，烟蓑雨笠，也不当就此潦倒沦落。他忽然有了无官一身轻的自得和悠然，孙老太爷早说过"莫若陶令公"的，不禁随口诵来：

  山高月小，水落石出，曾日月之几何，而江山不可复识矣……

中午天香匆匆跑进屋说："大奶奶，你猜谁来了？万司令！就在门外。"宜君欣喜起身："快叫他进来呀？"天香说："人家讲客气了呢，熟得没说的个人，还叫人通报。真好笑！"宜君笑着："这是叫我去迎他呢。"

万瑞麟一身洗净的半旧军装，一个人笔挺站在院前，见宜君小脚碎步快移过来，居然立正向她行了一个军礼，说："嫂子，胜利了！我来看你。"

宜君就笑了，说："怎变这么客气了？快进屋吧。"又去张望，万瑞麟说："车子和警卫都在镇外，带有干粮水壶的，不用管。我走过来的。"

宜君见万瑞麟人更精神了，只是很拘束样的，倒让宜君也不自然了。迎进堂屋，天香笑嘻嘻沏来茶水，就去厨房安排中饭。家犬赛虎凑到瑞麟腿边摇头摆尾撒欢。

万瑞麟腰板挺直坐在椅上，喝了一口茶，先红了脸，说："我是回来接你的。"

宜君笑着问："接我去哪里呀？"

瑞麟咳一声清了嗓子，鼓足勇气，结结巴巴说："胜利了。我说过的，我来照顾你……接你到武汉去……我们一起过太平日子。"

宜君明白了他的意思，脸就红了，瑞麟十几年来说叫她等着他的话，原来他是当真……她心中漾起暖流。

万瑞麟又说："我一直等着这一天。以前打仗。现在好了，我一个人，又没仗打，天天想着……你去也是照顾我呢……多好呀。"说着脸都红到了脖子。

宜君低下头，说："让我想想吧，想想……"瑞麟说："你先慢慢收拾一下，过几天我再来接你。家中先交给老孟、天香，以后他们也去武汉。我知道你离不开她。"

宜君仍红脸低着头，问："前些时，你救下钟培炎……他活下来了……听说是押到外地去了？不知他在哪里。"

有一丝委屈和无奈游过万瑞麟的眼睛，他用力地挤出一点笑，说："他命大。"就说了请钟培炎到三斗坪劝宋启轮起义，将功抵过，已回东山老家的事情。宜君心中一块大石头算是落了地，长长嘘了一口气，说："你们几个人，这一生像是你欠我我欠你的，总也没个完。"

万瑞麟说他去看孙韶光，要宜君给他找些取土的工具。孟管家提来挖锄铲子，一行人出小镇来到那片桐子树林。墓碑是一块三尺多高的青石，刻字上的红漆被风雨涤过还隐见淡红：

夫君孙韶光先生之墓

妻竺宜君
民国二十二年清明节立

万瑞麟肃立朝墓碑行一个军礼，朗声说："韶光！红军回来了，人民胜利了！"就脱下外衣，抢起挖锄到旁边挖起土来。

墓后边两棵对称的柏树已有碗口粗了，枝繁叶茂，俊秀挺拔。瑞麟说这树种得好，孟管家说："这是自生的，十多年了。我请风水先生看过，说是大吉，一棵是家驹，一棵是二老爷韶启的儿子家骐，日后都成大器。"瑞麟点头笑了，又若有所思。

万瑞麟将土一一铲在坟堆上，轻轻地拍打着。孟管家拿起挖锄挖土，瑞麟不让，接过挖锄说："多年都是你们，今天是我的事。"又锄把抢起老高挖土。宜君立在一旁静静地看着。万瑞麟一声不响干了一个多钟头，把坟堆填高了一尺多厚的新土，拍打紧密后又用双手在上面按拍，修成一座高大多了的新坟，这才汗流浃背满意地点着头。

他回到碑前鞠过深躬，说："我回来接嫂子过去，过几天就走的。你把她托付给我，十七年了，以后你该放心了。你要是等到今天，我们还在一起，多好啊……"

宜君的泪水河流般奔泻，滴淌在孙韶光墓的新土上，她双手抚着坟堆说："你爱的马克思，高兴了喂……"

万瑞麟闻言大喊一声："我的韶光兄唉！"泪雨倾盆。

午饭时，宜君默默地想着摆在面前的难题，他上午都改称她"你"了……万瑞麟见她神思恍惚，支吾说："你也……不要急着给我答复。只是，现在过去更方便一些……"

490

天香在万瑞麟面前从不那么拘束的，笑着插嘴说："我大奶奶会去的，万司令急么事？她不去，我还不答应呢。你先住几天再说吧，迟一点怎就不便了呢？你当这大个官……"孟宪忠就用眼色阻止她。

瑞麟自养伤那年起一直感激着天香，喜欢她这痛快脾气，每次来家里也乐意由她摆布，这时就犹豫着是不是先住两天，想了想还是说："照北方老解放区看，就要搞土地改革了，都要划阶级成分的……这院子……"

孟宪忠见他话中有话就急了，反倒不管不顾问："成分是什么呢？这院子，这院子！这院子怎么了？"

万瑞麟实在不好直说，同情地望一眼宪忠，琢磨着对宜君说："我要是现在就把你接过去，你以后……阶级成分就随我了，组织上没话说的。这院子……以后你们都去武汉吧，孟先生仍去帮韶启兄弟打理肥皂厂，天香和孩子们呢，就住我们一起。"

老孟已从他神色话语中预感到了什么，不好再问，天香不管那多，朝万瑞麟撇嘴说："吞吞吐吐的，哪像个司令。"

万瑞麟见一个个不安，就说万振山不肯离开苏区，留古城当着县长，嫂子的事，古城百姓的事，都搁在振山心里头的。

宜君也不好再称他军长司令的，说："你忙，先回去吧……过两天我给你寄信去。"瑞麟告辞，天香说："叫你莫走偏要走，傻哩！"瑞麟就哄着她说："知道呢，日子还长着呢。"

万瑞麟直直地望着宜君，说："钟培炎那里……缓些时我再想办法。他是民主人士，他还会站起来的。你现在……也只能照顾一个人了。就照顾我吧！我半个残废……"

宜君忍住眼泪没说话，几个人一起送瑞麟出了院门，孟宪忠心事重重送他到镇头。

晚上天香倚在宜君床头，说："万瑞麟怎像变了个人似的？一点不像从前打一拳踢一脚的。叫他住两天也不懂，又不是没住过……"

宜君脸就红了，笑着说："瞎说什么呢。鬼丫头，就你聪明，会摆布人……人家还有话不好明说呢，不走怎办？"天香说："他跟大奶奶还有么事不能说。我看这人最是不会跟女人说话，见女人就慌……我说怎变这么正规，又是立正又是敬礼的，原来是来求亲的！哈哈哈！咯咯咯……还装老童子哥！咯咯咯……"

宜君知她喜欢瑞麟那憨样，也跟着笑，就笑出了眼泪。

第二天一早，宜君找出孙韶光留给她的钢笔，坐在桌前一笔一画写起信来。她已多年没写字了，还写给谁看呢。她仍是竖写，也不知用那蝌蚪样标点，格式却合得规矩。天香从小时宜君也教她识得些字的，见她写的就几句话，就和平时在家说话样的：

　　瑞麟兄弟：
　　武汉我去不了的我谢你你的情义等我来生再报吧你就不要问我为什么了我也很想去照料你去不了你不要再来接我了有合适的革命人赶快成个家吧我有天香在一起你放心吧。
　　　　　　　　　　　　　　竺宜君
　　　　　　　　　　　　　　民国三十八年冬月十二日

宜君要天香请孟管家跑趟县城，早点替她把信寄走，天香不高兴了，说："人家等你十七八年，又诚心来接，大奶奶就该去了。我陪小姐一起去，行吧？"

宜君叹口气，说："那钟先生呢？他如今中年落难，刚刚变成个深山草民，我倒去汉口享清福去了。"天香摇着头："唉，我就知道小姐放不下那个酸书生。人是好，酸哩，偏喜欢。你救了他的命，对他又好，也对得住他了。他总算活下来了，何必老想着呢。你真还让那个养伤的笨汉，就这样空等一场？"

宜君低头不语，良久才说："你大少爷让人送他回来，是要在这里陪我一生的。我……唉……你知道的，欠人的情太重呢，都得还呢。名分也得守着……"说着自己哭了。

37. 行大道取杀凶顽 幸生还探问绣图

　　县军管会召开公安会议部署镇压反革命。魏景升一身旧军装站立桌前，大声说：

　　"同志们！我们新中国成立不到一年，万恶的美帝国主义就侵略朝鲜，打到我们的家门口来了，飞机炸弹扔到了丹东！上个月中国人民志愿军已跨过鸭绿江，抗美援朝，保家卫国！现在国际国内的形势复杂得很，解放台湾也搁下了，党为了巩固我们新生的红色政权，决定在已完成清匪反霸、减租减息的地区，立即开展镇压反革命运动，加快实行土地改革，根本废除封建地主土地所有制！"

　　他喝口水接着说"我县今春以来，已强迫地主富农按照'二五'比例，退归给农民租佃折谷九百万斤，有六万二千多户，三十多万人获得了偿还金，减租减息胜利完成。今天布置全县镇反，现在审定镇压反革命分子名单！"

　　军管会派到陈家寨的工作组报来镇压的反革命，是陈家老大陈守礼。

　　万振山说："陈家寨的恶霸寨主不是陈守礼，是陈守义，应该镇压的是陈守义。陈守礼一直在外教书，只在家待过两三年，啥事不理，没有什么罪恶，杀陈守礼不能服人。杀陈守义。"

魏景升仍听不大清他的方言，说："你说的是同一个人嘛，我都听糊涂了。"韩局长说："是两个，报来的是敬礼的礼，他要镇压的是仁义的义。"

魏景升问："陈守'义'什么人？"

万振山说："是恶霸陈渔甫的堂侄，'铲共'民团团长。从红军时起，亲手活埋我县委书记蔡日新三人，屠杀红军家属、伤员、无辜百姓无数，把通红军的整个村子杀光烧光。抗战时是汉奸伪军团长，袭击新四军屠杀百姓，前几年还在我游击队活动的山下搞'无人区'，残杀、卖掉我军家属和通共群众几百人。比沿河集报来的陶德久还坏，陶德久还不当汉奸。"

魏景升听了很气愤，转头问韩局长："这狗日的现在哪里，为啥不抓？"韩局长说："这个人民愤极大，应该镇压。我查过，陈守义抗战后被国民党军收编，去年十月在鄂西三斗坪随上司宋启轮师长起义，宋部中一部分编入解放军恩施军分区，陈守义仍任团长职。"

万振山霍地站起，喊叫："陈守义还当成了解放军?!"

魏景升说："这就不好说了。中央对国民党军起义人员是有政策的，他娘一视同仁。"

万振山喊："对谁都可以一视同仁，陈守义决不能放过！"

魏景升说："现在放不放过我们说了都不算的，他在军队，不属我们权力范围。陈家寨是全县反革命恶霸堡垒，不镇压个把人群众不好想。那就还是敬礼的礼吧，陈家老大嘛。"

万振山想，陈守礼确实没罪，让他当替死鬼太冤，陈家两代中已有两个人死在万瑞麟和他手中，就剩这一个男人，毕竟是万司令舅家。尤其是，如不趁镇反运动杀掉陈守义，以后就更没机会了。个娘卖皮的，居然又摇身变成解放军团长了！说到天边都不行！

万振山站起来说："不杀陈守义，古城人民就不叫解放！也没人敢相信共产党的天下到底坐不坐得稳！"

魏景升觉他说得有理，手痒痒也恨不得即刻杀了这反革命恶人，就说："怎么个杀他法？我们还能跑到恩施去杀起义人员？"

万振山说："我到恩施去押他回来！"

魏景升想了想说："你有本事去把他弄回来，俺支持你杀他，弄不回来，就只有敬礼的礼了。"

万振山说："要有县军管会公函。"魏景升说："公函我出，人带不带得回来就看你了。快去快回吧，镇反可不能老等着。陈守礼先抓起来。"

魏景升最后部署："今天十一月二十三日，按照审定名单陶德久等人，二十七日全县统一行动，一个不漏，逮捕一切反革命分子！"

万振山带人驱车赶到武昌，正好万瑞麟在军区办公室，急向他说了要求，递上县军管会给省军管会的公函。万瑞麟看过公函说："陈守义要镇压。我也在想这事。只怕不那么简单，起义政策在那摆着，影响太大。"

"不杀陈守义，我回家种田去！"

万瑞麟想了想说："这事须得省主席发话，不然弄不成，搞得不好会捅到中央。我试试看，你先住下。"万振山知道省主席正是熟悉的新四军五师老首长，心里稍宽，打算着如不许可再怎么办。

第二天下午万瑞麟叫人把万振山喊到办公室，黑子正在这里等着。万瑞麟递给他一张盖有红印的省军区专用信笺，说："都写在上面。陈守义由省军区出面押解，黑子带队，你只到场就行，动静不要弄大了。人到武汉再交给你，黑子不要去古城。你不要再来见我，押回去赶快毙了，这事夜长梦多！"黑子收好信函，喊来手下警卫营五六个人，万瑞麟做了简单几句交代。

万振山与黑子的人连夜驱车赶往宜昌，第二天换乘机船到巴东，再换骑马匹在大山中奔跑，紧赶急行前后用了两天三夜才到达恩施。恩施专区军管会主任已接到省军管会电话，带他们去军分区。

宋启轮起义后任恩施军分区副司令员兼参谋长，这时正与军分区龚司令员在一起，认出是万振山，十分惊讶。龚司令员也接到省军区的电话通知，仔细看过黑子递上的省军区函令，就对宋启轮简单介绍他们来恩施的任务。

宋启轮大惊，说："陈守义早年是有罪恶，可现在已是解放军干部，如果这样对待起义人员，我想不通！"

万振山说："他屠杀无辜百姓上千人，民愤太大，古城人民群众强烈要求镇压。"宋启轮说："是你要求吧？别把私人恩怨带进部队来！"万振山本想发火，说留住你自己一条小命就不错了，想到万瑞麟的交代就忍下来，说："我没那大本事。"

宋启轮朝天大声喊："万瑞麟！你太不仗义了！要我起义时说得水能点灯，现在又来杀我部下，叫我如何做人！我要告你！"

黑子对龚司令说："请下命令吧。"龚司令拍拍宋启轮肩膀说："服从命令吧。"就领着一行人去陈守义住地。宋启轮扭头走了。

陈守义上前敬礼，还准备握手，见大家神色不对，一眼认出

497

站在后面的万振山，知道不妙，竟想跑开。龚司令喝令："站住！收押！"省军区几个人上去把他铐上，黑子上前扯掉他军帽扒下胸佩说："你狗日的还当成了解放军？跟老子走吧！"

万振山押陈守义回到古城。魏景升早已接到上级电话，派人在系马岗区万义乡预先布置好公审会场，正在县城西门外等着。万振山带省军区车子一到，县军管会那台弹孔密布外壳凸凹的吉普和一台同样弹痕累累的军用卡车，"轰隆"发动一起开向万义。

陈守义被剥去军装绑在卡车上，他自知这回死期真的到了，硬是没逃过万瑞麟、万振山的手心，车过陈家寨，他还伸头去张望，被押守战士按下。车到会场，陈守义见山上山下黑压压站满了成千上万百姓，人声如潮，这才两腿瘫软，被携拖到审判台前跪下。四周山上山下响起雷鸣般的吼声："杀了他！杀了他！""千刀万剐他，莫让他好死！"一些青壮农民举着扁担挖锄涌到台前，要用乱锄挖死他，被十几个解放军横枪挡在台下。

魏主任和韩局长都很激动，这才真正叫镇压反革命恶霸！大快人心！不禁增加对万振山出以公心为人的好感，对他还真的把陈守义给弄回来了，又增加了几分佩服，对于湖北地方干部上通下联更是心里有数了，感到南下同志要搞好革命，多了解一些县情民情还是必要的。

万振山本想亲手枪毙陈守义，为了避嫌也就算了，只是走过去狠狠踢他一脚，咬牙说："你个娘卖皮的，也有今天！"

魏景升对韩局长说："看群众这架势，罪状就不用念了，也都听不见的。执行吧！"

几声响亮的枪声，在山摇地动的怒吼声中仍然清脆。

下午，天香进屋说来了一个女解放军，面熟样的。

宜君忙走到院中，见那女解放军年纪不轻，总有四十几了，正疑问间，那女的喊一声："姐姐！"就走近拥抱她。宜君打量着问："你是？"那女的脱下军帽说："你都不认得我了？你再看看，我是沈立群呀！"

宜君抚着她头发打量："你还活着呀？你这个婆娘！……看我这是……"流着眼泪牵她进房里来，待她刚坐下就问，"你的那个孩子呢？"

沈立群说她要求参加"南下工作团"回湖北，就是想来找那孩子，还想找到父亲的下落，不知他在不在世，她总感觉爸爸还活着。她说与盛怀中结婚后不久，生下那孩子留在老乡家就匆忙转移了。她慢慢喝着茶说："我想最近到系马岗去一趟，看能不能找到。十九年了。"

宜君没想到她说起那孩子还这么平静，她变了。就问："你那孩子，是不是刚生下交给一个孤老太婆了？"立群这才惊道："是呀是呀！就是生在一个孤老太婆家留下的，你怎么知道？"宜君心头一紧，又问："那村子是不是叫邱家湾，六七户人家，就在系马岗镇子东头下面？"立群说："是那里，当时没问湾子叫什么名，只记得村前有棵大槐树。那天转移已经出发，生下孩子我人还没醒，就让老盛给背走了。原是打算送回来的。"

宜君说："这孩子，已经回来了……"就对她从头说了经过，说按那木匠的心思，家驹虽成了孙家的后人，仍是红军的孩子。

立群悲喜交集，说："老盛曾说过，等胜利了要接老太婆当娘侍候的。老盛早不在了，这恩情也没法报了。"宜君去箱中取来两年前在"黄鹤楼"的合影，沈立群凝视着十六七岁的孙家驹，见神情酷似孙韶光，心中有一股直觉，说："是他，是那个孩子。"

宜君见她并没那么激动，心想她真的变冷了，十八九年不见，是什么样的惊涛骇浪，能让她变成这样一个波澜不惊的人呢？说："这是老天爷的恩赐，让韶光留下孩子回到孙家。"

立群问家驹呢，宜君说："这多年乡下不太平，又没处读书，钟培炎留他在汉口他表兄那里念书。这伢说是在我名下，后来在汉口读书，跟着他二叔韶启和婶娘淑媛，跟我见面反倒少些。韶启来信，说他不久前瞒着家里，和同学一起报名抗美援朝去了，也只有等他从朝鲜回来了。"

沈立群听了竟然说："那就好。当兵好。"好像男孩不上战场就是白活一场。

立群和宜君靠在床上一夜说到天明。立群这才说起二十年来的磨难，宜君静静听着，不时以泪洗面。立群的经历让宜君不敢去想，听到她在行军途中捂死了自己的婴儿，宜君的脸都吓白了，伤心哭着说："老天爷呀！你的心真狠呀！……你么样受得了啊……"

宜君问她现在的丈夫是谁，在哪里，立群说："我跟你一样，一个人。大转移前和老盛结婚，就是想生下孩子，在川西老盛死后，就铁心不再结婚了。"就又说起几段往事：

沈立群从延安派到晋察冀后，萧剑雄与她常有通信联系，谈些学习和工作，同时表示好不容易遇上她，仍希望和她结婚，其间他因公到太行山还绕道去看过她。一年后立群到延安学习，萧剑雄刚好负责学习的组织工作，两人常到延河边散步。蔡大姐再次劝说她与萧剑雄结合，组织上为这事还特地与她谈过一次话，胡部长和一些同志也热心撮合。沈立群虽感觉很为难，但仍没有表态，她明白组织上会因此对她有看法，会认为她古怪不近常情，至少也是对组织的意见不够尊重的。

一九四九年初，沈立群所在部队打太原时，徐向前司令员重病，彭德怀司令员从西柏坡"七届二中全会"中途赶来前线指挥，有萧剑雄随行。太原攻克后，萧剑雄留下任军管会副主任，沈立群任军管会政治部主任，两个人又会合了。他们在一起繁忙工作，配合默契，两人都来自延安，掌握和运用政策就站得高，按照沈阳经验接收管理太原的做法得到中央赞赏。萧剑雄当时四十三岁了，依然独身，再次表示希望和她结婚。

不久，中央指示华北局抽调一万七千名干部，组成"南下工作团"，随林彪、罗荣桓解放大军南下，使用于湘、鄂、赣及两广新区。沈立群为了寻找孩子和父亲，又惦记着宜君一家，报名参加得到批准，南下到湖南省集训和工作一段时间后，担任南下工作团湖北总队鄂东大队副政委，她说曾在古城做过农民运动，要求兼任古城中队队长，就派来古城了。

立群说："当时萧剑雄仍希望我不要南下，和他一起留在太原。我感到还是有些对不起他。"

宜君说："萧剑雄是个好人呢，你该和他成个家的。你这是总还念着韶光……你的心也够硬的。"

立群笑着说："姐姐不也一样。我回来后在武昌见过万瑞麟，他说前年回来接你去，你没有答应？"宜君就说了二十年来，万瑞麟和钟培炎关照她和孙家老小的情形，她说："要不是有他们，我怕是走不过来的。连累他两个人到如今都还没结婚……"

立群说："钟培炎在广州一步走错，就没法回头，很可惜的。姐姐你还是去武昌和瑞麟过吧。他要我再劝你，说韶光把你托付给他，除了你，他不会考虑结婚的。"

宜君叹气说："我跟你不一样。你是个革命人，自己做主，我呢，这孙家门楣总得顾全。再说他们两个人对韶光和我的情义，我从他哪一个是呢？也就守着这名分了……你叫他遇有合适的革命人，赶快成个家吧。你们那革命，这就算革成了吧？家驹也找到了，你还是回太原去，和那个萧剑雄成个家吧，人家也等了你八九年，莫要亏待人家。"

立群说："太原我肯定是不再转去了。"又惋惜地说，"早年你要是信我的话，一起出去参加革命就好了。那革命同志的大家庭，就像一座熔炉，谁也不感到孤单，人人以苦为乐，以苦为荣。姐姐你这辈子没当个革命者，太可惜了！"

宜君想起挂在心里多年的一件事，说："你和韶光回来避风那年，还记得吧？走前，我给他带去一幅绣了多时的桂花玉兔画图，也不知还在不在……你和他一起那些年，可是见过？"

沈立群一时语塞，心里难过得紧，支吾说："他给我看过的……说是胜利了回来还给姐姐的……"宜君失望绣幅并不在她手上，就觉不该提起这事，说："要是随他去了，等我到那边，他还会还给我的……未必不在他身上，丢哪里了？"

立群双眼泛红，好想抱着可怜的姐姐尽情哭上一场，却出不来想要倾泻的泪水。她的泪腺早已干涸。

早晨起来，沈立群到院边去推自行车，宜君惊讶问："你也敢骑这两轮车？"立群没想到这还是个问题，用怜惜的笑回答她，出门时说："没想到那孩子就在姐姐身边。等忙完土改，我就去汉口一门心找父亲。到时候姐姐和我一起去吧，领我去谢谢家驹他二叔和二娘，还有培炎的表哥表嫂，顺便去武昌会一会万瑞麟。"

宜君说："你快些去找外公吧，还忙哪门子土改？等你找到了，我再去看望老人家，接他到乡下来看一看。"

沈立群腾出一只手抚在她肩上，眼中满是怜痛，说："得等这里土改搞完的……父亲要是在世，还会等着我的。"

38. 搞土改发动群众 护恩嫂振山动容

　　闽东乡进驻了土地改革工作队，正在访贫问苦，发动群众，搞阶级摸底调查。

　　万振山忽然来了，问竺大嫂知不知道一个放鸭子的人，名叫黄佐玉。宜君说我这大门不迈的，就去喊来孟管家。孟宪忠说，孙家从前老佃户黄大贵家的老二，倒是在外赶鸭子。

　　万振山起身说："快引我去！这个人有胆量有办法，救过万瑞麟的命，是个好人。闽东得找他出来给群众领个头。"

　　孟宪忠引万振山到黄家，大贵老汉颤巍巍说佐玉是他二儿子，振山大喜。黄老汉一听要他家老二给共产党当干部，头摇得像货郎鼓，说："放鸭子一去半年，哪去找他个人。我一家老实庄稼人，县长大人就饶了他吧！"说着就要跪下。万振山连忙托住，说："大爷莫怕，穷人翻身了！共产党公道，专给百姓办事，有你家佐玉这样的当干部，群众才好过呢。"

　　两人出门，万振山火急火燎："个罗日的跑哪去了呢！"孟宪忠说："团长莫急。放鸭人先赶远，后就近，春分已过，鸭该回塘了，不等外地鸭子来争食。"说话间，果然看见远处池塘边一个戴草帽的人，正慢悠悠跟在一大群争相下水的鸭子后面！

　　孟宪忠说了声："天意。"

黄佐玉说他斗大的字识不了一箩筐，当不起干部。万振山说："我跟你一样，还当县长呢。你要信不过我，那万司令你总信吧！贫协主席你不干，闵东乡父老乡亲几千人，指靠哪个？"

　　黄佐玉指孟宪忠说："孟先生合适。"万振山摇了摇头说："这不行。你干，有事我给你担着。"

　　黄佐玉把朝夕为伴的鸭群交给兄弟老么，当了乡贫农协会主席，到区里集训学习回来后，土改工作队依靠他加紧着准备工作。

　　工作队长叫肖国才，是南下部队的一名文书，虽生得白净，架一副眼镜，办事倒是雷厉风行。他开群众大会讲话总很长，讲为什么要搞土改，为什么要斗倒地主恶霸，怎样划分阶级成分，分田分地按什么条件分，谁来分。他那口北方话群众哪听得懂，农民多年自家有地种也不大关心，夜里开会晚了就打瞌睡，鼾声此起彼伏比肖队长讲话的声音还大。肖国才叫黄佐玉翻译重复他的话，会就开得更长，黄佐玉用简短明白的方言解释他的话，他讲的一大篇，黄佐玉没几句话就说完了，肖队长很不满意，批评他水平低，黄佐玉不吭声。

　　闵东乡土改运动冷冷清清，县委书记魏景升已在大会批评过两次，肖队长急了，问黄佐玉："为啥这里群众发动不起来，不像别处火一点就着？为啥访贫问苦没人控诉，诉苦大会也开不起来，不像别处贫雇农抢着诉苦？为啥贫农协会活动没人响应，不像别处争着要求加入贫协，争着要当贫协干部？你这个贫协主席咋当的？你是个中农吧？这土改让俺咋搞？"

　　黄佐玉参加集训已懂得一些了，说："中农也辛苦。闵东跟别处不一样，这里没有什么大地主了，大多是自耕农，贫雇农不那么多，土地剥削不像别处那重。土改搞法也不好一样的。"

肖国才说："孙家不就是世代大地主吗？怎说没有？"

黄佐玉把竺宜君二十年前就把田产都贱散给佃户，早已是一般人家的情形从头说了，又说："我家早年就是她家佃户，田地把给我家时也没收钱，两年租谷就抵来了。中农了。"

肖国才气呼呼说："什么立场！这次土改，对世代地主和破落地主都要清算，何况她家为逃避斗争把霸占的土地出卖，同样是剥削，是一劳永逸的剥削！"

黄佐玉没有作声。万县长着急找他当干部，他懂得个中轻重，集训学习时十分用心，要紧的政策早搁心里记着呢。他打算先看看这自以为是的工作队长是要怎么着。

竺宜君房间桌上搁着三封来信，一个人坐在信前想着心事。

韶启的信写得很长——表兄感念她救了钟培炎的命，又担心她在乡下被穷人斗地主，接她去汉口定居。韶启要嫂子和天香一家都搬过去，老孟仍和他打理仓库，留周妈老两口子看看家院就行了。宜君想到万瑞麟也说过要她一家都去汉口的话，心里很是犹豫。

——前年钟先生在刑场获救，淑媛的父亲也在打算枪毙的第二天释放了，他因惊吓过度卧床不起，身上老毛病加重不出半年过世了，淑媛把母亲接去汉口了。宜君伤心地自责着。

——韶启六年前从特派员手中死里逃生心有余悸，又被钟培炎和老丈人的事吓怕，在汉口见人弯路，埋头帮表兄打理仓库。表兄和韶启抗美援朝捐了一大笔，沿江城市有钱人多已逃走，肥皂销路虽不如前，好在政府和解放军征购肥皂货款付现，两家人有点家底生计都能维持，只是家中清冷，就更想宜君、天香过来一起住。

家驹总算从朝鲜来信了，说英雄的中国人民志愿军以血肉之躯，与武装到牙齿的美国野心狼作战，取得初胜，已逼近三八线。仗打得很残酷，一起赴朝的六个同学牺牲了四个，他不知怎么还活着，刚当了排长又忽然调到军部做机要，不在前线了，很可惜。宜君长长嘘了一口气，半年来心里这块石头才算落了地。前线那炸弹可是不长眼啊！

侄女竺方良前几天也从武昌来信了，说她在省人民革命大学毕业了，就要分配到古城县委工作，是一名革命干部了，今年还入了党，回乡再来看望姑妈。宜君想这闺女真争气，比她这姑妈强，像她那二姑沈立群。

宜君手里拿信正想着，从窗户看见黄佐玉引一个穿军装戴眼镜的人进来。这个放鸭人当干部后让孟宪忠引来见过她，一坐半天哩。就去请进堂屋倒茶，黄佐玉介绍这是工作队肖队长。

肖国才也不接茶就说："工作队搞阶级调查。你家属于破落大地主，把你田地、财产、人口、雇工都给俺报来。"说着掏出一个黄色小本和钢笔。

宜君说："田产早就没有了。"肖国才说："这俺知道，你把卖给佃户的田地总数报出就行。"宜君说："我也记不清，看孟先生记不记得，他这时不在家。"肖国才说："你叫他随后把数字报到工作队去。"又问，"孟宪忠是个管家吧？算你家下人，这也是雇工剥削。家中共有多少用人、长工、伙计？"

宜君说："田地早年都散去了，请的人早都打发走了，也就有孟先生夫妻，厨子和周妈两口子，多年一起过惯了的。另有一个伙计。"

肖国才说："这还嫌少了？雇工土改都要回去分田翻身。"说着朝进屋后一言不发的天香瞟了两眼，和蔼地问她："你是受压迫的丫鬟吧？要起来斗争！叫什么名字呀？"他那镜片后的眼神让天香很不舒服，没理他转身出门去了。

肖国才扶了一下眼镜："说说，你家在外面还有什么人？不是还有二房在汉口么？"宜君说："他二叔一家出去十多年了，只回来过一两次。"黄佐玉忙说："他家老二与这里早就没什么关系了。"

肖国才瞪了他一眼，说了句谁也听不明白的话："没个男人就该女人了。"接着问了老二的姓名职业住址，一一记在了本子上，说："土改期间地主富农不准离开本地，否则以逃亡论处。你从今天起不准离开闵东！"塞了本子钢笔就走了。宜君这才知道，汉口想去也去不成了。难怪万瑞麟说早些去才方便呢。

三天后的下午，闵东小镇街道两旁站着等候的人群，连街后作坊的手艺人和山货场的人们也跑来正街——听说今天要押回来一个逃亡地主，很快就要枪毙。

来了。大步走在前面的是工作队长肖国才，脸上挂着果决的神情。

押回来枪毙的人竟是孙韶启！人群顿时鸦雀无声。

天香惊叫着跑进屋拉大奶奶到院前，宜君恰与韶启惶恐的目光相遇，她一声"兄弟"还没落音，摇晃一下晕倒在地上。

黄佐玉急匆匆到工作队找到肖国才，这位革命同志正得意地端着一只军用大茶缸在吹气，微笑着朝他点了点头。

黄佐玉开口是理："抓孙韶启回来，我怎么不知道？"

"镇压逃亡地主，发动群众。闵东乡土改落后，魏书记在大会批评过两次了，不斗倒孙家行吗！不抓回孙韶启，就镇压地主婆竺宜君！"

黄佐玉一惊，难怪那天他说"没个男人就该女人了"！他巴掌已捏成拳头，忽然明白了面临的险恶，自己这贫协主席这时可丢不得！他先忍了下来，指着肖国才一字一声："镇压什么人，要先听农民群众的意见。我就懂这。你敢动竺大嫂一根指头，闽东农民就敢挖你的头！"

魏景升召开县委及土地改革委员会扩大会议，研究下一步土改工作，审定枪决地主恶霸名单。土改死刑权本在区一级，他受不了万振山嚷嚷不能滥杀，最近上面也有声音，就接受南下工作团沈立群同志意见，学英山县战友收权到县里了。

扩大会最后才轮到肖国才发言，他站起说："闽东土改的阻力，就是老地主孙家！孙家世代封建官吏兼富商，霸占田地数千亩，因为怕共产党要坐天下，贱卖土地收买人心，携款到汉口当起了资本家。俺已把逃亡地主孙韶启从汉口押回。孙家不镇压下去，闽东土改就起不来，工作组上报孙韶启枪决。另外镇压一个反动族长叫孙省三。"

万振山大惊，站起来说："我反对！孙家土地散给农户是二十年前的事，早已不是地主，没有剥削。孙韶启二十多年在外经商，本本分分，没有任何罪恶，枪毙孙韶启不符合政策，在闽东，在全县群众中影响很不好！我反对！"

魏景升知道万振山确实熟悉情况，人又犟得厉害，但抓捕孙韶启是他批准的，已向工作队表态倾向枪决，就说："那闽东这大个乡土改怎么办？"

万振山说："有地主斗地主，没地主均田，没田的得田，有田的抽肥补瘦，大家有地种就是土改，共产党要的就是这。"就有几个人附和他的意见。

肖国才仗着南下身份，靠在椅背上说："笑话！我们共产党就只是个分田吗？是要人民站起来，壮起胆来，团结起来，推翻整个剥削阶级，建设新中国，还要解放全世界……"魏景升见他又岔远了，打断说："群众不起来，运动的目的就达不到。"

沈立群一直在冷静听着观察人们的反应，她担心和预料的事果然来了！这时从容地说："我说一点吧。我早年在古城工作过。孙家是革命烈士亲属，孙韶启的兄长孙韶光同志，是我党一九二三年一月的早期党员，高级干部，在鄂豫皖红军作战中牺牲，当时我就在方面军政治部。孙韶光同志和我在武昌先后入党，是多年战友，我可以做证。按照中央关于烈属对象的规定，孙韶启是革命烈士亲属，除非罪大恶极，是不允许随意处置的。"在场的人听了都交头接耳，纷纷点头。

孙韶光其人魏景升曾听韩正义说过，为控制会议气氛，就说："孙韶光的事情县档案未见记载。解放以来，党员干部家中是地主恶霸反革命的，该怎么办还怎么办，这在全国都一样。"

沈立群立予回应："那就请景升同志请示一下上级，看革命烈士与一般干部有没有区别。必须请示。"

万振山站起大声说："孙韶光先生就是我入党的介绍人，一九二五年和蔡日新一起创建了古城县党支部，战场牺牲时我在场。孙家不光是烈属，还长期支援革命，资助红军，抢救伤员，如果杀他家人，共产党就是忘恩负义！"

肖国才见魏景升沉思不语就急了，站起来一拍桌子说："不斗倒孙家，闵东永远是共产党天下中的一块白区！"

沈立群目光锐利扫肖国才一眼，站起来说："我任南下工作团鄂东大队副政委、古城中队队长，兼县委副书记、土地改革委员会副主任。对于闵东工作队上报枪决平民孙韶启，我坚决反对！我在这里声明：按照民主集中制原则，我在会上投的是反对票。"说完沉静坐下。

公安局长韩正义见沈立群和万振山态度强硬，站起来帮魏景升收场："孙韶启严加看管，听候处置！"魏景升宣布休会。

魏景升回到办公室在桌前踱步。万振山既已亮明态度，定会用他的办法坚持，说不定又捅到万司令那里。捅就捅，总不能什么事都由着他万振山！对于沈立群的意见不能不有所顾及，她是老革命，水平高，南下工作团还是垂直领导，有指导监督的任务，是可以通天的，弄不好会挨个批评得个处分的。又想自己年纪轻轻主政一方，全凭手握生杀予夺大权，这事开了先例，今后说话还有啥威信，革命工作还做不做？

韩局长进来，魏景升问："情况你都看到了，这事咋收场？"韩正义："这就看书记你怎么想了。"魏景升："甭跟我绕，怎么个说法？"韩局长倒能从政治看事，说："论情况孙韶启可杀可不杀。只是这万振山和沈立群搅到一起，今后这里谁当家，我们还咋弄。"魏景升又踱起步来。

万振山在会上话到为止，是不想当众激化，怕魏景升撕破脸把板给拍了，他知道生杀在魏景升一念之间，打算再单独找他。万振山进门时见韩局长在场，就想退出，魏景升说："你来得正好，一起议一议，你说说看。"

万振山想委曲求全，就耐心说："你们从大部队下来，可能不晓得在老苏区坚持的难处，要是没有一些好心人暗中帮助，这里红军早不在了。孙家是红属……"

韩正义打断说："你们在不在也无关革命大局，解放古城还是靠解放大军。"万振山一听心中冒火，还是忍住了，说："那是的。但帮助过共产党的人，总也不能忘记了哇！大军南下之前，我们已占领全县农村和鄂东大半，建立解放政权了呢。"

魏景升说："你倒说说，孙家帮过啥忙？具体点。"

万振山说："红军反第四次围剿最艰难时，竺宜君一次就给部队五千大洋买枪弹，掏光了家底，连首饰盒都找出来。其他次数太多，都是我亲手取的——这事不能随便派人的，连记都记不清了。早年她家的来源差不多都供了红军。"

魏景升有些感动，仍说："有什么证据？总不能就凭你口报鲤鱼十八斤吧？"万振山问："你不相信我？"魏景升说："万振山同志，现在是非常时期，不要感情用事。镇反你说不杀陈守礼，要杀陈守义，我支持了你，这回你又说杀不得孙韶启。这土改，这革命，还搞不搞？"

万振山急说："可竺宜君家是红军的的朋友哇！"

魏景升有点来气："俺知道，你们干地方游击队那是难，就那几个鸟人，又想弄个钱买个枪的，不与土豪官家他娘称兄道弟，咋能相安无事，活到今天？"

"放你娘的屁！"万振山这下被彻底激怒了，他走到桌前指着他，"告诉你魏景升！我万振山在这里杀恶人不眨眼，人称万疯子，族舅，表弟，日本中佐都杀过，还灭过陶家河恶霸一族。我跟哪个土豪称兄道弟来？你给我说清楚！"

韩局长有点吃惊，但哪容他摆狠，拍一把桌子说："有啥好吹的！你那不就是山大王吗？"

万振山狠拍一掌桌子怒吼："姓韩的你算个屁！你们不就是跟在大部队后面嗷嗷，那冲在前头的都死了，活下你们这些怕死鬼，跑到我这里来充好佬！"他当然把古城叫作"我这里"。

这下刺到了魏景升痛处，他参军后因能识字读报念信，营长当他宝贝，打仗从不让他跑前头，还要战士们护着他，一个营死了大半，他连伤都没负过。他也拍桌子吼："那你万振山咋还活着？死了的游击队哪去了？你还在我这里要横！"他知道古城现在是"我这里"了。

万振山横了。他忽然感到孤单，恨黑子狗日的不该离开苏区，偏要屁颠颠跟"革命家"万瑞麟去革外头的命，丢下他一个人。他习惯地去摸腰间的枪："你两个细仔儿给我听好，那是老子的本事，老子的运气！国民党悬赏一万大洋要我万振山的人头，你魏景升韩正义这颗小脑袋，还没听说值过这些钱吧？值个卵子！"

魏景升、韩正义一下给饿住了，瞪大眼看着万振山拂袖而去。

沈立群要求派来古城工作，正因担心竺宜君家会有不测。她虽在会上表明了态度，心中仍不踏实，知道这事矛盾尖锐得很，万不可掉以轻心，就想心平气和找魏景升好好谈一谈。几天前她与刚从省革大分配来的机要秘书竺方良见过面了，刚才已让她把向省里反映的电报和信件加急发送上去。

魏景升对沈立群会上的态度还是在意的，他见沈立群平平静静走进来，相反压力更大，说："你的意见会上也说了，也不用多讲了。我想说的是，我来这两年了，怎么感觉这老苏区像个大染缸，共产党只要在这里待上一阵子，怎么就一个个敌我不分，三亲六眷，恩恩怨怨的，你说这……这还叫共产党么。"

沈立群淡淡地说："共产党人也是人，是更好的人。"魏景升就想争取她，请她坐下，说："沈政委是老革命，看问题肯定站得高些。当前土改是压倒一切的，下面工作队的积极性总得保护一下吧？只要大方向对头，就算杀错个把两个人，也不能影响大局呀。我们把死刑权收到县已够慎重了。"

沈立群见这年轻人话已说到这个分上，只好拿出组织程序了，她站起来一字一句说："孙韶启烈属的事你说没见记载，就暂且不说了，应等待证实。他家没有剥削罪恶，众所周知。这事你如不纠正，我就按照授权向省委反映，在省委正式答复以前，你如果枪决他，是违反纪律的。"说完转身，有意慢慢地走出去。

万振山对刚才的震怒后悔了，怕魏景升恼羞成怒，非要杀了孙韶启向他示威，想着下一步该怎么办。再找万瑞麟吧，他已为钟培炎发过电报刀下留人，又担着风险抓回陈守义毙了，古城的事怎好再开口呢？他决心一个人把这事顶下来，这才想起魏景升要他拿出竺宜君资助红军的证据，这事不问万司令还真不行。要防他们抢在前头。

39. 祈神灵宜君探弟 申民意佐玉撺挑

孙韶启关在土改工作队住的祠堂院子里，看守严密，禁止近前。

竺宜君差不多急疯了，老孙家这下彻底毁了！她想，这事不像钟培炎，他跟共产党合作好，名声也好，还能去劝降，万瑞麟能够公开出面。韶启不过是个小老百姓，要作逃亡地主枪决，他那大个官怎么好管呢？怎好再叫他为难呢……

她想到老天爷，想到祖宗，想到二十年前老太爷叫散去田产时说"子孙自有后福"。韶启民国三十四年（1945）不是大难不死吗？这回只有求告观音菩萨，求告老天爷，求告祖先了。

她到堂屋香案前点燃香烛，跪在地上祈祷。想起两年前蒸肉糕，果然凶兆在先，但后来肉糕不是又发得那么好吗？钟培炎义同家人，第二年不就死里逃生应了吗？后院那棵桂花树，前年重又生叶开花，韶光的共产党就赢了。是不是这回又能逢凶化吉呢？又想起十二年前云归寺法师说度她出苦海的事，是不是今生就剩下苦海了，那韶启到底活不活得下来呢？

她提着炖好的一罐肉汤，没有喊天香，怕她伤心，一个人无力地移动小脚，到土改工作队去送牢饭。看守的人明白孙家冤屈，不声响开门让她进去，嘱她不要待长时间。

韶启坐在墙角的一条板凳上，脸色苍白，神情凄苦。这是他第二次面临死刑，六年前是国民党要杀他，这次是他哥孙韶光的同志不要他活了。他说声"嫂子……"，就垂下头去。

他的平静出乎宜君的预料。

韶启慢慢喝着汤，说："这回是过不去了。我死以后，嫂子不要像从前那样花费要面子，弄口薄棺材，不声响跟我哥一起葬在桐树林就行了。刑死，不进祖坟。"宜君大哭。

韶启又说："家驹要能活着从朝鲜回来，就说我是病死的，叫他再不要当兵，汉口工厂多，当个工人平平常常过一生……"说着小声哭起来。

宜君哭道："兄弟你不会死的！头上三尺有神灵。我孙家善良，从没做过一件亏心事，老天爷不会叫你去死的……如今我虽是没法子了，自然有人会来助我的……会来助我的。"

宜君伤心哭着，愤恨那肖国才为推卸土改责任，就这样草菅人命。忽然记起二十年前万瑞麟说的那句话："共产党里也有坏人，这事越往后越清楚，胜利后更这样，但不能因为这就不革命了。"她想，韶光当年不惜性命去革命，他要的，难道是今天这样吗？

监屋外传来家犬赛虎的急叫，宜君出门，赛虎咬扯她裤腿，引她跌跌撞撞回到黑森森的自家院里，见树下站着一个人，那人喊声"嫂子"，走过来牵着她就往里屋走，原来是万振山。

万振山说："早年万司令收你五千块的收条还在吗？快拿给我！"宜君说："万司令叫我一定留着的。"就打开箱子拿出陪嫁的首饰盒，用小钥匙打开，取出一个绸布包递给他。万振山打开看正是那张收条，小心装进上衣口袋，扣紧纽扣又拍按几下，说：

"我走了。这条子能管大用的，但光靠这也还不行。万司令已知道这事，叫你莫急。沈政委正在反映，她跟万司令有联系。你谁也不要找了。"说完匆匆出门，赛虎紧跟，护送他到镇外。

宜君抹泪目送振山走远，明白了二十年前万瑞麟为什么要她一定留好收条，他这人，怎么总能想得这么远呢？

又有个人匆忙进院来，是贫协主席黄佐玉。

黄佐玉手里拿着几页粗糙的纸，说："很多人听说孙先生遭难，刚才都围到工作队门外不肯走。这是联名状，大家要保下孙先生，已按过一些手印。还有很多得了你家田地的要保孙先生，我也不知是哪些户头，看大嫂留没留底。"

宜君急喊来孟管家，孟管家说："有！有！"跑出去一会儿拿来一沓名册，颤抖着手恭敬地交给黄佐玉。

宜君说："谢黄主席搭救……今生我报答不了，子孙也要报答你的。"黄佐玉也不说话，匆忙走了。

半夜里，伴随赛虎的轻声吠叫，院外传来时轻时重杂乱的敲门声。宜君刚拉开门，一个人倒在她跟前，是披头散发的弟媳胡淑媛。

原来肖国才带人到汉口她家时，一家人正在吃中饭，肖国才进门就问谁是孙韶启，韶启站起刚答应"是我"，就被夺下碗筷铐上往外推，淑媛伏在门前，哭天抢地拍打地面，眼睁睁看着那辆黄色的破旧吉普车远去了。她经历过父亲胡局长一场生死关节，也变得刚硬一些，知道韶启这是有去无回，她得回去为他送行。她哭了一夜，找出韶启逢年过节爱穿的那身蓝色礼褂包好。表兄伤心忧虑送她搭上到仓埠的机船，她又换乘帆船到桑埠，连夜步行几十里赶回家来。

淑媛哭着说："我怎这苦的命呀！……韶启是老实善良的人，抗美援朝捐了一大笔，还是躲不了命……"妯娌二人相扶饮泣，一夜不眠。

第二天清早，宜君、淑媛和天香搀扶着，来到关押孙韶启的屋外。看守人不让进，态度倒还好，说："肖队长命令不准任何人探视。你们只有在公审时早点去候着，看能不能见上一面。"淑媛哭着请看守人行行好，把那套礼裓交给孙韶启。看守人不收，说："枪毙后会弄脏的。入敛时你再给他换上吧。"

宜君闻言摇晃一下，晕倒在天香怀中，淑媛瘫软地跌坐在地上。

魏景升续开县委及土地改革委员会会议，叫肖国才列席。他端起大茶缸灌下几口水，说："闵东乡不能再拖了，孙韶启的事今天定一下。"

万振山站起来，展开收条说："魏书记要孙家资助红军的证据，这是收条，请大家过目。"就沿着桌子逐人送看，最后放在魏景升桌前。收条上几个殷红的手印格外刺眼，魏景升扫了一眼，见上面果然写着：

今收到

孙韶光政委家属竺宜君捐赠红军现大洋伍千元整。

中国工农红军第四军副军长　万瑞麟

民国二十一年九月十一日

他见万振山当众展示收条，知道是不相信他，心中不悦，用手指敲点着桌前收条说："怎么，要拿钱买命？共产党可不兴这个。"

万振山说："不是买命，是情义。要不要找万司令验对手印？"韩局长见魏景升又被他诒住了，就说："当然要验证。你别老打万司令的牌子嘛！这是开会。"万振山见不得他那神气，正要发作，想起万瑞麟在电话里嘱他只给收条什么也别多说，就喉头一滚坐下来。

这时一个人闯过门岗跑进来，手里拿着一大摞纸。

肖国才喝问："黄佐玉？你跑来干什么！"

黄佐玉也不理他，举着纸页面对魏景升和会场人大声说："我是闷东乡贫协主席黄佐玉。这是闷东农民要求不杀孙韶启的联名状，有一千多户主的手印。"将联名状双手呈给魏景升。

魏景升看也不看摔在桌上，吼道："你他娘起什么哄！什么阶级立场！滚出去！"肖国才跟着喊"滚"，跑去推搡黄佐玉。

那放鸭人见多识广，平时虽谨慎谦让，肚里藏的那叫胆量！他一掌将肖国才推开老远差点摔倒，大声说："各位首长，杀孙韶启不得民心！魏书记叫我滚，我就滚。我滚。农民的要求不值个屁，这狗卵子贫协主席我还不当了！闷东你另请高明吧！"说完狠狠剜了肖国才一眼，扬长而去。

万振山目送他的背影，喉咙里咕噜了一下，没有出声。

魏景升知道这人当贫协主席就是万振山给抠出来的，一样德行，心里骂了句"屎壳郎！"——屎壳郎抠出的都是屎。他定了定神说："同志们！土地改革是一场革命，斗争越深入，阶级敌人越暴露。看到没，敌人他娘群众工作都做到我们前面去了！"

副县长李恒蛟也是部队南下干部，是那种貌似平庸其实大气内敛、道义在心的北方汉子，这时感到该说点话了，他诚恳地望着气呼呼的魏景升说："群众的意见，还是要注意一下为好。"

"什么群众意见？这些农民有什么觉悟？是被阶级敌人煽动的嘛。党要走在群众的前面，不能跟在群众的后面嘛！"魏景升仍在气头。

沈立群这时心中已有点底，她的反映省里已表示要考虑答复。她不紧不慢地说："景升同志，倾听群众意见，才能走在群众的前面。不管农民要求，农民凭什么要跟共产党走呢？"

魏景升知道她政策水平高，说不过她的，就不跟她争了。眼见不同意见快成多数，只好打住，对大家说："你们这是右倾，右倾！别以为一张收条一封啥玩意儿联名信，就能影响党的决心。散会！"

魏景升气呼呼回到办公室踱步，韩局长进来了，说："这事弄的，还要不要党的领导了？议而不决，决而不行。民主总还有个集中吧？"魏景升说："你的意思？"

韩正义对于万振山前天耻他打仗怕死又跑来充人很不舒服，俺几时怕死来！觉得不能处处受制于他，说："人死了，他还有啥屁放？"魏景升已看到会议大势，估计沈立群已向省委反映，连南下战友副县长李恒蛟这老好人，见过那收条和联名状也不支持他了。他摇头说："这事恐怕真得慎重。"

这时机要秘书竺方良匆匆送来一份电报，魏景升接过来，见上面译着：

古城县委魏景升同志：

据工作团反映，闵东孙韶启系一般工商业者，没有直接剥削和罪恶，烈属身份待查，着于释放。土改必须严肃执行党的政策，倾听群众意见，防止左倾错误。正确运用政策，发动群众，夺取土改伟大胜利。

湖北省委

一九五一年五月九日

魏景升感觉挨了一闷棍，心中反倒清醒起来，把电报递给韩局长说："看看吧。马上召集扩大会议，贯彻省委指示，夺取土改胜利！"

孙韶启被肖国才带回家来。从阎王爷那里又走过一遭，使他变得格外淡定，只是一下子老了许多，四十几岁背已显出佝偻。他小声喊了声"嫂子"，又木讷地望着淑媛说："你……来了？"淑媛扶住他细声哭起来。

肖国才瞟了一眼胡淑媛，对竺宜君说："政府对孙韶启从宽发落，你该知足了。你家阶级成分仍是地主，财产封存没收，院子都要退出来，分给受剥削受压迫的穷人。如有转移藏匿财产行为，从重惩处。土改结束前，家人都不得外出！"

竺宜君也不回答他，先走去扶孙韶启坐下，这才不卑不亢地说："知道了。"

黄佐玉在自家门前专心地捆扎放鸭的帐篷炊具，见肖国才走拢来，也不搭理，低头盘着手里的活计。

肖国才说："魏书记仍让你当贫协主席，土改过后正式参加革命工作，可能担任乡长。"

黄佐玉放下活计，请他坐到小凳上，又端来一杯水，这才说：

"这命我革不了。我说了，我滚。我还赶我的鸭子。"肖国才说："这是组织的安排。"黄佐玉慢吞吞地说："组织只能管你这样的人，管不到我一个赶鸭子的。"

肖国才已见识这放鸭人厉害，外柔内刚，软硬不吃，就说："你想撂挑子？共产党的事又不是菜园门，你捞出孙韶启了就想走人，没门吧？你跟俺当面跟魏书记说去。"

黄佐玉早已成竹在胸，不轻不重地说："去就去。万县长找我当回主席，也算有始有终。"

两人当天去县城来到县委院，肖国才叫黄佐玉候着，一个人进了魏书记办公室。魏景升为孙韶启的事丢了面子，闵东土改让他毙过孙省三仍不见群众发动，一见他就心里烦："咋又来了？"肖国才说了黄佐玉不肯干的事，说已把他带这来了。

魏景升说："闵东贫协黄佐玉不干谁干？都他娘是些中农、富裕中农，贫农中找不出几个能说清三句话的，你叫谁干？"

肖国才扶了扶眼镜："慢慢物色，总会有人。"魏景升气不打一处来："还等你再慢慢物色个啥！全县土改都快搞完了，上面就要来验收了。你这瞎子，俺就不该叫你整这事！"肖国才说："黄佐玉这人阶级立场有问题，心思又深人又倔。还是另找个人吧，俺负责把闵东弄好。"

魏景升吼："你懂个啥！你当万振山是你娘瞎子？早防着你呢！淘出个黄佐玉来。"连喝几口水说，"干贫协主席还是要点本事胆量的，人家黄佐玉就敢冒死救万司令的命，贫协他不干谁干？还敢搞他娘的联名状，你以为你是他对手？事都叫你给弄砸了。叫他进来！"肖国才如梦初醒。

黄佐玉进屋恭敬站着，就是不肯回话。

魏景升见他时不时拿眼去瞅肖国才，就叫肖国才先出去，说："贫协主席是党叫你干的，也有老首长的意思，你还想不干？现在不把农民的事办好，国民党回来照样杀你的头，俺的头！"见黄佐玉仍不吭声，又说，"说说吧，有什么要求？"

黄佐玉说："工作队长要换人。"魏景升问什么理由，黄佐玉说："肖队长工作积极，就是不懂乡村实际，反着来。群众都不相信他了。搞不好的。"

魏景升见他直抓要害，言简意赅，真还是个人物。他本就在考虑是否得换工作队长了，想了想说："肖队长立场是对的嘛！换人可以，你给我好好干，闵东土改半个月内拿下来。要站稳阶级立场。去吧！"见黄佐玉还在磨磨蹭蹭，一副老实巴交欲言又止的样子，就问，"还有什么？"

黄佐玉不再含糊了，说："叫孟宪忠进贫协当副主席，我就能半个月把事给你办了。"

魏景升问："孟宪忠啥人？"

黄佐玉说："孙家的一个下人，说是管家，也就是跑个腿打个杂的，按区里集训教的应该算个雇工，是你那玩意儿'阶级兄弟'。"魏景升忍不住笑，说："阶级就阶级，咋叫玩意儿？孟宪忠他娘能干啥事？"

黄佐玉说："早年孙家田地都是他经手散给佃户的，闵东一千多庄户，田肥地瘦，祖宗几代，只有他熟悉，还能识字会打算盘。不然我一个在外赶鸭子的，哪晓得该抽哪个的田，分哪个的地，听哪个的是？土改还不挨到驴年马月去了？"

这下正好点到魏景升的穴，他急的就是闵东土改拖了全县后腿，火烧眉毛顾眼前，就说："这孟什么的当副主席可是你担的保，试用看看。你今天在我这儿拍的胸，出了问题我就该办你，别以为又去赶鸭子开溜。新派工作队长明天就到。闵东土改半个月不拿下来，俺治你破坏土改罪。联名状。去吧!"

闵东土改动员大会上午在镇东头大祠堂前宽敞的空地召开，户主来了一千多人，孟管家也拘束不安地被扯到台上坐着。

新任工作队长徐业民也是南下军人，穷苦农民出身，是个明白又厚道的人。黄佐玉刚好服他这种人，心想魏书记心里明着哩，是在赶我这鸭子上架哩。徐队长简单自我介绍一下，就要黄佐玉讲话。

黄佐玉说："土改的大会开过几回了，道理就不多说了。三天以内，各家各户把一家几口人，现有田地几亩几分，按地契写的都报到村贫协，再集中到乡贫协副主席孟宪忠那里。贫协核实以后交到工作队，按田地人口划成分，再按各村人口把土地平摊计算到户，先算出个大概。中农现有田地基本不动，富裕中农拿出一点来。富农多余和出租的征收，地主没收，也留个平均数，保证贫农、雇农、下中农分到土地平均数以上。佃户种哪得哪。田和地、肥与瘦搭配，抽肥补瘦，尽量合理一点。"

把这些要紧的说了，黄佐玉这才大声说："共产党是农民大救星，土改均田是盘古开天地的大好事，大家都好，莫让一人撑死别人都饿倒，这二十几年大家都是过来人，你说对不对? 对吧。为什么都要保孙先生? 不就这么个理儿! 这事就这么个办法，十天把它办完。"说完就转身朝徐队长点头。

徐业民说："都按黄主席说的去办。补充一点，划阶级成分，分田地，我们还要听取群众的意见，大家有什么要求就找各村贫协反映，也可以直接找黄主席和工作队。没有了。"说完朝黄佐玉示意。黄佐玉喊："散会!"大会前后也就不到一个钟头。

　　徐业民和黄佐玉商量,把工作队员和贫协的人搭班分头到各村调查摸底,访贫问苦,听取划分阶级成分和田地到户的意见。孟宪忠把各村田地摊算出来后,工作队又分头到各村核实,果然八九不离十。徐业民到县里汇报回来,各村就热热闹闹丈量土地,用木桩石块钉立界碑,发放《土地所有证》,紧锣密鼓前后十一二天,划成分调田地就大头向下了,根据收集的群众意见修正调整又用了几天,闵东土地改革在半个月内就风平浪静基本搞完了。没有"扫地出门"的大地主。

　　魏景升哼起河北梆子准备迎接土改验收队了,他想黄佐玉这赶鸭子的还真是个把式,其实也还听话,亏得万振山老鬼从哪个旮旯里把他给抠出来。他娘用对了。用!

40. 分宅院遗孀弹花 入陋巷爱女唤父

徐业民和黄佐玉为孙家阶级成分，特地去找魏书记请示。

魏景升说："孙韶启不枪毙了，竺宜君阶级还得划地主。她家几十年穿绸摆缎雇工剥削，还不都是卖地侵占的钱，还是过的剥削阶级生活嘛，而且仍留有土地出租有佣工嘛，所以地主照划，房屋财产照分。不然还叫什么土改？"

黄佐玉说："留下的地很少了。竺宜君一个小脚婆婆，以后怎么生活，她还是个烈属。万县长知道她家情况。"

"万县长？都中他的我得回家种地！"魏景升不满地说，"她丈夫烈士没见记载，那只是个传说，个别人口说不作算。没见人了不等于是烈士嘛，假如后来叛变了呢？逃去台湾呢？"

黄佐玉忙说："没有没有！牺牲后送回来了，就埋在街北边桐子树林呢！闵东人都知道。"

"哦，是这样？以后再找上面查查看。"魏景升点点头，说，"竺宜君生活那就给点宽大。地主先划着。黄佐玉同志革命进步快，县委已决定任做闵东乡长。今后要注意阶级立场。批准吸收孟宪忠参加革命工作。"

徐业民和黄佐玉来竺宜君家，徐业民说了县里对她家阶级成分的意见。宜君听孙韶光教过她什么叫"阶级"的，这是要把人都分成穷人和富人了，说："地主就地主吧，孙家也没做过什么坏事。"

徐业民相信黄佐玉没假话，孙家是真烈属，有些难为地说："按地主院子就还是要分，可能搬进十来户贫农，大嫂自己留几间，可以留宽裕一点。"

宜君记得两年前万瑞麟来接她时说过这院子的话，心里已有准备，说："那就谢徐队长、黄主席了。我还是搬回前院东厢房北头那三间吧，从前住惯了的，我一个人也够用了。"

黄佐玉说："正屋还是大嫂住吧。前后院厢房住农户还宽敞些，搭个牛棚放个农具喂个猪什么的也方便些。再说你还有儿子抗美援朝，回来还要娶媳妇，孙先生那一大家回来看看也要有个落脚的。正屋的旧东西就都不动了，也就老伯那些古书，没用了。"

黄佐玉说到这里看一眼徐队长，见他在注意听着，就转对他说："竺大嫂早年把田地都散给了穷人，贱卖的一点钱拿去汉口入了股也没多少收益，又多年支援红军，已没多少剩的了，也就算个中等人家。她过日子的一点底子，就不当财产分了吧？"

宜君感激地望着他，忍住没有流泪。

徐业民见黄佐玉说的都是实际又在理，怎能亏待烈士家人哩，就说："就按黄主席说的办吧。另外就是，雇工今后不允许了，你家用人村里也都替他们分田了。"

黄佐玉说："徐队长已报告县里批准，吸收孟先生参加革命工作，到乡里当民政助理员。就近在你院外也给他家分了三间房，天香和两个伢名下也留了点田地，有么事情在门口也喊得应的。"

宜君欣喜孟宪忠去当干部，明白这是黄佐玉保举，也定是万县长的主意，孙家的事，都搁他心上哩。只是天香也要搬出，心里难过得紧，一时不知说什么好。

黄佐玉说："竺大嫂年岁也大了。看还留不留点田地？"

宜君说："我也不会种，就分给别人吧。我想过的，想摆台弹棉花的车，自食其力……我家韶光早说过，等共产了就人人平等，都要'各尽所能，各取所需'的，说为了这一天，他就是死也值得的……"说着还是忍不住抹眼泪。

徐业民想了想对黄佐玉说："叫老孟到城里替她买台弹棉花车来吧，乡里出钱抵她那份田地，喊个师傅来教她做些时，师傅就不算雇工了。"宜君说："弹花车的钱该我自己出，再莫添了公家负担。"

两天后，孟宪忠引十来家农户陆续搬进院里来。

穷人们掩饰着内心的喜悦，像做错事似的朝竺宜君点头，轻手轻脚打开各自的屋门进去了，小孩们在院里高兴得活蹦乱跳，院里一时倒还热闹起来，有了多年没见的新鲜生气。宜君拿来天香刚在后院摘下的桃子分给孩子们吃。

民俗"先烧火后搬家"，大人们第一件事，便是欢欢喜喜在屋子里和泥剁砖砌灶台，有的在各自门前敲敲打打搭牛栏盖鸡舍，不出一个时辰，各家的媳妇婆婆就升起了自家的第一阵炊烟，欢笑声终于不可抑制地从新住户们屋子里飘了出来。

百年孙府大院的时代，终于永远地终结了——孙韶光人人平等的理想，在穷人的炊烟和欢笑声中，彻底地实现了！

孟宪忠和天香先把衣物搬到院外分给的屋子，回来向宜君告辞。天香抱住她大哭，宜君也忍不住哭了，说："这是好事。细伢都大了，我俩总有个分开的时候……"天香跪到地上给她磕头，宜君双手扶起，老孟也要去跪，宜君忙一把托住说："这可使不得的，你是公家的人了。"拉着天香手，"都还挨着住呢，又不是要走几远不回了的。"

宪忠说："大奶奶，孙家对我几代人的恩典，我是不会忘记的。日后有难处，大奶奶一定要跟我说，或是告诉天香一声，我们还像从前一样待你的……"说着擦眼泪。

几天后，孟宪忠用马车拉来一台弹棉花的长方大木车。

那车长约八尺，宽四尺，高也有四尺，比座雕花床还大，厚厚的车板散发着桐油的香味。还带来一个弹花师傅，两人在堂屋折腾半天把车摆弄好。那师傅先把棉花铺在车上，扯拍均匀了，站在踏板上踩踏机试车，弹花车中的轮子转动起来，发出"咔嚓咔嚓"有节奏的响声，面上的棉花就自己弹跳抖动起来，扬起一片纤尘。师傅脚踩踏机两手拨动棉花，手脚不停工作，脱去棉籽弹匀了的净花就缓缓地向对面移动，渐渐滑落到地上包布上，他又弯腰从筐里抓些籽棉放面前补充拨抖着。

宜君站在旁边专注地看，弹花师傅说："蛮好用的。这好学，用一阵就会了，就是两手莫闲，不停把棉花扒匀弄泡就行了。棉籽落在下面，用个席子托着，弹完一起装给人家。"就扶宜君站到踏板上去试。

宜君颤巍巍站上去，依样伸出一只三寸来长尖脚去踩那踏机，剩一只脚人就站不稳，开始没踩动，憋住劲用力再踩，那机子就有点动静，再使力踩动几下，机子里也慢慢转动起来。师傅说："转慢了弹不动，脚下再来点力，踩快一点就能弹了。"

宜君又用力去踩，轻一脚重一脚的，那机器时转时停，还没转匀，宜君已喘着粗气，额头上渗满汗珠，脚下早已颤抖立不稳，人就摇晃起来。这还没有同时用手去扒拉棉花。

孟宪忠"啊"一声捂住嘴跑到外面去了。

弹花师傅见不像个事，扶她下来坐着，宜君仍在喘气。师傅说："姆姆莫急，慢慢就会了。"

宜君擦着汗说："我能行的。我要各尽所能……"说着又站上踏板，伸出小脚去踩，仍然使不上力。她扶紧横档，将整个人重量压到踏机上，机器转了一下就戛然停止了。她实在没有力气了，感觉头也晕晕的。

恍惚间忽然看见孙韶光，他就站在弹花车对面，直定定地望着她，像是在笑，又像在哭。宜君看得真切，喊声："先生!"孙韶光点了点头就不见了。

师傅给车子的一些部位珍贵地抹了一点油。宜君擦擦眼睛，镇定一会儿，嘴里念着"先生"再去踩那踏机，感觉轻松了些，她咬牙再用力，那机器就也平稳地转动起来。随着棉花的弹跳，宜君头发眉毛间很快粘上一层棉屑白花。

宽敞的厨房已分给农户做了住房，晚上天香从自家端来饭菜，还有一罐鸡汤，两人望着饭汤一口也吃不下。宜君说："长日长时的，让你送饭怎是个办法。我小时也做过饭的，有个灶就好了。"天香说打个灶她回来弄饭也方便些。

第二天老孟带来泥瓦匠，在通往后房过道角落里砌了个灶台，又弄来些锅碗炊具，米面油盐柴火，天香就生火试灶。

一阵木香浓厚的炊烟，暖暖地弥漫在这曾经是诗礼鸿儒谈笑往来的客堂，灶膛里劈柴"噼啪"作响，火光映红了天香的脸庞。泥匠满意地点点头说："这灶立得顺手旺畅。恭喜恭喜，孙家往后的运气还会好起来的。"

沈立群在孙韶启的大事了结后，放下心来，请假匆匆赶去汉口。她从湖南回到武昌后很快就派来鄂东，现在孩子的事意外地有了最好的着落，她急切地要去寻找父亲沈伯钧。

二十三年前告别父亲与孙韶光一同重返上海后，为守保密纪律她一直没给父亲写过信，红军时期居无定所更没法通邮，抗战时延安邮路能通了，却不知到不到得了沦陷区，试着给父亲几次写信都不见回音。父亲如在世，该八十岁了。她多么思念慈爱的爸爸呀，只有在爸爸面前，她才能回到童心。

江汉路变化不大，她很快找到家的处所，阔别的花园公寓依在，只是不见那许多名贵的花木，她喜欢的几株梅花在落尽花瓣后吐着新叶，院落干净而空旷。

立群掩住心跳走近那栋别梦依稀的小洋楼，见门边挂着一块白底黑字的长方木牌："中国人民公安江汉路派出所"，门口站着一名荷枪的岗哨。

一个着军装的公安干部从台阶走下来，站住打量这位一身旧军装的女干部，友好地问她是哪个单位的，要找什么人。沈立群说她是南下工作团的，这里从前是她的家。那公安礼貌地看过她的证件，说他是派出所所长姓贾，也是南下的，请她进屋坐。立群急切地随贾所长走进这座让她魂牵梦萦的屋子。

客厅已隔开一大半改作三个办公间，留下小半是过道兼接待处，楼梯下面是用砖石砌成的拘留室，留有一个通气孔。贾所长请她到办公间坐，告诉她说，这栋房子原是国民党抗战后接收的伪产，被一个官员据为己有，解放后予以没收，闲置了一阵，新设派出所去年才搬进来。

立群吃惊，难道父亲当过汉奸？这绝不可能！贾所长对从前的事也无从知道。立群来到楼上，她小时候住过的房间用作缮写室兼用具收拾房，桌上堆码着许多卡片纸页。她没进房，走到走廊另一端父亲的房前，门上一方白纸写着"户籍档案室"。一个十七八岁的女军人站在门口朝她点头，贾所长说这是户籍管理员小何。立群朝小何点点头向内张望，父亲那张宽大的红木雕花床不在了，房间被几排粗糙的简易档案木架塞得满满的。

立群扶着栏杆慢慢走下来，当年站在这里可惬意俯瞰，常与学友指点江山的客厅已不复存在。这里不再是她当年温馨的家了，是一个陌生而肃穆的地方。

她告辞出门来，院门口有个看门的老人在生煤炉烧水，立群模糊记得，他正是当年花园公寓的园丁晏大叔，还识得字的，那时父亲常请他进屋喝茶，不时接济他。晏大叔听说她就是沈先生家早年那个读师范的小姐，皱眉打量记起模样，就摇头叹息起来，问她："这多年，小姐你跑哪去了？"

晏大叔告诉她，二十多年前小姐离家以后，沈老先生一直一个人过着，女佣吴妈想与他成个家方便照顾他，他没有肯，替吴妈另找了一个好人成家。一直怀念着小姐那早逝的母亲，天天思念女儿，担心着她的生死。十多年前他告老离职了。

立群急问父亲去向。

晏大叔叹口长气："刚离职不久，上海几个旧友来了，找他借钱投资证券交易所，沈先生明知冒险太大，不赞成他们下大本盘证券，本不敢借钱，可是这几个旧友当年在上海，曾花大钱出手，营救过小姐那个共产党女婿——有这事吧？姓孙？"

立群点头，晏大叔责备地看了她一眼，说："沈先生为还情报恩，拿出多年的积蓄，连这房子都给银行抵押了。几个旧友亏得血本无归、去向不知，他生活无着，只好将房子交银行拍卖还了贷款，搬到三民路一个平民里弄去了。唉……你这个伢呀！"

立群忙问父亲是否活着。

晏大叔心里埋怨着这不醒事毁了家的女娃，有些没好气地说："等你呢！死不了。两年前刚解放时还到公寓来托付我，如见到小姐，或一个瘦高个书生模样的男子找回来，就告诉一声，说他不见到女儿是不会死的，他相信女儿还活着，只要你们活着回来，就能找到他……"

沈立群坐在门房的小凳上，她很想在这里好好哭一场，她已经好多年没有哭过了，但她现在不能。她的泪神经大概已经退化，泪腺也可能早就干涸了。

立群寻到三民路，一个个里弄逢人打听，都说不知道这样一个老人，这才想到查户籍，连忙返回派出所，幸好那姑娘小何还在。小何说三民路刚好属他们派出所辖区，抽出刚整理出来的居民登记表仔细翻看，一个多钟头后，居然在民族路歆生里三十七号查到了沈伯钧的名字！

姓名：沈伯钧 性别：男 出生年月：一八七一年
籍贯：湖北钟祥县 职业：无业 阶级成分：城市贫民
备注：民政救济领取人

小何带沈立群急急找到歆生里三十七号，这是一个狭小阴暗的三户合住屋。两人经潮湿的过道，扶着吱呀作响的木楼梯上到阁楼间，门锁着。楼下同屋摆香烟摊的老太婆说："沈先生白天从不在家的，也不晓得转哪里去，总到晚上好暗才回。"

沈立群急想：父亲白天会去哪里。公园人造景观他向来没有兴趣，戏院影楼更是从不涉足，从不进餐馆不吃小食摊，书店也不久待——这人间书他早已读透了。他会去哪里呢？洋行！是的，那里有他喜欢的洁净的青石砌墙欧式大楼，有过他一展才识人人敬重如日中天的盛年，门前有他百看不厌的圣母玛利亚怀抱耶稣的铜雕塑像。

立群告辞小何，一个人沿街张望走到沿江路。英租界早在民国十六年（1927）被武汉国民政府收回，各大洋行仍在这里合法经营，解放后这些外国资本收归国有，房屋都完好保留利用着。她熟悉地找到父亲从业过的"汇丰银行"旧址，门前挂着"中国人民银行汉口分行"的牌子，有解放军持枪守卫。

门庭距街十几米宽阔的空地上铺着青石，十分干净，圣母怀抱耶稣的铜雕塑像依然光洁完好，圣母还是那么美丽仁慈而深邃。有个衣着旧式而整洁的老人席地而坐，歪靠在圣母身边打瞌睡，一顶干净的灰色棉布礼帽拉下遮盖着额头和眼睛，手旁是一根拐杖和一份《扬子江晚报》。

立群心口跳动，又不便惊醒老人，轻脚走近蹲下去看他手旁报纸，右下角一则《寻人启事》赫然跳入眼帘：

　　女儿沈立群，一九〇六年生，省立武昌女子师范毕业，一九二八年十一月偕学兄孙氏再度去上海未归。爸爸想你。民族路歆生里三十七号沈伯钧启。

立群已泣不成声，拿开他布帽轻声喊："爸爸……"扶他坐

534

起。

老人慢慢坐直了，浑浊的双眼努力打量着这个四十多岁、满脸泪痕、形容憔悴的女子，哆嗦说："我儿，你回来了？……孙韶光呢？"两行老泪落了下来。

沈立群在武汉没有住所，再也不能让父亲回到歆生里了。她到公用电话亭要通了万瑞麟的电话，瑞麟说他马上到武昌中华路码头迎候沈伯伯。人民银行离轮渡码头不远，立群搀扶父亲上船过江来，万瑞麟已站在江边等候。

车进军区院，瑞麟扶沈老伯到招待所一套两间整洁的客室，勤务兵已备好茶水和毛巾牙具一应生活用品。

老人家在小客厅落座饮茶，这时精神变得格外的好，头脑也显得十分清醒，只是不说什么话，盯着女儿看不够，又慈祥感激地打量瑞麟，说他还是年轻时模样。良久才说了一句："你们，还是胜了……'天道远，人道迩。非所及也，何以知之'。"说到这眼中就泛起亮光。

瑞麟听立群说沈伯伯为还上海旧友营救孙韶光之情，晚年潦倒沦为孤苦贫民，心里难过不已，半天没有出声，记起当年几次在她家争论主义时，老伯教诲说过的话，这时别是一番感慨涌上心头。

晚上沈老伯靠在床头，听立群断续讲了别后二十多年来的一些事情，他静静地听着，一直没有吭声，末后才无力地说："爸爸见到你还活着，就安心了。可怜孙韶光这孩子，他太年轻……我死以后，劳你送我回钟祥老家，葬在你妈妈旁边……你小时的几件用品和一个洋布娃娃，我还替你留着，你如想要，就到住处去拿来吧……"就要立群扶他躺下。

瑞麟进来看望，请沈老伯在这里安心歇养，说我没家眷，老伯生活有勤务兵照料，等立群在工作团任务结束回到武昌，再从长安顿。

沈伯钧微笑致意，他那已见蒙眬的目光在女儿和瑞麟脸上眷念地晃动，嘴唇翕动着像要说什么，却没有出声。这其实是弥留的征兆，方才还好好的，立群和瑞麟都没有往这上面去想。

早上立群进到爸爸的房间，老人家已没有声息，他已经逝去，神情是那样不舍而安详。他终于用啼血的心声，唤回了零丁飘泊的爱女。

卷三 玉兔当归

41. 娶巧兰振山弃官　报恩德韶启登门

沧桑的县委政府院有几十棵百年树木，每当拂晓，树上就有音乐般"啁啾"地传来不知名鸟儿悦耳的鸣唱。

万振山一身旧军装站在树下，他喜欢清晨到这片树林来，感受像大山里一样清新湿润的气息。他在等同样早起的魏景升，嘴里轻声哼起东路子花鼓戏，又随意地来上几下拳脚。

魏景升在院中正正规规跑了几大圈操，惬意地擦着汗去办公室。听说韩正义、李恒蛟他娘没跑早操啦，想腐化咋的？"三反五反"运动还没完呢，蒋介石不是还活着。远见万振山站在木楼前，老县长总是早起，可惜不爱跑操。与万振山共事几年，魏景升倒喜欢上这个爱憎分明表里如一的老伙计，在古城革命工作其实还靠了他哩，只是烦他动不动就与自己较劲。他老远喊："好呀！也学正规军啦？比俺还早。"万振山说："你这叫早？游击队夜里不睡觉。"

进到办公室，万振山说："我要结婚了。听说还得向组织申请？来给你说一声，请两天假。"

"当然要经组织批准啰。"魏景升笑着说，"好哇！都四十大几了，早该有个伴了。相中了哪家姑娘啊？"万振山说："还姑娘？胡子都白了！不瞒你说，是个老相好的。"魏景升来了兴致：

"哟！倒看你不出。说说看，她是谁？让我猜猜。竺宜君？那可不成。"

万振山说："瞎说哩。"就讲了与巧兰从前的事，说："解放这都三年多了，县里大事情也忙完了，让百姓好好过太平日子行啦！这两天就把她娶过来。"

魏景升听着脸色越来越难看："老万你怕是老糊涂了吧？这种人怎么行！一个大地主婆，你他娘玩笑开大了！难怪老往陈家寨跑哩。谁说革命大事都办完啦！"

万振山一怔，说："我刚说了，她是苦出身，是被霸占去的，几十年用人一样使唤，又没参与剥削，还帮红军新四军做过不少事。"

"看看，看看！你又来了。"魏景升说，"怎么一说到地主家里人，你都说没剥削没罪恶的，陈守礼没有罪恶，孙韶启没有剥削，地主婆也没有，那谁他娘在剥削？你是不是个共产党？"

万振山说："我不共产党哪个共产党。这事你可以调查。我说过胜利后一定娶她，她都等我二十多年了。也就是老来做个伴了，不然我亏她一生。"

魏景升见他说得恳切，就说："老万啦，这事你可不能感情用事啊！你革命一生，现在就为个老女人革到头算啦？"万振山说："革命我是要革到底的。"魏景升忍不住笑了，说："我说你是土游击你还不爱听。娶了那婆姨，还让你革命吗？"

万振山问："怎就不让人革命了呢？"

魏景升严肃起来："你呀！不学习，啥水平。这是阶级立场问题，懂吗？组织上能批准你个大县长去娶个地主婆？我的老同志，别老是一根筋拧着，跟自己过不去，跟组织也过不去了。"

万振山哪知道还有这么大一篇道理，连命都不让人革了！说："那我想想再说吧。"

万振山当天去了陈家寨。老陈家前院中院后院都住满了分房屋住进来的穷人，到处堆放着农具篾筐，猪圈牛栏搭在房前屋后，各家蓄肥的粪窖热烘烘的。几十户曾经失去土地房屋的农民快乐地聚居在属于自己的家园。万振山庆幸闹农会那年没让黑子一把火烧了这院子，就因巧兰一个哀愁的眼神。

巧兰是受苦人出身，村贫协主席陈友才是从前万振山在陈家寨的内线，向土改工作队说了她和万振山的一些往事，就没有把她"扫地出门"，让她在中院仍住着自己的三间厢房，就近给她留了一亩二分田，半亩地。她养了一窝鸡又捉来一头猪，日子也还过得下来，只是田里屋内一个人有些忙不过来，好在有小菊在身边。

巧兰见振山回来，到院里喊小菊，小菊进屋喊声"二爷"，放下猪潲桶就去淘米煮饭。小菊十三岁了，虽是一身乡下丫头打扮，但还见得出一些区别，巧兰怜惜着她，农活粗活不让她沾手，前些年还让她到族塾念过几年书。晚上小菊早早回房去睡了，万振山和巧兰靠在床上慢慢说着话。巧兰更见年岁了，干重活手变得粗糙，只是这几年有振山常来看望关照，精神好多了，屋里也常常有了点笑声。

万振山思前想后，忍不住还是把魏书记的那些话说给她听了，巧兰偎着他伤心地哭起来，她哭了很久，也没有说什么。早晨万振山要走了，巧兰才抹着眼泪说："不让人革命了，那不是要你的命吗？你能这样待我，我已经知足了……你就找个革命人做个伴吧，我也好放心。我有小菊陪着，你也该放心的……"

万振山说："小菊出嫁了呢？你么办？这伢我还要送她出去读书呢。"说着出了门。他循着熟悉的山路快步向县城走去，看着母女俩无助的情形，他横下一条心：婚是要结的，命是要革的——找万瑞麟评理去！

万瑞麟住在省军区石牌岭干休所，他第二次小腿上的伤当年在野战军医院没有治断根，前些时复发了，不想麻烦警卫员们，独自住到了干休所。他见万振山苦着个大脸盘忽然跑来，心里已猜到个大半。

振山见他孤零零靠在床头，习惯地问："黑子呢？"提到黑子瑞麟欣慰又失落："我还让他喂水？下部队当团长带兵去了。组织安排他刚娶了个护士，他要媳妇照护我，那哪行？我说闻不惯医院味道，躲这里来。说吧，说你的事。没事你还管我。"

万振山理直气壮说他又要娶巧兰又要革命，要他给个公道。万瑞麟静静听着，好久才说："哪叫公道。魏景升说的都是实话。群众只知道你个共产党县长去娶地主寡妇，这影响有多大，组织上能不管吗？这事先放一放。"

万振山见他也这样说就蔫了，说："那她娘俩么办？那时她总是冒着性命给我们帮忙，我一个共产党，总不能说话不算数吧？"

"也只有在生活上多照顾一些了，现在还不能正式结婚。"瑞麟斟酌着说。振山说："那算么回事哩。这事还得你替我说句话，巧兰的事也只有你清楚，那个伢也可怜。就这一回了，以后再难的事也不找你了。"

万瑞麟说："你当这是别的那些事？这事党是有纪律的，你以为我说句话就万事大吉了？三年前镇压陈守义的事，到现在还没了呢。"万振山问："人都毙几年了，老百姓欢喜得很，怎还不得了？"万瑞麟说："起义的人当时就反映到中央，省主席一肩扛过去了，说是他要杀的。现在又有不少从朝鲜打仗回来的起义干部在北京提这事，中央说不定给我补一个处分，服一服人家的心呢。"

振山说："杀个反革命恶霸还要受处分？这革的个么命？"瑞麟说："你还不晓得什么叫纪律吗？那年你不服从东调六安，差点杀了头，忘了？真正的纪律，政策，那是碰不得的。"

万振山像霜打了一样呆在那里，半天才问："那你说我么办？"万瑞麟说："出来算了。在那里转大半辈子了。省主席找我问过你的情况，想叫你到省里来挂个水利厅副厅长，到郧阳丹江口替他修水库去。"

万振山问："那巧兰能不能带去？那里天高皇帝远的，哪个管我？"万瑞麟说："这时不能带。哪有不透风的墙。"振山又问："我娶了她，还能不能把点事我做？"瑞麟知他仍要工作是想让巧兰娘俩能比从前过得好一点，问他："你真的想好了？"

万振山翁声翁气说："革命也胜利了，那时不就为了有个太平日子过。这几年我忍得太多了，那些北方佬，我感觉跟我们就不是一样的人，没情没义的，还说我们敌我不分，弄不清他们往后还要么样折腾。一个个说话侉嗽侉嗽的听得耳朵痛。好一点的也有几个。魏景升人其实还好，瞧不起游击队。我总是跟他们搞不来。我回去种地算了。"

万瑞麟知道他牢骚苦水也只能对他吐一吐，说："要你当师长跟我出来打仗你不干，死怕苏区缺了你万振山就塌了天……也是，竺大嫂一家还幸得你在古城。你不在那里，陈守义的罪恶哪个还管。找出放鸭子的黄佐玉……"万振山摇头说："竺大嫂还不是让人家划了地主……唉!"两人低头不语。

瑞麟提起话来："和南下同志还是把关系处理好,学习人家的长处。"见他噘着嘴,又说,"你还是到郧阳修水库去吧,那里大都是本省同志。中央即将实行新中国第一个五年计划,要搞建设了。不搞建设革命为的什么?"

万振山到底还是怕不让人革命,还有建设呢,说："我回去想想吧,过些时给你报告。"就揭开被子看他的腿,见又红又肿不能伸缩,忽然起个念头,说："我要竺大嫂来照护你吧。"

万瑞麟叹气："好倒是好呢……我也想到过的。可现在这形势,那不跟你和巧兰一回事吗?组织上能不过问?你先莫跟她提我这事,缓一阵我再想办法。我说了胜利了就照顾她。"

万振山说："我竺大嫂……唉!当红军时人家能救你的命照护你,翻箱倒柜支援你,胜利了反倒不让人拢边,这叫什么事?革命怎就革成这样子了呢?"万瑞麟就不作声了。

振山告辞,瑞麟说："竺大嫂烈属的事我再找上头反映。刚解放时我回去接她来一起过,她硬不肯来,现在还难一些。还是别跟她说吧……巧兰的事你莫给我乱来啊!先去修几年水库再说,这多年也等过来了。你听我的!"

万振山到陈家寨巧兰屋里,见她在小菊房里,正弯着腰替她用热巾敷脚踝,桌上搁着早已放冷的半碗粥。小菊喊一声"二爷",疼得直哭。

巧兰说："这伢不听话,趁我下地瞒着我一个人到后山打猪草,把脚扭了,肿几天了。"振山自那年打陈寨见到小菊,至今六年了，时常跑来看望她娘俩，一直拿小菊当自己闺女怜着。说："好孩子，你再忍一下，明天我带你去城里找大夫。"又说，"眼下秋播，地里么办？"巧兰说你忙你的事去吧。

万振山扛了锄头提着麦种到地里去。挖着麦籽沟，他想小菊这孩子太可怜了，她是无辜的呀。他回忆当时陈守仁求情不想死，说有个刚出生的女儿在沈阳还没见过面时，万瑞麟好像动了心，陈守仁也还没有直接的血债，是自己和黑子激愤坚持，当时就亲手杀了他。他想，小菊这孩子该由他来抚养的。我欠她的呢……巧兰还能指靠哪个？这婚结定了。农民农民，本就是个穷到了底的农民。

万振山没有对巧兰说他去见过万瑞麟，省主席要他当副厅长去郧阳修水库的事，也没说他的打算。第二天清早闷不作声用脚踏车驮小菊到城里，到北门一个小巷找到专治跌打损伤的王拳师，王拳师给她推拿敷药，说好在只伤了筋没伤到骨头。振山带了秘方药膏回政府院，把小菊背到屋里，还了自行车，就直接去了魏景升的办公室。

魏景升满有把握地说："万司令咋说？舒服了吧？回来也不吱个声。"万振山说："万司令还能么样说。我想好了，我还是结婚，当个农民。"魏景升急了："老万啦老万，你真是一根筋！你这是背叛了自己革命一生，也是背叛了党！"

"我没背叛。我没办法。她娘俩我放不下。"万振山嘀咕。

魏景升心里舍不得万振山，他要一走自己真得抓瞎哩，说："我好话说了一箩筐你听不进，万司令说你也不听。关系阶级立场，纪律处分我可担不下。"

万振山已想好了主意，说："那不怪你。纪律既不许可，我最后提点要求总可以吧？"

魏景升说："要求你提，只要我权限内做得到的。"

万振山说："等我结完婚再处分。她盼的是我们胜利了去娶她，我总不能不当共产党当了农民再去娶。另外，从前我曾三打陈家寨，我不能到老来又住到陈家寨去……我老屋万家湾杀得没剩几户人了，跟陈家寨血海深仇的，我也不好把巧兰带回去。你得给我另找一个地儿，让我们安生。"

魏景升问："就这些？"万振山说就这。

魏景升说："可以结完婚再处分，但不能把那婆姨接进政府院来。我叫司务长在城里替你找间房。也不要讲啥热闹了，喜酒我就不去喝了。还喝个啥！陈家寨万家湾你都不去了，我给你另外找个去处。"

万振山没有想到他答应得这么爽快，心下就记住了他的好处。说："都按你说的办，我和她娘儿俩，谢魏书记了。"

魏景升摇头："唉！你这犟牛。你的事怎么处理，我还要向上级请示的，毕竟是老革命呢，我们共事也这几年了。"想想不解气，又说，"土匪嘛！迟早得整出个土匪事体来。"

万振山最不爱听他说他土匪，心里冒火，这时想到巧兰和小菊怎过，就吞口气忍了，说："我土匪，土匪！行了吧，你正规军，你革命，日大大革好大正规命……"

几天后，司务长把城里一处挨着菜农的三间房子收拾好了。万振山说过胜利了要抬轿去娶她的话，就还是雇了一乘轿子，没要吹鼓手，自己推一辆脚踏车驮着伤脚的小菊，带轿子来到陈家寨。他进门对巧兰只说了一句话："我抬轿来娶你。"

巧兰丢下手里活，"哇"一声哭起来。

振山和陈友才把哭成泪人儿的巧兰扶到轿里，挪小菊在脚踏车后坐稳。陈友才送出寨门，落寞地好歹放了挂鞭炮。倒是不知从哪里飞来大群喜鹊，落在墙头树梢朝他们喳喳叫着，送那乘孤轿不声不响朝县城去。

陈家寨分给巧兰的那点田地给人拿去种了，说好分文不取，人家还是挑了一担谷子到县城来。三间厢房万振山说交给村贫协算了，陈友才要巧兰留着锁上了。党政干部没有工薪，是供给制，以物粮代薪，万振山每月领的粮和代食品省着点，加上友才送来自己种的两袋米，眼下还是够吃的。巧兰又在屋后开了两大块菜地，猪卖掉了，搭个鸡舍放窝鸡，一家人总算聚到一起了。巧兰忙前忙后，颜色好多了，脸上时常挂着笑。

万振山总算把他的巧兰娶进门了，这比当个县长好得多得多！管他什么处分，心里滋润，在屋里哼起东路子花鼓戏《陈世美不认前妻》，"包龙头，打座在开封府……"巧兰笑他，"你这老头子，官都盘没了，还打座开封府呢。"万振山就学陈世美对公主唱道："娘子啊——我本是……"巧兰就笑红了脸，连小菊都扶着房门探头朝他们笑。

半个多月了，小菊的脚伤差不多好了，家务菜地巧兰不让他沾手，处分也没见下来，万振山没事忍不住到街上转悠。县委政府的人看见他都先弯了路，县城老百姓也有耳闻了，避在一边指指点点的。倒是几家邻居与巧兰渐渐熟分了，不时过来讨个针要根线的，你来我往拉拉家常倒也不寂寞，邻居们都喜欢这个从河西来的能干热情还漂亮的"乡里大娘"，巧兰发现自己一下子变成城里人了。小菊除帮她二娘做些家务外，就一个人在房里写字念书，望着窗外出神。

这天下午，县委机要秘书竺方良找来，说魏书记请县长去一下，巧兰忙让座倒茶，小竺看她热情就说："万县长你先去吧，我在这和大嫂聊聊。"万振山心里有事，还是笑着说："姑娘家家的，该喊婶婶吧，比我闺女才大几岁哩！"小竺说："偏叫大嫂嘛！"振山叫巧兰找来旧军装换上，拍打整齐连忙出门了。

魏景升在办公室从不请人坐，这时叫他坐下还递来一缸茶，万振山知道事情不会好。魏景升说："你的处分下来了，撤销县长职务，留党察看两年。"

万振山说："我还用察看？"

魏景升说："老伙计，保住党籍就很不错了。就为个老女人，你说你值不值。唉！"万振山嘀咕："保住了就值。"

"值个屁！你那党籍是谁留的知道不？是你们的省主席呢。"魏景升端起大茶缸。万振山知道他喜欢卖点关子，就激他说："怎是'我们'的省主席，不是你的？"

魏景升笑了，说："也是呀，地方军英雄嘛！万司令电话里告诉我，省主席说，这个万疯子！相好的也要，革命也要，那就让他革呗，干共产党就不要媳妇了？这才给你个察看。也还是万司令替你说的情吧。"

万振山听了低下了头，说："我们省主席最重情义了……当农民好歹也是个党员。"魏景升笑他："还是'你们'的主席嘛！"又说，"地也不会叫你去种的。上面还有点口音，怎么个安排我再通知你。"

这天上午竺方良引魏景升进屋来，巧兰知道来的是大官，就红着脸学公家人喊了声"首长"，忙去搬凳倒茶。魏景升"嗯"了一声，不望她也没个称呼，勉强说声："你不用客气。"竺方良见状就拉巧兰进里屋说话去了。

魏景升说："说说你工作的事，顺便也看看你这一家子。对你的安排上级还是很关心的，有两个工作由你挑，一个是到郧阳丹江口修水库，当个副指挥长——原是要你当指挥长你不干，要老女人。算来级别没降，今后提职也不受啥影响，但目前你在'察看'，不能带你这宝贝家眷，以后再看。其实别人也都没带，艰苦，不方便。另一个差事就差多了，五柱山要建个区级林场，直属省农垦局，与县里算双重领导，去当个场长，也就是守林子，那以后就跟养老差不多了。你自己想好。"

万振山说："这还是魏书记为我说了不少话，感谢话我就不多说了。到郧阳一千多里不带家眷，一去起码几年，那她娘儿俩一老一小的待在这里么办？我还是去五柱山吧，那一带我熟，种种树养养老，图个自在算了。你替我谢首长们。"

魏景升知他决心已定，说："我跟你说啥也没用。你们这里人都一个德行，把感情面子看得比命还重，又见不得女人哭。这不弄砸了。准备一下吧，过几天省农垦局来人圈地，你一起上山就算到任了。有啥困难给我吱声。死要面子活受罪！"

送走魏书记和小竺，万振山说想和巧兰娘儿俩一起去看看竺大嫂。巧兰说都是自己连累了他，还好意思一路去走亲访友的，万振山说我竺大嫂不会这样想。

一家人起个大早，到老孙家院时日头才三丈来高。

万振山进到院中，见有不少陌生人，有的还朝他点头，知道也是分房住进来的贫苦农民，但院子依然算得上整洁，比陈家寨那光景强多了。宜君见是万振山来，欣喜地迎进屋，家犬赛虎记得老主人近前撒欢。振山见堂屋摆着个弹花车，想是别人借场儿，也没在意。有黄佐玉在这哩。

振山指着说："我媳妇巧兰。这是我女儿，小菊。"宜君知他情形，猜想是结婚了，就高兴着道喜。巧兰倒脸红起来，她还是第一次见到心慕的竺大嫂，说："大嫂贤德名传四乡，还支援红军，早听振山说过的，往后还要你指教。他这一生爱的，就是你家孙先生呢……"她说是自己命苦连累振山，害得他不能革命了，抹着眼泪说振山已被撤职，就要到五柱山去守林了。

宜君吃了一惊，没想到为这点事就不让他革命了。想到万振山为了巧兰和小菊情愿丢官，心里感动不过，说："你们这是有情人终成眷属呢，万县长重情重义的，都有个伴多好啊……"她记起小时候听母亲说过，"仗义每从屠狗辈，负心多是读书人"，万县长这样的男人，谁摊上他都不枉活一世。掏绢抹着泪。万振山像个没事人似的自顾喝着清茶。

宜君牵小菊到面前慈怜地看她，小菊喊声"伯妈"，就像看见一个久别亲人似的不转眼望着她。宜君见这孩子清秀脱俗，又这么温顺的样子，心里怜爱，拉她站在身边不松手，想起她那作孽的生父不禁叹息。问她在哪里上学，小菊低头不说话。

振山忧愁着说："就这事难办哩。山上哪来学校。我这个伢……"

宜君问小菊："你愿意读书吗？"小菊望着她使劲点头，转眼看她二娘，又摇头说："我不想读书了……"

说话间一个中年农民提一大包棉花进来，拘谨客气地说："大奶奶，这点棉花留几年了，几个伢都长个儿，想把它弹了绗身棉衣过年。劳烦大奶奶了。"宜君说："放这里吧。我家有客来，只有过两天再取了。"又说，"以后不要喊我大奶奶了，叫孙家姆、竺家姆都好，你可记住了？"那农人说："听大奶奶的。"歉意地出门去。

万振山问："怎把棉花送嫂子这来了？"

宜君这才说起家事。她说土改时万县长救下韶启的性命，他不敢停留，第二天就和淑媛去了汉口，再不回来了，要他放心。说她不会种庄稼，虽划的地主，黄乡长照顾，让孟先生帮她架了这台弹花机，两年下来已习惯了，也不觉得很累，天香就在院外，常来帮忙的。弹花的工钱顾自己日用足够了，沈立群和韶启还给她和天香寄些来，手里还有点底子，黄乡长没让人分去的，好过，要万县长放心。赛虎六岁了，有天香招呼喂，早晚在院里陪着她，可乖呢。那赛虎听得懂她的话，蜷在她脚旁用头拱着。

巧兰听嫂子说这些，才知她比自己还要可怜。自己这些年还有振山二哥知冷知热地常去看看，又结了婚暖暖和和住在一起了。这人奶奶四十大几的人，多年大户人家的，如今孤苦伶仃弹棉花度日，可怎么过啊！想到这世上为什么总是叫女人受苦，走过去扶着宜君哭起来。她又哭嫂子可怜又哭自己幸运，一时止不下来。

万振山想着自己的主意，待巧兰哭够了扶她过来坐着，才说出他藏着的心事："前些时我去过武汉。万司令第二次小腿上的伤又发作了，人不能动，身边又没个人，一个人住在干休所。我想大嫂去照料他一些时。把弹花车交给天香。"

万振山的话触动着宜君的心，没想到解放四年了，万瑞麟身居高位还是一个人过着。万振山见她没作声心中暗喜，说："趁我还没上山，我送大嫂去吧。"

宜君起身给他添过茶，说："论情理，我是该去照料他的。可如今，我……还小着这双脚跑到部队去，人家怎么说呢……

551

唉。"

万振山听了两眼失神，垂下了头。宜君知他苦心，见他这么失望，心里更是难过，掏手绢转过脸去抹泪。

省农垦局来了几个干部，万振山一同到五柱山。车子只能开到山脚，一行人沿小道上到麻姑仙洞脚下，当地乡长已在这里等候。

金秋时节，麻姑仙洞周围枫叶如丹，漫山遍野像是又盛开了春天的映山红，缭绕的云雾将寂静播洒在山间。当年被日军石原征二焚毁的吴家坳村，一片废墟上立有几间茅屋，村前屋后的大片灌木将红透的山楂顽强地顶在阳光下，轻轻摇动着。

万振山站在废墟前徘徊不去。他向来人说了当年的事，提出把林场场部建在吴家坳。

省局的人看这里接近规划中林场的中心，环境也好，就都同意。垦置办主任告诉万振山，林场属于国营，招收的职工称为农工，不算正式的国营和集体职工，但实行工资制。林场又是区一级行政单位，范围内村民划归林场管理，统一安排生产种植，以林为主，粮食自给另给补贴。总场分场的建设生产资金由省局下拨，节约使用，因陋就简，艰苦奋斗。

万振山第二天就带几个筹建的人上山了，在吴家坳搭起草棚架上饭锅，像当年的游击队似的扎下来，招收农工，烧砖伐木营建场部，沉寂多年的山林又喧闹起来。场部搭建得很快，才二十几天就初见模样儿，麻姑仙洞下吴家坳旧址修整宽敞的地坪上，不高的红砖红瓦屋已起来好几排。万振山每天与刚招的职工一起搬砖抬木吆喝鼓劲，谁也劝他不下。

那年吴家坳遭日本人屠毁是在傍晚，有一些在山上砍柴劳作的人躲过了劫难，他们掩埋了亲人，在废墟上搭起草棚，不声不响种地砍柴活下来。土改时吴家坳土地有余，就是没房子分，工作队动员搬到山下分房分田，他们不肯去，仍在这仙姑洞下山坳里慢慢过着。

万振山把吴家坳活下来的十几个人，不论男女年龄，都收到林场当职工，好在当年没死的大都是些年轻人，这时也就三十几岁，年龄虽超了总还说得过去，为这事农垦局还批评了几句，万振山也不搭理。年龄最小的一个叫吴家耕，才二十几岁，万振山要他组织吴家坳幸存的人把草棚破屋都平掉，大家动手，一家一户在场部旁边盖起红砖房，搬进去住妥帖了，他这才嘘了一口气。

振山在场部给自己盖了三间矮平房，上山二十五天头上，就把巧兰和小菊接上山来了。巧兰虽有点舍不得刚住熟的街坊邻里，又挺喜欢县城的热闹，想到老万一个人在山上，也知道他爱着面子不愿在县城久留，就欢欢喜喜搬上山来了。

这天晌午，万振山在门前砌鸡舍，见从山下走来两个人，张望着来到门前。男子约四十好几岁，背微驼，身边跟着个十一二岁的小女孩。那男子喊"万县长"，女孩跟着喊"万伯伯"。

万振山没有认出是孙韶启，十四年没见了。巧兰忙迎进屋里端茶，小菊在房里伸半边头，打量着孙家玉这个大城市来的漂亮女孩。

"万县长，是我呀……我是你那兄弟孙韶启啊！"韶启说着就哭起来，跪到地上朝他用劲磕头，说谢万县长救命之恩。万振山这才认出他是竺大嫂那个多灾多难的兄弟，忙把他扯起来说："兄弟你这是做么事呀！"韶启又朝巧兰喊"万嫂子"鞠躬，巧兰爱的就是人喊他"万嫂子",应着声忙说兄弟你快坐快坐吧。

韶启说："我嫂子写信,说县长上五柱山了,女儿没处上学呢。我来接小菊到汉口去读书。"

万振山一怔,说："兄弟,你和你嫂子的情我领了。我这个伢呀,就这命,过两年让她在林场当个农工,有口饱饭吃就不错了,比不得城里孩子的。"

韶启说："我嫂子说了,这孩子天生就该读书识字的,本是生在城里的伢。我和淑媛就想,我们做长辈的怎能屈了她呢?我们一家也没什么好报答你的,就把这孩子交给她二娘淑媛吧。"

万振山正为小菊上学的事急在心里。到林场来他和巧兰好办,这孩子还有什么望头呢,周围几十里连个小学都没有,送县城去,她一个刚懂事的女孩家怎能放心呢。就转头去看巧兰,巧兰只顾抹泪不说话。

振山说："你们一大家子住汉口,过日子也难哩……"

韶启说现在好过,解放几年了慢慢太平了,沿江城市有点钱的人又回来了,全国学习苏联老大哥提倡讲卫生,公家人都带头,肥皂又供不应求了。国家税收又低,地方上也没谁来敲诈了,国家调肥皂都给的现钱,就算这两年生意最好了。他说:"家里又见宽裕了,接小菊过去读书,供得起的,县长放心吧。"

万振山见孙家专为这事几百里跑来了,为这孩子自己也想不出别的法子,就说:"兄弟你这是给我这伢一条出路,我一个守林子的,怕是报答不了的。好在这孩子心好,懂事,长大会把你老两口当爷娘报答的。"

韶启见他答应了,就朝里屋望,巧兰进屋推小菊出来说:"快去见你干爷呀。"小菊在房门里什么都听见了,过来朝孙韶启跪下喊："干爷。"韶启心里一热，忙牵她起来，家玉拉她亲热喊"姐姐"，一同跑进里屋去了。

万振山进里屋拿出一沓钱来，说："你一大家子总是不易，如今还在接济你嫂子。小菊的生活费归我出，这点钱你先拿着。你莫推辞。"韶启忙说："万县长千万莫见外，往后就一家人一样的。"接过钱送进里屋去。

万振山说："我虽降了职，供应没有减，当县长是领粮，现在算林场职工倒领起工资了。山上粮菜都是你巧兰嫂子自己种的，柴火也不花钱，没什么用度，每月寄些给小菊，留下的也还用不完的。"韶启说："那就都积着做路费吧，往后少不了和她娘去汉口走动的。马车还在山下，现在动身，今晚赶到仓子埠歇一夜，明早赶船，中午就到汉口了。"

巧兰去煮来两碗荷包蛋，又擦着眼泪忙着进屋里去替小菊收拾。家玉朝里屋高兴地说："伯妈你呐莫忙了哕！我们屋里么事都有的，我的衣服都能跟姐姐换到穿的。"小菊感觉她这一口汉口话特别的好听。

出门时小菊哭起来，朝她爷娘跪下磕头说："我会常回来看爷娘的。"韶启说："我走了。恩人放心吧。"

几个人出门了。巧兰又喜又悲，又舍不得小菊说走就走，脚一软坐靠在门框边伤心地哭着。万振山小声说："莫哭了，这样也不好。"

巧兰就只说了一句话："伢到汉口上学堂，得有个名字了，她叫万小菊……"

42. 军中女情系英雄　苦心人毅辞武昌

万瑞麟靠在军区干休所床头，默默地想着心事。

几天前上级通知他"带职疗养"，安心养伤，不再过问军区工作。他知道这是因为取杀陈守义，听说一些起义军官至今不肯放下，中央军委总政治部因北方国民党军起义部队多，奉命抗美援朝表现又都很好，就考虑给他个降职处分，省主席仍顶着，坚持自己承担责任，这才弄出"带职疗养"这么个说法。他的司令员职务没变，虽不再视事，也不是完全赋闲。疗养就疗养吧，陈守义能不杀？

干休所管理员柳茜进来，牵开被子查看伤口的敷药，问过打针用药的反应，拧开保温桶拿匙子要给他喂汤。万瑞麟说："这些都有护士，你不用管了。"接过汤匙自己慢慢喝着。

柳茜是湖北省人民革命大学第一届毕业生，怀着对革命英雄的崇敬，志愿分配到干休所工作。在革大时她听过许多关于红军英雄万瑞麟的传奇，就经常来陪护他，好奇地追问那些传奇的真实。万瑞麟没啥事也寂寞，被她缠不过就边回忆边讲些鄂东革命斗争的往事。柳茜听得着迷，知道他心里藏着永远也说不完的故事。

柳茜接过保温桶递上毛巾，问他一个她早想弄清的问题：

"革大老师说，鄂豫皖苏区'肃反'死过不少自己人，是真的吗？"万瑞麟说："那些事都过去了。"柳茜说老师讲这是不能忘记的。听到首长也差点被错杀的经过，柳茜跳起来说："那要是传令放你的人迟到一步，死了怎么办？"万瑞麟没有说万振山和黑子藏在行刑处差点搞兵变，望着窗外说："死了就死了。革命能不死人吗？孙韶光同志牺牲才二十九岁……"

柳茜唏嘘不已。她把一个削得光洁的苹果用两个手指递给万瑞麟，为让他走出伤感的回忆，说："我给首长唱个歌吧。"瑞麟咬着苹果点头，柳茜清清嗓子小声唱：

> 正当梨花开遍了天涯，河上飘着柔曼的轻纱，
>
> 卡秋莎站在峻峭的岸上，歌声就像明媚的春光。
>
> 姑娘唱着美妙的歌曲，她在歌唱草原的雄鹰……

万瑞麟静静地听她唱，还用手指在被子上轻轻地敲打着节拍，说："嗯，好。"柳茜高兴地说："这是苏联民歌《卡秋莎》，在卫国战争红军中广为传唱。"万瑞麟说："战士爱唱的歌，就是最好的歌。"柳茜说她想听首长多讲些革命故事，以后把它写成一本书，就叫《红旗飘在大别山》，让青少年永远不要忘记革命胜利来之不易，当好共产主义接班人。"万瑞麟说："你想写革命传统，要到大别山去，那里有听不完的故事。"

"我就爱听首长讲故事……"柳茜红着脸低头说。

这天上午，省军区副政委刘建厚来了——政委一职名义上仍由省主席兼着，他实际就是政委，同时担任军区党委书记。老刘是瑞麟多年的生死战友，是鄂东独立旅成立不久，五师首长特地

为他配的政委老搭档。他是随徐海东红二十五军从大别山先期转战到陕北的，一九四二年和郑位三同志一起从延安派回来加强五师的领导，一九四六年随军区机关突围到陕南，又与省主席一同重返大别山，仍与他搭档。

刘政委进门时笑着，坐到床边就一脸的严肃："我代表组织，跟你谈件事。"万瑞麟平静地说："是杀陈守义吧？要给什么处分痛快说，我愿意接受。"刘政委说："陈守义该杀。这事已经过去了。说说你婚姻的事。"

"这有么事好说的。"万瑞麟把脸偏向一边。

刘政委说："胜利几年了，就你还在一个人过，又带着伤。大家放不下，组织也不允许。我今天正式通知你，组织决定，你和柳茜同志结婚，安排她担任你的疗养护理员。"

万瑞麟眼睛瞪得老大："柳茜？乱弹琴！她还是个孩子！"刘政委说："是柳茜同志主动向组织提出申请。她是真心敬爱你这个老革命呢，说你就是那什么？草原的什么？'雄鹰'。对，鹰。有她在你身边……"

"鹰你个鬼哩！"万瑞麟喊，"那是幼稚，幼稚！她是把我当革命的象征，把照顾我当成革命了！明白了吧！"刘政委说："我们要支持人家的革命愿望嘛！革大生新党员呢。这事组织是慎重的，对柳茜同志已做过外调审查，政治可靠。"

万瑞麟说："这事不用组织操心。我有我的打算。"

"打算个屁！"刘政委站起来，"你不就是还想着闽东的那个竺宜君？那能行吗！伙计，一个大地主，组织能批准？她家的人土改差点给镇压了的。为这你还要工作团向我反映过。"

万瑞麟一生不求情，这时只好委曲求伸，说："老刘你知道，我跟她说过的，等胜利了照顾她……这事还得请你帮我。"

"柳茜组织上已谈过话了。省主席亲自定的。你最迟明天给我答复。"老战友说着就要出门。万瑞麟后悔不该求这个老政工，僵起脖子硬着喉咙说："我已经答复过了，她年龄不合适。"刘政委回过头："那你就顶吧！顶，使劲顶！我不管你了。不管！"气呼呼摔门走了。

柳茜再来时，把一袋水果搁在桌上，低头捏着手指。时隔不久，她像一下子长大了许多。

万瑞麟请她坐下，温和地说："小柳呀，我谢谢你。你还太年轻……你适合做文艺宣传，到军区政治部工作吧，就要举行驻朝志愿军归国欢迎晚会了。你不是学医，在干休所浪费青春。"柳茜感激地望着他，轻轻点头。瑞麟又说："以后多和年轻同志接触些。归国军人中就有我战友孙韶光烈士的儿子，叫孙家驹，可能分配到军区参谋部作战处锻炼。"

柳茜惊讶地问："孙韶光！不就是苏区肃反时救过首长，又为首长牺牲的那位前辈吗？这真像一本小说……"

一个月后，刘政委又笑眯眯进门来，指着同来的一个漂亮白净三十出头的女军人，介绍说："这位是军区医院后勤处长徐锦云同志。她爱人朱仲明是突围时牺牲的，你们应该认识吧？"

徐锦云大方地说："宣化店谈判时见过万司令。"

万瑞麟回忆着说："你那时候还是个小姑娘嘛，是军区护理队的队长，仲明是司令部警卫团营长嘛！"

刘政委见他们果然认识还对上号了，高兴地说："朱仲明就是省主席的大警卫员嘛，主席一直关心着小徐呢，说你们应该认识的。你们聊你们聊，我还有点事呢。"笑呵呵告辞了。

徐锦云就有些不好意思，问万司令伤恢复得怎样，最好是转到军区医院治疗。万瑞麟说已经快好了，消消炎躺些时就行，时间太久，到哪里都断不了根。万瑞麟问朱营长牺牲的情况，徐锦云说："五师突围后，敌人十多个旅围追堵截，在郧县抢渡丹江时，司令员不顾危险，到江边亲自指挥直属机关非战斗人员涉水渡江，敌机投下的一颗炸弹落在司令员旁边，仲明跳起来伏在司令员身上……"

瑞麟眼前满是战场硝烟，想着当时自己带独立旅向东引开敌人英勇作战的场景。徐锦云说："小朱作战可勇敢了，枪法又准，警卫营都是佩双枪加冲锋枪的，可神气了……可惜没等到胜利，又没留下个孩子……"说到这里，她那双明亮好看的大眼睛里滴下两颗晶莹的泪珠。

瑞麟叹息说："有多少好战友，那么年轻就离开了我们……"

徐锦云给他倒杯水递上说："万司令是九死一生过来的……在干休所还住得惯吗？"瑞麟见她体贴细致，又是战友遗属，心里涌起感动和怜悯。

徐锦云告辞后，万瑞麟陷入沉重的矛盾。

进城后组织上给他介绍安排对象好几次了，他都断然地拒绝了，想等政治上松动一点再接宜君过来，组织即使不批准无非给个处分。为确认孙韶光为革命烈士，他一直在和中央民政部联系，在京的原红四方面军徐总指挥已为孙韶光牺牲做证，将与全国同类人员统一核实后做出结论。到时他再接宜君来，组织上就没什么话说了。

问题是首长和战友们都在施压，省主席问几回了，还发过他一顿脾气。他知道迟早拖不过去，不然对组织上是说不通的。像他这样的老革命，不少人进城后一个个都娶了年轻有文化的老婆，他几年了老坚持一个人，弄得人家也过得不开心不放心的。徐锦云是省主席亲自替他物色的，从小徐今天态度看她又是愿意的。怎么办？

当天下午刘政委电话打到病房，得意地问："怎么样？老万，这好事打灯笼都没处找吧？哈哈哈哈！"

万瑞麟支吾说："谢谢老刘了，你们为我操心几年了。小徐很好的，只是……"刘政委一听急了："又'只是'什么了？这事儿已经定了！"瑞麟说："过几天我回军区找你吧。有些情况……"

刘政委喊："还有个罗的情况！你不想好好活，我干脆叫人把你烂腿锯了，你就乖乖没情况了！"拍下电话到一旁生气去了。

万瑞麟呆呆地拿着话筒，嘀咕一声："扯淡。"

天香听见街上汽车响，出门见是沈立群，忙朝院里喊："大奶奶，沈大姐回来了！"宜君顶着弹棉花落下的一头白屑迎到院前，拉着立群的手说："找到家驹他外公了吗？"一边打量着牵她进屋来。

沈立群伸手拨剔着姐姐头上的花屑，心下难过，说了找到父亲总算见上一面的经过。宜君想那老人可怜，责备说："你这个婆娘！革命革命，可是害苦他老人家了。"立群替她擦泪说："我是对不起爸爸……再想也没用了。我来接姐姐到武汉去一趟。万瑞麟说，家驹的部队就要归国回武汉了，姐姐带我去见见他。"

宜君欢喜，说出心里的一个猜测："家驹写信，说是从前线忽然调到军部，活下来。是不是他万叔叔？……"立群说："这真还说不定。在朝鲜指挥打恶仗的秦基伟、韩先楚、王近山几位军长，正是从大别山走出去的红军，是瑞麟从前的战友和部下呢。这事他不会承认的。"宜君默默地点头。

立群告诉她，土改结束前后，南下工作团陆续在地方任职，派她任省委农村工作部副部长，匆忙去武汉报到也没回来告辞。她说："跟姐姐说个事，万瑞麟又碰到了难关……"宜君说："你们不是胜利了吗？还难？"

沈立群说了瑞麟腿伤复发"带职疗养"，组织安排柳茜做护理员，省主席又介绍徐锦云，他都顶着没答应的事。宜君说："你们当共产党，什么事都得组织管着啊？……瑞麟，要是有柳茜这样个好女子照护他，或是姓徐的那个革命人，那倒是好哩，也没白吃这半辈子的苦。"立群说："柳茜是不可以的。萧剑雄在延安就没选个女学生结婚。徐锦云要说还是合适。"

宜君忧虑说："万司令该成个家了，没个人照料哪行呢？"

"等着姐姐你呢！"沈立群笑着说，"他要我好好劝你。他都等姐姐二十年了！"

原来这傻妹子跑回来，是为了万瑞麟。宜君默然良久，忽然有了一个念头，说："瑞麟那里，我是没法去了。妹子你刚好回武汉了，也是一个独人，你就和瑞麟一起过吧，多好呢！"

"那哪行呢！瑞麟心里装的是姐姐你呢。"立群大声说。

宜君说："如今你们命也革成功了，也该过点安生的日子了，瞄你这几十年！家驹以后有你和他万叔叔看着，我也省心了，可惜没见上他外公一面……你要是和瑞麟一起过，我才真正是安心了。"

沈立群略一思忖，说："萧剑雄还在来信，说我如果同意，他就申请调到武汉来工作。我提一个方案姐姐考虑：只要你答应和瑞麟一起生活，我就让老萧调过来，大家就都省心了，这总行了吧？"

宜君相信立群和萧剑雄还是有感情的，却一直拒绝着人家，她今天这是为她这姐姐，也只好把自己的心事对她说透。她长长地叹了口气，说："我上次跟你说过的，钟培炎，也苦等了我二十年，如今他又弄成这个样子，我这时要是个人走了……唉，他们这一文一武的，还有韶光，怕都是我前世冤家……我今生对他两个，从哪里报答起。如今也只能存个念想了，和哪一个都没法到一起的，总也不能厚一个薄一个。"

立群沉默良久，扶着她的肩说："姐姐应该从这样的心境中走出来，把念想留在心里就是了，像我一样。"

宜君说："这心里，哪搁得下……"

傍晚车到武昌，两人第二天上午来到干休所。万瑞麟见是宜君进来，挪着伤腿要下床迎她，宜君上前扶住他说："快莫客气了。"沈立群说她回部里去一下。

又有三年多没见了，宜君从没见过瑞麟像这样沉重落寞，精神头远不如前。怎么胜利了反倒变成这样子呢？她坐到床边，去看他小腿上复发的创伤。

万瑞麟眼中润着泪光，他不知该怎么称呼她才好，只好含糊着，追着问她这几年怎么在过。宜君只好说了一些情形，要他放心。万瑞麟听到她弹棉花自食其力，心里难过得紧，虽有黄佐玉照顾，又能怎样呢？必须尽快接她过来！

宜君说沈立群确定家驹正是那个孩子，韶启想他以后当个工人平安。瑞麟说："立群给我说过的。兵总要人当的，到朝鲜参过战又有文化的军人，部队是要培养的，将来的班要交给他们。

家驹我让他到军区指挥机关熟悉一下，再下去带兵。"

宜君给他剥开一个橘子，一瓣瓣递给他吃着，说："你这里我也插不上手。等立群见过家驹了，我就回去。天香说等你腿好了回家了，要我带她来看看你呢。"万瑞麟放下嘴边的橘子，低声说："天香……我，没有家……"

宜君难过地转过脸去。瑞麟轻轻地拉起她一只手说："我两个，一起过吧！你莫忙走，等我好一点，一起回去搬过来。"宜君伸手握在他手背上，忍住眼泪说："我也想过该来照料你的……只是我这样子，反倒连累你……"

瑞麟说："我这多年，也不光是为打仗才一个人的。有件事，二十年了没跟你说过。韶光牺牲时，是把你托付给我了的……"他只好说了当时情形，只是没提那幅染红的玉兔图。又红着脸说，"其实，从最初见到你……我这多年，就没心思瞄过别的女人……"

宜君感觉到心头的震动，流下泪来。韶光在最后的时刻是那么地记挂着她……这么多年了，只知道瑞麟钢铁般一个男子汉，没想到他把对她的心思藏得这么深，她一直以为他是为报恩还情呢，原来他……他其实有机会告诉她的……她一时不知说什么好。她的心事和难处都跟立群说过，还是让立群告诉他为好。

她慢慢抽回手取手绢擦眼泪，说："万县长就为了娶巧兰，把县长也丢了……我也不忍心把韶光一个人留在那里……"瑞麟说："我怕什么！韶光那里，我们以后每年回去看他。"

宜君含泪微微摇着头。

第二天早上，柳茜兴冲冲喊着"首长"，送来今夜志愿军归国部队欢迎晚会入场票，见房里坐着一个依然美貌的阿姨。立群做介绍，柳茜十分礼貌地喊"竺阿姨"，宜君拉着她手端详着，说："好姑娘，你就是柳茜？你真漂亮……"

晚上瑞麟一行来到军区礼堂。一千多志愿军已安静地成方阵坐好，军区和省委首长在掌声中落座后，随着响亮的《解放军进行曲》"向前向前向前！我们的队伍向太阳"，深红色的大幕徐徐拉开了。

报幕员正是柳茜，她一身崭新军服显得窈窕又挺拔。管弦乐起，雄浑的大合唱回荡在礼堂：

红日照遍了东方，自由之神在纵情歌唱，纵情歌唱……

节目精彩纷呈，军区文工团传统的陕北秧歌舞《南泥湾》《兄妹开荒》《拥军锣鼓》，表演唱《绣金匾》《北风吹》，朝鲜族姑娘轻歌曼舞的腰鼓舞，把晚会推向一个个高潮。

柳茜又阔步走到台前亮声报幕："散文诗朗诵，《海燕》。作者，苏联伟大的无产阶级文学家高尔基。朗诵者，回国志愿军参谋——孙家驹。"

孙家驹高挑魁梧又满面文气地走到台前，行一个标准飒爽的军礼，掌声随之响起。立群静静地凝视着他，宜君在擦眼泪。待肃静片刻，孙家驹忽然仰头向空中伸出长长的右手，用标准男中音凝重又激越地诵道：

在苍茫的大海上，狂风卷集着乌云，在乌云和大海之间，海燕像黑色的闪电，在高傲地飞翔……这是勇敢的海燕，在怒吼的大海上，在闪电中间，高傲地飞翔；这是胜利的预言家在叫喊：——让暴风雨来得更猛烈些吧！

掌声雷动，柳茜快步走过去和孙家驹握手。宜君和立群眼中润满泪光，瑞麟说："是那个孩子。"立群要到后台去见他，瑞麟说这时不合适，明天星期天会安排归国军人探亲。

第二天上午，宜君、立群和柳茜早早过轮渡来到汉口韶启家，一大家子正在高兴地等着。一身军装身材高挑的家驹站在中间，他已从电话里得知要来的是什么人，他却显得平静。柳茜挽着宜君依在她身边，万小菊喊着"伯妈"过来牵她。

宜君对淑媛说："她就是沈立群大姐，来会家驹，也来看望你们。"又对家驹说，"你亲妈从太原回来找你了。"立群微笑着走近家驹，亲切地端详他，说："你长大了……"轻轻拥抱过他说，"要铭记恩情，好好革命。"

家驹凝视着这位坚强的革命妈妈，想从她脸上搜寻亲妈的感觉。他没有新的冲动，感到是站在一位似曾相识和亲近的革命前辈面前。没有人能够替代河西的奶奶、宜君妈妈、天香姨娘和淑媛二娘在他心灵深处的母爱……他微微点头答应说："我记住了。"

立群说声："我的孩子……"把头抵在家驹肩上，掉下两行眼泪。家驹扶着她，轻轻叫了一声"妈妈"。沈立群擦去泪说："以后，就叫我'沈妈妈'吧……"

淑媛在一旁陪着宜君流泪，她没想到沈立群还这么从容平静，牵她坐下说："快坐吧，坐吧。他二叔在临江楼定了团圆饭，待会儿就过去。"家驹过来与柳茜握手，真诚地说："你的《南泥湾》唱得真好。"柳茜说："孙参谋也像首长万司令，先烈孙伯伯，都是暴风雨中的海燕。"

宜君头一次对家驹讲了他的身世，家驹这才知道，妈妈三十年苦苦坚守的丈夫，正是自己的生父。他为令他骄傲的父亲和妈妈们淌下了滚烫的泪，久久地抱伏在宜君妈妈的肩上。他已好多年没有拥抱他亲爱的妈妈了。

在干休所，万瑞麟靠在床上叹气，还莫名其妙地发医护员脾气——宜君明天就要走了。

宜君进房来，替他牵好被盖，看见床头放着一卷深红色的围巾，虽见岁月仍透着凝重的光泽。宜君伸手拿过，见中间有几个弹孔，周围的毛线都已发黄。瑞麟说："是子弹击穿挂包打的。那时转山钻洞没舍得戴，随身带着的。这弹孔，你替我补一下吧。"

宜君抚着自己二十年前织给他的围巾，说："这还是那年，沈立群和韶光从汉口避到家里时教我的，多年没织早忘了。补毛线得拆开重织。我让立群替你补，好吧？她比我织得好。"

瑞麟不吭声。宜君说："立群革命革命，虽革成个刚强人，其实够可怜的，飘零一生，现在又是一个人……"瑞麟说："她是坎坷，也有四十六七了，最好能有个归宿。"

宜君刚好接着他的话，说："我想过，你这里我是照顾不上了。立群和你相识多年，要是她和你搭个伴，我才真正算是放心了。你知道的，她这大半生都为韶光误了，我这心里总也过不去……"

瑞麟压根没往这上面想过，她的话提醒他必须面对。徐锦云不比柳茜，这事还没过去。他陷入了难解的矛盾和痛苦，默默地垂下头去。

宜君回家快两个月了。天香每天抽空进院来替她踩弹花车，收拾打理，整天也是一头花屑。这天下午，黄佐玉兴冲冲进来，连声说："有好消息！好消息！"从包里取出一张一尺见方的精质硬纸，说："孙韶光同志的烈士证发来了，是省里找中央核实的，上面有毛主席亲自签名呢！快叫老孟弄个玻璃镜框挂起来！"

竺宜君接过去看，见上面大字写的是：

革命牺牲工作人员家属光荣纪念证书
查孙韶光同志在土地革命战争中光荣牺牲，丰功伟绩，永垂不朽！

中华人民共和国主席 毛泽东
一九五三年三月十六日

宜君一手端着证书，一手擦眼泪说："谢共产党，谢毛主席。"想到是毛主席亲自给韶光发证书，他值呢！忍不住细声哭起来。

黄佐玉说："上头指示，孙韶光同志烈士身份中央确认后，对竺大嫂的阶级成分要复查。区委考虑，划地主肯定不对，定个富裕中农又不是种田的，'城市工商业者'吧，那是韶启二哥，就请示县委，安了个'小土地出租'，大概比富裕中农高一点点，魏书记说这样也比较合适一些。"

宜君仍在落泪，明白定是万瑞麟找到中央，答应说："这都感谢政府。"

佐玉又说："烈士亲属国家每年有七十多元抚恤金，差不多够用，乡里意见，弹花车要是还想开，就让天香过来做个帮手，算照顾烈属，不算雇工。天香有点收入也不用种地了，老孟还有供应，你们两处就都过得下去了。"

天香一直在旁边抹眼泪，忙说："谢黄乡长。也是照顾我呢。我回来，我大奶奶就能歇下了。"

在武昌干休所，万瑞麟的难关仍摆在面前。

复发腿伤的炎症红肿倒是平复了，他既"带职疗养"，更不想回军区自己那空荡荡屋子里。他从没感到过这样的空虚，唯一安慰的是，宜君是烈属身份了。但宜君这次来让他彻底地清楚了，她唯念情义，是不会来和他一起生活的，为了孙韶光，为了她一生也脱不开的封建念头。还为了钟培炎，钟培炎！——那个总不叫人省心的怂货。怂货！

我还有什么要做的呢？革命胜利了，仗打完了，陈守义也总算杀掉了——原来胜利者更无法宽恕。这"带职疗养"不死不活哪是个尽头？人也快残废了……还得坚持呀，"夺取全国胜利，这只是万里长征走完了第一步，今后的路程更长，工作更伟大，更艰巨。"毛主席进京前，在西柏坡七届二中全会上已向全党发出告诫了。省主席还让我不要急，别指望享清福呢。

床头柜上的电话铃清脆地响起来，是省主席熟悉亲切的声音："老万，好点了吧？"

"报告首长，我已经好了。就是闲得慌。"万瑞麟心里忐忑。

"工作莫急，先把伤给我养好。你这样子身边没个人哪行。小徐很合适的。听刘建厚说，见面两个月了，你没表态？"省主席说话最是简练直爽又注意方法了，但话音中明显有不高兴。

万瑞麟已没有退路了，说："谢首长关心。小徐很好。我一定给组织一个合适的答复。"省主席听他话外还有音，就不追问了，说："那好，我就等着吃你的喜酒了。"搁了电话。

瑞麟打电话要沈立群尽快来一趟。

立群进门喊声"老万"替他牵好被盖，平静又关切地望着他，说："好些了吧？"瑞麟问："你……以后是怎样打算？"立群微笑说："回来了，就在这里工作呗。家驹也找到了，父亲也总算见上一面，安心了。"

瑞麟的话说得艰难："你宜君姐对你说过吧？她来不了……要不然……我们两个人，以后做个伴吧。"立群来时就估计到的，知道是宜君的主意，她并没有把宜君对她说透不能来的原因告诉瑞麟。她直接地说："那我姐姐怎么办？你还等一段时间再看吧。钟培炎也没法照顾她了。"

万瑞麟忧愁着说："挨不过去了。省主席来过电话，徐锦云的事，已经没有理由再推下去了，除非是有你。宜君这边，我如果娶小徐，就是忘恩负义，自食其言，宜君心里其实会不好过的，那我太对不起她，也只有是你，她才合意又安心。她是想替韶光还你这辈子的情。这对韶光和老盛也是一个安慰……另外，在共同生活方面，我们还是有很好的基础……你说这事么办？"

沈立群这才知道，瑞麟面临的是一个无可逃避又十分紧迫的问题，是要她来共同面对和解决这个问题，而宜君姐姐也为她担着这份放不下的心愿。立群对万瑞麟一直是敬佩的，他们几个人青年时代的友谊深深地留存在心里。她坦率地说了从延安至今十年来拒绝萧剑雄，就是抱定终生不再结婚，也得到他的理解。她说："萧剑雄会认为我南下是为了你，以为我一直在欺骗他，那就不好了。他不久前还来过信的，至今未婚。"

万瑞麟听了先是点了点头，很快变成摇头，说："顾不了那么多了。写封信如实说明情况就行了。"他这一生，总算自私了这一回。

情况明摆着，这是安慰姐姐和兼顾组织上唯一的办法了。立群说："我得回去给我姐姐说一声。"

瑞麟知道她能同意全是为宜君着想，萧剑雄其实还放不下她。感动地说："我得谢你了。我这半个残废，往后就添你负担了。你先回去一趟，把组织方面的事情，给你姐说一说。"

沈立群难过地低下头，说："我姐姐……"

半个月后婚礼在军区会议室举行，刘政委笑歪了嘴，张罗得很隆重。省主席兴冲冲来了，他当年在川北根据地就熟悉盛政委和沈立群。他冲沈立群笑着说："难怪老万七推八拖的，原来是在等你呀！"徐锦云和省主席一同来，她挽着立群说："祝福你们了。还是你们老战友情谊深。"立群拥抱徐锦云说："其实你更合适。你还很年轻，会有更美满的归宿的。"

第二天家驹和柳茜相约来探望，他们分别在军区作战处和宣传处。家驹即将到军校学习，他认为都是苏联那套形式，没用。瑞麟说以后打仗不像我们那时和抗美援朝，不怕死就赢，得掌握现代军事技术，才能战胜美帝和台湾。

夜晚，沈立群拿出宜君织的那条有弹孔的红围巾着手织补。细心翻看，竟与三十年前她给孙韶光织的那条围巾一模一样，线料针脚宽窄厚薄长短，全都一样。孙韶光的围巾落在上海龙华监狱里了。抚摩围巾，想到几个人这辈子阴错阳差，聚散离合，心头无法平静。回想半个月前去闵东，向宜君说瑞麟与她商量的打算时，姐姐那又高兴又辛酸的神情。姐姐虽然认了烈属，依旧一个人清苦过着。不知还有什么办法，能够使钟培炎那老天真，再回到新的社会，回到她的好姐姐生活中来……

43. 居茅屋春桃煮酒 忆音容寒士愧心

钟培炎在这天高皇帝远的山村里，过了一年多隐居般的生活。书读得正有味，土改运动来了，堂兄无疑划了地主成分，房屋都分给了贫困农户，钟培炎只划了个"旧职员"，工作队知他"人士"不会种地是个废人，就叫他到乡林业站去守守林，也有碗饭吃。

占站长干过新四军游击队，敬重他合作抗战。林业站就两个人，钟培炎不算正式职工，但按月领粮。占站长话语很少，长一张嘴好像只替他吃饭喝茶，将三间茅屋腾出一间，找来锅碗瓢盆水壶灯具米面，帮钟培炎安顿下来，就三天两头上山打猎或下山看老婆孩子，回来时拎点野味食物放钟培炎茅屋里，抽袋烟就走了，从不打扰他。

钟培炎落得清静自在。白天掇本书到树下一坐半天，耳听空山鸟语，眼望远峰云雾，山坳孤烟，脑中已快遗忘的唐诗宋词纷至沓来，时常信口念道："花径不曾缘客扫，蓬门今始为君开""况吾与子，渔樵于江渚之上，侣鱼虾而友麋鹿，驾一叶之扁舟，举匏樽以相嘱，寄浮游于天地，渺沧海之一粟……"难怪陶渊明不做县令，归隐庐山脚下，悠然"采菊东篱下"了。别有滋味，别有滋味呀。

除了读书，这"茅屋寒士"的时光都在对宜君的思念和回忆中度过，她是他余生的寄托，是他生命的含义。"春风又绿江南岸，明月何时照我还"，在这无望的期盼中，他又在山上度过了一年多，算来已是一九五二年的秋天了。

这天傍晚他正在茅屋前剁柴准备生火煮饭，见后山转弯处走来一个提竹篮的妇人，是邻村表弟媳寡妇春桃。

春桃与丈夫得贵十分恩爱，五年前得贵被派夫，随国军去四川万县就不见回来，有说是中途跑脱的，大多说是翻船掉江里没见起来。春桃白白净净颇有几分姿色，人又勤快能干，这些年提亲的不少，她一直守着活寡盼丈夫还能回来。培炎见是她路过，就想顺便问一下表弟有没有消息。

时值仲秋，春桃穿一件干净的蓝底白花怀扣细布短褂，髻巴扎得松紧自然贴在脑后，一缕刘海从额头斜下耳边。她喊声"表哥"，放下竹篮，利索地帮他剁起柴蔸来，手臂起落处，丰满圆润的双乳起伏弹跳着，用力间腰臀处更显柔韧窈窕。

钟培炎有些拘束，问她上山做什么来了，春桃说："表哥过忘了吧？今天中秋节，要酿桂花老米酒了，我来采点香籽做酒曲呢。"培炎这才记起，春桃做老米酒的醇香是远近有名的。想到那酒，他咕噜吞了一口口水，说："太阳就要下山了，你早点回去吧……"

春桃也不说话，走进屋去快手替他生着火塘里的火，麻利扯下吊锅，从竹篮里拿出腊肉、风干鸡、腌辣椒、干萝卜片、炸豆腐、千张，切好分层铺在锅里舀上了水，又从竹篮里魔术般取出一小坛密封的老米酒，倒进瓦罐里放在火塘边煮着，茅屋里顿时弥漫起醉人的醇香。

培炎一直不安地站在一旁，春桃红了脸说："我顺便来替表哥做顿中秋饭……"钟培炎知道盛情难却，吸着酒香不声响在火塘边坐下来。

老米酒在瓦罐里泛起欢快的白沫，醇香四溢，那酒色泽橙黄中透着碧酽，吊锅里的肉菜热香蒸腾，眼前的美味已是钟培炎久违的了。春桃又拿来碗筷摆在火塘边土砖上，笑着说："真是个读书人，来了客碗筷也不晓得拿。"说着用布裹了热酒罐，往带来的两只瓷酒盅里满满斟上了。

培炎端起来抿了一口，觉口舌甘绵，吹几吹一盅下去，一缕醇香沁入心脾，有股暖气由鼻腔溢出，顿时浑身发热，额上渗出微汗，说："难怪都说你做的酒好。"

春桃也喝下半盅说："酒要好，须得米好，曲好，水好。"培炎问："怎样才是好呢？"春桃说："糯米要冷沁田里过两季半慢慢浸熟的，紫红尾带芒的'美人糯'，曲要中秋节当天山上采那新鲜香籽香叶酵就的，水要山石泉涧的清净活水。"

培炎又喝下一满杯，咂着嘴饶有兴致问："那同样的米，曲，水，怎有的人酿得又香又甜，有的还是酸涩呢？"春桃拨旺塘里的篾子火，说："手不一样的……"培炎问这又是怎么个道理，春桃说："有的媳妇汗手，怎么也做不好酒的，要手好……"说着脸就红了。培炎下意识看她那笋般嫩手，说："难怪有巧妇一说了。"春桃又说："喝这酒，还得择天气，择地方，择人，才喝出味道……"培炎方知自己原来并不懂得酒的深奥与情趣，觉再不宜说酒，就问她得贵表弟有没有消息。

春桃拿酒盅轻碰培炎手中酒盅，两口喝下，低头说："我等他四五年了，都三十三了。前些时，隔壁湾里和他一同派夫出门的李有田，从四川讨饭回来了，说得贵早没了……当挑夫不多时，在峡江亲眼见他翻船掉江里了……船夫说，在那个险段落水的，从没人活着起来过。"说着流下泪来。

钟培炎为表弟伤心，一时不知如何是好，念道："君子于役，不知其期，如之何勿思？"

火塘里火添得很旺，火星溅到脸上辣得舒服，老米酒的暖气在体内蒸着。春桃脱下短褂，就剩一件露膀的浅红内衫。她又喝下满满一杯，呼吸就急促起来，柔挺的胸脯在塘子火时明时暗掩映中起伏着。钟培炎这时几大杯热酒落肚，也感到身上热烘起来。

春桃又喝了一盅，潮红丰腴的嘴唇里盈溢着酒香，说："大哥，都说你学问人，为官时做了好事，如今四十好几了，还一个人，也没个后人……得贵早没了，我两个……一起过吧……"说着羞红脸走到床边牵开被子，松开髻巴躺下。

培炎这时浑身热炽，大脑一片空白。中秋的圆月挂在窗外，将皎洁的光亮探进茅屋，他晕晕地站起来，猛然想到宜君。她这时在做什么呢？我今天是怎么了……即使此生与她无缘也无望了，也不能有愧于她呀！他又坐回火塘边，慢慢用布裹好瓦罐，小心地往酒盅倒出剩下的醇酒。

春桃看在眼里，她慢慢坐起来，小声哭着说："我晓得，我配不上大哥。你是读书人……可这么晚了，我一个人么样回去呢……来吧，大哥，就今夜，往后我再也不找你了。不定替你留个孩子……"

培炎心中伤痛。面对这个善良质朴又真实的山里女人，自己从前的人生，忽然显得那么渺小而又荒谬。那一切的美好都已如梦幻般破灭……他抱着头哭了。

东山乡中心小学虽是办到六年级的完小，考上栗子店区中学的却很少，苦于大山里寻不到合适的教师。

校长熊心洲正是春桃的大哥。春桃对她哥说："钟表哥学问大，你就叫他去你那里教学生吧。"熊心洲怜悯地看着寡妹，说："我也早想到过的。他那么大的历史问题，上面怕是不会同意的。"春桃说："人家还给共产党立过功呢，连政府都宽大叫他守林领粮。让他教个书，也是给乡亲做点好事呢。"

熊校长心知钟培炎如能来替他带个高小，是再合适不过了，说："也只能做个代课老师，我找上面试试看。只是……你们也不能总这样耗着。你想他来教书，就要和他正式结婚。"春桃脸红了，说："哥……看你……"熊心洲说："钟先生应是明礼的人。你耗不起。没结婚怎好住在学校？你年龄也不小了。"

春桃傍晚赶到山上，喂了鸡就去生火煮饭烫酒，培炎见她脸红红的像有话要说，也不急着问。春桃知道他沉得住气，吃饭时就把教书的事说了，钟培炎听了也还是高兴，问："熊校长那儿说好了？"春桃红着脸说："他说，要……"培炎问："他怎么说？"春桃吞吞吐吐："他要……要我们结婚。"

培炎理解熊心洲做哥的心情，但觉得这有点像交换条件似的，心里有些不快。春桃看出他心事，也不多说，烧水替他洗过脚，要他先上床歇着，就去收拾碗筷，在引水竹筒前洗了衣服，这才解衣上床来。

钟培炎自和春桃相识，生活有人调理，精神体质都见好些，他要自己忘记过去，每天在春桃搬上山来的桌子上读书写作，已用"钟一樵"的笔名，在享誉学界的山东大学学报兼华东区向全国发行的杂志《文史哲》上，连续发了三篇关于汉末曹操与其子曹丕、曹植对建安文学影响的论文，颇有反响。他沉醉在自己酷好的古代文化瀚海中，春桃给予他的山里女人的温情，如迟来的老米酒般醇厚。

他也曾想过和春桃结婚，但他如今蜗居林中茅屋，那太委屈她，金沟凹他已没有房屋，更不可能离开林业站住到她娘家去。他想如下山代课，与春桃合法地一起生活，才不至于耽误了她。再说，如今不办私塾，东山子弟凭这样一所小学，是走不出深山的，自己一肚子学问，正当为子弟们寻点出路。

春桃酒香热唇中吐出一句话：“我们，有孩子了……”

培炎一下坐起来，望着茅顶喊道：“苍天垂怜，苍天垂怜啦！……”眼泪就流下来，说，“你跟熊校长说，我愿意去给他代课。”春桃用力拥他。培炎又说：“我也有一个条件。古人讲三顾茅庐，熊校长总得上一次山吧？不然我这老脸皮……”春桃就“咯咯”笑起来。

钟培炎到中心小学代课了。熊校长经栗子店学区党支部同意后，还真上山请过他，在学校给他腾出一个朝南的大房间，还特地找来一张宽大的楠木五屉桌，钟培炎很是满意。上课十多天后，他和春桃到乡里领了结婚证。春桃在婆家把礼节做到堂，婆家知道钟培炎是好人，念她守了这些年，通情达理地应允了，还替她张罗打点。春桃弄来红纸剪了大红喜字和喜鹊把房间布置得喜气，又逼着钟培炎写一副对联，培炎裁纸磨墨，想了想提笔写下：

枫丹柏翠漫山托秋籽
桃红李白遍地报春晖

熊校长看见贴在门边的对联，明白句中含义——钟先生把他即将中年得子，对春桃的感激之情和在家乡教书育人愉悦的心境，都巧妙地寓在对联之中，一联双关，表达得这么含蓄而又真诚。晚上请老师到房间喝喜酒，熊校长依俗回避了，只是一整天逢人笑眯眯的，恨不得找个地方一个人喝它一坛。

这天春桃去看望得贵他娘，钟培炎下课回来，从箱子底下拿出他的小镜框，小心地搁在面前。镜框里宜君仍在对他微笑，忽然觉得那笑中全是深深的落寞和忧伤。培炎心中酸楚，不忍细看。

春桃进屋来，见他正在一个美貌女子的照片前流泪，也没听见她进门。春桃心里一阵酸紧，轻声走近看一眼，低头坐到床边，细声说："她是哪个……"

培炎这才知道春桃回来了，也不便遮掩，郑重地回答她说："是我早年一位挚友的遗孀。"

"是你相好……"

"我们算是知音，交情很深，但……并未越礼……"钟培炎嗫嚅着。

春桃低头说："那，哪个信呢……按你们读书人的说法，叫做红颜知己，是吗？男女交情多年，哪有不到一起的……"

培炎低下头不吭声。春桃越发不好过，抹着泪水说："先生一直没娶，定是为她了……"见培炎仍不说话，春桃就嘤嘤嗯嗯哭起来，钟培炎仍不知说什么好。春桃哭着说："我不晓得这事……先生心思深，早知你心里有人，我是不该去找你的……"

钟培炎把镜框小心收进抽屉，坐到床边说："那年救我命的就是她……我和她有缘无分，没法走到一起的。"

春桃说："可你心里只有她……"

钟培炎不愿哄骗春桃，更无法欺骗自己，扶她肩说："这心里，如何忘得了呢……可是我中年落难，茅屋栖身，是你让我又像人一样活下去。能和你结婚生子，是上天对我的眷顾……你看我那副对联……"说着落下泪来。

春桃知他诚实，仰头看他为他擦泪，说："把大姐的照片放在桌上吧，比藏在心里好……"培炎说："几时我俩到县城去照张相吧，那时再一起摆出来。"春桃"嗯"一声点头，她盼的就是和他照张相，一直没好意思说，想到他哥对她委婉解释对联含义的话，忽然害羞，破涕为笑给他烧洗脚水去了。

钟培炎带高小语文课三个学期后，考上栗子店区中学的升学率大增，还有三名学生前所未有地考上了县立中学。东山小学名声鹊起，邻乡殷实重教的人家慕名纷纷送子弟到东山寄宿读书，高年级教室爆满。

熊校长整天乐得合不拢嘴，他在钟老师房间隔壁又腾出半间房隔好打通，作他书房，以免刚满一岁的孩子影响他备课改作业，这对钟培炎比什么礼物都好。

到学校两年，培炎又以"钟一樵"笔名发表过三篇论文，《建安文学前后期风格辨略》寄给了以文史著称的华中师范学院，它的前身正是恽代英就学的武昌中华大学，学院《学报》很快刊载，在学界引起反响，一些知名大学的学报纷纷发文争论。华中师院中文系见钟一樵此人了得，想聘他任教，却不知单位和住址，在《学报》封底刊登了启事。钟培炎见到《启事》摇头苦笑。他时常在静夜里心头陡起伤痛，今生与铭心至爱的宜君，难道就这样天各一方？"此情可待成追忆，只是当时已惘然"……

春桃不止一次在早晨看见，泪水濡湿了他的枕头。

44.伤东行梦怀玉兔 授勋衔共珍绣图

天香一起弹花后从不让宜君踩车，宜君就给她打打下手，弹花的收入她都硬要给天香供两个孩子读书。她一年有国家七十多块钱烈属抚恤金够用，韶启和家驹还常寄些回来。沈立群也不时寄钱寄包裹，包裹多是给天香孩子的衣裳，还寄来乡下孩子没见过的雨天胶鞋。立群知道天香胜似姐姐的亲妹妹，姐姐这辈子可是靠住她了。

好像老天爷也在助力，土改后闵东接连三年丰产，去年洪涝过后仍是丰年，送棉花来弹的人越来越多。乡亲们喝着茶坐在院里悠闲地聊天拉呱，都说多少代没赶上如今这太平日子，人人有田种有饭吃，又有初级社劳动互助，更没想到那害人的鸦片烟、娼妓、赌博、帮会、地痞流氓说声禁就禁绝了，还是共产党狠。只是粮食统购统销箍得太紧了。

晚上孟宪忠送来沈立群的信。宜君高兴地拿着信，不慌不忙回到自己的房间。

初春的夜依然寒气袭人，她先往火篮里添了伏炭吹红了窨好——她早已不生从前富人家火盆了，一个人，有个火篮换着暖暖手脚就够了。她喜欢火篮，随着年岁她比往日畏寒了，从冬月到早春火篮常不离手，罩在自织的青色粗布围裙下，浑身暖融融的，从没冻坏过手脚哩。

她拧亮油灯，慢慢读着立群的信。夜，还长着呢。

立群说多时没给姐姐写信，忙，从一九五二年底到一九五三年十月，在全国党政机关开展反贪污、反浪费、反官僚主义的"三反"运动，和在私营工商业中的"五反"运动结束后，接着又是"肃反"，对她的政治历史审查没有什么问题，轻松一些了。

信中说，瑞麟要她请黄佐玉打听一下钟培炎的近况，想通过组织过问一下，他定的"民主人士"，本应安排工作的。说她和瑞麟一起生活一年多了，每想到姐姐仍一个人过着，心里总像压着块石头。瑞麟说前一二十年他到处打仗，姐姐幸亏有钟培炎一直照顾着，姐姐与培炎的情谊，其实比他更深些。她和瑞麟都希望姐姐能和培炎成个家……如不能成，就要接姐姐去武昌一起住，不能让她一个人待在乡下了。

宜君把火篮小心塞进棉被里暖着床，回到灯下把信反复地看着。

春夜总是这样的静谧漫长，窗外偶然的蛙声在告诉不眠的人夜已深沉。她已四十七八岁了，独伴孤灯，她曾度过上万个这样的长夜，她已经熬过了躁动的青春，情扰的盛年，虽然她仍在中年，素心未尽，却早已习惯了独处长夜的宁静。夜再漫长，也装不下她无尽的回忆和思念。让夜再长一些吧。

自从劝合了立群和瑞麟后，她更加惦念着钟培炎，想着要去看望他。如照立群他们的愿望，这时与落难的培炎成个家，还是合乎天理人情的。她先是为韶光守节，后来有了家驹，又在瑞麟和培炎两个人中间念着义，如今家驹已成人，培炎四十八九岁了，与他凑成个家，还他这辈子人情，对于韶光已然无愧，也好让瑞麟和立群放心……可是，这都守二十多年了，真的就要放下吗？难啦！这一生，也就是留一个名分，念一场情义了……不管怎样，培炎，总是要去看看他的。看看他再说吧。

早晨天香进屋，烧好开水准备弹棉花，见宜君出房来，看得出又是没睡好的样子，就心疼地叹气，替她倒上洗脸水。宜君说万瑞麟要黄佐玉打听钟培炎，说她也想去看看他。天香知她心事，说："那就去呗，我陪大奶奶一起去。只是路途太远，又不知他住在哪个村子，大奶奶小脚，又不兴坐轿子了，么样去法呢？"宜君就叹息着。

当晚孟宪忠到屋来，说黄乡长已打听到钟先生下落。县城到栗子店区已通班车了，刚好明天他和黄乡长到县里开农业合作化办高级社的大会，把她俩带去搭班车，只是栗子店到东山乡还得走十几里路。宜君听到培炎在代课教书了心里宽慰，忙和天香去收拾准备。

办高级社的大会是下午报到，为买明天早晨班车票，一大早黄佐玉和孟宪忠就从邮政和粮管所借来刚学会的自行车，在院前等候，握紧车把鼓舞着载人的勇气。

宜君要天香帮她挑衣裳，比画了几件才定下来，又要天香替她梳头，已有几年没让她梳的。天香嬉笑说："大奶奶这是要去相亲了。"宜君还脸红了，说："就你细妹子嘴巴刻薄……"——解放那年天香三十九岁了，土改后孟宪忠也当着干部，宜君渐不叫天香小名笑她"鬼丫头"了，改称"细妹子"。天香仍称她大奶奶，亲昵时仍喊小姐，她说："小姐今天好看！快走吧，黄乡长等着呢。"

宜君第一次坐那两轮车尾架，上车时惊惊颤颤的。黄佐玉扶她坐稳当了，教她扯住自己衣服，既安慰她又安慰自己说，走动了就平稳了，和坐轿子一个样。宜君知道别无他法了，笑着说："我不怕哩，你放心开吧。"

宜君这是解放后第一次进县城，也记不清上次来是几年前，感觉城里熟悉又陌生，不光街道像修宽了，连街上气息和人的神情模样走路也像是变了。汉口通班车后新建的古城县汽车站在南正街，对面百米处是新建的县人民卫生院，字牌都是民主人士名中医胡衡斋先生题写的，像孙老太爷的字，宜君看着很亲切。

孟宪忠买好明天清早的车票，要黄乡长先忙去。这时有锣鼓声传来，几十个姑娘排成的腰鼓队走在街中间，彩带飞扬，鼓声欢快，腰鼓后面跟着上千人，打着红旗，扛着挖锄洋镐铁锹挑着水桶，沿街百姓都拥到门口观看。宜君问："这不年不节的，怎玩起腰鼓来呢？"孟宪忠指队伍前的大红横幅说："大奶奶你看，这是机关干部、工人和学生，到五柱山万县长的林场去植树呢。魏书记要绿化古城。"宜君见那横幅上写着：

　　绿化大别山，建设新古城！

县文化馆一个青年教师模样的人在一侧边走边朝队伍挥手："向大别山进军！预备——起！"阔步行进的千人队伍雄起起气昂昂高唱：

　　向大别山进军！向大别山进军！
　　改造大别山是我们身上的责任！
　　古城人民团结紧，一心建设这钢铁长城。

我们的力量移山倒海，劳动的热情高涨入云，

修好莲水栽好树林，

叫河流听从使唤，让荒山盖上绿荫！

变了，宜君心想，短短几年，县城变了，人也变了。共产党的"新生活"比钟培炎搞的不一样，说来就来。她记起万瑞麟说的话：人民只有当家做主了，才有新生活。

从前进城钟培炎安顿她住过的庆云楼，刚刚"公私合营"了，扩建成宽敞的县政府招待所，出出进进都是些来开会的农民干部，大家脸上挂着忙碌又兴奋的神情。宜君和天香在一间干净的房间里住下，才知道县城早已像汉口有了明亮的电灯。宜君记起抗战胜利后她和培炎在这里会面的那间雅室，那时点的是摇曳朦胧的红烛……

清早，客车缓缓向县城东部栗子店行驶，穿越桃林河往前，见一座傍山的村前有两棵高大茂盛的银杏树，座旁人自豪地告诉这两个不寻常的平畈女客，那是有名的龟头河村。宜君听培炎说过银杏树栖息过凤凰的传说，原来龟头河是这么山清水秀的一个地方，那年他唱的"桃繁李馥能几何"，正是在这里跟宋营长和一个名叫龚瑾的译电员学会的了。那次她被日本人抓去，孟管家连夜向钟培炎告急，原来要走这么远的路程……

车到栗子店才上午十点多钟，几个老乡热情地告诉她们东山乡小学怎么走。出镇子不远途经一个小山腰，路也是新修的，宜君小脚又行不惯山路，天香扶她坐在路边歇脚，心里有点着急，宜君笑着说："不急，慢慢走呗。"

两个骑脚踏车的年轻人上坡来，停车问她们去哪里，就扶她

俩上车，说送她们到东山小学也绕不了多远，他们是区公所的，正要到长岭关办事。不出一个小时到了小学门前，两个人扶她俩下车，又跑进去问熊校长和钟老师在不在，听说都在家才离去。原来山里人都这么实诚。

宜君抬手理过发髻，又牵齐身上衣角，和天香搀扶着向校园里走去。她忽然感到心跳起来，五六年不见了，不知当了百姓的钟培炎什么模样，他看见自己又成怎样个婆婆了。

一个窈窕白净的中年妇女抱着个一两岁的男孩走过来，看见宜君忽然停下脚步，注视一会儿上前问："两位大嫂……打哪里来呀？"

天香嘴快："我们来找一个叫钟培炎的人。"

那个妇女脸就红了，说："大嫂是……是竺大姐吧？"

宜君心口顿了一下，和悦地笑着："是我，你是？"那妇女低头说："两位大嫂跟我来吧，他在家呢。我……叫春桃。"宜君扶着天香，无力地跟在后面。

钟培炎正在里间书屋里有滋有味读一本线装厚书，听到声音起身走出来，看了一眼就一屁股跌坐在椅上，再也不抬头。

春桃红着脸沏来茶水，说她去准备中饭就抱起孩子要去菜园，天香心里什么都明白了，替她接过小男孩说："我和你一起去吧。"

宜君浑身酸软，她望见里间窗前书桌上仍放着自己那张照片，旁边还有一张钟培炎和春桃的半身合影。

"没想到今生，还能见到你……"钟培炎抱头低垂，泪雨滴落在脚旁。

宜君没有哭，她的眼泪这时恰好躲哪里去了，说："就是记挂你……你现在这样子，是该有个家了……我都误你二十年了……这媳妇人蛮好的，有她照顾你，我以后就放心了。"

钟培炎大概精神有些错乱，竟口齿清晰来了一句苏轼词句："人有悲欢离合，月有阴晴圆缺，此事古难全……"宜君忽觉他这样子太像孙老太爷，每当着真急时，人家都要念两句诗的，忍不住笑了，难怪老太爷爱他呢！

钟培炎这才问起她家事，听到她和天香开着弹花车，又自垂头落泪，好在认了烈属，又有那黄佐玉和孟宪忠关照着。他口里断续说着："我……我……"

下午宜君告辞时，嘱春桃以后带孩子到闵东去走走。春桃细声哭着，不停地朝宜君嗯嗯点头。熊校长请邮政和采购站两个同志来，用自行车送她俩去搭班车，钟培炎站在校门口，呆呆地看她俩远去。春桃吃惊地看见，就这半天，他的头发忽然白了一片。

宜君回到家就躺下了，她感觉没有一点力气，她好想就这样睡过去——她的事都了了，再没有牵挂了，她可以走了……

家犬赛虎伏在门口呜呜咽咽。

天香守在床边，流着泪给她慢慢喂点清粥。天香知道大奶奶的心有多痛。这多年来，大奶奶对万瑞麟主要是义，是敬慕和感激，和钟培炎还是合得来一些，心里是喜欢着他的，其实是情，又有老太爷的遗愿在先，旁人看就是相好的了。万司令和沈大姐结合后，她是可以与落难的钟培炎搭个老来伴的，没想到挨了两年就都过去了。天香深悔自己只顾着照料她替她弹花，怎就没想到这一层。

天香慢慢说了那天在菜园，春桃对她说的自己的不幸和经过，说钟先生一直还恋着竺大姐，早知有竺大姐这好个人，这样的身世，她是怎么样也不会去找他的。宜君叹气说："钟先生不容易……他能老来得子，还是为官时积了德呢……"天香来气了："山巴佬！把生个儿子看得比天还大，生了不也就是个秋葫芦。还有那个没心没肺的丘八！"她连带着怨起万瑞麟。宜君不作声了，好久才说："是我对不起他们……'久必自弃'，觉空法师早说过的……"

宜君让天香扶她坐起，说："昨夜里做了个梦，梦见你大少爷回来，穿的是结婚时那件蓝缎袄子，苦巴巴望着我，问我绣给他的那幅玉兔图在哪里，我说给你带走了呀，我也想问问你呢……他就仰头回想着，牵我和他一起出门去……"她长长地叹了口气，清晰回忆着：

"门口有匹马，我正要上马，万司令，钟先生，沈立群，万县长，都跑来拦着，你和孟先生，还有韶启，就扶大少爷一个人上了马，用力推那马往远处走，大少爷还在哭，我就去追，就醒了……看这梦，我是快要死了，你大少爷等我去呢……那玉兔绣画，明是他带去了，怎还问我呢？"

天香哭起来，说："大少爷不就是个革命，还提那绣画做什么……大奶奶不是没上那马吗……你还要够活呢，老天爷要活人，不活我小姐活谁……"

这天中午院里走进来一个中年女子，宜君起身迎接。那女子喊声"孙少奶奶"，就站在那里望着她。

闵东早没人喊她"少奶奶"了，宜君走近打量，觉面熟就是想不起来，那女子说："我是如意呀，觉慧……"宜君才知因她是俗装，一把拉住她手说："十五六年了，这么快。我们这都快老了。"两人不尽唏嘘惆怅，牵手到房里来。

觉慧喝了口清茶，说："阿弥陀佛。觉空法师前些天圆寂了。他说与你孙家有佛缘，要我来见施主一面，有话对你说。"

宜君眼前浮现法师慈容，难过地问："法师该百岁了吧？"觉慧很平静："阳数九十九。逝前一个月只喝自采的草药汤，不进斋饭，精神如常，等着往生天国佛界的时辰。圆寂时面色温润，神态慈祥如生。"宜君说："法师当是神人。"

觉慧说："法师坐化时空中异香，晚霞从密云中四射下来，有道七色彩虹从天空直贯大殿，一束光亮从他涅槃的火焰中腾起，循着彩虹向西天飞去了。"宜君就像置身于那异景，她没有悲伤，只有一种宁静的神圣在心中抚慰，她还是流泪了。

觉慧拿出一个檀香小木盒，双手捧着交送给宜君，说："觉空法师身后所余舍利子，嘱咐赠一颗与施主惠存，可助施主太平无忧。"宜君双手接过打开来看，见舍利子如拇指般大小，紫蓝色晶莹剔透，泛着淡淡的光亮，问法师怎还记得她。觉慧说："觉空法师说施主还当布善行仁。她知后世高僧必出于善门仁裔，存心以舍利子相赠，说三十年后若有人求取此珠，愿施主与之，或助教化之功。"宜君唏嘘不已，记起法师说过"此孙家后人之大义，愿施主赞之"的话，不知所指何人。

觉慧告诉她，舍利子不必案贡敬香，珍藏于室即可，只要心中时怀念想，家人皆得吉祥，她也会百病不生，容颜长驻。宜君听了心中奇异，又问："我已一无所有，大师怎说我仁善还没布尽呢？"觉慧说："苦难既在，慈悲未了，便见观音转世。"

宜君问："解放几年了，百姓安乐，师父你怎没还俗去过日子？"觉慧说如今政府讲的宗教自由，保护佛教寺院，不时还拨款修缮，这几年太平了，寺院香火又旺起来，她哪都不想去了。宜君又问："你从前那个相好的呢？"觉慧叹气："那个负心郎家遭火灾早成穷人，前几年又跑来找我，要我如多数僧尼一样还俗，回去和他分田过太平日子，我没答应。我早看透了的，这天底下男人，都是负心郎。"

宜君早年曾听她说过这话，心口锥了一下，想了想说："也未见得都是负心……人活在这世上，总是各有各的难处。"

"难怪法师说你缘将尽而情未了。你呀……"觉慧满目怜惜。

一九五四年调到中央政府的省主席，春节后给万瑞麟打来电话，说已与北京解放军总医院联系好，要他去根治腿伤，做个全面检查好好调理一下，多活几年，今后怕还有仗打。

沈立群请假陪瑞麟去北京待了半年。腿伤还真的给治断根了，到底是北京。医院又请来名老中医调理。在京的首长战友都来看望过，派车送他俩到长城、颐和园、天坛、故宫，该去的都去过，梅兰芳、程砚秋的大戏也看过好几回，连苏联莫斯科文艺访问团的芭蕾舞《天鹅湖》都坐在前排看过的。万瑞麟却总不那么开心，心里老惦记着什么。宜君那条围巾立群细心织补好后，在北京刚好给他派上用场，天转暖了还戴着它。万瑞麟嘀咕着要回去，医院同意后让带上些药物备用。

回到武汉，万瑞麟仍在"带职疗养"中，常常一个人在屋里闷坐失神。不久，军队准备授衔了，有的枪林弹雨出生入死的哥们还哭鼻子了。上面来的人担心万瑞麟工作不好做，会影响到大局，特意上门到他家中。

寒暄一番，负责同志斟酌着说："这次授衔，论资历，您是红军时期军长，一般在中将以上，不少人是上将，还有授大将的。

但您长期是在老区打游击，带兵不很多，战功不太好评价。这次考虑授中将军衔，看您有什么意见。"

万瑞麟坦然说："行啦！从前打仗就为了胜利，谁想过这功那衔的？那些死了的战友骨头都找不到了，跟谁争去？"

来人还不放心，怕他没听清，说："是考虑中将。"万瑞麟笑道："知道。打了几十年仗，叫得响是个将军，够啦！"来人为把工作做在前头，又说："您从前手下的师长、团长，有的这次可能是上将呢。"

万瑞麟说："好哇！他们走出去后打了那么多大仗恶仗，十万八万吃掉敌人，拿下大城市，又抗美援朝打败美帝。我在敌占区打游击，不能跟他们比。不比。在大别山我是几起几落，日他娘就那点兵，打谁？够啦！中将，够了够了。"

上面的人听了很高兴，知道他虽有点情绪却不是为争军衔，是遗憾自己没建成大功。若论他的革命精神和打仗的本领，要是当年走出去，后来带兵几十万，大将都没说的，可惜了。他们这才放下心来，说："您的情况和态度，我们会向军委禀报的。"

十月授衔时，万瑞麟同时被授予二级八一勋章、一级独立自由勋章、一级解放勋章。不久接到通知，鉴于他的腿伤已好，撤销"带职疗养"决定，恢复正常工作。沈立群替他熨好一身将军装，笑着说："辛苦命！"他拍拍打打上班去了。

没过几天，省主席从北京打来电话，笑他说："你个日大大的这回授衔态度好！搞得大家不过意了。恢复工作比什么都要紧，军衔那玩意儿，就是个摆设嘛！"万瑞麟说："我听说首长你向毛主席说，大将衔不要了，现在什么衔都没有，我还混到个中将。首长是榜样，有革命干就好！"

老首长说："中央对高级干部们都是关心的。你在军队，衔还是要有一个。我走了，你个日的在那里可得给我好好干啰！有事找我。"又说，"沈立群，就让她挂个虚职，照料一下你行啦。"

万瑞麟没接关于沈立群的话，知道老首长高兴时才用俚语骂人，趁他心情好，赶忙说："请首长放心，我会好好干的。只是还有件事，我这心里总像放不下……"

老首长说："你不就是记挂到那个宋启轮吗？这次中央也给他按起义保留了少将衔。可以了。"万瑞麟知道老首长对宋启轮告状到中央不高兴，说："总是首长你了解我。就让他来给我做个副参谋长吧，起义还是有点功呢，又是我去接过来的。"老首长调京前就听瑞麟提过这事，停了一会儿说："你这个罗人没法。行吧，我说说看。这个人也犟得很，莫叫他带兵了，当当参谋也坏不了事。这事莫那急。"

宋启轮年初接到升任省军区副参谋长的任命，对万瑞麟不忘故旧的仗义胸怀钦敬感激。几年前陈守义被万振山和黑子押走后，他因一时之愤，向中央告发过万瑞麟，后来回忆起陈守义在古城确实是恶贯满盈，感到万瑞麟毕竟出以公心，此后就再没对人提起这事，可是万瑞麟杀起义人员的影响已经传出去了，他一直后悔自己的冒失和轻率。到省军区报到当晚，他犹豫着到万瑞麟家中去看他。

万瑞麟直爽说："你向中央告我，这我理解。换了我也一样。没法呢，县里找来了，他那多血债，不处理他，群众连共产党坐不坐得稳都不相信了呢。"宋启轮惭愧地点头。万瑞麟说："这事过去了，以后我们好好共事。想你多过问一些战备和部队训练。中央即将以湖北省军区为基础成立武汉大军区，兼湖北省军区，工作会更繁重。"

宋启轮当年迈出那关键的一步，对钟培炎心存感激。当时宋希濂果然如钟培炎所料，战事伊始就带大部队从川鄂公路撤往西南，不久在四川大渡河南岸被俘，现仍在关押中。就问钟培炎先生近况，万瑞麟一生爽朗，只好支支吾吾搪塞过去了。

省主席说让沈立群挂个虚职闲下来的话，瑞麟没有对她说，怎好让立群成为自己的附属呢。万瑞麟没有意识到，这其实是老首长电话嘱咐中，至关重要的一句。

沈立群这两年忙过外面忙家里，人反倒精神。都是革命人，又有过早年的友谊，两个人既是夫妻，又是同志，也像兄妹，不管怎样，总是多年没有过的家的感觉。越是这样，立群越是念念不忘乡下的姐姐竺宜君。万瑞麟的心思总是藏在心里。授将军衔以后这些时，立群好几次看见他站在窗前望着外面出神，半夜里常见他还睁眼望着天花板，却忍耐着没有发出哪怕一声轻微的叹息。

瑞麟这天出差深夜回来，靠在床头说："都说年岁不饶人，才坐半天车就觉得累。睡吧。"打着哈欠想躺下。立群说："我想回去把姐姐接过来，和我们一起生活。看来她和钟培炎没有联系了，不然早该回信来。"

瑞麟双眼发出光亮，人也坐直了些，说："我也想过的……她怕是不肯来的。要是天香能一起来就好，在院里另外安一个住处，她俩仍在一起，你姐才肯长住，旁人也没什么说的。可是天香又有家有小的。"立群说："是我姐姐，别人有什么话说呢。我姐姐这一生，太可怜了。"

万瑞麟略一犹豫，下床从柜里取出当年的军用皮挂包，拆开一卷文物般的布地图上的锁线，从里面拿出那幅玉兔绣图。

立群抚摩着自己替孙韶光珍藏过四年的这帧绣图，凝视一对披上淡红的玉兔，明白了曾经发生的事情。她说："从上海刚到苏区时，如果我不把它还给韶光……你真细心。当时我不忍心再去找它了。"

瑞麟说："不是我细心，是韶光指着他的口袋……"立群听了难过地把头低在绣幅上。瑞麟说："从前打仗，我把这幅刺绣放钟培炎那里有十一年，差点陪他去了。我想迟早还是交给宜君，这是韶光的遗愿。没想到胜利了，我反而无法替韶光弥补她……只是玉兔这样颜色，要是还给她，也只有等我们都老了。"

立群说："这对玉兔，让我来保存吧。将来就让我替韶光还给我姐姐……她一直惦记着它，刚南下我回去，她还问起过我的，没想到就在你手上。"

这天上午，宜君刚听到院外汽车声，就见沈立群笑眯眯进屋来了。宜君拉她手高兴地说："你怎有工夫跑回来了？"沈立群说："回来接姐姐去武汉住些时，好好陪陪你。下午就走。"说着就翻箱倒柜替宜君清衣裳。

宜君笑着说："还没说好呢，你忙什么呢。"立群说："没得说的，你跟我走就是了。"

宜君虽觉这事有些不妥，但立群跑这么远专来接她，又觉不好推辞，且总是要去上一趟门的，也好了一了他们的心愿。又惦念着家驹，淑媛一家和表兄表嫂几年没见了，就笑着说："还当是革命呢，说走就走。"立群知她这是答应了，高兴地说："老万要天香一起去看看。"宜君到院外喊天香，天香笑着说："那个笨汉还有点良心……说叫上我那是客气呢，我还真跑去？"就过来喊："沈姨妈回了！"帮助收拾。

立群知道啥事都不用避着天香，问："姐姐怎不给我回信，钟培炎的事，你到底么样想的哟？急人呢！"天香见宜君不应声，接过去说："人家姓钟的天高皇帝远，谁知怎么自在逍遥，还等到哪个操心！"立群觉她话中有音，正要追问，天香转身张罗中饭去了。

下午车到小洪山军区院时，还不到六点钟，万瑞麟正在院门口等候张望，见果然是宜君下车来，高兴得嘴合不拢去了，呵呵哈哈就去后车箱提行李。

立群把宜君引到收拾好的一大间卧室，快手拆开包袱往柜里塞衣物，跑到浴室往浴池放好热水，拿了替换衣服扶她进去洗澡。宜君说："没见你烧火，水怎就热了？"立群说是军区用蒸汽冲好管道供应的，就要帮她解衣，宜君不肯，要她出去，立群摇头笑，递给她一个长柄带刺的东西让梳头，宜君惊道："这是梳子？"立群也不禁笑。浴后宜君来客厅，她一双三寸小脚不让见人的，穿上小袜钻进沈立群的大拖鞋里不见踪影，只好贴在地上滑移着摇摇晃晃，立群同情地笑着忙上前搀扶，万瑞麟转过脸去捂嘴偷偷乐。

宜君住了些天，立群支走勤务兵，忙前忙后照料着。万瑞麟见空就从机关往家跑，掩饰着高兴，一时拿拖把里里外外拖地，一时找抹布擦桌子抹椅子混着身子，还偷偷不是梳头就是擦鞋，连衬衣也不用人催就隔天换了。宜君看见她织的那条红围巾整齐地搭在立架上。她只是早晨梳头扎髻时细心一些，对立群要她剪成革命人短头发是死活不肯的。立群每天买来水果，苹果鸭梨橘子香蕉红沙瓤大西瓜，逼着姐姐吃。宜君说："这橘子好香，春天哪来的？"立群替她剥好说："秭归的。武汉一年四季什么都有。所以老万要你过来住，你再不准走了，啊？听到冇吵？我的好姐姐。"宜君就笑着。

家驹约柳茜一同来看望过妈妈，立群又陪宜君去看望表哥和韶启。肥皂厂去年春天"公私合营"改名"武汉市日用化工二厂"，表兄是私方经理，韶启也成公家职工了，还每年按当初股份计息。淑媛说家骐考上武汉大学学的哲学，家玉念高中，小菊很用功也考上了高中，这孩子和家骐有缘，都恋着。万县长每月硬要给小菊寄来生活费，都替她放银行单独存着的。宜君心里舒坦，她只说打听到钟培炎在东山当代课老师了。

瑞麟逢星期天整天在家，立群不是借口买菜就是单位有事一去半天，瑞麟就和宜君在客厅安闲地坐着，有一句没一句地搭着话，怡然感受着这份宁静和温馨。又逢星期天，立群要带宜君去看东湖，说苏联人来修长江大桥，把"黄鹤楼"给拆了，真可惜，东湖也好看。就要宜君换上她刚替她买的城市妇女夏装，是一件暗红云香纱中扣半长袖短衫，一条蓝府绸白花边褶皱长裙。

万瑞麟嘀咕："湖么看头，不就是一汪水。"立群偷望一眼在里间换外衣的宜君，小声笑他说："就人好看，天天看着，一天不看就慌了？"

瑞麟脸就红了，说："你姐姐小脚，么样走得赢你这鹭鸶长腿大鸭脚板？"立群笑弯了腰，说："瞧把你急的！有车呢。姐姐小脚是留给人家看的，又不是用它走路的……"宜君出房间听见他俩说笑，也幸福地笑红了脸，说："我要有你这好一双大脚，那年在陆家河也当游击队了呢……"车出院门，回头见万瑞麟还立在门口朝她们张望，很孤独的样子。

宋启轮副参谋长见万司令整天独自笑眯眯，精神又好穿得又齐整，问他有什么喜事了。瑞麟说："那年你我从日本人手里救出的那个竺大姐，竺宜君，还记得吗？立群把她接过来了呢。"宋启轮不明就里，说话又直："啊！是那个大美人呀？就是钟培炎的那个情人嘛！那我要去看看她。"

万瑞麟脸就煞白了，本想走开，想了想，又提着乱摆的心问："那，你多年和钟培炎在一起，应该见过她啊？在龟头河？颜家河？要不就是古城？"宋启轮仍是无心："哪见过人影呢？照片供神似供在桌上呢。"万瑞麟这才缓过一口气。

晚上宋启轮和龚瑾夫妻俩兴冲冲到万瑞麟家来。龚瑾年初随宋启轮调来武汉，安排在军区干休所当个副所长。宋启轮一见竺宜君就大声说："名不虚传！名不虚传！"万瑞麟对宜君说："他就是那年一起打古城救你的宋营长，军区副参谋长，这位是他爱人龚瑾同志。"

龚瑾出神地望着宜君，走过来喊声"竺大姐"，拉起她的手说："让我好好看看你……大姐你太美了，年轻时该怎得了！难怪那时钟培炎先生……"宜君想起，说："龚瑾……你就是那个译电员？真是漂亮。"又自语着，"桃繁李馥……"龚瑾高兴地说："大姐是听钟培炎先生说起过？"

万瑞麟这时见不得人提钟培炎这三个字了，打岔说："请坐，请坐。倒茶。"

宋启轮意犹未尽，仍是军人的爽直，说："钟先生要不是恋着竺大姐，龚瑾在龟头河就嫁定他了，可是崇拜他了！后来也轮不到我了。"龚瑾就笑；"是你自己要做媒呢，还老记着。"宋启轮也笑："钟先生还想给万司令做媒呢！"又问，"抗战后，竺大姐怎没和钟先生到一起呢？他是说撵走日本人就回去娶你呢。"宜君从没听钟培炎说过龚瑾恋他的事，原来他……就红着脸支吾说："那时……那时候……"

万瑞麟心里骂宋启轮：这不观颜色的家伙！国民党！蠢得很！又不好赶人走，心生一计就问："宋参谋长这次去郧阳，丹江口水库工程战备弄得怎样了？"宋启轮就报告起鄂西北战备。万瑞麟如释重负，对立群说："你们先陪你姐姐到房里说话吧。"

晚上宜君躺在床上想了很多。龚瑾的往事勾起她对培炎的想念。她来十几天，没有说她去东山看过他，想到今天瑞麟拉长脸不爱别人提钟培炎，她苦涩地笑了。她感到应该回去了，立群待她太好了，让她欣慰又不过意，万瑞麟这些时那是高兴，他的心明是在她这做姐的身上。她得赶快回去了。

早晨宜君对立群说："住这多时了，看把你累的！过两天我就回去了。"立群很意外："说好了我们住一起的，才几天，你么样又变了哕？"宜君说："出来长了，总想着家里。"立群说："那家不就是个屋子！"宜君说："屋也是家哩。"

立群笑着说："姐姐未必还没看见？自你来后，瞧老万快活的！人也精神多了，就让他天天看着你，也能多活好多年呢！"宜君不好意思起来，说："都快老了，么看头呢……"

立群知道姐姐一生只为别人着想，激她说："我就知道姐姐心思深，不像我直喇叭。你真还没看出来？姐姐住这里，他连对我也不一样了呢，以前从不对我开个玩笑要个态度的，就是个客气……你要为我着想，也不能走啊！韶启、淑媛和家驹，都不让你一个人待乡下了的。"宜君仍说："我总是要回去的。"立群知道她想好的主意是不肯变的，叹气说："姐姐的心，其实硬着呢，比我的心还硬。"

宜君见她没往深处想，抚着她肩说："妹子你还不懂呢……你说的这些，哪是个办法呢？你再想想看……傻妹子。"

万瑞麟听到宜君忽然要走，目光顿时就暗了，一声不吭到旁边倒一大杯冷茶咕咕噜噜喝了，又在屋里来回打转，一时穿上外套像要赌气出门，一时又脱下外套丢沙发上，不停地自言自语："不是跟你姐说好的吗，不是说好的吗……"手也没处放了，抓起一大块西瓜使劲啃起来，西瓜水没吞下流到脖子上。

宜君眼泪就快出来，连忙转头去忍。立群推一下瑞麟："你快说说呀！"接下他手里西瓜。

万瑞麟忽然文不对题说："钟培炎……去年夏天我通过组织，给古城魏书记说了，答应安排工作。说不定到县中学当教师。往后他的事情，会慢慢好起来的。今后……"

宜君感到再也不能不说了，就说："钟先生那里，去年春上我和天香去看过他的，他还好，在小学代课，和一个叫春桃的媳妇结了婚……孩子该三岁了。你们放心吧。"

万瑞麟一听眼睛睁老大，立群也大吃一惊——原来姐姐收信后，把他们的话真的听进了，还小着脚寻到东山……这钟培炎！唉！她心疼她的姐姐，重重地跌坐在沙发上。

万瑞麟霍一下站起来，脸拉老长，背手踱起快步，暴躁骂道："这个孱头，老孱头！见他娘的个鬼！我不管他了！不管了！不管。"又抓起茶杯要摔，立群忙去接下来。

宜君做错事似的低着头。瑞麟疾步进房去，房里传出很大的一声就不响了。宜君攥紧立群一只手忍住眼泪。

45.颂先贤培炎授课 评大政曾锐著文

城西三里的凤来坡真的来凤了——古城县第一中学新建校区在这里竣工，一九五五年国庆节前从考棚旧址迁来，定为全省重点中学。新任校长商慕樵从地委宣传部调任，才二十九岁，古城东山乡人，幼贫寒而有神童之聪，族中几十户耕作供他一人念书，十一岁考取考棚中学，得才子之称，既长节俭无比，不修边幅，言谈妙语连珠而不失庄重。

商校长兴致盎然地欣赏自己的领地：新校区以一个三面环坡可容四个篮球场的大操场为中心，修筑平坦高处的教室房舍一律红砖大瓦坐北朝南排列有致，布局宏阔规整，一派藏英纳吉气象。眼光！翻开教师名册，大都是新中国大学刚毕业，他想，要办成一所名校，唯在师资深厚，尤其语文是诸学科基础，有赖名师。他找出母校前武昌中华大学现华中师范学院《学报》，再看封底三个月前的那则启事：

古城县东山乡钟一樵先生：

惠稿奉刊。先生国学精深，学界瞩目。本校愿屈聘先生为中文系教师，请来函详告台甫与联系单位及地址。

此人莫不是旧县长钟培炎先生？商慕樵向于钟培炎道德文章钦佩有加，对东山小学两年间考进县中学七名学生的奇迹已有耳闻，若"钟一樵"正是这老夫子，致华师求贤，我正好向县委提出要求，得先去做一番证实的功课。

　　县委书记魏景升在办公室踱步。他又接到省里让他心烦的催问电话。两个多月前，省委统战部给他打过电话还发来公函，说根据中央加强统一战线精神，建议安排知名民主人士钟培炎先生到县中学做教师。魏景升明白又是万司令在替他忙活。让他出来做点啥事呢，你得让"人士"跟"文化"沾点边呀——到花鼓剧团拉幕布有点现眼，不是爱书吗，到群众文化馆管管图书借阅嘛，要不然到电影院写写招牌卖卖票啥的？总不能叫他当仓库保管吧，他要投毒呢？

　　倒是中央最近有个"改造利用旧职员"的精神，那个旧政府的教育科长邹永和，本在街上卖他娘汤圆，财政局长金仕仪趁机推荐担保，让文教局录用了，叫他管管教材订发和烧开水，听说表现还不错，每天清早主动打扫卫生。刚盖完新中学的老战友副县长李恒蛟，说过一中教师大都年轻，要有几个老教师搭配一下才好。看来对万瑞麟司令员也得有个交代了，解放五六年了呢，韩正义也提过两回的。咋办？

　　商慕樵清早破例更衣梳头，准备赶早班车去东山寻访"钟一樵"。敲钟人田师傅喊他接电话，是县委魏书记："给你加一个教书的。""我这里书不好教呢。""国民党伪县长钟培炎。省里当他民主人士。人士都得吃饭。"

　　天上掉馅饼！商慕樵以为今天起早了还在做梦。

　　魏景升："钟培炎这个人算交给你了，你可得给我看紧点，出了问题，我可拿你商校长是问啰。"慕樵大喜："谢魏书记。我正想找这人呢！周瑜打黄盖，一个愿打，一个愿挨。"

商慕樵当然知道钟先生岂是他大嘴巴"来兮"喊得——"三顾"之去也，亲往东山乡小学礼请。熊心洲校长自豪引见。慕樵见此公果然相貌不凡一脸书卷气，神清气定，举止从容，倒也不显那仙风道骨，看得出是"怀用世之心而存出世之想"那种。就翻开那篇《建安文学前后期风格辨略》，与他商榷且颇持异见，略展己才以信同道，方知正是老夫子手笔，喜道："山不在高，有仙则名。学生我专为请仙而来。"

钟培炎对这东山才子也有耳闻，初识他内心欣赏，说："商校长说名校需有真师，我是赞成的。愧我刑余之人，在此偷偷做点国学，自娱而已，也算失之东隅，收之桑榆。以县一中地位，我去了给校长徒添是非，莫如就此终老山林。"这谱还得端着。

商慕樵就说："钟先生连华中师院都不愿去，何况我区区县中。只是古城中学本是先生初创，慕樵曾受惠于先生幸为学子，尝闻闵东孙老举人捐资题赠'以教牧民'于先生。先生如不计初衷不肯出山，慕樵唯愧资薄学浅了。"钟培炎知他此来唯在尽礼，见他提起旧事，自然动情，说："我从前历史，恐不复宜公职。"慕樵说："先生不必多虑，此事已得省里发话，县委安排。就请先生屈尊到一中任教。"培炎明白必是万瑞麟说话。

春桃笑吟吟请到外间用餐，她哥熊校长已知商大校长来意，默然作陪。钟培炎满饮一盅："古人曰'用之则行，不用则藏'，我既不甘沦落有违古训，日后祸福也就无可避趋了。"商慕樵正大口嚼腊肉，囫囵吞下伸脖应道："尊师大义，古今不移。先生如不弃我，我必与先生荣辱与共，甘苦与同。"于是饮酒甚欢。

钟培炎到一中报到，商慕樵搞了个小型座谈会以示欢迎，又陪他参观新校。眼见宽阔气派的校园，回想在考棚创办中学的艰辛，钟培炎不禁感慨，在中国，到底还是共产党能成事。

钟培炎带高三那两个班的语文课，他讲的课深深吸引着学生们。每堂课前他只是随意翻阅一下教材，也不写教案，到讲台既不捏粉笔，也不执教鞭，更不做板书——黑板乃为教数理者所设。只从当节课文中拣出一点由头，就放开讲去。

讲《离骚》时，他先谈《楚辞》源流、代表作者屈原宋玉生平及对后世影响，而后回到课文，结合战国末年楚国内忧外患，讲解屈原诗句蕴含的深刻思想含义和诗人伟大情怀。讲《史记》他先不讲课本选文《陈涉世家》，却盛赞著家司马迁负刑余之辱而究天地之际，通古今之变，成一家之言。于是将他的《报任安书》信口大段背诵，声情并茂：

> 故文王拘而演周易，仲尼厄而著春秋，屈原放逐，乃赋离骚，左丘失明，厥有国语，孙子膑足，兵法修列，不韦迁蜀，世传吕览，韩非囚秦，说难孤愤，诗三百篇，大抵贤圣发愤之所为作也。此人皆有所郁结，不得通其道，故述往事，思来者……

诵毕，从励志治学之要展开典籍故事，纵论先贤，又劝学习先贤著述之重，引司马迁《太史公自序》句：

> 孔子之时，上无明君，下不得任用，故作春秋，垂空文以断礼义，当一王之法。

以此为据，教学生将春秋礼义当作王法来读，所以修身而继贤。最后他才回到课文，说陈涉即"陈胜"，司马迁将陈涉这样一个佣耕于人、造反称王而又很快失败死于御者的雇工，堂皇列入《世家》，足见推重，颇值后世深思，当然历代史家也不乏微词与争议。且述彼行状妙择其要，笔法洗练而传神入微，请同学们精读体味。

他讲高兴了经常拖延下课时间，其他班的学生就聚在窗外旁听。一些语文老师对他超越课文的做法不以为然。商慕樵听到反映对他说："钟老师讲得好，大家都过瘾。语文课读死书固然不行，但高考出题都紧扣教学大纲，一篇文言课文的立意、结构、词汇、修辞、语法，还是要逐项教学生掌握一下为好。"

钟培炎毕竟是师范出身，说出自己体会："古文表意，各取其义，故成诠释训诂之学。高考语文以作文为重，让学生熟读文言文经典，培养兴趣，融会领悟，作文才有灵性，文言文和白话文语法修辞也无师自通。近世白话文做得好的如鲁迅林语堂辈，无不源于文言底蕴。"商慕樵说："我搐升学率办法就一个，'揪到辫子梢'，给我啃课本。"钟培炎说："那高考可能出几个高分，出不了国文人才的，能升大学的只那几个用苦功的尖子生，普遍的仍上不来。"商慕樵点头不语。

这天高三近百名学生早早来到礼堂，将笔记本搁在膝上端坐。前面一张桌子算是讲台，也没见黑板预备。商校长和高初中语文教师们都在后面坐着，今天是特意安排的一堂公开课。

钟培炎花白的头发在门前一闪，夹本书信步走到桌前站定，放下书说："今天讲北宋王安石的政论文。在座同学谁能背诵王安石的任意一段诗文，请举手。"

学生们一个个低头避开他的目光，只有一人小声背出一句"千家万户瞳瞳日，总把新桃换旧符"。钟培炎点头嘉许，说："这不奇怪，教科书没有做课外阅读的提示。如果这样，怎么能够真正理解王安石文章的含义主旨呢？"就讲王安石为实现变法，是如何首先争取到宋神宗的充分信任，自然回到课文他的政论文名篇《本朝百年无事折》节选，略读两段后，说此折明论北宋百年安定，实言危机四伏，使宋神宗既能接受又产生高度紧迫，遂决意起用王安石厉行新政，其中修辞遣句的分寸技巧，多读几遍，自能领悟，希望同学们课外找来此折全文细读体味。

为增加学生对著家的了解，开阔视野更好地理解课文，他又讲王安石读史又是怎样对历史人物臧否不拘陈议，独抒己见，就随口诵起王安石的《读孟尝君传》：

世皆称孟尝君能得士，士以故归之，而卒赖其力，以脱于虎豹之秦。嗟乎，孟尝君特鸡鸣狗盗之雄耳，岂足以言得士？不然，擅齐之强，得一士焉，宜可以南面而制秦，尚何取鸡鸣狗盗之力哉？鸡鸣狗盗者出其门，此士之所以不至者。

诵毕提问："王安石认为孟尝君并不能得士，他为何要这样说？又究竟有无道理呢？请举手。"

学生们茅塞顿开、兴趣大增，纷纷举手，有的说王安石是将宋神宗比作孟尝君，不能得到他王安石这样真正的士，有的说英雄不问来路，鸡鸣狗盗者未见得不是士，孟尝君的门客"无车弹铗"的冯谖应该是士，同学们还相互争论起来。语文教师们也都听得津津有味，内心敬佩，如此旁征博引、处心引导，还愁学生掌握不好课文？

商慕樵频频点头，在后面大声插话："王安石就是'宜可以南面而制秦'的一士嘛！得一士焉，一士焉。"学生老师都回头看他，商慕樵自知失态，自嘲道："病人见不得鬼哦，谁叫我也是一士呢？"就往外走，众皆大笑。钟培炎知道，他这是把他老夫子当作打响古城一中的一士了。

钟培炎提出创办一个油印校刊，刊名就叫《桃李园》，将高初中优秀学生约为通讯员，每周出一期，由语文教研组承办，商慕樵欣然同意。《桃李园》发刊号四开四版，头版发刊词边是商校长题的一首五言诗：

　　春色满园栽，桃红李白开，唯有一枝杏，独自出墙来。
　　挥笔把花栽，茅塞顿然开，赠与栽花者，我是看花来。

第四版有蜡模套印的钟培炎书法一幅，是镌刻在收复台湾的民族英雄郑成功祠前的一副对联，乃清代爱国诗人丘逢甲所题：

　　由秀才封王自辟千秋新事业使天下读书人顿增颜色
　　驱外夷出境主持半壁旧江山为中国有志者再鼓雄风

《桃李园》出刊，学生有了发表习作的园地，学校形成爱文史勤写作的风气，对语文教学带来了很大的推动。商慕樵喜得钟老师这位国文掌门人，急聘为语文教研组长，竟一时冲动，壮烈地请他到屋里吃了一顿干干的白米粥。

钟培炎名声大噪。谁也不会想到，这迂夫子来中学才两个月，又为自己种下新的麻烦。

竺宜君的侄女竺方良由县委机要员派调到财政局任政工股长。她这几年一直忙着，婚姻的事像还没什么人让她动过心，她的眼界其实高着呢。她只是偶然感觉魏书记在背后望她，他曾向她委婉表示过。

竺方良到北正街财政局报到，金仕仪局长不在家，政工股也没人，见旁边牌子上写着"银行股"，就推门去看。里面两张对摆桌子里边坐着一个三十来岁的男子，一脸的书卷气，正专心看着很厚的一本书。

那人头也不抬问："找谁?"方良说："我是来报到的，叫竺方良。"那人仍目不离书说："找政工股。隔壁。"

"隔壁没人呢。"方良说着自己坐到那人对面桌前。那人略抬抬眼依然低头看他的书。

方良觉得这人怪怪的很高傲，心里有点生气，又没别处好去，就去看他桌边堆积两尺多高的大部头书，原来是些《苏联共产党（布尔什维克）党史》《共产国际与中国革命》《普列汉诺夫文集》《列宁选集》《斯大林选集》，还有什么《苏联新经济政策》《季诺维也夫反党集团的覆灭》……这人莫非是个教授，或是研究苏联的学者，怎么跑财政局上班来了?方良想想有趣，见那人仍旁若无人有滋有味读着，就真来了气，打趣道："喂!你个做学问的，怎么在这里坐得好好的?"

那人这才很不情愿地放下手头的书，又拿个书签夹了轻轻合上，这才向对面望过来，眼里有个什么东西闪了一下，慢慢说：

"我叫曾锐，银行股长。你从哪里来？"

原来这家伙也说得了话，口音一听就是黄冈的，省革大开始就办在黄冈仓埠，这口音竺方良熟悉也亲切。说："我从县委调这里工作，政工股长。"

曾锐说："政工股有什么事做。"方良觉得这人倒是个直肠子，就说："没事做要政工股干什么？"曾锐说："以后你就知道。"方良起身到门口见隔壁门仍锁着，又转来坐下，问："政工股真的很清闲？"

曾锐也不倒茶，反正他自己面前也没搁个茶杯什么的，审视了她一眼说："你不适合到财政局。"竺方良说："凭什么说我不合适呢？"曾锐说："财政局是盘钱的，管发展经济保障供给，要懂经济的人。像你这样的可以到法院、检察院、公安局什么的。那儿专管抓特务反革命。"

方良见这人说话虽抵得人一愣一愣的，倒都是些实话，笑着说："曾股长小看人了吧？我在革大学过财政呢！不信跟你比比珠算？"说着把桌边一把两尺多长的大算盘挪到面前说："出题报数吧！"

曾锐这下傻眼了，脸竟也红起来，说："我不会打算盘。但我懂经济。"见方良得意嘲弄地看着他，又补充说，"我在新四军五师根据地，就管过财政货币流通的，那里边名堂深着呢。"

竺方良相信他说的是真话，有点好感再去看他，才发现原来这人长得很中看的：明晰的双眼皮下，清澈的目光平静而又执着，高高的鼻梁下润泽的嘴唇紧闭着，有棱有角长长的下巴微向上伸翘，透出个性和倔强。

隔壁传来开门的声音，竺方良起身说："以后再找曾股长请教。"曾锐也不起身，朝她友好地点了点头，又去摸他的书。

政工股开门的是机要员小苏，引竺方良去见金局长报到，又一起去县委把她东西搬过来。小苏告诉她，金局长是个不显山不露水的人，是个秘密党员，在旧县长钟培炎身边当民政科长，长期替一个叫万瑞麟的大别山红军首领负责。解放初的财政科长是部队南下，听到钱和数字就头痛要命，魏书记没法，把金仕仪从劝业场调到财政科，后来叫财政局。竺方良知道姑妈和钟培炎、万瑞麟的一些往事，心想金局长不是一般的人。还有那个不会打算盘自称懂经济的"教授"，古城果然是个藏龙卧虎的地方。

一天所见让方良有了很好的心情，晚饭后进宿舍走廊来自己的九号房，见曾锐拿着碗筷在对门十号房前掏钥匙，见她过来点点头进去了。方良半夜起床经过走廊，看见曾锐的房间还亮着灯，这人真是个学究，像她在革大的那些老师。

上午竺方良正式上班了，她抽了抽空空的抽屉，放进本子钢笔。桌上有小苏放好的昨天的《人民日报》，头版头条醒目的社论大标题是"庆祝社会主义改造的伟大胜利"，大幅照片上是毛主席和彭真等北京市领导人，在接受公私合营的工商业者敬献匾额。方良知道公私合营是当前财政工作大事，就到隔壁去想听听"教授"的看法。

曾锐这时倒没看书，像在写什么，说了声："坐吧。"方良就问为什么把公私合营称为"社会主义改造"。

曾锐放下笔："这是走向生产资料公有制的一个重大步骤，也是中国党的一个创造。就是对资本主义工商业实行'和平赎买'，而不是像苏联那样，如地主一样予以直接剥夺没收。这是由中国革命是新民主主义革命的性质所决定的。工商业社会主义改造的进程比中央预期的两至三年快得多，全国只用了三个月就完成了。古城县从去年底到今年三月，已完成公私合营一千三百九十六户，一千九百四十人。这是个了不起的成绩。"

竺方良毕竟是革大生，一听就听懂，感觉跟他挺谈得来的，就说："曾老师，啊，曾股长，你成天钻理论，是不是银行股也没什么事做呀？"曾锐说："事多着呢，只是我处理起来比较顺手，看书的时间就挤出来了。"竺方良笑："你是说你办事效率特别高？那银行股都是哪些事呢？"

曾锐说："这可以梳理一下。银行目前附属于财政，只是财政的出纳而已。这与苏联一样——计划经济，大财政小银行。银行没有盈利目标，自身业务只是吸收爱国储蓄，借贷是执行财政的计划。财政信贷主要对国营、合营和合作商业、手工业等几类，按收购加工供应量定贷就行。县级工业还很少，是今后方向。所以理清政策下放权限，就不那么忙了。"

竺方良觉得这人倒并不是个书呆子，领导水平高着呢，就问："你像在写什么？"

曾锐说："我在做两个问题的调查研究。一个是过渡阶段应实行公私一体纳税，一个是一九五三年底实行粮食统购统销政策以来的弊端和改进问题，打算在《湖北财政通讯》内刊上抛出这两个东西。"竺方良也是见过事的人，说："你这不是捅娄子？小心戴帽子呢！"

曾锐说："问题总要有人去研究。现在中央号召'百花齐放，百家争鸣'。省财政厅要借调我到政研室，实际就是办刊物，我看那里脱离基层，搞不出什么名堂，没去。我的东西寄去，他们都会用的。"竺方良就觉得还是搞业务实际，说："政工股好像是没多少事。"曾锐说："来这里了还是要成为内行。我过两天到闵东做调查，你要不忙可以一起去走走。"

财政局配有一辆公用自行车，曾锐骑车载竺方良走十里路过莲水河再走河堤五里，到闵东乡政府才上午十点来钟。

黄佐玉乡长介绍农户从组建互助组、初级社到一部分转为高级社的经过，说合作化对于劳力少，农具少，无耕牛，不善耕，贫病户和军干家属是件大好事，有力出力，有牛出牛，开通水利，增加了产量，还融和了乡亲感情，农民就不光为自己那一亩二分田了。又说搞到几十户的初级社为好，高级社麻烦就多了。

曾锐问"统购统销"政策执行的情况，黄佐玉如实说："从前年起搞粮食定产、定购、定销。统购稻谷三分钱一斤，农民一担得三元钱，亩产按三百斤，可得九元。国家收去按一百斤夹七十斤糙米算，一斤米摊四分三厘钱，加上保管运输加工也不到五分，供应给城镇居民七分二厘钱一斤，每斤赚两分多钱。六七成赚。"竺方良笑着说："黄乡长蛮会算账的。"曾锐解释说："这里面包含着土地税。"

黄佐玉笑笑又说："国家先把粮食都统购去，再按计划指标卖给农民，农民卖出去又买回来，一担还相差五角，一反一复耽误时间，影响生产积极性呢。"说到这他观一下两人脸色，见女的埋头在记男的在微微点头，就接着说，"统购任务定得高，农民留足种子，余下的加上买回的计划粮，就只够糊口了。农民没有粮票买不到米，黑市价卖到八九分，按谷子算三分钱卖出六分多钱买进，太不划算，情愿饿着点。初级社有搞瞒产私分的，抓住是要重罚的……搞了统购统销，农民拴在农业户口里，哪里也不能去了。"

竺方良吃惊地停下笔。曾锐说："粮食关系国计民生，国家总是不能松手的。你说说看，有什么更好的办法？"

黄佐玉见这曾股长是个想听真话研究问题的人，也就没什么顾虑，说："农民种的粮食，不要都变成国家和集体的，国家应该留下口粮，收购余粮，征购以外的，农民多余的粮食可以自由买卖，种田积极性就高了。"曾锐不停点头，称赞说："要有更多像你这样的干部，能够独立思考问题。"

竺宜君见方良引着一个俊朗不拘的男子进来，高兴地引进屋里倒茶。方良介绍曾锐。曾锐见眼前这妇人气韵不俗，依然可见美貌，竺方良长得很像她，点头笑笑也不称呼，接过茶也不坐，走过去看墙上挂的《革命牺牲工作人员家属光荣纪念证书》，意外又欣喜，没大没小地问："你就是孙韶光的夫人？像在哪里见过。"竺方良代答："烈士是我姑父。"

曾锐崇敬地说："孙韶光是中共早期党员，职业革命活动家，是当今一位大将的入党介绍人，和蔡日新一起策动鄂东农民运动，任省委农政部部长，武汉时期中央组织部副秘书长，国共分裂后到上海中央，一九三二年六月在红四方面军作战中牺牲，时任中央分局政治部副主任、组织部长，兼红四军政委。"

竺方良惊讶："你怎么什么都知道？"曾锐说："我正准备写本书，叫《中共早期在鄂东的组织及革命活动》，还在搜集资料。孙韶光烈士是主要当事人之一，正好请你姑妈回忆。"

宜君觉"曾锐"这名字在哪里听到过，却怎么也记不起来。见这年轻人率真超拔不谙人事颇似韶光，书生意气又类钟培炎，就有些喜欢，没想到二十多年了，还有人这么清楚地知道有孙韶光这个人，又增加了对他的亲近，就问："曾同志口音不像本地人吧？"

曾锐认真回答："敝地黄冈。"宜君说："她姑父搞革命的事我都不懂的。曾同志想写书，最清楚的是省里万司令。还有一个叫钟培炎的人，他就在东山乡小学教书。"

曾锐问："竺大姐说的是那个国民党县长？我读中学时听过他演讲……"方良拦他说："你怎称我姑妈大姐？你才多大个人？"曾锐不好意思地笑了，说："三十三。我看你姑妈样子年轻，就喊成大姐了。错了，错了。你姑妈年轻时一定很漂亮，比你还漂亮。"方良嗔他说："你懂个什么漂亮。蛀书虫！"

宜君看方良眼里喜欢着这书生，也愿意听人说自己年轻，就笑了，心想竺家姑娘，一代接一代偏都喜欢这些读书人。早年她曾想让方良和家驹开亲的，新社会得讲自由，也就放下了这份多年的心事。她想替方良探一下这个比她大上十岁人的根底，问："曾股长是黄冈人，怎么在古城上学呀？"曾锐说："清朝废了科举后，家父靠教私塾勉维家计。我民国二十二年十一岁考上仓埠正源中学，就是现在的新洲县二中，不久投舅父转学来古城中学读书了。"

宜君心想，这孩子大概就是钟培炎想要造就的那以身作则的"卓绝之士"了，当年老太爷助他办学，这余香留到如今。就说："那曾先生正好给我方良做个老师。"曾锐郑重地点头。

两人匆匆吃过天香做的中饭，返回途中又到五里墩村做调查，回到财政局天已擦黑。竺方良煮面条端到对门曾锐房里来，曾锐三扒两搅吃了，叫她把笔记拿来他用一下。方良拿本子过来，见曾锐桌前已铺开纸笔，正靠在椅上专心想着什么。

竺方良从堆积的书架上随手拿了伏尼契的《牛虻》，翻看着亚瑟和琼玛精美的插图。曾锐说："要略知苏联，可先看一下托尔斯泰的《复活》。当然，要从文化上理解俄罗斯这个伟大的民族，还是要读一下他的《安娜·卡列尼娜》《战争与和平》……"方良知他对苏联有瘾，问："你在写些什么？"

曾锐思考着说："今天你听黄乡长讲的就该清楚了。统购统销的好处在于，国家能最大限度地控制农业资源，保证国民的基本生活供应，并实现对数亿农民的有效管理，维持社会稳定。但这一政策严重侵害农民的利益，不利于休养生息和工农业平衡发展，是再一次牺牲农民以加快工业化，最终将两头失踏。"

竺方良插了一句很内行的话："任何国家的工业化都需要积累和牺牲。苏联三十年代的工业飞跃就是，英国工业革命有过残酷的'圈地运动'。"

曾锐点了点头，说："目前我们国家动员农民的基础，以及农民对于任何政策表现的承受力，是因为他们获得了土地。但统购统销，正在加剧国家愿景与农民选择意愿的矛盾，这将使国家在不长时间内丧失这一宝贵的基础。我要提出这个问题，引起省里和中央重视。"

方良担心说："你的观点站得很高，也很右，这恐怕……"曾锐说："这你不要管了，出了问题与你没有关系，都是我个人观点。"方良就有点生气，端起那本《复活》说："你就引别人重视去吧！假教授。"转身出门去了。

竺方良到财政局转眼快两年了，中间"肃反"运动只对金仕仪和曾锐的历史做过一通审查，结论不是特务和叛徒，其他没反可肃。她政工股没事时就常和曾锐一起跑些业务工作写写情况报告，感觉充实又对路。这天早晨金仕仪在饭堂对她说："魏书记来电话叫你去一下。"

竺方良走进办公室，魏景升站起来点头，目光中有不加掩饰的温情："到财政局快两年了吧？听金局长说反映很不错，主动学习钻研，这就好嘛！"方良笑一笑也不作声。

魏景升坐回靠椅神情严肃地说："大鸣大放出了问题。阶级敌人乘机向党进攻，中央可能要反击，正在打招呼，又有大的政治运动。"竺方良问："反击？"

"反击。"魏景升说，"金局长只是个地下党，搞业务上心，原则性不强，老好人，财政局需要增加一名抓政工的副局长。县委考虑由你担任。"方良感到意外，忙说："我不行吧，情况还不熟。局里有个人很合适，银行股长曾锐，有水平有能力，又肯钻研。"

一丝明显的不快掠过魏景升的眼睛。他喝了口茶冷冷地说："这个人我知道。水平有，问题在思想立场上，爱逞能乱放炮，上面已有人盯着他，这次运动过不过得了关还成问题，你还说提拔他。"竺方良忙说："我看这人挺正直的。"

魏景升说："小竺同志！要警惕哟，从县委出去的培养对象，平时接近什么人，疏远什么人，要有个谱呢。你还是回县委吧，运动来了，组织部要配个干部干事，行政十九级。"竺方良说感觉自己比较适合做经济工作，魏景升失望的目光变得严肃："要注意政治进步。革大生。"

下午竺方良到曾锐办公室，说魏书记找她谈过话。

曾锐搁下手中笔说："你做不了副局长，更不会叫我做的。"方良问："那他还找我谈话做什么呢？"曾锐低头看着面前正在写的文章，不接她的话，忽然抬头说："我们结婚吧。"

方良吃了一惊，脸红了说："你这人说话也太轻率了吧！我们才认识多久？"

"一年零十个半月。够了。"曾锐悠闲地说，"古人说'一揖白头，白头如新'，是说有人虽'君乘车，我戴笠'，相逢一揖便终生引为知己，有的人天天见面到老还像陌生人。所以有心认识一个人，落眼即可。这叫察微见著。"

方良心里其实高兴，说："见著你个头！哪有坐在办公室向人求婚的？心不在焉。"曾锐神情郑重地说："我是认真的。只有我配得上你，也只有你配得上我。选择权在你那里。"说着又抓笔低头去看写得正过瘾的文章。方良才知这闷葫芦原来心里明镜似的，笑笑说："什么叫选择呀？"曾锐也不抬头："看谁在求，向谁求。"

方良记得姑妈说过曾锐那孩子老实，靠得住，笑着说："那就再求呗……"曾锐反倒往后靠在椅背上，说："一次就够了。安娜·卡列尼娜，玛丝洛娃，琼玛，佟尼娅，就没等人去求她。"方良又好气又好笑，说："我是竺方良，不是竺安娜。你就卡列你的尼娜去吧！"转身出门去。

晚上九点多，方良在看《钢铁是怎样炼成的》，有人敲门，满以为是曾锐来求婚，对镜子匆忙梳两把，打开门见是魏书记。魏景升说："想找你聊一聊家事。你不介意吧？"方良尊敬地请他坐椅上，自己搭坐床边。

魏景升有些拘束，说他家在河北巨鹿，他爹种佃田是个农把式，还能砌墙盖瓦做板凳，常有人喊去打短工，才比那最穷的稍好一点，灾年还得逃荒要饭。他媳妇是童养媳比他大七岁，参军前爹逼他圆房逃不脱，结婚三天跟部队走了。那时八路军就在当地，儿子栓柱出生后他回过家就没再跟媳妇同房，他爹为这拿扁担打他撵得他满屯跑。他说前年回巨鹿与媳妇办了一下离婚手续，她仍住家里，土改得的房屋田地都归她，栓柱的抚养费他负责，名分上她仍是魏家正房媳妇。

方良像听到天书，说："这算哪回事呀？"

魏景升说："这叫'婚姻从俗'，我们那里走远了的人都这样办的。乡亲中羡慕栓柱他娘的人多着哩，都说我算顾家的。我这不刚跟城厢小学说好，让栓柱来插五年级，他娘欢喜着呢。"方良说："做父亲的不管孩子，那是说不过去的。"

魏景升见她态度温和，诚恳地说："我们两个结婚吧。栓柱也不要你操心，叫炊事员带着就行。古城谁都会说这是个好事。"

方良坚决地说："这是不可能的。我绝不会做伤害栓柱他娘的那个人！"魏景升见她低头红脸地倔着，胸脯也在起伏，那生气小样儿实在叫人动心，一把拉住她的手说："我可是喜欢你呐！"接着就要拥她。方良使劲推他，连退几步背抵墙壁，压低声音说："魏书记，请你尊重我！"

门忽然开了小半边，曾锐在门外说："你的笔记本拿我用一下。"方良答声："就来。"连忙掩上门。魏景升为自己的失态吃惊，不舍地朝竺方良望一眼又看一眼对门，轻脚快步地出去了。方良心想幸亏金局长安排她住曾锐对面，难说不是有心……她拢了把头发，拿了笔记本带上门就去推曾锐的门。

曾锐在专心写着，说声："走了？"也没抬头。方良本以为他会给她安慰一番的，或者趁好给她更直接的表现。失望之余她自觉脸红，放下笔记本犹豫了一下，仍回到自己房间。天微亮她打开门，见曾锐门顶玻璃框里透出灯光，试着推开门，那呆子正伏在桌上打盹呢。她踮脚走过去看，已密密麻麻写了二十多页纸——他是要改变财政与银行的信贷体制。她伸手轻轻关熄台灯。

曾锐醒了，借窗外微光望她一眼，终于伸开了双臂，接下来却是举手伸腰打了个好大的哈欠，望着面前的文章，满意地说："差不多了。"

竺方良好气又好笑，说声："写死你!"跑出去了。

46. 遭厄运局长护才 欣忘年茅厕论史

魏景升到粮食局检查统购统销。

局长是南下战友，报告说，今年一九五七年是鸡年，风调雨顺，全县去年十月刚完成农业合作化，今年小麦就得大丰收，增产过三成，这芒种节刚过，粮食局统购的麦子就翻晒进仓了。双季稻五四年在古城试验成功，去年在全县推广得了大丰收，今年稻谷产量眼看要翻番啦！魏景升去看仓库，见一间间新建的高大库房里粮食都堆到屋梁。局长兴奋地说："这样干下去粮食吃不完啦！仓库装不下了。"魏景升拍着局长的肩膀："不要骄傲嘛。还要扩大耕种面积，丰衣足食！"

魏书记在局食堂吃了两大个新麦面馍馍就蒜瓣，再来一大碗嫩南瓜汤，咂着香甜喜滋滋回县委，开始考虑他的另一件大事——"反右运动"来了。

办公桌前摆着一份六月八日的《人民日报》，头版通栏大标题是社论《这是为什么》。十几天前他已阅读了中央发至党内县一级的重要文章《事情正在起变化》。昨天到地委开会布置反右派斗争，传达中央指示。

前不久他在全县发动"开门整风"运动，虽再三鼓励层层动员开展"大字报"竞赛个别做工作，硬是收集不上什么意见。共产党该多好！爱都来不及。开门整风搞了一个月古城县落后还受到批评。只有那个一向爱国的服务公司私方经理县政协委员黄先生，在他请来亲自动员喝过几盅酒后，到大会上对统购统销提了一通意见。这人抗美援朝捐献了家存所有金银，又将全部家产交给了公私合营，工作积极负责还念过高中，才三十几岁，已送去地区财贸干训班学习，准备发展入党提拔使用呢。这右咋反？反谁哩？……黄先生这下子算是废了。唉。关下面啥事？

他抓了抓头皮：可总得反呀——我们不搞共产党的"党天下"，还让你国民党"党天下"不成！共产党江山还坐不坐？给资产阶级算啦？革命先烈抛头颅洒热血换来呢。

"大鸣大放"运动猛然掉头，许多干部摸不着头脑。财政局长金仕仪想探探底去向魏书记汇报，说经过十几天学习动员和揭发，财政局没有发现右派分子，问局里的反右运动是不是可以结束它，集中思想抓抓下半年发展经济工作。

魏景升不满又嘲笑地看他一眼："结束个鬼哩！右派不反击，抓经济啥用？你那个曾锐，名声大得很呢！财政局运动县委直接抓。"

金仕仪细眉长眼地望着他不说话。

魏书记带两个人到财政局参加讨论会，实际是专门批判曾锐。宣传部长先讲话，说曾锐那篇《现行统购统销政策利弊初析》都是极右言论，影响很大，说财政局弄出这样的东西也是有责任的，要共同批判，划清界限。魏景升就叫大家发言，说要在反右斗争中看觉悟看立场看态度，发现和重用积极分子。

到会人围坐四周，都低着头去摆弄膝上的笔记本和钢笔，四五分钟了还没有人发言。魏景升见曾锐张着一双无辜的大眼睛等着，就要他回避，曾锐起身朝大家点点头离开了会场。

金仕仪说："大家说说吧。怎么看怎么说。"魏景升见仍没人发言就冒火了："从左边第一个人开始，一个个顺着讲！"

坐他左边最近的那个干部正好是银行股的，是个成天低头打算盘的近视眼，知道躲不过，摘下眼镜眯着眼睛说："曾锐反对统购统销的文章我没见过，我要揭发的是，他经常在上班时间看些与工作无关的书。"魏景升睁大眼睛："都是些什么乱七八糟的书？"近视眼："什么《联共（布）党史》《共产国际》《斯大林选集》……"魏景升失望地说："这有啥说头？下一个！"

下一个轮到政工股小苏，她想了想说："曾股长平时总不爱说话，不团结同志不和群众打成一片。几年了就没跟我说过一句话，碰面了也不点头，像不认识你似的。骄傲。"魏景升"嗯"了一声："下一个！"

接下来是农经股一个衣着整洁连风纪扣都别紧的干部，一脸正气说，曾锐下乡把局里公用自行车骑垮了，链条脱了挂不上去，轮胎也划破了口子打不进气，他不送去修，甩在走廊里好几天，跟个没事人一样。太不像话了。就他忙？

魏景升一拍桌子："你们这是反什么右？尽是些鸡毛蒜皮粘不上牙的，避重就轻，糊弄谁呢？"金仕仪说："局里人手少，各管一行的，和曾锐接触不多，他写些什么也没人关心。"

竺方良说："我发个言吧。"魏景升怀疑警惕地看着她说："好。你讲。你要划清界线。"竺方良说："曾锐下乡做统购统销调查我是一起去的。这个题目是省财政厅政研室交给他做的，不过是完成工作任务，按时交稿而已。至于文章反映的情况，都是事实，我这里有笔记。当时省厅也是很重视的，中央《财政内参》

也转载了，还加了编者按。"

魏景升见她抵在关键上，一时语塞。金仕仪见机就说："魏书记，有些工作正要单独给你汇报。要不然先散会？"魏景升见这会开不下去，这时如举手通过划曾锐右派也没把握，就先起身走了。金仕仪说声"散会"，陪他到自己办公室。

"曾锐必须划右派。"魏景升端起金仕仪的茶缸喝着。

金仕仪说："也就那篇文章，竺方良又证明是上面布置他写的。这人平时工作还是不错的。"魏景升说："财政局一个右派指标，不定他你定谁？"

金仕仪也不着急回答，给他添上水，又给自己点燃一支"大公鸡"牌烟香喷喷吸一口，这才说："有个情况我不知该不该跟你说。"魏景升说："对我有什么好隐瞒的？说吧。"

金仕仪说："省厅刚来电话，要抽曾锐去帮忙编写《湖北农村的社会主义高潮》，专写农村合作化的，曾锐还不想去。"魏景升说："他不就喜欢鼓捣书书本本的吗，咋不肯去？"金仕仪吞吞吐吐地说："他说古城县农业合作化……在全省是落后的，他去搞这书没意思。"

"他什么意思？"魏景升警觉道。

金仕仪说："我也问过他，他说古城县合作化运动落后，原因是魏书记不积极，到省里别人问起来，他不好回答，怕给书记惹麻烦。"魏景升并不在乎："谁说我不积极来？"金仕仪说："曾锐参加过合作化工作队，说魏书记每次讲话他都有记录。"

魏景升有点紧张了："笑话！我说什么来？"

金仕仪说："他说你说过，合作化不要走太快了，要看一看，小范围试一试。你还说上面有精神，耕牛农具田地劳力充足的富裕农户，入合作社必须自愿，不准强迫，主要办互助组，也可以搞一点初级社，帮助解决一些劳力不足、贫病户、痴呆户、军属干属的困难就行了，高级社不要一哄而起……"

魏景升这下愣住了，保持镇定问："你是在威胁俺？"

"看书记说的。这样的话，我能不向你报告？"金仕仪把烟送到嘴边。

魏景升大声说："合作化是社会主义根本出路嘛！我县一九五六年十月就建成高级社一千〇一十四个，入社十五万八千七百农户，占农户总数的百分之九十九，谁说我落后了！"

金仕仪说："曾锐说后来要你去地区学习，回来才赶上的，开始消极后进拖了鄂东后腿。还说你后来认准了，干劲很大。"魏景升稍感安慰，踌躇说："谁信他胡言乱语？"金仕仪说："曾锐是五师突围时打散留下的，后来又在根据地归队搞财经，省里老首长老战友多着呢，连万瑞麟司令员都熟悉他。"

魏景升想，这金仕仪到底是老党员，考虑问题就是全面，就踱起步来，说："他这是公开反对统购统销。不统购六亿人喝西北风？"

金仕仪说："不是省厅交的课题吗。主要叫他承认错误，吸取教训就好。局里通点经济的人才本就少。"魏景升说："那也不能让他在财政局待下去，这人迟早还得捅娄子的。人才就是他娘爱逞能的人，就叫作人才。"

金仕仪明白曾锐这不明世故的活宝贝，算是保下来。魏书记其实爱护党员人才哩，让他回避也是保护，就说："那叫他到哪里？"

魏景升说："商慕樵校长找我要有学问的人，说是要'野无遗贤'都给弄去一中教书。曾锐不是肚子里有货吗？叫他去教书正好。"金仕仪知道曾锐虽有大学问，但也不像是教书的料，正好以后再弄回来，就说："魏书记考虑得周到。"

魏景升起身说："曾锐调动不要等到运动结束。他名声在外，上面有人想保他也有人盯着他，这几天就打发走算了。你叫商校长找我要人，免得说是你赶他走。'遗贤'嘛。也是个老党员。"金仕仪点头称是。魏书记又说："竺方良同志政治立场跟不上，叫她到业务上去吧，免不免职你考虑。"金仕仪说："这个同志从县委来，革大生，局里还是要用一下。"魏景升惋惜地摇摇头没再说什么。

钟培炎带高三语文做教研组长两年多，第一年高考古城一中语文平均分跃到全省第五名，第二年进到第三名，仅次于华师附中和黄冈高中，古城一中在全省崭露头角。其间他又发了几篇论文，华中师院找到他的下落，周院长给从前的学生商慕樵打电话，要钟培炎到华师去教中国古典文学。商慕樵说："老师您老那里人才济济，哪在乎钟培炎一个乡下蛀书虫？请老师高抬贵手！高抬贵手！"

商慕樵又接到金仕仪局长电话，他当然能听出话音，心想白捡曾锐这个苏联研究学者加党史和经济学专家，何乐而不为，这愣头就是白养着也行，招牌嘛！名校，哪有不养几个闲人的？就去见魏书记要人，果然一拍即合。

曾锐对于调到县一中欣然接受，他和竺方良到公私合营的原"黄家照相馆"照了张合影，给同事散过喜糖算是结婚了，第二天就去凤来坡报到。

商慕樵征求曾锐意见，看带门什么课。曾锐谦虚又自豪地说："别的我都不靠谱，我那点东西也就与政治学和经济学沾点边，你这里又没有大学那国际共运史课程，就带个政治课凑凑数吧。"

商慕樵见这呆子倒不含糊，称赞说："缺的就是真懂政治学的。那就先带高二政治吧，给学生多施点肥，到高三底子就不一样了。"他当然不敢把这自封的教授一下子顶上毕业班，得先看看师父拳脚再下手。

曾锐着手"施肥"。他倒还喜欢捏支粉笔，这样更有当老师的感觉了，却不知有"备课笔记"一说。这天他走到讲台，把那本薄薄的政治课本压在粉笔盒下让它有个着落，点一下头转身在黑板上写下一行漂亮的粉笔字：

普列汉诺夫

回头问哪个同学知道这个人。鬼知道是谁？他就侃侃而谈：

"普列汉诺夫，俄国和欧洲杰出的马克思主义理论先驱，思想家，著作家，俄国社会民主工党——苏共前身的早期活动家和理论灵魂，对列宁主义的形成产生过重要影响。他后来却转向'孟什维克'，对十月暴力革命持反对态度。学习联共（布）党史——这在大学政治系是一门重头课程，就必须熟知普氏的思想，及其与布尔什维克列宁、斯大林发展了的马克思主义理论的异同，尤其是与反党的布哈林、托洛茨基、季诺维也夫们理论的区别及渊源……"

曾锐自顾高谈阔论，见学生们似听非听不那么专注，就感到遗憾，为吸引注意力，他转身在黑板右上端另写了一个人名：

伯恩施坦

他把半截粉笔丢进纸盒，舔了舔发干的嘴唇，用他那一口地道的黄冈口音一字一句说："学习国际共运史，就不能不知道这个人，伯——恩——施——坦：德国社会民主党的理论领袖，恩格斯的挚友，列宁的主要论敌，'第二国际'右派代表人物。他的核心思想，是反对暴力革命和无产阶级专政。他不同意列宁的国家学说，认为国家并非只能成为阶级压迫的工具，而是可以超越阶级的全社会的共同事务委员会。当今意大利共产党修正主义领导人陶里亚蒂同志所继承的，正是伯——恩——施——坦——这一思想……"

学生一律心不在焉，已有人打瞌睡了，他感到怜悯，就痛心地停止"施肥"，大声说：

"同学们，这是政治课。中国作为东方新起的伟大的社会主义国家，同学们有责任对世界共产主义运动是怎样产生，怎样走过来的，今后还要怎样去做？尤其中国共产党在国际共运中的地位、作用与前景，培养浓厚的钻研兴趣，争取成为未来的马克思主义理论家、思想家……因此，同学们对于伯——恩——施——坦——"

同学们仍面无表情，曾锐正无可奈何，见窗外有个人脸贴在玻璃上鼻子挤得扁平朝他拼命摇手，出门一看，原来是商慕樵。商校长已急出一身汗，两根手指拈起黏在身上穿黄了的白汗衫抖了抖，说："这节课叫同学们先自习吧。"

曾锐再出来时，商慕樵笑着拍拍他肩，学他样子和黄冈口音摇头晃脑说："普列汉诺夫，伯——恩——施——坦，这些人不是我的学生弄得懂的。我总是给他们说，升大学考政治历史地理全靠死记硬背课本知识——你们一生是穿草鞋还是穿皮鞋，就这一锤子买卖。曾老师就高抬贵手，饶他们一命吧！"

曾锐就还大不甘心地摇头。商慕樵说："我老商三顾茅庐请来的几个活宝贝，怎么都这德行，肚子里装东西多了，上课不倒出来就憋死了。死了！"曾锐僵颈争辩："当老师肚子里东西，不倒给学生倒给谁？给你？施肥呢！"

商慕樵忍住笑："那看是什么肥，么样个倒法。你这肥太肥了，即刻把我的学生沤死。钟培炎老夫子也爱给学生倒，他虽信口开河，那总还在料上锯，曾老师这锯，那是锯到凳脚上去了。你做好事，莫让你的伯——恩——施——坦把我老商的脚也锯断了！"曾锐也学他幽默伸头看他脚说："还在呢。"

曾锐这才知道竺方良她姑妈说到的钟培炎，原来两年前调县一中来了，上十天了还没碰过面，大概是在深居简出吧。曾锐在考棚中学听他讲话要学生做那"卓绝之士"，留下不可磨灭的记忆，那时才十二岁，时隔太久也许是没认出来。

这天他进教工厕所，见里面蹲着一个五十来岁老者，双手捧着一本《文史哲》杂志低着花白的头看得正有味。曾锐在一米高隔墙的另边蹲下来，听那边只有翻书声毫无动静，猜想是个蹲坑老书迷，八成就是钟培炎。曾锐也爱蹲坑，今天上课没带书报，本想探过头去看看是不是少年时见过的那个亲切俊朗的县长，又恐失礼，就咳了一声问："是钟老师吗？"

那边说："是我。"曾锐说："我是曾锐，刚调来。"

钟培炎："听说是个党史专家？才三十出头？"曾锐说："后

学三十有五。爱好而已，专家不算。钟老师是真正的国文专家。"培炎说："半路出家，滥竽充数。"曾锐又问："听说钟老师曾是中共早期党员，在广州参加过北伐政治准备工作？"

钟培炎"嘘"了一声，说："小声点，背后女厕所有人。"

曾锐回头看了看背后与女厕所之间两米多高的隔墙，小声说："前辈是亲历者，有一事请教：大革命失败，究竟是否陈独秀右倾放弃中共领导权所致？"钟培炎说："你按党史文献口径去讲行了。"曾锐说："我想弄清历史真实这重要的一段。"

钟培炎本是瞌睡来了遇到枕头，又见不得青年才俊，就如孙老太爷当年欣于忘年，哪还忍得住，说："领导得了吗？一直是国民党领导着。陈独秀只是在一九二六年一月于广州国民党二大时作过一些退让，不同意开除戴季陶、孙科党籍的主张，表示共产党不包办国民党事务，并在武汉时期力图维持国共合作。其实陈独秀、张国焘是反对中共加入国民党混合为一的，但共产国际坚持这样。当时列宁和托洛茨基看好孙中山国民党，后来斯大林看好蒋介石。国民党也曾以'同情党'名义加入共产国际。"

曾锐兴致大增："列宁、斯大林支持国民党，是否从苏俄自身远东利益出发，或是从中国革命属民族革命性质考虑？"

钟培炎已说忘了形："两者都有。二十年代苏俄为对抗英国为首的西方遏制，主动在中国寻找合作的政治力量，试图把中国革命纳入远东战略，曾联系吴佩孚而遭吴帅冷眼。联合国民党，是由于当时共产党还太年轻，政治资源国际影响远不及国民党。苏联根本不指望中共能够承担中国革命的领导责任。"

曾锐说："鲍罗廷是苏联特派的中执委政治顾问，似乎想借国民党的力量进行北伐，而让共产党通过工农运动取得权力，夺取胜利成果。"

钟培炎："未必这样想过。苏共内部对此也是有分歧的。鲍罗廷参与军政最高决策，在孙中山先生逝世后成为广东国民政府'太上皇'属实，他致力于中共与国民党左派的合作，他的介入的确加剧了国共冲突及国民党内部派系分裂，右翼元老张继、谢持曾当面斥责鲍罗廷。北伐出师鲍罗廷留在广州，俟后随国民政府迁武汉并策划左派反蒋失败。蒋介石北伐的军事顾问是苏联的加伦将军，他关心中共但较少过问政治。"

曾锐争辩说，有证据表明鲍罗廷在广州明扶国民党，暗助共产党，这可能是他曾被召回的原因。钟培炎说："鲍罗廷袒护共产党是有的，但他劝中共甘当苦力，因为他来中国的使命毕竟是帮助国民党完成革命，这关乎苏俄利益。前期国共合作还是好的。"曾锐问："那钟先生是什么时候转入国民党的呢？"

钟培炎已经过了把瘾，像那刚戒烟的人又接连抽了两支，满意地说："到此为止吧，言多必失。学校马上要反右了。"

曾锐又说："我听闵东竺宜君大姐——她是我爱人的姑妈，说钟老师与孙韶光是莫逆之交，我想写本书，她叫我找你求教呢。"钟培炎一听竺宜君就语塞，支吾道："再说，再说……"

这时厕所外面有人大声喊："伯——恩——施——坦！"原来学生们已给新来的曾锐老师冠以此崇高代号，他也欣然点头答应。两人这才知道已蹲半个多小时了，说得兴起，连上课钟声都没听到。

语文老师秦时月常到钟培炎房间请教聊天，商慕樵也忍不住去找他过嘴巴瘾，加上老夫子在东山守林自修擀得一手好面消夜，谈高兴了还能吃到春桃送来的咸鸭蛋呢，这得看话题了。曾锐一来，这三四个人就常凑到钟老师那里海阔天空。秦老师居然还记得曾锐就是那个说"爱国是头等的政治"下巴长长的少年，曾锐从而坚信教师最大的本事就是永远记得学生的名字。这几个酷爱吃鸭蛋又与考棚中学有渊源的都出口成章，时间不长，人们戏称他们是一中"三张半嘴"。曾锐目前只算半张。他主要是不幽默。

这天开教务会，几个先到的人聊着天。"七一"庆祝不久，曾锐自然要谈起建党史，说中共召开第一次代表大会由李达通知代表，湖南除何叔衡外，另一个代表好像是蔡和森，通知成了毛泽东。钟培炎纠正说："代表是由湖北人李汉俊通知的。那时蔡和森还在法国。"

商慕樵就信口说："天意嘛！这一下子错得好，错出个伟大领袖来了……"钟培炎站起来朝商慕樵使个眼色就出去了，商慕樵一惊打住了。

47. 露尾巴风声鹤唳 识迷途今是昨非

　　县一中的活动安排在县直机关之后，县委宣传部长带工作组进校了。教师集中学习，思想动员个别谈话物色积极分子，青年教师们革命热情斗争精神立马高涨。

　　工作组收到的检举材料已有厚厚一摞，都交由教导处女主任佟苏屏登记保管。佟苏屏二十七八岁，革命家庭出身，政治立场一向坚定，是工作组重点依靠的运动积极分子，反右斗争领导小组成员。她人长得不难看，一副黑边眼镜里大黑眼珠深沉又严峻，举止从容而稳重，总像捏着你的秘密。

　　检举信大多是些自高自大同事关系不好的人的情况，也有思想消沉不满之类。反映秦时月的问题值得注意——留念旧社会，对人讲抗战时的重庆陪都，替国民党评功摆好，说国民党军抗战死了多少师长军长，张自忠、戴安澜不愧民族英雄。常和旧县长钟培炎待在一起，有时深夜一个人到山上吹萨克斯忧怨的曲子发泄不满，还深更半夜摆弄收音机贴耳朵听，怀疑是国民党特务，至少也是在偷听敌台，靡靡之音。

　　佟苏屏汇报对秦时月的反映，工作组意见应划为右派分子。商慕樵说他也就是爱好点音乐，是教学骨干，竭力反对。工作组向县委汇报，魏景升说："你们看，你们看嘛！我早说商慕樵一贯右倾，所以派工作组。秦时月这样的不划右派，划谁？"

宣传部长说："一中教师大多是新中国培养的大学毕业生，总的看是追求进步的。"魏景升说："一中反右不能走过场，不能放过真正的右派分子。工作组自己不能右。年轻的不好找，到老的中找嘛。同志们警惕性哪去了？这次运动，对有历史问题的都要再筛一遍，要查一查他的言论。商慕樵从社会上弄去的几个历史不清的人，包括商慕樵，都要重点查一查。"

工作组再次动员，着重查钟培炎等人的言论。

很快有青年政治教师揭发，曾锐在课堂竭力吹捧国际修正主义鼻祖伯恩施坦，工作组问："恩格斯？"政治教师说不是是另一个人。工作组听是个外国名字，与反党大概关系不大，管他"白施坦""黑施坦"呢。曾锐再听人尊称他"伯恩施坦"连忙摇手使眼色。

就有青年语文教师检举，说钟培炎讲王安石时扯得远远的，大讲什么孟尝君鸡鸣狗盗者出其门，士所以不至。又说孔子之时上无明君下不得任用，这都是借故讽今，咒骂共产党不能得士，党员干部都是鸡鸣狗盗者。他还大讲只有司马迁这样受过大冤屈的人，才能发愤著书立德扬名所以不朽，公然教唆学生把封建礼义当作王法，还鄙视农民起义领袖陈胜是造反失败的一个种田的雇工，被给自己驾车的人杀死，《史记》不该把他"堂皇"列入"世家"……

又有青年语文教师揭发说，钟培炎在校刊《桃李园》发刊号写的那副对联，是拿郑成功比蒋介石，在台湾仍"主持半壁旧江山""自辟千秋新事业"，为国民党招魂壮胆唱颂歌。

猖狂！工作组顺藤摸瓜召开青年教师动员会，组长说："古城一中不是有'三张半嘴'吗？嘴巴里说的些什么？知道的都要检举出来。"

动员会当天深夜，一个教数学的青年女教师犹豫着找佟苏屏，说钟培炎和曾锐在教工厕所里蹲了大半个小时，说列宁斯大林不信任中国共产党，信任蒋介石，说中共没有资格领导革命，共产党想篡夺北伐胜利果实什么的。

这还得了！工作组大为愤慨和兴奋，叫女教师把听到的写成详细材料交给佟苏屏。

星期六晚上竺方良来凤来坡，听曾锐说一中已是风声鹤唳，他在厕所与钟培炎说的话可能被人揭发了，但他也不怕，他们说的都是历史事实。竺方良说："现在没人管你说的是不是事实，只问你说的什么。"曾锐呆了："要这样说，那这回恐怕逃不脱了。"竺方良其实是有主见沉得住气的人，这像她姑妈，说："别怕，跟钟老师约好，不认账！隔墙听话是不能当证据的。"

工作组长找曾锐谈话，说你是革命干部出身，与钟培炎不一样，只要划清界线交代事实，可以区别对待。曾锐呆是呆，只呆在书上，见事其实精明，经竺方良把了胆，又找机会与钟培炎斗过口，心里就不慌，说："没有啊！哪有这事？我才来两三个月，跟钟培炎怎么会说这些话？还说是在厕所里。笑话。"

工作组长说："曾锐，别以为你在财政局溜脱了，是运动油条，死猪不怕开水烫。不老实交代，党不会放过你的。给你一次机会吧，回去想想，写交代材料明天送来！"

工作组长叫人喊来钟培炎，说："说说吧，在教工厕所里，和曾锐谈了些什么反动言论？共产党怎没资格领导革命？"钟培炎本不真怂，说："什么厕所？"组长说："别装佯了！有人亲耳听

633

见你和曾锐蹲在厕所半小时，不停攻击共产党！"钟培炎说："我没在厕所碰见过曾锐呀？听错人了吧？"无论组长怎么攻，就是不承认在厕所见过曾锐。

工作组要揭发的女教师回忆提供证人，她很害怕，记起来曾有人到厕所外喊"伯恩施坦"上课。那个喊伯恩施坦的班主任说确有其事，他听见曾锐在厕所应声后就先走了，不知道里面还有没有别的什么人。

工作组长就找商慕樵谈话："一中真右派已露出狐狸尾巴，你要配合。不抓出真右派，你也脱不开，反右是不论职务的。"商慕樵骨子里傲气大得很，笑道："你的意思，好像是抓不出别人就该抓我了？"组长也不示弱："你以为你商慕樵就摸不得？有人揭发你经常问学生，一生是愿意穿草鞋还是穿皮鞋，公然鄙视劳动人民，宣扬白专道路。你还公开讲中国错出来了个伟大领袖？说没说？够了吧！要证人吗？"

商慕樵一惊，想起当时幸得钟培炎眼色制止，不然还不知说岔到哪里。工作组长知道击中了要害，严肃说："曾锐钟培炎厕所言论不仅是右派，算地道的反革命。你们是'三张半嘴'嘛，很谈得来的嘛！你叫他们别撑着了，撑不过去的，老实交代可以从宽，划个右派算了，可以不当反革命论处。抓出两个真右派，一中反右胜利了，早点正常上课吧。其他各教区教师集训反右都快结束了。"

商慕樵知道惹大麻烦了，说："我跟他们谈一谈可以呀，叫他们有错认错嘛。至于聊天谈到一大代表的事，我的本意是上天要让我们共产党胜利嘛，所以才有毛主席出席嘛！不然哪来革命胜利？你说说，哪来胜利？我这话没错啊！"工作组长知道他从上面宣传部派来的，转弯说："给你提个醒没错吧？这事先不议论。你以校长加'友好'身份，找他两个谈一谈再说吧。"

商慕樵找来钟培炎，说："你老先生蹲在厕所嘴巴还不空？"钟培炎忙说："哪里哪里，我蹲厕所只看书，不说话。"商慕樵说："那些话怎说得？真要说了，右派还包不住呢。"钟培炎知其意，说："曾锐说了从没在厕所见过我，就算我胡乱承认，岂不连累他年轻人？"商慕樵松了口气："你先主动写个检查交上去，如没有厕所这档子事，就着重检查上语文课信口开河，还有《桃李园》那对联，一旦认定是借古喻今，也不是小问题呢，钟老师自己要有个说法。"钟培炎摇头叹："我说过，到中学来会给你徒添是非的……"

曾锐满不在乎进到商慕樵房间，自拿热水瓶倒水，瓶是空的，这才想起食堂打开水交一分钱一瓶，不像财政局岔倒喝。商慕樵说："我一般不喝水。你莫不在乎，人家钟老师哪还经得事，你偏在厕所诱他乱说！他谈学问一高兴就管不住嘴巴的个人，你这不是害他？"

曾锐自找椅子坐下说："我在厕所鬼都没碰见过，哪见过这糟老头子！"商慕樵就更放心了，说："伙计！莫学我，恃才傲物的，在财政局亏还没吃够？你肚子里那堆党史共运史垃圾莫到处乱倒了，上回差点把我都带下水。"

"带你下了水，天塌下来就有长子顶着了。"曾锐有点得意。商慕樵："你莫快活早了，嘿嘿！运动过了我封你的嘴，不给你课上了，到教务处帮帮闲算了。施肥，施你个活鬼！想找伯——恩——施——坦过嘴巴瘾，一个人到后面山上对树说去，爱说什么说什么，把瘾过足再回来见人。"

曾锐就笑了，说："我偏引你大嘴巴说话，不然我一个人当右派，看你校长当得有味又有粥吃，心里不熨帖。"他跷起二郎腿坐稳了，妄想中午吃上这小气鬼一顿粥。"那你就引呢，哈哈！我老商再不得上你的钩。"商慕樵罐里粥煮得呱呱啦啦香喷喷眼看快熟，连忙推他起身。

揭发的女教师见人们对她敬而远之，还有人笑着问她是不是爱上曾锐了才偷听他，心里不是滋味，就去找商校长听口音。商慕樵说："这可是关系人家一生呢。女同志嘛，谁会有心去听。"女教师脸就红了。工作组再找她时，她说也没注意去听，断断续续撞进耳朵的，听不大清楚，也拿不准是不是这两个人。

佟苏屏见这事梗住了，就想深挖一下秦时月的问题，找来杨心茹。杨心茹为找秦老师，抗战后从昆明辗转回到古城中学。佟苏屏心平气和说："和你在西南联大桃色传闻的那个教授诗人，从北京大学去的，是叫罗乃西吧？"

杨心茹心想这女人简直是特务！回答说："我与罗老师并没有特殊关系，只是有些进步思想上的接触。那时联大教授都很清苦。罗老师是民主同盟的，站共产党一边。他和闻一多李公朴教授都批评国民党。"

佟苏屏说："那是投机。现在民盟几个头面人物带头反党，提出轮流执政，要共产党下台。痴人说梦。你崇拜的那个罗乃西是著名大右派了，登报了。"她见杨心茹吃惊了，笑笑说："说说吧，说说秦时月在重庆加入国民党军统特务组织的事。"

杨心茹大惊，那个姓赵的军统上校要秦老师填表的事如果认定，那他一生彻底完了！非坐牢不可。她坚决地说："秦老师从没有加入特务组织！他只教书，我可以证明。"

佟苏屏高深莫测地说："领过登记表，交上去了吧？"杨心茹问："什么登记表？没听说。"佟苏屏严肃："据组织掌握，重庆有个军统特务叫赵挺坚，到各学校秘密物色小知识分子对象，发志愿表，去过第二中学。秦时月在重庆七年，参加国民党的政治活动反动同乡会社会活动很积极嘛！还到昆明国民党军中演讲，那么引人注目，又和赵挺坚同乡，能没领表？"

杨心茹说："没有！没有这种事！秦老师早就说过，他只爱国，不问政治。"佟苏屏："是爱国民党的国吧！这不是政治？他不问的只是共产党的政治，对吧？你好好交代他怎么填特务登记表，有哪些活动吧。那时你们正在同居，对不对？应该无话不谈的。"杨心茹急了，说："你……你要是认为我包庇他，我可以离婚，证明他的清白！"

佟苏屏有点高兴了，也知道挖不出什么了，就说："是要划清界限了，他至少是个右派。再嫁就嫁个工人阶级，知识分子危险。学校食堂拉粮菜的戴师傅还是单身……"

杨心茹忍无可忍了，她毕竟见过大世面的，笑笑说："我看你要是嫁给他倒挺合适的。两个单身。"说罢扬长而去。她已决心用离婚来保护她的秦老师，除了她，这事谁也没法调查，她不怕她了。她耳边幻起漂泊西南时伤感的歌声：

　　　　我为你违背了爹娘，离开那遥远的南洋……

工作组把重点转回到钟培炎借古讽今。

魏书记听了汇报脸都气红了："姥姥。这就是攻击我们不重用他这种贤才嘛，是骂我们党上无明君制造很多司马迁屈原一样冤案嘛！陈胜咋不能进'世家'？无产阶级低人一等？俺爹就是雇工。反动！还把蒋介石比郑成功还有半壁江山要再鼓雄风打回来，妄想！右派，右派！国民党分子！"

工作组告诉商慕樵，钟培炎无疑是右派。商慕樵没有吭声，他在旧棉袄外认真套了件干净的灰褂子，找出开学典礼才用的蓝布帽戴正了，独步下山去见魏书记——他那一方名士不修边幅的风度得收起了。走到凤来坡山脚他又折返，明白已经无能为力了。看来两年前承诺与钟老夫子"荣辱与共"是个鬼话。

钟培炎划为右派，下放栗子店区中学。再次遣返回乡，情形比八年前那一次就好多了：仍有书教，且早通班车了呢。

钟老师怕喜欢他的学生们相送，选择上课时间偷偷离开。商校长叫一个校工把行李送到车站，他送钟培炎到学校门口，摇头叹气，说："等缓过这口气，我仍要请老夫子回来的。"培炎连说："使不得，再使不得。"

曾锐站在校外路边等他，一路无言送他到城里汽车站，两人默默坐在长椅上。钟培炎毕竟经过事，见他沉重，反倒安慰说："这其实没什么，回去还好些。我来一中前就想过，迟早有这一天的。"

曾锐不会安慰人，他自己也从不用人安慰的，沉重的是少了这位阅历不凡学识渊博的忘年知音，偌大个县一中，以后有历史政治学术问题再找谁请教争论去。商慕樵还要封我嘴，我惨。脑海里忽然就来了思想者的理论升华，他思索着说：

"苏共二十大赫鲁晓夫反斯大林，滑向修正主义，教训太深刻。我党会坚持正确的道路——依靠群众监督方式的人民民主，避免革命胜利得而复失。这次'开门整风'应是延安整风经验在新形势下的发扬运用，后来出现偏差，但'整风'的精神还将长期贯彻下去。因此我相信，多数右派会在不长时间内摘帽的。钟老师还会回到一中。"

这是真正的安慰！钟培炎小声说："是这样？"曾锐仍在思考："从矛盾的同一性与斗争性来看……"钟培炎连忙打住："曾老师以后不要带课为好，搞一搞教研。"

车快开了，曾锐帮校工把箱被搬上车顶用网绳套牢，扶培炎到座位坐好，就要下车去，钟培炎拉他手，口念李白一句："桃花潭水深千尺，不及汪伦送我情。"此时此刻，能不念诗？曾锐唐诗好像记得不多，刚好有王昌龄《芙蓉楼送辛渐》似乎可用，竟及时凑出一句："洛阳亲友如相问，一片冰心在玉壶。"

还挺好的！这政治学者。培炎喜，击掌。

车到栗子店，同座的青年帮钟培炎取下行李送他到只有初中的区中学。郑校长很是高兴热情，说："钟老师回来，我就好办了！"领他到一间带套房的宿舍，说请他带毕业班语文，让他先回去休息，春节后开学，把春桃和孩子接中学来住。

到底是家乡。钟培炎心情好多了，下午一身轻松往东山小学去。他又多时没见到春桃和儿子仪舟了，他们母子仍住在东山小学，方便他寒暑假回来给毕业班补习。

春桃见他进屋，全没有一丝欣喜，默默烧来热水让他洗脸泡脚，又沏上茶水，才坐到床沿哽咽哭泣起来。培炎这才发现，她眼圈红肿脸色苍白，留有多日的泪痕，头发髻巴也有些散乱。就问她孩子跑哪去了，春桃说金钩凹他堂伯接过去了。培炎也没生疑，以为她是为他多舛的命运伤心，安慰说："也就是戴了个帽子。回来还好些，安心和你一起过日子。过完年就一起搬到中学去，郑校长都安排好了。别哭了。"春桃反倒哭得更厉害，怎么也止不住，也不说到底为什么。

晚上春桃煮了一大壶老米酒，烧了几样培炎爱吃的菜，匆匆洗脸换衣，梳挽好髻巴，这才坐到桌旁替他斟酒。培炎说喊她哥熊心洲来，春桃说不用了，不停地劝他趁热吃菜饮酒。

早晨培炎独步去金钩凹看望兄嫂，出学校后门走近路，见岗上有个人站在树下，怏怏地朝学校院中张望，约三四十岁，远处看不大清也没在意。堂兄更见老了，说声"你回来好"就不再说话。培炎这才问出了什么事情，堂嫂告诉他一个难以接受的消息——春桃从前的男人得贵回来了，他没死。

原来十年前，得贵派夫给国军挑脚去四川万县，船经长江瞿塘峡快到奉节县，水急浪汹撞上暗礁船翻了，他被一个摆渡的老船夫捞起救活。得贵为报恩做了两老的干儿子，风里雨里摆渡，开坡荒种杂粮充饥，打算给两老送终再讨饭回乡。四川兵荒马乱，有天屋里进来一个衣衫破烂讨饭的姑娘，狼吞虎咽吃下一碗南瓜汤，瞄见床底下码有十几个粉红干爽的大南瓜，坐着就不走了，干娘收留她做了得贵的媳妇，一年后生下个男孩。不久奉节解放分得了土地，几年里两位善良的老人却相继去世了，得贵归心似箭，又不忍心丢下无依无靠的妻儿。那媳妇天天想念她娘，说六年前炸弹落到村前，娘哭着要她跟着同村几个姐妹顺江往下走，到湖北那鱼米之乡找个好人家嫁了，逃条生路去过好日子。得贵拿仅有的积蓄，让她带着儿子搭船逆江去涪陵见外婆，等了一年多再也没见回来……

钟培炎听得目瞪口呆，思维也像停滞了。

640

堂嫂说："你得拿主意了喂。得贵倒没说什么，就是像失了神经，天天到小学后山上一站就是一天。他族中本家要春桃回去，还想把仪舟带过去，他族叔在区里当干部，说要打官司告你们重婚，你哥赶忙把仪舟接回来了。"培炎这才清醒，问春桃怎么说的，堂嫂说："她就知道哭。造孽呀……"

钟培炎站起来，文不对题喃喃自语："战争，战争……"

春桃回婆家的头天哭了一整夜，她哥熊校长不知躲哪儿去了。钟培炎抱头坐了一夜，安慰春桃也只断断续续几句话："不怪得贵的族人，更不怪你。是战争……战争过去七八年了，还让得贵的儿子六岁失去父亲，让仪舟四岁离开母亲……中国，再不要战争……"这哪叫安慰人？春桃哭得更伤心。

早晨迎接春桃的族人来了两男两女，得贵没有来。教师们都回避了。来人扶着双眼红肿的春桃，无声地往学校院门外走去。春桃这时已不好回头相望了。

钟培炎拖着沉重的双腿跟到院中，他不便送出院外，独自呆立院中木然望着春桃远去，泪水双落却不自知，口中忽然念出一大段古辞章句：

归去来兮，田园将芜胡不归。既自以心为形役，奚惆怅而独悲。悟已往之不谏，知来者之可追，实迷途其未远，觉今是而昨非……

他像是又在反省他这糟糕的一生。

48. 打美蒋老兵炼钢 泣英魂烈士移墓

一九五八年的夏天火热得叫人迷狂。

闵东街上贴满红红绿绿颂扬"总路线、大跃进、人民公社"三面红旗的标语，公社、各生产大队、供销社、粮管所、棉花采购站、信用社、卫生所各单位和学校争相主办的墙报上，贴着《决心书》《挑战书》《应战书》和群众创作的诗歌。挂在树杆上的广播大喇叭放着激昂的口号雄壮的歌曲豪迈的诗歌——社会主义建设"大跃进"运动激动着每一个人。

闵东"大社"改成了政社合一，工农商学兵一体的人民公社，公社实行"组织军事化，行动战斗化，生活集体化"，黄佐玉由乡长改当公社主任兼书记，人们仍习惯喊他乡长，孟宪忠当了公社副主任。天香报名参加公社"三八炼钢突击队"，黄主任没肯，她就帮宜君在门前摆一张茶桌，烧上一大缸开水放入粗茶薄荷，供给街上兴冲冲来往的人们。

小镇一丈多宽的正街很快就扩建到三丈多宽，南北牵长也快一里了，走在街上让人心里格外地敞亮又舒坦。门前大喇叭播送的群众创作诗歌，有一首竺宜君喜欢听：

> 天上没有玉皇，地上没有龙王，

我就是玉皇，我就是龙王，

喝令三山五岳开道，我来了！

宜君心想，这气概，倒像万瑞麟、钟培炎年轻时那精神头呢——老百姓个个都变成英雄好汉。神了。

家驹和柳茜婚后回来看望妈妈，家骐、家玉和万小菊都来了。孟宪忠陪黄佐玉进来，大家相见甚欢。佐玉与家驹握过手说："多回来看看好！"柳茜欢喜地递上带给黄叔叔和天香一家的礼物。天香弄好饭菜，喜气地请大家入座。

发觉没见家骐，家驹找到老太爷书房，见他从书架上抽出的书搁在桌上老高几摞正在捆扎，尽是些佛教藏经书籍，有整套线装古本《楞严经》《地藏菩萨本愿经》《法华经》，还有《圆觉经》《楞伽经》《净土经》一大堆。家驹问："你要这些书做什么?哪看得完?"家骐说："我是学哲学的。我的老师俞继周教授，是当今中国宗教学界权威，毛主席亲自点他办佛学研究所。这些书是哲学最高境界的典籍，图书馆和书店都找不到的。"家驹知道家骐和小菊一直恋着，不愿他过于沉迷于宗教，说："这些书爹爹也不过浏览而已，你可别读迷了啊！"

佐玉经不住劝，高兴地连喝了几盅。家驹说万司令和沈妈妈嘱他去五柱山看望万振山大叔，家骐也要陪小菊去看望爷娘。宜君说她也早想去看望振山和巧兰的。黄佐玉说："正好！我也要去看看老县长。"

第二天一大早，大家乘马车沿新修的大路往五柱山去。车到山脚，麻姑仙洞遥遥可见，林场的红瓦隐现在苍翠的树林中。柳茜和小菊扶宜君下车挽扶着，一行人高兴地往山上走。

万振山在屋前和泥码砖替巧兰修猪圈，一眼认出宜君，喊声："竺大嫂?"丢下泥刀朝屋里喊："巧兰，看谁来了!"巧兰拍打着围兜出门，喊着"嫂子"跑过来。

一排三间的砖瓦房虽盖得不高，却收拾得整洁磊落，罐子里炖的野味香气扑鼻。巧兰一身干干净净，头发也梳得整齐还抹过菜油发亮，几年不见，她不仅没见老，看上去反倒比以前年轻精神。宜君心里又高兴又羡慕着。

小菊指家骐说："我二哥……孙家骐。"就红着脸到厨间灶台边张罗，家骐喊声"二娘"进去帮小菊择菜叶。巧兰已从小菊来信中知道他俩相恋，初见家骐高兴得合不拢嘴，没想到女儿将成孙家媳妇了! 这天大好事亲上加亲。

万振山慈爱地望一眼家驹、柳茜和家骐几个年轻人，递烟杆请黄佐玉尝袋烟，说他上山后吴家坳人教他学会了吸这自种的黄烟丝，香到心底去了，后悔少吸了它几十年呢。又去扛水桶，说："一大早去苗圃，水还没挑呢。"巧兰笑着取下他肩上扁担说："么事都等你。水缸满着呢。"万振山就到门外鸡圈里去帮她捉鸡，巧兰沏来自采的清香野茶。

宜君见他们小两口一般，在这仙洞下相濡以沫，知道巧兰是幸福的，是幸福的女人，是苦尽甘来的女人……

中饭山珍野味码满一桌。大别山区人家来客，女主人是不上桌的，巧兰掇一个陶罐出来，说是林场老农工教她用仙洞泉水吊的麻姑粮酒，放五年了，要黄乡长和大家好好喝几盅，就和小菊在一旁端菜倒酒。万振山和黄佐玉端起酒盅碰了碰，两人一饮而尽。

自然谈到"大跃进"。佐玉说闵东公社炼钢落了后，山区有树林矿石还好办，闵东平畈拿什么烧?叫社员拿什么炼钢?都去炼钢庄稼哪个种呀?

万振山说："炼钢也不能毁林啊！前天魏书记带几百人上山来砍树，让我顶回去了。"佐玉说："也没把点杂树给他?"

巧兰说："老万也太犟了。魏书记说了，全县山区有树的炼不出铁，烧出来的尽是些冒泡泡的死疙瘩，就靠城西凤凰窝钢厂小高炉出点产量。平畈树都砍光了，煤炭比金子还难弄，县委院子里几十棵百年老树也砍了，鸟也飞没了，用柴也就五柱山近一点。老万还硬不让动他的树。你看这……"

黄佐玉说："唉！这不都是逼得没法吗?上面不发话，大办钢铁哪个敢说停下来。我们闵东公社没山林，群众的门板都拆下来烧了呢。"万振山说："哦，原来你也是来要树的！"黄佐玉不好意思："哪能呢。我也就是说说。"

振山说："你不知道，山上树林我守了五六年，才刚有点样子，砍动了头，不用半个月，大点的就光了，你信不信? 四道河砍得野猪都往人屋里跑。这头开不得！"

佐玉说："烧炭用的杂木不成材，火狠，经烧，炼钢好。"

家驹像他父亲，也是个心怀天下的，说："国家这也是没有别的办法。美帝国主义封锁，霸占台湾海峡，在南朝鲜驻军，要帮蒋介石'反攻大陆'。国家钢铁产量太低，军队就强大不了，在世界上就抬不起头，人家就敢打你。"

黄佐玉说："那就叫那些大钢厂鼓劲炼啊！"家驹说："仅靠苏联援建的几座钢厂，三十年也赶不上美国。也只有像过去打小日本打国民党反动派那样，发动群众，依靠六亿人民了。"

宜君疑道："炼钢也像打仗样的?"家驹坚定地说："人民群

众有无限的创造力，可以创造人间奇迹的。"

柳茜在一旁激动着，说："我们万司令说要打美蒋，带头在军区院搭了一座炼钢炉，把不用的锅瓢盆勺废旧器材从上面丢进去，下面架煤炭猛烧，前天还熔出一千多斤铁水来了呢！成天一身汗水，眼睛都熏得红彤彤的。"

万振山喝下一大盅酒，把盅"咚"地磕在桌上，瓮声瓮气说："炼钢，打美蒋！"拉黄佐玉出门，指着不远处一片杂木林说，"归你了。给我炼！"佐玉笑歪了嘴——社员的门板保住了。

第二天清早，万振山打电话给魏景升，说只要你答应明春带一千人来植树，我就把杂木林划两个山头给你，够你炼半年钢。景升大喜："你还留那多树打鬼！钻树林惯了，藏稳了好打游击？"

"卵子。"振山大声说，"给我派个技术员来！炼钢！"

万振山带吴家耕几个人到城西凤凰窝钢厂学习炼钢，原来并没什么大巧，回来连日连夜垒起一座跟城西一样大的土高炉，集中几十名农工开挖铁矿石，砍伐杂木，热火朝天升火试炉。杂木铁矿有的是，不信我老万还炼不出钢来！

五柱山林场炼出像凤凰窝钢厂一样的铁消息传开了，望着卡车运来县城有模有样几百斤一坨的褐黑铁块，魏景升笑傻了嘴，这老游击！做啥是啥。报喜报喜，向省地报喜！

万振山炼上了瘾，从早到晚在高炉前搬石添柴，吆喝指挥。炉子最怕熄火烧结，不放心晚上总要去转上几趟，常常坐在旁边抽着烟杆望着炉火守到天亮。

这天上午正打着赤膊黑汗水流用根长钎捅炉火，来了一群人，万振山也没工夫搭理，就听见有人喊："那不是万疯子吗！"

万振山回头，才见是七八个首长模样的人，一个大个子宽脸膛红光满面的首长大步朝他走来："你个罗日的！真还躲山上来？"上前使劲握他手甩了又甩。魏景升在一旁并不意外地笑着。

振山认出是当年的省主席现在的国家副总理，自己打着赤膊灰头污脸的，不好意思地说："不晓得首长上山来。"

"去看看嫂子。"副总理说着和一行人来到振山的矮屋。

老首长接过巧兰笑吟吟递来的茶杯和蒲扇，亲切地打量她，摇着扇子笑着问："你就是巧兰嫂子？难怪振山，命都不革了！"大家都跟着笑起来。

万振山嘀咕："万司令说了，解放了，守林子也算革命哩。"

副总理："万瑞麟总是迁就你嘛！拒调六安差点杀头，打武汉也不跟我去。也没见苏区天塌下来，大跃进搞得好得很嘛！"魏景升朝振山挤眼笑。

张省长一直在旁边笑着，他也是大别山老战友，接过话："省委正打算让振山同志恢复工作。"副总理说："好啊！哪能叫个'疯子'守林？以后你们把着点，莫让他搞太岔就行。"

万振山连忙说："首长，我，我没水平，就喜欢在这里，哪也不去了。看我炼的钢，比魏书记凤凰窝的也不差哩。打美蒋！"魏景升知道这时可笑不得他游击老匪，只说："你吹吧！哈哈哈！"

巧兰要首长们在家吃顿饭，魏书记说首长时间紧，还要去参观钟驿棉花试验田呢。副总理起身，笑着拍振山的肩："来看看你两个。我也愿意守林呀！快活呗。让老蒋打回来算啦？"万振山低头不说话。张省长对巧兰说："嫂子还像从前一样，支持老万去革命，好吧？"巧兰点着头，转过脸很快地抹了把没忍住的泪。

天香晚上去参加生产小队的社员大会。

生产队长说："上头布置了，广播也广了，'大跃进'就是大办粮食，要开荒造田，平整土地了。说了，谁先平地谁先用拖拉机。副区长肖国才——就是那年的土改工作队长说了，凡是占了耕地的坟，都要平掉种庄稼。镇子北面土岗桐子树林有一片杂坟，是我们队的地，是哪些人家的，三天以内，都移到莲水河堤下。肖国才在会上说了，为了不占耕地，节约木材，移坟不准用新棺材，烂了的拣骨头放坛子里送到河边窖掉，三天内没人移的，就当作孤坟平掉。肖区长过几天要来检查。明天移的，小队记二十个工分，后天记十分，大后天没有。就这事，回去吧！"

社员中嗡嗡议论起来，一个愣头小伙子站起来，指着队长叫："你敢挖我祖坟，我就挖你的头！"

队长摸了摸头，说："这事怪得了我？你挖吧。"小伙子捏了拳头就要冲上去，他父亲一把扯住儿子，骂他："杂种！又不是平你一家的坟，你充个么好佬？"那愣头仍在跳起脚喊："我日他肖国才的娘！"大家摇头叹气散去了。

天香急了——孙韶光的墓，正在小队长说的那片土岗桐子树林中！她慌忙跑回去向宜君告急。

宜君听了跌坐在椅子上，半天说不出话来。

天香说："我家大少爷是烈士，我们不迁，看他敢怎么的！"宜君愁苦着说："大跃进这大的运动，哪个抵得住。"天香说："我去找黄主任，叫他评评理！"

宜君说："快莫去叫他为难了！人家坟里埋的不是人？你家的人大些？再说了，解放这些年，公家待我孙家也不薄，如今号召做这样难事，我们家，还只有带头才是呀。"天香说："我就不信这个邪了！"跑出院去。

夜已经很深了。宜君握着灯盏，"吱呀"一声推开小库房的门，搁稳了灯，蹲下身去，在陈年的坛坛罐罐中移动挑选着。

最大的一只坛子有两尺来高，是从前老太爷盛酒用的，青色的缸体上镀着釉彩，还有凸起的花纹图案，坛子依然完好。揭开沙袋盖子，空坛里敞出一股浓郁的酒香，像仍盛着陈年的美酒，宜君伸手探到坛底，确实是空坛。就这只了。

宜君想把坛子搬到房间去，也好陪它一夜。那坛厚重，试一试提不动，她就在地上慢慢挪动，总算把它移到房里来了。她喘着气坐在椅子上，歇了一会儿，又去水缸舀来半盆水，拧块抹布慢慢擦拭着酒坛，对它说："你是家里多年的物什了，就请你陪大少爷去吧……"

擦净的酒坛静静地立在墙边，在微弱的灯下发出幽幽的釉光。宜君这才想到，丈夫孙韶光那颀长伟岸的身躯，如何能够蜷曲在这二尺高的坛子里哟！他该多难受啊……"我的韶光唉！"她再也忍不住，抚着坛子伤心地哭起来。

她想，二十六年了，尽管是柏树，棺木也不可能还成型的，但愿依旧完整，那就不用收拣骨头了……她懊悔当年的那个深夜，她怎么偏偏替他选在那个地方。

她从柜子里找出一块折叠的红布，记得是红军转移那年，万瑞麟养伤时托她藏着的一面过时的军旗。展开在床上移灯照看，上面散布着弹孔，有用黄布剪成交叉着缝上的一把镰刀和一把斧头，下面是一排用黑布剪成缝着的字：

中国工农革命军鄂东军第一路军

旧红旗有床单那么大，已褪成淡红色。这旗子是万瑞麟在孙韶光搞过农运的黄安打出的第一面旗帜，正好替韶光包裹——他是红军，他爱的就是红色……

还有，请谁帮忙挖呢？平时什么事都靠孟宪忠，这回，怎好叫他动手挖大少爷的坟头呀。

她守着坛子坐了一夜。

似睡似醒中，四壁光影晃动，她忽然看见了孙韶光！从没这么清晰。他就静静地站在坛子旁边，衣着很干净的，手里拿着一本薄薄的书，是印着大胡子马克思的那本《共产党宣言》。韶光默默地从上衣口袋里抽出一方绣帕，展开让她看——是那幅玉兔图！果然在他身上。只是那对安详的玉兔变成了两只红兔，盼望又忧郁地望着她，桂花的枝叶也红彤彤一片，像是披着霞光。

宜君正在惊异，见孙韶光将玉兔图叠好，把它夹在《共产党宣言》中间，弯腰把书小心地放进坛子里，再将坛口用沙袋盖好。他落寞地站在酒坛边，两眼泪光，直直地望着她，还说了句什么话，好像是告诉她"天快亮了"。

宜君喊："先生嘞！"却再也不见了，后悔不该出声，抚着酒坛轻声哭泣："你……你带我去唉！我跟你去哟……"依然不见人，窗外的天穹果然现出惨白的微光。

早晨天香进来，宜君指着坛子说："实在不行，就收在这里边。"天香就哭了。宜君说："你去跟队长说一声，请他派个工来帮帮我吧。"

天香说："不能迁！黄乡长在县里开三级干部大会，宪忠今天一早赶往城里找他去了，要他去找徐区长和县里，说大少爷是革命烈士，要上面给个说法。老孟嘱咐我们莫要迁，一定要等他回来!"

宜君抹着泪说："黄乡长是大好人，为我们家的事为了多少难，这都没法报答他。只是这回，他怕是找谁也没用的。怎好开口呢……"天香说："他定会替我家守住大少爷的。"

宜君说："佐玉人太义气，那年为救韶启的命就闯过祸的，那是救的活人呀……可不能再连累他犯错误了。闵东几千号百姓，日后还指靠他呢。"

天香说："不管怎样，都要等黄乡长和宪忠回来!"

宜君说："我听细妹子的，我等他回来。"又说，"十大队查家湾查大爹托人拿来弹的净花，是给自己做寿衣，他是个孤老，昨日湾里捎信来说查大爹怕是打不过昨夜了。劳你把净花送过去，来去也得二十里路呢。"

天香知道这事，查大爹的棉花是她昨天赶的工，她仍不放心，说找个人帮忙送去，宜君说："细妹子放心吧。大家都忙，这点事怎好麻烦别人。我先到你大少爷那片树林看看，等孟先生回来。"

天香背着包袱刚出门，宜君就摇着小脚向孙韶光墓地走去。刚出街北，远远望见那片桐子树林坟岗上，总有几十个人在挥动挖锄，小队长的吆喝声和女人的哭声混成一片，已有人抱着坛罐木匣往河边去。她再也走不动了，默默地坐靠在路边一棵小树旁。

黄佐玉中午休会后到处找不到区长徐业民，下午会场上仍没看见他，直到半下午总算在关厢区公所找到他。

徐业民当过闵东土改第二任工作队长，对佐玉和老孟很了解，闵东情况也熟悉。他说："这事不大好办。平整土地，扩大面积，走拖拉机机械化耕作道路，是县委布置，关厢又是试点，是肖国才副区长在负责。平坟改地这事，山区倒没麻烦，不占地，关厢平畈区就是个大问题，抵制抗拒的不少。县委很重视，魏书记强调坚决执行。前天肖国才在土门公社捆了几个带头闹事的，还关着呢。"

黄佐玉听到又是那肖国才在作孽，话就硬了，说："对烈士墓，是不是要注意一下影响？"

徐业民说："唉，这时谁还顾得过来？孙韶光烈士的墓，你们找个角落单独迁一下吧，不要占田，给他立个小碑，群众也没话说。也不能因为一个人影响大政策。"

孟宪忠急了，忙说："挖坟暴骨的，总是不敬呢。"徐业民为难地望了他一眼："咋说哩？这也是没法子的事。听说那片坟偏又在田地中间。肖国才同志也不是故意的。"

黄佐玉早已想好了说法："号召'以粮为纲'后面，还有句'全面发展'呢。那是一片多年的桐子树林，算是'多种经济'吧，这也是上面提倡的。也就三四亩，还是个土岗，桐子树砍了很可惜的，这时正扬花。坟在树下也不占地。平坟可能是生产小队自作主张，没经过公社同意。肖国才也不用管这么细吧。"

徐业民问："有桐子树？"黄佐玉说："有！有。几个生产大队水车每年上桐油，全是靠那点树呢。再说了，我当主任，挖烈士的坟，叫我么样做人？"

徐业民知道黄佐玉就爱认个死理，还有个犟劲，就说："这事俺敢表态？生产队大跃进积极性上来了，上面咋好泼冷水哩。

又是肖副区长在抓这事。"佐玉知道这人稳当，就说："徐区长只当不知道这事，就让我来处理吧，以后要是追究责任，处分我一个人行了。"徐业民担心地说："啥事你都敢扛。你呀，迟早得惹出事来。"

黄佐玉和孟宪忠匆匆赶回闵东已是傍晚，直接去了那片桐子树林，见地上坑坑洼洼一片狼藉，几十个坟坑边散落着没有拣净的碎骨，青白色的格外刺眼。一个中年社员蹲在坑边往坛子里塞着骨头。

"完了！"孟宪忠叫一声坐在地上。黄佐玉问："谁叫你们挖这快？"那社员说："今日天黑前挖的得二十工分。"孟宪忠急问："孙家的坟呢？"

社员叹了口气："唉。到下午就只剩儿棺坟了，竺家姆晓得再也留不住了，就要队长帮忙迁河边去了。棺木塌了捆不拢，骨头用块旧红布托着收坛子里了。那酒坛子又大又厚还敞着酒香，是个老物件哩。数那只坛子好。"孟宪忠抹把泪问两棵柏树哪去了，社员说竺家姆要队长移到公社农业中学操场去了。

黄佐玉和老孟来到莲水河边，天已擦黑，远见堤下只有宜君和天香两个人，坐在一堆两尺见圆一尺来高的黄土边。正值长水季节，莲水河的呜咽伴着女人凄凉的泣诉从风中阵阵传来。

一同移来的墓碑竖在土堆旁，与那个小土包很不相称，孤零零的像块界碑，被风雨蚀去漆色的字迹在暮色中依稀可辨：

夫君孙韶光先生之墓

黄佐玉说了声："我要遭雷打！"和孟宪忠在碑前磕过头，就去扶她俩起身。天香凄凉地望一眼哭着的老孟，更是悲从中来，拍着青石碑哭数："我的大少爷嘞，你太不值了哇……"

宜君远见是他俩来就已止住哭，一双从来清澈的眼睛红肿不见神光，她哽咽着说："黄乡长唉，你的心已尽到了喂……只要你莫犯错误就好喂……"

49. 办食堂佐玉报产 忧百姓振山出山

县里号召办公共食堂，黄佐玉拖延着，心想国家统购后的返销粮仅够半饱，集体紧巴巴攒下一点粮食，都围拢来能经几吃呢。一些公社大食堂春夏间都热火朝天办起来，正"敞开肚皮吃饭，鼓足干劲生产"，他磨磨蹭蹭挨到秋天了，不能再顶了。

街上二大队公共食堂选在老孙家大院，公社干部就近划归这里。前院架起两个大棚，砌了一个好大的长方灶台，簸箕大的铁锅座了几口，柴火码在一侧，从各小队仓库挑来的粮食放满了一间房，另一棚里摆着各家凑来的桌椅板凳。煮饭的都是老年劳力，大院里浓烟弥漫，热气蒸腾。

食堂开伙第一餐中午，各家来一人，大都是婆婆妇女，端着瓦罐盆钵竹篮，手里攥着饭票兴奋地排着长队。开饭的锣声一响，掌瓢的王师傅笑呵呵边收票边往盛器里打入白花花的大米饭，再来上两大瓢香喷喷混煮萝卜白菜加猪油渣，另又递上几个黄桑桑的大馒头，人们欢欢喜喜提着饭菜回家去。也有单身的老人，还有一些炼钢下地赶时间的干部和壮劳力，就在桌棚里大口大口吃起来。

宜君在孙韶光迁墓后病过一场，人已瘦下一圈。她等排队的人都已打过了，才拿一只碗来，王厨师给她紧紧按了一碗饭菜，宜君说："我也吃不下多少，让出工的劳力多吃点吧。"就倒回一大半后端进屋去。

一日三餐饭菜管饱吃了一个月，渐渐就一天两干一清，再变为一干两清，打到盆钵里的分量也减半了，下工来食堂的壮劳力就喊吃不饱，炼钢干活撑不住。一个年轻社员三几口扒完碗里的饭菜，滚着喉结抬头去瞄那大锅，巴望再去添上一勺，却眼睁睁看着大锅见底刮净了，就大声说："不是说了，共产主义吃饭不要钱管饱吗？我前天到爱国公社拉柴，人家三餐干的，尽肚子装，这大的馍馍一人一个。"说着用手比了半尺宽的个圈圈，吞着口水。一些人就跟着吵吵，要求伙房改两干一清，每餐还该有馍馍吃。

黄佐玉在棚里慢慢吃着，扒完饭站起来说："各位乡亲，吃不饱是怪我，不怪伙房。粮食要紧着点吃，细水长流。眼看今年是歉收，吃光了往后哪来？"一个扫过盲识得字的社员大声说："广播里说了的，今年国庆节全国就要进共产主义社会了。粮食多得吃不完，有国家供应呢！"一些社员跟着喊："先吃饱了再说嘛，管那多做么事！"

黄佐玉说："乡亲啦，信我老黄一句话吧，细着点吃。现在你们怨我，往后有个日子会念我好的。"端起碗筷急忙走了。刚进公社院，总机房小吴喊接电话，是魏书记。

魏景升："钢炼咋样了？"

黄佐玉答："群众热情还是蛮高的，先砍完了村前屋后的树，又把院门房门柴房猪圈都拆了送来烧，一家也就留下块屋门。吃食堂后锅盆瓢勺火钳菜刀斧头秤砣没用了，也都送来炼钢了，铁器就剩锄头镰刀犁耙了，也炼出来两万多斤铁块。现在实在没烧的了，麦秆棉秆跟食堂争柴，又出不来铁……”他没有说万振山给过闵东杂木林，三十里路上山砍伐过河搬运太费工，只弄了些来搭作硬柴免得烧门板。

魏景升：“钢先不说，你把粮食产量给我搞上去。以粮为纲，以钢为纲，元帅升帐，你总得有一头吧？爱国公社‘放卫星’，稻谷亩产三万六千九百斤，上《人民日报》了！”

黄佐玉说：“这卫星我放不了。爱国公社田肥一些。”魏景升不高兴：“说你保守吧！人有多大胆，地有多高产。像你这样按部就班，小脚女人一样，还能搞好生产？”黄佐玉嘀咕：“人的胆再大，地的胆也只那大。”

魏景升生气了：“我说你黄佐玉右倾，右倾！你还不服。闵东这大的平畈粮产区，双季稻比哪里都先种，你他娘报的产量比哪里都低！大跃进要你这样的干部还跃个屁！限明天之内，不报个像样的产量来，你还给我赶鸭子去，我再留你算小娘养的！姥姥！”

黄佐玉知道魏书记喊“姥姥”是来真火了，又从来说一不二，忧心忡忡往食堂走去。大锅里熬着粗叶的棉苞菜粥，打到的妇女伸头看着罐中绿色糊汤般的清粥，不声不响提着回去。黄佐玉打碗清粥三几口喝了，就到宜君屋来，想找她吐吐话。宜君见他神情不对，问是怎么了。

黄佐玉说魏书记又逼他报产量，说：“我已报了一千〇五十斤，都超过一小半了，他那口气没个两三千还不行，不然明天就撤我职。报出的国家都统购走了，社员吃什么……”

宜君忧愁道：“那么办呢？”黄佐玉说：“我回去赶鸭子还好些。只怕换个胆大的上来，报个三千几千的，明年春上是要饿死人的呀！我在位子上，还能够顶一阵……我好难啊……"说着抱头小声哭起来。

宜君记起说："黄乡长先莫急。我刚收到沈立群的信，她是个副部长，她说产量不能瞎报，今年歉收，国家储备粮不多了，河南信阳地区已经饿死人了。她说万司令说了，钢炼的越多越好，粮食不能瞎报，不然要出问题。立群叫我把万司令的话赶紧说给你。"

黄佐玉止住了哭，看来上面还是了解情况的，万司令的话不会错的。说："我去把老孟喊来对一下账！"宜君叫他歇会儿，挪着小脚跑到院外去喊来孟宪忠。

老孟中午的粥给孩子吃了，连喝了两杯水说："我默了一下，都按两季算，能产稻谷六七百斤，报到一千二百，上面也不会都按这么高征粮，到时候求求情，种子还能留下来。按存粮算，冬闲每人一天一两半加谷糠，管到过年。春耕天头长，二两加麸皮饼肥管两个月。多种些大叶棉包菜、冬苋菜、早南瓜、大麦，等大包菜出来又顶一个半月，四月底嫩南瓜出来再顶半个月，就接上大麦了。弄得好可以不饿倒人。"黄佐玉说："我报一千二，是要遭雷打的呀！"又低声哭。

宜君一筹莫展，她想到了万振山，不行只有去找他借粮。

黄佐玉要老孟通知各队食堂，从明日起，一天三清，多搭棉苞，掺些麸糠野菜，小学生放学都去扯野菜交食堂，度着不饿倒人就行。各生产队仅剩的粮，除食堂定量，一斤一两也不准动，谁动谁撤职。

食堂三餐吃清，来打饭的妇女一个个有气无力的，地里冬播的进度也慢下来。王师傅是孙家从前厨师，想出个办法：早晚两餐吃清时菜粥里多撒几把米，也不放麸糠，味就好多了，中午一餐，把糠麸饼肥搭配磨得细细的，多放些酵曲，头天晚上和好了放锅里暖着发泡，第二天中午蒸出来大个大个的糠粑馍馍，闻闻还做米香。黄佐玉把王师傅提拔当食堂主任，叫他一个一个食堂去教人发糠粑。

闵东人有餐干的吃，两餐稀的也有点米粒，东播进度也快起来。小麦底肥施够了就不用管了，粪肥都用在大叶棉苞上它就长得疯，一个七八斤，粉绿色大匹大匹厚厚的菜叶一层层裹得紧紧的，剁细了加点米粒熬得菜粥绿油油干稠稠的还蛮香。

这天宜君出来打了一满碗粥，正要给天香家孩子送去，见灶前有几个戴草帽的妇女，不是本地人，手伸着罐碗往锅里望，王师傅不敢看她们，低头收票给社员舀菜粥。

宜君走过去，把碗里粥分给两个年纪大些的妇女，她们连忙塞篮子里用布盖紧。宜君见她们一个个面色菜绿骨瘦如柴，问是哪里人，一个妇女说："是爱国公社的。已饿了快两个月了。"宜君问："那食堂呢？"

那妇女说："上半年敞开肚子吃光了，食堂开不了伙了。秋季产量报得高，种子都扫走了，能吃的野菜铁菱角吃没了，树皮也扒光了，在吃观音土了，屙不出来，用树棍掏……好些人得了大肚子病。我男人是小队长，我家都没吃的，他们更难了……"旁边一个妇女就哭起来，说她婆婆要省给孙子吃不肯沾牙，前天硬饿死了。

宜君抹着泪："造孽呀……"看见大锅底还剩有一点糊糊的菜粥，对王师傅说："我明日要出去两天，把我这两天的把给他们吧，我总也吃不了一点。"几个妇女忙把钵伸到锅前，王师傅不声响把剩下的一点粥分给她们，转过头去抹眼泪，又东张西望从灶下蒸笼里摸出几个糠粑，一人手里塞一个，叫她们藏好快走，回去千万莫要对人说，以后只来她这几个人，来多了剩的也不够分。讨饭的妇女们惊喜地把糠粑塞进怀里，做贼似的低头快步出院去了。

清早，老孟扶宜君在自行车后坐稳了，沿大路往五柱山慢慢骑去。他和天香要省给孩子们吃就常饿着，这时在冒虚汗，车越骑越慢。到了离林场场部不远处，老孟说他还是不进去好些，就在棵大树旁坐下靠着。

正是中午，宜君走到万振山小屋门前，见他和巧兰手里拿着糠粑在啃咽着，桌上一人一碗清水野菜汤，心想完了，也没吃的！

巧兰忙喊嫂子跑过来扶她进屋坐下，高兴地到里屋拿几个鸡蛋铲出碗面粉香香地和着给她擀面条。万振山叫声"嫂子"，也不嘘寒问暖，点燃烟杆，坐在矮凳上抽完一袋烟，磕磕烟杆起身说："还擀一碗。"就出门去了。

宜君望着卧着荷包蛋的大碗白面条，暗里咽下口水，就是不动筷。

巧兰说："吓着你了吧？我们有吃的呢！老万就知道不出冬月嫂子就会来的。"宜君问："怎晓得我要来？"巧兰说："要粮食呀！替你留着呢。"拉宜君到里屋，揭开两个半人多高的大缸，是满齐缸沿黄澄澄的谷子。巧兰说："这是我家自种的，林场仓库里还有两大屯呢。"宜君这才香喷喷去吃那碗面，巧兰见她吃得快，背过脸去抹泪。

万振山领老孟进来，说："快下面吧，在树下躲着呢。"巧兰把擀面下进锅里又往灶膛添火，笑着说："难怪大嫂吃不下，原来外面还饿着一个大男人！"

万振山抽着旱烟不说也不笑，半天才瓮声瓮气说了句："怎弄成这样呢？"老孟狼吞虎咽扒完鸡蛋卧面条，又自己到锅前捞起没盛完的汤汤水水站着喝了，这才舔着嘴唇坐下来。

这时进来两个提着空麻袋的人，朝巧兰点点头，进里屋把两大缸谷子铲进四个麻袋扛出去了。

万振山要老孟尝了一袋香喷的旱烟，说："粮车在场外门口。也就五千来斤，先凑合一阵吧，撑不下去再来，有我和巧兰吃的，就有闵东嫂子的。"老孟说："你家两缸谷子都铲给我了，你们吃什么？"

巧兰说："林场有吃的呢。原不止给嫂子留这些的……陈家寨快饿死人了，老万这些年总想到他从前把事做狠了，前几天叫村支书陈友才来挑去了十几担，万家湾剩下的几户人家饿不过，又送去六担，嫂子的就少下来了。"

万振山叹了口长气，说："那时红军游击队过不去坎，是嫂子翻光家底帮过来的。知道黄乡长迟早要你来的。我不帮嫂子，哪个帮……"老孟记起自己犟着不肯拿银圆给红军，低下头去。宜君知道振山和巧兰是咽糠吃野菜省着等她来，抹着泪说："这次是我自己要来，黄乡长倒没说。"

万振山见大家心思重着，想换个气氛，用劲打了几个干哈哈，说："黄佐玉那小子精着呢！跑到屋里去叹几声气，还怕我嫂子不晓得跑。我找他当干部时说过，往后有事给他担着的……"大家苦着脸挤不出笑来。

宜君想起沈立群的信，说万司令要黄乡长钢炼越多越好，粮产可不能瞎报。万振山一拍大腿："嫂子怎不去找万司令呢？我要还是县长，非得找他去！他是不会看着苏区百姓挨饿的。"他仍把古城叫"苏区"。

巧兰说："这事叫我嫂子怎好开口呢，她又不是县长。"

振山叹气说："前天魏书记还来电话找我要粮，我说一粒也没有，你一亩三万六千九，还愁没吃的？过后想起来也太过分了点，对不住他样的。他这回着的真急。苦了苏区百姓……"他一口一声"苏区"。

巧兰说："两年前，上头给振山取消了处分，叫他回去当个副县长，管管什么'农林水'，他不肯去了，要就在山上跟我过这清静日子……前些时中央老首长来，说要他回去工作，他又没答应。"说着转头抹泪。宜君默然。

老孟把用茅草遮盖的粮车停在小镇外面，待天黑拉到公社，不敢喊人，自己一包包扛进一间房子码紧锁好。黄佐玉喜得发慌，嘱他藏好备明春应急，莫让任何人知道。老县长这是在救我呢！心里深深感念着竺大嫂。

春节刚过，黄佐玉到县里开会，主席台上不见了魏书记，坐在中间的那人好面熟——竟是老县长万振山！

李恒蛟副县长宣读上级文件：魏景升同志调任鄂东地委副书记，挂兼古城县委第一书记，万振山同志任古城县委书记处书记、县人民委员会县长，负责古城县党政工作。台下人们使劲拍起巴掌。

万振山一脸忧愁，站起身说："莫拍了。都知道我水平低，守林最好。党叫我回来工作，就要和同志们一起把苏区的事办好。现在困难渡荒，群众在饿肚子，干部坐这里开会有屁用？"人们睁着大眼望他。

万振山接着说："都回去，做两件事：一个是生产自救。炼钢的劳力全都下山归队备耕，社员自留地都增加一倍，自种自收，田头屋角都种上，允许搞家庭副业，不准饿死一个人！二个是去年瞎报的产量重新报，多报多征的，县里能退多少退多少，可能剩不多了，各公社把退粮一斤不少退到小队，退到户。哪个截留办哪个。缺粮县里再想办法，你们也莫作什么指望。就这。散会！"

这大概是他几十年来一口气讲得最长的话了。

黄佐玉兴冲冲回来，跑到竺宜君屋里，接过茶缸一气喝下半缸："大喜事！万县长重新当县长了！"

"这就好……这就好……"宜君只会说这一句。

佐玉说："听说去年九月，中央一位老首长来古城视察大跃进，要万县长出来工作，万县长不愿意，说他和巧兰嫂子在山上过惯了。前几天看到群众饿不过，还是下山了。怕是去年搞岔了，今年急忙要老县长回来收兜哩。"宜君听了低头抹着泪。

孟宪忠赶来了，黄佐玉叫他通知全体大小队干部晚上到公社开会，安排生产自救，赶快扩大自留地！

两天后的下午，宜君在帮王师傅淘糠，黄佐玉领个人来，是万振山。

万振山喊声"嫂子"，不等坐下就说："原先我还不知道，一些重灾公社都断粮十多天了，这样下去要饿死人的！两河水库工地两万民工天天饿死人，又不能半途下马。现在我是县长。"

黄佐玉望一眼宜君说："还有么办法可想呢？……"

振山焦急说："对嫂子我就不绕弯子了。想辛苦嫂子跑趟武汉，看万司令能不能替苏区想点办法。佐玉一起去。"他这不是在商量。宜君低头想了想说："这时怕哪个都难。"

省军区大院在武昌广埠屯附近，背靠绿树葱茏的小洪山，占地千亩，大院宽敞朝阳。沈立群见是宜君来了，那个高兴劲，忙给万瑞麟打电话。

万司令去年新住进的"将军楼"，独院很宽敞，比宜君几年前来时的屋子气派多了，朝南高大的落地玻璃窗帘子半掩着，客厅中一圈沙发，散放着薄毛毯。大阳台上有花，还有几大钵白菜大蒜，应是万司令种的。

立群刚沏上茶水，万瑞麟就匆匆进来了。他才五十四岁，军帽下的鬓角却全白了，但精神很好，面色也还红润，腿脚也算灵便，宜君见了心里就还宽慰。

万瑞麟喊声："嫂子！"上前扶宜君坐下打量，说："还那样……"转头一眼认出黄佐玉，惊问："你怎出这老相！还不到四十。"双手拉他坐在身边。立群牵毛毯替宜君搭在膝盖上。大家相互望着都不说话。

黄佐玉咳一声说："万司令，我们想你呢……"万瑞麟说："土改时振山要你当干部，找对人了。"黄佐玉路上早已备好说辞："我是钢也没炼好，粮食产量也上不来，苦了群众……"

沈立群在古城工作团时熟悉黄佐玉，笑着说："钢没炼好，你万司令怕是要批评你的。粮食后来报的多少？"黄佐玉低头不作声，万瑞麟说："你报的多少嘛，说说看。"黄佐玉吞吞吐吐地说："后来还是报了一千一百七十五斤……招雷打呢……我说再要我加我就回去放鸭子，魏书记才放我一马……"说着用手掩住嘴鼻。

万瑞麟说：“你放鸭子的本事大，一亩打了两亩的粮。”沈立群解围：“佐玉是老实人。爱国公社亩产三万六，上了《人民日报》。”万瑞麟说：“放屁！不管群众死活！”

宜君搭上一句：“是呢。社员还都饿着，眼看这春荒……”黄佐玉接上说：“闵东要是饿死了人，我就去死算了……”

“你死群众就好了？”万瑞麟声音小下来，想着在鸭棚吃他黑粑的情形。黄佐玉说：“到处断粮，有的公社和两河水库工地在饿死人了……去年搞岔的事，叫万县长出来收菅……”

万瑞麟听到竟然饿死人了，半天出不了声。他心里明白，是万振山让宜君来找他。古城县长还得这老实人来当。

沈立群一直拉着宜君的手挨她坐着，说：“姐姐专门跑来，想是群众挨不过去了。军用粮跟地方又是划断的。国库没粮，中央为保武汉，要省里从广东往这里调粮，还一时调不过来。这可怎么办呢？”

万瑞麟沉吟半晌，说：“解放十年了，老苏区不能饿死人，说不过去！我找战友想想办法，试试。”

黄佐玉听了恨不得要磕头，也不敢再多说什么，小声说了句：“古城也只有靠万司令、沈主任了。”转眼去望宜君，宜君知他是想告辞，就说：“叫万司令为难了……那我们就回去了。黄乡长还在忙生产自救呢。”

50. 济苏区瑞麟求助 度灾荒老万敢当

　　一架小型军用后勤直升机从武昌起飞向西南飞往成都。万瑞麟无心去看窗外白云脚下的山河，眼前满是竺宜君忧虑的目光，还有他的好兄弟"苏区县长"万振山那张焦急的大脸盘。他反复地盘算着救济粮的着落。

　　湖北省军区不久前与武汉大军区分设，他的机动量就小些。动用军粮有可能军法从事，他豁出去了，前天急电各地区军分区司令员，将省军区和分区几年来节余的粮食、饲料，加上自种的杂粮和南瓜萝卜包菜凡是能吃能放的食物装袋，以各军分区名义支援古城苏区，走水路的到阳逻由黄冈军分区转运，走公路的直达古城，救灾如救火三天内运达。但这远远不够。

　　他给外省凡能想起来找得到的战友打电话求援，七八个省份找了个遍，才知道灾害是全国性的，南京军区许司令员听说家乡饿死人骂了一通娘，挤出一批粮食已在运往古城途中，其他战友实在力不从心。沈立群接通了山西省委副书记萧剑雄的电话，山西连省会太原都快断粮，正向中央告急，中央可能还要从湖北江汉平原粮产区和京山、随县往北方调粮，华北战友谁也帮她不上。古城县大面积断粮，六十万人，老幼平均最低按每人二十斤度过两三个月春荒，要得六千吨。省军区和各军分区包括饲料才两千三百吨，南京军区一千二百吨，还差两千五百吨！

他手里还留着一张底牌——四川省军区司令员"周聋子"。周基联是万瑞麟任红四军副军长时第十师第三团团长，很能打，随方面军转移到川北二次北上没死到了延安，抗战编入八路军一二九师曾在晋西北闹得水响，随部挺进大别山又南下入云南打进四川。周聋子也是中将，是个痛快人，在成都讨了个年轻的大学生老婆，得意得很，总想要老军长去成都看看。周聋子当红军苦怕了，到哪里总忙着弄枪积粮招兵武装自己，是个"小山头主义"，精明又胆大，四川天府之国，不信他手中没粮。

小直升机途中只在宜昌加了次油，不出半天就到了成都，降落在军区院篮球场。周司令笑呵呵迎万瑞麟到办公室，一口纯正的系马岗乡音，大嗓门说："我和军长，还是淮海战役在双堆集打黄维时见过面的，十年了，想你呢。"瑞麟说："晓得。打黄维时你的兵比我多得多。莫吹了！"

周司令说："哎呀！我的兵都是老解放区分了土地参军的，也就三万人枪，算个罗。你的队伍是在敌占区拉杆子硬拉起来的，我哪敢比你老军长！"万瑞麟有点高兴，嘀咕说："晓得就好。哼。"

周司令叫警卫员快去喊他的大学生老婆来见老首长，中午到家里喝酒。万瑞麟拦住说："喝酒见小老婆都不忙，有急事找你，办得到要办，办不到你也要办，这回赖上你了。家乡饿死人了！"

周司令听他说了遭灾情形，心情沉重起来，与万瑞麟相向无言，好半天才说："那我们是得想点办法，得想办法了。"

周司令的年轻妻子进来了，笑容可掬一口成都话："老首长这些年硬是接不到，今天总算来了！"万瑞麟见这大学生小媳妇确实是叫漂亮，也就三十出头，小巧玲珑的，说话声音脆脆的像唱歌，笑也是甜甜的，难怪这周聋子。就说："是小崔吧？我这回是给周司令找麻烦来了。"

小崔竟快人快语说："是家乡遭灾了吧？我刚听警卫员说。"瑞麟心里在说："这细婆娘！"口里只说："没事跑来做什么。"周基联叫小崔快回去把两瓶久藏的茅台酒找出来，叫炊事员快到家里去。打发走小崔他才正经说："军长要多少？"

瑞麟说："两千五。紧打紧算还差两千五百吨。杂粮饲料黑豆豆饼，红苕南瓜土豆地瓜都算数。"周司令默了一会儿，说："动得了的没这多，把各军分区节余的都扫清了，怕也就一千三百来吨，我的兵还得勒裤带。"

瑞麟估计他还留有余地，说："我知道你爱兵。莫哄我了，两千五，要不然我住你这儿了。"周基联是个乐天派，哈哈笑起来，说："住，住！就怕军长不住。一千五，真的扫底了。"瑞麟想再激他，站起身来说："我走了。再找别处去讨讨看。总得凑齐呀，免得让你周司令一个人为难。"

周司令连忙拦住说："军长，着么气呢？古城受灾也是我的事呢。先到屋里去，屋里去！我媳妇舍不得把我喝的两瓶老窖，说要留给你老首长么时来才喝呢，她等着你来好告我状呢，你走得了？"

万瑞麟心急火燎："喝个卵子的酒！粮呢？"

周基联说："军长莫急。成都大军区李司令是我在二野的老首长，大财主。你不认识他，他知道你。李司令夜里牌瘾上来，最怕我不肯去——晓得我屋里小媳妇比打牌有味。嘿嘿。北京老政委有时连夜派飞机来，接李司令去陪他'哥老子'打桥牌呢，那瘾。我逼他去！两千五，我一千五，他一千。喝酒！我媳妇么样？漂亮吧？嘿嘿，嘿嘿嘿。"

瑞麟心里有事，酒也得喝。小崔给他斟上酒，四川口语更浓地说："我屋的老周这多年总是念你老哥，说他小时屋里穷得像个鬼，不识字又冒失，亏得首长你，看他打仗不怕死又有心窍，叫他当了个团长。那时候红军团长以上都是宝贝疙瘩，后来就成将军了。敬首长老哥一杯，你喝吧。"

万瑞麟心里在着竺宜君的急，望着香喷的川菜不想动筷，哪有心情应付这个小俏媳妇，心不在焉答应着："喝，喝，我喝。"一口喝了。说话间小崔见万司令人还蛮随和，推他走到隔壁房，小声急说："老哥子，求你跟我说个真话，周基联，这个老滑头，他在你们系马岗乡下，还有没得原配在屋里？"

万瑞麟没这思想准备，他听万振山说过，周聋子原配还在世，就说："我们那里到外面打仗回不去的人多，原配如还在世，只唯愿丈夫还活着就好，逢年过节寄点旧衣旧鞋干鱼咸肉回去，还要拿出来分给乡亲，逢人炫耀呢。你管她还在不在，在又怎样？"

小崔说："他就是总不跟我说个真话。老军长你得给我做主，叫他跟老屋里原配把手续断了，他就只服你呢。"瑞麟有点不高兴，说："谁还管他手续不手续的。老屋原配如还在，不时寄点钱物，有个念想就行，又不碍你的事。这多年了，还专门跑回去办手续，那不伤人的心？周司令专心跟你在成都过日子不就行。你听我的话，好吧？"小崔听明白了他的话，说："关照的事我听老哥子的。那他以后不能偷偷往老屋跑，这总可以吧？"

细媳妇到底聪明。瑞麟本要再劝她几句，想到做个女人也有她的难处，心眼是小一点，但这世界上，有几个人贤惠宽容，能比得竺宜君呢？

周司令到门口伸头朝瑞麟扮鬼脸："喝酒哇！喝酒哇。"

瑞麟说他下午就返武汉，周司令把一大盅酒倒进喉咙，拧开第二瓶："那哪行！你不怕我闪你一回？得盯着我把粮食上了船再走。"瑞麟说："飞机是武汉大军区陈司令派的，要自觉。回去盯着调粮。"周司令说："老军长连架直升机都没有？叫飞机先回去，过几天我送你。我跟大军区李司令是通的，伊尔–14 盆倒用。"

瑞麟愁着说："莫吹了。飞机好吹，粮食吹不得。"

周基联激他："军长走了真不怕我误你的事？"瑞麟说："你周聋子是么人我还不知道？跟我那老弟万振山一个样，吐口痰搭地上一通的人，我还不放心？只是李司令那一千吨还悬着。"周基联郑重说："军长宽心吧，我有难处，李司令不会撒手的。我进川十年，全仗着他呢。粮船到哪个码头？"

瑞麟嘘了一口长气，说："不停武汉，直接到阳逻，我的车到码头接船转运古城。灾情太急，十天内运到。好在走下水船快。"周司令搞笑又正规地朝他行了一个军礼说："保证完成任务！"

万瑞麟没想到周基联这么爽快，到底是家乡人，十指连心，不一样呢，苏区不会饿倒人了。他不禁也肃然向自己的好战友致了一个军礼，说："我走了。这次救济苏区叫你为难了，功劳是周司令的，人情家乡还当是我的，也只有说在明处了。小崔年轻，你就包涵一点，老屋的事也别掖着了，她相反会关照的，我刚劝了劝她。办完这事带她到武汉去住几天，让老沈陪她转转，军区在东湖有干休所，叫她尝尝武昌鱼。"说着就要出门。

周基联这下高兴了："还是老军长会做政治工作！"又偷望一眼在隔壁打点土产礼物的小崔，启发说："军长还没说她漂亮不。"

万瑞麟偏不替他搔痒，一本正经说："老婆也就是个岗位，人都得有。漂亮能当饭吃？麻烦！"

黄佐玉正在食堂喝着清清汤汤的菜粥，公社总机员小吴满头大汗跑进院子喊："主任！主任！万县长来电话了，要你快去！"

黄佐玉丢下碗筷跑到公社，冲到总机房挂上耳机喊："我黄佐玉！"那边才讲了几句话，黄佐玉就"哇"一声哭起来。他放下电话就奔竺宜君家，喘着气说："万县长来电话了，万司令调来了大米面粉大麦黑豆杂粮，让军车直接送到了一些重灾公社和水库工地救急。都是他从军区和找南京、四川战友想的办法。还单独给闽东指定了数量。中央特批，占城县系马岗老苏区各公社三年不纳粮……闽东和富田河邻近系马，和几个重灾区一起，也沾光三年免征了……"说着哭了。

宜君想万瑞麟一生打死不求人的，泪水夺眶而出。

军用卡车队连续五个夜晚，隐秘地将从四川过来的第二批救济粮运进古城仓库。

万振山召开县委、人委会议，决定除紧急安排一部分到重灾区外，第二批救济粮一律在县粮库封存，不做统一分配，不放到区，便于保密避免扩大影响，又免得大家以为国家有的是粮，放松生产自救。实行对公社一级视灾情直接调拨，坚决不饿死一个人。

万振山最后宣布："有贪污挪用救济粮的枪毙！"

万瑞麟弄粮来的事保密得紧，万振山思前想后还是向地委魏景升副书记透了点风，又忍痛答应挤出一百吨给行署调剂，堵人家嘴。这事虽说须得这么做，在粮车深夜出库时，万振山还是大巴掌抹泪跟在车后，狠狠地抽了自己两耳光。

地委知道这是古城人找家乡首长弄来的救命粮，万振山也没过分隐瞒，古城又是重灾区，就没有再伸手调拨和张扬。万振山盘算着在闵东开个生产自救现场会，想全县都像闵东，争取自给自足，免征后稳住夏粮再撑它几个月接上秋粮免征，大难就差不多熬出头了。

黄佐玉一听电话要来闵东现场就傻眼了，百几十人来敞开肚子吃一天干米饭，还不吃掉一个食堂半个月的口粮？再说他超规定多分自留地哪不露馅，忙说："万县长，你做好事！肚子还都饿着呢，快莫把人往我这引了！引不得。"

万振山听出话音，说："我就晓得你个日的点子多！算了，现场会不开了，万司令给你的粮你也算了，先用到水库工地，秋后还你不赖账。"黄佐玉听了这话心里忙着拨算盘。

万振山又发话了："只要不饿死人，什么事都干得！你在闵东给我带个头，办法多得是，不用我教，出了问题有我老万担着，杀头先杀我！闵东要是饿死了一个人，我先办你个赶鸭子的！"

得了万县长的话，黄佐玉胆子越发大起来。他和孟副主任带公社干部分头到各大队搞生产自救，免征不纳粮了，把近一半田地分给社员自种自收，鼓励搞副业生产，农户多余的粮菜允许生产队换工分收购或借用调剂，也允许私人小范围买卖。提倡私人在公社食堂之外自己煮吃的补充。这样偷偷鼓捣了几个月，一直到小麦登场接上夏粮，闵东只在四月份向县里要过一次粮食。

允许私人开荒了，天香把老孙家大院后面小河沟边从前的四五畦菜地重新开出来，肥料也足够，菜长得旺，她喂了一窝鸡，又跟着那些能干的媳妇们，学会了用簸箕到河沟水渠边捞小鱼虾，还会辨识能吃的野菜，剁碎了与豆饼麸皮筑出香喷喷的粑，把多出的蔬菜分给邻居。她每天到屋来另给宜君做些吃的，眼见宜君颜色又好起来。

万振山还是把全县十几个区委书记带到闵东来走了一趟，叫大家就照黄佐玉这么做，有错误算在他老万一个人头上，决不连累任何一个干部。

有了救济粮紧紧巴巴度着，万县长又放开政策搞生产自救，古城全县度过了一九五九年的春荒，再没有发生饿倒人和外出逃荒的事情。上面决定万振山任县委第一书记，魏景升不再兼任，由李恒蛟任人委会县长。地委要万振山到书记会议上介绍经验，万振山连说哪来经验，我困难还大得很呢！推得一干二净。

万振山要去见见万司令了，莫当人家给苏区办事真就应该，得领他个情呢。到省军区时，沈立群已在院前等候，把他领往万瑞麟的办公室。

万振山拎着个竹篮，里面有鸡咯咯叫着，他说巧兰捉了两只母鸡带来，提到办公室不中看，立群说是老万要因公来的就到办公室的。这时万瑞麟已走下台阶，笑着说："振山来还什么公不公的，探亲呢，到家去吧。"

万振山把巧兰的母鸡竹篮送进厨房，说："救济粮第一批直接分送到了重灾区和两河水库工地，第二批都封在县粮库，定向调拨。万司令救了苏区百姓。"

万瑞麟说："你忙，来个电话就行了，还专门跑来打鬼。跟我客气?"

万振山说:"也就是想来看看你,还有沈同志。要不是遇上灾害困难,打死我也不回来当这屁县长了!巧兰还住在山上舍不得进城哩。苏区难处,我不找你找哪个?"

万瑞麟高兴地笑了:"你回来工作好!现在自然灾害,国家困难,苏联也撒手了还找我们逼债。炮轰金门后,蒋介石又在喊反攻大陆,美国的太平洋第七舰队都聚在台湾海峡。所以呀,我们越是要关心群众,团结人民。"

万振山说出一个事,倒是万瑞麟没想到这个粗人会提起的。他说:"前年反右,钟培炎划成右派下放了。竺大嫂口里不说……"

"振山老弟心细着呢!"瑞麟说,"那么大的运动,原则在那儿摆着。这事不怪县委。"振山说:"中央纠正'反右运动扩大化错误'的精神快下来了,县委把钟先生的事再处理一下。"

万瑞麟点了点头,说:"从前的事情你都清楚。中央正在征求意见,准备在建国十周年前释放国民党战犯了。钟先生作为一个民主人士,县委对他还是关心的。他这人我了解,对共产党还是服气的,也是拥护的。"

沈立群见振山也关心着钟培炎,就为姐姐宽慰,笑着说:"他当个老师,真是没说的。吃饭去吧,伙房给万县长单另炒了两样菜呢。"

51. 共爱戴宜君与会　怅童歌将军还乡

一九六〇年硬是天不灭人，古城大地要雨得雨要晴得晴，连害虫都不知躲哪去了，闵东夏收小麦油菜比哪年收成都好。中央特批古城苏区三年免征，生产队的粮囤一下子又满当起来。到七月了，满畈的头季稻抽穗灌浆后沉甸甸泛出微黄，棉花地里的麦蔸早已锄尽成肥，棉株也拔起一两尺高开始挂铃了，在盛夏的热风中轻轻地摇曳着。虽说前两年伤了元气，只要再莫瞎折腾，只要人肯做，这日子，仍有盼头哩。

万振山给黄佐玉打来电话："县里准备开第三届人民代表大会了，闵东你给我把人民代表选好。要有贡献的，要群众信任的。"黄佐玉说："竺宜君大嫂是烈属，军属，闵东群众都爱戴。"万振山笑："你给我选好！"

闵东乡选区选举会场设在街东头大稻场，台下是人们久违的笑脸。黄佐玉三言两语说人民代表该选怎样的人，念过候选人名单，选票就发到各生产队长。识字的拿铅笔一个个人问了填好交到主席台来。公社几个干部穿着干净整齐的衣服唱票，随着一声接一声"竺宜君！""黄佐玉！"黑板上两个人的名字下"正"字越叠越长。选举结果，竺宜君和黄佐玉是全票，宣布三名当选代表时，人们大声叫好鼓掌。

人代会前，万振山又给黄佐玉打来电话，说竺大嫂小脚，县里那台破吉普早该报废了，没舍得拿去炼钢，到闵东也过不了河得绕桑埠，叫佐玉想办法带她参会，不要因为小脚请假，也莫偷偷坐轿，用辆板车舒舒服服送她来。

竺宜君想着穿件什么衣裳去县里开会。节交立秋，沈立群傻妹几年前在武汉给她买的干部装和城市人衣裳，太出格不合适，平素衣裳都是个乡下婆婆的，像没把开会当个事呢。天香抱着个包袱跑进来，说老孟到城里给大奶奶做来一身开会的衣裳，在床上铺开，是一件藏蓝色带暗红条格的侧扣领半长袖洋布褂子，一条深色宽脚卡其布长裤。天香帮宜君试穿左瞧右瞄说："真好，硬就是大奶奶的一套衣裳，看上去更像个人民代表。"

人代会为节省开支当天报到，开幕式定在上午十点钟。大清早，黄佐玉就推着他那辆金不换的老旧自行车到院里来，看见天香扶宜君碎着小脚出门，那身衣裳让她更显得庄重雅致，他心中涌动着对贤德大嫂的敬爱。

大跃进中新建的县大礼堂在鼓楼北面，高大又雄伟，两丈多高两人合抱的圆石柱撑起一个堂皇的平檐，两边大门六尺宽嵌着浅黄色磨花玻璃。佐玉扶宜君拾阶走进，她见礼堂总能坐两千人，三四丈高的屋顶上嵌有排成图案的顶灯，等距垂着三片长叶的吊扇，一丈多高的椭圆形大窗上雕有凤凰花草。木质舞台宽深数丈高有五尺，巨大的深红色绒幕挂在两边。檐上红幅标语十分醒目：

总路线万岁！大跃进万岁！人民公社万岁！

佐玉告诉她，大跃进中建这大礼堂，木石都是发动群众义务

676

采送，热火朝天几个月就竣工，周总理和陈毅元帅还进来参观过呢。宜君说："总是新社会好办事。"

万振山和领导们坐在主席台上，都穿着干净平整的衣服。县长李恒蛟宣布大会开始接着喊："全体起立，唱国歌！"扩音机就响起振奋的音乐，大家跟着唱：

起来！……中华民族到了最危险的时候

宜君想起新婚三天那个黎明，孙韶光行前说："如今国家积弱，列强瓜分，华夏蒙垢，我辈学子当仗剑远行，长作布雷鸣……"

晚上竺方良来，拥姑妈说："人民代表就该我姑妈当！"宜君说："也就是来看个热闹呢。"方良说："幸得万振山出山，让古城度过了灾荒。听说他还不愿下山呢，只想和巧兰阿姨待在他的世外桃源。"宜君说："你振山叔，是个真人。"

竺宜君定为县政协委员，接着参加在老礼堂木楼召开的政协会，工作员尊敬地搀扶她坐下。万振山进来，宜君见他对一些老头子很是客气还握手，全不像对黄佐玉们那样随意。政协副主席金仕仪宣布开会，请主席万书记讲话。

万振山不大情愿地从口袋里搜出张纸，展开读了两段，读到"希望各位委员与共产党一如既往，肝胆相照，荣什么？辱，荣辱与共"，放下稿子说："不读了！说过来说过去，就是请你们来开个会好，没坏处。也没么事要协商的，我们一起好好建设老苏区，新古城。好吧？自然灾害还没过去呢！少开会。好。"他又忘了这些人不是赶鸭子的黄佐玉。

有人想笑连忙忍住。安排几名政协委员发言，轮到第三位时金仕仪有些激动："请新任县政协委员、县一中教师、省文史研究馆馆员、知名民主人士钟培炎先生发言。"前排一个白发修整的瘦高个子站起来，转身向委员们点头致意，还颇见神韵。

竺宜君认出这瘦老头子竟是钟培炎，东山一别五年多了。培炎到县中学后曾给她写过信，她不便去看他，下放回乡也来过信的，说春桃回夫家去了，他"悟已往之不谏"，在专心写一本书……钟培炎发言很短，宜君听他是说县一中与旧中学的巨大变化，他还拥护这拥护那的没听清。

散会了，宜君站在木楼外等着，看见钟培炎低着头慢慢走过来，她喊："钟先生，钟先生……培炎！"钟培炎听人喊"培炎"停下脚步，惊问："宜君？是你！你也来了？……"

万振山和商慕樵说着话走出门，见状就停下。商慕樵和曾锐都已撤销了内部掌握"偏右"。他见竺宜君虽年纪不轻，却仍见貌美且仪态优雅雍容，笑着问："钟老师欣遇故知了？"

万振山介绍说："她是闽东人民代表竺宜君同志，我嫂子。她丈夫孙先生是我的入党介绍人。"商慕樵口称"竺同志"与她握手。宜君听到都称她"同志"了，像当年韶光他们一样，新鲜又温暖，与人行握手礼有些拘束，说："叫我来开会，这是开眼界呢。"钟培炎对商校长说："她就是孙老太爷的长媳。"

下午三点钟政协会结束，参观县一中。一辆冒着青烟哐啷作响的旧吉普车刹在路边，自豪的司机伸出头："商校长，万县长叫我送竺委员和老师先上山。"宜君回头张望，商慕樵朝楼口喊："钟夫子，你的老校董等着你呢！"

新一中宏阔的气派让竺宜君振奋，她和钟培炎沿大操场高岸慢慢走着。培炎说："去年离五七年反右才两年，中央就纠正反右扩大化错误，年底县委给我'改正''摘帽'，仅只没有公开'平反'，这是考虑到党的威信。"

宜君高兴地说："摘了就好。我那时就怕你疯了呢。听说有的太聪明又书读多了的人，戴上你那帽子就疯了的。你倒是压不垮啊。"

培炎笑："疯是没疯，老实多了，这就叫'改造'。古时候孙膑装疯逃出魏国，我还不至于。这两年上课再也不敢乱讲了，专心做点学问，出了本《辛亥革命人物考略》，发了几篇论文有了点名声，省文史馆聘我做馆员，还有点补贴，因祸得福了。"

宜君说："你总是吉人天相。"培炎说："去年给我改正，今年又突然叫我做政协委员，我猜都是万瑞麟给弄的，他总是放不下我。"宜君说："瑞麟怎忘得了你呢。沈立群来信说，万振山去年到武汉看他，两个人还特别谈到你呢。"

"难怪了……万振山……"培炎望着远处。

宜君想起说："几年前我在沈立群那里，见到过和你一起救我的宋将军和那个译电员，龚瑾，他们要我问候你呢。"培炎闻言顿生惆怅，自语道："人生如梦……"宜君问那个秦时月老师还在中学吗，钟培炎说秦老师下放在关厢中学，也摘帽了，说不定也能回县一中了，商校长在找县里要他。

培炎说中央有精神，要普及农村中学教育，很快就会动员教师支援农村，县一中要下去五分之一，主要是青年教师。他吞吞吐吐说："我在这里也没带多少课了，搞点教研。我想申请下放到闽东中学……只是这一晃就五十几了……老太爷一屋子好书，多为珍稀的宋元版刻本，我都还没读呢。"念道："已是黄昏独自愁，更著风和雨。"

宜君见他又念诗，就起心酸，她心口热了一下，仍说："县里既已给你摘帽，回了一中，你又要求下放岗东，人家怎么看呢？以为你不领情呢，瑞麟和振山也替你白忙活一场。你惦记老太爷的书……那就……那就放寒暑假时，到他书房去读吧。还没读够！"

万瑞麟和宋启轮参谋长到宜昌恩施视察战备和民兵组织训练回来，对沈立群说："解放十二年了，那里群众生活还看不出多大变化，干部与群众关系也像比较疏远。要想想办法才好。"

沈立群说："是呀，我跑农村也看到这些情况，又提不出什么解决的办法。"瑞麟叹着气。立群说："你走这十几天，我一个人也想得多些。胜利多年了，人这一闲下来，想得也多了，也变得脆弱了。是不是人一老都这样？"瑞麟说："老是没老。我也有这个感觉。"

立群说："我想去看看老盛，顺路去找一下埋在长征路上那个女儿。再就是想回趟系马，到家驹他奶奶坟前祭扫一下。"

万瑞麟说："老盛我也想去看看他。肃反要不是他和韶光……只是川西路途不便。那个女儿，还哪里找得到呢？"

立群说："那孩子是项政委哄我抱走的，他说做了标记，等胜利了一定带我去找她的，可项政委两年后牺牲在山西抗日前线了。那条山路我还记得个大概的。那孩子一个人丢在那里这多年……战争时倒没去想，胜利后，特别是见到家驹以后，就常想起她。"

万瑞麟说："我陪你去走一趟，等我先找那边战友问问情况。我这些时也有个心愿，想回古城去看一看。正好到系马，看找不找得到家驹他奶奶。还有刚解放就要求回乡种田的老红军老付他们几个人，还一直没去看看他们。"立群说："那就先回古城吧，又有快三年没见我姐了。"

万振山接到万瑞麟电话，高兴地喊："你还舍得回来！"就问行程和随行人员，地委行署和军分区要不要报告一声。万瑞麟说："回来也就是了一下心愿。就我和立群两个人，不从县城过，可能两三天。不要让其他同志知道。韩正义同志还在古城工作吗？那年在宜昌说过回来看他的。"振山说韩正义副县长不巧到省里开公安会去了，布置肃清敌特和反革命组织。

军吉普没有进城，万振山站在已拆除城墙的西门外等着。车子颠簸着开到陈家寨前，万瑞麟已认不出这个难忘的旧地，从前的寨墙早已拆除，是一个平常的村子。

陈家寨农民还是那年镇压陈守义时见过吉普车，在山冲和岗上忍着饥饿出工的社员慢慢走过来看稀奇。一个社员小声说："我听大队陈书记说了，是一个当司令的大官回来了。就是暴动那年杀了他舅爷的那个红军，是我们湾的个老外甥，他娘埋在这里……"陈姓的社员们交头接耳，一个个转身离开，不声不响消失在地头山岗，只有少数几个人仍站在远处伸颈观望。

大队书记陈友才是当年万振山在陈家寨的内线，与陈渔甫同宗，和陈守礼是同辈，跟万瑞麟算平辈，那年化装挑盐来捉陈渔甫是他领进寨院。陈友才引他们走上村后山岗。万瑞麟母亲和舅娘的坟在岗上紧挨着，瑞麟和立群深鞠躬，依风俗在她们坟前慢慢烧着纸钱。燃纸上打起一个轻柔的旋风，纸钱就随着飘起，慢慢散落在坟墓周围。

万振山在万母的坟前跪下，重重地磕了三个头，小声说：

"婶娘，我没照护好你。"又替巧兰向怜爱她的万母磕三个头。万瑞麟要振山和立群先下岗去等他，万振山知道他要做什么了，说声："你的孝心还蛮大呢！"一脸不高兴转身走了。

万瑞麟问陈书记："我舅爷的坟在哪里？"陈渔甫当年是陈友才出面收尸安葬的，他指着不远处说："那棵木籽树下头就是。"万瑞麟慢慢走到陈渔甫坟前，蹲下来取出挂包里的几厚沓纸钱点燃，慢慢拨动着说："我回来给你烧点纸……"那堆纸钱燃得很猛，烟火立时升腾起来，忽然间刮起一阵狂风，树林摇动发出呼啸，一柱粗黑的龙卷风从空中骤然蹿落坟前，旋转着将烧过和半燃未燃的纸钱卷得无影无踪。

万瑞麟从来不信鬼神，慢慢站起来，双手叉腰疑惑地望着那团飞开的黑旋风。陈书记对着旋风说了声"你还是这臭脾气"。就扶瑞麟下山，说："莫理他。你的心也尽到了。莫理他。"

吉普车孤独地向系马岗开去。万瑞麟问振山："苏区群众怎见了我都躲得远远的？从前群众哪怕自己饿死，也要把最后一点吃的给红军吃……"万振山不作声，半天才说："问你自个。"万瑞麟瞪了他一眼，接着就不吭声了，后悔没给群众带些什么东西来，怎好见面呢，怪振山没提醒。振山说："苏区群众想要的不是这。"万瑞麟就闭起了眼睛。

车子停在系马岗东头没有进镇，沈立群辨认着方向，对等候着的大队邱书记说，请带她到邱家湾去，看找不找得到家驹他奶奶的坟。邱书记是个跛脚，神情忧虑说："不用去了，湾里没什么人了。"

万瑞麟问："人呢？都哪去了？"

邱书记说："早年没死的大都迁走，解放后慢慢回来了一些，修浦桥河水库政府又迁过来一些，河南省那边看这边地多人少搬过来不少。真正系马岗老住户不多了。"

沈立群问："邱家湾有个木匠，当过红军的，后来说要去信阳谋生，不知回来没有？"邱书记平淡地说："那时逃走的人多，时间太长，哪还记得清楚呢。"

一个看热闹的老头说："三苕，你不就是木匠吗？"

沈立群立刻明白了，姐姐说过，孤老太婆的侄儿就是叫三苕，正是跛脚。她上前握住他手说："你是长生他叔吧！你是三苕同志，总算找到你了！请带我们到奶奶坟前祭奠。"

木匠书记心里早明白这女首长就是长生他娘，男首长正是闻名的红军万军长，是来寻长生他奶奶的。他想，后来的事她怎弄得这么清楚？就没有共产党办不到的事。莫非她想从善良的继娘那里把长生领走？长生都长到二十八了，我不能替她做这个证！他推开沈立群的手说："认错人了，认错人了。我们这里叫三苕二苕的人有好几十，不信你问他们。"说着指几个看热闹的人。看热闹的怕惹事，就都走开了。

木匠书记等群众走远了些才说："生产队两头得力的王鼓得了病，我得赶快去公社找兽医呢。差点忘了这事！"说着转身就走。立群问："王鼓是什么？"瑞麟说："牛。命根。"

万振山喊："邱跛子！回来，给我回来！你个罗日的！"木匠头也不回一瘸一拐加快逃走了。立群望着他背影要去追赶，瑞麟拉住她说："他不会回来的。让家驹以后来吧。"他一眼就看出了木匠的心思。

瑞麟说想去看一看小学，振山说："就在不远。系马岗在筹建区中学，排名叫作古城县第六中学。"瑞麟高兴说："中学？那好！那好。"

小学仍办在红军时的"列宁小学"，是从前的一个祠堂。陶校长忙着让几个代课老师快叫学生们都出教室，到院中来见老红军首长。

瑞麟见这二三十年前的"列宁小学"房屋都已破败，教室外墙面斑驳，有几处从上到下裂开一两寸宽的裂缝，门窗不全蒙着破布废纸。孩子们胆怯地你推我躲站到院子边上，一个个衣衫褴褛，黑皮寡瘦，大都打着赤脚，睁着亮亮的大眼睛朝他们张望。

沈立群走过去，拉起一个黑瘦小男孩的手问："小同学，你叫什么名字呀？"那孩子倒还胆大，响亮说："我叫周红军！"说完甩脱立群的手跑开了。

陶校长要孩子们列队，给首长唱《共产儿童团歌》。听到要唱这首歌，孩子们都变得勇敢起来，拥到院中列好了队，昂起头挺起肋骨根根的胸脯，大声喊唱起来：

准备好了么，时刻准备着，
我们都是共产儿童团，
将来的主人，必定是我们。
嘀嘀打嘀打嘀嘀打嘀打。
小弟兄们呀，小姐妹们呀！
我们的将来是无限好呀……

陶校长说："唱得好。"回头去看万司令，见他一只大手捂住双眼，泪水从指缝中成串地流下来。首长竟哭了？

沈立群擦去泪水，从衣袋里拿出所有的二百七十元钱，走过去送到陶校长手中，说："收下吧，给孩子们买点什么……"陶校长从没见过这多钱，慌忙推辞着，立群说："这是从这里走出去的两个老红军一点心意，留给这些红军的后代吧……我们以后还会寄些过来。"

陶校长用捧着钱的双手去擦泪水。万振山翻动口袋，搜出仅有的二十多块钱塞在陶校长手里。

万瑞麟对立群说："回去吧。"立群问回哪儿，瑞麟说："军区。"立群说："写信说好要去看宜君姐姐，接她一起去武汉的。钟培炎也没见面，连万家湾老家也没去。还有老付他们几个回乡种田的老红军呢。"

万瑞麟摇了摇头："今天好累。古城，我不该这时来的……等我们都老了，再回来吧。你姐姐，让家驹以后来接她。"转身对陶校长说，"风大，叫孩子们快进教室吧。"

万振山面朝教室的裂缝，抱着头蹲在地上。

52. 赴衡山仁裔悟道 惊日记曾锐念诗

万小菊搭上凌晨从武昌开往长沙的火车。她刚从武汉师范学院毕业，等待暑期分配。她要去湖南衡山，寻找她痴爱的二哥孙家骐，领回那迷途的羔羊。

这是她第二次坐火车。她永远不会忘记，五岁那年被她亲娘从沈阳送来古城，在昏暗的火车上一路哭泣的情形。是二爷万振山，二娘巧兰和善良的孙家，给了她这个被遗弃的孤儿第二次生命和幸运的人生。他们的养育深恩重于泰山。

她望着窗外，陷入沉重的回忆和忧虑。

她十三岁那年，干爷孙韶启到五柱山接她来汉口读书，前期功课都是家骐二哥给她补习，长大两人深深地爱恋着。上学的路上、丹水池江边、汉口中山公园、武汉大学坐落的东湖畔，都留下他俩的足迹和相依相伴的身影。孙家骐自跟着俞教授读研究生研习佛教，性情就慢慢变了，他不爱说话了，也很少陪她散步，只是常常默默地望着她。他研究生读到两年，只差一年就毕业，一九六〇年暑假去衡山寺庙实习讲经，就再没回来，一年多也没有来信。小菊估计他已在衡山出家当了和尚——他曾不止一次向她透露过这样荒唐的愿望。

火车减速滑行，是到岳阳车站了。小菊拉开车窗，站台上坐卧着一些疲惫的"盲流"，他们是要离开围湖造田后受灾的洞庭湖区去外地谋生。几双瘦小的黑手扒在打开的车窗上，一张张肮脏的脸在窗沿够着，仅能露出渴望的双眼。"我饿……"孩子们小声说。小菊急忙从挂包里拿出所有的几块烙饼，又犹豫着搜出那包准备带给家骐的饼干，递给了孩子们。邻座一个老工人模样的大叔，很快从提袋里取出用报纸包着的几个馒头递到窗外。几个孩子怀抱馒头烙饼跑向蜷在地上的老人，往他们嘴里塞着说："洽，洽。"小菊泪流满面。大叔自言自语又像是安慰她说："慢慢就会好起来的。"

大叔是湖北新兴工业城市黄石市大冶铁矿的老工人，还是个不脱产的工会主席，正好也要去衡山。他说："我们铁矿前几年红火哩！"说现在国家遇上困难，要搞调整，小钢铁下马，大办钢铁的人民战争暂时不打了，他的一个技术学得好又吃得苦的徒弟，去年响应号召回湖南农村了。他快要退休，要求让徒弟回矿接他的班，他这是去找那徒弟。老工人感叹，从前给资本家做矿工奴隶不如，解放后工人真正成了厂矿的主人，八小时工作制，矿长书记也常下矿坑劳动，和工人在一个食堂吃饭。他说："莫看眼前困难，自然灾害快要战胜了呢。有毛主席领导，往后会好的。我们铁矿还会红火的。"

小菊感受到什么是工人阶级，觉得大叔是哪里有些像她二爷万振山，很亲近的，就也对他说了她和孙家骐的事情，老人默默地听着。车到长沙，老工人领着小菊夹在拥挤的人流走出潮湿的通道，赶上了中午去往衡山的班车。

班车到达衡山脚下的一个小镇，太阳只剩一丈来高了。这里已可见山峦间有庙宇掩映，老工人指着说："姑娘，你要找的人，到那里就能问到的，我就不送你了。你是国家培养读了大学的，可要想开一些啊。人啦，娘生爷养一场，总得活下去呢。"小菊感激地向善良的老人致谢。这世上，走到哪里总是好人多。

小菊眺望这名闻天下的"五岳"之一南岳衡山，但见峰峦叠嶂，郁郁葱葱，山势雄伟而舒展，并没有想象中的险峻，遥远的最高峰祝融峰直入青天，在云海中时隐时现。夕阳眷恋地将余晖洒在那片红墙黄瓦的庙宇上，折射着祥和的瑞气。衡山——这融合佛教、道教和儒教于一体的圣山，是这样的宁静。

小菊在路旁人家要杯水喝了，想到就要见到家骐，脚下就来了力气。刚好遇上一个化缘回山的尼姑，以为她是香客，念声"阿弥陀佛"领着她往庙上去。

小菊问她知不知道去年从武汉大学来的一个实习研究生，名叫孙家骐。尼姑站定，亲切地问："你说的是释空法师？他就在衡山呢！你是？……"

小菊心慌——家骐果然当了和尚！尼姑见她神情就心下明白，也不再问，说："释空法师年纪虽轻，学问很大的，衡山各大寺庙的住持方丈，都敬重他。他每天给僧尼和香客讲经布道，自他来后，衡山的香火更见旺了。"小菊问尼姑可否今天带她去找孙家骐，尼姑说香客上山敬香，大都先在山脚就近歇一夜的，要她先到庙里歇息，明天五更送她上山。

来到铁佛寺已是傍晚，尼姑引小菊去见方丈。方丈六十来岁，背微驼，更像一位老农，并不见那种仙风道骨，目光却异常的清澈明亮。他微视一眼小菊，口中喃喃，听不清在说什么，只有一句听得明白——"释空释空，空何以释。"果然大智若愚。

梆敲五更，小菊和尼姑动身时，持香出院上山的香客已有几十人。人们千百里步行来此，都希望敬上头香，星光下沿途都是默默行走，去往主峰丹霞寺敬香的人们。

天见微亮，转弯处忽见一座青墙碧瓦宏大的寺庙，就在路边不远，坐落在山岚环抱、古木参天之间，让人生出庄严和神圣。尼姑说："这是上封寺，释空法师就在这里修行。"言毕合掌告辞。小菊的心剧烈地跳动起来。

进到院中，见前殿亮着灯光，一个年轻白净的僧人在侧面桌前灯下读书，他抬起头来的瞬间，有光芒闪过双眼。

"二哥！……"万小菊泪如泉涌。

"小菊？……是你？……"孙家骐快步走过来，眼中润满泪光。

孙家骐领小菊出院门来到后山，这里是一处几丈见方的平台，四周有十几棵千年古柏，一方石桌和几只石凳置于古柏之下，泛出青灰色洁净的光亮。

他俩坐在石桌旁默默凝视。家骐一身整洁的僧衣，目光明净，显得个子比以前还高了一些，衡山的日精月华使他的气色润泽，只是有些消瘦，那神情和举手投足之间，已然世外之人，这让小菊感到陌生而遥远。

万小菊想好的一肚子话都忘得无影无踪，鼓足勇气说："我干爷干娘……让我来接你回去……"

浓重的忧郁掠过孙家骐的双眼，他站起来转过身去，向黎明的远山长久地凝望。太阳就要出来了，天际已射出霞光，林间百鸟的鸣唱更为婉转脆亮。

"我已听到佛的召唤。这是我的职责，没有人可以替代……"家骐细小而清晰的声音像从天外传来。

万小菊走过去站在他旁边，她多想投入他宽展的怀抱，向他倾诉思念。她忍住了泪水，忽然清醒而又冷静——她没有忘记自己是来做什么，也知道他已不再是能够用任何感情打动的人了。小菊是学中文的，为了培养与家骐的共同兴趣，也曾选修过宗教哲学课程。她清楚自己的学问远不及他，但她决心用有限的知识和理智唤醒这迷途的羔羊——为了他，也为养育了自己的四位爷娘。

她与他一同遥望朝霞，缓缓地说："古人说，小隐隐于山，大隐隐于市。真正悟到了'空'的智者，还是在凡间，如孔子、孟子、朱子这样的千古圣哲。"

孙家骐惊异地看着她，没想到她能说出这番深刻的道理来。他说："我来这里不是隐，而是用。我要毕生精研佛教，用它去教化解救不悟的世人。"

小菊又开导说："听我干爷说，韶光大伯牺牲时，宜君伯妈才二十六岁，也曾想削发为尼。云归寺那位高僧不纳，说她善缘未尽，示她顺时济世……"

家骐说："云归寺觉空法师，是近世高僧大德，名播海内，我老师俞教授十分敬重他，二人相得，尝作彻夜谈。"

小菊就顺着他意思接着说："伯妈就是受那高僧开示，一生行善积德，在闽东造福一方，善名远播，百姓敬爱。这才是实实在在的解救呀！"

孙家骐肃然，说："我正是要以伯妈和伯父倾家济民的伟大精神，用佛教的真谛，去普度天下众生，而不仅是一方一地的百姓。"

小菊见他痴迷至此，仍苦苦相劝，说："佛教只是众多宗教中的一门，可以把它看作一种文化哲学，像俞教授那样去研究继承就好，你怎么能够出家呢?"家骐慈悲地望着她，平静地说："唯有出家，才得真静，才能参悟佛家的真谛。我还将云游四海……"他见小菊无言，就侃侃而谈起来:

"佛教博大精深，传来我文明之邦得以弘扬，中国必须有人继承。可惜在菩提发祥之地印度却未得弘传。佛教的本质是教育，教人正确地对待人生、他人、宇宙自然和生灵万物，从而护佑人类自身，世界就会多么和平美好呀! 现今的西方科学发展下去，将会危害人类和世界。爱因斯坦曾揭开宇宙的奥秘，他就说过，各国宗教中，最终能够与科学相容共存，并成就人类的，将是佛教，他还说，他担心有一天科技充斥人间，整个世界只剩下白痴。所以，能够拯救人类的，唯有佛教。你要知道，佛教，才是人类最灿烂的文化呀!"

孙家骐说到这里，一股崇高油然升起，他就像当年孙韶光向竺宜君讲解《共产党宣言》时那样，激动地踱起步来，颀长而瘦削的身躯在小菊眼前晃来晃去。他慷慨地说："古人说，'朝闻道，夕死可矣'。我既找到了真理，就要为它献身啊!"

万小菊伤心绝望地哭起来。家骐不忍，却再也不能去拥抱抚慰她了。他说："你一定会得到属于你的幸福的……我将终生为你祈祷……我该去院里讲课了。回去请告诉我爸妈，我伯妈，家驹哥哥和家玉妹妹，不要为我担心。他们，将为孙家有我这样的子孙而骄傲。还请振山大叔和巧兰阿姨，原谅……"

小菊紧咬嘴唇，蹦出一句话："你和你那大伯，都是这世上最最负心的人!"她再也不能自制，伏在他肩上抱紧他尽情地哭了。

万小菊第二天凌晨踏上了归途。孙家骐默默跟在身后，送她下山到车站，两人一路无言。小菊上车了，她明白，这是生离死别，今生，她可能再也见不到她爱得痛心的二哥了。

汽车开动了，万小菊最后喊了一声："二哥！……"泪如雨下。

孙家骐这时没有如和尚那样合掌道别，而是像从前那样，伸开长长的臂膀朝她招手，又忽然捂住脸，转身踉跄着向山上跑去。

竺宜君见是方良领曾锐来家，很是高兴，引到房间来。

竺方良说："钟培炎老师摘帽回一中了，姑妈高兴了吧！"宜君笑着说："去年秋天到县里开会，见过钟先生的。他逢寒暑假，常来这里读老太爷的书呢。"

方良笑："他书还没读够？"她告诉姑妈说，曾锐写书《中共在鄂东的早期组织和革命活动》，历史资料差一大截，写不下去，搁几年了。省档案馆也少记载。钟老师说我姑父有写日记的习惯，要是找到定能写好这书的。宜君说还写那些做么事。

方良问："我姑父的日记放在哪里呀？"

宜君回忆说："记得民国十六年的夏天，你姑父和沈立群二姑来家里躲避，像是带回来一包书，不知里面有没有日记……我也从没动过他的书，只有时看看他教过我的一本薄书，单独放着的……"

方良一高兴就去翻柜子，曾锐呼吸急促在旁搓着双手。

竺方良从黄梨木书柜里托出一包书放在桌上，解开外面包裹的棉布，里面是厚厚的牛皮纸封着，再细心拆开，一大沓厚厚的硬壳纸封面笔记本赫然在目。

曾锐牙齿哆嗦有声，双手颤抖翻开面上一本的第一页，正是孙韶光日记！他跌坐在椅子上，脸色发白，无力地伸开修长的手指，拨动本簿仔细翻看着，说："七本，从一九二一年四月到一九二七年七月，每年一本……完好如初。黄梨木柜不损书纸的。"

　　曾锐急切地在书柜翻动，又发现一沓泛黄的孙韶光手稿：

　　《为二七惨案警告国民书》《中国劳动组合书记部武汉分部民国十三年工作提纲》《黄安县农民协会组织法大纲》《古城县社会各阶级分析》《湖北省国民政府惩治土豪劣绅暂行条例》《中共在国民革命军中党员军官联络规定》《中华全国总工会为声援武汉国民政府东征讨蒋宣言》……

　　他忽然伏在手稿和笔记本前哭起来。方良还是第一次看见他哭，觉得有趣又同情，说："你到老太爷书房慢慢看吧，我陪姑妈说会话。"曾锐眼泪没干又咧嘴笑，小心捧着日记本和手稿到书房去。

　　宜君怜爱地看曾锐出了房门，问："这些本子还有用？"方良说："有大用呢。"宜君记起三十八年前结婚当夜，孙韶光撇下她在灯下写日记的样子，说："曾锐这孩子，和你姑父一个样。"

　　方良犹豫着说："曾锐就知道看书写文章，小老头。姑妈还说爱一个人就会迁就他心思，学校和县小礼堂组织跳交谊舞活动，他一次也不陪我，也不肯学。看人家曾医生，每次都和他爱人李老师双双出入，像新婚夫妻……"

　　宜君注意着她的神情，说："那就看是迁就什么事了。真爱一个人，就会相信她，敬重她，原谅她的，天大的事砸到面前都能替你扛着，那才是迁就你呢。"

方良明白姑妈说的是谁，似有感触，又说："他实际上蛮土的，一点也不浪漫，不像从武汉来的那些年轻知识分子。"

宜君年轻时听钟培炎解释过"浪漫"的，摇摇头说："土不土，就看他心里装的是什么了，是装着大家，还是装的自己一个人。你万瑞麟叔叔还不土？钟先生其实也土呢。你姑父也一样。人还是土一点好。"

方良从小和姑妈亲昵，也不避讳，推她手肘问："姑妈，你跟我说个真话，你年轻时，和钟培炎、万瑞麟……好吧？"

宜君脸红起来，笑着点一下她额头，说："你这孩子。那时，都只在心里……"

方良笑着说："我就知道姑妈会这样说。"想想又说："有个革大同学调来古城工作，常见面的，叫张立国。他要我带他来看望姑妈。"

宜君肯定地说："你带人家来这里不合适的。避嫌好些。"

方良调皮地说："姑妈年轻时也没避那两个人呢。"

宜君仍笑着，说："他们都是老实人……那时年代不同，不一样的。女人和知心的男子交往长了，迟早会很难的……如不是真有难处要你帮，不是背着人家大情大义不得还报，就不要去交往了。都很难的。曾锐这孩子老实，靠得住，这你往后会看到的。姑姑是过来人。闺女，你可记着了？"方良认真地"嗯"着点头。

曾锐捧着日记本和手稿进来，用纸布小心原样封包起来，说："这太珍贵了！它将填补中共党史研究的一段空白。尤其是董必武和著名共产党人林育南、恽代英、肖楚女在武汉的早期活动，大革命期间武汉工人运动和鄂东农民运动，武汉分共历史真相……

这太珍贵了！幸得姑妈留着。我用过之后，如姑妈和孙家驹表兄同意，我想应该赠交中央档案馆。"

宜君说："都过去了，就过去了。"

曾锐又说："姑父在这七年中基本每天都有日记。一九二三年后有不少写的是对姑妈的想念……有书信体的，有诗歌。这有特殊研究价值的。我读一段给姑妈听吧，是当时青年知识分子喜爱的白话诗。"

宜君眼里有光亮掠过。曾锐念诵：

爱妻，你可曾把我遗忘？

你像探出云朵的月光，

多么纯洁美丽，

把我混沌的心灵涤荡。

我不能与你相守——因为那神圣的理想，

它是清晨喷薄的朝阳，

光芒四射，

将这个黑暗的世界照亮！……

宜君清醒地听着，孙韶光纯洁的目光在她眼前晃动。她在孩子们面前需要镇定，她没有哭，只是觉得浑身虚弱，轻轻摇晃一下，靠在椅背上很快睡着了。方良脱下外衣小心为她披上，和曾锐守在身旁，没有唤醒她。

53. 包田地大家吃饱 住农户中央来人

万振山把闵东公社当他抓农业的点，几年来时常往这里跑，正好看看他竺大嫂。闵东开展生产自救战胜自然灾害恢复正常生产生活的消息，上了《鄂东日报》和《湖北日报》，是以县财政局农经股长竺方良"本报通讯员"名义发稿的。

地委行署来人调查，把闵东公社的做法概括为"三自一包"：自留地，自主种植，自由买卖，包产到户。但地委没有表态，既没鼓励也没反对，算是默许。恰好这时中央发了《关于农村人民公社当前政策问题的紧急指示》十二条，明令发放的自留地今后不许收，也不得任意调换，社员自留地上收获的农产品不计入分配产量，不顶口粮，不计征购，归社员个人支配。万振山看到中央政策明显在放宽，就想黄佐玉在包产到户上再带个头，好在全县推广，让苏区群众先把肚子搞饱了再说。

万县长——古城人都这样称万振山，没人喊他书记，那称呼是走几年了的魏书记的。他对黄佐玉说："大胆搞！包。安徽省早就搞了包产到户渡荒，中央也没说什么。包！包了多打粮，只要吃饱肚子，错就错他一回。"

黄佐玉来了劲头，去找竺宜君商量，说："万县长叫我胆大点，我想把没包下去的大部分田地，都包产到户试试。竺大嫂是人民代表，见识又广，你看这事？"

宜君想这样也好，但又有什么说不清的感觉——共产党想要的，好像不是这样子，就笑着说："我懂什么。只要社员好过就好。只是，什么事也莫太急。我这也是瞎说啊。"

孟宪忠就说："十个大队，先包五个。"黄佐玉问怎么个包法。老孟精气神都上来："包产，就是把集体的田地租给私人种。国家统购仍由生产小队收了往上交，卖粮款返销粮结算到户。集体开支先提起来，一个是五保户、军烈属；二是水利渠道、集体设施、农具机械维护，储粮备荒。大队也要有点提留。剩下都是社员个人的。耕牛水车抽水机仍在集体，忙时轮流用，小队还可以搞互助组帮工。肥料种子不管，统购任务外爱种什么种什么，口粮自给，多余的可以卖。"

黄佐玉说："照你这样算，收成有个四六开就够了？"老孟说："集体留四是足够了，紧一点三七也过得去。"黄佐玉说："集体不超过四，紧着够用就行。西北面河边五个大队先包，街南街东扩大自留地。说干就干，秋播前包下去！"

公社干部分头到沿河五个大队，生产队长们积极得很，社员们喜出望外，摩拳擦掌，五大队孙王湾两天工夫就包定了，基本就是把合作化入社前的田地按土改后的原样归到户，略微调剂一下就完事了。沿河五个大队不出三天就包完，比黄佐玉预计的五天快了两天。

重新拿回田地的农户全家老小往地里跑，天刚亮地里都是人，天黑了还在地里摸，妇女们背着孩子把饭送到地头又接着干活。沿河五个包产大队的小麦、油菜很快播了下去，没包的几个大队还在整地，社员们在懒洋洋晒着深秋的太阳。大小队干部急了，都跑到公社吵，凭什么包一个不包一个的，为什么沿河的大队地好水足包了，几个穷大队反倒不包，说霜降就要到了，还有一半麦种没落地。一些社员也跟着干部站在公社门口等消息。

黄佐玉心想一不做二不休，连夜开了剩下几个大队干部的会，叫他们三天内包下去。

万振山带人到闵东来到处看，见播种后的麦地已在压土肥，田地间一片忙碌，小路上田埂间都是跑着送肥的妇女老人还有半大儿童，收割后的稻田大多已翻耕，油菜田也散过头道苗了，闵东的秋播比别处整整提前半月完成了。

万振山打电话给县委办公室主任张镜月，叫他通知当天夜晚开各区和公社主要干部大会，晚八点以前到齐。他叫上黄佐玉一同骑车往县城跑，要他给大家介绍包产到户么样搞。

路上万振山说："县委决定你担任关厢区长，徐业民当书记。你们是土改老搭档，我放得心。"黄佐玉忙说："那事我干不了。我一个赶鸭子的，闵东人熟地熟的，又是你的点，才勉强顶了这些年，那大一个区我哪受得了？"万振山说："这事定了。闵东公社主任谁干？"

黄佐玉知道这事可含糊不得了。在他眼里万县长既是领导，更是爱听真话的一个老哥，大家对他又爱又怕，但你在他面前可别吞吞吐吐，就说："老孟。老孟能干好。"振山说："老孟人是明白。我看他管管具体事靠得住，当主任怕胆量不够吧？"

黄佐玉忙说："他精着呢！你知道的，比我强，情况又熟，这些年主意多是他出的，事也是靠他在办，换别人接不上。"见老万在听着，又说，"当主任的照上头说的做，踏实办事就行了，要海大个胆打鬼。"

这话把万振山惹笑了，觉得他说得在理，就说："那就让老孟试试。你走了，闵东不能落后，不然我还照师父的头打。"黄佐玉说："以后闵东我就多跑跑。眼下主要把包产搞好。"振山满意地说："总叫你牵我鼻子走！"

当晚区乡干部会上，黄佐玉简单介绍了一下包产到户的做法。万振山宣布，除少数山林土产为主的山区外，以主要粮产大区铁木、白举、富田河为主，只要群众愿意，全部试行包产到户，抓紧秋播，搞好越冬作物施肥管理。冬季继续抽调劳力挖塘泥清水库修渠道开展农田基本建设，争取明年夏粮大丰收。

万振山的会总是短。一些区乡干部连夜赶回去，不到五天，全县大部分区乡完成了包产到户，农民在意外的喜悦中抢耕抢播，田野里堆烧草肥的青烟遍地弥漫。

万振山哼着东路子花鼓戏《林冲雪夜上梁山》，笑眯眯打算着今晚上山看他的巧兰。桌上响起急促的电话铃，是他的老搭档地委副书记魏景升。他还挂着古城的工作点哩。

"老万，听说你那里最近动静挺大？"魏景升终于对万振山把古城叫作"你那里"了。

万振山就想敷衍过去，"嘿嘿"笑了声说："我这里也就是渡荒，群众自己想了些法子。"

"群众？群众有那大的胆？是你这土游击队的巧法子吧。"电话那头提高了声音。振山说："闵东生产自救搞得好，县委总结了一下，各区乡都吵嚷要跟着搞，我让他们试试看。"

那头说："闵东过去都是些自耕农，不爱集体，他们不能代表广大贫苦农民的愿望。黄佐玉这人俺知道，闷葫芦，憨胆大，你可别让人牵着鼻子走啊！"

万振山说："那倒不会。黄佐玉是老实人。"

那头就说："田又分给私人，革命几十年，革成个单干。这条路怕走不通吧？你要注意啊！"

这话倒让万振山一惊，心想共产党是要搞社会主义的，包产到户还真有点像走回头路呢！下山几年忙着生产救灾，哪来工夫想这些？就说："总得先搞饱肚子呀。"

电话那头说："肚子？搞单干还要共产党干啥？生产资料公有制，是共同富裕的唯一出路嘛！单干水利谁修？怎么抵御灾害？哪来机械化？靠什么发展农业生产力？迎合落后思想，鼠目寸光嘛！"

万振山听他说的还真是个问题，想起万司令说现在更要关心群众的话，就说："想办法让群众好过一点，未必错了？"

魏书记语气更严肃："就是个群众问题嘛！田地分了，集体名存实亡，时间一长，就没人替群众做主了，又都回到自私，又会出现贫富分化，党员干部一个个变他娘富人，又会冒出新地主，新恶霸，又会有穷人，有雇工。这在华北老解放区都不是没见过。"

"新地主？"万振山惊问。

"也是——你在白区打游击哪知道这些？就怕到时候有的人好过，多数人又不好过，又要受罪，咱这命也白革屎。"魏书记不解气，又补上一句，"到时你老匪更不好过！又钻你的树林去吧。"称过他"老匪"连忙放了电话。

万振山重听"老匪"之称，这会儿忽然感到亲切，也不跟他计较，把电话重新接过去，说："你说吧，要我怎样？"魏书记说："我也没叫你这就纠正。俺的意思包产到户只能是权宜之计，等渡过眼前粮荒，还得赶快收回来。知道吧？憨胆大。啥水平！"
挂了电话。

万振山这回甘心挨他骂，人家水平高些。拿着话筒慢慢坐下，
心中沉重起来——重新冒出地主和穷人，那还得了！可灾害还没
过去呢，田地刚包给群众，辛辛苦苦整地垫肥，总得让他有个一
两年收成吧？两年，冒不出新地主……总比饿死人好。五八年就
你侉子干的好事！亏得万司令救急，群众要是再饿肚子，我还找
哪个？

包就包了。莫让那侉子吓倒。

一九六二年春节前，万振山到北京参加开到县委书记一级的
七千人大会，见到毛主席，听了他和刘主席周总理还有几位中央
领导讲话。毛主席好魁梧！块头比我还大。

万振山兴奋地向县委传达说，对于农村大范围出现的包产到
户，会上谁都没说是对还是错，看样子允许。中央还实行"调整
巩固充实提高"方针，调整农轻重比例，"三面红旗"不倒，大
办钢铁不提，鼓励农村搞活生产、副业和供给，看来我们这几年
搞得没错呢！他举起一本薄薄的小册子说："毛主席在大会提倡
全党大兴调查研究之风，这是印发的他老人家早年在江西苏区的
《兴国调查》，是从山西省领导人萧剑雄同志那里找到，大家学了
好搞调查研究。"就叫财贸政治部年轻科长叶昌新读讲，叶科长是
从省人民银行志愿支援基层来古城的，水平就是高。

万振山接着带人到闵东蹲了四天，对他们三年来不等不靠开
展生产自救搞调查，同来的有财政局副局长竺方良。虽然黄区长
和孟主任都不愿张扬，但调查结果是肯定的——闵东公社平均亩

产、公粮上交、副业生产、社员劳动工分值、群众生活水平都高于一般公社。竺方良执笔总结的经验发到各个公社，县委号召全县学闵东。

竺方良乘着月光惬意地骑车上凤来坡，前些时跑乡下，有一个多月没回中学的家了。

曾锐桌上摆着打开的孙韶光日记。珍贵日记和手稿展示的翔实史料在他心中激起巨大的波澜，他更加急切地埋头自己的著述《中共在鄂东的早期组织与革命活动》。听见走廊自行车声，他起身帮方良架好车，往盆里倒热水放毛巾说："你累了，洗了先睡吧。"就又坐到桌前。

竺方良把闵东材料放他面前，说她想上报反映一下，请"教授"指导。曾锐一目十行浏览过，漫不经心地说："这个调查材料写得还可以，但我不赞成投稿。"递还材料又拿起钢笔凑到灯下去看他的日记。竺方良用手遮住，问为什么。

曾锐很不情愿地放下钢笔，说："万振山讲实际，懂农民，设法度荒没有错，但闵东的做法关系到一个方向问题。我个人不倾向土地分散经营。前几年农村出问题的根源并不是搞了集体化，而是指导的偏差和经验的欠缺。但家庭副业、手工业和流通可以放开一点，不必像苏联集体农庄统得太死。万振山这个做法可行。他其实比魏景升强。你虽做副局长了，农村经济和社会还不真通。"

竺方良问那农村问题到底应该如何解决，曾锐不假思索地说："要摸索，不能退回去。关键在于完善人民公社制度，不搞'一大二公'，实行三级核算，以生产小队为基础，既承认差别，保护农民积极性，又避免大面积贫富分化。这是国家长远安定的基础。"

方良拍拍呆子肩膀："你该到中央去工作。小老头儿！"

曾锐说："心里有追求的人永远年轻。你睡吧。"方良噘嘴钻进被子脸朝里先睡了，不多时感觉曾锐躺在身边，他其实只要躺下还是很懂得温柔的。方良觉太阳打西边出来了，转身搂着问他怎不写了，曾锐双眼潮湿，说："读到孙韶光写他看你姑妈绣给他《玉兔图》……"

方良问："《玉兔图》？"

"是他最后一次离家的凌晨所写，也是他现存日记最后一篇。孙韶光明白你姑妈的期盼……"曾锐少见地伤感着。

"你怎偏要费这大力写些湮没的往事呢？跟自己过不去？"方良替他擦着这个刚毅又单纯男人的眼泪。

曾锐叹一声："历史。只有历史，才能让一个国家，一个民族更聪明起来。"

方良有点震动，发现自己原来这么地爱他，吻他说："民族聪明了，你依然笨着……"

竺方良还是以"闽东公社自力更生发展生产有新招"为题，向几级党报寄去稿件，没想到很快上了《人民日报》，影响就弄大了。不久万振山接到通知，中央要来人到闽东调查研究，后天由省委农村工作部部长沈立群同志送到。方良这孩子给我捅娄子了！他到闽东安排，商量就住竺大嫂家，让天香煮饭。

中央来的是两个书生模样的人，一个不到四十岁，中等身材，白净英俊又精干，一个瘦高个，才二十六七岁，戴副眼镜像个教师。他们让车停在镇外老远，万振山和沈立群领着步行几里来到宜君家。白净英俊的四川口音好懂："我姓殷，就喊小殷或殷同志，他姓乔。我们是来向贫下中农学习的，和社员同吃同住同劳动。"孟主任介绍竺代表，殷同志礼貌地朝她点头，说："谢谢。我们还是住一家最困难的农户吧。"

殷同志对住四小队爱社如家的贫农社员孙品正家挺满意，见他老母和媳妇忙不迭进南房收拾床铺，忙说："就在堂屋弄两捆稻草打个地铺就行了。"说着钻进柴房去抱稻草，万振山也帮着抱稻草，一会儿大家就铺好两个地铺。黄佐玉见垫絮厚厚的盖被也算干净，就还满意，问吃饭问题，殷同志说让生产队到贫下中农家轮流派饭，不沾鱼肉、鸡蛋、豆腐，跟平时一样吃，每餐交半斤粮票一角二分钱给农户，每天跟社员一样上工，让生产队长派工。就请大家各忙各事去。

黄佐玉把孙品正和孙仕炎队长叫到门外小声交代了几句，一起回到竺宜君家，沈立群正和宜君拉着手说话。孟宪忠说："中央同志硬要睡地铺，叫我么样过意得去呢。"

沈立群说："有个事你们几个不要外传。这两个同志就是中央领导的秘书。强调要保密的。"

"中央领导?！哎哟喂。"

沈立群说："他们是住点调查研究，不少于三个月。到湖北带队的是中央领导在延安时的政治秘书，下到产粮大县京山去了。"振山问县乡么样配合，沈立群说："不要参与。不然听谁的。他们要掌握第一手的真实情况，调查材料直接送中央领导。我在姐姐这里住两天也走的。"

黄佐玉心想他的"包产到户"这回娄子真叫捅破天了，就怕害了万县长。万振山有些担心自己搞岔了，但相信中央领导派来的同志水平高，让群众好过的事，未必真的错了？

704

沈立群见大家有顾虑，说："其实中央的同志都老实。你们想想，中央领导身边调教出来的人，哪有个不好的？领导自己就种过田，最讲实事求是的，在延安时天天讲这个道理，所以革命胜利。"万振山说："按沈部长说的办吧，不要打扰他们。"

殷同志天刚亮起来，见身材瘦高的孙品正在门口往板车上捆粪桶，问他到哪去，品正说到镇上拉粪，他就要求一起去。孙队长"当当当"敲过上工铁块挑着簸筐过来，说殷同志以后就跟孙品正一起做活，免得天天排工，乔同志年轻多和社员聊聊，今天去薅麦草。

孙品正拉起粪车往镇上去，殷同志牵着拉绳并排走着，也不故意找话说。孙品正说："四小队派工帮公社粮管所喂猪，粮管所的猪粪人粪就归四小队了，隔三天就有一车呢。"殷同志问这肥拉回去归谁，孙品正说："二八开，十车中，生产队得八，拉粪的得二。想拉粪的人多呢，轮流，今年轮我家了。"殷同志说："那你家肥料够用了。"孙品正说："肥这东西越多越好。庄稼跟人一样，你哄它，它就哄你。粪就是粮。"殷同志说那是的。

品正每逢拉粪就开心，也肯说话些："我家解放前得过竺代表家的几亩地，日子刚好点没多时，老弟兄几个分家又过不下去了。土改时我家连自己的一下子分了五亩半田地，合作化又都入了社，五九年秋播时包产到户就回来了一半，六〇年全包，都回来了，六一年全包，刚好过，万县长怕冒出新地主，年底又叫集体收回去一半。还有两亩半自己种呢。"

殷同志就问这几年日子过怎样，孙品正说："我家七张口，四个记十个工分的整劳力，一个半劳力，两个伢。以前一年做到头还是缺粮户，年终算账还倒欠生产队六七十元。包产到户前后两年多，菜也让人到街上卖，又准人喂猪了，头一年下来就节余了一百多元，当年把这老屋的山头都换了新，去年一下子节余两百多！吓我一跳，把两间柴房改成了正房，给我兄弟今年娶媳妇。"

殷同志说："那你这两年办了不少事呢。"

孙品正说："去年底集体收回去三亩后，就这两亩半田地，加上小队分的粮，够吃不说，年终估摸还能节余个一百多元。兄弟媳妇家的彩礼也送出去了，请媒酒也吃过了，国庆节就能过门了。要是全包，再把人家种不了的接几亩过来，我一家勤扒苦做，有个几年就成富裕中农了，还要超过从前的富农！"说着笑呵呵拉车越走越快，殷同志就跟着小跑。

与乔同志一起锄麦草的都是妇女，大家倒不拘束，家长里短有说有笑的，慢慢锄着。见乔同志分不清草和麦子，锄断的麦子比草还多，就都笑他，教他怎样识别草，怎样用锄角轻轻叼起草，一锄不要拉得太长太深，腰也不用弯着，伸长锄把侧身垂眼看着前面就行，乔同志就总结体会着。媳妇们又嬉笑着问他来这里想不想他媳妇，要没媳妇就在这里拣俏的娶一个。

中午饭菜中，孙品正媳妇用蒜苗煎了一碗豆腐端上桌来，说："肉蛋不准沾，豆腐吃点也没人说你。是昨日品正到街上掇的一斤半，还没用完哩。"品正陪坐桌边，高兴地筷指豆腐说："嗽呀嗽呀！"大别山区人把吃叫嗽。两个同志仍只夹腌菜，不动豆腐。

品正七八岁的一儿一女背靠房门朝桌上偷偷张望，使劲吞着口水，忽然那男孩冲过来，一只小黑手飞快伸进豆腐碗里抓了一把，拉着小妹妹就往外跑，孙品正媳妇骂着"要死的"，就去撵，被殷同志起身扯住。乔同志眼里潮湿，端起豆腐碗到门外找孩子去了。

下午乔同志到孙品正家包产麦地劳动，见小麦比集体地里长得高得多，宽长叶子墨绿墨绿的，泥土又松又肥，他就扶好眼镜弯腰小心辨认锄着，并不见几棵草。品正媳妇说："锄过几遍呢，哪还有草，就是松松土呢。"乔同志正想着这就是差别了，一不小心锄断了两棵麦苗，品正媳妇急忙蹲下去捡起麦苗看，说："还好，根还在哩。"乔同志又想这更是差别了，上午锄断公家那多麦苗，媳妇们都觉得好笑……他就更加小心远离麦苗轻轻刮土，心想再也不敢到私人地里劳动了。

孟主任晚上来看看，见两个同志伏在油腻发黑的小桌上各自写着什么，没罩的煤油灯挑得很小，火苗一跳一跳冒着黑烟，乔同志的眼镜都快抵着本子了。他忙回公社喊上电话员小吴，扛来两张桌子两盏玻璃罩灯、两酒瓶煤油。殷同志和小乔感动地搓着手，笑眯眯摆桌子一人一张搁稳了，点亮罩灯，挪凳子惬意地坐到灯前摆开本子，朝老孟笑笑各自写起来。

出门来小吴说："他们都不爱说话啊？"老孟说："唉！难怪沈部长说越是中央的人越老实。他们总怕添了群众负担，生怕费了品正家的油呢。"

孙品正下午要到县城去拉粪，殷同志要一起去，品正说："往来三十多里路呢，你吃得消？"殷同志说没问题的，从前在陕北经常跑路行军呢。殷同志问怎到那么远去拉粪，品正大步快走着说："县城几个大队只种菜，粮食有供应，没搞包产到户，街上公共厕所的粪就没人掏。城里粪窖不在露天不淋雨，又干又稠，一车顶几车呢！"说着小跑起来，"庄稼人，地里到处铺的是银子，就看你捡不捡！粪就是银子。"殷同志说那是。

走不到两小时进了县城，来到大礼堂附近一个最大的公厕后停好车，见檐下满池大粪干巴巴的，品正笑歪了嘴，攥紧长把粪桶往底下掏那最干的。殷同志帮他扶桶，紧紧实实按满了八大桶，品正后悔桶还带少了，跑到附近人家找来两个破筐拣干粪又压了两筐。两人将满满一车干粪扎紧捆牢，欢欢喜喜起车动身。天已傍晚，忽然一阵大风，天空的云就拢来了，几声春雷轰动大雨泼下来。品正喊了声："好雨！"两人生怕淋流了干粪，殷同志说："今晚怕是走不了的，县招待所好像就在附近，快去避一避。"大雨中两人拉车小跑赶到招待所门口。

殷同志敲开院门边看门人的窗口，说想进去躲躲雨，也可能住一晚。那中年人伸头见是拉车臭粪的两个农民，没好气地吼："快走快走！这里哪是你们来的场儿！走远点！"边说"啪"一声关上窗口。

雨越下越大，殷同志又去敲窗，那人不耐烦打开半边窗说："还不走！"殷同志忙说："我是中央到古城来搞调查研究的，请行个方便吧。"

"中央？哈哈哈！疯子。"那人正要关窗，里面进去一个干部模样的人，殷同志忙又朝那干部说了一遍，又说："不信你打电话问万振山同志，我姓殷，住闵东公社。"

那个干部见这人竟称万县长作"同志"，怕真有来头，就去摇电话，没说两句放下电话跑出来打开院门，恭敬地说："首长请先进来，万县长马上过来。我是高所长。"

万振山淋得透湿跑来了，瞪了看门人一眼，又想不知者不为过，也不好骂他，说了声："对群众什么态度！"

高所长见孙品正守着粪车不动身，叫看门人找来块旧油布帮他把粪车盖好，这才把几个人引到房间。万振山说这头场春雨不是一会儿的事，今晚肯定不走了，就要去找替换衣裳。殷同志说不用了，晾一会就干了。

殷同志见房里又是电灯又是条桌，就舍不得走，也就不客气，请所长去找些材料纸和笔墨来，又支走万书记，打算好好干它一晚上。看门人送来开水毛巾，还有馍馍，道着歉，告诉厕所洗脸间位置，孙品正说着"莫客气莫客气"，好自豪。

痛快洗过脸殷同志叫品正先睡，抖擞精神伏在桌前写起来。

孙品正在电灯下一时睡不着，下床好奇地伸头去看，殷同志也不遮掩专心写着。品正解放后扫过盲的，认识一些字，见顶头写的两行字是：

闽东公社调查（之三）
包产到户是鼓励农民生产积极性的好办法

品正高兴了，勾头往下断续去认中间大个大个的字，就懂了个大概，心想，这还差不多！这殷同志不言不语的又不会种庄稼，人是笨一点，倒是会写字呢——包，农民，积什么性，办法，好！好……包……真会写字！就放心仰到床上打起呼噜来。

54. 忆爱人姐妹夜话 别旧物宜君伤怀

　　沈立群这次来，在宜君家住了整整两天，三年多没见了，两姐妹的话说不完，今夜又抵足依床聊到鸡叫。

　　立群说家驹和柳茜小两口很恩爱，孩子小军四岁，有韶启和淑媛带着，可聪明了，会自理还喜欢拨弄算盘，倒接上他叔祖父韶启的代了，柳茜只在星期天接他去部队。家驹从军校回军区不久，万瑞麟要他下部队带兵几年了，现在是警备区八二〇一部队副团长，中校军衔。他的师长也是古城人，是跟瑞麟多年的老战友，万振山的发小拜把兄弟，小名叫黑子。

　　宜君回忆着自语："黑子?"

　　宜君说家驹这孩子往家里写信不多，来信就是问候这个那个的，也不说说自己的事。立群笑着说："这不和韶光一个样，没事时从没一句热乎话。见了我和他万叔叔也没两句话，你说时他就听着嗯两声，跟柳茜倒是说不完的话。"

　　宜君就想起韶光那时也是跟她有说不完的话，连那大胡子马克思是什么人都说，就甜甜地笑着，又酸酸地问："那时韶光跟你，是不是……也说不完?"

　　沈立群脸还红了，说："在上海假扮夫妻，开始大半年他一直打地铺，还让特务撞见生疑了，后来被组织发现，发火了，说

710

这样太危险，党的利益高于一切，命令撤去地铺……那几年他天天想着你呢，常望着远处出神，就没见他开心笑过……"又笑着问,，"他只跟姐姐说不完吧？"

宜君这三十年来，还是头一次听她说这细情，原来是这样！我说韶光最是重信义的人呢，怎会变心，还在床前踏板起过誓的……只因他那"组织"，比誓言更重。心里埋怨立群这疯婆娘，大大咧咧也不早说，害她多伤了几多心！就幸福着，接着就去擦眼泪。

立群还是对她说了家骐的事情。宜君听着心就凉了，说："难怪小菊去年分配到县一中，来看我，问她家骐总是含糊。韶启也瞒着我。"想到巧兰和万振山该会多么失望难受，心里沉重。这孙家怎就留不住男人呢？忽然记起，二十多年前觉空法师说过"故必有圣人出""此孙家后人之大义，愿施主赞之。"孙家真要出圣人了？莫非法师要觉慧送来那颗舍利子，是有心让我传给家骐？

她说："早听说孙家每代都要出一个老太爷样的人，韶光过后，没想到下一代轮到家骐这孩子。随他大伯呢……唉。好在家驹倒没随他，不算迂阔。还是小时跟着他奶苦过……"立群心中感叹这样的人世轮回，说："这都是没有办法的事。韶启去找过俞教授，教授说青年人学了知识就会有自己的志向，做父母的不必过于操心。"宜君深深忧虑着。

立群问她与钟培炎联系没有，宜君说他摘帽后寒暑假常来这里读老太爷的书，人也变得有些迷糊，身体也见差了，说春桃早被族人领走，儿子留在东山堂伯家，他老来很可怜的。

沈立群急切地说："那你们干脆结婚多好呢！瑞麟和我跟你说几多回了。"宜君轻轻摇头不说话。

立群说她这次陪殷同志来，正好就接姐姐去武汉和他们一起生活，宜君仍是摇头。立群说："老万说，你要是想安静点，就在军区院里另外安一个住处，叫家驹和柳茜过来住在一起。"宜君说："我在家里几十年住惯了，天香就住门口和在家一个样的，你们放心吧。跟瑞麟说，我好着呢。"立群知道拗不过她，只是叹气："你呀……"

立群说："好不容易回来一趟，明天去看看韶光。"宜君心口一紧，忙说："你这次陪中央同志来工作，怎好各人跑去扫墓哩。下次吧。"沈立群差点告诉姐姐，她惦记的桂花玉兔图，就在自己手上呢！可是万瑞麟说要等到大家都老才拿出来。那对变红的玉兔，几时才好还给可怜的姐姐呢？

油菜脱完籽，小麦就要登场了。闽东满畈金黄的麦浪在初夏的夕阳下摇曳，丰收是捏在巴掌心里了，人们都在清扫稻场，磨镰搓绳编扬笆准备激动人心的收割。

中央来的两个同志恰在这时要走了，临行时特地去看望孙韶光烈士夫人、人民代表竺宜君。

殷同志说："孙韶光同志是一九二三年初全国几百个党员之一，先后在董必武、林育南、周总理、陈云同志直接领导下从事革命活动，如不牺牲，到延安时就是高级领导人了。与他同时的革命家，现在大多是党和国家的领导人。"

宜君见这位毛主席身边的人都知道得这么清楚，心里很宽慰，就说孙韶光离世时才二十九岁。

殷同志说他喜欢收藏党史文物，不知有没有烈士生前的笔记、书本或信函。宜君说曾有几个日记本和纸稿，有人为写书拿走了。

殷同志惊问："烈士还有笔记本在？"宜君就说了曾锐，殷同志连忙写下地址说："我要与曾锐同志通信联系。"

宜君从箱底拿出一个小小的牛皮纸包打开，是那本封面是大胡子马克思的《共产党宣言》，说是孙韶光留下的，还教过她这本书的，她单独放着，有时夜里还拿出来摸摸它呢。

殷同志接来一看又大惊，说："这是中国共产党创始人之一李大钊一九二〇在北京大学再版铅印的，陈望道在上海刚翻译的中国第一次全译本！这个版本现在已知尚存的只有三本，一本在北京大学图书馆，不让人摸，一本在中国革命历史博物馆，另一本在上海博物馆，连中央党史研究室、中央党校都没有，听说苏联还有一本。没想到我在闽东看到它了！"

宜君见殷同志爱不释手小心抚摸着，心想这是毛主席身边的人呢，就说："这本书放家里好几十年了，就送给殷同志吧。"

殷同志不敢相信自己的耳朵，见宜君说得恳切，忙用原包的牛皮纸包好，又要了一块细布包紧，小心放进挂包中间，肃然向宜君深深鞠了一躬，说："孙韶光烈士留下的这本书，将与日月同辉……"

宜君看着见证她与韶光新婚恩爱的这本薄薄的书，就这样给人拿走了，忽然空空落落的。她掏手巾擦着泪，这才觉得那大胡子马克思，原来好亲切的，长得一点也不怪……

万振山自送来殷同志后，就很少到闽东露过面了，让他们好好调查吧。恰在这期间，副县长兼公安局长韩正义成功破获了一个与台湾有无线电联系的反革命组织，名叫"鄂东同志会"，县委布置各区镇和单位党的核心将其成员巧妙控制，在他们准备暴动之前，同一时间把分布在县城、桑埠、白举的组织骨干成员二十几人一网打尽了。

为首的名叫卢传华，三十三岁，中学文化，瘦高身材高凸的颧骨，几天前在东门大河沙滩开万人大会执行枪决了。绑赴刑场时没见发抖，自己走着，也没呼喊反动口号，枪毙完，韩正义让群众走近看过，叫他家属交一角七分钱子弹费抬回白举去了。只是群众近前时拥挤，把他踩踏得厉害，肠子都流出来了。万振山批评韩正义，说这不好，枪毙陈守义都没这样。

万振山不解：闹么名堂哩？还是劳动人民出身呢，不好好工作过日子，偏拿鸡蛋碰石头。敌台广播称他"烈士"。怎还有人信他的呢？好在群众虽说饿了两年肚子，仍没跟他跑，不然还不像当年河西暴动了。到底是如今没人剥削你了呢。难怪万瑞麟说越是这时越要关心群众依靠人民。还是革命家看得远。

万振山想起殷同志从闵东走了快两个月了，也没听到什么声音，心里到底不踏实——搞包产到户真要是走的回头路，我这不是罪过？中央同志水平最高，还得听听他们怎么说。他骑车经过关厢区公所喊黄佐玉一起到闵东，叫孟宪忠去把孙品正喊到公社来。

孙品正正在自家田里薅二季稻第二遍秧，赤着泥脚被引进公社。万振山迎上跟他握握手，问："中央殷同志在你家住了三个月吧，听他说了些什么呢？"

孙品正诧异地答："每天出工拉粪的，也没说过么事呀。"他回忆说："就是不让我媳妇煮豆腐。他不会说话，只会写字，爱听。会拉板车了。吃得少。锄断了麦苗就不敢锄了，插秧总是歪，笨。人好。"

黄佐玉说："看你说的，又不是个哑巴，几个月就没听他说点么事?"

孙品正见几个领导这么在意，就用劲去想，这才想起来说："说倒是没说什么，那天拉粪躲雨住县招待所里，我看见他在桌上写字来。"孟宪忠问："他么样写的呢?"

孙品正用力回忆："好像写……闵东，之三……包，到户的好，办法，鼓励……农民怎么怎么的好。包。"

黄佐玉急问："他写么样好?"

孙品正说："我只认得中间有些字，好像写……包，农民好高兴，爱地，就急什么性的，起早贪黑。麦子眼看丰收，吃得饱。喂猪积肥。盖房。娶亲……真会写!"

黄佐玉说："积极性?"孙品正说："就是就是! 急极! 急极的性，生产。包。"

万振山一拍大腿，接过老孟递来的大缸茶咕咕噜噜喝下半缸子，说："好，好! 兄弟你忙去吧。好!"孙品正惦记薅他的秧，这都耽误半天了，"急极"逃走了。

万振山松了一口气："我水平低，中央同志水平高吧! 这回总算想一块儿去了!"又拍老孟肩头说，"住这户你安排得好! 扫盲好。"黄佐玉说："老孟办事稳当哩。"

万振山说："把孙品正提到大队当个民兵连长。"

老孟说："品正只爱种田哩。"振山说："民兵连长半脱产嘛，他爱种还种嘛。孙品正不当干部哪个当? 中央同志的'根子户'哩!"佐玉说："叫他试试。""干! 说我叫他干! 翻身农民不干谁干?"万振山拍拍衣服起身。

万振山笑眯眯回到县里，本想直接去五柱山给他巧兰送个好消息，仍不放心，忍不住还是接通了万司令的电话。

万瑞麟："你还记得给我来电话？中央来人是替毛主席做调查呢，全国去了六七个省，就是想知道些真实情况。你还瞎操个什么心。"

振山问："前两年我包产到户，人家说是走的回头路？"

万瑞麟沉吟良久，振山说："你快说呀！"万瑞麟才说："困难渡荒，短时间搞一下没说不行。长远看，我国一穷二白，生产落后，要想尽快富强，人民还是靠组织起来，集体化还是方向，走共同富裕的道路，社会才能长远公平安定。当领导的，关键是头脑不发热就好。特别是你，莫又给我搞岔了！"

万振山怏怏地搁下电话。难怪副总理叫人给我把着点，莫让搞太岔。这回未必真还搞岔了？万司令这老"革命家"，水平该比中央殷同志还要高呢。殷同志写的也是实话。

收吧收吧，灾荒总算度过了。集体化没剥削，公平。

55. 怜苦婴重走青川 寻跛叔再见槐树

沈立群从睡梦中惊醒，瑞麟问她怎么了，立群说："好像听见婴儿啼哭。也许是日有所思，夜有所梦吧。"

瑞麟说："川西还是去走一趟吧，早该去的。我问过周基联，从理番到毛儿盖已通了公路。"立群说："时间太久了，又没个熟人领路，你腿脚也不好。"瑞麟说："这个愿总是要了的。"立群说："看来我真的是快老了。"

越野中吉普经鄂西北房县沿川陕交界向川北行驶，沿途都是崇山峻岭，不见人迹。两天后进入川北，这里人烟稀少，偶见山脚下有羌族山寨，狼群在公路旁从容张望，对吉普车的烟尘颇为好奇。三十年前，沈立群和老盛随红四方面军转移，正是沿这条线走过来的。

沈立群不时朝车窗外探望。万瑞麟说："周基联转移到川北不久任师长，与盛政委很熟悉，要到理番来等我们，我没答应，他让冯参谋过来引路。"立群说在川北老盛就说过周基联是将才。

第三天车经川北到达川西理番时，冯参谋和公社彭主任已在街口等候，一行人来到招待所。

冯参谋不到四十岁，虽是川西人，对红军时的人和事也不熟悉。彭主任说："要寻红军盛政委，只有找这里的老红军了。"瑞麟喜道："有老红军在？"

彭主任说："还不少哩。有留下打游击的，有受伤没走成的，有失散掉队的，有苦不过跑回的，还有被俘后放回来的。"沈立群说："那他们现在怎么安排的？"彭主任说："谁管呢？打游击的大都死了，剩下的说是当过红军，又没个记载证明，也弄不清谁真谁假的，他们也没吵吵，老百姓一样呢。"冯参谋问："就没有你清楚一点的老红军？"彭主任说："那还有几个。邓家沟有个叫邓炳忠的，离这里不远。"

下午一行人来到邓家沟。这是个十几户人家的小村，一间茅顶矮屋前有个矮瘦的老头在专心编篾筐，彭主任喊："邓二爷！来客了。"

矮老头抬眼望了一下来人，没有停下手中的活，朝屋前几只小凳努努嘴说："坐吧。"彭主任说："首长们是来寻红军盛政委的，看二爷还记不记得。"

邓炳忠闻言放下手中的活，混浊的目光朝来人打量着，居然对沈立群说："老了。唉，也老了。"起身要进屋去烧水，立群忙拉住，用川西话问："老哥子你是？……你认得我？"

原来邓炳忠是红军医院守卫队长，二次北上时医院来不及转移被川军捣毁，伤病员都被杀，他和留守游击队坚持了两年，打光后逃到外地，解放后才回来。邓炳忠说："你是盛政委的爱人。盛政委病重住医院，你一直守着。都认得你。那时你漂亮呢。"

沈立群沉浸在回忆中。冯参谋急问："盛政委埋在哪里，大爷还记得吗？"老人叹气说："来迟了呢。两年前修沙河口水库，都淹了呢。"万瑞麟说："到水库去看看吧。"

老人对立群说："那个细姑，你还记得吗？邓细姑？"

沈立群怎忘得了邓细姑，正是二次北上一路陪护她和出生不久的女儿，行军路上捂婴儿时哭着搀扶她，又一同过草地掩埋川娃子田志红的红军小妹子！急问："细姑回来了？她在哪？"老人说："就在这村子旁边。她常跟我念叨沈大姐的。"立群说："就请老哥带我去。"

邓炳忠引大家来到村旁一处山岗下。一间茅顶小屋背靠山岗，门檐下挂着苞谷和红辣椒，屋前收拾得还挺干净。屋里没人。正在着急，山岗小径一歪一拐走下来一个背捆干柴棍约四十岁的跛脚阿婆。

邓炳忠说："细姑，你看哪个来了。"那阿婆不紧不慢小心下岗来，立群迎上去喊："邓细姑！细姑，我回来了。是我，我是沈立群呀！"万瑞麟上前替她卸下柴棍说："快歇下吧。"

邓细姑木讷地望着沈立群，就认出来了，"哇"一声哭起来，上前抱住她说："沈大姐，是你呀？我想你呀！……我想我二娃哥……"

原来邓细姑在红军改编八路军时，和一批女战士转到地方工作，在山西上党北部游击区一个乡担任妇救会主任，从此与沈立群分开。八路军发起"百团大战"重创日军后，日寇对晋西北实行疯狂的"扫荡"，一些村庄被鬼子杀光烧光，邓细姑在掩护群众转移中左腿中弹，被民兵栓子背到山洞隐藏，敌人走后急把她背回家。栓子娘找来郎中医治，留在家里养伤，几个月里细姑与栓子有了感情，八路军转到外线作战前栓子参军，他娘要他走前和细姑完婚。栓子在部队打鬼子难得回趟家，两年后牺牲在上党，也没留下个孩子，不久栓子娘也跟着去世了。部队主力已转移去晋南大同地区战斗，细姑腿残无法归队，遭受敌人严重摧残的游击区也没有了地方抗日民主政权，她像一只脱群的孤雁，思前想后，只有回川西老家。邓细姑沿途打探，跋山涉水一千多里回到家乡。川西风俗出嫁姑娘是不长住娘家的，她哥嫂就给她搭了这间茅屋安生，算来已二十一二年了。

邓细姑说："你那个可怜的娃，要是活着该二十六岁了……项政委抱走时已快到毛儿盖了，大体方位我像还记得一点的。那天……"冯参谋怕她话长引沈主任伤心，忙说："那就劳阿婆引个路吧，今天先到水库，明天一起去毛儿盖。"

沙河口水库离这里只三十来里地，车子上堤时太阳还有两三丈高。水库水面总有好几十平方公里，沿山漫转看不到尽头。

邓炳忠指着水库远处说："盛政委埋在北面半山腰，坟是坐北朝南，周围都是红军的坟，有两三千。南面山坡脚下都是国民党当兵的坟，也有三四千人，早荒了。修水库那年我去找指挥部，说是不是把红军的坟往山上挪一挪，人家说坟太多工程太紧顾不过来了，就都淹了。国民党那边也有个师长淹在下面，姓侯，是中央军，数他能打，跟红军徐总指挥还同过学，死时中了六枪。"

水库波面平静，夕阳倒影在水中，水面泛起金黄色的鳞光，有两只渔船在悠然收着网，水鸟在水面低飞着，鱼儿像都潜回深处去了。

邓炳忠指北边水岸上几块巨大的青石说："盛政委就埋在青石下面山腰，现在水有十几丈深了。

万瑞麟立定朝大青石方向行了个军礼，说："盛政委，我来了。"

青石下的水面十分平静，波光随着落日渐渐淡开。沈立群模糊记得那几块大青石，和邓细姑相依坐在堤边，默默地凝望。

早晨邓细姑换了一身没有补丁的衣裳，上车一同往毛儿盖方向去。沈立群说："当时我没有知觉，山路一点也记不起来了。"邓细姑说："大体位置我还认得出来，只是项政委把娃抱哪儿去了也不晓得。我守着沈大姐。"

中午车到一处高山脚下，大路就要往左拐时，邓细姑就喊停车。细姑下车朝右边山腰望着，说："那天天快亮就在这里休息的，白军打这儿往左走远了的。"

细姑虽残了左腿，爬山却依然利索，川民都这样坚韧，她和彭主任引路，几个人顺着砍柴采药人踏出的小径向山腰慢慢攀援，二十六年前夜行军的羊肠小道仍依稀可辨。细姑认出两株大松树，说项政委就是在这里从沈大姐怀里哄走娃儿的。沈立群松开搀扶她的瑞麟和冯参谋，领头顺着项政委走去的方向走，来到转弯处一个十几亩见圆的高地。

高地被风雨涤得光净，除了几棵钢骨般的苍松和一些石头小草，什么也没看见。冯参谋四处张望过后说："回去吧，沈主任，几千里路找到这里来，你的心也尽到了。那娃也该知道的。"

立群要往别处再找，正待转身，忽然说："她在哭……"

瑞麟扶她说："莫多想了。来了就好。"沈立群指着远处说："她在那儿。"就向数丈远的一棵苍老的松树走去。

古松不高而苍翠，虬曲的主干有一尺多粗，朝南树干上有一块剥去树皮的青黄色，半尺来宽，呈五角星形状十分清晰，周边青黑色的树皮翻卷着很厚，使那光洁的五角星更为醒目，反射着淡淡的阳光。

"这是项政委做的标记！"沈立群说着低头看树根周围，见有十几块升子大的石头也排成一个不规则的五角星，中间两尺多宽微凸的土堆已塌陷，长着比四周更茂密的草丛，石块有的已见风化，坚硬些的上面爬满了青苔。

沈立群叫一声"我的乖乖嘞！……"抚着草丛撕心裂肝地哭起来，"妈妈看你来了，妈妈对你不起啊……"她要把三十年憋满的泪水，倾洒在来过这世界一回的女儿身边。

山顶起了不大不小的山风，低声呜咽着卷起轻微的尘土。

万瑞麟望着五角星状的石块一声不响，邓细姑抚着草丛喊着"乖乖"泣不成声。冯参谋擦泪说："起风了，回去吧，别让沈部长受凉。"彭主任说："让她哭够吧……"就坐靠在古松下，抽出烟杆往烟窝里慢慢填着烟叶，自己也哭了。

彭主任和冯参谋到旁边用石块刮起泥土，脱下外衣铺在地上装着，一包包托来盖在草丛上拍紧，石块排出的五角星中间就起成了一个新的饱满的小坟。立群折下几簇松枝深深地插在小坟周围。万瑞麟和邓细姑扶着立群站在小坟前，他摘下军帽，朝小坟垂下花白的头。

回到理番招待所已快天黑，都没心思吃饭。沈立群拉着邓细姑手说："妹子跟我去武汉吧，住在一起。"邓细姑说："我怎好去沈大姐那里呢。不去。"万瑞麟说："大妹子要是不愿住家里，住军区干休所也清静。我这就替大妹子办革命身份。干休所住的都是老红军，有几个女同志，也不孤单。"

邓细姑说："谢万司令。都过去了，那身份就不麻烦司令了。我在这里好呢，自在，还有炳忠大哥关照，你们放心吧……就是梦里常看见二娃哥，老是站在草地上朝我笑，还说他有心窍……"说着哭起来。

沈立群抹着眼泪，说："我也常想起田志红，特别是胜利后这些年。可是他留在草地，没办法去找，也找不到了……唯一的安慰是他不久后追认为共产党员。我们只有把纪念放在心里，永远地怀念他，二娃也就像活着一样。"

邓炳忠过来接细姑回去，自自然然的家人一样。细姑擦着泪告辞，立群硬要留些钱给她，细姑不肯要，邓炳忠替她接过，说："是你沈大姐的一片心，你不要她还不好过呢。谢你了。"立群这才释怀，和瑞麟难舍地把他俩送出街口。

万瑞麟问起邓炳忠老来生活，彭主任说："他一生没娶，进生产队'五保'户了，编簸筐送到供销社分店收购站，八分钱一只，一天能挣两角多呢，好过。"瑞麟又问："老了动不得了，谁照顾呢？"彭主任说："公社办有敬老院，都不愿上门。这旮旯人喜欢各人自在。邓二爷和细姑阿婆要不是一姓，本可伙个家的，好在挨得近有个关照。老红军公社往后尽量照顾，首长宽心吧。"

晚上周司令打来电话，声音炸响，仍是一口纯止系马岗乡音："军长唄？小冯说你事都办了。明早直升机过来，接军长和沈部长到成都好好住几天！"万瑞麟说："这次不去了。老沈受了点刺激，疲劳，早点回去。你几时去武汉吧。"

周基联还有话说不完："你们来看盛政委，我呢？离家三十年，连娘老子坟头朝哪边开都不晓得。我两个龟儿子过十岁了，都说成都好，长大还肯回古城？等我死了怕也是埋这里了。"

万瑞麟说："早点离职回去不就是了？我有时就这样想。这几年回古城休养的老同志不少呢。"

周司令："你以为这事由得了我？我那个大学生细婆娘才三十几，招呼不了呢，瘾又大，听你上次来口音晓得我老屋里原配还在，她信你话钱物替我照寄，脚都不让人移！我惨。"瑞麟说：

"叫我么样说你。"

周司令舍不得放电话："唉，叫守林子的万疯子来成都玩玩，他哪晓得我在这里司令当得熨帖？直升机送你回武汉刚好接他过来。带上那个迷了他心窍的地主婆，住峨眉山干休所。"

万瑞麟："以为万振山像你？人家媳妇伺候他像供菩萨，没你熨帖！振山早复职了，替我守着苏区呢。"电话那头忽然哽咽："叫振山兄弟……替我去趟系马岗，跟她说声，叫她好好活着……"

瑞麟轻轻放下电话，自语："死了的就死了……"回头对立群说："武汉，我也不想久待了。"

直升机在云中穿行，螺旋桨均匀的风声像轻轻的叹息。沈立群扒在窗口凝望川西大地，那淹没着老盛和他数千个战友，还有他的敌人侯师长与他几千士兵的沙河口水库，在山野间清晰可辨，平静如一面蓝色晶莹的镜子。长眠着女儿的崇山峻岭在脚下苍茫起伏，云烟缭绕，她耳际再也没有揪心的婴儿啼哭，只有满眼的云朵，在蓝天中安详地飘动。

孙家驹三十一岁了。三年前沈妈妈去系马岗回来，说跛脚木匠叔还在世，只是不认从前的事了，他更惦记要去看望他，给奶奶上坟。部队训练比武学毛著创五好太忙，没能成行。去年万叔叔和沈妈妈又那么远去川西，看过盛伯伯和小妹妹了，他决心赶在国庆节大忙之前去一趟古城。

沈立群说要一起去，柳茜看到沈妈妈这几年变得有些伤感了，不像从前，就要她等找到了人以后再去。立群就叫他们也先不要告诉妈妈。

军吉普开到系马岗镇东头，家驹和柳茜牵着五岁的儿子小军，按照沈妈妈的描述往岗下去寻邱家湾。

秋日的阳光和煦温暖，田里稻谷已经收割，漫山秋叶泛红，凉爽的秋风阵阵吹来，骑在牛背上的牧童捂着金黄色的葫芦壶，往嘴里灌着刚从河里取来的清水。随风传来岗上"列宁小学"孩童稚气的歌声，那是家驹从小跟跛叔学会的，在大别山苏区广为传唱的歌：

八月桂花遍地开，
鲜红的旗帜竖呀竖起来，
张灯又结彩呀喂，张灯又结彩呀喂，
光辉灿烂闪出新世界。

歌声和眼前的景象忽然唤起家驹童年的印象，他抱起小军，熟门熟路大步向那棵大槐树奔去。

邱家湾不再是童年时模样，已有十几户人家，房子也不再都是土墙茅顶，也有几间砖石脚黄坯墙青瓦顶的了。依稀认得儿时住过的屋子，喊着"叔"跑近，矮门上挂着一把文物似的绿锈小铜锁。村中不见有人，一个过路的老汉告诉说，跛子书记带生产大队的男女社员到浦桥河修水库去了，细伢们都上学去了呢。

大槐树形状枝干仍是当年模样，只是更见高大和沧桑，斑驳而依然茂盛。家驹双手抚摸槐树嶙峋的树干，仰望枝叶，在树下一块光滑的大石头上坐下来，儿时的记忆顿时苏醒，如在眼前：

——奶奶坐在这块石头上，喂他吃下半碗野菜，抱他坐在膝上唱起儿歌：

车河水，下禾秧，糯米饭，淘肉汤……

小长生问："糯米饭是么样的？"

奶奶说："就是用那又白又糙粒粒长的大米煮成的饭。"小长生说："我也吃糯米饭。"奶奶说："等你长大了，红军就胜利了，你爷娘就来接长生回去，就天天吃糯米饭了……"

奶奶又摇着他唱：

虫虫虫虫飞呀，虫虫虫虫遛遛，
飞到外婆去喝甜酒呀喂喂……

小长生问："外婆是谁，住哪里？"奶奶伤心抹泪说："外婆是你娘的娘，最疼我的长生儿了，住在好远的地方。等你长大点，就来接我长生儿去，天天喝她做的甜米酒煮糍粑……"

——跛脚木匠叔背着小长生，一歪一拐到后山上去摘野枣。红红的小枣长在刺蓬矮脚林的深处，跛叔放他在地上坐好，拨开满是一寸长尖刺纠缠的枝条，钻进蒺藜深处，不多时用衣角兜着红红绿绿蚕豆大的小枣钻出来，手腕臂膀脸上满是血痕，咧嘴笑着叫他快吃，说："我长生儿是小红军，不怕酸，又酸又甜哩，吃了就不饿。"

家驹坐在树下喊声"奶唉"，大声哭起来。

一阵凉爽无比的清风从山上吹拂过来，老槐树枝叶轻轻摇曳起来，家驹感觉有一只温暖的手在背后抚摩着，恍惚听到有喊"长生，我的儿……"的声音，回头去看，并不见人，只有阵阵轻风在翻动着他的衣领。

柳茜用手帕给家驹擦着泪，小军从没见爸妈哭过，伏到家驹膝前跟着喊奶奶。

吉普车沿着为修水库开出的狭窄道路，缓缓向几十里外浦桥河水库工地开去。沿途可见成群成片的民工在挖山开石，往大堤运送石块的板车和挑担络绎不绝。瘦骨嶙峋、疲惫不堪的人们自动地靠边给吉普车让路，好奇地看着车上这对年轻英俊的男女军官。

远见水库大坝规模雄伟，接近竣工。大坝上下是蚂蚁般的上万民工，挑担往坝上运土的人们哼着"嘿呵"曲，广播里在喊着《工地战报》中的好人好事。有好多人打着赤膊围成大圈，拉长纤绳绷起千斤大石，夯堤"打硪"，节奏间隙里抬脚甩手，原始先民般舞蹈着，悠长的"四季调"劳动号子"打硪歌"一阵阵传来，那是沙哑的扬声领唱，与节拍分明、高亢铿锵的同声呐喊：

> 同志的们呐，打起来呀——
> 呀火嘿，咿呀火嘿，嘿！
> 用劲的，打罗火火——
> 嗦呀嗦呀嘛，嘿，嘿！
> 修水库，为人民啦——
> 哟喂，呀火嘿！
> 世世代代不受穷啊——
> 不受穷，不受穷，
> 妹嗦，妹嗦，妹妹子嗦！

柳茜不等近前，已被这苍凉的劳动号子感动得哭了。人民，再也不愿受穷了。

系马岗公社陶书记四十几岁，又黑又瘦，头发多时没剪了，他见堤下来了从系马岗那边过来的吉普车，就放下挑担，拖着疲惫的身子下堤来看视。家驹和柳茜忙下车和他握手，自我介绍。

陶书记很平静，说："你是长生吧？小时见过的。"

家驹说："是我，是我。我叔在工地上吧？请带我见他。"

陶书记拉他蹲在路边，说邱家湾大队的民工都在万义乡大山里炸石头，离这里二十多里，不通汽车，成千上万的民工，不好找人的。家驹说："那我走着去慢慢找，总能找到的。"

陶书记点燃旱烟慢慢吸着，打量家驹说："不用去了。你的事他跟我说过的，我都知道。小时你奶刚送你到孙家，回来没几天就死了，不多久孙家你那继娘来找过，是个很善良漂亮的女人，你跛子叔不肯来往，说他就要远走谋生，再不回来的。三年前你亲妈和一个首长又找来，认出邱书记就是你叔，你叔就跑了。他不认这事。"

家驹问："我叔为什么不肯认我了呢？怎不认我呢……"

陶书记磕了磕烟杆站起来，说："你们都回去吧，不要来了。你叔说了，要让长生忘掉小时的辛酸，是你奶死前嘱咐他这辈子不与孙家来往，不去打扰你的。你叔说了，奶和他原是替红军养孩子，莫忘你是孙家后人了。你刚才说你叫孙家驹吧？"

家驹说："我仍是红军的后代呢。"小军一直张耳听大人们说话，跟着喊："我也是红军的后代！我要我太奶奶。"

陶书记说："都回去吧。我明日告诉你跛子叔，说长生带媳妇和儿子来过的。他知道你们都好，会高兴的。"家驹说："我以后还要回来找我叔的，让他领小军去给太奶奶磕头。"

728

陶书记有些欣慰地苦笑了，说："万县长赶着修这浦桥河大水库，就为河西老苏区方圆百里旱涝保收哩……等家家都住上了新瓦房，用上了水库发电的电灯，那时你们再回来吧。你跛子叔不看到那好日子，一时半会儿还死不了的，总能见上面的……他一生没娶，其实总跟我念叨他的长生，还有你那可怜的继娘呢……"

陶书记说着自己哭起来，又说："修水库又累又饿，常有死人的事。可这水库，还得修哩……熬到年底就好了。"

家驹和柳茜一路流泪回到闽东，对妈妈说了去邱家湾和水库工地的经过，宜君落泪。天香端来饭菜，大家都不想动筷。家驹说："听陶书记说的意思，我早是孙家后人了，我跛叔就不愿认我了……那我还是叫长生吧，孙长生。"

宜君擦净泪水，说："你邱叔不是这样想的……那就仍叫长生吧……你小时刚归家，不取个派名进祠堂入嗣，没个名分，族人不认呢。还是你钟叔帮我替你取的名……叫长生好，有你奶保佑着，当一生的兵都平安。"

小军喊："奶奶，我要我太奶奶！"宜君搂紧他说："乖乖，你太奶奶保佑小军没病没灾，长命百岁啊。"

家驹和柳茜回军区来见沈妈妈和万叔叔，说找到水库工地仍没见上跛叔，陶书记说他会告诉我叔的。家驹说为纪念奶奶，纪念红军和善良的苏区人民，想复用小时名字，叫孙长生。

沈立群想了想，说："叫长生是对奶奶永久的纪念……只是家驹这名字，是你妈为入祠堂替你取的。你妈旧思想多一些，重传统重名分，她守着你几十年，不用这名了，你妈会伤心的……你三十一岁了，孙家驹这名字在部队也早叫开了，又是个带兵的。"

柳茜说："妈同意他改回去呢，还说叫长生一生平安。"

万瑞麟一直静静听着，这时喝一口茶说："你邱叔感念的，还是你宜君妈妈……人呢，不在于名字，只看心里装的什么。"

56. 建大桥县长排险 逢好景阿姆欢欣

龙年一九六四年的春节，闵东小镇过得分外热闹，锣鼓鞭炮声中，各大队的采莲船、青狮舞纷纷到公社门前拜年献技，沿街到粮管所、棉花站、信用社、卫生所、农机站、食品所和供销商店门前表演，又特地来到人民代表竺宜君的院前。那阵可怕的灾害已经熬过去，人们渐得温饱，要趁过年尽情地欢乐一场。宜君和天香有好些年没有今年这样过年的感觉了。

炮竹的硝香还没散尽，街上忽然来了许多机关干部模样的陌生人，一个个神情严肃，行色匆匆。一到夜晚，各个生产小队的稻场上就牵来电线亮起电灯，抱孩喂奶的媳妇和挂根棍子的老人，也提着凳椅来到稻场。社员大会天天没断，宣传发动，忆苦诉苦，揭发检举，教唱歌曲——地委在古城县第一批"社会主义教育"及"四清"运动的试点，万振山书记又把它放到关厢区和闵东公社来了。

夜晚，竺宜君围裙里握只火篮，一个人冷清地坐在屋里。稻场上传来社员学唱的歌分外悲切，听说是四清工作队员所作：

　　想起往日苦嘞，两眼泪汪汪唉，
　　家破那个人亡哟好凄凉，唉哟，唉，只好那个去逃荒啊。

不怨我的爹嘞，不怨我的娘唉，

只恨那个地主哟丧天良，唉哟，唉，

把我那个剥削光啊，唉哟。

宜君心里不好受，背心有阵寒凉，慢慢偎靠到床上。感觉这歌像孙韶光作的那《穷人歌》，她用衣袖沾着潮湿的眼睛。

区长黄佐玉回闵东参加运动，他和公社主任孟宪忠都先"下水"——停职，接受群众的清查，每天带只凳子坐到群众中开会，竖起耳朵老老实实听群众的揭发和教育。"四清"工作队对他两个的态度，跟对那些地富反坏"四类分子"差不多。三个月后，上级来总结闵东"四清"试点经验，将在鄂东组成万人"社教工作团"，开展在干部中"清政治、清经济、清组织，清思想"的运动。

沈立群也匆匆来过两天，她是省委总结试点的负责人之一。她告诉姐姐说，四清运动的"矛盾"，不只是个"四清"和"四不清"的问题，而是要解决走什么道路的问题。宜君就笑她："这道路那道路，你总得让老百姓过得下去才是。"沈立群也笑了，伸手去拨看她已见薄小的发髻，怜惜地说："不说这些了，连我也快弄不明白了，莫说姐姐你。"

试点过后，黄佐玉和孟宪忠都没有"下台"，结论是没有严重"四不清"。黄佐玉由区长改任区委书记，徐业民书记调县供销社当主任，关厢区这就完全交给黄佐玉了。倒是当年的土改工作队长肖国才，因奸污妇女和吊打群众受到党纪"严重警告"处分，从副区长降做了食品所长。

区办闵东中学与公社农业中学就要合并了，黄佐玉约孟主任董校长几个人到竺宜君家商量，正好看望竺大嫂。喝着不久前沈立群带来的绿茶，大家谈起这次"四清"运动。

原来黄佐玉因"多吃多占"也退赔了十一元零四分，是派到社员家吃饭的一餐一角二分钱有人硬不肯收，回忆交代和清查出九十二餐。孟宪忠退赔了五元六角八分，除吃派饭四十四餐五元二角八分外，还有二小队给天香和竺宜君冬天铺床的两大捆稻草没收钱，就高不就低，四角整。民兵连长孙品正退赔七角二分，是公社开干部会省下没吃的豆腐，孟主任做主，叫炊事员给他带回去让孩子们吃了，三次，算六斤。孟主任说该算在自己头上，工作队说不行，谁吃算谁。

孟主任趁着机会说："县里布置各公社都要办群众文化室，不配脱产人员，开展农民文化体育活动，占领农村文化这个阵地。我们想占领它一下，就是没找到合适的场子。"

黄佐玉明白他的心事，万县长曾说过让天香仍搬回来陪伴竺大嫂，大嫂倒顾虑着。就笑着说："那就在竺大嫂这里'占领'吧？也莫太当真。就怕吵闹了大嫂。"宜君笑着说："欠的就是热闹哩！"佐玉说："烧茶倒水的也不能叫大嫂累着呀，就让天香搬进来住，当个文化室义务员吧，叫生产队适当记点工分。"大家高兴不过。当天老孟喊人把弹花车搬到院外屋里，天香搬了回来，喜滋滋快脚快手地把堂屋打扫干净，这里又显出从前的宽敞。

辅导员在门口挂上"群众文化室"字牌，往墙上贴了许多图片，一面墙是"学大寨，赶大寨"，毛主席笑得开心和一个头扎白毛巾名叫陈永贵的农民握手，一面是"毛主席的好学生——焦裕禄"，他和兰考农民顶着风沙在改造盐碱地。还挂有闽东农民画家闵辉柏画的《劳武结合》《棉田如雪》，他送这画到武昌参展受到毛主席接见呢！孟主任很高兴，要干部和学生轮流参观图片。青年男女争着在院中水泥台打乒乓球，一些能拉个二胡拍个渔鼓唱段花鼓戏的社员晚上都跑来露一手，年轻社员们"阿姆"前"娘娘"后地喊着宜君和天香。那台多年的留声机派上了用场，天香放上柳茜刚寄来的唱片，堂屋传出欢欣悦耳的女声歌唱：

公社是棵常青藤，社员都是藤上的瓜……

万振山和黄佐玉进院来了，说是来看看文化室。人们朝他俩笑笑依然玩着自己的拿手。振山提着一大块腊肉、一篮鸡蛋和大枣，递给天香，接过茶缸咕噜着。宜君说："每次来你总是客气。"振山说猪和鸡是巧兰自己喂的，吃不完，枣是山上采的，都不花钱的。

万振山对黄佐玉说："还有件大事要办。叫老孟以公社出面，代表县委，为孙韶光烈士重新建一座墓，立烈士纪念碑。费用县民政局出。看选在哪里好，我想迁到县城烈士陵园。"

竺宜君没想到振山这多年，还记挂着他最爱的"孙先生"，眼泪就止不住，说："谢万县长了……就留在闵东吧，他那时要红军送他回来……莫要压了庄稼。"

黄佐玉这块心病终于能解开了，想了想说："还是迁回原地吧，也合风俗一些。那片桐子树林我留着没让动呢。离竺大嫂近。就照县城陵园红军军长烈士墓园的样子，修宽敞些，桐子树正好遮荫哩。"

孟宪忠赶来了，激动着说："那年的事怪我呢。建烈士墓是公社大事，交给我了，万县长、黄书记放心吧。把原生的两棵柏树从中学移回来。"振山说："那就按竺大嫂心愿，建在闵东吧。"

734

天刚黑，公社礼堂传来让人激动的开场锣鼓。万振山问谁在敲锣，老孟说是街边五大队农民文艺宣传队演出，方圆十几里的社员们早赶来了。宜君听说今天又演她爱看的楚剧《江姐》，明天还有花鼓新戏《朝阳沟》，就高兴地去换衣裳。黄佐玉知道万振山其实也爱看戏，拉他看了戏再走。

幕布慢慢拉开了，台后众人齐唱序曲：

红岩上红梅开，千里冰霜脚下踩，三九严寒何所惧，一片丹心向阳开，向阳开。

舞台上红光一闪，江姐走到台前。万振山说了声"宣传队好"就再也不见动静，原来他靠在椅子上睡着了，响起酣畅的鼾声。老孟替他摇着蒲扇，宜君在一旁擦眼泪。天香就要扶他回去，佐玉说："臭弄醒他了，他今夜还得赶回县里去的。"

转眼就到秋天，万振山又有快半年没回山看看巧兰了，他为几件大事忙得不可开交：浦桥河水库去年底竣工蓄水成功，供电河西老区和平畈三大区的发电站要在六四年国庆节前建成输电；张省长在鄂东"大办公路桥梁"试点，古城在县城和桑埠镇修两座钢筋水泥的莲水河大桥，三万民工上马正日夜淘挖墩坑，三十几个山区公社在修公路，贯通县城的水泥大道正在浇筑；两万伏高压大型变电站在河东舒家畈圈地动工。这些工程供给保障归财贸政治部，县长李恒蛟提出增加一个熟悉财经的副部长，万振山问财政局副局长竺方良行不，李县长说他也是考虑这个同志。

万振山晚上从大桥工地回来，看看才十点钟，心里一动，推上旧自行车就出门。

朦胧月色中，星星不时眨着清醒的眼睛，绵延的沙土公路像一条灰色的带子，蜿蜒伸往久别的五柱山。进山上坡了，振山弓腰用力踩着车，直到车子不动还倒退，他脱下衬衣一身汗水推车疾走。总场在望了，依稀可见自家小屋窗户透出小灯泡温馨的黄光。振山想给巧兰一个意外，蹑手蹑脚来到门前，屋里传出巧兰轻声的咏唱，是他爱听的民歌《三百六十调》：

　　情哥约在今夜半，望到天上月儿呀圆……

振山泪水涌出，大巴掌两把抹干，轻轻一推，门开了。

巧兰坐在一把小椅上，面前一个大簸箕，正借着灯光择挑野枣。她推开簸箕猛地起身，要去给振山煮鸡蛋，忽然摇晃，万振山抢上前扶住她。巧兰靠他肩上淌着幸福的泪："天天……门，我都替二哥留着……"

天刚放亮，万振山骑车急急下山去。他像十多年前那次离开陈家寨一样，他又一次想好了——这县长不能当了！得趁两人还没老得不能动，回到山上来。革命，让竺方良他们年轻人接着革吧！抓紧办完古城几件大的建设，我还回我的仙姑洞！

回到紧挨举水河的县委院，他在水龙头前弯腰接水匆匆洗把脸，听见大桥工地夯筑新堤"打硪"人的阵阵劳动号子，那婉转又铿锵的"四季调"随风传来，声声入心：

　　用劲的，打罗火火——嗦呀嗦呀嘛，嘿，嘿！
　　修大桥，为古城呐——哟喂，呀火嘿！
　　子子孙孙享幸福哇——享幸福，享幸福，

妹嗦，妹嗦，妹妹子嗦！

万振山立在水龙头前出神，没擦的冷水和着眼泪一起流进他脖子里。这县长，我还得当下去呀！我不当，谁当？他到饭堂拿了两个馍馍啃着，喊通信员小李一起来到大桥工地。

河床上下人山人海，十几个桥墩取土淘坑的前期工程即将完成，斗形的几丈深大坑已挖到坚土层，每坑将竖立起两柱三人合抱的钢筋水泥桥墩。十几辆满载钢筋水泥的大卡车稳稳地驶进河床，分别停靠在抽着水的大沙坑旁。准备浇筑桥墩了。

八号墩坑处突然传来一片惊呼吆喝，万振山急跑过去，见一辆卡车因停得离墩坑太近，压得地面开裂，车轮边一米外的沙土渐渐崩坍，慢慢滑向满坑浑水中，卡车已见歪斜。载重汽车一旦翻落坑下，满车水泥将和泥沙混合，把汽车牢牢凝固在坑底，不仅墩坑报废，整个大桥工程都难以想象！这时绝不能再发动汽车！

万振山当年的武功顿时爆发，他箭一般腾到车旁，一把将年轻的司机拉出驾驶室，令在坑旁用木料顶车的民工远离卡车，叫小李快去把九号墩卡车调来，指挥民工火速将水泥包搬下，滑到坑边打撑的木桩和草袋旁。

水泥袋很快垒高，和着水在坑边形成一片坚硬的地段。汽车终于朝坑边侧翻过来，稳稳地落靠在刚刚筑起的水泥包堆上。

危险过去了！人们还没来得及欢呼，发现万县长躺在地上。车上一捆翻落的钢筋，将站在最危险处督阵的万振山和一个民工击倒，又重重地砸压在振山右大腿上……

县医院里，县长李恒蛟接到张省长亲自打来电话，指示一定要保住振山同志这条腿，不能截肢，如没把握立即转送武汉军区

737

医院。刚赶到的地委副书记魏景升知道曾川澜大夫医术好，问他有没有把握，曾医生说："粉碎性骨折。尽快手术，能够争取不截肢。转武汉延误时间，可能增加感染和并发症危险。"

万振山已从休克中醒来，望着屋顶说："锯了吧！把这条腿，帮我锯了吧……哎哟。"

魏景升一惊："怎能锯腿呢！你咋自己要锯腿呢？俺的个老伙计唉！"

巧兰的泪水夺眶而出。只有她心里明白，振山是在帮自己下回山的决心。这是让他丢下他的古城最好的解决办法。巧兰抹净泪水，俯在他耳边小声说："留着腿，跟我回山吧……"

风调雨顺的一九六五年就到年底了，竺宜君要去参加全县第四届人民代表大会了。万振山让那台万司令不久前送给老苏区的半新"退役"吉普车，出城东过刚通车的莲水河钢筋水泥大桥，到闵东来接她。她仍穿了六〇年开会时老孟替她做的衣裳，收拾停当到院前上车。公社干部和许多闻讯的群众都到街上来送她，她是个人人爱戴的光荣的阿姆。

腊月初几了，冬日的太阳将暖融融的和风送进车窗，田野里麦苗已一片葱绿，干田里的油菜苗也纷纷探出身来争抢着阳光，水田里冒芽的紫云英铺成浅绿的地毯，田间劳动的女社员们的嬉笑声一阵阵飘来，冬季修水利的民工用板车拉着石块成群结队吆喝赶路，村头小学里传来儿童的歌谣：

正月打春山呀嘛山雀叫，布谷高唱春耕谣，

铁牛轰轰地里跑，万里沃土掀金涛呀掀金涛……

738

吉普车经新修的公路走西门进城，来到一条宽阔的柏油路面大街，一千多米长的新马路从东门穿过县城中心直通西门外。国营古城棉纺厂高大的厂房一排排矗立着，机器声传来像有节奏的音乐，从前废败的城墙不见了，变成一栋栋红砖大瓦的新式工人宿舍，年轻漂亮的纱厂女工身着洁白的工作服，无比自豪地向工厂走去。

新马路总有二十米宽，两边等距栽着从没见过的大叶法国梧桐，路边已有新盖的机关单位，机械厂大门和百米院墙朝北临街。司机指着路边几栋特别漂亮的独立带院的小洋楼说，那是专为几个回乡休养的老红军盖的，用钢筋碎石水泥浇筑的墙脚有一米多深，房子里面比汉口的洋房还讲究，老红军们刚搬回来不久，他们解放后出生的儿女都来古城上学哩。

宜君想起万振山在林场的矮屋，又想那万瑞麟也该回来休养了吧？这解放都十六年了，还有哪门子命要他去革呢……

为人代会献礼的少先队员们敲着小洋鼓排练，在新马路上列队而行，一个个生龙活虎，高声唱着心爱的歌曲：

我们是共产主义接班人，继承革命先辈的光荣传统，

爱祖国爱人民，鲜艳的红领巾飘扬在前胸。

宜君听方良说过，柳茜与孙家驹合写的革命斗争纪实《红旗飘在大别山》出版三年了，早已成为中小学生争相传看的课外读物，城厢小学还请书中老红军万振山伯伯给少先队员讲革命传统。她想，孩子们唱这歌时，脑海里也一定浮现着革命先辈万瑞麟高

大雄伟的英雄模样。

中午在县招待所宽大的餐厅"东风食堂"就餐，有六菜一汤，大家随便围坐。人民代表大多是工人农民，说话声音都大，餐厅里欢声笑语。宜君远见万振山扶着桌沿站立张望，就站起来朝他点头，振山放心地慢慢坐下。

和宜君同桌的人边吃边自我夸耀。胸佩劳动奖章的凤凰窝钢厂万厂长说，五八年国家领导来古城视察曾和他一起打铁照相，现在厂里生产力车供应三省交界。种棉能手林世宏说他也和周总理握过手，那手又厚又肉，他的棉花试验地牌子上写着张省长和万县长的名字，今年亩产皮棉要达到一百五十斤，周总理还等他带种子到北京报喜呢！学大寨的红旗长岭岗公社一个中年社员说，他们一个冬天修成一座水库，万县长说比大寨还厉害。宜君很有兴致地听着，万厂长往她碗里夹来一大块红烧肥肉说，喊呀喊呀！阿姆喊呀。

晚上，竺方良和万小菊一同来招待所。

宜君知道小菊和方良很亲近，方良帮助她渐渐从伤痛中走出来。拉着小菊的手问她谈对象的事，小菊红着脸说："他是方良大姐介绍的，叫柳湘，是县医院外科医生。今年考取研究生回母校同济医学院去了，导师是全国著名的裘法祖教授。"宜君问："那往后？"小菊说："来信说他毕业后仍要回古城来，说毛主席号召把医疗卫生工作的重点放到农村去，不能只为城市老爷服务，同济很多医生都在报名支援县乡。"

宜君问："城市的医生愿意到乡下来？"小菊说："柳湘说医生都听毛主席的话。还说古城老苏区七十五万人民，需要好医生……"宜君这才放下心来，说："这事你还得给你爷娘透个信儿呢，看把他们急的。"

第二天下午人代会开幕，竺宜君又一次走进她喜欢的大礼堂。唱过国歌，县人民委员会县长李恒蛟北方口音高声说："下面，请县委书记万振山同志，致开幕词！"

万振山扶着桌子从座位站起，拖动右腿一瘸一拐走到中间桌前。宜君大惊，天嘞！振山怎成这样了？怎没听老孟说过！

万振山把讲话稿端正地搁在桌上，两手扶好桌子说："同志们，这是我最后一次在这里讲话了。大家知道，我水平低，不会讲话，就照着稿子读了。"台下肃静，有人在抹着眼泪。万振山读到新中国建设的好形势，社会主义制度的无比优越性，礼堂响起热烈的掌声，他接着读：

"解放十六年，古城县开展除害灭病群众爱国卫生运动，种痘防疫，管水管粪，新打水井八千多口，彻底消灭了血吸虫病、山区克汀病和鼠疫、天花、霍乱瘟疫，农民'合作医疗'一九五九年起在全县普及实行，各区都建了卫生院，公社和场库都有卫生所，大队有卫生室和'赤脚医生'，人人得到了医疗保障。发展人民教育事业，公立普通中学由解放前的一所增加到十五所，职业中学和耕读中学四十七所，中等师范学校一所，公立中心小学和教学点二百三十处，青少年都有了自己的学堂。

"工农业生产总值是解放前一年的五倍。莲水大桥通车后全县乡乡通了公路，浦桥河、两河、鸣山、大坳四个水库发电供应几县，村村用上了电灯，渠道灌溉八十万亩，全县实现了旱涝保收，彻底结束了十年九歉的历史。双季稻从一九五六年全县推广，改良品种农具，密植勤工，水稻平均亩产是解放前的三倍，今年粮食总产五亿五千万斤，是解放前的两倍多。人民公社的优越性充分显现，社会公平安定，夜不闭户，城乡人民过上了当家做主，共同劳动，丰衣足食的幸福生活。"

读到这里，他抬起大巴掌，很快地在眼睛上抹了一把。

人们用长久的掌声回报着他。宜君座旁同志热情告诉她，万县长讲话稿，是县委大笔杆叶昌新和竺方良写的，只有他两个能写出万县长自己的话。

万振山不打顿读完他通俗简短的开幕词，咳了一声，说："再说件事。上级照顾我回五柱山林场，大家的老领导魏景升同志最近就回来，暂时兼任县委书记。这次代表大会，县人民委员会县长候选人仍是李恒蛟同志，副县长候选人金仕仪、韩正义同志、民主人士吴伯赞同志。他们都是群众信得过的好同志，同志们选好。"他朝台下点点头转身，又转回去留恋地说，"万振山革命没到头，对不住古城人民……大家，好好建设新古城吧！"

散会后，竺宜君心里难受没去吃饭，晚上大礼堂的文艺晚会也不想去看了，一个人怏怏地坐在房里。窗外的天色渐渐暗下来，门开了，万振山喊着"嫂子"拐着腿走进来，宜君眼泪顿时涌出。

振山说："嫂子莫多想了。我这回是因祸得福。打几十年仗都没让我残。"宜君想到还真是巧兰的一份福气，心里稍微宽慰。振山说："我陪嫂子去看晚会吧。明天还要调来新拍的电影片《东方红》呢。方良喊曾锐也下山陪你看节目来了。"

礼堂里灯火通明。帷幕缓缓拉开，城厢小学少年儿童合唱团整齐地站在宽广的舞台上，红领巾在他们胸前十分鲜艳，孩子们高唱《我们是共产主义接班人》，眼睛里闪耀着理想的光芒。

县一中的话剧《年轻一代》片段，男女教师一个个风华朝气都讲的普通话。宜君指台上理想飞扬的女主角给振山："那不是万小菊吗!"万振山正在左顾右盼,希望有人大声说那好看的主角正是万县长的女儿,可惜坐他旁边的呆子曾锐没懂他,大眼睛漫无边际不知看什么去了。

县文艺"种子队"表演歌舞《丰收歌》,人民医院的新疆舞蹈跳得格外活泼,医生护士们边跳边欢喜无比地唱着:

> 什么亚克西呀,什么亚克西?
> 人民的生活亚克西!人民的领袖亚克西!

竺方良为县委会出节目女声独唱,她牵着连衣裙一角款款上前,扬起宽广浑厚又清亮的歌喉唱响:

> 马儿啊,你慢些走喂,慢些走哎,我要把这迷人的景色看过够……

掌声雷动。宜君听得着迷,比得上柳茜呢,上过革命大学就是不一样。曾锐微微点头笑着,这会儿倒晓得自豪了。

五柱山林场表演唱《采茶舞》登场了,朴实美丽的姑娘们带来山里扑面的清新,她们左手挎篮右手兰花指翘起,一溜出台边行边采转到台前唱起来:

> 左边采茶忙又忙,手提篮儿心花放……

万振山的心飞到了五柱山。

晚会结束了,曾锐和方良送宜君回招待所。万小菊的中学同事们请她带着去看望送别他们敬爱的老革命万县长。

方良还没卸妆，这使她更见美貌。她说曾锐写的《中共早期在鄂东的组织及革命活动》出版后，中央党校认为有很高的史料价值，给县委来函调他到中央党校。这是中央殷同志的建议，他在姑妈那里得到那本《共产党宣言》后与曾锐通信几年了，投合得很，共同整理出《孙韶光烈士日记》给中央党校，把七本日记和手稿赠交中央档案馆。曾锐不愿调京，说他搞业余有味，专门搞就没什么意思了。

宜君回忆着殷同志的模样，心中欣慰，说："曾锐这是把闺女你看得重呢。"感叹说他们都赶上了这个新时代，好年景。

曾锐说话了："好年景看能维持多久。现在调整国民经济的任务基本完成，第二个五年计划因'大跃进'走了些弯路，延长了时间。国家正在研究和编制第三个五年计划，立足于战争，从准备大打、早打出发，将国防放在第一位，加快'三线'建设。"

宜君惊问："又要打仗？"

曾锐点了点头："从国际看，美苏遏制封锁中国，美帝国主义亡我之心不死，终有一战，与苏联修正主义在边界也剑拔弩张。这将迫使我国加强人民的革命化……"

方良见他说话扫兴，嗔道："你就消停一下吧！就你瞎操心。"

曾锐仍在嘟囔："要警惕帝国主义的'和平演变'阴谋，反修防修，还靠七亿人民的革命精神……"方良拦住喷笑："啊呸！"

难怪他装着一肚子心事哩！宜君叹："这眼看都好了，你还要跑去革命？你都四十三了。她姑父离家时还不到二十岁……"

57. 采酸枣深情未了 谒英烈玉兔当归

孙家驹喊着"妈妈"回来了，一身草绿色军装，更见英俊颀长又挺拔。宜君不转眼盯着他看，这不就是当年的孙韶光，问："你这孩子，没事这远往家里跑。我好着呢。"

家驹把柳茜为妈妈和天香姨娘准备的礼物放到桌上，说他已从省军区警备师派来古城，任县人民武装部政委，是万司令员要他到基层历练两年。报到五天了，比在军区忙多了，待会儿见过姨娘就回县里去。宜君心想，那万瑞麟该是想这孩子能够常来看看我。她想起一件多时的心事，说："向前年，你和柳茜带小军去系马岗，没见到你邱叔叔。不知他如今可好。"

家驹说："这次回来，我一定要找到我叔，给我奶上坟。"宜君欣慰，说："那就替我给你奶上炷香。跟你叔说，我接他一定要来家里看看。你叔是大好人，是我家的恩人。他这一生可怜……"家驹说："我最近就去系马岗见我叔，妈妈放心吧。"

宜君见他时间这么赶忙，想到部队上的事总是说来就来，说走就走的，仍和万瑞麟干红军时一个样，也不知几时再能见面，就叫他等一会。她为他倒好一杯水，就去打开她的那口老旧的檀木箱子，拿出一个红绸布小包，说："这是你父结婚三天头上，去汉口前，留给我的一支钢笔。早说把给你的。"

家驹双手接过，见笔管黝黑光亮，却能触摸到它沉甸甸的岁月。他将钢笔珍重地别在左上口袋，说："我以后，就用它给妈妈写信。"又说，"听万叔叔说，前年振山大叔为我父修建了烈士墓园。今天来不及去，下次让柳茜带小军一起来。"

宜君不舍地望着他，说："见到你沈妈妈，要她抽空回来住几天。有四年没见了呢，说我想她……"

孙家驹来古城一晃半年了，全民皆兵"备战备荒为人民"让他忙得不可开交，盼见他二十九年没见的跛叔和给奶上坟的心愿，一天比一天让他寝食难安，像有什么东西在催促他，今天终于成行。

车行一个多小时到了系马岗。系马区委书记接到周参谋电话在小镇东头坐在块石头上等着，家驹认出他是三年前在蒲桥河水库工地见过的公社陶书记。陶书记还是那么平静，好像这世上就没有他没见过看不清的事。他磕净烟杆起身，和家驹任务式地握了一下手，淡淡地说："你来了？来得是时候，你跛叔快不行了。"

孙家驹撒开腿向邱家湾跑去，把陶书记和周参谋远远丢在后头。跑到村前才发现不知哪间屋子是跛叔的家。小村果然变了，都是三尺砖脚石灰白墙青瓦满顶的新房了，从镇头牵来两条电线的一柱涂漆的粗大木杆，横档上拴固着洁白的瓷瓶，高高地立在墙边。只是村前那棵百年大槐树不见了，使整个村子变得空荡。地上散落着大堆新鲜的树丫和枝叶，盆大的树蔸旁锯屑潮潮的散发出槐香。

跛叔住上了一排三间白墙带院的新房，屋檐下挂着红椒蒜坨。

进门的堂屋里几个木匠正在挥斧砍削树皮打制棺材。

跛叔双眼紧闭静静地躺在床上，呼吸微弱，高高颧骨下的脸颊深陷，嘴微张着，像有什么话还没说完。他还没有落气，却对他的长生儿回来已没有知觉了。

床边小桌上一只竹篮里，是满满一篮干蔫了的灌木野果，那是长生小时爱吃，跛叔常钻进刺蓬捧出来的红红的小酸枣。

孙家驹喊一声"叔唉"，伏在床边号啕大哭起来。

陶书记坐在一旁的小板凳上，使劲地大口大口抽着他的烟杆，好半天了，才磕净烟杆说："莫哭了。你赶上给你叔送终，也算是对得住他了。他还有话要我跟你说呢……"

原来跛叔一直当着大队书记，修蒲桥河水库那两年落下饿病。水库修成后河西老区旱涝保收用上了电灯，他又大着胆搞起副业生产队，在库边养鱼养鸭山上种桃栽果、窖茯苓、晒烟叶，硬是让家家住上了新房。好日子没过两年翻了病，区医院说是胃癌要他转县医院，他不肯去，怕用了集体合作医疗的冤枉钱，说他赶上了这几年好日子，也死得。门前这棵老槐树，八年前炼钢时陶书记没让人砍，有心把它留给了跛叔。

跛叔不久前听陶书记说，新来的人武部政委就是三年前来找过他的孙家驹，急着要人用板车拉他进城去找，说有话要跟长生说。乡亲替他备好的苹果、腊鱼、腊肉他不要，说这些东西长生早不稀罕了，硬是瞒着村邻一个人钻进后山刺蓬，去摘长生如今吃不到的酸枣，那红透的小枣直到冬天还抓在刺丫上不舍离枝。下山时跛叔倒在路边了，篮里酸枣撒了一地。

孙家驹拈一颗小枣放到口里咀嚼，那酸涩远不是记忆中的甜凉，他打了个激灵勉强下咽，顿时泣不成声，问陶书记："我叔要去找我，是要说什么话呢？"

陶书记用粗糙的手掌底压了压眼眶，说："就一句话，叫你莫当兵了。转业回来，好好孝敬几年你那个孤苦伶仃的继娘。你叔说了，你继娘是这世上的好人，要不是遇上她，你怕是养不大的。说你继娘从前虽是富人家，其实一生比你邱家湾的奶还可怜，那么年轻就守着寡。你祖爹过世时，你奶也五十了……他不知哪里打听到你那个继娘还在……"

孙家驹吃惊自己怎么从没想到过跛叔说的这些，他摘下军帽跪在跛叔床前，握住他干枯的手，哭着说："叔唉！我今生没有报答你和我奶……我听叔的话，等来古城任务一结束，我就不当兵了，回来好好报答我的娘。我的叔唉！你就睁开眼睛，看长生一眼吧……"

跛叔的喉结微微动了一下，咽下了留着的这口气，紧闭的双眼里渗出两滴昏黄的泪水。

深秋，宜君家后院那棵枯萎多年的百年桂花树，自春以来又原全复活了，繁茂的碧叶间夹拥着橙红色粒粒小簇的桂花，开得分外浓密，幽幽的馥香随风传到院外。宜君和天香蹲在树下细心捡拾着落地的花粒。天香高兴地说："我家桂花重又开得这么好，定是大奶奶苦尽甘来了。"

宜君说："昨夜里做了个梦，梦见你大少爷回来了。穿的还是结婚时那身衣裳，领我到了一个好去处，叫作'乌什么邦'……那里山明水净，天空蓝蓝的，云彩亮亮的，太阳红红的，暖暖的，绿草地上是一对对玉兔，到处开着八月的桂花，在田间劳作的人亲亲热热像兄弟姐妹……"她一边把桂花粒拈进小瓷罐，一边回忆说，"我问他，这就是你的'布尔'吗？他说不是的，布尔什维克早没有了，这里是中国人的天堂……"

天香扶她起身，说："起风了，回屋吧。"宜君仍沉浸在她清晰的梦境："他问我，那帧玉兔绣帕带来没有，我说，那年给你带走就没见过的呀。他说不在他身上，就要我回来，说我还会见到那幅绣图的。难道？"天香说："大少爷不就是个革命，还问那绣图做什么。这多年了，小姐还时不时梦里想他。"

转眼就过立冬了。这天太阳好，天香在院中晒冬衣，听见门外传来汽车声，就扶宜君走到院前。是万瑞麟！他身骨依然硬朗，只是军帽下的鬓角全白。沈立群喊着姐姐上前扶抱，又拉住天香的手说："我姐可是靠着你这好妹子了。"驾驶员从军吉普上扶下一个头发花白面容清癯的瘦高老人——钟培炎。

"你……你也来了？"宜君小着脚就要去搀扶腰背微见佝偻的培炎，大半年没见了。钟培炎忽然挺直了腰，迷糊着第一句话竟是问她："我义父那一屋书，还在吧？"进屋径自钻进老太爷书房，大家相视而笑。他其实是要把时间留给难得与宜君见面的瑞麟和立群。公社书记孟宪忠闻讯赶来，就要去给已担任副县长的黄佐玉打电话，万瑞麟说："不用了。这次回来几个老人会会面，瞻望孙韶光烈士墓。谢谢你们为他重修。随后去五柱山看看振山同志。你们都忙去。"

晚上，沈立群和宜君对面依床说到夜深。

立群说："老万想早点离职，我们回来陪姐姐，正合我的心愿。"宜君说："才多大岁数呢。"立群说："军队高级干部是可以工作到老的，瑞麟想把职务退给年轻些的同志。他说姐姐这多年不肯去武汉，那就我们回来，反正是要一起过这剩下的日子。"

宜君向往着说："那就快回来吧。还没累够？傻妹子。你们那革命，早革成了哩……"

沈立群犹豫一会，先自吸一口气，踌躇着从荷包里拿出一小沓丝绸，双手递到宜君手中，说："三十四年了。韶光，要瑞麟替他交还给姐姐……"宜君心里已明白是什么，她颤抖着手慢慢地展开，果然是她的绣帕玉兔图。一对泛红的玉兔依偎着，晶莹的目光依旧，归家般温驯地望着她，是那么的亲近可掬。她当年赠别韶光的情景立时来到眼前，宛如昨日。

立群说起绣帕从韶光起辗转珍藏的经历，宜君没有如她所担心的那样悲恸失声，只是用掌底轻轻按了几下眼窝沾去泪水，默默地端详绣帕，抚摩良久，将它仔细叠好，放平在枕头下，说："真的又见到它了。麻烦你们细心这多年……等我到那边，还要带去再给他的……"立群反倒低头小声哭起来——孙韶光好比遥远天际的一颗星辰，仅是一个象征，而姐姐的人生何其艰巨沧桑，她的心，早已坚硬又淡定。

钟培炎与万瑞麟自宜昌一别十几年没见了，彻夜倾谈。

培炎从口袋搜出一页纸来，说："是我刚吟下的一首诗，正要寄给你。"瑞麟接过细看：

七律·六十虚度寄瑞麟君

得君一友慰生平，总忆华年书剑情。
偶指江山惊四座，空谈今古误侪心。
君怀大义苍生幸，我寄天真玉兔宁。
得友渔樵亲野鹿，何期羁马共闻琴。

瑞麟读罢唏嘘，说："我们三人，到底是你才情胜出一筹，韶光也在我之上。你这一生未曾虚度……只是合作抗战之初，如信我劝回到党里来就好了。"培炎怅然不语。

瑞麟又说："你知道我不会作诗，格律早忘干净，写这佳句赠我，叫我如何和你呢？好在与你'羁马共闻琴'的好境，已经不远了。"培炎说："我就是忍不住想写诗给你。"

瑞麟说："四十年前你我同在广州，北伐出师时，我心血来潮写下几句诗，也就算个顺口溜吧，还大体记得，今天就当和你了：

大江歌罢且辞南，战马援缰我在前。
男儿正应吴钩带，一改乾坤亮北天！

钟培炎叹："好诗。大将情怀。宜君总说我和韶光是书生，你是武状元。"

窗外已见微明，瑞麟起身走动着，说："你我一晃都这岁数，得服老了。不少古城老红军早回乡了。我正申请离休，按规定可在家乡盖一处房子，想盖在五柱山林场，老来陪伴一下吴家坳那两百多枉死的百姓，他们是因新四军而死，受我连累……万振山说几回了，问我对苏区还有没有念想。请你和宜君都上山来，我们都在一起，多好呀！让宜君离开她这环境，老来过一点舒心的日子。振山和巧兰早想接她上山。"

钟培炎喜极，就有辞句诵出：

云无心以出岫，鸟倦飞而知还。

初冬的太阳刚刚探出一弧光亮，晨曦就抹红了云天，令一夜凝聚的浓霜在遍野五彩斑斓。竺宜君和沈立群搀扶着走在前头，宜君特意披上立群几十年前织给她的那条紫花披肩。万瑞麟和钟培炎在后面并排跟着她俩，瑞麟今天没穿军服，立群已替他搭好当年宜君织给他的那条深红色的围巾。

他们从容地向孙韶光烈士墓园走去，霞光将四个老人凝霜似的鬓发染成金红，在晨风中轻轻地颤动。

蔡顺安

2011 年 10 月至 2012 年 11 月 30 日　初稿

2013 年 6 月 3 日　二稿

2015 年 6 月 1 日　三稿

2016 年 6 月、2018 年 9 月　两次修改